游志誠 著

昭明文選學術論考

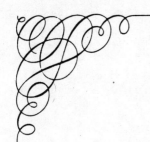

臺灣學生書局印行

本書獲行政院新聞局
八十四年重要學術專門著作補助出版

自序

我之嗜文選，宜分兩層談。起先，大學時代，曾超修了一門「文學批評」的課。首次感受到古代文論的精深與艱難，特別是六朝文論這一段。當時授課先生王夢鷗教授，向來把這門課開在研究所，據說這是王先生最後一次講文學批評。這一年，爲了讓大學部學生也有機會親炙先生的「文批」功力。才特別把課開在大四，要博、碩士研究生到大學部來修。我因爲早已讀過王先生許多書，尤其《文學概論》這一部。驚嘆於先生西方文論的嫻熟，又能將之應用於中國古代文論的分析，分析之中，引證詳實，反復辨論，終而提出很多關鍵性「概念」的創見。予我啓示良多。

其中先生講到魏晋六朝這一段，說古代文論由廣義文學轉變到今人概念的「純」文學，就是在此時期。又說六朝文論最複雜，也最重要，具有承先啓後之功。猶記先生屢引《文心雕龍》怎麼說，《詩品》又怎麼講，左引右證，不加思索，脫口而出，眞令我大開眼界。然後，不記何時，似乎有句話提到《文心雕龍》與《文選》的關係。於是引起我對《文選》的注意。

結果，在「歷代文選」課的第一年聽唐宋文，第二年聽漢魏六朝文，講課先生就專授《文選》。用的是胡刻本。當時讀到嵇康〈與山巨源絕交書〉，很感痛快，世上眞有這樣的人，也眞能寫這樣的文章。在嘻笑怒罵之中，見出性情襟袍。一句「頭面常一月十五日不洗，不大悶癢，不能沐也」，當時我把這一句比擬正在流行的「嬉痞」。一句「每常小便，而忍不起，令胞中略轉乃起耳」，不知胞中爲何物？既查考之而索解，不禁大笑噴飯。又一句「阮嗣宗口不論人過，吾每師之而未能及」，當時年少輕狂的年紀，也不免有反省自己好批評，亂講話的毛病。爲這一句又探索到「嵇康玉碎，阮籍瓦全」的典故始末。從而想到自己安身處世之方。

《文選》之文，僅這一篇已引起我的興趣，以後遂常置案間，有空即讀。至研究所碩士攻讀，規定點書之一即有《文選》，遂又重新再買一冊胡刻本點讀之。而在舊書肆，居然給我找到民初上海掃葉山房石印本的《文選評點》，如獲至寶，才開始參讀清人「評點」的意見，大受影響。以後，研究《文選》，在版本校勘之餘，始終不願放棄文學讀法，文章詮評的「評點」一路。可能是決定於這個因緣吧！

簡言之，我之從事選學鑽研，先是受到文學批評課的啓發，復因關心六朝文論，遂而注意《文心雕龍》，再由之而參酌《文選》。但眞正對《文選》感興趣，則是直接讀嵇康文章，另外附帶的觸媒誘因，是無意中翻到掃葉山房刊印的評點本。初次領受到文學閱讀的方法魅力。

這樣一回憶，對照近年來所寫的文選論文，收在本書的十八篇文字，大類別之，居然也大多不離從前的因緣關係。一大類是「版本校勘」，另外一大類是「文意訓釋」。總的說，我把「小學」的文選，與「文學」的文選，同時並重，一齊研究。這二者，偏向任何其一，都不對。我很感謝大學時代「文學批評」的啓示，一直影響到今天自己在研究路線、研究方法、與研究領域的取捨。

譬如近年來的研究路向，頗注意運用《文心雕龍》乙書的理論，分析《文選》的作品。本集中有三篇專論是這方面的研究心得。分別是：〈試用物色理論分析文選行旅詩〉、〈再用物色理論分析文選遊覽詩〉、〈文選《登江中孤嶼》一詩之歸類問題〉等。此三篇都用物色理論。

因爲物色的概念，在六朝普遍流行，與「玄學」並列。分別化入各類的創作型式中。所以，在《文選》的選賦、選詩、選文三大類作品中，都多少含有物色與玄言傾向。可是《文選》竟然沒有〈物色詩〉〈玄詩〉之分類，雖有〈物色賦〉之分體，但也闕〈玄言賦〉，而用〈志賦〉代替之。這個現象，引起我的注意，遂援引文心之說，並龍學專家之見，互相參證，把理論與作品對照起來，看出了一點心得。初步認爲物色跟玄學化一樣，都是一種普遍概念，流行思潮。物色——玄言——山水的三位一體關係，正是六朝文論與六朝作品的特徵。

這三篇的分析重點，除了物色理論之外，也特別指出「志惟深遠」的志，做爲「言志傳統」的文學史發展，到了六朝，已染上濃厚的玄言之志，與先秦兩漢的情志之志，大有不同。可是，再仔細的講，所謂六朝的玄言之「志」，還應該把易老莊三玄的玄，跟宗教意義的道教之「玄」，有所區別。因爲道家之志與道教之志，同中有異，旨趣不一，歸趨亦別。道家的消遙，不一定就是道教的昇仙。道家的養生，也未必就要長壽。兩者在層次上不同，各有偏重。這三篇論文，對這一問題各談了一些。期望學界同道在研究《文選》作品的思想義理時，也留心這個問題。

而說到我眞正全心全力地投入做文選學研究，實在地講，要遲至攻讀博士學位以後。先此，我還搞過一陣子中醫，兼參易經，也玩過美學與書法。一段時間，則沈迷於三玄之虛道。凡此崎嶇波折，猶如柳暗花明，一境變至一境。

但是最終又回到六朝學問來，集中於文選學的探討。此又不得不歸恩於博士論文指導教授潘石禪師的啓迪。是石禪師給的論文題目。並面囑文選學是章黃學派的當家本學，希望我能繼續發揚光大之。

記得，做論文期間，石禪師已刊印黃季剛批點的《文選》，並覓得罕見的尤袤刻本，是胡刻本的祖本。遂打開了我對《文選》版本的眼界。又因爲黃季剛的評點，每引古抄如何如何出校。引起我對日本古抄《文選》寫本的好奇！遂廣事搜羅，忍心用巨款託代理商自日本購回宋刊明州本，又輾轉取得三條本、九條本、集注本、古抄白文無注本等。日本影印的珍貴寫本，再加上我在國內可以找到的敦煌寫卷，集合起來，所謂的文選宋刻本之前的寫本，大抵羅列眼前。使到做論文的版本這一章，大有斬獲。

然而本子如此之多，不容易盡校。博士畢業後，我又得到了宋刻本的全本三種，一是贛州本，二是韓國漢城大學奎章閣藏的秀州州學刊本，三是故宮博物院藏的廣都本。這三種珍貴的宋刊其中缺六卷，又辛苦地，靠友人同道的幫助，從散存在北京圖書館的同書殘卷影印回來補齊之。《文選》，清儒校勘家無一得見。即便當代學者，也未聞有曾經持以參照對校者。現在，我居然有福氣收集到，怎可不用力判讀。於是，把寫本與刻本放在一起，深入研究，近年又寫了兩篇談《文選》版本的文章，收入本書。敬請方家教正。

由於曾經嗜讀易老莊三書，於其中玄道玄理之領會，因熟讀而生疑，爲了破疑而再讀，再讀多讀，而讀出有滋味。用來理解魏晉六朝的玄風，特別是《文選》所收作品，便自有一番心得。

想起古人讀書，有對校、本校之法。近人陳垣更引伸之，增加它校法與理校法。這四個校讀古書的方法，清儒已盡用之。各類「類書雜記」之作可知之矣！

惟我因得自三玄之理的旁通，應用於《文選》作品的解讀，深慶有「神助」之驗。所以，自覺四個方法中的「理校法」，可以再加擴充、延伸。所謂的「理校」，我認爲不要只限定在上下文意的理解，一定非要定個是非正誤不可。因爲，在無任何校勘材料可供引據，無所適從之時，不妨就「知之爲知之，不知爲不知」。如果一定要有說，怎麼訂正？問題就大了。這時所謂的理校法，照陳垣的講法，須「通識爲之」，什麼樣的程度才叫通識？我以爲，這個時候，運用思想史、觀念史的義理知識。最有效用了。本書有一篇〈文選作品閱讀法〉，就是嚐試用「理校法」的精神，進一步發揮，把「理」字講廣一點，包括「義理」的詮釋，來進行《文選》作品的解讀。像神仙乙詞的分辨，早先是只講「神」。由三玄之書，與經書只見神字可證。仙字是後出的。意謂山中人。而凡有「仙」意之作品，往往都有「山水」之想。因之「莊老告退，山水方滋」的後一句，意指山水詩興起，同時也指道教觀念的詩增加了。前句的「莊老」是玄學，而道教與道家，究竟有不同旨趣。本書另一篇談謝靈運〈登江中孤嶼〉乙詩如何歸類的問題，注重在詩中有句「表靈物莫賞，蘊眞誰爲傳」的靈字眞字之理解，認爲這是道教的概念。即根據這個「理」，校勘同詩另一句「尋異景不延」的景字，作如字解。而不從一般俗本講法作影字假借。會有這樣的「訂正」，完全是憑據三玄與宗教的義理分辨。所以理校法才有可能。此即我主張理校法的「理」字要擴大地講。要結合三玄義理。同時，由此想到過去文選學，做義理思想的研究較少，可能不夠全面。往後文選學可加寬有關這方面的研究領域。我因爲愛讀三玄原典，自我期望，將來也能對這一「理」校解讀《文選》作品的問題，多寫幾篇文章。

只是文選學不能光談版本，這一點自覺，我時刻提醒自己。石禪師也曾經有所指示。記得讀博士期間，有一次在石禪師家聆訓。先生剛好整理完《量守遺文合鈔》三厚册，凡黃季剛遺存筆墨未刊印者，悉畢錄之。石禪師用敦煌經生體楷書，一筆一劃手抄謄寫，書法極精，蒼拔勁健。很合季剛先生的文風與人品。這個抄本，與我收藏的舊刊排印本《量守廬詞鈔》不同，詳略有別。當時，石禪師送我一套，略謂可試校讀之。我讀了後，常想及章黃學派以文字、聲韻、訓詁之小學見功夫馳名近代。爲何於小學之外，詞章不惟亦佳，且多漢魏古風。而麗辭之巧，用典之妙，超邁時人。遂以此質師。才知道原來季剛先生文章之學得自《文選》，而文論詮評本之《文心雕龍》。

從那時候起，我遂留意《文選》的文章之道。並數讀黃季剛的批語，果然，在批語中，讀到了不少有「感性」，有「主體閱讀」的創見，才讓我醒悟到，眞正的大家，做學問是全方位的，整體性的旁參研究。不因小學，廢文學，反之亦然。近年，繼續對《文選》做文學性的研究，不自己囿限在版本校勘，就是來自以上所述的一段因緣。本書中的一篇〈文選多義性集評方法〉即是專文討論黃季剛批點文選的文學研究法。

承繼文學角度的研究，一方面也延伸到文類學的探討，可能因爲出於《文選》是古代文論最完備的分體分類工作。全書分文體三十九，賦又分十六類，詩分二十三類。如此詳細的文類學材料，值得細加論究。本書在這方面的文章，談的比較多。沒想到，因爲用文學觀點，結合新出版本資料，竟然可以就文選的「分類」「分體」之學談出這麼多文字。此一部份研究，我嘗自擬一個名詞概括之，姑名之曰：文選文類學。

回想近幾年治文選學的心得，自謂以文類學理論及文體作品分析收獲較多。而文選史料的整理較少。心目中未來想做的兩項研究，首先是重新校證胡克家的《文選考異》，根據新出的各種版本，在胡克家的基礎上，向前再推進一步，做全面性的《文選》白文與注文校證。其次，用前項研究的成果，將《文選》整部書做今注語譯，並賞析集評，出版一套適合於當代人閱讀的書。普及《文選》的影響力，再創《文選》做爲「文選爛，秀才半」的大眾普遍性經典地位。

這兩項理想，只要戮力以赴，假以時日，積累成功，大有可能。但是文選相關史料何其多也！就算窮畢生之力，三輩付之，也只是萬沙之一撮。書面的資料已難全睹，兩岸開放交流以後，大陸江南一帶散存的《文選》古蹟，與地下材料，想必更多。

去歲，即迫不及待地奔赴貴池，在白沙湖畔，州島之間，探詢昭明太子廟遺跡。並沿循長江兩岸，踏訪各處相傳爲昭明太子讀書的讀書台，親眼目睹貓兒山僅存的太子石刻畫像及贊文，撫碑細摩，良多感慨。更在虞山看到目前保留最完善的讀書處，外行人卻將其中一塊殘碑隨意棄置，在廢土中翻查之，殆即昭明太子佚文〈虞山招眞館碑〉，《藝文類聚》與《圖書集成》有錄。與茅山出土著錄的〈華陰隱居墓銘碑〉，均爲現存《昭明太子集》所闕。二文屢述玄道，及人生出處，很可看出昭明太子的思想性，是今存張溥的本集輯本看不到的文章。頗可研究。蕭統貴爲皇太子，不以尊位自厚，勤政下民，宅仁施德。品性之高，足堪仰法。更難得者，即太子愛讀書，凡有佳山好水處，歷代以來，每有太子讀書台之設，現存安徽境內有四處，浙江有三處，其餘各地亦有四處，總計十一個讀書台。當然，只是相傳，未必即眞爲太子親臨。然而，古人好附會太子讀書之美事，古代以「讀書人」爲尊重，讀書讀書，這件事的可貴，由名山大川讀書台之多，也可以反映舊時代的價值觀念。猶記在浙北桐鄉的小鎭上，有一處讀書台，殘存一座橫樑，石柱上刻有「太子同沈尚書讀書處」，沈尚書就是沈約。太子讒後，史載本傳確有說嘗從沈約靜心讀書。看著這塊石刻，徘徊其下，良久良久，老是想著讀書讀書的事。

聯想自己也只是一名讀書人而已，讀書無分貴賤貧富，只要肯讀，書中自有樂處，書中自有福地。因爲有那一趟追尋昭明太子讀書台遺跡的經驗，乃更加珍惜自己一介書生的角色扮演。尤其能一輩子守住《文選》，讀《文選》，尚友古人，心契昭明遺風，自足若是，復何所憂。謹收錄近年讀書心得，獻曝於茲，聊作讀書人生的開始吧。

最後，有一事必須說明者，即本書各篇論文，在臨文夾注時，有的書年代，有的記書名。如（黃季剛一九七七，頁二〇），有時做（《文選黃氏學》，頁二〇），其實兩種方式都常見。在西方，以美國語言學會規定的論文格式，是用前一式。但用到本國來，有的加以修改，直接寫書名，不再用年代替代。亦頗稱便。今見中央研究院文哲所學報與國科會人文社會科學學報的論文格式，大都照後一式，可見直記書名，較爲本國學界接受，本書也就用之。這樣，兩式並行，無論那一式，都在文末附有引用參考書目，可以查對，不致有不統一體例之慮，幸讀者諒察。

還有一項略嫌不統一之處，就是本書兩篇校勘文字，一篇談敦煌寫卷，一篇談日本古鈔，這兩篇的文字，用簡易文言，跟全書的語體文字不諧，這是不得已之事。因爲受制於校勘文字有一定的行文習慣，行文用術，不方便用語體表達，於是保留了這兩篇特例，不予硬性統一。

本書也有幾篇做有關《文選》的文學性分析論述，大抵用古代文論做依據，間亦參引西人之說。照中文學術論文規定，凡一篇論文，首次出現西洋人名書名，皆於其下，附原文，以利尋查。本書在這方面，未照規定。一方面考慮到打字排版的困難度，而最主要理由，乃是我一直希望保持全書「中文化」學術論述的清一色，立意要與時下濫引繁引洋名洋書，而實際並未如實地細加深究，讀起是類論文，每有不暢之感，因之，本書凡有引述西人西書者，一律省略原文，懇請識者諒之。

感謝中華民國行政院新聞局獎助本書的出版，當初用打字初稿提交申請時，臨時選用了《文選學新論》這個書名，榮幸獲獎，即參考了評審先生的意見，將全書修正，並補寫了一篇文選研究基本參考書目，再增加一篇論「七」體的考證與一篇運用隱秀理論分析文選作品的論述。雖然自期盡力，究竟與全面之文選「學」差遠，於歷代前賢及並世專家通人之識，多有闕漏，豈敢自命惟新，幾番斟酌，遂改用今名《昭明文選學術論考》，交由學生書局公開出版發行，謹肅坐以待學界方家的指正。

游志誠

自序於彰化師範大學

昭明文選學術論考　目錄

選詩評點所見文類學方法——兼論山水詩歸類問題……097

論文選之〈難體〉……141

〈雜體詩〉在文學史上的意義……**179**

《文選》作品閱讀法……425

隱秀與詠懷……449

附錄(一)文選書錄舉例……**521**

附錄(二)文選學重要參考書目……**529**

敘論：新文選學名義與範疇

《昭明文選》爲中國古代第一部文學總集。由此書所構成的研究，叫「文選學」。而文選學一詞之始出，當自《大唐新語》卷九〈著述〉所載資料。〈著述〉云：

> 江淮間，爲文選學者起自江都曹憲。貞觀初（約六二七年），揚州長史李襲譽薦之，徵爲弘文館學士。憲以年老不起，遣使就拜朝散大夫，賜帛三百疋。憲以仕隋爲祕書。學徒數百人，公卿亦多從之學。撰《文選音義》十卷。年百餘歲乃卒。其後句容許淹、江夏李善、公孫羅、相繼以文選教授。開元中，中書令蕭嵩以《文選》是先代舊業，欲注釋之，奏請左補闕王智明、金吾衛佐李玄成、進士陳居等注《文選》。先是東宮衛佐馮光震入院校《文選》，兼復注釋。解「蹲鴟」云：「今之芋子，即是著毛蘿蔔。」院中學士向挺之、蕭嵩撫掌大笑。智明等學術非深，素無修撰之藝，其後或遷，功竟不就。

此段話，最早提到文選學乙詞，並謂文選學起自江淮間，今天的地理位置，大約在揚州。現在楊州城南郊尚有一小巷，名曰糙米巷，據云即曹李巷諧音。曹即曹憲，李即李善。則唐代文選學大興，主要在揚州一帶，且又以曹李師生爲大家。今存文選注即以李善注流傳最廣。惟唐代注《文選》者尚多，如《大唐新語》此段話所載許淹、公孫羅、王智明、李玄成諸輩。除許淹、公孫羅之注，在日本古抄《文選集注》尚保留一些，餘均不傳。然則，文選學一詞始自唐代，唐代已流行說解《文選》，殆爲事實。

自曹李注《文選》後，又有五臣注《文選》。五臣者，呂向、呂延濟、劉良、張銑、李周翰等五人。所注文選與李善的「釋事忘義」不同，大別之，李善注多引書以明出典，並釋音、校勘。五臣注則括舉文句，或白譯或釋意，乃是「直接閱讀」的手法。兩注並出以后，優劣利弊，或對錯的討論，便成此后文選學主要內容。

降至清代，文選學復興，分門別派者更多，茲以孫梅《四六叢話》卷一〈選一〉前序，謂文選學有三家云：

> 有唐而後，家置一編。杜陸有言熟精斯理，引伸觸類，門戶滋多。孟利貞卜長富撰續文選若干卷，卜隱之撰擬文選若干卷。齊晉列附庸之盟，規矩存高曾之舊。又姚鉉文粹，呂祖謙文鑑，茲非其支流遺裔歟。此廣續家也。李善廣釋事類，子邕別標義蘊，五臣又爲輯注，合善本爲六臣注。援毛鄭蟲魚之勤，達向郭筌蹄之表。固屬蕭氏之功臣，抑亦百家之肴饌。此注釋家也。監庫鏤板而後，景文手寫之餘，發哲匠之巧心，係前修之緒論。丹鉛所在。不可廢也，此評論家也。余既有叢話之役，以爲四六者應用之文章，文選者駢體之統紀。選學不亡，則詞宗輩出，名川三百，譬穴導以先河。靈芝九莖，及青

春而唏露。摭拾陳編，建爲篇首。攷金臺之遺址，辨玉樹之殊名。徵騶虞之名官，識擊壤之應樂。談柄方升。尺聞非尠，敘選第一。

據孫梅這段話，彼分文選學爲三類：一是廣續家，二是注釋家，三是評論家。廣續家專指廣續文選，增補遺漏，或延續體例之作。其實此類細分之，廣可爲一類，續又可爲一類，廣續之作，又可再分，六朝同時代，或六朝以後之繼續。如卜隱之《擬文選》三十卷（見《唐書藝文誌》）卜長福《續文選》二十卷（見《唐志》）、孟利貞《續文選》十三卷（《唐志》）可謂續作。而宋代陳仁子《文選補遺》四十卷，則是補遺之作。至於姚鉉《唐文粹》，呂祖謙《唐文鑑》，純屬唐代之總集，大約廣文選之總集體例而仿作，實與文選之本文無涉。所以，可稱作廣，不叫作續與補遺。

其次第二類注釋家，專指五臣與善注，所構成的文選注釋學，確是文選最主要內容。兩宋開始，宗善注而貶五臣，因而較論兩注優劣，考證兩注正誤，便成爲文選學主要課題，降及明清，愈演愈烈。

不過，倘再細分之，所謂注釋之中，已兼及釋音、版本、白譯與詮釋諸方法。因之，注釋學實可再更細分之。

最后第三類評論家，孫梅未實際舉例代表作，不知評論家與注釋家何別？其實明清以后，文選經受很大的改版，書賈與俗生的合作，用眉批夾批的評點本，與原有李善五臣注的注釋本配合起來，出版發行，流傳甚廣。其用心專在供評點家丹圈甞黃，品評文術，即所謂評論家之文選學。對原有的六臣合注，刪取節略，或增補引釋，但講一個「簡要」精神，是以文選版本至此一大變。例如明人孫鑛《孫氏評文選》、孫琮《山曉閣重訂文選》，清人何義門《義門讀書記文選》、于光華《文選集評》等，俱屬此類。

駱鴻凱師事黃季剛門下，以紀黃氏文選學爲名，總成《文選學》乙書，於民國十七年（一九二八）出版，爲近代新看法的文選學代表作。此書自序說到治文選學之途徑有二：

其一考據家文選學。如楊大年《談苑》云有進士試考官「天雞弄和風」之天雞有二，未詳熟是。（此句見謝靈運〈於南山往北山經湖中瞻眺〉）

其二詞章家文選學。如唐代大詩人杜甫「誦子課文選」「熟精文選理」，知杜甫精讀文選。而北宋古文家宋祁，曾經手抄文選三過，小名選哥。知宋祁雖以古文與歐陽修同名，然亦詳於文選。

駱鴻凱將此二途之選學，簡名之曰「徵實」與「課虛」。其后駱氏又於該書第三源流章，列述選學門類，分別是：注釋、辭章、廣續、讎校（專校李注與五臣注正誤及分合）、評論等五大門。

較而論之，駱氏已大抵括盡自唐至清舊文選學的範疇。今世，倘欲再興選學，則應該加一「新」字，叫做新文選學。代表現當代學者的研究路數。有關新文選學，究應包含那幾部門。茲引舊說，斟酌損益，並參考並世通人，如大陸與日本學者之意見，略成以下六大類。

考新文選學一詞，據日本學者清水凱夫轉述，謂出於日本漢學家神田喜一郎的提倡。認爲舊文選學只停留在版本研究，譯注，編制索引等基礎上的研究，而指出要進一步從文質上去研究。這即是清水凱夫繼此說而完成的一系列有關文選的論文。

觀其嘗試探討的新課題，諸如：主張文選實際編者是劉孝綽。把《文心雕龍》與《文選》合起來比較，分析其異同與影響。（分見《六朝文學論文集》一書）確是比較起舊文選學來更爲精細的研究。

這一新文選學的提倡，大陸學者頗有反響迴應。其中許逸民提出具體的新文選學項目，分別是：1.文選版本研究，2.文選學史，3.選學史料學，4.文選集注研究，5.選學大辭典。而第五項的大辭典，下分：版本、著述、作家、作品、體類、典故、勝跡、選學術語等八個細目。

細審許氏所立的五大類新文選學，不可謂不具體精細。然而，這似爲編纂文選專書而立，不是爲眞正的學術作規範。以致，實爲同一內容材料，因編書目的與成書設計，竟有不同取捨，或一物多用，乃至用而再用之重複情形。

今日欲爲選學做新階段、新學術之研究，雖然名曰「新」，而實不可並「舊」之所有而棄之。所謂新，乃是在舊之基礎上，溶合舊之成果，而開創之新。本此而論，新文選學可試用如下列諸範疇。

第一文選版本學。

第二文選校勘學。

第三文選注疏學。

第四文選評點學。

第五文選學史（學）。（包括史料學）

第六文選綜合學。

五臣注原貌

一、緣起

《文選》一書爲中國古代第一部文學總集。注解其書，自隋唐起，而有「文選學」之稱。隋唐之選學，幸而可見於今日者，有日本古鈔集注本所見陸善經，公孫羅之注，有故宮博物院藏北宋刊本李善注，有中央圖書館藏海內外孤本陳八郎本五臣注，有敦煌寫卷李善注，有日本古鈔三條家藏本五臣注。可謂注家並起，詳略俱陳，優劣互見。

然自北宋景德明道年間刻本出，有合李善與五臣注爲一書，習稱六臣注本者。使與李善單注五臣單注並行而不廢，則合注本與單注本兩不相傷。惜乎宋室南渡，兵燹之餘，蘭台府庫，多非舊藏，於是欲求所謂善注與五臣注眞貌爲何？遂不可得。今見南宋刊紹興年間贛州本與明州本，兩注已相奪亂。尤袤嘗欲刻善注文選，自謂原本，據今之學者考校，實自六臣合注而剔出者。

至若五臣注，南宋以後更難覓單注原本矣！五臣注雖經唐玄宗敕高力士口宣獎掖，大行唐世。惟自李匡乂、姚寬評其奪善注以後，王楙、蘇軾等復攻其鄙陋。於是，宋代宗善注而五臣遂沒。明清之世，號爲選學復興，亦從宋儒之見，研善注而荒五臣。

近歲選學再獲國際學界注目，學者已有反省兩注者，牛貴琥謂：

然而李善注的毛病在于釋典忘義，五臣注的毛病則在于釋義忘祖。這兩點也是古代注書家容易犯的錯誤。因此李善注和五臣注實在是兼之則美，離之兩傷。（〈文選六臣注議〉）

此蓋謂善注與五臣注可互補短長也。實則兩注不惟注文互有詳略，即所據白文亦有異同。再者，六臣本行，而單注本已稀。誠如《四庫提要》卷一百八十六云：「唐人著述，傳世已稀，固不必竟廢之也。」，不惟不可廢，五臣注實亦多有可採者。已故鄭騫教授嘗舉陳八郎本五臣注白文，有謝康樂〈登江中孤嶼〉詩五六兩句，善注本作「亂流趨正絕，孤嶼媚中川」，五臣注本正絕作孤嶼，鄭騫校云：

疊孤嶼二字，正合康樂常用之聯綿句法，文從字順，渙然冰釋矣。六臣合注本每有校記云五臣作某，往者甚恐其有遺珠，今既得五臣全帙，可能有更多發現，讀此書者不可不注意及之。

（〈陳八郎本文選五臣跋〉）

鄭先生校是也。五臣注之白文多有佳處，五臣注之異解，多有方便讀者，有助理解者。

惟欲參五臣，必先得五臣眞本，亦必先據五臣原貌，否則，徒引現存已經删節竄亂之六臣本，謂五臣即如此，遂盲從前人之攻五臣而復攻之，變本加厲，究非徵實之道。

今世幸有五臣注寫本刻本各存其一，即日本古鈔三條家舊藏本，與中央圖書館藏南宋紹興三十一年建陽崇化書坊陳八郎宅善本。皆爲清儒文選校勘所未見，且亦學者未嘗合校者。前書已由京都大學影印，後書亦由中央圖書館據原書影刊。其版式行款並諸家題記，影本悉存，但檢原書可得。茲據兩書對校，更參以韓國漢城大學奎章閣藏秀州刊六臣注、宋刊明州本、贛州本、廣都本、叢刊本、尤本、並元刊茶陵本，及胡克家《考異》所校。以見五臣注之原貌爲何？並探寫本與刻本之異。

日本古鈔三條家本五臣注，原紙數共二十二枚，每行字數，十四十五十六字不等。注雙行，每行二十三字，書法工整。僅存卷二十，起鄒陽〈獄中上書〉，次司馬相如〈上書諫獵〉、枚叔〈上書諫吳王〉〈重諫吳王〉、江文通〈詣建平王上書〉，然各文不全，中間缺三篇啓，又〈奏彈劉整〉〈奏彈王源〉俱殘。下接楊德祖〈答臨淄侯牋〉等五篇，俱完篇。本文即持此五篇完整之章與陳八郎本並諸本參校如下。

二、〈答臨淄侯牋一首〉校證

①答臨淄侯牋一首：陳八郎本脫一首兩字。此本獨與奎章閣本同。明州本侯下脫牋字，有一首兩字。贛州本脫牋一首三字，叢刊本同贛州本。尤本同陳八郎本。案：此篇題各本有異。然當分合併本與單注本之兩例。又宜分寫本與刻本不同。蓋此本與集注本同，此寫本率如此也。其刻本之單注本據寫本而刻，自陳八郎本最能驗之。陳八郎本與此本並日鈔俱篇題作者同一行刻。惟日鈔與集注本先篇題再作者名，陳八郎本反是，先作者名次篇題。至各合併本則亂此例矣！奎章閣本先文體名「牋」佔一行，次行篇題，再次行作者名。凡佔三行刻，爲最詳例。明州本略文體名，贛州本、叢刊本皆同略。惟篇題作者各佔一行。稍存舊刻之例。依此體例而推，奎章閣本爲今見最早合注刻本，其餘則皆晚出。而合注本不論何本，亦皆不早於單注本。蓋惟單注本與日鈔集注本體例同。據此而反證尤本，首文體名佔一行，次篇題一行，再次作者各一行，例同奎章閣本。知此必尤有所見於合注本，而據以重刻。尤本蓋自合注本而剔出善注之本，非眞據北宋善注單注本而傳刻。否則，尤本當與此本與集注本同。然則，此本與集注本，倣爲文選寫卷之價值，厥在考徵文選寫本與刻本之異，並由此而推知今見文選宋本之眞僞。若然，今存陳八郎本確爲五臣單注本原貌可概知之矣！

②（楊德祖）題名下注，銑曰：「典略」，此本與集注本同，各本亦同。惟陳八郎本、明州本誤作黃略。案：宋刊紹熙本《三國志・魏志・陳思王植傳》作典略。

③（楊德祖）題名下注，銑曰引典略「爭與交好」，爭字，此本與各本同，紹熙本《三國志》亦同，惟陳八郎本誤作多。此陳八郎本獨作之例，幸有此日鈔可校之也。又銑曰「數與脩書，脩輒答牋」，輒字惟此本有，各本皆無。陳八郎本亦無，紹熙本《三國志》同無。據文意，輒字有，與上句「數與脩書」之數字相應，有者是。然惟日鈔獨有輒字，遂不能定寫本刻本孰是。又銑曰「前後漏洩，交關諸侯」，各本漏洩下有言敎二字。此卷獨無。案：近人盧弼《三國志集解》引胡三省云：「以脩豫作答敎，謂之漏泄。與植往來，謂之交關諸侯。」（《三國志集解》，頁五〇四）據此，當有言敎二字爲是。又銑曰：「諸侯爲收殺之」，爲字，各本並作「乃」字。陳八郎本亦作乃。案：以上三例，皆日鈔獨作之例，然除「輒」字有，尚有可取處，餘獨作者，實誤也。可知日鈔爲唐人寫卷，但手民之誤自不免。若此，則寫卷亦未必可盡信。然則，寫本與刻本實可相互對校，有助五臣注原貌之解。

④脩死罪：日鈔與各本同，惟尤本重死罪二字。案：集注本引《鈔曰》：「今上此書有犯死之罪，再言之者，怖懼之深也。」又集注本引《注》云：「今案鈔陸善經本死罪下又有死罪兩字。」據此知日鈔此卷與集注本白文俱不復死罪二字，然集注本所見之本已有複二字者，如陸善經所具釋。案：此當善注有重死罪二字，五臣注無，五臣刪此，即立意與善注異之例。紹熙本《三國志》亦刪，此或五臣所據也。《考異》云：「此尤添之也。」蓋失言，乃胡克家未見

集注本陸善經釋，遂失校。由此，可確信尤所據或眞有李善單注本，不然，必有宗善注合併本，其白文重死罪二字者。

⑤（若彌年載），向曰「彌，終也」，日鈔與集注本同有，此由寫本已可見善注與五臣注並有之例。惟向曰不注引書名，善注引《毛萇詩傳》。各刻本亦同日鈔，惟叢刊本、茶陵本五臣注刪此三字。贛州本不刪，此可證叢刊本自贛州本出，偶或誤刻之例。

⑥（損辱嘉命，蔚矣其文），日鈔翰曰「嘉命謂植書也，蔚，盛」，陳八郎本翰曰「蔚，盛也。嘉命，植書也。辱污也」，較而論之，日鈔順文而釋，合於體例。陳八郎本多辱污也三字，然注文反順。各本皆同陳八郎本。此亦日鈔獨見之注。案：集注本有翰曰「蔚盛」二字，因其餘注文，已同見於《鈔曰》，故集注本於翰注乃節取之，固合集注之例。然則，倘欲據日鈔無「辱污也」三字，及順文爲注，以否定陳八郎本並各本翰注非五臣原貌。恐亦未必可信。疑日鈔此卷旣爲鈔注，則鈔者或誤或漏或略或奪，皆有可能。饒宗頤校日鈔此卷見此獨作之例，又無它本輔證，遂謂：「殆六臣又有混他注爲五臣注者。」（見〈日本古鈔文選五臣注殘卷〉乙文，頁二四三），蓋以爲「辱污也」三字爲六臣合併之增混。待考。

⑦（徐劉之顯青豫），良曰「徐幹昌於高密」，昌字日鈔與各本並同。惟陳八郎本誤留，當改，陳八郎本必涉善注「偉長淹留高密」之留字而誤。此陳八郎本獨見之例，向無寫本以校，今幸而有日鈔可勘，其功非小。

⑧（應生之發魏國），良曰「太祖食邑故云魏」，日鈔與集注本、陳八郎本並有。知五臣當有。

六臣合併本，則奎章閣本、明州本、贛州本、廣都本同有。自叢刊本因善注已有乃刪此七字，
茶陵本亦隨之而刪。可證六臣合併本多有刪五臣注之例。

⑨宣照懿德：照字惟日鈔獨作，各本皆作昭，《三國志》本傳並同。集注本引《鈔曰》：昭，明也。似亦作昭。案：日鈔既爲寫卷，凡寫卷，有所謂俗寫，本師潘重規先生《敦煌俗字譜》已發其例。又據潘先生整理俗寫文字之體，有偏旁無定，若況況不分，卬仰不分，園加艸旁作薗，蘭字加木旁作欄等諸例。（《敦煌卷子俗寫文字與俗文學之研究》）意日鈔昭作照，蓋同俗寫例，雖作照，而實即據昭。故此日鈔獨見不足以據改今見各刻本。

⑩不復謂能：日鈔、集注本與各本皆如此。惟紹熙本《三國志》誤作「不能復能」，盧弼集解出校改「不謂復能」，云：文選作不復謂能。（《三國志集解》，頁五〇四）今據日鈔益可證之。

⑪觀者駭視而拭目：拭字日鈔、集注本與各本並同，惟陳八郎本誤作「式」，當據改。

⑫（傾首而竦耳），濟曰「竦耳正聽也」，陳八郎本正作便。奎章閣本、明州本、贛州本、叢刊本、廣都本、茶陵本俱作「傾聽」。紹熙本《三國志》於本文作「聳耳」，裴松之無注。盧弼引文選出校云作竦耳。案：各本作傾聽與傾首犯意重，陳八郎本作便聽，亦不洽。惟日鈔謂正聽，蓋指傾首注意而正經聽之也。五臣注重點在釋意，日鈔可校今本之誤。

⑬（無得踰焉），良曰「斯須，須臾也。子貢曰仲尼日月無得而喩焉，以比植文章不可及」，日鈔，集注本與奎章閣本、明州本、贛州本、廣都本並同。陳八郎本月下多也字，脫以字，比

誤作此。叢刊本、茶陵本良注則刪子貢曰九字，蓋善注已引故刪。此誤作北。案：諸本惟陳八郎本誤，叢刊本爲合併本，始誤，下各合併本隨之誤，然則陳八郎本獨見者未必是，而叢刊本必晚出贛州本。皆可自日鈔寫卷得證。

⑭（對鶡而辭，作暑賦彌日而不獻），銑曰「植曾作鶡鳥今脩作」，陳八郎本鳥下有賦字，今作命。各本並同陳八郎本。知必日鈔誤抄，然則刻本可反校寫本，非關版本時代先後，即此例也。又集注本引善注有「植爲鶡鳥賦，亦命脩爲之，而脩辭讓。植又作大暑賦，而脩亦作之，竟日不敢獻」三十字。與銑注文義略同。各六臣合併本，惟奎章閣本，兩注俱存，同集注本鈔。明州本出銑注刪善注此三十字。贛州本、叢刊本、廣都本、茶陵本俱無此三十字。此必合併者有所取捨，其所據本必有五臣注詳而善注刪略者。然贛州本乃以善在前爲詳，五臣注在後爲略之合併本，何以乃竟自反刻書設規？甚不合其例也。尤本則又有此三十字，可確信尤本所見必有兩注不刪如奎章閣本之並詳者，案：許巽行校云：「此五臣注誤入，削。」（《文選筆記》，卷六，頁三四）今據日鈔寫卷與陳八郎本知此五臣注必有，寫本與刻本無異。又據日本集注本與韓國奎章閣本知「不獻」句，善亦有注，惟文義稍易。然則此兩注並有之例。究爲五臣先注，抑善注先注，至少於唐代寫卷已不可審知矣！倘襲舊說，謂善注只釋事，五臣則訓釋文意。如李匡乂《資暇集》卷上〈非五臣〉謂：「世人謂李氏立意注文選，過爲迂繁，徒自聘學，且不解文意，遂相尚習五臣者。」云云，蓋自今見日鈔與集注本並有釋意之注，顯然善注亦不忘釋義也。此日鈔可以證五臣確有訓釋文意，前人不誣評。然亦不

足以據此逕指善注襲五臣注。

⑮（伏想執事），日鈔「云後誰復相知」云上，陳八郎本，並各本有「向曰植書」四字，此必日鈔脫。當補。然則今見各刻本必有所據之寫本未脫者，亦由此可推知，此日鈔寫卷或爲傳抄之本，且唐人所鈔文選五臣注必有多本。惜今皆不傳。

⑯呂氏淮南，字直千金，然而弟子拑口：日鈔、集注本與各本並同。陳八郎本淮南作春秋，脫「字直千金」四字，有然而二字。今據日鈔當改正。此陳八郎獨誤之例。又「然而」有無，奎章閣本、廣都本、明州本俱無，並出校云善本有然而字。此三合併本固以五臣注在前爲詳，理當如此。但觀贛州本、叢刊本、茶陵本等，與前三本不同，乃善注在前爲詳，其白文並無如奎章閣本出校存然而字，且亦同出校云善本有然而字，今見尤本即出然而字。案：今據集注本、日鈔、陳八郎本並有然而字，知五臣固有。紹熙本《三國志》亦有。此善與五臣無異，諸合併本失校。然則合併本所出校語，未必即是也。此日鈔可補正文選白文異同之處。

⑰（春秋之成），翰曰「聽訟文辭」，日鈔與集注本同，陳八郎本脫訟字，各本並脫。善注引《史記》文有訟字。又翰曰「筆則筆削」，日鈔削下脫則削二字，陳八郎本並各本俱不脫，善注引《史記》文同有則削二字。

⑱（春秋之成……殊絕凡庸也），此句下翰曰與善注，注文略異，同前⑭條校證之例。奎章閣本兩注並詳不刪，明州本善注僅存「善曰乃其事約艷，體具而言微也」十三字。贛州本、叢刊本、茶陵本則詳善注，翰曰存「此皆聖賢用心」以下二十四字，並作「餘同善注」。集

注本同贛州本。案：此節注，善與五臣重複，然五臣刪去引書名，變換字面，稍易引文，此即前人譏評五臣注庸俗，並剽奪善注之例。但兩注於引文末，皆有釋意。善注云「乃其事約豔，體具而言微也」，五臣注翰曰「此皆聖賢用心高大，以殊於凡庸之所由致也」，叩之本文先言春秋之作，筆削既定，不能贊一辭，意謂呂氏春秋與淮南子，一字千金，凡此皆聖賢之著，不可改易也，以比臨淄侯之書，楊脩自謂不敢措辭，白文引典之義如此。則善注以「約豔」爲釋，恐未安。不若五臣注指其「用心高大」，乃所以臨淄侯之書，有殊於庸手也。較而論之，五臣注得解。

⑲（脩家子雲……悔其少作），此句下繫注，善與五臣同有，惟詳略不同。日鈔「童子雕主篆刻」，主誤，當作蟲，陳八郎本並各本皆作蟲，又「悔其少壯」，壯字誤，當作「作」，各本不誤。又「子雲猴字也」，猴字當作雄，餘均同陳八郎本。各合併本惟奎章閣本重出善注與五臣注。明州本作「善同良注」，贛州本作「良同善注」。案：集注本善注與奎章閣本同，五臣注則僅錄「子雲雄字」以下二十字，蓋前注已與善重，故略。尤本則另加音切「少失照切」四字於注末，爲各本無，知此必尤增補。然而此兩注同有，未可逕指五臣混善也。許巽行云：「善注雄與脩同姓故云脩家，善幷無此注。」（《文選筆記》，卷六，頁三四）許說是也，惜無日鈔與陳八郎本爲證。

⑳若此仲山周旦爲皆有諐邪：日鈔與集注本同，然皆誤鈔，校以陳八郎本，旦下有「之疇」二字，「保」作侃言，邪作耶。各本並同。惟叢刊本此誤比，茶陵本亦隨之誤。案：紹熙本《三國

志》注引「此」字同，且下作「之徒」，爲作則，譖作愆。此寫本偶有手民之誤，亦得以賴刻本校正之。（註❶）

㉑竊以未之思也：日鈔以下脫爲字，集注本不脫，此可見同爲唐人鈔卷，而竟不同，蓋緣鈔者之精粗也。陳八郎本有爲字，各本並同有。

㉒經國之大美：日鈔於美字旁有校筆小字「義」，惟各本皆作美，紹熙本《三國志》引亦同作美。案：集注本有「今案陸善經本美爲義也」十字。與日鈔所校合。疑日鈔或嘗參校集注本，不然，日鈔必另有它本可據。然而此「美」「義」之異文，善與五臣無異，合併本六臣注亦不出校。據日鈔校筆及集注本案語，文選白文於善與五臣之外，當別有第三本，即陸善經本。

㉓豈爲文章相妨害哉：爲字，陳八郎本並各本作與。此當日鈔誤。

㉔（敢望惠施以忝莊氏），日鈔良曰「惠惠子之知我」，上惠字，陳八郎本並各本作恃。又紹熙本《三國志》注引並作恃，張溥輯本《陳思王集》同作恃。今人宋效永校點此書不出異文。（《三曹集》，頁二八四）當據改日鈔。

㉕（同前），此節注，善與五臣何有何無，各本甚亂，而皆失考。日鈔良曰引植書兩句，下即接釋意之文，自「脩言豈敢」以下三十八字，陳八郎本並同，惟脫注末「也」字。此可謂標準之五臣單注體例，既引書亦釋義。集注本則善注止鈔植書云十三字，自「脩言豈敢」下三十八字屬良曰。諸合併注惟奎章閣本同集注本。案：此必善注只引書，五臣注留善注引書，以補不足，遂再訓釋文意。凡五臣補善注之佳者，即此例。謂五臣「兼取」善注之佳者則可，

蓋凡後出者必轉精。謂五臣冒襲善注則恐未爲公允。明州本作「善同良注」，贛州本、叢刊本、茶陵本作「良同善注」，尤本乃並五臣注有者悉混入善注。《考異》云：無者是也，茶陵本並五臣入善，此同其誤耳。胡說是也。惜無它本以證。

三、〈與魏文帝牋一首〉校證

①與魏文帝牋一首：日鈔題名下接作者名，同佔一行，陳八郎本並同，惟作者名先題名後。日鈔與陳八郎本最合五臣注本體例。餘各本皆分行。

②（繁休伯）作者名下注，日鈔向曰「文帝志」，帝字誤，當作章，陳八郎本並各本不誤。又向曰「少文辨知名爲丞相主簿」，陳八郎本並各本文作以，無「名」字，紹熙本《三國志》注引並同。又向曰注末日鈔闕「繁步何反」音注。陳八郎本並各本具有。案：集注本引《音決》有「繁，步和反」音注，紹熙本《三國志》卷二十一〈繁欽傳〉注有「繁音婆」，知繁字前已有音注。倘據日鈔良曰並無音注，似違呂延祚上五臣注表云：「記其所善，名曰集注，並具注音。」若據陳八郎本，良曰有音注，而實與《音決》《三國志》注二家音注稍異。《廣韻．下平》：婆，薄波切。下屬「繁」字，注云：姓也，左傳殷人七族有繁氏。又音煩。（《新校正切宋本廣韻》，頁一六二）據此，知繁字於姓讀婆，《三國志》注是也。又音煩，即《音決》音也。《廣韻．上平》：槃，薄官切。下屬「繁」字。（同前，頁一二六）又

《廣韻・上平》：煩，附袁切。下屬「繁」字。（同前，頁一一四）知作煩音者，有二讀，陳八郎本音注「繁步何反」步薄同母，即煩音也。疑日鈔或嘗校讀集注本，故略音注，未必即可據以否定陳八郎本良曰有音注。然則五臣並具字音，且不與前人同音，亦可參也。明州本此頁題首眉端有小字鈔筆錄《三國志・魏志・卷二十一》繁欽裴注自「繁音婆」以下五十八字。（註❷）

③領主簿繁欽：繁字，日鈔與陳八郎本同，各本並有。《考異》云：茶陵本無。此疑善無，五臣有，二本失著校語，而尤以五臣亂善。案：今見尤本有，尤本蓋據奎章閣本也。此二注無異。茶陵本因叢刊本誤而誤，叢刊本又因贛州本無繁字而隨之脫。胡克家因未見更早之本而失校。

④（薛訪車子），此句歷來各家斷讀不同，莫可定奪。今見日鈔翰曰「鼓吹，樂署也，妓能也，都尉官名，薛訪車，姓名也」，可知薛訪車爲姓名，時任都尉，其子年始十四。子字當屬下讀。如此斷讀，上下文意甚通暢。可爲定解。乃諸家異說可無議矣！陳八郎本「樂署也」作「音樂也」，「薛訪車」下有「子」字。明州本、奎章閣本、廣都本並同陳八郎本。贛州本、叢刊本、茶陵本五臣注翰曰亦同陳八郎本。各本皆衍「子」字，遂不可判讀。復因善注引《左傳》叔孫氏之車子鉏商以釋「車子」出典。清儒梁章鉅乃據《春秋內傳古注輯存》引服虔曰：「車，車士，微者也，子姓。鉏商名。」又《家語》云：「叔孫氏之車士曰子鉏商。」因疑非此車子。梁章鉅以爲車子是當時之歌者，亦如搜神記所載之張車子。（《文選旁證》，卷三十三，頁十二）案：此於車子雖有別解，仍謂「車子」爲詞。又胡紹煐據《姓纂》《漢

書古今人表》《易林》等，謂車即士，子屬下讀，是也，然若謂車爲車士，則薛訪爲姓名，與日鈔作「薛訪車，姓名」不合。又黃季剛先生云：「車子殆騶御之屬，而有斯絕技，異矣。」（註❸），知亦以「車子」爲詞而釋。凡此皆因今見刻本有誤而不得確解。案：《魏文帝集》收〈繁欽集序〉文，云：「上西征，余守譙，繁欽從。時薛訪車子能喉囀，與笳同音，欽箋還，與余盛嘆之。雖過其實，而其文甚麗。」此「薛訪車子」，當「薛訪車之子」省句。又〈答繁欽書〉云：「固非車子喉囀長吟所能逮也」，「車子」，亦當「薛訪車之子」省稱。文甚明。今據日鈔與集注本並作「薛訪車，姓名」，可證。饒宗頤校云：「流傳多歧，時代荒遠，竟難究詰矣。」非是。當作「薛訪車」都尉名，其子年始十四，善喉囀，遂有妙物之稱，因此而呈上也。（註❹）

④能喉轉反張戀引聲：日鈔「轉」字，陳八郎本並各本皆作「囀」，合併注該字下不出校語。知善與五臣無異，但集注本竟同日鈔作「轉」，又引注云：「音決：轉，丁戀反。」，今案日鈔亦出音注「張戀反」。據此，日鈔與《音決》當同音，作去聲「囀」。《廣韻·去聲》有囀字，云：韻也，又鳥吟，知戀切。下收有「轉」字，云：流轉，又張兗切。（《新校正切宋本廣韻》，頁四一二）據後音，實上聲「轉」。其義與音樂無涉。即《廣韻·上聲》收「轉」字，云：動也運也，陟兗切。（同前，頁二九三），蓋與「卷」「捲」，皆讀上聲，今日鈔下既音注「張戀反」，即《廣韻》「囀」音，作囀是。各本不誤，善注亦無異字，此日鈔誤書也。然而集注所引《音決》音，丁張同部，故亦作「囀」，集注本同誤書。今幸存

音注，得以校其誤。又幸有陳八郎本作「囀」以迴證。乃集注本又出案語云：「今案五家本轉爲囀。」，此校語若讀成「五家本轉字當改作囀」則正符日鈔。若讀成「五家本轉字作囀」，則大有可說矣！何則？其一五家本究爲五臣注本否？其二五家本做「囀」，與日鈔不合，與今見陳八郎本則合。然則，集注本與日鈔究係唐鈔？抑或唐鈔之傳寫？何以集注本所據音決做「丁戀反」，而不從其音，作「囀」字。反作「轉」。此關係寫本與刻本孰後，亦關係集注本與日鈔之鈔寫年代？屈守元考集注本爲南宋後以「集注」成風，流行而興起之本。（《文選導讀》，頁一四四），邱棨鐊則步羅振玉，董康之後，定爲唐人寫卷。（《文選集注研究》，頁一八）而日鈔又在集注本之前？抑其後？今據諸條校證，知日鈔多同集注本。且嘗據集注本出小字校筆，如「經國之大美」出校美字作義字。即其例。若然，集注本所謂五家當即五臣注。五家作囀，正合今見陳八郎本。然則集注本「今案五家本轉爲囀」，當讀成集注本有見於五家本「轉」字作「囀」者。似集注本所據白文即《音決》作「轉」者，而別見五家本另作「囀」者，遂並存之，以符「集注」之作，若然，則集注本審爲唐人寫矣。（註❺）抑有疑者，若日鈔在集注本之後，則日鈔音注或即《音決》音，而非五家固有。反之，若日鈔早於集注本，則日鈔有音注，正合呂延祚上集注表云：「並具字音，復三十卷。」據日鈔可校陳八郎本並各本脫音注之失。

⑤哀音外激：音字、日鈔與集注本同。奎章閣本、明州本、則作「聲」字，下出校語云「善本作音字」。但贛州本、叢刊本、茶陵本，同作「聲」字，下仍出校語云「善本作音字」。然則

日鈔嘗據善注本。似與注例不合。案：諸本惟陳八郎本獨作「哀樂外激」。各本作聲者，疑所據寫本已漫漶不辨，遂率爾刻聲字，蓋涉下文「聲悲舊笳」之聲字而誤。又見別本有作「音」者，遂出校云云。此必五臣注本作「樂」，善注本作「音」。據此，則集注本所抄白文當為善注本，日鈔又據集注本而再鈔之，忘改五臣實作「樂」。若此，較之前條校證（第④條），顯係集注本在前，日鈔在後。

⑥（細不幽散），日鈔銑曰「幽闇散絕也」，集注本同。陳八郎本並各本脫「闇」字。當據補。

⑦巧竭意遺：遺字，日鈔與集注本並同。陳八郎本與各本均作「匱」字。饒宗頤校引《唐潤州魏法師碑》匱作遺。案：此或書體字之異寫。

⑧（巧竭意匱），翰曰「匱乏也」，日鈔、集注本並誤乏為之，陳八郎本並各本不誤。

⑨優遊轉化：轉字，日鈔與集注本同。陳八郎本作變化，奎章閣本、明州本俱作變，下著校語云「善本作轉字」，贛州本、叢刊本、茶陵本並同奎章閣本。此例同第⑤條校證，益信集注本所據為善注本。而日鈔或嘗參校之。

⑩（涼風拂衽……莫不泫泣），銑曰「衽襟流貌」，日鈔與集注本「衽襟」同。案：陳八郎本衽下有「衣」字是也。各本並同有。又「流貌」，陳八郎本並各本流上有泫字，日鈔脫「泫」，集注本不脫。

四、〈答東阿王牋一首〉校證

①荅東阿王牋・陳孔璋：日鈔與陳八郎本同，陳八郎本只作者名題名前後互移，惟皆佔同行。集注本多「一首」二字，明州本、奎章閣本、尤本並有一首。餘各本無。

②（陳孔璋）題名下注，日鈔有「向日文章志曰」以下五十二字。惟「袁」誤「遠」，「典」誤「曲」。陳八郎本同有，並不誤。奎章閣本出向曰五十二字，並出校語云「善注同」，明州本同奎章閣本。贛州本、叢刊本、茶陵本則反之。出善注，五臣則「餘注同」。饒宗頤校云：「此節注，止東阿六字是向注，餘皆善注。許巽行以爲全是五臣注，亦誤。」案：饒校非是，據日鈔、陳八郎本，知五臣固有。又許無是說，查《文選筆記》卷六，此說乃指吳季重〈荅魏太子牋〉之題下注。非指此篇。饒校誤引也。

③荅東阿王牋：日鈔與各本並同，惟陳八郎本誤倒「阿東王」，當校改。此陳八郎本獨誤之例。

④高俗之材：日鈔於俗字旁有小字校筆「世」，又於材字旁有小字校筆「才」。集注本即作世作才。此必日鈔嘗參校集注本之證，不然，則讀日鈔者校記也。陳八郎本作「俗」作「材」。但觀濟曰「謂才過一代也」云云，未嘗不以材爲才。各合併注本均作俗，下著校語云「李善本作世字」，材字下則不著校語。案：此可知寫本或據善，或據五臣而不一，宋刻本則白文多從五臣注本。

⑤夫之白雪之音：日鈔之字旁有小字校筆「聞」，不審何據，集注本作「聽」，陳八郎本並各本俱同。惟日鈔獨校「聞」字。

五、〈答魏太子牋一首〉校證

①答魏太子牋：題名作者名，例同前揭三篇。

②吳季重：作者題下注，日鈔有「銑曰魏志云」以下三十四字。陳八郎本並各本皆同有。案：紹熙本《三國志‧魏志》同。但日鈔以下脫「才爲文」三字，陳八郎本脫「文才」二字。明州本、奎章閣本不脫。贛州本、叢刊本、茶陵本五臣注作「銑同善注」。然所謂善注，即日鈔銑曰三十四字。尤本並同。案：此皆非善注原貌。蓋善注不惟引《魏志》，復引《魏略》曰「質字季重，爲朝歌長也」九字。此九字惟奎章閣本有，證知奎章閣本兩注並詳不刪，確爲秀州州學刊本，書末有云：「二家注無詳略，文意稍不同者，皆備錄無遺。」，信然，此元祐九年二月刊。（公元一〇九四）當爲今見最早之北宋刊六臣合併注本。其祖本則據天聖年間國子監本。尤本無此九字，信知尤袤未見此本也。

③奉讀手令：令字，日鈔有小字校筆「命」，陳八郎本並各本同。尤亦作命，知二注無異文，何以日鈔誤令，其校者亦知出校命，然則鈔者與校者當爲兩手。

④追止慮存：止字，日鈔有小字校筆「亡」，陳八郎本並各本同作「亡」。饒宗頤校云：「日鈔用別體，凡亡字似止，又似正，〈枚叔上書諫吳王〉亦有此校。」信然。案：亡字作止作正，殆即敦煌寫卷俗寫例。

⑤臣質言：日鈔質臣誤倒，各本不誤。

⑥歲不與我：日鈔與陳八郎本並作「我與」，然據下注翰曰「不與我言不留也」，知五臣以「與我」爲釋，其正文不當誤倒。然而今見寫本刻本俱同誤，各合併注本亦不出校語，意此即五臣改正文例。《考異》云：「與我是也，善注引「歲不我與」，而正文自作「與我」，即所謂不拘語倒之例，前已詳論矣！尤依注改正文，非。」案：胡說是，惜無它本以證，今據奎章閣本，知北宋監本亦作「與我」。然尤知改正文「我與」，恐非以「不拘語倒」例之。疑尤必有見作「我與」一本者。

⑦終始相保：保字，陳八郎本作「報」，奎章閣本、明州本同作報，下著校語「善本作保字」，尤本即作保，贛州本同，下著校語「五臣本作報」，然則保報蓋兩注異文，今日鈔五臣注，自當作「報」何以竟作保，倘非誤鈔，當別有異本。

⑧效節明主：效字，陳八郎本誤「劾」，日鈔並各本不誤。

⑨（衆賢），良曰「衆賢謂陳徐之流也」，日鈔誤「衆賢陳謂徐」，陳八郎本並各本不誤。

⑩誠如來命：誠字，日鈔與陳八郎本並同。各合併注本互出校語云「善本作誠字」「五臣本作試」，據日鈔陳八郎本，兩注無異文。豈六臣合併本所見有異乎？

⑪（軍書輻至），此節注，合併本自「輻至言衆如車輻之湊於轂也」，注文混亂不可辨讀，陳八郎本亦如此。惟日鈔作「輻言衆來如車輻之湊於轂也」，注文甚可通讀，知各本脫來字，又衍「至」一字。此日鈔所據五臣注文獨優於各本者。又日鈔「寇至也」，寇誤冠。「轂」誤，當作「轂」。

⑫臣竊恥之：恥字，日鈔原作「聽」，旁有小字校筆「恥」。案：作恥字是，陳八郎本並各本作「恥」。此或鈔者自校，或讀鈔者補校，今已不可考。

⑬（後來君子），銑曰「謂後後者也」，日鈔後「後」字誤，當作「俊」也。

⑭伏惟所天：日鈔與陳八郎本並有此句，觀下注向曰「所天謂君屬太子也」，知五臣注當有。各合併注本出校語云「善本無伏惟所天字」，贛州本、叢刊本、茶陵本並同。俱出「伏惟所天」句，然下善注無注此句文。至尤本，則引《左氏傳》「臧尹克黃曰君天也。何休墨守曰君者臣之天也」二十字。《考異》云：「此不當無，傳寫脫耳，尤校添爲是。」案：胡說恐未必。蓋奎章閣本出校云善無此四字，且下繫注，善亦無注此句之文，則北宋監本已如此。尤添補，不合善注本。此即兩注異文例。向因僅據陳八郎本有此四字，不能定奪善注有無。今得日鈔，可無疑矣！

⑮衆議可以歸高：日鈔「可以」作「所以」，與陳八郎本異。奎章閣本並明州本同陳八郎本，不著校語。明州本眉端有校筆「所」字。陳八郎本眉端亦有校筆「一作所」。此必校讀者所書。贛州本作所，不出校。叢刊本、茶陵本始作所，並出校「五臣作可」。據此，日鈔當作「可」，以符五臣注本。

⑯所以同聲也：日鈔聲下無也字，與尤本胡刻本同。陳八郎本有也字，各合併注同有，不著校語。《考異》云：「袁本茶陵本聲下有也字，何校添，陳同，是也。」案：胡校知當有，是也。然何以尤本無也字，非尤漏之，疑尤或嘗見異本，如日鈔不有「也」字者。然則，有無「也」

字，疑即善與五臣之異。日鈔不惟可輔證陳八郎本，兼亦補今見尤本獨作之字。

⑰所以同聲……然年歲若墜：日鈔僅於同聲句下繫注，陳八郎本並同。此節注繫之位置，最能驗日鈔爲五臣注本。尤本自「伏惟所天」句下繫注，「休息篇章」又注，「窮理盡微」又注，「鸑龍之文奮矣」又注，「才實百之」又注，「所以同聲」又注。與各合併本並同。由此知尤本實自六臣注本剔出，亦可反證陳八郎本確爲五臣單注本，非自六臣注本出。

⑱今質已卅三矣：日鈔有「已」字，陳八郎本無。合併本互出校語云「善本有已字」「五臣本無已字」，據此知五臣本不當有，陳八郎本可證。然則日鈔雖以五臣本爲注，偶或誤鈔善本白文，亦可能也。

⑲平且之時：且字，日鈔旁有小字校筆「日」。陳八郎本作「生」，合併注本出校語云「善本作日字」，然則日鈔且字當「生」字誤。今出校筆，當爲讀鈔者據善本出校，或記異字。疑鈔者與校者非同一人。

⑳遊宴之歎：日鈔歎字旁有小字校筆「歡」。陳八郎本即作「歡」，各合併注本並作歡，無出異校。案：審此校筆例，合前條⑲校，確信日鈔偶或誤鈔，讀鈔者據所見本記異字或校誤字，甚合常理。然則鈔者與校者當非一人可信之矣！

㉑下愚之才：愚字，日鈔誤作「遇」，陳八郎本並各本不誤，當據改。

㉒時邁齒截：截字，日鈔於其下有音注「徒結反」。但下注良曰「截大也」。陳八郎本「截」作「𢧐」，音注與良曰同日鈔。各合併注本均作「截」，音注同，並不出校異同。尤本並同。

《考異》云：「疑此𢧐當作耋，故注引左傳耋老。袁、茶陵二本所載五臣良注「𢧐，大也」，蓋𢧐耋爲善與五臣不同也。然則善當有𢧐耋異同之注，今刪削不全。」案：考異說非，蓋未見陳八郎本也。陳八郎本作「戜」，良曰「戜大也」。是𢧐戜二字不同。胡所據袁本茶陵本，均後出之本，蓋自贛州本、明州本出，二本已均作𢧐，「徒結切」，良曰亦作𢧐。奎章閣本並同。知北宋刻本已混𢧐戜二字。幸陳八郎本作戜字。乃知五臣注作「戜」，善注本作「𢧐」，此兩注本異文，各合併注本失著校語。考《廣韻・入聲》收「戜」字，云：「大也。直一切。」（《新校正切宋本廣韻》，頁四六八）又收「戜」字，云：「剔也，又國名，在三苗國東。」音「徒結切」（同前，頁四九三），據此，知「𢧐」「戜」形近易混，五臣注良曰「𢧐，大也」，知即「戜」字。審五臣良曰「齒年　大也」，釋「時邁齒𢧐」句，意謂時日已去，年齒又已大矣。意甚暢。作「戜」是。又《集韻・屑韻》收「𢧐」字，音「徒結切」，即《說文》耋字。《漢書・孔光傳》：「臣光智謀淺短，犬馬齒𢧐，誠恐一旦顛仆，無以報稱。」顏師古注：「𢧐，老也，讀與耋同。」此即善注所引。胡克家云𢧐耋之異，實無不異。當「𢧐」「戜」之異。《考異》失校。然則日鈔或據六臣注本而鈔白文。陳八郎本則益信其當爲宋刻五臣單注本，且必源自唐寫、監本，或更早之昭明原本。

㉓略陳至情：情字，日鈔誤「惜」，旁有小字校筆「情」。此同⑲條校證例。陳八郎本並各本不誤。

六、〈在元城與魏太子牋一首〉校證

①在元城與魏太子牋一首：日鈔不重出吳季重作者名，如前篇「答魏太子牋一首吳季重」之例，陳八郎本同日鈔，亦不重出作者名。此五臣注最是。餘各合併注本並尤本，俱重出，並分佔二行。足證日鈔與陳八郎本均為五臣單注本。

②（在元城與魏太子牋一首），題名下注向曰，日鈔向曰二十一字，實善注。奎章閣本、明州本兩注並存，略有增減，陳八郎本不同日鈔，即同奎章閣本、明州本之向曰。最是。此必日鈔誤鈔善注以為五臣。

③（燿靈慝景），日鈔翰曰「逶藏也」，陳八郎本逶作慝。是也。

④想李齊之流：想字，日鈔有小字校筆「存」。陳八郎同作想，再證日鈔所據為五臣注本。合併注各本互出校語云「善本作存字」「五臣本作想字」。

⑤因非質之能也：日鈔因字旁有小字校筆「固」字，陳八郎本即作固，各合併注並同，不著校語。則此同前條④之校證例。然日鈔復於能字旁出小字校筆「所」字。陳八郎本並各本俱無。諸本惟尤本胡刻本有所字。此尤本獨見例。而竟與日鈔校合。

七、結語

據以上校證，知日鈔寫卷大有助於五臣注原貌之考辨，蓋寫本與刻本之異，僅據其一，皆不足以定五臣注爲何？今世幸存五臣單注之眞刻本，而非自六臣合併而剔出之單注，如今見尤本胡刻本是。惟此五臣注之陳八郎本，只爲孤本。往往於獨見之處，欲引據以校今本之失，每苦於無它本以參校。今世可見之五臣注它刻本，惟杭州貓兒橋鍾家刻本，然亦爲殘卷，僅存二十九、三十兩卷，無以盡覽。今幸而有此日鈔五臣注，可據以輔證陳八郎本獨見之正誤，由此考推五臣注原貌如何，遂可說矣，此日鈔之最大價値。

茲再括舉以上校證可得以提示五臣注原貌之參證者，並日鈔之價値如下：

其一曰鈔可校宋刻紹熙本《三國志》之誤。如楊德祖〈答臨淄侯牋〉，有句〈不復謂能〉，《三國志》誤作「不能不能」，日鈔與各本並作「不復謂能」。

其二曰鈔有獨見之注，可校今見各本五臣注之誤。如同前文「傾首而竦耳」，各本誤竦耳注曰便聽傾聽，惟日鈔作正聽，於義爲洽。

其三曰鈔有助旁徵文選善注五臣注之詳略，以考舊說「釋事忘義」之評。如同前文有句「彌日而不獻」，兩注文稍異，因疑五臣混善，或善入五臣。據日鈔五臣有注，集注本善亦有注。知兩注並有，不相混奪。各合併注刻本俱刪善釋意三十字，未可據以論定即善注不釋義。

其四曰鈔既以五臣本白文爲據，則凡陳八郎本有異文，而與善注本不同者，日鈔可爲現存最佳之對校本。如前揭文陳八郎本白文有句「春秋之成莫能損益呂氏春秋然而弟子拑口」，此陳八郎本獨誤者。今據日鈔對校知其必誤，至有然而二字，與合併本出校不合，曩昔無有它本可定奪。茲據日鈔同有然而二子，知五臣與善注無異也。日鈔又可補正合併本誤校異同之語。

其五日鈔偶有校筆，所出校字，文選白文異字，有不在今存各刻本所見者。如前揭文「經國之大美」一句，美字旁，日鈔有小字校筆「義」，與集注本案語所見陸善經本合。可知日鈔反映文選白文尚有別本，與善注五臣注今見者不同。由日鈔可知唐代文選版本非一。

其六日鈔所見五臣注，有引書與釋意並具者，最足以驗五臣體例，蓋五臣引書遇有與善注重者，胡克家《考異》每謂五臣冒襲善注。又尤本即多符胡校語。各合併本則或詳或略皆不一。向者，雖有陳八郎本可據以駁《考異》，證五臣注當有。然究爲孤證。今有日鈔對校，益信五臣注當有，遂得以考五臣注實亦有助於選文之解，有補於善注之闕。如前揭文「敢望惠施以忝莊氏」句校證。

其七日鈔獨見五臣注，有助斷讀文選白文。如繁欽〈與魏文帝牋〉有句「薛訪車子」，向皆以車子就車士而索解，遂不可讀，日鈔翰曰「薛訪車，姓名」，乃今見各本皆於車下衍「子」字，遂不可通讀矣！實則據日鈔，薛訪車，即都尉名，其子年幼善音。義甚明，句可通。日鈔獨作，可校正清儒煩引名物訓詁考證之失。

其八日鈔有獨存音注，據音切還原正文作字，復可校訂今見各刻本文選白文之誤字。如繁休伯〈與魏文帝牋〉有句「喉囀引聲」，日鈔囀字下音注「張戀反」，陳八郎本並今見宋刻各本俱闕。據字音當作「囀」字，作「轉」非。向者無音切以對，今有日鈔，遂可斷各本不誤。且五臣注「並具字音」，於日鈔可得證。

其九陳八郎本有獨作之字，與六臣本校語不符。苦無旁證，據日鈔乃得有說。如吳季重〈答魏太子牋〉有句『誠如來命』，六臣注各本互出校語云「善本作誠」「五臣本作試」，今據日鈔與五臣本同作「誠」，知兩注無異文，陳八郎本獨作之例，遂有旁證。

其十日鈔繫注位置與陳八郎本同，可輔證陳八郎本確爲五臣單注本，非從六臣本剔出。如前揭文有句「伏惟所天」以下至「所以同聲也」大段白文，自奎章閣本、明州本、贛州本、叢刊本、茶陵本等六臣合注本，皆分段繫注。尤本即與之同。知尤本實自六臣合注本剔出善注者。惟日鈔與陳八郎本整段白文不注，統於「同聲」句下合注，此五臣注本體例也。日鈔可證陳八郎本爲宋刊本無疑。

附註

註❶：此節注，楊脩引仲山甫周旦爲作者之比喻，周旦確如〈七月〉詩序所云陳王業之變，可曰作者，而仲山甫如善注已摘其誤，蓋吉甫美仲山之德而已，仲山甫不爲作者。此善注兼考訂之義例。五臣注未解之，此五臣注疏漏。何義門云：定是一時誤使。（《義門讀書記》，下册，頁九五四）。

註❷：許巽行云即薄波切，見《文選筆記》卷六，頁四五。案：許音即據《廣韻》。又張雲璈亦音婆。（《選學膠言》，卷十七，頁十四）案：諸家音皆同《廣韻》，五臣注作又音。

註❸：黃氏此注見於臺灣版《文選黃氏學》，蓋出黃氏女黃念容據批本而過錄者，見頁一九〇。又有黃焯整理本，見《文選平點》，頁一二五。二本過錄多有異文，唯此條注並無不同。

註❹：本文所稱引饒宗頤校文，即〈日本古鈔文選五臣注殘卷〉乙文，乃首校此殘卷者。惜饒氏參校之本，僅爲叢刊本、胡刻本。叢刊本蓋出贛州本之後，二本異文間出，叢刊本緣張元濟收入商務版四部叢刊初編，遂通行。然學者多誤以叢刊本爲贛州本，實不然也。如屈守元《選學椎輪》初集所收各篇校文選文，引校叢刊本皆稱贛州本。饒氏所參校本不多宋本，本文據今存宋刻各本，並陳八郎五臣單注參校之。

註❺：五家注與五臣注，當辨之。自開元六年呂延祚上表，陳八郎本存此表文，僅題「進集注文選表」，是唐人以「集注本」稱之。而有五家集注，故日本古鈔集注本引曰「五家本」，以「臣」字叩題者，蓋始於宋。陳錄有《六臣文選六十卷》（《直齋書錄解題》卷十五），崇文總目有《文選三十卷》呂延濟注。（案不加臣字）又《文選六十卷》唐李善因五臣而自爲注。（《崇文總目》，卷五）晁志則逕題《五臣注文選三十卷》。（《郡齋讀書志》，卷四下）凡此皆可見宋人以「五臣」稱之。然據呂延祚上表云：「記其所善，名曰集注。」，實未自稱五臣集注。凡臣字稱者，當自刻本始，而北宋國子監刊本首稱之。今據韓國奎章閣藏秀州州學刊本，存「五臣本後序」乙文，爲各本所闕。云：「文選之行，其來舊矣，若夫變文之華，實匠意工拙。梁昭明序之詳矣，製作之端倪，引用之典故，唐五臣注之審矣……（下略）。」云云，可知北宋國子監刊五家注已稱五臣矣。特記之如上。

引用參考書目

屈守元，一九九三，《文選導讀》。成都：巴蜀書社。

宋效永（校點），一九九二，《三曹集》。長沙：岳麓書社。

牛貴琥，董國炎，一九八九，〈文選六臣注議〉，收入靳極蒼（編），《古籍注釋改革研究文集》，頁一五六—一六二。太原：山西人民出版社。

何焯，一九八七，《義門讀書記》。北京：中華書局。

黃侃（平點），黃焯（編次），一九八五，《文選平點》。上海：上海古籍出版社。

蕭統，一九八三，《文選》（奎章閣本）。漢城：正文社。

蕭統（編），一九八一，《文選》（陳八郎本）。台北：國立中央圖書館。

潘重規，一九八一，〈敦煌卷子俗寫文字與俗文學之研究〉，收入《敦煌變文論輯》乙書，頁二一七九—三二二。台北：石門圖書公司。

盧弼，一九八一，《三國志集解》。台北：漢京文化事業有限公司。

王堯臣，一九七八，《崇文總目》。台北：臺灣商務印書館。

晁公武，一九七八，《郡齋讀書志》。台北：臺灣商務印書館。

陳振孫，一九七八，《直齋書錄解題》台北：臺灣商務印書館。

邱棨鐊，一九七八，《文選集注研究》。台北：文選學研究會。

林　尹（校訂），一九七六，《新校正切宋本廣韻》。台北：黎明文化事業股份有限公司。

黃季剛，一九七七，《文選黃氏學》。台北：文史哲出版社。

梁章鉅，一九六六，《文選旁證》。台北：廣文書局。

胡紹煐，一九六六，《文選箋證》。台北：廣文書局。

許巽行，一九六六，《文選筆記》。台北：廣文書局。

張雲璈，一九六六，《選學膠言》。台北：廣文書局。

饒宗頤，一九五六，〈日本古鈔文選五臣注殘卷〉，刊《東方文化》三卷二期。香港：香港大學。

敦煌古抄《文選》五臣注

一、敘論

《昭明文選》一書成於蕭梁，注其書而始於隋，所謂蕭該《音義》之作。降至李唐，則揚州曹憲爲首倡，其後許淹、李善、公孫羅繼之。凡注音釋義校詁，皆稱文選學。文選之爲學，昔人皆以新舊《唐書》爲據，其始名當自《大唐新語》卷九〈著述〉篇。（註❶）詳載唐代文選之作。自李善之餘，謂開元中中書令蕭嵩奏請王智明、金吾衛佐李玄成、進士陳居等注文選。惜功竟不就。

蕭嵩之後，又有呂延祚集呂向、李周翰、張銑、呂延濟、劉良等五家注，號曰《文選五臣注》。自是而觀，所謂唐代文選學，於高宗玄宗盛唐之際，宜有多家，而不專主善注也。惟唐代寫卷，是否與今傳宋刻各注僅存善與五臣兩家，則不得而知。以故明清所謂選學有校勘家，專力於善注與五臣注之分合別疏，如胡克家《文選考異》即是。然究因所據僅爲刻本，刻本中又只及見後出之袁本尤本，所謂唐代寫卷，清人竟無一家引校。蓋囿於寶物埋地，不出以示人也。

近歲文選學復興，各本間出，尤以唐代寫卷並日本古鈔本出土，爲諸方家引據，所見遂優於清代選學家綦多矣！

今日論文選學，首在明寫本與刻本之異。吾人當質之者，即寫本之文選注，於唐代開元間各家注，有單行與合寫之分，有白文注文單行或合鈔之異，有善注初注覆注三注之各本別行，亦有五臣注各家獨刊，後經呂延祚集注本之詳略。尤於寫卷過渡至刻本之際，何以自北宋景德四年刻，獨尊善注，仁宗國子監本亦宗善注，而五臣注並它家說（如前揭蕭嵩諸人）乃竟隱而遭貶。於是，自南宋合刻本出，五臣亂善，善奪五臣，遂致混淆駁雜，不可判讀矣！

今案五臣之一呂向，惟《新唐書・文藝傳》百二十七有傳，載開元十年召入翰林，侍太子及諸王爲文章。傳云：嘗以李善釋文選爲繁醲，與呂延濟、劉良、張銑、李周翰等更爲詁解，時號五臣注。（《新唐書》，鼎文版，頁五七五八）可知五臣注文選已爲當時名。則五臣注各家原貌爲何？

宋刻《崇文總目》卷五收《文選三十卷》，呂延濟注，其次《文選六十卷》，唐李善因五臣而自爲注。（《崇文總目》，頁三二五）先後淆亂，黃伯思《東觀漢記》已辨正之。（《東觀餘論》，頁三三四）惟吾人當注意者，何以五臣注實經呂延祚集其「善」者而上表之，表文在開元六年，宋刻書目不題呂延祚，或五臣注，反題曰呂延濟。豈呂延祚集本雖行，而五臣各注尚有單行別出，輾轉抄傳於士子之間？（註❷）

案呂向傳，《新唐書》次於李善李邕之後，而兼題注文選事，知非無用心處，蓋謂呂向亦注選名家也。然宋人所見已無向注文選，《崇文總目》題呂延濟注，王應麟則題五臣注文選。又別有《文選抄》十三卷。（《玉海》卷五四，頁一〇一八）可推知宋人所見唐代寫本文選善注與它家注實各單行。然則，倘欲求所謂五臣注者，遂不能僅據宋刻以後經合注之各本以推考之。尤須上推至唐代寫卷爲何？方得以驗五臣注原貌？

蓋唐代流行鈔注，凡讀書，或集諸家說合鈔之，文選爲當世所重，讀之者必夥，轉抄合注之事，殆亦可能，所以，今見日本流傳之文選集注本，所鈔者不惟善與五臣，尚別有陸善經，公孫羅，音決之注。

其再傳寫之鈔注，尚有所謂日本古抄本文選，僅鈔白文，其旁記日本音讀與簡注，皆據集注本而鈔者。（註❸））此蓋讀書之法也。是類鈔注，悉爲寫卷，多有與今見宋刻本之存五臣者不同。宋以后，善注獨尊，沿習而成風，遂有李、姚、王、蘇譏評五臣注之非。（註❹）

今世選學復興，大陸已成立文選學會，並召開兩屆文選學國際會議，其第三屆今夏將會於鄭州。顧今世選學家於五臣與善注之優劣論，已不盡襲舊說，思有以反駁辯護。若陳延嘉謂：「五臣注在注音、解詞、釋典、疏通文意、闡明述作之由等方面，都有不同于李善注的獨到貢獻。」（見〈論文選五臣注的重大貢獻〉乙文，刊於趙福海一九九二，頁六八）誠然，陳氏有見及此，遂勾舉五臣注之可陳者，一一條述，幾可針舊說之偏。

惟貶之者仍在，若屈守元仍稱五臣注爲庸俗化（《文選導讀》，頁六六），孫欽善亦謂「褒李貶五臣，終成定論」（〈論文選李善注和五臣注〉乙文，刊於趙福海一九八八，頁一八八）觀此評騭，率皆據今見刻本而論，其爲五臣注之眞貌否？不先辨正，信口而評，當則當矣！頗嘆五臣之厚誣而不明。

今世治五臣之學，宜先暫置舊說襲評，越刻本而上，就寫卷鈔本以爬梳五臣注，次其體例，析其義規，還其未經合併前之原貌，事畢，再平心靜氣以論評善與五臣優劣，庶幾可得。

本文因援一敦煌寫卷鈔注五臣之說，以爲底本，而更參之宋刻各本，資用對校，欲求五臣注刻寫不同本之徵，進而整理心得，以質向來施於五臣之舊評，就教於方家。

一、敦煌寫卷文選現存篇目

所謂鈔注寫卷，日本古抄之餘，自以敦煌藏爲最夥。然敦煌藏文選寫卷，或白文，或善注，或見於著錄，或散於私家收藏。余歉未能每卷親寓目，僅據各家所引述，略爲排次，依各字號，及篇目，列舉今存可見之敦煌寫卷文選篇目如下：

屬《敦煌古籍敘錄》第十六冊所收者，共十七卷，其文選篇目如下：

1.伯二四九八〈李陵與蘇武書〉上半白文。

2.伯二八四七〈李陵與蘇武書〉下半白文。

3.伯三六九二〈李陵與蘇武書〉全首白文。

4.伯二五二八張衡〈西京賦〉起「井幹疊而百增」至末，白文並李善注。

5.伯二五二七東方朔《答客難》起「不可勝數」至揚雄〈解嘲〉「或釋褐而傅」止，白文並李善注。

6.伯二五四二任昉〈王文憲集序〉起「之旨沈鬱澹雅之思」至「弘量不以容非政乎異端歸之」，僅白文無注。

7.伯二五二五沈約〈思倖傳論〉起「屠釣卑事也」，次班固〈史述贊述高紀〉全首，次〈成紀〉全首，次〈韓英彭盧吳傳〉全首，止范曄〈光武紀贊〉全首。全部白文無注。

8.伯二五五四謝靈運〈會吟行〉一首，鮑照〈東武吟〉〈出自薊門北行〉〈結客少年場行〉〈東門行〉〈苦熱行〉〈白頭吟〉等五首。卷前有陸機〈短歌行〉殘篇，起「以秋芳來日苦短」至「短歌可詠夜無荒」。全部白文無注。

9.伯二四九三陸機〈演連珠〉起「博則凶是以物稱權而衡殆」至「水而淺深難察」。全部白文無注。

10.伯二六四五　李康〈運命論〉，起「其末天下卒至於溺而不可援夫以仲尼之」，至「道之將廢也命之將賤也豈獨君子恥」。全部白文無注。

11.伯二六五八　揚雄〈劇秦美新〉起「禮樂之復」，至「庶可識哉」。次班固〈典引〉殘卷。全部白文無注。

12.伯二七〇七　王融〈三月三日曲水詩序〉，起「共也我大齊之握機」，至「普汎而無」。白文無注。

13.伯二五四三　王融〈三月三日曲水詩序〉，起「用能免群生於湯火」，至「凡卅有五人其」，次任昉〈王文憲集序〉，起「公諱儉」，至「天道運行」。全部白文無注。

14.伯三七七八（與斯五七三六）同卷　顏延之〈陽給事誄〉，起「力屈受」，至「有餘惠嗚呼哀哉」。白文無注。

15.伯三三四五　王儉〈褚淵碑文〉，起「太祖之威風抑亦仁公之翼」至「徽鏘洋遺烈久而彌新用而不竭」，卷末有題「文選卷第廿九」。白文無注。

16.斯三六六三　成公綏〈嘯賦〉，起「自然之至音非絲竹之所擬」，至「乃知長嘯之奇妙音聲之至極」。白文無注。

17.伯二八三三　無名氏（疑蕭該或許淹）《文選音》殘卷，出原文一二字，下注直音或反切音，所注爲任昉〈王文憲集序〉下半，與干寶〈晉紀總論〉之音。無白文，並無注。

以上十七種敦煌寫卷，已見著錄，且爲專家引證校刊，或影寫，或校記，分見於羅振玉《鳴沙石室古籍殘叢》，劉師培、王重民、日人神田喜一郎《敦煌祕籍留眞新編》等專著中。其後饒宗頤《敦煌本文選斠證》乙文，續有補錄三卷，其目如下：

1.伯三四八〇　王粲〈登樓賦〉，共十四行。

2.斯六一五〇　楊德祖〈答臨淄侯箋〉，存二行「而辭作暑賦彌日……而歸憎其貌者也伏想……」十六字。

3.斯五七三六　顏延年〈陽給事誄〉，存七行，起「貞不常祐義，有必甄」。（一作起「典而爲之誄其辭曰」，止「負雪懷霜如彼」）

以上三卷乃饒氏於法國巴黎圖書館親見而著錄者，其中斯五七三六所載〈陽給事誄〉，與伯三七七八，卷子同。饒氏於王粲〈登樓賦〉與楊德祖〈答臨淄侯箋〉各有校記。

新近有伏俊連《敦煌賦校注》乙書，收四十七個號卷，共得賦二十六篇，屬《文選》者，有伯二五二八張衡〈西京賦〉，伯三四八〇王粲〈登樓賦〉，斯三六六三成公綏〈嘯賦〉，校之蘇聯藏一四五七號卷子，左思〈吳都賦〉。前三卷已見著錄，唯蘇一四五七左思〈吳都賦〉首見著錄。

有關蘇藏敦煌卷子，近已續有發現，據蘇聯《亞洲民族研究所收藏敦煌寫本目錄》提要著錄，經大陸學者白化文在〈敦煌遺書殘卷綜述〉乙文引述，蘇聯藏敦煌文選共四號卷子，其目如下：

1.列（L）二八六〇　任昉〈王文憲集序〉，起「（六）年又申前命」，止「無以仰模」。

2.列（L）二八五九　張協〈七命〉，起「虞人數獸」，止「酒駕方軒」。

3.列（L）一四五一　左思〈吳都賦〉，起「波面振緡想萍實之復形訪靈夔於鮫」，止「也則木石潤色其吐哀也則」，提要云「附極少的注釋於本文之下」，不知是否即善注。

4.列（L）一四五二　束晳〈補亡詩〉，起〈由儀〉第三句「明明后辟」，止曹植〈上責躬應詔詩表〉后半「馳心輦轂」。

以上四卷，一四五一號與伏俊連所著錄者同，一四五二號，則日本漢學家狩野直喜於一九二九年三月已著錄於日本《支那學雜誌》五卷一期〈唐鈔本文選殘篇跋〉乙文中，如此新出蘇聯卷號文選寫本，實有二卷。再者，二八六〇號卷子收〈王文憲集序〉已復見於伯二五四三，惟文句不同，是否爲原卷相同而割者，亦待比勘。

類似分割散見各處之卷子，據白化文《敦煌遺書中文選殘卷綜述》，尚有伯字號兩卷：

1.伯四八八四　收顏延年〈三月三日曲水詩序〉，起「和闔堂依德」，止篇末。次王融〈三月三日曲水詩序〉，止「固不與方」。

2.伯五〇三六　陸倕〈石闕銘〉，首行存「髻之長莫」，末行存「御天下之七載也」。此兩卷之伯四八八四收王融〈三月三日曲水詩序〉，與伯二七〇七，伯二五四三所收同篇，惟文句不同。疑亦同卷而分割者。如此，首見著錄伯五〇三六陸倕〈石闕銘〉。

再有一卷，藏敦煌研究院，編號〇三五六號，錄李康〈運命論〉，據李永寧〈本所藏文選運命論殘卷介紹〉乙文之紹介，即伯二六四五李康〈運命論〉下半段。蓋同卷而分割之又一卷。

白化文〈敦煌遺書中文選殘卷綜述〉乙文，登錄一卷北京圖書館藏，編號新一五四三卷，錄陸機〈辨亡論・上〉，乃新出卷，爲前此各家所未見，亦目前敦煌卷子散遺北京之最著者。嘗著錄於《敦煌劫餘錄續編》，共三張，七十一行，白文無注。

以上各卷，無論白文或有注，均非五臣注者，其白文各卷，亦不詳是否即五臣三十卷本。欲從敦煌各卷尋所謂五臣注爲何，不啻緣木求魚乎？

今幸而有日本古鈔五臣注殘卷，首見於饒宗頤氏之校。於五臣注之條例與優劣，別有新說，其結語述十項可參者，其中有云：五臣注有爲人誤亂處。又云：六臣本割併五臣及李善注有兩誤處。又云：鈔本正文有特異者。凡此皆可謂創見。

惟日本古鈔是卷豈眞爲現存最古之五臣注？又僅據日本鈔，即斷曰五臣注當某作某，恐亦未安。茲就饒校之餘，重爲引宋本覆校，舉饒校是卷〈奏彈劉整〉爲例，有如下之異聞。（註❺）

三、〈奏彈劉整〉日本古鈔與宋刻校證

(一)白文校證

①馬援奉嫂：嫂字，日鈔與尤本、奎章閣本同。陳八郎本作㛐，俗體，《龍龕手鑑》卷二：㛮，㛐俗，嫂通，㛮，正，蘇老反，兄㛮也。又《廣韻》上聲三十二：㛮，兄㛮，蘇老切。㛐，俗。可證字書以㛮㛐正俗字。㛮即嫂。日鈔作嫂，與陳八郎本作㛐字異。而陳八郎本與明州本、贛州本、叢刊本、茶陵本俱同。然則五臣注本有嫂㛐之異。日鈔究為五臣注原貌與否，仍不能遽斷也。蓋日鈔亦可能白文鈔善，注鈔五臣。而陳八郎本究為五臣注原貌與否？亦不能單據日鈔以定之。蓋以贛州本、叢刊本、茶陵本考之，此皆善注在前，五臣在後，前詳後略之合注本。即據善注合刻五臣之宋本文選六臣注。其白文當與善注之尤本（今見最早之單注本）同。今所見竟與尤本異。然則善注本作嫂，五臣注本作㛐，日鈔既如饒宗頤考訂屬五臣注本，當與陳八郎同作　。

②氾（音凡）毓（音育）字孤：氾字毓字下日鈔有音注，與各本同有。惟各本無「音」字。陳八郎本無音注。倘日鈔依饒氏校考為五臣注原貌，則陳八郎本何以獨無音注？以日鈔校陳八郎本，陳八郎

本遂不可如鄭騫考定為五臣注原貌矣！

③是以義士節夫：日鈔有是以二字，又以上重士字。贛州本、叢刊本、茶陵本有是以二字，下著校語云五臣本義上無是以二字。明州本反是，無是以二字，下著校語云善本義上有是以二字。今案：陳八郎本無是以二字，與各本校語合。蓋南本刊各合注本有二系，一以善注在前為詳，如贛州本是，一以五臣注在前為詳，明州本是。而奎章閣本兩注並列，俱不刪略。其下著校語云五臣注本無是以二字，與陳八郎本合。何以日鈔有是以二字，乃不能逕斷日鈔為五臣注原貌。否則，獨有是以二字之特例，如何解釋？或鈔者於白文據善注本，於注僅鈔五臣，遂成今見之誤，亦未可知。不然，直謂日鈔為五臣注本文選，如饒宗頤考定，恐未必信。

④廿許年：日鈔與集注本並作廿，陳八郎本、尤本、奎章閣本、明州本、贛州本、叢刊本、茶陵本等俱作二十。知寫本與刻本兩異。

⑤叔郎整恒欲傷害：恒字日鈔與集注本同。不減末筆。陳八郎本同此二寫本。各合注本均作恒，下著校語云善本作常字。且恒字末筆缺。惟奎章閣本不缺。案：恒字宋帝兩諱，一在北宋眞宗名恒，諱代字有：常、安代元，兼諱姮、峘、佷等字。又欽宗諱桓，以魋代桓，兼諱垣、恒、梡、莞、鸛、巘等字。（註❻）今若以諱筆考之，寫本不避固宜，刻本皆避，可據以考宋刻。何以陳八郎本不避，奎章閣亦不諱？後者出外邦所刻，或有可說。然則中土

之宋刻文選，獨陳八郎本合於日鈔，則陳八郎之祖本必源自寫本可推知矣！

㈡注文校證

①（家無常子），良曰「兗號其家」，日鈔兗下脫土字。陳八郎本、明州本、奎章閣本同作「兗土」，不脫土字。贛州本、叢刊本、茶陵本、略良注，其善注末校語云五臣作「兗土」。案：王隱《晉書》今佚，據饒校引集注本錄善注作「兗土」，與今見各本善注作「青土」不合。是以日鈔與陳八郎本雖作「兗土」，仍不能據以考定善注與五臣注異。否則，集注本錄善注作「兗土」，必誤也。吾人當據集注本以駁後世刻本之誤，抑反之，據刻本以質集注本是否眞爲唐鈔？乃遂不可定矣。（註❼）

由以上諸例，可見所謂五臣注文選之問題，倘就版本觀之，有寫本與刻本之異，如前揭「恒」字，寫本不缺筆，刻本缺。「嫂」「㛐」，亦有刻寫之不同。

次有白文之異，而白文究以善注爲主，或以五臣注爲主，仍不能逕據今所見六臣合注本之校語爲準。如「氾」「毓」之音讀。寫本有，陳八郎本無。

三者，據今見，所謂五臣單注本者，厥有三種，其一杭州貓兒橋殘本。（註❽）其二陳八郎本，其三即日鈔。此三種余未見貓兒橋殘本。就後二本而言，倘欲據此而論定五臣注原貌爲如何，恐亦未必然，如前揭「是以義士節夫」句有無是以二字之考定。

今幸而又得知有敦煌本五臣注文選之殘卷一種，未見諸家考定，凡日鈔、陳八郎本、合注本所見五臣注之有疑而待考者，復可據此殘卷再論證之。因試校之，並記關鍵問題於下，庶幾所謂五臣注文選原貌可推想之。

是卷以麻紙寫，共十一葉，都二百卅六行，首尾缺。原藏敦煌，後轉入日人 Moritatsu Hoskawa 收藏。全卷無白文，僅有鈔注，意當爲鈔者讀文選之憶寫。唯所鈔注皆五臣注今本有者，知非善注。又有獨出之注，與兩注不同，（詳下文各校證）。其裝幀法式與伯希和藏王氏切韻殘紙之四十二葉，王國維已校之刊謬補缺切韻同式，信爲唐人鈔寫。書以楷體，似陸柬之筆意，蓋亦二王書風。卷中民字十餘卷，有二處缺筆。各在行一六五行一六七（參附錄原卷影本）。脫字錯字並簡省誤鈔者甚多，至有不能辨曉文意者。此十一葉所鈔注篇目，計有：司馬相如〈喻巴蜀檄〉、陳琳〈爲袁紹檄豫州檄〉、鍾會〈檄蜀文〉、司馬相如〈難蜀父老〉等。

其中多處鈔注所據白文，皆同於今見刻本之五臣注。若〈難蜀父老〉乙文，「澌沈澹災」句下繫注，明州本、奎章閣本、陳八郎本等俱作「澌」，與善注本作「灑」不同。又持與日本集注本卷八十八〈難蜀父老〉所引注不同，知非同源。

是卷卷末連屬它文，即唐末法僧曇曠大乘百法明門論開宗明義記，共十一行，字跡粗劣。行楷不一，筆劃未工，不若是卷精審。下即據今見宋刻本文選，對校是卷，其有關五臣注體例與原貌者，別書案語以闡明之。

四、〈喻巴蜀檄〉校證

①〈喻巴蜀檄〉題下，善注約節《漢書．司馬相如傳》文，以注喻檄之緣由，但於檄體闕注。五臣注亦闕，今見奎章閣本、明州本、贛州本、叢刊本、茶陵本、尤本、陳八郎本俱闕。敦煌鈔「檄也明也，將欲出師，此（此下疑脫猶字）之於雪（雷誤）……（雷）動則電出，故師先之以璬，比電光出玄，皎然以道理告喻之」三十六字。案：此三十六字當繫於題下注，蓋鈔者補注善與五臣闕注者。依五臣注體例，凡善注闕者，例多增注。鈔注即合於例規。然五臣注於「司馬長卿」題下，今本有「檄，皎也，喻彼使皎然知我情也。此周末時穆王令祭公謀甫為威猛之辭，以責狄人之情，此檄之始」三十八字。鈔注與今本略異，然皆扣一「皎」字意而索解，似鈔者必參之五臣翰曰云云。所據即《文心雕龍．檄移》篇云：震雷始於曜電，出師先乎威聲。故觀雷而懼雷壯，聽聲而懼兵威。兵先乎聲，其來已久。〈檄移〉篇又云：暨乎戰國，始稱為檄，檄者皦也，宣露

於外，皦然明白也。鈔注與五臣注俱從此出。疑鈔注倘非別有所據，則必爲五臣注之稿本，且未經合刊者。蓋呂延祚集五臣注，上表云：「作者爲志，森乎可觀。記其所善，名曰集注，並具字音，復卅卷。」則其所上之注，殆取五臣各家之「善」者，其不「善」者或當略之，僅見於未合刊前之各家注稿。於是，所謂五臣注，當分集刊本與分刊本。鈔注或據分刊本而鈔。惜分刊本未見，輾轉據呂延祚集本而刊之刻本，遂不能存五臣注原貌，無怪乎五臣注受李（匡乂）、姚（寬）、王（楙）、蘇（東坡）之譏評也。今審敦煌鈔此節注，雖本之文心之說，然不直引原書，但約舉其意，更益以己釋，混抄而注，此所謂引文與白譯並具之綜合詮釋法。凡此皆符今本五臣注之例，其引書不稱名亦同。據是可暫定敦煌鈔注爲文選五臣本。

又此文題下繫注，敦煌鈔所見五篇皆如此，分別於此文，並陳琳〈爲袁紹檄豫州〉、陳琳〈檄吳將校部曲文〉、鍾會〈檄蜀文〉、司馬相如〈難蜀父老〉等題下各有鈔注，又五文排列先後與今見各本同。然而難文時代在袁紹陳琳前，當次於〈喻巴蜀檄〉後，今竟不如此，其可得啓示者，即鈔注所據本，「難」體當爲一類。此關係選學體類之分至鉅。蓋今見各刻本惟陳八郎本目次立難爲一類，與檄移分。餘各本不分。遂於《文選》體類至多只三十八類說。其三十九類說者，謂難體當分，苦無版本以對。且今見敦煌本、日本古鈔、集注本等俱闕文選目錄，是以寫卷不知其分類，刻本惟陳八郎本宋本孤證，今幸而可由此敦煌寫卷鈔注體例推考之，雖仍不能直接自目錄以求，但至少可自鈔注體例以資陳八郎本分難體之輔證。若然，則寫本刻本兩存難體，信知文選

體類當分三十九無疑。此敦煌鈔注於選學考訂之又一大價值。（註❾）

⑤〈移師東指閩越相誅，右吊番禺太子入朝〉，今本善注全引《漢書》顏師古注，辨弔字義。五臣注良曰「閩越，南夷國名也，相誅謂自相誅殺而降也。弔問罪也，番禺南越王遣太子嬰齊入宿衛也」，明州本、奎章閣本、陳八郎本俱同。敦煌鈔「于時有閩越王偵（傾誤）兵侵南越王胡鹽（？）界。南秦來遣太子嬰齊入侍，欲誅去閩越，閩越第聞漢助之，怖，煞其兄，與自來降，即至也」四十八字，蓋約取《史記．南越傳》文而稍易之。鹽界疑邊界之誤，《史記》做邊邑，南秦二字衍，第即弟，怖即驚怖之意，又煞即殺，鈔注凡殺皆諱殺。案：鈔注據《史記》，與善注據《漢書》不同。然校之今本五臣注亦稍異。然則鈔注雖鈔自五臣注，亦經增補之。

五、〈爲袁紹檄豫州〉校證

①〈曩者彊秦弱主…終有望夷之敗〉，敦煌鈔「曩，向也，起高胡亥即中後合爲丞相。初，始皇始於沙，近書與太子扶蘇，趙高得書，改云始皇賜太子死，扶蘇得（疑脫書），遂自煞。高立胡亥爲天子，而常語亥言階下深能而亡臣與階下爲斲使臣，於是常閉二世，而高自爲威權，

指鹿爲馬，以蒲爲哺，不由二世。欲咸政。胡亥夜夢白虎嚙其左其（其字衍）驂，以問卜師，卜師曰經（涇誤）水爲祟，胡亥遂居於望夷之宮。齋以祈涇水。於是令女智（婿誤）閻樂煞之於望夷。此言比曹操執權，假衛天子，如趙高祿產等」百六十三字。與今本五臣注濟曰不同，善注則據《史記・始皇本紀》而引。鈔注部份與之同，餘皆鈔注約取其意，或增釋或白譯。末則更釋當句意，在比趙高於曹操。於釋事之餘，兼釋文意。與今本五臣注濟曰「言百姓懼高之威，皆不敢正言於君也」之釋當句意略同。然則鈔注之體例同五臣注。且引書與善注異。蓋善注引《史記》本紀，鈔注則另據《史記・趙高傳》，如此立意與善注異，其用心實同於今本五臣注所見。若鈔注非據五臣原稿，則唐代當有別種文選注，在李善注書之後，立意與善注不同。據此，唐代文選注疏家自善注五臣注後當別有說也。

②（父嵩乞匄攜養，因贓假位，輿金輦璧，輸貨權門），今本五臣注與善注皆據《魏志・諸夏侯曹傳》以敘操父嵩之爲養子，敦煌鈔「嵩，夏后氏子，曹騰爲火長秋，騰閹人無兒。故曹嵩傳曰騰是得夏后譚，足得夏后譚子即嵩，故云乞匄，漢時以賦買得官，故云輿至輸貨也」五十三字。火當大誤，嵩即瞞。案：鈔注與今本五臣濟曰略同，但釋曹騰爲大長秋語，未見今本五臣注。蓋引《魏志・武帝紀》附傳曹騰文也。大長秋，常爲宦者職掌，下接「騰閹人無兒」，甚洽，語亦直。

次引《曹瞞》傳，不見於今本善注五臣注，引文在《魏志・武帝紀》裴松之注云：「吳人作曹瞞傳及郭頒世語，並云嵩，夏侯氏之子，夏侯惇之叔父太祖於惇，爲從父兄弟。」，然據諸家辨正，如何焯、姚範、周壽昌之說，頗疑之。近人盧弼又於《魏志・諸夏侯曹傳》何以夏侯氏與曹氏合傳之隱意有辨，（《三國志集解》，頁二九一）然不論爲何，皆未明舉夏侯氏即鈔注所云夏侯譚。此鈔注別有說也。一則可據考今見史籍之闕，二則再驗鈔注所據引有不在善注與五臣注之引者，三則鈔注引書偶冠書名，以明出處。

六、〈檄蜀文〉校證

①〈鍾士季〉，敦煌鈔「蔣濟能相人，見之，汝時眸子極精非常也」十六字，鈔者約取《魏志・鍾會傳》而成，不見於今本五臣注。又「魏陳留王景初畢代蜀」九字亦鈔者加注，畢當擇誤。

②〈今主上聖德欽明〉，主上之解，良曰「主上則陳留王也」，善曰「主上陳留王奐也」，今見各本如此。敦煌鈔「今主上是常道鄉公降爲陳留王名景明者」十七字。案：此亦約取《魏志・陳留王傳》而加注，傳云：陳留王諱奐，字景明，武帝孫燕王宇子也，甘露三年封次縣常道鄉公。

③（益州先生以命世英才，興兵朔野……棄同即異）此白文句下，善注與五臣注大抵略同，然於「命世英才」句，闕釋。敦煌鈔「益州先生劉備起自幽州，後奇於袁紹，在冀州，不能安，又投呂布，困躓不能强，遂來詣高祖，高祖常謂之曰天下英雄與孤與子，袁本初之輩，不可足言，備懼，遂奔荆州」六十四字，高祖與先主語云云，蓋約取《蜀志・先主傳》，傳云：曹公從容謂先主曰：今天下英雄惟使君與操耳，本初之徒不足數也。案：鈔注當繫於白文「命世英才」句下，釋英才出典，五臣注與善注未引。然則鈔注所補，有助讀文選也。

④（遑修九伐之征也），此句下奎章閣本有濟曰「周禮有九伐之法，憑弱犯寡則責之，賊賢害人則伐之，暴內陵外則擅之，野荒人散則削之，負固不服則侵之，賊殺其親則征之，放弑其君則殘之，犯令陵正則杜之。內外亂鳥獸行則滅之也。言諸葛亮姜維侵邊之時，當國家多事，不暇修九伐之道以征之也，此卻述前過，將誅之意也」一〇九字。善注闕，明州本同闕。今陳八郎本即有此一〇九字。贛州本、叢刊本、茶陵本反是，有善注「周禮曰」以下七十一字。五臣注濟曰則刪此七十一字，節錄「言諸葛亮姜維……」以下三十字。並出校語云餘同善注。敦煌鈔「憑弱犯寡者青灾之。賊賢害民則代之（案：代伐誤），謂殷（？）其君更之賢也。暴內陵外者憚之，如除盡知爲燀然。政荒民散者削之，謂點其國，負不杖者侵之，謂以兵密侵取之。賊煞之其親者正（征誤），謂正其善惡。放煞其君者殘之。犯令逡政者，杜塞內外，有鳥獸之行者滅之也」。案：周禮曰九伐之法，引文見《周禮・夏官・大司馬》，惟文稍異，敦煌鈔青灾

之，當「眚之」之誤，又「憚之」，周禮作壇之。「政荒」周禮作「野荒」。此條注據今本五臣濟曰與鈔注，體例同，既釋事又釋義，疑五臣注其始未合併前，或各家注多有兼釋事義者。如鈔注之例，隨引隨釋。故奎章閣本有五臣注而闕善注。若然，今見宋刻合注本，實不能考五臣注原貌。敦煌此鈔注可補刻本之失，亦可補證五臣注寫本刻本異同。

⑤（農不易畝市不迴肆），五臣注銑曰「言能降則百姓安居，而農市俱不變易」，善注引《呂氏春秋》出典，云：桀為無道，湯立為天子，夏民大悅，農不去疇，商不變肆。敦煌鈔「今不改易農人之故畝隴，不迴改商人之市肆，言依舊也」。案：善注引文在《呂氏春秋・慎大覽》，引文「夏民大說」下脫「如得慈親，朝不易位」兩句。此節注，敦煌鈔與今本銑曰義近，疑即五臣注之體例如此。凡善注釋事者，五臣即釋義之，鈔注亦然，則鈔注與今本五臣注比較，可以觀五臣體例。此又一證。

七、〈難蜀父老〉校證

①（漢興七十有八載），奎章閣本翰曰「茂盛也，六世謂自高祖至武帝也」，善注「六世謂武帝」。明州本刪善注，僅存翰曰十三字。敦煌鈔「六世說高祖武凡六世七十八年」十三字，與

翰曰相近。陳八郎本同明州本。贛州本、叢刊本、茶陵本則略翰曰，存善注「六世謂自高祖至武帝」九字。尤本即據此而刻。案：顏師古注《漢書》此句下不繫注，依奎章閣本兩注俱詳例觀之，敦煌鈔較近於翰曰，且明州本俱刪善注，疑善無此句注，五臣遂補之。敦煌鈔以鈔五臣注爲據，由此例可驗之。

②（澌沇澹災），敦煌鈔「澌，分也」。案：據此可知敦煌鈔爲五臣注本。蓋「澌」「灑」之異，各合注本俱出校。奎章閣本作澌字。明州本同。贛州本反是，作「灑」，下著校語云五臣本作澌息移切，叢刊本、茶陵本同。案：《漢書》顏師古注云：「疏，通也，灑，分也，灑音所宜反。知顏注漢書仍作灑。善注與顏注成書於前，五臣注立意與善注異，此一例又可證之矣！

③（夏后慼之堙洪塞源），敦煌鈔「夏氏禹，慼憂，慄寒也」。案：此句惟五臣濟曰有注云「夏后謂禹也，慼，憂也，堙亦塞也」，奎章閣本、明州本、陳八郎本、贛州本、叢刊本、茶陵本俱同有。知敦煌鈔蓋鈔自五臣注。惟堙誤慄，塞誤寒。

④（聲稱浹乎于茲），敦煌鈔「于茲言至于漢，言賢君如禹及漢武豈踞蹐等小兒皆欲大其國事」，此二十六字，與今見五臣注翰曰稍異。翰曰「浹及也，言禹之美業德聲及于無窮也」。案：顏師古注《漢書》此句未釋文意，善注亦無。依五臣注例凡善無者例多補釋，則此句釋爲五臣獨有。然敦煌鈔何以與今見翰注異，疑敦煌鈔所據有別本。又疑五臣注未合併前或各單行，敦煌鈔遂別據非翰注者而鈔之。又或此不過爲鈔者隨意之增釋而鈔。

⑤（豈特委瑣齷齪），敦煌鈔「豈踀⿰足齒等小兒皆欲大其國事」，疑踀⿰足齒即齷⿰足齒，敦煌寫卷，例多俗寫，（註⑩）此踀字即齷。案：奎章閣本作齷，下著校語云善本作喔，明州本同。今見陳八郎本即作齷。贛州本、叢刊本、茶陵本反之，作喔，下著校語云「五臣作齷」。尤本已校改喔。今敦煌鈔援齷⿰足齒為釋，與五臣注本合，益證此鈔為五臣注之例。

⑥（兼容並包而勤思乎參天貳地），敦煌鈔「兼容苞舉，言傍通天下，□（疑參字）之三天兩地，天陽故三，地偶故言二地，侵淫，衍溢。言多□（疑德字）澤」案：今本五臣濟曰「兼並，謂兼萬國而並四夷也，參比也，言君德比於天而與天同一，能合於地故云貳地也」，較而論之，今本未釋「包」字。又參天兩地解不同。敦煌鈔之解於義為洽。善注云「己比德於地是貳地也，地與己並天是三也。」此善注與顏師古注悉同。案顏注成書在前（約在太宗貞觀十一年，公元六三七），善注在後（高宗顯慶三年，公元六五八），則善注依襲舊注之例，此又一見。兩注較之，濟曰「參比也」，善注「地與己並天是三也」，似善注以「參」「三」通假為釋，五臣注濟曰作本字解。茲者，敦煌鈔曰「天陽故三地偶故言二」，蓋與《周易・繫辭》義同。《周易・繫辭》云：「天一，地二，天三，地四，天五，地六，天七，地八，天九，地十。」，《漢書・律曆志》云：「參天數二十五，兩地數三十，是為朔望之會。」，據此知先秦兩漢以參天兩地指易學之奇偶數，參天兩地，蓋常言成詞。《周易集解》引虞翻曰：「參，三也。」，《周易王韓注》云：「參，奇也，兩，耦也。」，凡此皆可證參天兩地，蓋以天陽為奇，地陰為偶。

近人高亨云：「言易經以奇數爲天之數，以偶數爲地之數，而立其卦爻之數也。蓋卦之基本爲陰陽兩爻。陽爻爲天，其畫一。陰爻爲地，其畫--。（《周易大傳今注》，頁六〇八）此說與敦煌鈔釋意同。又近人屈萬里云：「一、三、五，爲三天，合爲九。二、四合爲六，是謂兩地。」（《讀易三種》，頁八六一）此說稍異而實同，亦以天之三奇數爲三天。總之，不論兩漢，或近人之訓解，古今同以參天兩地爲易之數。今敦煌鈔云云亦近其義。全句意謂：若禹之賢君，必馳心騖求兼包天下人民，勤力思求安天地之道。參天貳地，即天地之代詞，四字詞以與上句兼容並包對句。非謂德比於地曰貳，再比於天曰三之意也。故敦煌鈔云：傍通天下，（參）之三天兩地。此鈔解與善注（顏師古注同）五臣注異，爲獨見之例。疑鈔者另有別據。（註⑪）

⑦（戾夫爲之垂涕），敦煌鈔「戾當爲臺隸字」六字，不見於今本。五臣注「戾狠惡人也，言狠惡之夫見係縲者猶且垂淚，況天子能止而不伐乎」，是以戾爲狠戾。作本字解，未出校語。善注無釋。此條注善略，五臣注詳，蓋五臣注補釋善注之顯例。然敦煌鈔六字，猶不見今本。此敦煌鈔獨見之例。案：《漢書》張揖注：「狠戾之夫也。」，漢書，戾作盭，顏師古注云：「盭，古戾字。」知戾字有二文，五臣注既釋戾字，知五臣正文作戾。疑善注正文或從漢書作盭。案：盭即盭，《說文》：盭弼戾也。從弦省，從盩，讀若戾。又《廣韻》盭盭兩字並收，《廣韻．去聲．霽》云：「戾，乖也，待也，利也，立也，罪也，來也，至也，定也，又狠戾。

㑦，很㑦，俗。隸，僕隸。隸，上同，俗作𨽻。盭 綠色，又綬名，或作綟。」據此，知㑦戾正俗寫，戾隸同音。敦煌鈔出校戾當爲臺隸，蓋有所本。又《廣韻・入聲・屑》云：「戾，罪也，曲也，戾至盭並，又力計切。盭，綠色也。」以盭字入聲同戾。盭字或戾或通綟。《史記・司馬相如列傳》：盭夫爲之垂涕。盭字與《漢書》同，《呂氏春秋・遇合》：長肘而盭。《漢書・張耳陳餘傳贊》：何鄉者慕用之誠，後相背之盭也。皆作盭字。盭隸同聲，故敦煌鈔有同字之校。此獨見之例。

八、結　語

據以上論證，敦煌鈔文選五臣注有以下可得者：

其一，鈔所據注率出五臣，確爲五臣注無疑，惟所鈔五臣注不主鈔一家，兼鈔它注。

其二，鈔不據任何善注。顯見善注於唐代或尚未流行，至少不若兩宋之獨尊善注。

其三，鈔有獨見之例，如「參天兩地」解。俱不同於善注與五臣注。然則此獨見之注，蓋鈔者自解，兼取別意，或鈔者另有所據，皆待考。

其四，不論爲鈔者自解，或別有所據，至少可知文選注於六臣之外，尚有別注。此於文選學注疏甚有啓發，尤於唐代文選學之注疏可補舊說。

其五，鈔注有約取史書，增補加注，與五臣注善注詳略有別，不盡相同者。此類注可視爲鈔注獨有。知鈔者讀文選之法，已有刪補。如鍾會〈檄蜀文〉約取《魏志·鍾會傳》與《魏志·陳留王傳》《蜀志·先主傳》。

其六，鈔注所收四篇，在今本善注文選四十四卷，五臣注文選二十二卷，是卷包含檄難兩類。今本例不分，惟陳八郎本分有難之一類。今據鈔注凡於題下必先鈔釋題名注，四篇體例並同，於「難」體下亦有鈔注釋名義者。可推知鈔注所據本必分難體。據此可輔證陳八郎本爲確，於是，文選分體宜三十九類，可自敦煌鈔五臣注此寫卷又得一證。

附註

註❶：文選學之始名，包括駱鴻凱、饒宗頤等皆襲舊說，謂出於新舊《唐書》儒學傳。清人汪師韓《文選理學權輿・序》首揭此說。近人屈守元，別引《大唐新語・著述》篇載曹憲事首稱文選學，謂是書作者劉肅當元和中（八〇六—八二〇）爲江都主簿，自當早於宋人說。（《昭明文選雜述及選講》，頁一四）案：屈說是，今從之。

註❷：以刻本而論，五臣注實亦早於善注。據王明清《揮麈錄餘話》卷二云毋昭裔刻文選三十卷，即五臣注本。今見最早善注本，當爲北宋刊本，即國子監本，（詳張月雲〈宋刊文選李善單注本考〉），然亦晚於五臣。宋刻書目，別有晁公武《郡齋讀書志》，總集類收《五臣注文選三十卷》，題云「唐呂延祚集注」。與《新唐書》所載事同。然而一題呂延濟，一題呂延祚，一云呂向作，或疑濟當祚字誤。（晁志見《郡齋讀書志》卷四下）

註❸：所謂日本古抄文選本，有集注本，有白文無注本。其後者，早經日人森立之載入《經籍訪古志》，後楊守敬、徐行可、黃季剛諸家已先後引校。屈守元有詳論，見《文選導讀》，頁一二二—一三六）謂此本爲傳世最早之無注本。然據此本之一寫卷〈出師表〉

覩之，非白文，間有日本注音及鈔注，蓋鈔自集注本者，邱棨鐊〈日本宮內廳藏舊鈔本文選出師表卷跋〉乙文有考，謂「此傳寫之鈔本」，或出元明人鈔。今案：據嚴紹璗自謂親覩宮內廳藏書之戰后第一人，統計宮內廳藏唐寫本六種，不見有此著錄。（參《漢籍在日本的流布研究》，頁二一〇）可知所謂日本古鈔無注三十卷本，當在集注本之後，且爲士人傳寫之本。

註❹：有關善注、五臣注優劣論，唐代同時人即有李匡乂《資暇錄》，丘光庭《兼明書》二家評。清人盛行此論，首引於汪師韓《文選理學權輿》，茲不具引。今世作兩注優劣論者，悉詳陳延嘉〈論文選五臣注的重大貢獻〉乙文。

註❺：本論文所據鐃校，蓋指鐃宗頤〈日本古鈔文選五臣注殘卷〉乙文，乃今見首校此卷之學者。惟鐃校之參校本，其宋本者，僅據四部叢刊，它如贛州本、陳八郎本、尤本等皆未引。今筆者即據諸本覆校，所得遂有與鐃校稍異者。尤以韓國藏奎章閣本，兩注俱詳而不刪，以校古鈔五臣注，當最爲可信。

註❻：所據避諱字之整理，引自《圖書版本學要略》，頁一二二，與《校勘學》，頁五〇七。蓋出於屈萬里、昌彼得、管錫華三家之說。

註❼：日本古鈔文選集注本，善注、五臣注並鈔，另有陸善經曰、鈔曰、音決等六家注。自森立之、狩野君山等日本學者，至本師潘石禪先生、邱棨鐊等俱考定爲唐寫無疑。見〈今存日本之文選集注殘卷爲中土唐寫舊藏本〉（一九七四十月三十日《中央日報》副刊），又見邱棨鐊《文選集注研究》，頁一八。又潘重規〈日本藏文選集注殘卷綴語〉續有補證。（文刊一九七五年，一月十二日《中央日報》副刊）

註❽：此貓兒橋鍾家刊本，余未之見。據蕭新祺〈宋刻本文選五臣注殘帙簡介〉乙文介紹，此本有清王懿榮題簽，季振宜藏。原書三十卷，僅存二十九、三十兩卷。每半頁十二行，行十九字，注文雙行，行二十七字，左右雙欄，白口單魚尾。字歐體。第二十九卷今藏北大圖書館，三十卷藏北京圖書館。又云卷中桓構二字均不缺筆，謂南宋初年避諱制度未嚴之故。定爲南宋初年建炎以前刻本。蕭文見《古籍整理出版情況簡報》第二〇三期，頁二三—二四，一九八九年一月十日刊。案：若蕭文所考無誤，則是本尚早於紹興年間（一一三一—一一六二）刊的陳八郎本。

註❾：文選分類有無難體，自《昭明文選‧序》無由得之，僅能揣想，序云：次則箴興補闕，戒出於弼匡……衆制鋒起，源流間出。所臚列文體，未見「難」，然又云：食其之下齊國，留侯之發八難。此語又及「難」體。明清俗本文選則多於目錄設「難」之一類。如章學誠、孫月峰、于光華所評本。近人駱鴻凱《文選學》次文選之分體，有移檄，而無難。（《文選學》，頁二四—二七）余嘗據陳八郎本有「難」體之分，撰文〈論文選之難體〉，據文類學、版本學、批評理論。主文選三十九類說。近有友人揚州大學中文系顧農教授撰文〈文選學新研二題〉，對此說提出商榷之見，引《文苑英華》於文體實分三十八類反駁，蓋文苑與文選於宋眞宗景德四年（一〇〇七）年同刻同校而頒行，惜毀於火。然自今本文苑三十八類不分難體，推考文選當亦不分。遂主三十八類。案：顧說亦可參。然自敦煌鈔注與陳八郎本，寫本與刻本兩具之鐵證，皆分難體，於版本學自較勝於《文苑英華》之分目。其它有關文選分體之說者，有穆克宏一九八八，頁一四二，主三十七類說，周紀彬一九八八，頁一四〇，亦主三十七類說，劉樹清一九八八，頁二二八，林聰明一九八六，頁一九，二家同主三十八類說。然不論各家說何，皆未及「難」體當分之說。

註⑩：據本師潘石禪先生分析敦煌俗字之例，有字形無定，偏旁無定，繁簡無定，行草無定，通假無定諸例。則敦煌鈔⿰足屋齷之俗寫，必涉齷⿰足屋偏旁半同，遂誤寫之。則當屬偏旁無定例。參〈敦煌卷子俗寫文字與俗文學之研究〉乙文，載《敦煌變文論輯》，頁二八一—二九二。又案《漢書》作握⿰足齒，顏師古注握⿰足齒局⿰阝⿷匚巠也。王先謙補注云：史記作握齪。（《漢書補注》，頁一二〇三），握喔可視爲同音通假例。

註⑪：參天貳地，據五臣注與善注，似五臣作參，善作三。《史記・司馬相如列傳》司馬貞索隱：案天子比德於地，是貳地也。與己並天爲三是參天也。知史記原作參，善注與索隱同。疑善注原闕，乃後人補之也。

引用參考書目與期刊

伏俊連，一九九四，《敦煌賦校注》。蘭州：甘肅人民出版社。
顧農，一九九四，〈文選學新研二題〉，刊於《南開學報》一九九四年二期，頁六四—六九。天津：南開大學。
游志誠，一九九三，〈論文選之難體〉，收入成大中文系（主編），《魏晉南北朝文學與思想學術研討會論文集》第二輯，頁二五九—二八九。台北：文津出版社。
趙福海，一九九二，《文選學論集》。長春：時代文藝出版社。
趙福海，一九八八，《昭明文選研究論文集》。長春：吉林文史出版社。
屈守元，一九九三，《文選導讀》。成都：巴蜀書社。
嚴紹璗，一九九二，《漢籍在日本的流布研究》。南京：江蘇古籍出版社。
管錫華，一九九一，《校勘學》。合肥：安徽教育出版社。
屈守元，一九九〇，《昭明文選雜述及選講》。台北：貫雅文化事業有限公司。
王應麟，一九九〇，《玉海》。南京：江蘇古籍出版社。

潘重規（主編），一九八八，《龍龕手鑑新編》。北京：中華書局。
黃永武，一九八六，《敦煌古籍敘錄新編》。台北：新文豐出版股份有限公司。
潘重規，一九八一，《敦煌變文論輯》。台北：石門圖書公司。
穆克宏，一九八八，〈蕭統文選三題〉，收入趙福海（編）《昭明文選研究論文集》頁一四二—一四八。長春：吉林文史出版社。
劉樹清，一九八八，〈事出於沈思，義歸乎翰藻〉，收入同前編書，頁一一五—一二二。
周紀彬，一九八八，〈文選五題〉，收入同前編書，頁一二三—一四一。
高亨，一九八八，《周易大傳今注》。濟南：齊魯書社。
黃伯思，一九八八，《東觀餘論》。北京：中華書局。
張月雲，一九八五，〈宋刊文選李善單注本考〉，刊於《故宮學術季刊》二卷四期。台北：故宮博物院。
屈萬里，一九八三，《讀易三種》。台北：聯經出版事業公司。
駱鴻凱，一九八二，《文選學》。台北：漢京文化事業有限公司。
盧弼，一九八一，《三國志集解》。台北：漢京文化事業有限公司。
歐陽修，宋祈，一九八一，《新唐書》。台北：鼎文書局。
屈萬里，昌彼得（合著），一九七八，《圖書板本學要略》。台北：華岡出版有限公司。

邱棨鐊，一九七八，《文選集注研究》。台北：臺灣學生書局。
王堯臣（等），一九七八，《崇文總目》。台北：臺灣商務印書館股份有限公司。
晁公武，一九七八，《郡齋讀書志》。台北：臺灣商務印書館股份有限公司。
饒宗頤，一九五六，〈日本古鈔文選五臣注殘卷〉，刊於《東方文化》三卷二期。香港：香港大學。
汪師韓，不著年份，《文選理學權輿》（讀書齋叢書本）。台北：藝文印書館。
王先謙，不著年份，《漢書補注》。台北：藝文印書館。

文選學之文類評點方法

一、前言

中西文類研究，第一個困難首在文類這個術語概念涵義，中西分別有名實異同的存在現象。有屬於中西共通的文類之實卻不同其名，有屬於中西同名卻又各有所指的情形。其間又要碰到文類觀念與古代文類涵義未必即一，因而導致解釋上以今衡古，或存古之本然爲古，兩者執可孰不可的辯證困難。在中國古典文論中，這一點尤其不易解決（註❶）因之闡發中國文類學的理論層次，除了一方面進行新詮釋，援用當代文類知識做比較，還要隨時自警當下的解釋是否即古之本貌。話雖如此，但也要避免太過於依古遵古，喋喋不休，連篇累牘，僅止於「增字解經」而已，如此增字，鋪寫萬言，卻是了無新義。衡量之下，與其打著遵古崇古的招牌以壯自己，不如偶出新論，甘冒生澀炫奇之譏。這正是晚近中西文類研究論文可看見的普遍旨趣。於是而有詹鍈《文心雕龍的風格學》一類的近似之作，援用西方自黑格爾美學以下所界定的風格概念，來詮釋風骨，並且把體性一詞拆成文體與風格兩層意思。最後集中地以西方風格標準之理論全面闡發自《文心雕龍》以降的中國風格學。雖然，這裡可能已犯了分不清文類、風格、體性三者之間的異同，而且，詹鍈也坦言：「是不是會歪曲《文心雕龍》的原意把它現代化了呢？」（詹鍈，一九八八，頁一六四）可知作者也保有一份清醒。反過來問？若不加以現代化詮釋，依舊茫然於《體性》的含混深奧中，如墜迷霧，那麼，正如詹鍈所質疑者：「我們也需要利用現代美學和修辭學的理論，去探索文心雕龍，才能發現這部著作的精華，也才能在黃侃和范文瀾著作的基礎上，把《文心雕龍》的研究推進一步。」（同前，頁一六五）這個看法不錯，態度積極，方向可努力，剩下的問題有兩個：

其一新理論新詮釋從那裡來？方法如何？

其二理論與實際運用之相應如何？

就第一個問題來看，容易回答，幾乎都拿西方當代文學理論來對中國文類做新詮釋新闡發，古代部份，當可做平行比較研究，只有近代現代當代部份，因爲國際環境變化，世界文化交流活動，文類的中西影響大爲可能，因之現當代文學有較多的影響比較（註❷），至於第二個問題，也正是第一個問題完成之後的後續質疑。就是說在中西文類研究上，目前多偏向理論的闡釋，涵義的對觀，或者方法的提示，範疇的界定等等，這當然是文類研究初步的第一線工作，問題是，理論談過後下一步是什麼呢？正如張靜二在〈中西比較文學中的文類學研究〉一文的結論所強調：「文類研究可以促成創作活動，可以提昇批評的品質。」（張靜二，一九九一，頁一九）期望不可謂不大，問題是實際作法又如何呢？當張先生有膽識地對中西文類比較研究的未來預期成果，提出要鼓勵批評家運用中國文類觀念去研究西洋文學時，雖然張先生也已想到：「在介紹西洋文類成規的同時，批評家尤應設法整理我國傳統文類。」云云（同前，頁一八），其實這裡的整理要看是怎麼樣的整理！還有整理的方法跟材料才是很大關鍵因素。從文心雕龍以降，到明朝吳訥《文章辨體》，徐師曾《文體明辨》，賀復徵《文章辨體滙選》，清朝孫梅《四六叢語》，姚鼐《古文辭類纂》，民國以後，姚永樸《文學研究法》，林紓《春覺齋論文》，以及吳曾棋《涵芬樓文談》，那一個不是在做文類整理，界定分合，與選樣的研究？可是終究得不出大結果，未能擴大文類研究至西方類似文類學的幅度，更看不到具體而精微地把文類學有系統地反映在「提昇批評的品質」，原因何在？很可能是目前所作的中國傳統文類研究整理，多集中在理論，較少從實際材料去歸納文類學。像《昭明文選》這樣一部大者，既是選集總集，也是彼時最具體的文類分類範作，從此書以後所形成的文選學，必然有很多內容涉及文類內在與外在的課題，其中又以明清以降的文選評點，累積明清以前的中國文類理論發揮到實際文選作品的解讀，散存著很多眞正中國文類學可以研究的材料，可能要加上這一層次的研究，拿來跟理論相濟並參，才能眞正看到中國文類學的現象。至於像張文所提出的文類學其它問題：諸如讀者心靈感受，文類與社會，文類與性別，文類與意識型態，乃至文類在作品中的多樣化。（同前，頁一九）等等一連串複雜的設問，理論再多，功效有限，不如另闢實際途徑，從評點資料中尋找文類學應用之例證。有鑑於此，本文乃嘗試以較後期的黃季剛評點文選爲材料，參考明清時期相關的意見，對中國古典文學在批評上的應用做一番抽樣考察。

二、先從辨體開始閱讀

跟明清文選評點家一樣，黃季剛文選學也常常表示體類歸類歸屬的意見。不過，什麼是體，分體類與辨體類之標準何在？首先從命體談，就六朝時期而言，主要以《文心雕龍》與《昭明文選》爲代表的體類觀念，至少含有㈠形式的體㈡風格上的體㈢內容題材上的體等等三種要義，不過在更仔細的分類實際中，還應包括以文章題名爲分類根據的雜體。這個雜體乃是古代理論家給體類留下的伸縮空間，足以說明古人老早已看出體類的根本特性，是制約與反制約，以及兩者之間的未定性。《文心雕龍》〈體性〉篇所講的體即是制約性質的體，它包含形式上的體類，所以文心列舉了：騷、詩、樂府、賦、頌、讚、祝盟、箴、銘、碑、誄、哀、弔、雜文、諧隱、史傳、諸子、論說、詔、策、檄、移、封禪、章表、奏、啓、議對、書記等各種體類，這些分類具有體類形式內在的規律準則，那一個文體如何寫才像，那一種文體應用於什麼場合，都有一定的制約。正是劉彥和自已講的，這些體類都可以做到：「原始以表末，釋名以章義，選文以定篇，敷理以舉統」（《文心雕龍》〈序志〉）意思是，這裡每一種體類必然有該體類的創始人及創始形式，再經過發展演變，每一種體類有完整的始末歷史，再者，體類的名稱定義也都有規定，並且體類已累積某種體類之內在特性，而且，可有共通之理，足以統攝演繹，以資辨識，進而學習評判。這個所謂的「理」所謂的「統」進一步發展，就成爲該體類的寫作規矩、技巧，以及因此技巧之安章完句，所達到的修辭風格，便又有風格之體類。使到某種體類也就有與之相對應的某種風格，如果不能創作出那種體類所該有的風格，便犯規犯禁，由此而更發展爲評判該體類寫作優劣之條件，這正是《體性》所講的八體及其相應的文體。譬如：

典雅—經誥。

遠奧—玄宗。

顯附—設論，對問。

新奇—諧隱，雜。

在這種相應關係下的風格含義，是即「文章風格」之意，也是附屬於體類之內的，跟體類有著表裡關係，做爲一種判斷綜合的體類閱讀感受。我以爲，這一層次上的風格之判準即爲從此以後文評家眞正實際用在作品評點上的中心意見。特別是明清時期的評點家，現在，檢索黃季剛的文選學也多半就此點風格含意扣緊它跟體類的綜合關係，做出閱讀反應與感受的優劣描述。然而，體性篇除了講風格與體類，卻並不是僅僅把風格一定附屬於體類，因爲就「智術之子，博雅之人」的不世出之作家而言，體類與風格的制約往往對他是無效的。作家每每要基於「藻溢於辭」「辭盈乎氣」，試著努力突破舊規限制。於是也可能創作出不合體類，以及混合各種不同的風格之新品，劉彥和確實已看到文學「日新殊致」的一面，不得不另列一體，謂〈雜體〉，以便安置這些體類之下的次文類。在此意義下的體類，雖然有些雜，或者有些次級層次。但大抵都還是跟體類有互動互涉的關係。唯獨在〈體性〉篇另外講的風格含意，是與作家的「情性」有關之風格含意，在那裡，風格相應的對象不是體類而是情性。〈體性〉篇舉例說，像賈誼的情性是「俊發」，所以賈誼文章的風格是「文潔而體清」。司馬長卿的情性是傲誕，因此其文章也就「理侈而辭溢」。依此類推，譬如：

子雲沈寂—志隱而味深
子政簡易—趣昭而事博
孟堅雅懿—裁密而思靡
平子淹通—慮周而藻密
仲宣躁銳—穎出而才果
公幹氣褊—言壯而情駭
嗣宗俶儻—響逸而調遠
叔夜雋爽—興高而采烈
安仁輕敏—鋒發而韻流

士衡矜重—情繁而辭隱

按照這樣的相應關係看，此處劉彥和用來表示情性與體類的詞彙，必須有所區別。也即是淹通，躁銳指情性，表現在文章上而有藻密才果之風格。我們暫且別管二者之間必然如何？先問淹通可以拿來當風格表達嗎？倘可以，顯然文心體性之含義包含情性風格。問題是，凡具有淹通情性之作家，創作各種體類都一定會有藻密風格嗎？還有藻密風格是否只適合某一種文章體類？假使平子寫經誥也是藻密，寫詔策仍是藻密，寫令教文表，寫詩，寫賦，都是藻密風格，是否得宜？是否跟體性篇前半段講的每一種文體都該有屬於那一種文體的風格這個說法會自相矛盾呢？最後，如果要把作家情性風格列入實際的評賞可能嗎？譬如後世人讀相隔世代之遠的前輩作家之作品，根本不可能親炙該作家之情性如何？他又如何根據情性與體類之是否相應做判斷呢？先決條件，可知體性篇所舉例的十二位作家，劉彥和應該都面見過，否則光靠耳聞目想，豈能信眞？可見眞正要在實際賞鑑活動中，加上作家情性風格這一項，於事實面效用性可信度來講，窒礙難行。由此也可解釋爲什麼明清時代文選評點家，較少談情性風格，多半就體類風格做評斷，而在談到人時，則僅僅就「人品」與「文品」來對照，情性便都無徵可考。由此也可證《文心雕龍》的體性理論，雖表現了六朝時期用人物賞鑑所反映的文化普遍趣味習尙，卻未必眞正落實到後世的文學評賞行爲中。然則，情性體類終究是文心雕龍曾經談過的，如此一來，體類的觀念又可再添一項。

剩下的是依內容題材的標準所訂的體類，也就是文心所講的「選文以定篇」之選文。可是文心雕龍究竟不是文學作品選本，到底劉彥和會不會在每一種形式體類下再分出內容體類，值得推敲斟酌。這一方面，同時期的《昭明文選》就做得很多。譬如依形式體類來分就有：賦、詩、騷、樂府、七、詔、冊、令、教、文、表、上書、啓、彈事、牋、奏記、書、移、檄、難、問、設辭、序、頌、贊、符命、史論、史述贊、論、連珠、箴、銘、誄、哀、墓誌、碑文等三十九類，這三十九類中每一種都有《文心雕龍》體類的制約性。並且也有相應於該體類之下的風格，〈文選序〉云：「論則析理精微，銘則序事清潤。」觀此精微，清潤二詞之設，可以證此說。〈文選序〉又云：「頌者所以游揚德業，褒讚成功。」指出形式體類內在的寫作規則，以資詮別準據，又云：「箴興於補闕，戒出於弼匡，美終則誄發，圖像則讚興。」，這段話不正清清楚楚交待文體產生的用途因素嗎？因此形式層次的體類與風格層次的體類，乃《文心雕龍》與《昭明文選》所共有。至於內容題材內的體類，《昭明文選》比較具體。譬如在形式體類的「詩」「賦」之下，《昭明文選》又分爲：

詩：補亡、述德、勸勵、獻詩、公讌、祖餞、詠史、遊仙、百一、招隱、反招隱、遊覽、詠懷、哀傷、贈答、行旅、軍戎、郊廟、樂府、挽歌、雜歌、雜詩、雜擬等共二十三類。

賦：京都、郊祀、耕藉、田獵、紀行、遊覽、宮殿、江、海、物色、鳥獸、志、哀傷、論文、音樂、情等共十六類。

細審這裡的次分類，或以內容主題分，如耕藉詠史。或以形式分，如百一雜擬。最可注意的，則是獨獨列一篇陸機〈文賦〉，給它一個體類叫論文。可見論文這一類全是根據文章篇題而分的。（註❸）這種類似的分類手法，暴露了分類的困難，分類標準的不一，及有體無歸之慮。假使作家在這一點上發揮，大作文章，衝破體類之制約，於是造成體類溶合體類增損消長現象，所謂體類含意，因此又增加一項，就是依文章篇題名目而設的一類。這一類，《文心雕龍》給它劃歸在〈雜文〉一類。《文心雕龍》〈雜文〉篇所舉到的體類，諸如「典誥誓問」「覽略篇章」「曲操弄引」，「吟諷謠詠」等等，總括其名，皆是以篇題命名，只要仔細辨別其文章含義，照例都可歸入形式體類之內。這意思是說以篇題為名的體類其實不能算嚴格的分類。如「思歸引」可入詩類，「典引」可入封禪類，「歧山操」「鶴操」可入樂府類等等即是。可知文選有「雜詩」跟文心有「雜文」，眞是英雄所見略同。就體類學而言，甚有意義。它代表著體類可能存在的未定性。只是這項體類特質要到明清時期的評點家手中，才更深入地加以發揮，完成體類批評的模式，下面即以黃季剛的評點為例，來探討黃氏在體類批評的運用情形。

三、文類評點方法

概括言之，黃季剛在文選體類學上之評點意見，主要以制約規定爲標準，遵循歷代以來的體類學成規，依據它來詮評詩文之好壞。就這一層次而言，他並未超出古人文論的範限，這是他有所承受的一面，文心雕龍提出審閱文情的六觀步驟，第一首先要辨位體，也就是辨別寫作之前所要選定的體類形式，然後知曉這個體類形式規矩。作家寫作之前要有體類辨識，讀者閱讀也要先檢視體類何屬。做爲文選讀者的黃季剛之評點閱讀活動，也不例外。然而在實際閱讀過程中，體類辨識活動會進一步深入强化，從而產生再認，否認，以及妥協可能的種種辨證歷程，這一層次中的體類，其存在形式跟靜止時的形式外衣是很大不同的。因爲，此刻的形式裝載的內容物，以及內容物與形式之間文字媒介，在發生訊息傳遞功能作用時，是必然的會發生文字的語言的特性，導致形式的存在跟內容物之間有著複雜的意義網絡，通常時候，讀者會因陷入此網絡中而對形式，也即體類之分際，會有制約之外的思考，這一層次，正是由豐沛的閱讀意識中所產生的體類存在形式之本質，這個，往往與制約內的體類不同，甚至完全相反。黃季剛的文選實際解讀活動中，最可注意的就是這方面的突破，經常做出主體性的文類判斷，此判斷最常見的二項，即是再認與否定，以及綜合二者以後的體類重組，因此而提供體類的諸般特性之一，此即文類具有制約之外的文類交溶特性，雖然這種特性的發現未必始於黃氏，而且可能是明清以降文選評點家常見手法，然而黃季剛的廣泛運用仍有他細緻而獨創之一面，而我們要追究的首要問題，便是他在做出文類交溶解讀時，所根據的論點或理由何在？明言之，那是一種閱讀意識之介入，就上下文意之領會，質疑文類既定之成規，因而重建意義結構。在此建構過程中，閱讀者的中心焦點全部集中於作品本身，然而並不茫然迷惑於形式或體類，大膽質疑，小心求證，居然能自正文內在之意義庫探掘潛藏於正文（作品本身）之互為反論意義，就其策略而言，是顛覆、質疑、批判。就正文性質而言，是多義存在之見證，而欲一時完成此二役，使閱讀過程中充沛著這兩種行為之意識，除了確實地在閱讀主體上實踐主體的價值，判準，與意義之開發外，先決條件，乃是閱讀者須有夠水準的閱讀能力，此能力即要具有豐富的文學知識文學經驗，合稱之「文學能力」，必須熟諳文學成規，文學體類，於詞彙語義之歷史演變尤其要能考掘探源。總的說，就是要有性靈感受與知識詮別。因之所謂主體閱讀，並不是主觀霸道，無憑無據，也不是空思漫想，亂下臆測。反過來說，完全仗恃學問，步循規矩，一以成規形式為準的，雖然美名保守，其實索然無味。黃季剛對文選體類中，遊仙詩，招隱詩，反招隱詩的閱讀，即能開闢新意，反復辨證，具有性靈感受，也有知識詮別。

首先，在《昭明文選》把文學體類分出三十九類之下，他又另外就賦、詩兩大類各分出十六類的賦與二十三類的詩。這種大體類之下的再分類，好比「次文類」的性質。是大體類的更精細之學問，其實何代無詩？何朝無賦？單單只看大類，是不能瞭解眞正內面深度的體類學。昭明編文選，懂得在大體類之下，再別出次文類，這是相對於前代而言在文類學上一大進步。可惜，昭明只留下分出次文類的資料，痕跡，卻未進一步闡明次文類的性質，分類標準，內容與形式等等諸般問題，也就無從知道昭明次文類的意見，大約只能從〈文選序〉，的一句話說：「凡次文之體各以彙聚，詩賦體既不一，又以類分。」可知他所謂的大體是形式上可見其共通處者彙合聚集於一類，乃是以體類之大別相似之特點爲準據。至於詩賦這兩類，他則以爲體既不一，承認在共通相似處之下別有更多的不相似處，所以，不得不再分類，於是他就做出詩有二十三個次文類，賦有十六個次分類。問題是次分類的制約如何呢？這就是昭明之後，因注釋文選而形成的文選學所要解決的問題。

先是李善注文選，對遊仙詩的文類制約，說明：

> 凡遊仙之篇，皆所以滓穢塵網，錙銖纓紱，餐霞倒影，餌玉玄都。（李善，一九七六，頁三一三）

這裡所講的遊仙詩該如何如何，全是從遊仙詩的內容主題而言，因爲遊仙詩既已在形式上明定爲詩，李善這裡的注當然不必再贅言遊仙的形式該如何。可知次文類在形式上的發展空間，較少有可能彈性變化。然則所謂次文類，豈在內容主題嗎？是又不然，次文類的制約認定有大半因素決定於閱讀主體之辨識。譬如鍾嶸《詩品》提到郭璞的詩，在晉代堪稱「中興第一」，可是〈遊仙〉之作，卻是「詞多慷慨，乖遠玄宗」（陳延傑，一九七五，頁二三），在此認爲郭璞遊仙詩有慷慨之氣，顯然跟玄宗（此處爲遊仙代詞）相去甚遠，照鍾嶸的遊仙詩制約規定，則不能叫遊仙詩，次分類不能成立。鍾嶸的理由何在？自作品正文之意義去找反證，他舉遊仙詩中的兩句「奈何虎豹姿」與「戢翼棲榛梗」說這兩句是「坎壈詠懷」，因此「不是列仙之趣」。鍾嶸的舉證，從詩意看，確實有非仙之意，試想人非虎豹，那能常保美容紋理，至於榛梗之地，其居必苦，而又必欲居之，息止可飛之雙翼而不用，當然有不知何去，與不欲空求的寄寓之情懷。說這不是遊仙，簡直在傾訴懷想，委實可通。不過，鍾嶸的問題是十首遊仙詩，究竟像這類的詠懷多不多？是否以偏概全？或者以偏意佔中心？再者十首的綜合結構都在詠懷嗎？要回答這幾個問題，得再考慮正文意義，與修辭風格。劉勰在《文心雕龍．明詩》篇就不反對遊仙的說法，而且還從風格感受上，說出綜合的反應，認爲郭璞的遊仙詩「挺拔而爲俊」，可知劉彥和直接就次文類的風格（照文心的用詞，當爲體性）上給遊仙詩評價，並不在內容題材上找矛盾，試問劉彥和據此而不援彼之判準何在？亦主體之權宜而已？然則，吾人是否可這麼說：作品正文還是原來的作品正文，絲毫未傷。作品是一無窮潛藏意義之寶庫。讀者有權進行探寶，但看其策略工具如何？試看黃季剛的策略如下，他說：

然景純斯篇，本類詠懷之作，聊以攄其憂平生憤世之情，其於仙道特寄耳。故曰：雖欲騰丹谿，雲螭非我駕，明仙不可求。又曰：燕昭無靈氣，漢武非仙才，明求仙皆妄也，首章，七章俱有仙林之文，然則遊仙特隱遯之別目耳。（黃季剛，一九七七，頁一一〇）

這段話是有關次文類的精彩之論。他先在分類的主題內容上，贊成鍾嶸《詩品》的意見，認爲郭璞這十首遊仙詩非列仙之趣，倒很像詠懷之作。這裡黃先生所意識到的詠懷一詞含意，是把它看作另外一種次文類來考量的，不能跟鍾嶸簡單的一句「乃是坎壈詠懷」平等地看。因爲，黃先生早已知道文選的二十三個詩類中就列有一項詠懷，次於遊覽詩與哀傷詩之間，言下之意，黃先生在此認爲郭璞遊仙詩更像詠懷詩，之所以用遊仙，乃是藉用仙道的意象，修辭思想，語調口氣來寄託「詠懷」。由此以知詠懷是意義結構，而遊仙僅提供形式之過程工具、手段。在次文類的研究上，黃先生又破解了次文類在形式與內容之間的依存關係，然後悉憑意義結構爲仲介，以調和次文類與次文類之間的矛盾對立。結果，我們看到大文類有交溶現象，比如文中有賦有詩，詩中有散文敘述模式，小說中有詩詞之運用，更有一種被辨認爲具有史詩架構的小說體，乃至「趨近詩的小說」。殊不知大文類如此，大文類之下的次文類更尤其如此。也就是說，次文類即使在共通的形式共相（各以彙聚）之下以內容題材主題之再分次之，仍然只是一種權宜性。文類必然具有交溶現象，文類必然繫之主體閱讀，還有，文類與作品正文處於互爲辨證關係。文類與其說是一種制約，不如認文類爲一種閱讀，一種再創作。譬如黃先生在這段話最後乾脆認爲遊仙詩根本不是遊仙詩，直可叫它作「隱遯」詩的一種別名，遊仙其實是在招隱，而招隱又是文選二十三類詩之一。那麽，遊仙—詠懷—招隱三類，經此一論，皆混然一物，何庸勞識者區區以別分之？昭明太子因爲多餘，後世吵嚷而論遊仙當爲如何如何，更是舌累，試看清代幾位評點家的意見：

何義門云：景純之遊仙即屈子之遠遊也，章句之士，安足以知之。（于光華，一九七七，頁四一〇。）

又云：以京華山林並起，見用意所在，仙非有它異也，正所謂山林客也，讀遊仙詩須知此意。（同前）

何義門這個意見，雖然大抵遵守遊仙詩的分類，不過另外加進一層「山林」的意思，他爲了山林這個意思，努力在結構上找支持的論證，先就文選編定的七首遊仙詩之第一首頭兩句「京華遊仙窟，山林隱遯棲」的意義談起，所謂遊仙本意，是在山林，揆其意思，似指遊仙並不眞的遊去仙境，也不是說寫遊仙的詩人相信仙境之可尋。只不過遊仙是假藉之途，遊仙跟山林客沒啥差別。以故他認爲遊仙跟屈原《楚辭》〈遠遊〉的主旨相同。再仔細檢索〈遠遊〉在騷賦書寫歷史上原來有其代代相襲的文學傳說，已因始創此文類者先立下的文類制約形成一種書寫成規，可稱作「文學習俗」，意思是凡重複某一種文類之寫作者必有形成此文類的意義主題，乃至意象，結構之共相面，代代相習，自然成爲一種書寫成規。譬如現在何義門即持〈遠遊〉的書寫成規，用來辨識郭璞遊仙的本意，從語調、語彙與修辭技巧諸方面做綜合判斷。因爲根據屈原《楚辭．遠遊》的書寫成規來看，王逸的《楚辭章句》已經做過說明，凡是遠遊的寫作動機是「上爲讒佞所讒毁，下爲俗人所困極」，因此「思欲濟世」，則「意中憤然，文采鋪發」，清楚地說明遠遊形式的體類建構之動機，這種動機慢慢形成此一文類之體制化，一旦體制化之後，它不僅是一種制約，規定，而且也是摹仿習作之成規，與乎詮別鑑賞之準據。接著王逸談到遠遊的寫作方法，是「遂敘妙思，託配仙人，與俱遊，周歷天地，無所不到（洪興祖，一九七四，頁二六九）特別注意妙思與仙遊之關係，妙思所及可以周歷天地，帶點超現實趣味，自然地遊覽仙境，或對仙人言，在獨白或對話中傾訴「憤然之意」，乃屬「文采鋪發」可允許的事，惟是切記仙之所遊無論多遠，思之所及，無論多妙，遊仙做爲表達憤然之意之媒介來看，其本質性之存在終究是「託配」的性質。如此更進一步把遠遊藉仙途一路的體類在技巧上加以深度化。於是，文類的主旨定了，文類的技巧也定了，文類之習俗成規於焉告成，宋人洪興祖便是站在這種看法說：「古樂府有遠遊篇，出於此。」（同前）然古樂府有遠遊這一次文類，承傳自楚辭遠遊，那麼漢以後之三國，晉、宋、或者唐以後之元明清，凡有重寫仿擬遠遊次文類者，皆得迂迴討論於此始創之制約。

次文類至此已多涉文學習俗之認識，何義門直接指明郭璞的〈遊仙詩〉即屈子遠遊，即據此而發。其次，何義門更從詩意結構上强化自己的主張，他爲了完成遠遊即山林說，竟把七首的遊仙詩在昭明手中只選七首的理由，說成「一題數首，自有結構，首尾開闔不可紊也，此在選家之安頓也」（于光華，一九七七，頁四一〇。）證據是第一首有「山林」一詞，第七首末兩句「長揖當途人，去來山林客」也有山林一詞，何義門說：「山林字首尾相應爲七首之結」（同前，頁四一二）這是從正文的語意，修辭，語彙及文類形式結構諸方面之「精密閱讀」結果。這樣，遊仙詩除了遊仙—詠懷—招隱的文類交溶之外，又加上山林—遠遊兩類，變成五類。何義門的策略，兼用文學習俗與文本內在分析。其可注意之價值，當在强調次文類有其淵源始末，代代相習的文學習俗，提示了次文類體制建構的事實。

在勾劃清楚清人的文類批評之後，把它放置在黃季剛文選評點的意見上，加以比較，明顯看出文類習俗成規及作品內在結構分析，是黃季剛跟前人所見略同者，只是他更加强遊仙非眞遊仙之意，明示仙不可求，仙皆妄。並且，集中在詠懷主題，以第五首爲題，具體指出詠懷對象是「傷年暮無知音之辭」（黃季剛，一九七七，頁一一一），遊仙詩第五首是這樣的：

逸翮思拂霄，迅足羨遠遊，清源無增瀾，安得運呑舟，珪璋雖特達，明月難闇投。潛穎怨青陽，陵苕哀素秋。悲來惻丹心，零淚緣纓流。

這一首的意旨，據李善之注解，皆以仙意求之。首句逸翮思拂霄，李善以爲比喩仙者願輕舉而高蹈。三四句寫清流不能容呑舟之魚是喩「塵俗不足容乎仙者」，至於珪璋明月兩個意象也是比喩仙者。而「潛穎怨青陽，陵苕哀素秋」兩句也是比喩「世俗不悟求仙而怨天施之偏，歎浮生之促也」（李善，一九七六，頁三一四）總結善注大意，全詩無非表達求仙之想，蓋因世俗不容，求仙不得，不禁丹心悲惻，淚流沾纓。李善於每一句之形象比喩皆以實意具之，是其主觀認定，當然也有從修辭習規找輔證者。譬如潛穎一詞，他引鄒潤甫遊仙詩有兩句「潛穎隱九泉，女蘿緣高松」的潛穎一詞以證明就是遊仙之義。以詞彙出處必有可稽考之義，修辭習慣與文類相關，李善的輔證在此二項基礎上，誠可信服，可是，太過信服文學習俗，變成無文本的活動，閱讀意識擺落，只依現成說法相況成習，最缺乏開展閱讀視野。當然，李善這種探源式注解，也是一種詮釋策略，在吾國歷代注疏傳統上佔有很大份量。旁徵博引，演變成炫學誇博的權威主導意識，自宋代以後，這種徵實引書的手法透過官方監本印行，全面體制化，逐漸跟正本解讀背道而馳。讀者只在詞彙探源上下功夫，在文體與文學習俗上承受意義。對話的聲音漸渺，主體的意識漸淡。這是李善一路下來的注解方式之弊端。因爲任何以形象爲喻之敘述，皆須考慮象與喻之主客對象物原來就不是一定有成規的。以此喻彼，或以彼喻此，其隱秀之功，與體之繁，惟恃讀者以意逆之。此刻的形象所喻之義全繫乎讀者主體之領受。當然，讀者藉以領受之策略不同即可能不同意旨之浮現，此刻之作品正文正全然開放地對介入之讀者引生觸類旁通之意義鏈。當讀者暫時地無法把握象喻時，意義是模糊曖昧的。何義門在評點此詩時，就坦然地表明：「珪璋以下未喻。」（于光華，一九七七，頁四一二）可是黃季剛就勇於超越探源式的意義限制，直接解讀正文，說：「此傷年暮無知音之辭。」（黃季剛，一九七七，頁一一一）說穿了，這一首可能無求仙不得之渴想，反而是在感嘆自己年邁而不獲知音，順此意推之，他堅持遊仙是詠懷之作，又得一證。照這樣的讀法，這一首詩中的各句之形象，如逸翮，清源，呑舟之魚，珪璋明月，潛穎青陽，陵苕素秋，便沒有李善的喻意，而應該別有所指了。也因之李善的詞彙出處探源對他已無效，他必須以主體之閱讀自正文中尋找其它意義。就算他要拿詞彙出處來輔助他的讀法，因爲在先決條件上即與李善看法有別，因而他所探源的資源引書也就不可能跟李善一樣。譬如他引據《離騷》所云：「老冉冉其將至，恐修名之不立。」跟張衡《思玄賦》云：「既姱麗而鮮雙，非是時之攸珍。」爲語意出處，斷言：「此物此志也。」可見他引書與李善不同。如此看來，探源式的意義考掘也充滿了未定性。黃季剛的文類評點之價值就是在這一點上的發揮。而其策略不同處，則是加入閱讀主體意識，進行質疑，顚覆，否定，再認，重新發現，終至本文對話，進臻正文第三義的再創作境界。簡言之，即是閱讀意識的高度活絡，其創在此，其價值在此。

就文類的新認識來看，黃季剛的解讀提供了文類在其內在決定論，存在著文類與文類之間交互運作的潛藏可能，解讀者以其策略進行異化／同化的文類辯論，這時，文化成規，文學習俗，乃至詞彙探源，文類修辭格式，皆得以在閱讀中遭逢去體制過程而予以解構。因此，文類存在著體制／非體制之間的緊張性。這種緊張性是內在的。跟文化歷史，與社會趨向未必有涉。猶如此處黃季剛之解讀第五首意旨，完全沒有受到前人左右，而能獨排眾說，分析文類新的可能，予以再分類，再建構。文類因之更寬廣，更透視其整體了。這樣的建構其實來自解構文類。這一層瞭然頗與班奈特在《文學外觀》一書中引述佛烈德門的討論文類有可並參同觀之處，佛烈德門以為文類之內在系統可因分析策略之應用，而使文類更清晰。（班耐特，一九九〇，頁一〇三）而此策略之目標是在發現文類之未定性，以及文意之未定性。文類之地位，由某一階段體制內文學成規予以正常化，成為一種該歷史階段的意義建構一部份，這又跟該階段之歷史文化普遍共相有關。

譬如鍾嶸居於六朝時期，文化界的列仙遠遊之趣，迷漫為社會風潮，作為文類鑑賞的批評家而言，大可以符應時潮以判定文類，然而，也可以反時潮而進行批判，文類跟社會需要息息相關。社會有以強化某一種文類使成為當代主流體制者。某些文類之興滅完全決定於功用之大小。在此功用目的之下，一種新興的次文類—遊仙詩—會因社會須要，文化風俗而異化出大文類的—詩。所以，從后妃之思，貞靜述德的風雅頌至此再分出一類遊仙述志詠懷之新的次文類。此次文類原來是異化的，再經過時序之推波助瀾，於是又呈現同化，於是異化／同化便如迴環般生生不息，圓盤化出，讀者也在異化／同化之間思考俗／不俗，正統／旁支的文類體制。由是吾人看到非列仙之趣的遊仙因著鍾嶸對其功用之貶抑，提昇對詩異化之抵制，而失去了詩正統之地位，可是到了李善又因唐代文化歷史時空的嬗遞，求仙文類被唐詩新興，體制重構所忽略，王楊盧駱，李杜王孟，乃至元白韓柳，其文類興趣雅不在遊仙。李善以其注疏條例的自我期望，採取語詞出處，徵實引據的注解手法，將鍾嶸時期的遊仙再恢復起來，相對於唐代文化時潮，此刻的遊仙又轉居於詩正統，被賦與同化彙聚的文類角色。直至明清，文化時潮與社會習俗又一大變，市民經濟，以及官僚體制，促使文類的興趣轉向話本小說，以迎合社會須要。遊仙次文類之功用早已蕩然不存。即使要顧全既有事實，也不得不找出歧異，給文類以新解。此即何義門持山林客以命名遊仙之本旨。遊仙這個次文類面臨更替拆散的危機，一到黃季剛手中，已因近代中國海運大開，異國文化交互激盪，社會時潮，思維習慣大迥異於遊仙文類所能生存的文化環境，此所以遊仙戢止，代之以科幻、虛構、浪漫、遊覽之文類構設主要因素。黃季剛再次評點文類，除非他要蹈襲古人，否則，必然不可再落入同化／異化的既定成規。他必須運用新文化新環境的時潮，至少他不能重複鍾李何三家的文類體制。現在擺在眼前的第五首遊仙詩評點即是破除文類同化的策略，郭璞遊仙，絕非遊仙，也不一定盡是詠懷，如果是，那又懷何物？山林山林只是修辭格式。一一解構文類久經體制構建的普遍原則。直指遊仙只是託寓，實際在自傷知音，自傷年暮，自傷功名弗立，遊仙文類至此已名存實亡了。

這樣的文類評點，是特殊的高度的正文解讀策略，解讀者黃季剛的破解之道，來自文類，也出於文類，集中在正文的「精密閱讀」。看他的舉例詩句皆是遊仙詩原有詩句可證。另外，他援引別的詞彙出處，如引用《離騷》《思玄賦》就都是李善沒引過的，來進行另一種意義探源，則是近乎互爲文本的策略，也提示了文類與文類之交溶跟互爲文本的途徑有關，這也是克萊德門文類學的認識。

當然，過份運用解構，只是證明策略的重要及其功效。但是正如班奈特批評克萊德門，說到這種一味破解的困難，在於無法解釋什麼原因，以及什麼方法，使到文類的體制或成規不能守得住？再者，個別文類（相當於次文類）系統與大文類之間的關係，各朝各代屢有變化，其程度如何？面貌如何？（班奈特，一九九〇，頁一〇四）閱讀正文本身的策略再怎麼精細，均不能具體檢查。解構策略做到了轉變正文解讀的任務，也證實了正文之潛在無窮意義，進了一道門，又開了一扇天窗，試問過程痕跡又如何？

四、文類與多元意義

既然吾人處處看到黃季剛文類評點的趨向總是朝著反文類的方向走，在破解既定的歷史存在之文類共識之後，黃季剛又如何自文類博取正文意旨呢？那是近乎多元意義的求解之道。文類並非僅僅是文類單一定義的制約，文類的定義甚至跟正文本身意旨對立相左。這可從黃季剛解釋文選二十三詩類中的招隱詩看到這樣的論證。招隱詩歸類爲一類，反招隱也是一類，按照昭明太子當初分類，招隱既與反招隱分開相次，可知這兩類必不能混同，李善注招隱時就引述《韓非子》：「閒靜安居謂之隱。」（李善，一九七六，頁三一六）揆其意思，當同意招隱即爲招其來隱。但是到了黃季剛的解釋就恰恰相反，他說：「招隱之名，出於淮南之招隱士，然則彼文正此中所云反招隱，故謂招其來隱，爲招隱者，殊爲士衡輩之誤也。」（黃季剛，一九七七，頁一二）這裡，吾人再一次看到文類之所以產生歧義，實在跟互爲文本的牽涉有關，也就是說當招隱構成一類時，招隱的定義，依閱讀者的文學知識能力，以及不同的感受，居然可以分別從不同的文學傳統中找出迥異其趣的解釋途徑，譬如此處招隱一詞出於二種語源資料，孰是孰非已無關正題，何所抉擇才是重心所在。因之文類的問題，定義如何倒在其次，重要的是，文類意義的過程，還有，正文理解的路數。如何令讀者做出判斷。此刻，黃季剛以招隱一詞出於淮南劉安的〈招隱士〉，而〈招隱士〉是《文選》騷類中的最後一篇，跟宋玉〈招魂〉同爲以招名篇的一類。這樣，吾人又看到次文類可分別置於不同的文體中，然而各具有不同的形式安頓。更加印證，文類的定義如何如何，其實很難辦到，具體而實際的作法，是透過正文解讀之後，再給文類結出含意。根據班奈特的說法，文類理論的目的，不在定義文類，因爲每一階段不同的體制化，會經由教育訓練過程規定體制內該遵守信奉的定義，因之，文類理論是要研究文類的組成及文類的功用，尤其要注意互爲本文之間的系統，而體制的關係又以政治和意識型態的主導爲主，以使文類的創作，運用，與讀者的接受，都要納入這個指導原則之內。（班奈特，一九九〇，頁一一二）既然如此，那麼可想而知，不同的指導原則必會有不同的文類認可，乃至相互矛盾之處，這就是文類理論所要探究的文類系統。在解釋〈招隱〉這個文類時，黃季剛所作的貢獻，正是呈現這個文類系統的一面，他說出了文類不同的互爲文本線索，提供〈招隱〉文類的意義矛盾，呈現這個矛盾的不同時期現象。當然，有關政治與意識型態的關係，可惜還沒談到。有關這類的意見，要到他在解釋〈符命〉這個文類時才看得出來。

〈符命〉是文選三十九類中的一類，選了三篇文章，分別是司馬長卿〈封禪文〉，揚子雲〈劇奏美新論〉，班固〈典引〉。這三篇被歸在符命一類，其意在符應當時政治權力的須要，文類的成立與功用，是爲了美化當政者的利益。所以，封禪的行爲，不但被鼓吹，還要把封禪文類訂爲體制，讀與寫都要符合體制。而其基本的意識型態，是歌誦炎漢政權之天命正統，五行運作的順應符命。在此意識型態的指導原則下，史記的說法成爲體制內的定解，《史記》司馬長卿本傳記這一篇文類之來源說：

長卿病甚，武帝使所忠往求其書，及至，長卿已卒，其妻曰，長卿未死時爲一卷書，曰有使來求書，奏之。其遺札書言封禪事。

這說法姑不論是否可信，其實可信與否已無從查證，但這已是體制內的定解，李善就遵循之，並且明指封的是泰山，禪的是禪梁父。這樣的解釋完全偏離正文解讀的開放空間，不顧解讀策略，只把文類就其功用與始源擺在體制內思考。到了清代何義門，直接指出：「符命，諛佞之祖。」（于光華，一九七七，頁九二五）於是全篇上言漢之功德，下言漢之瑞應，構成〈封禪〉一文的體制內意義。這樣的極端歌誦見習於文類的某一歷史階段，卻也引起另一階段極爲相反的否定。於是美頌與諛佞之間，開始模糊，當另一種意識型態更替興起，如此的瑞應功德之文類反變成謗議，出現相當矛盾的文類作用，可是，解讀者無論正反角度，並未實質地就正文本身思考。黃季剛評點〈封禪〉時就這一點做出强烈的質疑，他說：「封禪亦託以諷諫，紛紛謗議，皆所謂張羅沮澤，不睹鴻雁雲飛。」（黃季剛，一九七七，頁二二五）意思是，封禪並非在美頌，反而本意在反封禪，其言歷代凡是封禪者，黃季剛說：「由此觀之，自周而來，未有無德可以封禪者也，此諷其先治道，而後鬼神，意極明白。」（同前，頁二二六）顯然，〈符命〉一文類之功用照黃季剛的解讀是在諷諫。這是文類本身開放意義的結果，假使把史記記載的那一段封禪文寫作的動機當做作者的意旨，那麼，作品正文的意義要開放多元，首先任務，就是像羅蘭·巴爾特所宣稱的要讓「作者之死」，才能開放正文。巴爾特在《作者之死》一書中說：「一旦作者的地位移動了，那麼評斷作品正文就變得無效。」（巴爾特，一九七七，頁一四七）批評家大可不必顧慮作者意圖爲何，而可以放言高論。正像在〈封禪〉一文中，先前司馬相如寫作的動機已不可考，透過其妻向武帝使者的交待轉述，才知道司馬相如留下這一篇勸諫文，惟若蓄意求之，到底此文意旨如何？不惟其妻無以作答，任何人怕都只能猜。一愚之得，各自成就，其所說者不一定即作者之意，這樣作者不就形同死亡了嗎？至此解讀作品正文的任務不在找尋原始作者，反而在發現另位隱藏的作者，那位藏鏡人，在正文相關的社會、歷史、心理，與人文中。（同前），這些因素構成正文意義之系統，這是書寫的開展，反一元論的活動。（同前）

按照巴爾特的說法，解釋要成爲有意的可能，要開放，則作者的意圖靠讀者的介入，作者的意圖非唯一。此刻，黃季剛所作的論解之道，不但補足了史記那段文字沒有說清楚作者意圖的空白，也同時進行開放正文的意義之門。他先確立〈封禪〉一文的多元意義之可能說：「此文符采複隱，精義堅深。」（黃季剛，一九七七，頁二二五），也就是標示此文的隱秀特徵。而隱秀正是黃季剛的文心雕龍注解曾經補寫的一篇文字。原先文心此篇至宋代已亡佚，後世無法窺其全貌，黃季剛根據遺留的幾條佚文，以符合原書的句法語氣及修辭特色，撰寫一篇〈隱秀〉，其意見可以當作他解封禪文的理論支持。從而可相信基本上黃季剛的隱秀觀即代表他主張作品意旨的曖昧、模糊。亦即正文的多元意義。這點，可從他實際評點時，在重要句子段落間寫下跟李善注不同的意見獲得輔證，譬如：

「然無異端至垂統理順易繼也」句下評注說：「此皆以抑為揚也。」

「或曰至而云七十二君哉」句下評注說：「此諷其信祥瑞也。」

「此天下之壯觀，王者之卒業，不可貶也」句下評注說：「觀于王者卒業之文，則長卿誘掖之意至顯，嘗謂勸封禪之忠，無殊於諫獵時，而後來或用此為詬病，未之思也。」

綜合這幾條意見，都在強調封禪文是諷諫作用，封禪其實非關祥瑞符應，封禪即不封禪，這層意思在文末最終一句「是以湯武至尊嚴不失肅祇，舜在假典，顧省闕遺，此之謂也。」其中的闕遺一詞之解釋就因為兩種意識型態之對立而有相反的說法，闕遺是闕什麼？李善注說是不封禪之遺。（黃季剛，一九七七，頁二二九，于光華，一九七七，頁九二八）兩者見解極大不同。但無論封禪是否，說封禪者自己解成一套適應封禪主旨的正文意義系統，說非封禪者也一樣自圓其說地解成一套相符於文類新須要的意義結構。基本上，任何評點意見都可看作是強佔對方意思納爲己有的霸佔，評點的論斷即是自成一家之言，一旦此一家之言成立，文類則在此複雜化之過程中再次交溶，文類即爲反文類，文類是一不可捉摸的未定性書寫，充滿了解讀的空間。正像黃季剛在解讀〈符命〉文類時居然不從祥瑞符應去讀，而直予判定是「此文亦依類託寓也。」（黃季剛，一九七七，頁二二八）把〈符命〉文類跟〈託論〉文類〈諷諫〉文類三者合而並觀，原先〈封禪〉的意思是在勸帝王要感恩謝德，以行封禪大典，文類的意義依帝王之欽定體制而設，文類接納社會的須求，同時，文類也寄存於「勒功中嶽，以章至尊」的意識型態之中。但是依黃季剛的瞭解，事實上，〈封禪〉文類到了漢初已經變質了。也即是說用來展現天下之壯觀，完成王者之業的作法，已因「縉紳先生之略術」，改用文人諸儒記載史冊，講述經書，來完成「正天時，別人事，敘述大義」的任務。這裡的略術，黃季剛解成「儒術」而不解成「道術」，即明白表示他跟前人不同的看法，亦唯有解成儒術，才能在上下文義上把諷諫的意思講得通，講得一致。如果解成道術，那麼道者祀天崇神，其宗教訴求必然導致封禪一事之合法性。在以道術爲治的意識型態下，封禪文類依然有用。如今改解作儒術，意識型態變了，必然會順理成章地拿尊經崇儒的作法，來替代行封禪大典。這可以〈封禪〉文中提到「將襲舊六爲七，攄之無窮」一句得到印證，所以，漢代增六經爲七經。這樣崇經重儒正代表帝王的新作風，新作風之下自然也有一套新須要，此即黃季剛解封禪爲諷諫託喻的理由。在此，文類也自行破解其文類體制與體制下之內容意義，分出文類的連瑣反義，正文因之又多了一環意義鏈。文類在此破解與重建的搆設中，增大了文類的苑囿，豐富了文類的內容，一旦繼續演化生成，極有可能一種交溶之後的新文類就告成了。對文類有沒有這樣的認識，在黃季剛的評點及其它文章中並沒有直接明言，但從他的文選評點實際作法上，卻可以看到或體會揣摩這樣的意思，顯然「中國古代文類學」這樣的命題雖無其名卻有其實，經過本節中西平行比較對觀，可以做此判斷。

五、結語

以上根據黃季剛文類評點手法歸納其策略運用成功所及，有對文類性質之一的認識—互為文本，有對文類交溶的提示，對文類未定性的意義探討。這些文類內容很少在《文心雕龍》與《昭明文選》二書中出現過，即使有些類似觀念，也因為經過黃季剛的實踐評點，更加具體明顯。不過，由於限制在評點只能施於眉間行間空白處，又必須出於文言簡略的行文習慣，再加上文言文只抒結論意見多半省略推因論證，易言之，即是在技術面形式面的囿限，使到黃季剛的評點也不能看到如班奈特質疑克萊德門的問題之答案，然而他是否知而未答？見而未說？或者略而不提？留下的缺陷，困難，正是當代吾輩學者要努力研究的方向。

附註

註

❶：晚近有關中西文類之比較研究，我以爲應從翻譯開始。以陳世驤先生所譯的陸機《文賦》爲例（一九四八年北京大學出版），他把《文賦》一文中的句子「體有萬殊，物無一量」的體字，譯成form以後又把中文的體性譯成style，此後即以兩字西文概指中文的「體」與「體性」。彼時於形式form一詞，重點不在結構字數上的長短之意。譬如翻譯「若夫豈約之裁，俯仰之形」一句時，以style譯俯仰的「形體」。（參楊牧，一九八五，頁八九）跟後來徐復觀的《陸機文賦疏釋》把這兩句的裁與形都看作是有長短之別的form一詞是大爲不同的。根據韋恩斯坦的介紹，法國學者的文類研究，即是拿長度跟有機組織做標準的。（韋恩斯坦，一九七三，頁一〇一）而亞里士多德《詩學》所訂的兩大文類：史詩與悲劇，主要以形式跟技巧做標準。此刻的形式，又要跟文類genre一詞分開，克萊德門把文類跟形式的分別，訂在形式是講長度與結構，而文類則不是。照這樣看，中國的體或體性實在近於西方的文類觀念。克萊德門據美國《文類》期刊所訂的文類研究範疇，有①文類觀念的討論。②某階段歷史特殊文類之研究。③文類定義之建立。④

文類批評應用在作品上之解讀。（克萊德門，一九七八，頁一三二）但看這樣的研究內容，可知文類與形式不同，不過即使在西洋的文學理論中，也常看到文類與形式並稱混同的。例如艾爾德格的《比較文學》一書即是，他認爲文類即科學上講的類或種。文類一詞指文學作品的風格 style，形式form，與目的 purpose。（艾爾德格，一九八九，頁一五九）我以爲，文類可成爲專門學科，那麼形式之探討是文類之一部份。而中文中的品、性、體、體性、類、風骨格力，（參趙則誠等，一九八五，頁五八七），等等都可入之文類學。這樣，就可深入擴大文類學至《文類學》一書所及「文學功用」「社會功用」之在文類上的討論。也即是文類可有其外緣研究範疇。（頁一一五）不過在翻譯時，仍舊要避免把 style譯作文體，正如何欣譯休果的《文體與文體論》，易滋生困擾，不如譯作風格，然後總歸之文類之名稱下。至於把 style譯作文體學，再把genre與genres分譯作文類與體裁也容易相混。（例如劉介民，一九九〇，頁二七七頁二九五）因此所謂文體，不如一律改稱文類，下轄形式、文體、風格、類型諸意。

註

❷：譬如新文學革命與意象派之意象詩有某種程度之文類影響，早爲學界共識。參王錦厚，一九八九，頁二三三。又《中國比較文學年鑑》（一九八六）一書也收有很多文類比較影響之現代文學論文。

註

❸：同樣的情形，司馬長卿〈難蜀父老〉也因篇題有「難」字，而設爲一類，來踉移，檄這兩類分開來。有些文選家因爲閱讀上個人的判斷而把〈難蜀父老〉看作檄文。於是在體類上《昭明文選》就少了一類，不是三十九類。其實在更早的文選版本之目錄上，如中央圖書館藏陳八郎本，就清楚地分有這一類。

引用參考書目與期刊

洪興祖，一九七四，《楚辭補注》。台北：藝文印書館。
陳延傑（注），一九七五，《詩品注》。台北：臺灣開明書店。
李善（注），一九七六，《文選》。台北：藝文印書館。
于光華，一九七七，《評注昭明文選》。台北：學海出版社。
黃季剛，一九七七，《文選黃氏學》。台北：文史哲出版社。
巴爾特，羅蘭（著），海斯，艾斯（譯），一九七七，作者之死，收入《意象，音樂，正文》論文集中。紐約：希王出版有限公司。
克萊德門，羅伯特，一九七八，《比較文學之學科整合》。紐約：美國語言學會。
休果，拉格罕（著），何欣（譯），一九七九，《文體與文體論》。台北：成文出版社有限公司。
韋斯坦，俄瑞契（著），瑞崗，威廉（譯），一九八二，《比較文學與文學理論》。台北：文鶴出版公司。
趙則誠，張連弟、畢萬忱，一九八五，《中國古代文學理論辭典》。長春：吉林文史出版社。

楊牧，一九八五，《陸機文賦校釋》。台北：洪範書店。
編委會，一九八七，《中國比較文學年鑑》。北京：北京大學出版社。
詹鍈，一九八八，《文心雕龍的風格學》。台北：木鐸出版社。
王錦厚，一九八九，《五四新文學與外國文學》。成都：四川大學出版社。
艾爾德格，歐文，一九八九，《比較文學：關係與方法》。台北：書林出版有限公司。
劉介民，一九九〇，《比較文學方法論》。台北：時報文化出版企業有限公司。
班奈特，湯尼，一九九〇，《文學外觀》。倫敦：路德格出版公司。
張靜二，一九九一，〈中西比較文學中的文類學研究〉，刊於《中外文學》十九卷，十一期。台北：中外文學月刊社。

選詩評點所見文類學方法——

兼論山水詩歸類問題

一、前言——從謝靈運一首詩之歸類談起

文選所收謝靈運作品，悉屬詩類，總共四十首。這四十首又分別廁之於文選二十三詩類中之十類，幾乎在文選詩體次分類中佔有一半。從而可知謝靈運詩體之廣而雜，以及謝靈運詩歸類之困難。足可以提供中國古代文論中文體歸類的問題思考。（註❶）

在此四十首謝靈運詩中有一首題曰〈從遊京口北固應詔〉，原詩如下：

玉璽戒誠信，黃屋示崇高。事爲名教用，道以神理超。昔聞汾水遊，今見塵外鑣。鳴笳發春渚，稅鑾登山椒。張組眺倒景，列筵矚歸潮。遠巖映蘭薄，白日麗江皋。原隰荑綠柳，墟囿散紅桃。皇心美陽澤，萬象咸光昭。顧己枉維縶，撫志　場苗。工拙各所宜，終以反林巢。曾是縈舊想，覽物奏長謠。

這首詩作于宋文帝元嘉四年（四二七），當時謝靈運爲秘書監，文帝幸京口，故而隨往，應詔作詩。照這個講法，此詩應歸之應詔一類。但文選詩之分類並無應詔詩，而有公讌與祖餞，則此詩或可繫兩類之下。然而不然，文選將此詩編入遊覽。於是，這首詩的歸類何屬，遂有不同的說法。一說以爲是應詔。（方回，一九八六，頁五八四）二說認爲此詩「以理語入詩」（于光華，一九七七，頁四一六），似近於哲理詩一類，因爲首四句在談道談神理談名教。三說則直認爲是一首力變前人，具「生物之氣」的山水詩。（同前，頁四一七）再有一說，雖同意是應詔之作，但實際上是「借覽物奏長謠的方式，表露維縶于劉宋朝廷的違心之苦，直陳返林巢過隱逸生活的宿愿」，這個意見，不宜等之應詔，卻相近於招隱一類矣。（陳宏天等，一九九二，頁二四三）

準上，謝靈運這首詩，一共有五種說法，分別是：遊覽、應詔、哲理、山水、招隱。除了招隱的主題見於今人的解讀之外，其餘四種皆見於選詩評點的意見，可證文選評點的材料頗複雜，其於文類學之研究深具價值，本文即就此課題進行歸納演繹，期能做出選詩評點方法的一些成果，開出古代文論研中實際批評手法的一條新路向。

二、問題之所在

爲何單單一首詩，竟會出現五種讀法五種歸類呢？以山水詩歸類的讀法而言，文選二十三詩類中，就根本未列山水一項。這是文選體類的一大問題。可是就昭明太子所處時代而言，山水詩早已是宋初文體的流行，《文心雕龍》已明言宋初文詠，體有因革，莊老告退，山水方滋。山水詩是繼東晉玄言詩之後的新興詩體。降而歷經齊梁，山水仍在深層發展之中。爲何在劉宋之後的蕭統文選，竟無視之，而竟漏列此目？

於是，便由此導引出文選詩體歸類定義的研究，認爲文選雖未列山水，但在遊覽與行旅兩類中，實在已含有極多可目之山水之作的詩篇。所以，無山水之名而確有其實。

可是，就這一首謝靈運的〈從遊京口北固應詔〉詩而言，到底能否用前述說法而將之歸爲山水詩。也是個問題。試略舉今人的讀法，在幾本漢魏六朝詩鑑賞集專書中，一選到謝詩，泰半選其山水之作爲代表，卻都未選此篇。再看論述謝靈運山水詩的舉例作品，也未見引此詩作山水討

論者，此不可不謂非比尋常之「巧合」吧！（註❷）

可是，偏偏何義門的選詩評點意見，卻認爲是：「謝客山水之作，眞開闢手。而一種生拗之氣，力變前人，厥功不鮮。」（于光華，一九七七，頁四一七）把這首詩看成是山水之作，不唯如此，且是山水之作中具有高評價的變創之詩。可見選詩評點不一定服從蕭統原來的歸類，寧可自「文本解讀」直接感受，因而重新加以辨體，給出新類型。

細審此詩，題目曰從遊云云，則有「遊」字意，按昭明分類的既成原則，有一條是因題名而分，則此詩繫於遊覽一類，當合於自設體例。但題下復有「應詔」一詞，則此詩亦可歸類於應制體，其撰作體式頗類似公讌與祖餞。至於原詩句本身，首四句分明是立論說理，即所謂「理語入詩」，講的又是名教神理等六朝人素習清談。把儒家的誠信，與坤卦的「黃中通理」，老莊的道論，一併「將無同」起來，是三玄與儒教的混言。正是玄言詩一貫的風格基型。則此詩有玄言之體乎？

自第八句以下，則寫山之倒影於水中，綠柳紅桃之美目，遠巖映蘭，白日麗江，正是一派山水遊覽之趣。具備山水詩明顯的典型性。

再看到此詩的後四句，又與前面的遊覽應制山水主題全不侔矣。這四句在說工拙各自有宜，在位達者，可曰工。在家守隱，只能算是「拙政」。二者權衡，靈運自謂「終以反林巢」，唱奏一生的歸隱長謠。這層意思如果算作山水詩，那麼，山水之貌已變，山水之意也迥然不同於前人，而自有新創之體了。這個結尾的寫法，何義門下了一句眉批曰：結裹有力。與他總批講的「力變前人」，並不矛盾。

照以上的文本分析，此詩之多義，殆無可疑。此詩歸屬體類之難，也是事實。吾人不禁要問：何者為是？標準何在？又其辨體之方法為何？

跟此首同樣性質，同樣問題的遊覽詩，《文選》收有顏延年〈應詔觀北湖田收〉乙首，方伯海的評點說到：

凡應制題寫景物，須有一段陽和布澤氣象。蓋乘輿所至，萬象昭融，非如遊人躡屐尋幽，趣在幽微淡遠也。故詩貴乎辨體，安在山林廊廟，同是一樣格律。（同前，頁四二二）

這一段話，已具體說出「辨體」一詞，它與「立體」有別，方法亦異。辨體之學，已透露三分，如何看待它，重新詮釋，便是中國古代文論可供今人資用的一例。試以今語解之，其方法涵意應有：

第一：詩體非一成不變。例如同是寫景之作，因應制為題，要求「陽和布澤」，便與純寫景的「幽微淡遠」旨趣不合。

第二：詩要辨體。同是遊覽之作，但山林之思與廊廟之意不同，未可因「體製」規定，死守不變。

第三：文類的歸屬與讀者之認定是互動關係。
第四：體類與技巧論、意義學、讀者接受皆有關涉。

以上這四類反映在評點上的文學類，是否可成立？其根源準據如何？又是引帶而生的附加問題。但這些問題的答案委實不易找。吾人不禁要質疑，從六朝漸漸發展的文體理論，自曹丕《典論》的四體，陸機《文賦》的十體，劉勰《文心雕龍》的體性與定勢及其類似觀念，乃至任昉《文章緣起》與昭明太子《文選》的立體分類等，這一系列的中國古代文類學總合，是否可拿來當作前揭方伯海在選詩評點上的理論根源呢？

細心持二者比較，設若理論是一層次，評點則可暫名之實際理論，當屬另一層次。於是，這兩層次便有以下的三種情形，一是理論與實際配合，二是理論與實際各自分途，三是理論之不足，由實際評點之演作而產生新義或歧義。

欲檢證以上論點之可能，對理論本身，吾人不得不先有一辨證性思考，對理論本身做一些反省。而此反省，亦唯有從實際批評材料中去歸納某些原理原則。以下分就文選二十三詩類中的六類評點加以討論。

三、公讌詩文類定義

試看公讌詩爲文選詩類二十三之一，次於獻詩與祖餞之間，三者初視之，極其類似。昭明原分之定義如何？目前資料無得而證。於是，有關文選這個次文類的講法，遂不得不落到後世選學專家之注疏。

惟李善注二十三詩類，明顯可見者，亦不過像〈遊仙〉一類，定義是：「凡遊仙之篇，皆所以滓穢塵網，錙銖纓紱，餐霞倒影，餌玉玄都。」（李善一九七六，頁三一二），雖然，李善說此，未必即昭明原意，然而必欲求昭明原意，殆亦不可能，問即白問。因之，李善之定義，純屬閱讀領會之心得，亦是李善「辨體」之結果。

這一辨體之作法，即相近於文類學方法。凡後世仿同李善之作，皆屬同性質。但是李善之辨體，非盡出以己意，別有引書以求它證，像〈百一〉詩類之定義，即徧引張方賢《楚國先賢傳》李充《翰林論》、孫盛《晉陽秋》、《今書七志》等諸書定義，折衷斟酌，最後，定于《百一詩序》用「百慮有一失」之說解。（同前，頁三一一）此作法稍異於〈遊仙〉定義，蓋出於百一文類前人有說，與遊仙一類前人雖亦有說，（如《文心雕龍．明詩》之解），但未專立一義者，作法不同。即推其極致，還是經過閱讀辨證的結果，也是辨體作法。可惜，李善凡此二類文體定義之作法，只是偶見，而沒有普遍施爲。有的有說，有的無說。後繼之作，乃得以在此方面大加發揮，選詩評點遂多此類批語，公讌詩定義即其中之一。

文選之公讌詩首選曹子建作，次王仲宣侍曹操公讌。如何界定公讌詩？以及公讌詩之作法技巧，措詞，結構等皆可總合之曰公讌詩文類學。選詩評點可見何義門，方伯海，孫月峰批語，各就公讌文類說其一二。

何義門先說公讌詩不易佳，因爲要「照顧體面，不得自由也」（于光華一九七七，頁三八五）這是講公讌文類的作法，體面一詞用作文評詞彙，頗異成說。體面如何照顧，何義門從修辭角度分析，說公讌詩要賓主兩面寫到，方是公讌。以下即舉此詩爲例，摘句批評，分就意象語的並配相稱上印證前說之體面，何義門云：

> 明月比公子，列宿比諸客，秋蘭朱華，公子之知所與。清波高枝，諸客之獲所從。神飆接轂，又風雲以類至之意。故客不衰，追隨無極，千秋若斯，何獨一朝之饗。則終之以頌也。（同前，頁三八五）

這一段意象與修辭分析，悉在印證何以公讌詩要照顧體面，易一詞即不類矣。這個體面說，即是公讌文類的體式規定，凡不合此體面修辭者，尙能稱作公讌詩嗎？最後把體面之語推至極致，便是頌體了。這就把公讌詩與頌體詩在文類關係上做了互爲交溶的說明。至此，凡公讌詩類的作法、修辭，與文類交溶現象，都一一在評點中實踐之，完成了作品閱讀的活動。

若再細推所謂公讌詩的語言問題，孫月峰的批語又不同，孫的批語謂曹子建公讌詩「有自然之態」，至於修辭，也不過「只是眼前景口頭語」（同前），大異於何義門的體面之說。何則？口頭語因其口頭之便，不妨面面俱到，照顧體面，當謹愼取象，如何能說有自然之態呢？唯一可能，即將此體面技巧做到不著痕跡。到底如何爲近於眞實？選詩評點多見類此不同意見。方伯海就更近一層，在修辭語氣與身分的配合上分析，認爲此詩題目曰公讌，但詩中只用一句帶過，審其意，當指首句「公子敬愛客」，揭出公讌題意。其餘十三句都不提，只寫「清夜遊西園」，若然，則公讌與遊覽頗相類矣！這個文類交溶講法，又與何義門把頌體與公讌體並舉之說有別。

方伯海繼續分析此詩作者身分與其它公讌詩作者身分不同所關係到的修辭語氣，認爲曹子建的這首公讌詩所侍讌者乃是兄長曹丕，當時父親曹操尙在，任五官中郎將，同爲父子，子建與子桓身分相當，只有疏密之情別而已。但即使侍讌，子建以手足之身分，亦何取於兄飲讌之豐，歌舞之盛，而艷羨之。（同前）因而下筆爲詩，首標公子，詞氣上不必如仲宣等非公族身分之必要臚列盡善，以表達公子厚待之美頌。至此，方伯海乃對公讌詩文類提出作者身分與文類體勢互動的看法，說「文字用意，各有所宜，於此求之，思過半矣」（同前）這條批語即是在分析文類與作者的身分。試檢何義門在此詩三四兩句「明月澄清景，列宿正參差」下的行批是說：「直書即目，興在象外」，表面看，似無直接歌頌之語，細意之，卻有無比的興象之意，這個興象意即是如前揭何義門所作意象分析，公子比明月，列宿比諸客。從這一角度看，曹子建的公讌寫得有興象，是用曲折法，但不論如何曲折，何義門下了一條眉批說：「許多曲折只要歸重天子閔恤斯人之意，何等得體。」（同前，頁三八四）這個得體兩字，是評價語，肯定這首公讌的寫法與作者身分的配合得體。這樣，又暗合方伯海的分析，悉回歸於文類學的考量。公讌一體，經過如此「精細閱讀」的文類分析，才實踐了《文心雕龍．知音篇》所講的六觀手法。那就是：位體，置辭，通變，奇正，事義，宮商。方何孫三家的評點，至少做到了位體與置辭兩項，是六觀理論的實際批評。

四、招隱正反兩意之歸類

一種文類可能根據不同的標準加以界定。其中以內容如何最常見，內容又必以語詞文意之緊扣爲判準。所謂文章三易，易識字，易見事，易讀誦，是講文章的親切與容易理解。這一容易如何實踐，除了沈約的三易，應再加上易於歸類。文選在此點之作法，即以扣題與見題爲據。譬如招隱爲一類，文選錄左太沖二首，陸士衡一首，乃因各詩句都有隱字，又全詩扣緊隱意，所以曰招隱，並別爲一類。

又次以反招隱，錄王康琚乙首。詩題曰反，全詩亦扣緊招隱之反意，於是又可爲一類，此細而至細之文類分體。

但招來隱居，杖策尋隱，寄情山林，託意東西，又多少是有山水之慕想。乃見招隱取意，或多或少出現山水佳句與景物描寫。於是，又侵奪「山水」一類之界定，然則招隱詩與山水詩之嚴限該如何區分呢？

先看左思招隱詩第一首，白雲以下六句直可謂山水詩，說「白雲停陰岡，丹葩曜陽林。石泉漱瓊瑤，纖鱗亦浮沉，非必絲與竹，山水有清音」，先就白雲丹葩之自然，述其自然之象所暗示之理，由此理而引出隱意。此隱意又以山水爲居，自然山水是表，隱是裏，精神面貌都有了。至此，可就六句而判爲理想形式之山水一類。

其下六句夾敘夾議，先說「何事待嘯歌，灌木自悲吟」，仍然歸之山水自然之想，摒棄人爲的嘯歌，把閒靜還諸山水，所謂山水有清音即指此音，次兩句「秋菊兼餱糧，幽蘭間重襟」也是自然寫貌。末二句「躊躕足力煩，聊欲投吾簪」，終點出世務勞促，足力煩殆。只好願投吾簪，旋歸之隱。至此，把招隱一詞反說之，變成何義門評點說「始而欲招其出，繼乃欲從之游」的意思。（于光華一九七七，頁四一三）於是，招隱不謂招來隱士，而是招未隱者從之隱。隱到那裏？亦山水之間耳，既隱山水，則山水之貌，山水之神，自有如孫月峰眉批所說「眞有自得之趣」（同前），這個趣之所在，也是山水詩文類的體勢要求。因爲，正如林文月取四首典型的山水詩例作說明，指出以山水大自然爲寫作對象，對大自然都有愛好與體悟。這種體悟之句，又多半置於山水詩結構之末幾句，有「興情悟理」的件用。（林文月，一九七六，頁二五—二八）現在，左思的招隱詩第一首也仿似山水寫景，末兩句也在悟理興情，只是將那所興悟之理定在「隱意」主旨上，使人一讀而知，遂歸之招隱一類，不名山水詩。雖然，即使如此，吾人竟能說招隱非山水之趣嗎？

可證文類之劃歸與文意之判準關係至大。而文題扣題見題與文意互爲相涉，於是，在分體欲求其細的原則下，乃就題而捨內容。反之，內容之多元與複雜極可能令文類之分有困難，出現文類交隔與模糊現象。文選之分類明顯可知以〝題〞爲準，是以歷代以來對它有分類太過煩細之評。今幸而有評點家以實際解讀之意見，可補足文類內容未明之失，予文類學方法之運作得示範，對文選文類大有助理解。（註❸）

五、百一體之意義

文選詩類二十三有百一體，錄應璩乙首，次於遊仙與詠史之間，頗堪玩味。何義門對此詩下一眉批謂：備體。什麼意思呢？是聊備此一詩體呢？還是預備以下各體之先兆？緣於《文心雕龍》有評應璩百一詩，說它是獨立不懼，辭譎義貞，亦魏之遺宜也。就百一詩之體而言，是魏之遺緒，所謂魏詩又以建安風力骨力為特著，推而究之，百一詩在劉彥和之評價中，視作建安風力的遺緒。所以說百一之內容與風格有辭譎義貞的效果。然而，若細問百一詩何以獨立不懼？獨立所指何義？此不得不就百一詩本文直讀求之。

百一詩首二句推源君子出處特別謹慎於厥初，說「下流不可處，君子慎厥初」。其次，將出仕與歸田提出二分法，比較兩者趨向，辨明君子慎選利弊之由，說「名高不宿著，易用受侵誣」，點出仕途縱使名高，亦不能久居，蓋凡受人用者，容易招來侵身口誣。下兩句乃做出判斷，直言「田家無所有，酌醴焚枯魚」，然後再申明「所以占此土，是謂仁智居」。至此，詩意由否定仕途而肯定田居，而顯露歸田主意。然則，劉彥和所謂百一詩之獨立不懼，當獨立於歸田之居的意思了。

這個歸田之志，甚爲昭明分體類所重視。在賦下十六子類中，亦有「志」之一類，所錄即有張衡〈歸田賦〉與潘岳〈閒居賦〉，二文皆以「田居」爲志，可見歸田是君子之宿志，有退隱之思。

但是歸田與歸山林又有何別？其實就山林之「志」與歸田之「志」的志而言，其本質一樣，只是所歸之對象有別，情境稍異而已。倘就其「志」而言，都是對「仕途」「功名」「世情」「俗累」等等的一種反向行爲。如此一來，凡是帶有寄託與言外之意的「山水詩」文類，就其文類意義層次而言，與百一之體應屬近似。所以，何義門所講的備體，是預備爲先之體，他是從文類的孳乳變異之特質上講，文類有漸進與體變的情形。由田居之志，而推向遊仙之思，再到招隱，接著山水之遊覽行旅等。似有山水詩一條發展之脈絡可言。從這一脈絡看，昭明不列山水詩一項，乃是將山水一詞當作普遍通性看，化入百一以下諸文類中，而不將山水別爲一類，正是文選文類學的一大特點，而要到評點中才指出來。

六、遊仙文類之體勢

順著百一詩所寄託的獨立之「志」，以田居爲主的講法，倘將此志改置於其它文類則又如何安頓呢？這就是遊仙一類之所以編次於百一之後，這一作法的微妙處。

遊仙是詩人之志，是文類主題，當然，山林之思，也是如此。但遊仙與山水的交集如何可能？寄情山水，可能興起諸多山水之遐思，這一遐思中，賦予遊仙之志，乃是極自然之事。但遊仙做爲詩人之志，絕然不可能與入世妥協。易言之，斷無在非山水之境而可以曰遊仙。此一推理，可知凡遊仙之作自不能脫山水之思，則遊仙與山水極有關係，同處多於異處。然則遊仙與山水又如何嚴判？

現在，運用古代文論中「體勢」的講法，如何將體勢理論放到遊仙詩的文類考察，正是選詩評點所見的批語內容。

先看遊仙詩做爲次文類之定義爲何？在六朝文論資料中已有。選詩評點家必然要在這些成說中做出判斷，甚而另創新說。而不論其贊同或反對，文選評點家的遊仙文類評點皆可視爲體勢理論的實際批評。

文選遊仙詩首列何邵之作，然而題曰遊仙，在何義門、孫月峰，與方伯海之評點下，歧義屢生，反遊仙主題之批語時有。即便遵照昭明原選歸類，也不以爲是正體。孫月峰認爲此詩氣格高邁，用高邁之風格詞彙批評，那是因爲此詩「有創意爲新調」。（于光華，一九七七，頁四一〇）到底新在那裏？孫說未盡詳，但至少此詩做爲遊仙之「體」在「勢」上已有其變。這個看法，何義門有類似批語，說：「遊仙正體，宏農其變。」（同前）宏農是郭璞，其遊仙七首僅次於何邵之後。既然何邵的遊仙開始體變，以下的郭璞之作，變加烈矣！然則昭明所選莫非皆是遊仙變體，只因這一類的變體其實是藉遊仙之志而行山水之描寫寄託，非純然爲淡乎寡味的玄言遊仙之詩。

如此瞭解，亦頗合昭明選文標準，《文選》序已表明「立意爲宗」之作不選。遊仙雖不盡是莊老，但究竟也是一種「立意」。所以本不該選，而所以必選之，理由安在？亦正是此類遊仙之作是寄託，興象，比喻，或者言外之想，而其文句修辭，其實多的是山林與景物，風雲之狀，月露之形，川瀆巖穴，筆筆皆到。就這一「山水之貌」而言，也可以歸爲山水詩文類。所以，遊仙與山水之瞭解，完全從文類學角度看。

評點家正是站在這一角度上提出了許多可貴意見。例如方伯海的批語，明顯指出何邵此詩明爲遊仙暗爲非遊仙的兩極緊張性。他說：

大意是言松柏所託之高，故冬夏不改。人欲與仙人比跡，所託亦猶是也。是立言宗旨，但此詩詞旨，卻不甚遠。（同前）

這條批語幾乎否決遊仙之可能，扣住詩句有松柏之比喻，產生冬夏何以常茂之聯想，認爲是有「貞心」。所以，吉士要學的是這個松柏不凋的貞。到底貞什麼？《論語》孔子有言：歲寒，然後知松柏之後凋也。這也是取意於松柏的堅貞，明顯地與遊仙之「志」大不相同。從上下文義看，此詩有「悟物思遠託」，是在勸君子士人睹松柏之爲物而細思其深遠寄託之意。不必一定要「揚志元雲際，流目矚巖石」，因此，所謂的仙人王子喬之說，何邵在此詩後半的看法是說他「抗跡遺萬里，豈戀生民樂」，細審其意，不但無慕仙之想，還兼藏譴責王子喬之不貞，不顧生民之樂而逃世。末兩句於是對遊仙起了懷疑，說「長懷慕仙類，眩然心綿邈」，遣一眩然詞彙，不正是責慕仙人之迷糊嗎？

依此推想，何邵題曰遊仙而實反遊仙，然則遊仙定爲一類難道妥當嗎？何義門另有一條批語，一語道破，乾脆否定這是遊仙，說：「此詩似爲愍懷太子作。」，根本與遊仙背道而馳。

然而何以文選不另歸它類呢？如山水詩一類。考此詩首四句「青青陵上松，亭亭高山柏。光色冬夏茂，根柢無凋落」應屬山林景物之觀，別有二句「迢遞陵峻岳，連扇御飛鶴」亦稍可說。

除此之外，並無山水詩句，硬要目之山水詩，不能成立。然則此六句山林景物之觀不過是借來用作「遊仙」正反之意的寄託而已。山水詩之一類分散到此，乃構成一種不完全分類之體，宜乎文選不列山水詩，而讓它逕自派分到百一、遊仙、詠懷、遊覽、與行旅等諸體類中，山水詩在《文選》分體中，遂無其名而有其實矣。

試看何義門眉批郭璞〈遊仙詩〉的第一首，即用山林客代替遊仙。認爲郭璞的遊仙之仙，原來並無什麼不同，正所謂山林客也。因而提醒讀者讀遊仙詩，須知此意。（同前）此意是什麼？是山林之志意也。於是，何義門特別在此詩「京華遊俠窟，山林隱遯棲」兩句旁寫下行批曰：遊仙本意。照以上兩條批語看，所謂遊仙一類與山水山林實在難以嚴判。郭璞的遊仙之作，帶有山林之想，正是遊仙一體的勢變。（註❹）

這個山林客與遊仙詩的糾葛，在郭璞七首遊仙詩之末兩句「長揖當途人，去來山林客」，正是呼應第一首起二句的山林一詞。這一巧妙的結構，是何義門評此詩之關注所在。他認爲首尾相應，爲七首之結。（同前，頁四一二）

邵子湘也有類似的看法，說：「結四句正與起四句首尾相協，結構最精，山林客正結歸本意。」（同前）按這種讀法，正是文類安置如何適恰的讀法。也印證了文體代變，隨勢而生的文類理論，評點家之文類學方法再次示例。

七、文類批評詞彙

由於選詩評點之文類學方法，因其主要從「後設」之思考進路，有一先存之客觀對象物做評點，在評者與作品作者的三環關係上，讀者主體性所做出的主觀感受之評語便相應地增加。其引生之結果，便是對作品文體風格的評語往往超出前人之說，許多近似但又富於創意的批評語彙也一一出現。

這些批評詞彙應屬評點家之主體辨證的心得，而可貴之處，便是將此心得落實於實際解讀中。這個方法之示範價值，跟純理論之擬似邏輯形上討論自是不同。吾人在中國古代文論之文體學觀念討論，從徐復觀、王夢鷗、龔鵬程、顏崑陽的系列文章中，已知凡屬文體之理論層次各方面所及問題，至此已討論至細矣。（註❺）無如這樣的討論美則美矣，倘施用於實際作品以相應那種文體理論之判讀，則問題仍在，甚且因此「理論」與「實務」的差異之可能，反過來又對原先預置的理論觀念起到質疑或修正的作用。就這一方面看，所謂文體觀念亦不無再商議與再檢證之可能。

從選詩評點的文類學方法看，評點家對作品之體式，即體裁規則式樣如何在某一文類成形的過程，特別在意。而在檢證中，且不時表現對體式的辨證意見。以謝靈運的詩爲例，收在文選〈遊覽〉一類者共有九首。而施於這九首的選詩評點所用之詞彙者，約略勾選出有如下：

批評詞彙	詩題	評點者
①骨高	從遊京口北固應詔	沈德潛
②生拗之氣力變前人	從遊京口北固應詔	何義門
③兼多理致	晚出西射堂	于光華
④起句十字蓋古體	晚出西射堂	方伯海（註❻）
⑤章法整暇	登池上樓	于光華
⑥兼寓比託文外重旨隱曜	登池上樓	何義門（註❼）
⑦多用對句生秀中思深力厚	登池上樓	于光華

⑧此詩句句佳 鏗鏘瀏亮	登池上樓	方伯海
⑨不以字眼不以句律 皆天然混成	登池上樓	方伯海（註❽）
⑩此是劍插法 稍流動	遊南亭	孫月峰
⑪起二語響	遊赤石進帆海	孫月峰（註❾）
⑫波瀾頓挫 在數詩中尤爲出格	遊赤石進帆海	何義門
⑬語排意排 殊覺味短	石壁精舍還湖中作	孫月峰（註❿）
⑭大謝靈秀 至元暉而風致輕媚	石壁精舍還湖中作	邵子湘
⑮於細密之中時出自然 不皆出於織組	石壁精舍還湖中作	方伯海（註⓫）

⑯狀景寫物絕爲精縟但恨是一律體	登石門最高頂	孫月峰
⑰高峭有餘中多生澀處	登石門最高頂	孫月峰
⑱已似唐詩	登石門最高頂	方伯海
⑲尚欠流逸	於南山往北山經湖中瞻眺	方伯海
⑳結構完潔句句響俊	從斤竹澗越嶺溪行	孫月峰

上列二十條批語，除第⑤與⑳談章法結構，第⑥談意義多元的問題，之外，都屬文類學批評的方法。或者，談風格，如流逸、高峭、精縟、自然、靈秀、味短、流動、瀏亮、骨高等詞彙。與《文心雕龍》體性講的八體之風格不盡相同，但亦有類似相通處。如精約、繁縟，減化爲精縟。而陸機《文賦》的十體風格，賦體物而瀏亮，由賦之瀏亮轉爲詩之瀏亮，文類不同，但適用相同風格評語。其它如流逸流動與司空圖《二十四詩品》的飄逸流動二品，有疑似處。高峭與高古，一字之差，而新義已出。只有自然一詞，經常出現，與二十四品的自然品悉同。而骨高一詞之骨

字，當從《文心雕龍·風骨》之骨義去理解。風是文氣，骨是文詞。但文心全書單舉骨而連詞者，可見骨采、骨掣、骨鯁、骨髓、骨體、文骨、風骨等。骨高不在其列，則骨高一詞與風格有關係，但具變創之功。以上是評點及於文類風格之語。

自餘，第⑱、㉒、⑯等批語，論及文類之通變，即文類影響論。第④涉及文類有規範性，持與第㉒對觀，則是文類之「體勢」理論運用。總的看，這二十條批語實踐了古代文論的體字講法，豐富了文類批評詞彙，對原先固有的理論進行實際評解的應用，從之而起到理論與實踐的互補，重組之功能，是文類學批評方法的成功運作。

八、理論的反思

當謝靈運《從遊京口北固應詔》要被選入總集加以歸類時，歸類者必有一套預設先置的〝理論〞，以利於取捨。但這一套理論如何而可以作用起來，實際演出，則不得不在作品文本這一層次。

山水詩，做為一個理論思考，如何而可以叫山水詩？這一思考本身即是不斷地歸納與演繹之本身。此思考對象包括山水詩之起源、定義、技法、風格、流派、類型、及意義主題之總合。然而此一總合無論其爲如何圓通周密，乃至如何地形構成一套深奧的理論，此一理論本身終究是一概念之複合物，有著抽象與形上之特質。

這一理論不能取代山水詩之爲詩與山水之實際文本，也不能先置於文本，山水詩之理論〝文本〞與山水詩之實在文本是互爲補足的。實在文本不斷依附於山水詩當爲如何的理論煙幕中而慢慢帶出一路，擴散，再聚，或濃或淡地彌漫，把煙霧加大加深加廣。山水詩的〝理論〞類此煙幕現象，所以，必然有其延異、修正、改寫、去相似、去熟悉、去形式化。而成就爲另一個山水文本由新理論與新實在組合而成的山水詩文類世界。

簡言之，山水詩繼續寫，繼續發展，山水詩的文類理論也在繼續寫下去，思考下去。因之，理論與作品的相干涉，充滿了機智性與演出性。理論是一種操作層次的問題，而非〝認知〞層次的問題。

離開語言文字，即無所謂的〝理論〞，故而理論者，乃是關於語言之一種語言論述。一九九二年曾到台灣中央研究院歐美文化研究所擔任講座的美國批評家米樂，在一篇《理論譯介》的講稿中，精要地勾劃了理論的特質，以及理論譯介，或者理論之實際應用的相關面向。即首先提出理論做爲一種概念意義，必要從文化與語言習慣兩方面去考察。（米樂，一九九三，頁一一）但理論在文化歷史的演變中，無可避免地，會因理論的實際運用，造成理論的難解、曲解、與誤解。雖然如此，理論也從來沒有一種是一定準確的。以故，就算運作過程中，也時刻在幫助那個理論另出新義，且更有助於該理論之形成。（同前，頁一二）理論本身乃自構形成系譜學的傳統。

米樂拿《聖經舊約》的〈路德記〉爲例，說明了路德如何介入以色列的民族，發展成聖經典故的一項，再經後代作家如濟慈，狄克斯等人的應用，賦予〝路德〞這個文化詞典以不同的歧義，而後慢慢衍生〝路德〞是異化疏離的代稱之做爲現代文學之主題，乃是因爲路德一詞經過不同語境的必然結果。（同前，頁二三）

路德在未進入以色列，以及進入之後，延續子脈的發展，可比作理論被一國一國傳播譯解。米樂造了一個詞彙叫〝理論旅行〞。凡所到之處，必稍停駐，即使走馬看花，理論必以當下停靠的這一站當做語境，好好地演出，乃至不惜〝入境隨俗〞，被裝扮起來，加加減減，霸佔或取代了昔日所沒有的某些東西某些特質。

米樂用〝閱讀〞去比擬理論的暫時靠站。因之，理論亦是一種閱讀活動，只有在實際解讀中才奏效。（同前，頁二五）

拿山水詩文類起源爲例，到底山水詩始於何時？可說純屬文類理論的課題。任何一種論述皆可就其論證之〝合理性〞，順理成章地解釋之，建構成一套山水詩起源理論。可是，這一套理論如何在文本實際解讀中作用起來？

選詩評點有孫月峰之眉批，對謝靈運〈富春渚〉進行解讀，其中「洊至宜便習，兼山貴止託」有批語云：「康樂好用易，宜多佳境。此洊至二語更工巧，卻反失之拙稚。」（于光華，一九七七，頁五〇〇）如此的批語，隱約透露了山水詩文類的歧義思考。何則？山水詩及山水一詞之做為文化典故探源，顯然別有索解。

所謂山水，是《周易》蒙卦之組合。上山☶下水☵，是上艮下坎之卦象。「水洊至習坎」與「兼山艮」二句之原典，正是謝靈運此詩語典所出。倘再引伸卦義，則坎水取其「危險」義，艮山則取「止動」。合而言之，危險指世俗人事之難測，止動則喻山林息止，遯世隱居的意思。於是，山水詩之為文類定式之一，便是藉著描述山水而興起隱世之慕想。山水一詞之本義顯然與山水詩之文類體式有極深淵源。因此二句之眉批摘讀而引生之典故聯想，在當下這一刻解讀過程中，勢必因此解讀而推翻山水詩起於玄言詩之舊說，這正是改寫山水詩文類理論之實際作用。

尤有進者，當許多的六朝文學論文舉此詩作山水詩引例時，因而說明界定山水詩當如何如何而可時。倘更換不同的閱讀策略，直接從文本解讀出發，則〈富春渚〉乙詩便有不同的讀法，當然，歸類亦異。洪順隆在山水詩起源與文類特質的論述中，即以謝靈運包括〈富春渚〉等十首詩為例，分析之，而指明謝靈運確為山水詩之宗師，凡後人孳乳創變之作，悉自此出。唯謝靈運山水詩之特質，是客觀刻劃多，寫意而富韻味的少，而且，山水詩中猶帶有言志的帽子與說理的尾巴。（洪順隆，一九八五，頁八七）

洪說一方面是講山水詩之文類特質，一方面又帶有評價，以及對山水詩理想界定的意義。那是出於洪說自有一套預設的山水詩真正當如何的理論做標準。只是，這個標準在謝靈運或者在他更早的山水詩，完全不合。然而，論者何以沒想到所謂目前的這個理論標準，其實也是「前修不密，後出轉精」的一種結果。在玩索這一句話中之〝轉〞字，即可類比之米樂所講的凡理論必因轉移流行而創之說。且此變創緊扣住當下的閱讀文本而重新解讀理論本身。

試引方回的《文選顏鮑謝詩評》乙書對〈富春渚〉的評點，可知他改從「山水」語典角度，綜合上下文意的語境，讀出〝去熟悉〞的疑似山水文類意義，方云：

> 虛谷曰：靈運歸會稽始寧墅，從今漁浦，泝富陽，赴永嘉也。定山赤亭今如故，伯昏呂梁二事以言浙江之險，坎之水洊至，習乎險者也。艮之兼山，貴乎止也。久露干祿請，始果遠遊諾，謂久有補郡之請，今得永嘉而遂遠遊之願也。宿心漸申寫，即所謂幽期者無可乖矣。萬事俱零落一句，怨辭也。志欲與廬陵有所為，雖未必曾有宰相之許，而襟期不淺，既為徐傅所擠，則從前規度之事，俱無復望也。其怨深矣。龍蠖之屈以求伸，此謂心事明白，如爵祿外物聽其可有可無也。細味之，靈運實未能忘於世，故如此作。以詩法論之，若無平生協幽期以下八句議論，前十句鋪敘而已。

這一大段批語，絲毫無山水詩意義，僅剩「怨辭」「怨深」「無望」「未能忘情」等等領會，山水在此已由嚮往轉移為替代、寄託。山水之貌或許未變，山水之神已非原物矣！吾人遂不能固持素樸的山水詩文類理論規範之，亦不能僅據詩中幾句「窮力追新」的山水描寫詞彙與構句，如「定山緬雲霧，赤亭無淹薄」「溯流觸驚急，臨圻阻參錯」等句，而逕歸之山水一類。即便要勉强歸則山水詩文類論述及其相關思考所可能形塑而成的理論，已然要由如此詩的解讀破解而擴增之，理論至此又被推進一層，再一次由閱讀活動而重讀出理論新義。

山水詩文類學依舊在發展中，改寫中，重新規範中。選詩評點做爲一種閱讀活動，解讀行爲，其創發性與機智性，遂以直接感受、語境領會、典故探源、以意逆志等諸方面之綜合辨證，進行理論的攻破，或者理論的辯護與防守。而選詩評點的這一種複雜作法，正是理論邁向正確的方法之可能。

理論之旅行途徑，乃是意味〝轉移〞〝誤譯〞的累積，那是對最初或原始的理論粗型之一種堅持的最佳方法。（米樂，一九九三，頁二六）

的確，何謂山水詩？山水詩之理論又如何？與其先預設一理論或集中於一理論之堅持，不如將之開放爲一種閱讀活動式的理論型態。在選詩評點中，前揭方回的解讀與洪順隆的歸類，正是〝套用式〞與〝開放式〞的兩型演出。值得注意的，乃是〈富春渚〉乙詩，凡談論謝靈運山水之作者，幾無不舉之。可知〈富春渚〉之山水歸類有其公共視點的普遍性，因而套用那個視點引伸而成的山水詩理論來解讀，應可理解。只是，這個公共視點對方回的評點而言遂轉移爲另一種解讀，因而在山水詩的主題，寄託之涵意有所補充。山水詩之精神面貌在此有了理論之外的〝實際操作〞之結果。

若問山水詩的技巧理論又如何呢？從《文心雕龍．物色》所講的「志惟深遠，體物爲妙，功在密附」的話，不難推敲一二，並就〈物色〉篇所示，歸納爲一個粗型的理論。但這一理論是否僅止於一理論，而不顧施用於文本解讀之有效性如何？或者對此一理論之推展延伸呢？今人林文月〈中國山水詩的特質〉乙文乃試圖以「後出轉精」的自信將山水詩文類理論作一規範式的論述，其有所改寫、轉譯、與變創，因而補充原始理論而自成爲一合理化之山水詩理論，即是〝理論旅行〞的實際作爲。其中說到山水詩技巧的一面，認爲排偶技巧是最合適的形式。特別是兩句之中，上山下水或上水下山的句式。（林文月，一九七六，頁四一～四四）這一山水詩技巧理論的建立，將山水詩文類在劉勰的基礎上向前推進，補述。可是，置放於山水作品的實際解讀，有沒有別的可能呢？

試看《文選》詩類所收邱希範的一首〈旦發漁浦潭〉，孫月峰與何義門的評點，別有一解。孫月峰云：「全首對，語亦入細，以淨鍊見致」。（于光華，一九七七，頁五一〇），這一句批語認爲全首對，是此詩技巧的特點，又在語言特質上，看到淨鍊的風格。縱使這一首被歸類在「行旅」，未必就是山水。但《文選》中的遊仙，詠懷，遊覽，行旅等諸類本就是有很多首與山水之作近似。則山水詩之技巧理論在此不得不重作補述。

再看何義門的評點，即自此詩爲「模山範水」之作，並在山水詩之技巧，結構，與安章完句之手法上，進行精細閱讀，何義門說：

> 杳障下插出村童野老一聯，與棹歌鳴鞞縈拂，則結處坐嘯臥，治氣脈皆貫穿生動。然後模山範水，亦紆餘不直矣。〈同前〉

這段批語在講句法，分析上下呼應結構之巧。原來邱遲此詩首四句寫風景云：漁潭霧未開，赤亭風已颺，櫂歌發中流，鳴鞞響沓障。描述早旦出發漁浦潭所見景象，既聞櫂歌發自中流，則必有人奔於途，又聽小鼓響自重山疊障之中，知人氣必在。此時接以兩句村童野老一聯云：村童忽相聚，野老時一望。正形成官民對比，俗情與逸趣對比，以及自然山水與人倫淳世之對比。此多元對比組合中所引伸聯想之豐富意義，殆非僅據字面表意之瞭解可得。然而，詩人邱遲之山水意圖又如何呢？

以下六句全是山水之音，自然之貌，詩人將此意圖以一種借喻方式之修辭技巧，將山水意圖隱藏起來，而留下想像空間，以及轉移與轉義之可能。此六句是：詭怪石異象，嶄絕峰殊狀。森森芳樹齊，析析寒沙漲。籐垂島易陟，崖傾嶼難傍。這六句，每兩句對，于光華的批語說垂島一聯對得特別巧。除了巧之外，試問由此對巧之技法所包含的意義是什麼？以及詩人對此巧構形似之山水意義賦予什麼價值？易言之，所有六句語言在此文本當下閱讀的活動中，不再是粗糙的表面行爲，乃是繁複之〝遂行作用行爲〞。

凡遂行作用行爲，必要問當下閱讀主體之感受與感動如何？也即唯有當下作用，才發生語言功效。此刻，理論是派不上用場，充其量，理論可能僅供參考。理論一旦是參考性質，而不是閱讀。則理論的結果極可能是反理論。這六句在何義門的一方面模山模水之規範中加以約制，一方面又把模山範水的約制打破，帶出山水詩描寫在〝紆餘不直〞之感動上的實際解讀，至此，山水理論是被當文本一般來讀，而不是來準備做此詩之參考或者形式化而不起作用之表意而已。

最後的四句云：信是永幽棲，豈徒暫清曠。坐嘯昔有委，臥治今可尙。是一段議論，明白地表達歸宿山林，坐嘯臥治的想望。可是這個山水詩通見的文體作法結構，倘套用山水詩文類理論，亦僅僅是對彼理論的又一例證而已，跟讀謝朓、鮑照、或者謝靈運其它山水詩，一樣求證得到大部分山水詩結尾都必要這一段議論，如此而已。類如此種讀法，所謂山水詩理論與山水詩特質乃墮落爲一種理論至上之迷信而已。

幸好，吾人讀到何義門的評點，將垂島一聯的巧對延長到後四句的意義關係，使到後四句的議論不能只從山水議論之公共規則去看它，而有歧義之可能。何義門云：

遯方出守永嘉，未容先事遊覽也。崖傾嶼難傍五字，不惟敘致拗折，亦可隨勢卸出後四句來。書家所謂意在筆先也。（同前）

這一段批語重點在簾垂一聯之作用與後四句之上下文義關係，並且，提出一個語言之〝勢〞的術語觀念，把後四句的山水議論，由公式而反公式，由明白而模糊。理論至此變成反理論。也就是照公式的講法，對山水之描寫，乃在其自然之趣，可以逃俗情，可以坐嘯臥治。卻萬萬沒想到，簾垂一聯在閱讀感動上的作用，竟會是「拗折」，這一拗折與自然無拘束是相反含意的。且山水自然公式講法之〝自立自足〞，亦因語境之轉，由崖傾嶼難傍，轉移爲山水之境中〝難傍〞一詞之歧出。於是，所謂之生動何在？山水之紆餘不直又如何從山水文類之〝體勢〞中實踐出來？

由是可知，這首詩的「全首對」，是不僅止於技巧論而已，應該與山水詩之意義與價值合起來看。尤有進者，更要提出來與山水詩文類理論做一次辨證式對話。

作品閱讀要把上下文義與語境的勢讀出來。

文類與體製有其勢，也要讀出來。

理論之形成在反復補述中可能與不可能的勢尤其要讀出來。

八十年代初美國文評界興起的理論反省熱潮，其實不是反理論的宣告，而是對理論的另一種堅持之作法。米樂提出的理論旅行必然之改移與誤譯是一種堅持之表現，德曼提出理論的閱讀行爲說也是如此。德曼强烈駁斥一種要求文學等同語言學或符號學的研究方法，把訊息與符號置於優先，掛著科學性招牌，而全不顧文學語言是修辭爲主的一種語言，要講代喻與比喻，要講作家之獨特意義與語言表意或公共符號之間互爲辨證的緊張關係。（德曼一九八九，頁一三—一六）

因此，邏輯與文法對文學語言通常是無效者。而文學理論之可堅持者也不在所謂的有系統與有體系結構。反之，是在體會文學之意義並非僅止於把文學當作傳播行爲之一種訊息表示而已。文學語言與溝通語言有別。文學之待解處特多，而文法與規則邏輯派不上用場。（同前，頁一五）

準此，邱遲這首〈旦發漁浦潭〉之後四句僅止於表意溝通的宣告而已。中間六句的山水描寫才是典型的具體借喻，是寫山水，但又似在寫別的什麼？此六句乃不能按山水之普遍公共〝訊息〞去求解，而必須自〝借喻〞與〝替代〞找尋意義。山水詩之文類與意義要放置在閱讀實際感受中去重新歸納。

然而，所謂理論，在此瞭解下的作法究又如何呢？德曼簡要地指出，理論之可堅持者，堅持理論是要擺在文本修辭的語言層面上，而不是一般溝通表意的語言上，其次，理論與文本的關係是否定與辨證的雙重。（同前，頁一七），總之，理論與文本一樣，都是要不斷被讀出來的。理論的堅持，乃是不斷閱讀的演出。（頁一八）

復次，這首詩的評點有兩個批評語彙，即孫月峰講的「全首對」，與何義門講的「隨勢」。這兩個批評語彙是理論上的對仗與體勢所未盡明者。其可說處，一是詩學理論上的對仗與體勢如何做法，經由孫何兩家的評點，而實踐出來，所以說，評點是理論的演出操作，中國古代文論如果要劃出實際批評的範疇，評點是材料寶庫。二則是這個評點實踐又因其是閱讀行爲，使到在當下這首詩文本中的勢與對未必就等同於理論上的對與勢之概念。如此看來，評點中的對與勢相較於理論的對與勢便出現了〝相似〞與〝去熟悉〞之形式緊張性。

試從《文心雕龍・麗辭》所勾劃的對仗四類：正對、反對、言對，事對等，其作法與價值優劣之理論，再到《文鏡祕府論》所講的廿九種對仗之實踐約制。皆不能當作依據來規範孫月峰這裏講的全首對，特別是做為山水文類中的全首對之評價，及此種對與唐宋律體常見的全首對二者之間的影響承受問題。當然，更重要的是，全首對的技巧與山水意義之綰連問題。（註⑫）

勢字的理解亦然。由「即體成勢」的勢之理解，轉化成「定勢」的抽象概念，勢如何由理論層次落實到具體的分析，正是何義門評點所提供的理論訊息。這個勢字再延伸到山水文類之文意之勢與山水之勢之綜合理解，則又是當下這個文本解讀的新意。（註⑬）

九、結　語

經過以上的討論，回頭再看謝靈運這首題為〈從遊京口北固應詔〉的詩之歸類，完全是文類學的問題。包括古代文論中的理論與實踐之涉及，評點方法之變創性，以及批評詞彙的運用等。研究結果，得出文類學之實際應用過程中，會因解讀主體之認知，產生文類的延異、擴充、修正與改寫。並由此而對文本之意義造成多元傾向，文類與作品意義交互辨證，根本是一種默會與描述的活動。所謂的預先定義之某一文類理論，並不足以完成規範性之作用，所以，文類與解讀活動的結合，乃反過來對預設之理論進行修正。本文因此引用〝理論旅行〞之說法，指出中國古代文論中實際批評長期未被重視研究的問題。

論文的後半乃專就評點材料，以選詩二十三類中的六類，即：公讌、遊仙、百一、招隱、反招隱、遊覽等。發現經由選家之評點，已對原有之昭明歸類有極不相同的歸體解讀，由此找出文類學批評方法的實際運用，指出「文類交溶」「文類風格」「文類與意義辨證」等諸現象。結果，昭明文選原分類雖無山水一體，但這六類中實質上意義上均有山水詩之傾向，可知山水文類在選家評點意見中確有其體，而應用文類學方法不失爲研究山水詩之一途。

附註

註❶：謝靈運這四十首詩，分別歸類的項目是：述德、公讌、祖餞、遊覽、哀傷、贈答、行旅、樂府、雜詩、雜擬等十種。比較起曹子建的八類，顏延年的七類，沈休文的五類，均高出許多，爲文選所收詩類分體之冠。

註❷：茲就寓目所及，如吳功正所選山水詩注析，謝靈運之作有五首，此首不選。（吳功正，一九九一）揆其意，似不以爲此首是山水之作。余冠英主編山水詩鑑賞選謝靈運四首，亦不選此。（余冠英，一九八九）它如張秉戍主編山水詩歌鑑賞有靈運詩十五首，（張秉戍，一九九一）夏傳才主編古典詩詞分類山水風景類選謝詩三首。（夏傳才，一九九一）亦皆不選。論文部分，如林文月〈從遊仙詩到山水詩〉〈中國山水詩的特質〉〈鮑照與謝靈運的山水詩〉〈談一談謝靈運的山水詩〉等所舉山水詩作亦皆不及此首。（收入林文月一九七六，一九八三）

註❸：招隱即有反招隱，這看法，不即表示招隱的立類不當嗎？所以，次於其后再別「反招隱」，正是昭明分類之失，由此可見文類與內容文意有辨證問題。其它不同的讀法，有黃季剛一九七七，頁一一二認為招隱即反招隱。魯同群也說末二句是追步隱者遺跡去了，（收入吳小如（等）一九九二，頁四〇九）可惜未強調此追隱與招隱歧意之緊張性。又李華有同見，但合兩首而言，認為皆招隱正面意。（收入呂晴飛（等）一九九〇，頁四〇三）別有侯文正之讀法，認為詩意和詩題相反，發人深思。（收入盧昆（等）一九八九，頁四五五）張亞新則稍就文類學觀點指出左思招隱不但打破《楚辭招隱士》為五言體，而且命意翻新，（收入魏耕原（等）一九九〇，頁七八二）又李正治則視此詩為「隱逸」一類，又說招人反被人招，亦稍用文類學角度考查。（參李正治一九八二，頁七一—七三）以上除黃季剛之說外，均為今人之說，不論其正反如何，明清文選評點家已發論於前。

註

❹：案遊仙之作，其體推源於屈原楚辭之《遠遊》，是何義門評點之又一創說。但遊仙之體至郭璞已變質，則已先有說矣。李善注《文選》就指出凡遊仙之作皆所以滓穢塵網，錙銖纓紱，餐霞倒影，餌玉玄都。可是郭璞之遊仙卻未必然。說它「文多自敘，志狹中區，而辭兼俗累。這是疑郭璞遊仙非正體之說。先此則鍾嶸《詩品》也以為郭璞遊仙，非遊仙之作，但也乖遠玄宗。既不是遊仙也不類玄言詩。劉勰《文心雕龍》則不反對，且說景純仙篇是挺拔而為俊。可見郭璞遊仙是否正體，向來即有正反兩說。清初沈德潛從劉彥和說，認為遊仙詩本來就是要有寄託，坎壈詠懷，是遊仙本旨。（于光華一九七七，

頁四一三）認爲遊仙本來就是要藉其遊仙之體而寄託微意。如此一來，遊仙，詠懷，又混爲一談了。總之，有關遊仙一體做爲文類之獨立，界義甚爲模糊，明顯地可看出一種文類的「體勢」之變，以及文類的複雜與潛藏性。有關遊仙詩一體的源流體變，以及郭璞遊仙之討論，可參曹道衡〈郭璞和遊仙詩〉乙文。（曹道衡一九八六，頁一九六—二一〇）惟曹說仍守遊仙正體之論，在詞句修辭等藝術技巧上做分析，未及遊仙與甚它文類之關係。

註❺：文類學是西方學術的方法與觀念，因爲要在翻譯上找到中國古代文論的一個相等名詞，於是依翻譯者各人之理解不同，乃導致中西文類學觀念的混淆，筆者已在另一篇文章中詳註過。（參游志誠一九九一，頁一〇一註①）筆者主張用文類學取代目前習見的文體論文體學類型學等諸名詞。而有關文類學涵蓋的研究域恰好是中國古代文論所講之體製，體貌，與體性。易言之，凡文體源流，優劣、規範、風格、分類，與創作之才性綜合起來的問題皆文類學之問題。於是，龔鵬程的文體說，限定在文體而不及體性，（見中央日報副刊，一九八七年十二月十一日、十二日、十三日）徐復觀之文體說，雖照顧到才性與文體之主體關係，但又錯解文體與文類，（徐復觀一九九〇，頁四）以及顏崑陽之文體說，把文體學說到完善之境，可惜仍以文體學與文類學爲二分。（顏崑陽一九九三，頁一七八—一八二）還有王夢鷗之文體說，側重歷史演變之文體貫時性考察。（王夢鷗一九八七）凡以上諸說除顏崑陽之疏解，已幾等於西人文類學之方法與觀念，之外，皆未得文類學之全貌。尤其，文類之在〝閱讀〞層次的運作與讀者主體辨證，又爲以上諸家所略，選詩評點因而在某種層次上適恰地補足了文類學之〝理論〞不足處。又詹瑛之文體說，混淆了文體與風格，其實文類學研究對此二者是別立兩談的。（詹一九八八，頁一二八—一五五）。日人户田浩曉對文體與文類亦有說，但僅將《文心雕龍・體性》之觀念抽出以與西人文類比附，稍嫌薄弱。（户田浩曉一九九二，頁七三—八一）因爲體性之性，即作家之才性情性與個性，體性是講作家個性與文類之關係影響。又吳調公論文體，用風格代替文體文類一詞，其實他的風格說即相當於文類學（吳調公一九六一），但西人之文類學下轄風格之討論，並不即等於文類學。又繆俊杰分析《文心雕龍》之文體論，指出文體的體源體貌與體要，反而接近文類學方法。（繆俊杰一九八八）可惜，忽略了體性與文體的關係。倒是穆克宏在論述文心雕龍時把文體論與風格論分開談，再將情性才性與作家個別之學習所綜合而成之體性，分散到文體與風格兩路子去。這樣的研究法較前述諸家清楚，倘再加上文體的分析，與文體抽象形上思考，就類近於文類學之方法了。可惜，穆克宏把體勢之勢講成即文體風格，（穆克宏一九九一，頁一二九）而不是文類之未定性與權宜性，即是明顯的誤解。總上所述，用文類學去統攝任何有關文體，情性與風格的問題，參照西人之方法，殆爲目前文類研究較周全之一途。

註❻：方伯海摘此詩起首二句「步出西掖門，遙望城西岑」，謂起句是古體詩手法，當屬古體文類之判讀。（參方伯海一九八六，頁五八四）

註❼：此條批語專就「池塘生春草，園柳變鳴禽」一聯而發，惟于光華集評本未收，此據崔高維點校本《義門讀書記》卷四十六補錄。（崔高維一九八七，頁八九七）

註❽：方伯海此評專就「池塘生春草」乙聯而發。方氏以爲此句之特色在天然，故曰「無甚深意奧旨」，（方伯海一九八六，頁五八五）這個意見明顯與何義門不同，蓋何氏以爲此聯有文外重旨，謂合意甚深。黃季剛評點亦反駁此聯之「偶然佳句」說，認爲此聯要從上下文意結構去想，所以，此詩有兩句「衾枕昧節候，褰開暫窺臨」，善注本缺，其它合注本及陳八郎本皆有。黃季剛認爲當有，池塘兩句之神理即從此來。（黃季剛一九七七，頁一一三）案，此由不同角度摘句爲評而有不同之見。可證文類評點之決定在於評點者之主體閱讀。今再審方伯海之批語謂「如古詩及建安諸子明月照高樓高臺多悲風，及靈運之曉霜楓葉丹，皆天然混成，學者當以是求之」云云。（方伯海一九八六，頁五八五）可知方氏所持者，古詩類似句法之判準，彼由文類成型之規範句法考求，自是文類學方法之一用。

註❾：孫月峰摘此詩首二句「首夏猶清和，芳草亦未歇」爲評語。（參于光華一九七七，頁四一八）

註❿：此條批語專就此詩「林壑斂暝色，雲霞收夕霏」乙聯而言。（參于光華一九七七，頁四一九）

註⓫：此條批語專就此詩「昏旦變氣候，山水含清暉」乙聯與「林壑斂暝色，雲霞收夕霏」乙聯而言，方伯海謂凡此諸句皆靈運寫景之佳句。但方氏強調靈運之所以可觀者，不在于言景而在于言情。（參方伯海一九八六，頁五八七）

註⓬：對的分類，皎然《詩式》有對句不對句，遍照金剛《文鏡祕府論》有二十九種對，皆未言全首對之例。

註⓭：何義門評點的隨勢一詞，勢要安置於體勢一詞來理解。凡成體必有勢，勢不能離體而言。但體勢之勢始終是抽象之層次。自老子「道生之，德蓄之，勢成之」之勢字解以降，其本體論的勢亦是在道體之後隨伴而生。文學理論之勢即類似如此之概念。體性體勢之勢亦當如此理解。只是這一勢字之理解要從實踐中證成之。何義門評點的勢，又不僅此，尚延伸到語勢、文勢、山水之勢。皎然《詩式》之觀念類近之。（參釋皎然一九八七，頁四五—四六）又《文鏡祕府論》地卷有論體勢之十七勢。（參遍照金剛一九七四，頁三七—四五）但兩說之勢亦不及山水之勢，此即實際批評可補述理論抽象之一例。

引用參考書目與期刊

顏崑陽，一九九三，《六朝文學觀念叢論》。台北：正中書局。
米樂，約翰希利斯，一九九三，《文學批評的運作圖解》。台北：中央研究院歐美文化研究所。
吳小如（等），一九九二，《漢魏六朝詩鑑賞詞典》。上海：上海辭書出版社。
戶田浩曉，曹旭（譯），一九九二，《文心雕龍研究》。上海：上海古籍出版社。
張秉戍主編，一九九一，《山水詩歌鑑賞辭典》。北京市：中國旅遊出版社。
吳功正，一九九一，《山水詩注析》。太原市：山西教育出版社。
穆克宏，一九九一，《文心雕龍研究》。福州：福建教育出版社。
夏傳才（主編），一九九一，《中國古典詩詞名篇分類鑑賞詞典》。山東：中國礦業大學出版社。
游志誠，一九九一，〈中國古代文論中文類批評的方法〉，刊於《中外文學》二三五期，頁八一—一〇三。
魏耕原（等），一九九〇，《先秦漢魏六朝詩鑑賞詞典》。西安：三秦出版社。
呂晴飛（等），一九九〇，《漢魏六朝詩歌鑑賞詞典》。北京：中國和平出版社。

徐復觀，一九九〇，〈文心雕龍的文體論〉，收入《中國文學論集》頁一—八三。台北：臺灣學生書局。
德曼，鮑爾，一九八九，《理論的堅持》。明尼波里斯：明尼蘇達大學出版社。
盧昆（等），一九八九，《漢魏晉南北朝隋詩鑑賞詞典》。太原：山西人民出版社。
余冠英（主編），一九八九，《中國古代山水詩鑑賞辭典》。蘇州市：江蘇古籍出版社。
繆俊杰，一九八八，〈文心雕龍研究中應注意文體論的研究〉，收入甫之，涂光社（編），一九八八，《文心雕龍研究論文選》，頁三八九—四〇二。濟南：齊魯書社。
詹瑛，一九八八，《文心雕龍的風格學》。台北：木鐸出版社。
釋皎然（著），李壯鷹（校注），一九八七，《詩式校注》。濟南：齊魯書社。
王夢鷗，一九八七，〈漢魏六朝文體變遷之一考察〉，收入《傳統文學論衡》頁六七—一三〇。台北：時報文化出版企業有限公司。
龔鵬程，一九八七，〈文心雕龍的文體論〉，刊於《中央日報副刊》一九八七年十二月十一—十三日。台北：中央日報社。
何焯（著），崔高維（校），一九八七，《義門讀書記》。北京：中華書局。
方回，一九八六，《文選顏鮑謝詩評》。台北：臺灣商務印書館。
曹道衡，一九八六，《中古文學史論文集》。北京：中華書局。

洪順隆，一九八五，《六朝詩論》。台北：文津出版社。
林文月，一九八三，《澄輝集》。台北：洪範書店有限公司。
林文月，一九七六，《山水與古典》。台北：純文學出版社。
李正治，一九八二，《煙波千里—古體詩精華選讀，注釋，賞析》。台北：聯亞出版社。
于光華，一九八一，《評注昭明文選》。台北：學海出版社。
黃季剛，一九七七，《文選黃氏學》。台北：文史哲出版社。
遍照金剛，一九七四，《文鏡祕府論》。台北：學海出版社。
吳調公，一九六一，〈劉勰的風格論〉，收入甫之，涂光社（編）《文心雕龍研究論文選》頁五六一—五七二。濟南：齊魯書社。

論文選之〈難體〉

一、問題的提出概述

對文選分文體爲幾類的說法，主要有兩種，一說謂三十八類，一說謂三十九類。前者如：王運熙、楊明，認爲文選序講到的文體有三十幾種，但實際目錄實有三十八。（王運熙、一九八九楊明，頁二七四）稍異於此者，有三十七類，如穆克宏就以爲文選文體分三十七類，而《文心雕龍》爲三十類。（穆克宏一九八八，頁六九）又駱鴻凱亦認爲文選分體凡三十有八。（駱鴻凱一九八二，頁一二四）曹道衡，沈玉成就文類的歷史發展和社會需要亦肯定文選的三十八類。（曹道衡，沈玉成一九九一，頁二二九）它如趙建中謂文選用文體類別分析「集」部文章，而有三十八類。（趙建中一九九一，頁六五）（註❶）

至於主張三十九類者較少，目前可見者如褚斌杰就文選全書實際分類認爲收有三十九類作品。（褚斌杰一九九〇，頁二〇）

不過，在三十八與三十九類兩種說法之間，尚有三十七類之說，這是沒有版本與文體學實證的錯誤說法，可無論矣！（註❷）那麼，文選文體分類的眞正問題是三十八或三十九。

惟不論何種說法，要不是版本未見更早本子而遽下判斷，便是依襲歷史成說，而沒有突創見解。所以，文選文體究爲多少？至今依舊是未定之論。由於大陸已成立文選學會，且舉辦過兩次文選學國際會議，結成專集出書。（趙福海等，一九八八，一九九二）其中亦有多篇論文談及文選之文體分類，及其相關問題。筆者總名之曰：文選文類學。由於在第二屆大會期間，筆者有幸應邀恭逢盛會，當場即提出文選分體三十九類之說，與會者有贊成者，欲求余更深入論證之，有反對者，徧引成說以難余。有關文選分類問題遂再度引爲選學爭辨焦點所在。筆者因就所已知者，擴充篇幅，詳爲引論，欲證成文選分體爲三十九類說，以答海內外崇賢諸君子之雅意。

一、難體的開始

文選所收文體，歷來都以爲只卅八種。那是根據目錄所列而分。可是，諸家看到的文選版本大抵一樣，所以不能有新的發現。如今吾人根據陳八郎本五臣注文選，才看到目錄稍有不同，在書移檄之後，另外再列有「難」一類，司馬相如〈難蜀父老〉一文屬之。這一發現，帶來文選學一個新的問題，就是到底難要不要跟移檄這兩類分開？難是不是文體分類的一種？昭明原書的分類又如何呢？

首先，根據昭明文選序文，只說「表記牋奏之列，書誓符檄之品」，符檄之間，未提及難，檄移也未分。昭明序的這一段文字，因受制於全篇駢文句法的寫作規矩，所以，舉稱各體類時，不能盡詳，有的並沒提到，倒是因雙式句修辭的須要，像「箴興於補闕，戒出於弼匡」，「弔祭悲哀之作，答客指事之制」又「篇辭引序」、「碑碣誌狀」等，都是爲著要湊成平整的句子，而不得不考究修辭，可是也帶來了問題，如箴與戒對，但文選只收箴，沒有戒文，篇辭引序，文選只收序，沒有引，碑碣誌狀的碣也沒有收，而碑與碣後世唐宋古文還是有分的。由此可知，文選序沒有提到難這一類，不表示昭明原意不認爲該分，同理，序文多說的幾類，如戒、引、碣，也不表示昭明原意該分。這樣看來，昭明原意中的文選分類，實在不可推知了？目錄的分類之有無，也不可盡信了。也許還有後代人妄加增添者。

既然難是否爲分類體式之一，不能自昭明原書原意求之，則吾人當從同時代以及後來人之編次與體類觀念試探之。

先看《文心雕龍》，劉勰置檄移篇，認爲這兩種文體相似，只是對象不同，逆黨用檄，順命則用移。總結說，就是「意用小異而體義大同」（范文瀾一九七五，卷四，頁六四），至於說到難，劉勰沒有單立一篇使成一類，只在移檄這一篇舉司馬相如〈難蜀父老〉一文，認爲「文曉而喻博，有移檄之骨焉」（同前）意思是〈難蜀父老〉兼具「移檄的神髓」（趙仲邑，陸侃如，一九八三，頁一六四）接下來再舉劉歆〈移書讓太常博士〉一文，說這是移文之首。在提到檄文時，他又從最早的祭公謀甫一路數下來，可見劉勰的意思，並不認爲〈難蜀父老〉是歸屬移檄一類，否則他就不必說難文兼具移檄的神髓了。但是彥和的意思，也不是要强分，至少他也承認難文的性質與移檄很近。但不管如何！吾人萬不可因彥和沒有在分篇上特立難爲一類，就說他不分。這樣比較昭明的分類，二人可說相近。於是吾人可進而確立，昭明分類的原則，大抵循「即題而名，因文分類」，只要文章題目不同，內容性質有異，大蓋昭明都會別爲一類，這是力求「分」的原則。所以，騷要別出來，不跟賦一類，見枚乘有七發，便設七之一類，陸機的演連珠也一樣要分。而史論與史述贊也是文題名稱不同而分。其它像論自爲一類，因見曹丕有典論論文的題名，又置一類，其實典論整本書，依據今存零篇斷簡的性質來看，自是「立意爲宗」的子書，按昭明文選序的標準本來不選的。可見昭明因題因文而分的原則非常重要。我認爲這個原則有一層意義，就是尊重創作，不以批評家的歸納自定類別，勉强作家套進已經主觀設定的分類，所以昭明的分法至少可存作品多向面貌。像明代徐師曾《文體明辨》就是仿照昭明的原則，民國吳曾棋《涵芬樓文談》更是。雖然看來瑣碎，但卻很能存實留眞，具有高度歷史價值。這點吾人須重新肯定，不能只盲從章學誠的批評，說昭明的分類「淆亂蕪穢，不可殫詰」，（章學誠，一九八〇，頁二二一—二三）。

再從兩條資料，可旁證昭明分難爲一類，乃是晉宋齊梁間文體觀念的共識。一是李充《翰林論》說到研求名理而論難生焉，他所謂的論難，是指論說爲難，還是論與難兩種文體，目前因所見本子不全，是全晉文一書輯錄的。（羅根澤，一九七六，頁三四）不大能判斷，但從另一句說

「在朝辨政而議奏出」，類似句型來看，這裡的議奏當是議（對）與奏（章）兩種文體，則前句似以論難也是指二種文體爲確。又稍微比昭明早出，但屬同時代的任昉也有《文章緣起》一書（四六〇—五〇八）自序謂分文章爲八十五類，其中就有「喻難」一項。可見，無論是更早的晉代，或大約同時的文體分類觀念，都把難別爲一類，已是六朝人的普遍看法，則昭明的分類應該也是有根據的。

三、版本之佐證

文選學有關目錄序列與編次分卷兩個問題，各有一項至今懸而不決，一個是文類分體都只說有三十八種。（駱鴻凱，一九八二，頁三二五）那是根據現存可見的文選版本統計而得，但是現存版本可見最早者不過是四部叢刊的本子，此本乃翻南宋本，其祖本應是六家合併注本中的贛州本。時間上約在南宋初期，以善本標準看，不可謂不早。但是在目錄上脫移，難兩字，致使分類數來數去都是三十七，選學家根據文學體類知識，知道移文當自成一類，只好再分，雖然號稱宋本的目錄並沒有，可想而知必是脫漏的。殊不知，審看陳八郎本目錄不但移字有，難字也有，與移檄同置等高各佔一格位置，詢其意，當指這三類各自爲一類，否則目錄就不必如此列了。陳八郎本屬三十卷本，乃未經改易，較近昭明原貌作三十卷的本子，即呂延祚上表所謂的〝復其舊〞之面目。如是，則文選文體分類應是三十九，非三十八，可定論矣！這不但有助文選版本上之考訂，也是文體分類學上值得深思的佐證。再從此本之舊觀上，也有編次分卷之子目排列的參考。文選首卷起班孟堅〈兩都賦〉，今本各本在此題後即接兩都賦序文。但是據高步瀛所見古鈔本與毛氏汲古閣本，該題後有張平子西京賦一首七字，高氏認為皆是京都上之子目也。又疑這就是昭明原本分卷子目的眞貌。高氏的理由是，李善作法，已把各卷析分為二，則各卷自為子目，亦無不可，所以，卷一的子目就沒有這七字。言下之意，似肯定原貌卅卷本不當如李善所改的樣子。（高步瀛，一九八五）可惜並無更早之本以資參證。現在，根據陳八郎本，目錄後即接本文，其首行大題文選卷第一，同行下小題京都上，次行低一格有班孟堅兩都賦並序，同行下先題東都賦，再題張平子西京賦。詳其意，蓋合高氏所云之編次子目方式。可知昭明文選卅卷本的原貌的確是如此，陳八郎本可考文選版本的價值由此可見。而文選文體分類之有難類，最能從此本之目錄上明顯得到佐證。

四、梁代以前文題難名已成立

然而因爲昭明類分文體，非採一定標準，已證之於成書，其中有依文題名稱而立者，難體就是其例。若問昭明何以必如此作？則「援引前例」是理由之一。易言之，昭明必是根據梁代以前文題有題曰難者，再細審該文體體制，有所甄別，顯與對問，移檄同中有異，當另立一類，所以分之。

根據清人王兆芳《文體通釋》載錄，難體源出韓非子〈難篇〉，漢代則有揚雄〈難蓋天八事〉、臨碩〈周禮難〉、范升〈奏難費氏易左氏春秋立博士〉、陳阮〈奏難范升〉，以及收入文選的〈難蜀父老〉。可見文題以難爲名，前代固亦有之。

倘再檢嚴可均輯《全上古三代秦漢三國六朝文》所收六朝文集，其中以難爲篇題者甚多。例如東晉桓玄〈難王謐〉、〈重難王謐〉、〈三難王謐〉，與昭明同時代的有沈約〈答陶隱居難均聖論〉、〈難范縝神滅論〉等。觀此類文的撰作體制，皆是摘引問難者來書，而回駁問難者的質疑，它與移書不同者，乃是先問後難，必有兩方面意見正反之爭，而移書固然也是屬答辯性質，但移書之前，不必一定先有來問難之疑，始作回駁，可見二者稍別。

再與對問相較，它不是一問一答的方式，而是一難一辨的體制。再以設論而言，凡設者，是自己爲之，一設一答，皆是出於擬想，未必眞有詰難之實。因之設論可以出之戲謔之筆，諸趣中見理道。難則詞嚴義正，爭鬥口舌，執是攻非，實在無遺滑稽。所以，兩者在詞氣、態度的把握也極爲不同。

剩下一類最可能與難體相似者，是檄文。但檄文多用之於軍事，此即劉勰《文心雕龍》所謂檄文、〝實參兵詐〞是也。跟難體多用之於學術思想的理論爭辯，分析人情事理的宜否，顯然功用與對象大有別。所以，檄文與難題還是有差別可分。

然則，昭明以前，難題立類，既有其名，亦符其實，昭明據以類分，在文選目錄上反映出來，正是保存文體分類事實的作法，難體立類，當無可疑。

五、梁代文體之分合

梁代文體學已講至精細，當以任昉《文章緣起》一書所分文體八十五類爲代表。先此雖有劉勰《文心雕龍》的分體，但在〈檄移〉一篇中，已不分難體，而將司馬相如〈難蜀父老〉乙文歸入移書，跟劉歆〈移太常博士書〉之體類無別。再看文心有〈雜記〉一類，也不收難體，可證劉勰絕無立難體一類之說。

近人研究有謂昭明選文訂篇與文體分類，頗與文心有所分合，因而提出昭明立意與劉勰別異之說。這一講法只可說是後人猜測，史實文獻不見紀錄，但兩書確有體類不同之分，則是事實。但持此立意理由，以與任昉的說法相較，則昭明分體從《文章緣起》而出更為明顯。根據宋人王得臣《麈史》一書轉錄文章緣起的八十五種文體是：三言詩、四言詩、五言詩、六言詩、七言詩、九言詩、賦、歌、離騷、詔、令、策文、表、讓表、書、上書、對策、上疏、啓、奏證、箋、謝恩、奏、駁、論、議、反騷、彈文、薦文、教、封筆、白事、移書、銘、箴、頌、贊、封禪文、序、引、志、記、碑文、碣文、誥、誓、露布、檄、明文、樂府、對問、傳、上章、解嘲、訓、辭、旨、喻、難、七、勸進、誡、吊文、告、傳贊、謁文、祈文、祝文、行狀、哀頌、哀冊、墓誌、哀辭、悲文、祭文、誄、挽詞、離合詩、連珠、篇、歌詩、遺命、圖、勢、約等。

由以上的分類，吾人可注意到：

第一、任昉的分類也是標準不一，有依題材分，依體式分，依作法分，依性質分。

第二、依篇題分者，其情形亦如文選，因此次分類也有。

第三、分體務求其細，以盡分而分。

第四、策文分對策與文策，書又分上書，別立教之類，移檄分，對問立一類，辭立一類，難立一類，這幾種分法都一一與昭明文選序目同。可見昭明分體與任昉分體之作法相同。

第五、分體名稱中的策文一類，與哀策一類，在各種通行的文選版本，如尤本，胡刻本，汲古閣本，叢刊本，茶陵本，袁本，廣都本，明州本，贛州本等的目錄上，都把策文省題作文，哀策省題作哀。只有陳八郎本的目錄仍題作策文，哀榮。因此，根據這個本子，更能確定昭明原書三十卷的目錄題名是與任昉的文體名稱完全一樣。只是由八五類少爲三九類。再把封禪改爲符命，增加設論，與史論史述贊三類而已。

由以上分析，可知梁代既已別立難體，形之於文體學專著，任昉與昭明又屬同時之人，文選別立難體，蓋亦文體學發展的自然結果。

六、從辨體角度看難體宜分之理

自六朝文論之可觀者，在文體學之意見，主要有二途，一是立體分體，一是辨體追源。曹丕《典論．論文》首分四體，自下摯虞《文章流別》，任昉《文章緣起》以及昭明之《文選》，都屬立體分體之用心。

緣乎立體分體已粲然大備，名目既多，方有分合之討論可能，因之，劉勰《文心雕龍》之因文以辨體，與鍾嶸《詩品》之追體討源，始有材料有對象可舉證。所以六朝之文體學，立體與辨體兼而有之，六朝此種二元文體學之發展，當亦可爲後世討論文體之方法借鑑。

其實，此後之中國文體學亦大抵不越此二途，亦不出此二方法之施設。這就給〈難〉體宜分與否的一個啓示參考。

從辨體的角度看，司馬相如〈難蜀父老〉乙文，既以難爲題名，因之，要不要立此一類，全在於辨體之認知。按劉勰的辨體，不立一類，而將之納入〈檄移〉一起討論。可是，《文選》卻立此一新類，必蕭統（或文選編者）之辨體與劉勰有別。顯然，立體是客觀事實之問題，而辨體是文體學認知、評價、解讀與賞鑑的問題。亦可謂，立體是事實，成於先。辨體是事實之觀照，成於後。即此先後之理，可知立體也是不變的，必欲變創，更改，斟酌，乃至加以分合，則辨體之學方足以從事。

再簡言之，立體成體非關對錯，辨體方關涉是非宜否的討論。立體無理，辨體必有一套文體學以爲分合之理據。

《文選》之文體學即要本之兩條思考進路以研究。也就是說，文選立難之一體，殆文選編者於六朝及前代文體之客觀事實登錄，其必分之，是文體的既有之體。但選文選錯，以不合體之此篇歸之，乃是其技術作法層面上之可責議處，但不即表示文選不宜立難之一類，或者，六朝文體及前代文體兩皆無〈難〉文。

要言之，《文選》分難體與六朝及前代有難體是一論，然而，《文選》選司馬相如〈難蜀父老〉乙文以歸其體，是否恰當，合不合體，乃又當別是一論。

諸如後者之弊，論者至夥。即便至近人亦多指摘之。劉師培指言《文選》中立〈頌〉之一類，但選王褒《聖主得賢臣頌》乙文歸之則甚不合體。按劉氏之辨體知識，彼以爲凡頌體必有韻，斷無不韻而可言頌者。（劉師培，一九八二，頁三）這是劉氏在六朝既有之「立體」事實成之於先，再繼之而後所進行的「辨體」反省。姑不論劉氏此說已違反文類學上有文類交溶可能之成論，劉氏之討論層面亦僅止於選文合不合的問題，而非有頌無頌一體之事實。（註❸）

難體之討論，亦類如上例。到底司馬相如〈難蜀父老〉是不是合乎難體，以及眞正的難文這一類應該怎樣寫？有何體勢、體規，有何作法之約制等等。凡此問題皆涉「辨體」之學。而非否定有難之一體，乃並否定有司馬相如〈難蜀父老〉乙文。

明乎此，乃知文體學之文類交溶，與文體歸類實互爲相關。前揭劉師培駁《文選》立頌體而選無韻文之失，即足以表示劉氏之辨體以定體爲標準。所以，劉氏嘗指前後赤壁賦與阿房宮賦乃世上最可奇異之文體，只因此三篇非騷非賦，非論非記，劉氏說全乖文體。（同前，頁四五）可知劉氏對「訛變失體」者，有著很深的辨體功夫。按劉氏的正體標準，司馬相如〈難蜀父老〉乙文恐亦將失體成怪了。

但是偏有自文類交溶之角度重新辨體者，將難之一類悉歸之〝史〞部。設若史是一類，六經皆史的講法，即辨體之講法。明人王世貞《藝苑巵言》即以爲天地間無非史也。所以，像六經，是史之言理。而各類文體，都是史的同類。王氏分文體為六門四十二類，分別是：

一、史之言理—六經。

二、史之正文：編年、本紀、志、表、書、世家、列傳。

三、史之變文：敘、記、碑、碣、銘、述。

四、史之用：訓、誥、命、冊、詔、令、教、劄、上書、封事、疏、表、啓、箋、喻、尺牘。

五、史之實：論、辨、說、解、難、議。

六、史之華：贊、頌、箴、哀、誄、悲。

這個分類中，也有難之一類，跟辨、論、說、解、議等五類分開，但在王世貞的辨體詮衡下，這六類又都是史之實也。顯然，王世貞認為文類可能交溶，既交溶之，則必有所分合，既重新分合，則歸類亦有所異。此辨體之作法固不同於劉師培。可惜，王氏並未各就分類，一一選文以定篇，因而無從得知〈難蜀父老〉乙文是否符合他所分的難體。但至少可知，王氏必立難體，且視難體與史實同質，亦是史類。

到底〈難蜀父老〉乙文可否再重新歸類呢？姚鼐的作法可為參考。姚氏《古文辭類纂》乙書分文體為十三類，分別是：論辨類、序跋類、奏議類、書說類、贈序類、詔令類、傳狀類、碑志類、雜記類、箴銘類、頌贊類、辭賦類、哀祭類等。其中司馬相如〈喻巴蜀檄〉歸入詔令類，而〈難蜀父老〉則歸入辭賦類。（姚鼐，一九七四，頁七〇四，頁一一八五）

顯然可見姚氏不但立體之名稱不同前人，歸體選文也迥非昭明旨意。跟劉師培、王世貞的辨體作法亦牴牾不合。〈難蜀父老〉乙文竟可與辭賦同類，則姚鼐於新的辨體認知必有說，且此認知亦必不同於他人。今據姚氏序言即明揭其所定的辭賦不以有韻無韻分，也不以六朝人之標準為標準，他務在以漢略為法，要照漢代人的辭賦定體。因此而責昭明太子文選分體碎雜，立名多有可笑者。（同前，頁二二）姚氏這個責語，純屬執甲攻乙之為。凡立論不在同一出發點，不據同一標準，則大小分合之辨，自不能強加等齊。準乎此，姚氏之辨體作法，與重新歸類，立〈難蜀父老〉為辭賦一類，不即表示〈難蜀父老〉之文體未定性，與立體辨體乃兩層次問題之證成嗎？既然這樣，有難無難一體之說，非昭明文選之可疑，〈難蜀父老〉乙文當歸之難體與否，才是文選之可議處。

七、嚴可均分體之意義

清代嘉慶十三年，嚴可均輯唐以前文，匯為總集，以銜接全唐文之作。大抵唐代以前之文章，悉入是編。嚴氏以一人之力，獨成此書，不惟精力過人，也避開了多人之手造成的體例紛亂。因之，嚴氏在歷覽唐以前文後，自己在全書凡例上他做了分類編次。將唐代以前文，分出七十類。

其類目如下：賦、騷、制、誥、詔、敕、璽書、下書、賜書、冊、策命、策問、令、教、誓、盟文、對策、對詔、章、表、封事、疏、上書、上言、奏、議、駁、檄、移、符、牒、判、啓、牋、奏記、書、答、對問、設論、設、難、釋難、辨、考、記、序、頌、贊、連珠、箴、銘、誡、傳、敘傳、別傳、約、券、誄、哀冊、哀辭、墓誌銘、碑、靈表、行狀、弔文、祭文、祝文、題後、雜著。

由這個分類，顯然可見，他把檄、移、書、設論、對問、難等，這六類同見於文選之有分者，一樣地分出來。且更精細地，再由難之一類分出釋難一體。這是文選與其它諸書所不分的。嚴氏自謂唐以前詩因有馮惟納《古詩紀》在，所以已編不載詩。今見七十類中無詩，則唐以前文除詩外，其可見之文體別類，即可視此爲定準，而難之分體，亦可證爲唐以前文體之事實。其理由有二：

其一：因爲嚴輯的標準是咸萃，務在全錄。所以，他在總敘中自言：廣搜三分書，與夫收藏家祕笈金石文字，遠而九譯，旁及釋道鬼神，起上古迄隋，鴻裁鉅製，片語單辭，罔弗綜錄，省並複疊，聯類畸零。這個綜錄性質的成書，跟文選與文心雕龍的成書截然有別。嚴輯在求文體之全，文選則立體以選文，文心則因文以辨體。求全者，不刪削。立體者，要牽就於選文。辨體者，必有所分合。三者相較之下，倘欲以文體之全部反映爲求，必求之綜錄，殆爲可能。因爲選文立體，會因選文之有無，而定體之該分不該分。辨體者，出於體勢之詮衡，閱讀與批評之經驗，可能做出辨證式的體類分合。但不管分合結果如何，這樣辨證過的文體已非體之原貌。立體辨體既然有如上述之缺，那麼，綜錄性質的全體應是保存分體眞象的作法。可知嚴輯的七十類，這是唐以前文體大概。

其二：嚴輯的七十類，非根據後世文體觀念，亦不先立一己標準，純就所輯得三千六百二十五家已成可見之文，而分體歸類。因之，這樣的分體作法是文先體後，而不是體立文合。易言之，就是先有難與釋難之文體，嚴輯才分出這一類。立體與分類之用心不同如是。嚴輯之分難體一類，六朝之有難體，以及昭明文選必選難文，當爲合理可解之事實。

八、章學誠檢討難體

又清人所見文選版本，難體多別成一類。章學誠《文史通義．詩教》講到司馬相如〈難蜀父老〉乙文，也是設問，與楊雄〈解嘲〉、東方朔〈答客難〉、班固〈答賓戲〉其實是一樣體制，不須另別一體。（章學誠，一九八〇，頁二三）章氏所以如此詰難，必其所見文選版本目錄有別出難體。然而，明代通行的汲古閣毛氏刻本文選並不分出難體，清代胡克家刻本也不分，胡氏刻文選所據的底本是尤本，也不分。則通行的明清兩代文選目錄上並不分難體。而今章氏有此詰語，則章氏必別有所見。

原來章氏所見只有二種可能，一是五臣注本文選，一是俗本。因爲目前可見章氏相關資料，找不到章氏或收藏或寓目過五臣注本文選，則唯一可能，便是明清兩代流行的俗本，特別是評點本文選。在于光華編輯的《評注昭明文選》一書中，就明顯地列出〝難體〞。由此可推測，明清難體宜分不宜分，至少已有兩種意見，則難體別出一體，亦可視爲文選閱讀之歷史經驗，提供了版本學與文類學兩方面的反省。（註❹）

九、檄難文體作法異同分析

現在，暫置版本學，辨體學兩方法不論，直取檄難二體本文解讀之，觀其結構，詞氣，審其作法、功用。比較異同，即可爲二體宜分不宜分的旁證。

就文體功用而言，檄體難體都有〝責求〞、〝曉喻〞之用途。但檄文之檄字，是皎也，皎然明白，欲使受檄者皎然知發檄者之志意。明白告知，是檄文第一要求。復因發檄者，非天子侯王不得下，所以，檄文之對象是由上及下，天子之檄，多用之於討逆伐賊，否則，亦有天子責子民或臣下部屬之意。司馬相如〈喻巴蜀檄〉即用此旨。文選另收有兩篇陳琳〈檄吳將校部曲〉〈爲袁紹檄豫州〉與鍾會一篇〈檄蜀文〉，則是討伐勸降兼有其意，可視爲魏晉發展的新檄文，但不離原始檄文之責難，維持檄文體勢的約制。因檄文出以上下關係，檄文之詞氣，多有詞嚴義正之風。這項特點，在〈喻巴蜀檄〉的後半一段文字，表露無疑。自「故遣信使，曉喻百姓以發卒之事，因數之以不忠死亡之罪，讓三老孝悌以不教誨之過」云云，讀之義烈，而君主命教口吻，明白曉暢，玩其曉喻，數之，讓過諸詞彙，皆有上責下效之旨。尤其檄文末云「檄到，亟下縣道，使咸喻陛下之意，無忽」，幾如聖旨之命令。可知檄文之修辭與結構是一體的，因此形式內容之合一，檄文之功用是明責，檄文之主旨是曉喻。

反觀〈難蜀父老〉乙文，雖與檄體同俱責求功用，但難文之責求不像檄文之明喻，而較近於委婉曲說。在詞氣上，帶有諷諫，常用託詞，言此意彼，不是直接講。所以，〈難蜀父老〉的難字，有問難，論難之意，在結構上，因為帶有託詞口氣，所以，就常用設問的作法，設為一問一答，如此篇是其例。更有二問二答，三問三答者。如嚴可均輯六朝專家文集有題名難文者。這個一問一答的作法，正是難文結構與檄文之異處。而之所以有此作法結構之別，又來自檄難二體之主客對象不同。蓋天子於下可以發檄，不必問難。但為人臣者，雖如〈難蜀父老〉之作者司馬相如，欲代武帝責求巴蜀父老，因非直出於武帝之口，僅順承天子之意，代筆問難，實質地看，並無上下之嚴隔，只為平行或代筆之身份。以此而難文也常用之朋輩間的討論，一來一往，所謂辨駁問難之意，而檄文是單向直指，命令語氣，上下嚴判，不容有絲毫辨駁餘地。如此差異，難體之文句詞氣，絕不若檄文之正義，而暗寓諷一諫百之譎諫。

明乎此，〈難蜀父老〉乙文之末，並無「檄到，亟發縣道」的公文結構，也沒有「曉喻，數之，讓過」的一段類似修辭。

由於〈喻巴蜀檄〉與〈難蜀父老〉兩文有以上之本文直接差異，遂令細讀者，解讀二文，各有不同會心。金聖嘆云：「純是切諷天子，更於言外尋之，是言其命意也。」（于光華，一九七七，頁八五一）金氏所講的切諷，是切於諷諫之意，可知難文在責求的功用之餘，附加有諷諫的旨意，所謂諷一諫百，正是賦家用心，就這一點而言，難文又帶有賦體的特質，是難體與賦體進行文類交溶之一例。難怪孫執升與孫月峰讀此文，都說：「微似賦體。」（同前）反觀檄文則不然，檄文務在討逆責下，即有所諷諫，亦以所檄討之對象諷之諫之，豈可倒過來自責反諫，檄人翻成檄己？可知，難文之責難是暗寓，檄文之責難是曉喻。何義門特就此二文之別具體舉例云：「喻巴蜀是實事，故言言簡切。難父老是託詞，故語語侈麗，是言其立體也。」（同前）這裡何氏所言的難文之侈麗，即與喻文的義正，構成詞氣風格的兩類，而檄文內容要求實事，與難文所述可用託詞，實在是影響兩類文體各在作法與結構上有別之關鍵，所以，何氏簡括此二文的不同，指出這是兩種文類的「立體」，正是由本文直接閱讀經驗結果歸結到文體學的分析判斷，更加證明難文檄文是宜分開的兩種文類。

十、從文類學角度看難體之分立

難體宜分與否？除了分體之必要，辨體之認知，與版本之事實證明外，尚可自文類學角度探討分析。

但是文類學其實是西方的名詞，在比較文學領域有很深的理論，它是西方文學批評與比較文學方法之一。用來討論難體，就與大多數中西比較的可能難題一樣，有方枘圓鑿，勉為比附的弊端。是以儘量取其可會通處，以提供難體在文類學之分析，乃是必要的自覺。

首先，文類一詞在西方有「種」「類」「體」的含意，文類即是文學類型的省稱。文類有類型的辨認與分類的方法。可是，西方文類學是一種綜合文類文體與始源的學問，並不僅止於中文詞彙含意的文之分類。因之，中西比較文學學者就企圖在文類的比較上，做比較與綜合，甚至跨越中西的研究。像張靜二在一篇〈中西比較文學中的文類學研究〉乙文中，就是做這樣的研究，提出三點有關綜合中西的意見，認為要鼓勵批評家用中國文類觀念去研究西洋文學，並且，在介紹西洋文類成規時，也要設法整理我國傳統文類，最後，文類的應用要結合當代文學理論來探討。（張靜二，一九九一，頁一八）這三點中的第一項可視為未來遠程目標，第二項則是當務之急，第三項實在要同時與第二項結合起來，也就是說一面考察中國傳統文類時，即隨時可以相應適切地援引當代理論，進行比較、參酌、反省與方法借用上的運用。所以，筆者爲了呼應其意，乃草成一篇實際分析文類的方法小文，在文類解讀上，提出文類交溶的事實，並閱讀接受與讀者反應對文類辨認的干涉影響。現在，更就那篇小文研究的心得，縮小範圍，集中在文選難體一類的分析，再探文類學分析的其它問題（註❺）

其實，中國古代文論早已有文類學相近的觀念與作法，不過在名詞術語上分歧或模糊，加上學界公認的中國人思考表達方式不重分析與系統的習慣，文類學乃竟無以廣泛而具體行之。我以爲，體性一詞的觀念即中國文類學的綜合觀念，它含有西方文類學在形式、結構、與方法、修辭諸方面的意思。一個人的身體（生理與心理）人格，與文章的風格息息相關，即體性的主要觀念。但體性實在還包括對文類的擅長與選擇，因此，《文心雕龍》在分體數篇的講法，即含有辨體優劣與文體選擇專擅利弊與否的討論。因之，這一文類辨認的方法與知識，亦即中國文類學的實際應用，只是這一實際應用如何可能地施展於作品解讀，就不得不要到明清兩代流行的評點學才加以發揮運用，擴充文類學的觀念，完成中國文類學理論與實際的兩重性。

當然，文類做爲理論層次的思考，與文類理論的應用未必完全符合，還必須加上創作的私祕性、個外性，與閱讀的偏好。也就是在文類的貫時性、並時性雙方面同時考慮。因情立體，即體成勢，是就貫時性探討文類。重點在因情的情，不容易歸類，因情所立的最初文體，則第一創始者的本義及形式，滋生延長，繼起者與模襲者的「即體成勢」，可以是原始的體，但也可能是歧出與變異。所以，這個勢也不能準確把握。惟從貫時性考察，文類的第一立體原初型態，仍然是文類詮釋的開端。這就是《文心雕龍》要辨別每一文體，並追溯其生成發展的作法。

只是，太偏於貫時性，忽略並時性，不足以對繼起文類的考察。因爲繼起文類處於多文類之後出環境，交互影響的並時同出現象必然發生。晚近的西方論者紀延看到了這種現象，强調並時性的個別差異與選擇，對貫時性的一定約制有了修正。他認爲文類在生成演變之歷史中必有階段性的改變因素。所以，追溯文類的原始，文類學是一種很多相關作品之間的描述說詞，是對作品的形式與材料如何結合的研究，並且，研究這個結合的變動性。（紀延，一九七二，頁一一一）紀延的說法，重點在文類結構的具體呈現，當下眼前是怎麼呈現，所以，也算是外現的結構模式。不同於過去文類學要找出文類結構的〝存在模式〞與〝普遍性〞。正像西方最早的三大文類，抒情詩，史詩，與戲劇。就新批評學派的文類學作法，是要定出這三大文類的存在本質，從文類的本質性去研究，並設定文類之中有可以共同約制的通則，肯定原理原則恆常不變，以便取得大家一致的標準。所以，文類是依外在形式與內在形式兩者區分而成的文學作品。而所謂的外在形式是韻式或結構，內在形式有態度、口氣、目的等。這些悉屬文體作法與形式的問題，求其標準性一致性，以爲貫時恆久的文類存在本質。

新批評學派的文類觀點，重在分析要素，譬如講韻式與結構，是各文類極明顯的外貌特徵，詩不同於散文即由此辨認，又講態度，口氣，目的，也是各文類不同而必要區分的細部要素之一。譬如同具有詩與散文特徵的賦，在口氣上要誇張，態度上要守諷一諫百的原則，乃據以別出新文類。又如難，設論，檄移之有必要再分，也是從細部的內在形式研究所得出的結果。

不過，新批評對細部分析的最終目的，是要訂出每一文類的必要結構與要素，以資詮衡標準，所以是一種求同不存異的作法。必如此而爲詩，而爲小說，爲戲劇，皆各有一套法則。倘再問介於詩與小說，或介於詩與散文的文類交互之寫作文體，又當如何予以文類學說明呢？新批評較少在這方面探討。譬如中國古代文體的賦與駢文，吾人很難在西方文學中找到合於西方文類學要求的相稱文體，乃導致翻譯上的困難。

再者，從體性的三種含意看，中國古代文論的文體觀念是人品，文體，風格三者相互關涉者。所以，古代文論中的分類手法，賦之下可再分，如文選分爲十六類，詩之下又可再分，如文選的二十三類。然後所有的形式與結構之分類，又都可再從〈體性〉篇講的八體，而又分出典雅、遠奧、精約、顯附、繁縟、壯麗、新奇、輕靡等等。這樣的中國文類學作法與新批評講的文類之〝一致性〞〝標準性〞〝普遍性〞有著明顯差異。所以，對難體與檄移要不要分的探討，與其從相同處看，不如改從「同中存異」的角度看。

然則所謂形式也不是一成不變的。它必須跟當下這一刻的寫作之種種變數一齊看。文類的形式如果是結構之一，則此結構形式，無可避免地，是一種構作的行為，既曰構作起來，就不是在套用形式。這一構作必因其構作之材料與構作欲完成的功用，而有形式上來講雖如此，但實際已被說出的內容卻未必如此形式所要求，因之，由於內容的被說出是這樣的乃或多或少地也改變了形式，相對地，結構也有些差異了。所以，紀延的文類學對形式與內容的結合所產生的文變，提出更精細的說法。可以更進一步解釋文類分化現象的差異何在？

他認為文類在內容與形式方面的結合是〝變動性的說話方式〞。所以，文類是一種經過組織化，結構化的構作模式。在此情形下，翻陳出新的各種文類及其次文類乃得以產生交溶。所以，重點在要把文類每一次演練都看作當下那一刻的創作行為，而不是一致化標準性的照辦套用。每一次的文類創作便進行一次實値建構的作品結構。在此建構過程中，文類交溶，或者作品互為指涉，乃是一種綜合構作的必然結果。紀延給這樣的文類出現形式，解說是〝一種創造性的展示，來自某種理由而人為製作的產物〞。（紀延，一九七二，頁一一〇）可想而知，這種說法的文類完全是創作性的，也出於文類功用的考慮的。在此構作下的文類，其實質上所講的內容，紀延說應該是〝一種已經把握該文類要素之多方面，對當下那個時代，精心構作而說出來的語言〞（同前，頁一一一）紀延在一句文類定義中，强調了當下時代，也就是文類在貫時性歷變過程中所不可少的並時性選擇，這一當代相干性，是與人相干，也與事相干。人者，不能不注重創造之個性與差異。事者，要求其不同時代中類似文類的不同功用需求。劉勰《文心雕龍》講「文變染乎世情，與廢繫乎時序」，就有這個意思。次就難體來講，固然它在形式結構上與檄移幾乎雷同，在不分的觀點下，它們三種文類確實可以找到〝文類要素〞分析上的共同標準。但在可分的觀點下，難體因爲當下這一刻創造性的一種構作過程中，精心巧構，欲有所隱的語言形式，便因功用不同，對象不同，而有了必然的差異，這個差異有多少？即是要從實際上已講出的材料內容去考察，去重新劃歸文類形式，再一次組合文類結構，於是可分出的一種新體於焉產生。

有了這點文類〝本同而末異〞的認識，對一種文體的共同標準，便不可以只限在貫時性的一致之考察，必須再從並時性的當下標準重作衡量。紀延的文類學之特色便不似新批評的〝本質性〞〝共同標準性〞的講究。考夫蘭評說這是一種透明具體的文類觀，注重文類外現結構的模式。（考夫蘭，一九八一，頁一一）當然，這種外觀模式，也是構作出來的，從一個最基本的模式原初結構中變創而出，如果一直往上溯推，就相近於〝夫文本同而末異〞的那一個〝文〞的概念。

拿紀延定義文類是一種創造性展示的說法，比較弗萊的〝徹底性展示〞說法，二者亦各有關注。弗萊定義文類是〝一組字詞，作用於聽眾之前，或閱者之前，或者用唱頌與反覆韻律，或者寫下來給讀者看〞（弗萊，一九七三，頁二四七）根據這個定義，弗萊把文類分成戲劇、敘事詩、抒情詩、與虛構小說四種大文類。弗萊的文類學，也有幾分〝求同〞傾向，也就是在大分類之間區隔每一類的標準性，這個標準性特別是要講〝徹底的展示〞。而弗萊跟新批評不同的是，他捨文類要素分析與公約規則的製定，改從作者與讀者的關係上探討，使到讀者聽的看的可能因素加入了文類運作。於是，文類的區分重點在〝修辭〞技巧如何。弗萊說〝文類〞批評其實是修辭分析，在這層意義上，文類的決定是建立在作者與大眾的處境關係上〞（同前）就這個讀者地位的處境看，弗萊與紀延的文類學都有很濃厚的〞當下時代相干性〞，所以，用來解釋文類的〝變〞與〝創〞在實質內容上的分析，便具有著理論的基礎。而且，也因為加上讀者解讀的〝未定性〞與〝空白〞之補缺，文類學的範圍擴大，方法也更具有實踐性，這一層次的西方文類學很可以借用來對文選文類學的分析研究。（註❻）

根據以上西方文類學紀延與弗萊的兩種說法，文類的分辨有〝創造性展示〞與〝徹底性展示〞。也就是說文類的最初原始結構有一個模型，相近於〝文本同而末異〞的意思。像移、檄、難，在六朝的文體大分類觀念中，都是屬於文筆之分的〝筆〞這一模型。基本上，是一種無韻的文體展示。因之，移、檄、難三種不是韻文。可是，就創造性展示來看，這三種本不是韻文的筆，卻因創造性的需要，而稍有更動。譬如文選所收孔稚珪〈北山移文〉，無論在形式對偶，韻律交錯，以及馬蹄韻的設計上，都隱隱然具有駢文的大部份特點，這一創造性的〝移〞文，其實已非原來的〝筆〞這一大類，而須要另立一體，以利描述這一篇移文的實際展示，而將之與其它的檄難兩類劃別開來。

不惟如此，即連文選所收司馬長卿〈難蜀父老〉也在文章末段改變筆調，把問難蜀父老之後，得到蜀父老的瞭解，乃「茫然喪其所懷，失厥所以進」，意謂蜀父老自覺以前對漢室的誤解是錯了，大有幡然醒悟之態。於是文章末尾來了一段「允哉漢德，此鄙人之所願聞也。百姓雖勞，請以身先之。敞罔靡徙，遷延而辭退」云云，細味之，純是頌體本色，且四字句三出，間雜長句，實在是六朝文章侈麗風格，且有韻律初型的形式。這又是同在〝筆〞一大類之內重新再做創造性展示的結果。即此變創的價值而觀，這一篇難文應當區別為一類。

反之，檄文這一類，就很合乎〝筆〞之無韻的要求。文選所收四篇檄文：司馬長卿〈喻巴蜀檄〉、陳孔璋〈為袁紹檄豫州〉〈檄吳將校部曲〉，鍾士季〈檄蜀文〉等。首尾通讀之，無刻意調韻駢句之技巧，且直述明體，純是〝公文書〞筆調。因此，這四篇之所以歸為〝檄類〞，乃是從〝筆〞這一大類去看，並無文類變創的展示。

可是，就〝徹底展示〞的角度看，四篇檄文的細部結構組織顯然與〝筆〞這一類又有所不同，也跟移難這兩個次文類同中存異。原來，四篇檄文都共同有一句檄文結尾的命令格式，分別是：

其詳擇利害，自求多福。各具宣布，咸使知聞。（檄蜀文）

檄到，詳思至言，如詔律令。（檄吳將校部曲）

布告天下，咸使知聖朝有拘逼之難，如律令。（為袁紹檄豫州）

檄到，亟下縣道，使咸喻陛下之意，無忽。（喻巴蜀檄）

細審右列這四句命令式口氣，是檄文必有的，也是獨有的，不見於移文與難文。可知凡檄體撰作最後之徹底展示必加入此結構。亦因此結構，遂使檄難在通篇綜合，文類展示中明顯地區別

之，就這一〝徹底展示〞之觀點看，司馬長卿〈難蜀父老〉宜乎不歸之檄文，而當新立難之一類。（註❼）

十一、結論

經過以上多方面的論證，本文肯定《昭明文選》乙書分文體當爲三十九類。而難體與移、檄、對問、設論等雖相近而必分。從今存可見宋代版本文選的目錄可以證明至少宋本文選列有難之一目。再從蕭統編書體例，是以「立體選文」爲主，即先立已有之體，再選合適文章以符之。這個標準，要做到盡分與可分即分的文體分類原則，所以，《文選》反映了六朝以前的文體分類之實。此與從辨體角度出發的《文心雕龍》之分體旨趣截然不同。即文心可以就文體之〝實〞而經過辨證，予以理論上或理想上的分合文體，但不管分合如何？其依憑準據是〝文體閱讀辨證〞之結果。與務求存〝實〞存〝眞〞的文體選篇作法究竟不同。

其次本文更就文選同時代的文體分類，證實六朝同時代及其以前，固有難體一類。所以，當分出。而文選以後之集部總集選集，或分或不分，乃至將〈難蜀父老〉乙文編入不同的文體類屬，都是出於〝辨體〞的結果。而〝辨體〞之學，相近於文類學批評手法的運作。

本文乃繼以文類學的理論，就〈難蜀父老〉與其它疑似文體的選文，進行〃精密閱讀〃，試從細部分析，分就諸文章正文中之形式，技巧，結構與主題意義，提出〃創造性展示〃與〃徹底性展示〃之判準，認定難體在文類學理論來講是宜分的。

綜合版本學，文類學，作品分析，與閱讀接受的主體性領會，本文研究結果，得出文選一書分體當爲三十九類，而難體之一類，文選原意也是必分的。凡今世所謂文選分體三十八類之說法，至此可改易其說，而明知分體三十九類之意見，卻又得不到版本與分析理論之證明者，至此亦可稍有詮衡準據。

附註

註❶：穆克宏對文選分體主張三十七或三十八，未有定論。他首先認爲胡克家《文選考異》校正〈移書讓太常博士書〉文題之前脱「移」字的説法，有待版本印證。案清代選家何焯與陳景雲均主此説。又黄季剛，駱鴻凱亦主此説。穆克宏所以未信前賢，乃據移與書本爲一體，《文心雕龍》不分，且未有版本以爲佐證。遂斷定文選不分移類。若然，則穆克宏主張三十七類。（參穆克宏一九八八，頁一四二）又案：穆説因未見宋本文選目錄而存疑。今據，陳八郎本之目錄，有立「移」之一類，可知文選原分此體，至少當三十九類。

註❷：其它對文選分體有意見的，由於未以單篇論文説出，僅參雜於有關文選學論述之偶語中，例如周紀彬的三十類説。（周紀彬，一九八八，頁一四〇）劉樹清的三十八類説，（劉樹清，一九八八，頁二二八）。林聰明的三十八類説，（林聰明，一九八六，頁一九）

註❸：其它指摘《文選》立體選文之失者，殆不出劉師培檢討之層次，亦即多集中於《文選》立體之分合與選文是否標準此類問題上。凡此皆屬辨體之學，非立體之説。

註❹：章學誠認爲難體不須另別一類，因所據文選版本爲俗本。這個理由，宜保留。今人程千帆即謂昭明之舊本沒有分這一類。蓋如本文所論陳八郎本五臣注目錄即分難體一類。可駁二氏之說。倘從文類學觀念考查，則有程章燦之說法，認爲分出設問，對論，難體如此紛雜，是因爲文選編撰出於眾手，對文體分類有多種意見，難於一統。（參程章燦，一九九二，頁二七七）這一說法關涉到文選編撰，是昭明一人，或出於眾手的問題，須兩面討論。

註❺：有關中國古代文論的體性含意與西方文類學的觀念之對譯，因而產生的相關問題。筆者在另一篇文選之文類學的研究中已細述之。（參本書〈文選學之文類評點方法〉乙文）茲再約述其意如下：

晚近有關中西文類之比較研究，我以爲應從翻譯開始。以陳世驤先生所譯的陸機《文賦》爲例（一九四八年北京大學出版），他把《文賦》一文中的句子「體有萬殊，物無一量」的體字，譯成 form 以後又把中文的體性譯成 style，以後即以兩字西文概指中文的「體」與「體性」。彼時於形式form一詞，重點不在結構字數上的長短之意，譬如翻譯「若夫豊約之裁，俯仰之形」一句時，以style譯傳聞的「形體」。（參楊牧，一九八五，頁八九）跟後來徐復觀的《陸機文賦疏釋》把這兩句的裁與形都看作是有長短之別的form一詞是大爲不同的。根據韋恩斯坦的介紹，法國學者的文類研究，即是拿長度跟有機組織做標準的。（韋斯坦，一九八二，頁一〇一）而亞里士多德《詩學》所討的兩大文類：史詩與悲劇，主要以形式跟技巧做標準，此刻的形式，又要跟文類 genre 一詞分開，克萊門德把文類跟形式的分別，訂在形式是講長度與結構，而文類則不是，照這樣看，中國的體或體性實在近於西方的文類觀念。克萊門德據美國的文類明目所訂的文類研究範疇，有①文類觀念的討論②某階段歷史特殊文類之研究③文類定義之建立④文類批評應用在作品上之解讀。（克萊門德，一九七二，頁一三三）

但看這樣的研究內容，可知文類與形式不同，不過即使在西洋的文學理論中，也常看到文類與形式並稱混同的，例如艾爾德格的《比較文學》一書即是，他認爲文類即科學上講的類或種，文類一詞指文學作品的風格 style，形式 form，與目的 purpose。（艾爾德格，一九八九，頁一五九）我以爲，文類可成爲專門學科，那麼形式之探討是文類之一部份，而中文中的品、性、體、體性、類、風骨格力，（參趙則誠等，一九八五，頁五八七），等等都可入之文類學，這樣，就可深入擴大文類學至《文類學》一書所及「文學功用」「社會功用」之在文類的討論。也即是文類可有其外緣研究範疇。（頁一一五）

不過在翻譯時，仍舊要避免把 style譯作文體，正如何欣譯休果的《文體與文體論》，易滋生困擾，不如譯作風格，然後總歸之文類之名稱下。至於把 style譯作文體學，再把 genre 與 genres分譯作文類與體裁也容易相混，（例如劉介民，一九九〇，頁二七七頁二九五）因此所謂文體，不如一律改稱文類，下轄形式、文體、風格、類型諸意。

案：以上的討論，重點在文類一詞的定義，與文類學的領域。至於文類學應用在實際作品的解讀，以及內部問題如何？可另參張靜二，一九九一，頁四——十九，惟張文所討論者，偏重在中西文類的比較與運用西方文類學方法出現的問題。於具體解讀之討論仍不及。本文因此稍補其缺，援引文類學方法之一的弗萊之說法與紀延之說法，互爲補充，略做引例。唯有關弗萊的修辭文類學，所引起的正反意見之討論，本文亦注意之。這方面的說法，略參王忠勇，一九八九，頁五七九——五八二。

註❻：弗萊在《批評的分析》一書中，闢專章談文類理論，重點擺在一種文類的呈現決定於修辭手法。也即是講話的方式，基本上有反省式與鼓動式兩種。但不論那一種，作家的意圖，最初原始的動機，即已包括他對某一類文體的選擇，但他所選擇的文體基本上是一個複雜的結構，所以，文類的交互關係仍決定於寫作的意圖。（弗萊，一九七三，頁二四五——二四六）所謂的「徹底展示」便是從這一層次考量。弗萊舉例說，像康拉德小說中的敘述者，被雇來幫忙說話，這一修辭手法的改變，就與原先小說純由作家自己講的方式不同。因之文類也就同中有異，（同前，頁二四七），所以要從作品的「徹底展示」中才能區別開來。這個徹底展示就與「理想展示」不同。

註❼：難與檄文二者之間的微細差異，從而分出兩類，也可看做是《文選》分體有辨證的結果。

因爲自此以前的難檄是不分的。難體一方面保留大部份檄文之特點，另一方面難體又假設爲某一方有責難之意，須明白回駁，因此而造成「託詞」之功用，又有幾分「對問」的結構形式。可是文選有難體也設有對問（只收宋玉〈對楚王問〉乙篇），因此，在文選之分類，清楚明白。自此以後，〈難蜀父老〉的結構形式就引起以上類似它體的認識困難，導致歸屬上之異見。宋版陳八郎本文選是延襲舊解，到了明代徐師曾《文體明辨》就不一樣，他去掉難之一類，增加露布一類，解一類，釋一類。再把〈難蜀父老〉歸之對問，但不收宋玉對楚王問乙篇。又去掉設論，將文選原有的〈答客難〉〈答賓戲〉兩篇也都歸之對問一類。（徐師曾，一九八八，頁一三八）試揣其意，蓋以爲難體帶有駁難的意味，即是對問了。倘再從「徹底性展示」之文類觀點看，其實設論一類的三篇文章，仍與難體不同，至少沒有如難體的託詞效果。而別帶有「滑稽」與遊戲文章的韻味。孫月峰甚至說是「規模自對問來」（于光華，一九七七，頁八五四），再者〈解嘲〉與〈答賓戲〉文章起首的述明緣由後之其辭曰云云，結構上也不同於〈難蜀父老〉。尤其〈答賓戲〉是以戲體爲主，但在戲體中煞有其事，厥不類〈難蜀父老〉之託詞。所以，方伯海評點云：「此篇雖是戲，當日必有其人，有其語，故借賓以發之。」（同前，頁八六四）這個借賓以發之，相較於〈難蜀父老〉乙文之「耆老大夫，縉紳先生之徒，二十有七人，儼然造焉」的寫法，明顯不同。可知徐師曾的歸類有其盲點，但也代表了明代的文類學之辨體意見。也正是徐氏自序云假文以辨體的辨證結果。案這個意見影響了清代刻文選目錄不列難體之普遍作法。

引用參考書目與期刊

程章燦，一九九二，《魏晉南北朝賦史》。南京：江蘇古籍出版社。
趙福海，一九九二，《文選學論集》。長春市：時代文藝出版社。
趙福海等（編），一九八八，《昭明文選研究論文集》。長春市：吉林文史出版社。
嚴可均，一九九一，《全上古三代秦漢三國六朝文》。北京：中華書局。
張靜二，一九九一，〈中西比較文學中的文類學研究〉，刊於《中外文學》十九卷十一期，頁四—三九。台北：中外文學月刊社。
穆克宏，一九九一，《文心雕龍研究》。福州：福建教育出版社。
曹道衡，沈玉成，一九九一，《南北朝文學史》。北京：人民文學出版社。
趙建中，一九九一，《文章體裁學》。南京：南京大學出版社。
褚斌杰，一九九〇，《中國古代文體概論》。北京：北京大學出版社。
劉介民，一九九〇，《比較文學方法論》。台北：時報文化出版企業公司。
王忠勇，一九八九，《本世紀西方文論述評》。昆明市：雲南教育出版社。

艾爾德格，歐文，一九八九，《比較文學的關係與方法》。台北：書林公司。
王運熙，楊明，一九八九，《魏晉南北朝文學批評史》。上海：上海古籍出版社。
劉樹清，一九八八，〈事出於沈思，義歸乎翰藻〉，收入《昭明文選研究論文集》頁二五—一二二。長春市：吉林文史出版社。
徐師曾，一九八八，《文體明辨》。京都：中文出版社。
穆克宏，一九八八，〈蕭統文選三題〉，收入《昭明文選研究論文集》頁一四二—一四八。長春市：吉林文史出版社。
周紀彬，一九八八，〈文選五題〉，收入《昭明文選研究論文集》，頁一二三—一四一。長春市：吉林文史出版社。
林聰明，一九八六，《昭明文選研究》。台北：文史哲出版社。
趙則誠（等），一九八五，《中國古代文學理論辭典》。長春：吉林文史出版社。
楊牧，一九八五，《陸機文賦校釋》。台北：洪範書店。
高步瀛，一九八五，《文選李注義疏》。北京：中華書局。
趙仲邑、陸侃如，一九八三，《文心雕龍研究．解譯》。台北：木鐸出版社。
韋斯坦，俄瑞契（著），瑞崗，威廉（譯），一九八二，《比較文學與文學理論》。台北：文鶴出版公司。

劉師培，一九八二，《漢魏六朝專家文研究》。台北：臺灣中華書局。
駱鴻凱，一九八二，《文選學》。台北：漢京文化事業有限公司。
考夫蘭，羅伯特—連尼，一九八一《盧卡奇、阿德諾、班雅之散文理論》。聖地牙哥：加州大學。
章學誠，一九八〇，《文史通義》。台北：華世出版社。
休果，格拉罕（著），何欣（譯）一九七九，《文體與文體論》。台北：成文出版有限公司。
克萊門德，羅伯特，一九七八，《比較文學之學科整合》。紐約：美國語言學會。
羅根澤，一九七六，《魏晉六朝文學批評史》。台北：臺灣商務印書館股份有限公司。
于光華，一九七七，《評注昭明文選》。台北：學海出版社。
范文瀾，一九七五，《文心雕龍注》。台北：台灣開明書店。
姚鼐，一九七四，《古文辭類纂》。台北：世界書局。
弗萊·諾斯諾波，一九七三，〈文類學中的修辭批評〉，收入《批評分析》，頁二四七。普林斯頓：普林斯頓大學出版社。
紀延，克勞岱，一九七二，〈文類學之應用〉，收入《文學系統》，頁一二九。普林斯頓：普林斯頓大學出版社。

〈雜體詩〉在文學史上的意義

一、雜體之問題

文選於二十三詩類，立有〈雜詩〉一類，收古詩十九首以下等六十五首詩。據李善注何以言雜？說是：雜者，不拘流例，遇物即言。

如此說「雜」，要意在不拘流例，什麼是流例？並無細說。揣測其意，流例蓋流行體例之謂乎？《文心雕龍．明詩》有句話說：五言流調，清麗居宗。流調乙詞義近流行體例之謂，王更生今譯即說是「當時正在流行的格調」。（《文心雕龍讀本》上編，頁九四）然則，所謂雜詩的不拘流例，是說雜詩不拘束於流行的體例格調之詩例乎？

再者，遇物即言，是否即謂此物乃衆物之物？或物色之物？或詩的內容物？至於把那些「物」說出來，寫成詩，到底要用三言四言五言，或六七八九言？

今觀八十四首雜詩，有四言（如曹子建〈朔風詩〉），有五言（如王仲宣〈雜詩〉），更有近似七言（如張衡〈四愁詩〉）。可謂字數不一，多言而雜。

然而，倘自流行格調以觀，至少到文選編成時代的梁朝，詩體的流行，五言已爲正宗。否則，四言至少也是流行已久的舊體。七言呢？恐非流行，而只能算是「新體」了。

照以上之質疑，雜詩究爲雜在何處？以短短一句之善注，誠不能盡達解，因而有必要再加以探討深究。

二、〈雜〉體的後出涵義

〈雜體〉的後山涵義，可自明人徐師曾所編《文體明辨》乙書所立文體名目窺其一二。《文體明辨》分文體一百二十一類，每類下又各次分細目，其細目中即多有設雜體分類，統計之，各有如下：（註❶）

一、卷九樂府類於樂舞歌辭下細分雜舞。如公莫舞，晉傅玄明詩篇。

二、卷十樂府類分雜曲歌辭。如長干曲、沈約夜夜曲。

三、卷十一五言古詩詠懷類下收有張協〈雜詩〉六首、張華〈雜詩〉、傅玄〈雜詩〉與陶潛〈雜詩〉。

四、同前遊宴類下收有張翰〈雜詩〉。
五、同前行旅類下收有王讚〈雜詩〉。
六、卷十二五言古詩酬答類下收有王粲〈雜詩〉。
七、同前五言古詩立雜詩乙類，收古詩十九首、郭璞〈遊仙詩〉、鮑照〈擬古〉、江淹〈雜體詩〉。
八、卷十三七言古詩立雜詩乙類，未收六朝作品，僅錄李賀〈崑崙使者〉、張謂〈代北州老翁答〉。
九、同前又立雜言古詩乙類。俱收唐代作品。
十、卷十四近體律詩五言立雜詩類，收王融、吳均〈有所思〉、梁元帝〈折揚柳〉、陸瓊〈關山月〉、陰鏗〈蜀道難〉。
十一、卷十五近體律詩七言立雜詩類，未收六朝作品。
十二、同前排律五言立雜詩乙類，七言排律亦立雜詩乙類，皆未收六朝作品。
十三、卷十六絕句詩五言立雜詩乙類，未收六朝作品。
十四、同前絕句詩七言亦立雜詩，收有梁簡文帝〈倡樓怨節〉二首。
十五、卷四十二立雜說乙類，收曹植〈髑髏說〉。
十六、卷四十六立雜著乙類，收韓非〈說難〉、崔駰〈達旨〉。

七、卷四十八贊類細分有雜贊，收王粲〈正考父贊〉、袁宏〈三國名臣贊〉、陶潛〈庶人孝傳贊〉、江淹〈王太子贊〉、〈陰長生贊〉、夏侯湛〈東方朔畫贊〉、以及劉勰《文心雕龍》〈徵聖〉〈辨騷〉〈明詩〉〈碑誄〉〈史傳〉〈詔策〉〈情采〉〈養氣〉〈總術〉〈物色〉等諸篇之贊。

六、同前立雜評乙類，未收六朝作品。

從這個細分類目，可以看出「雜體」的觀念，至少到了明代徐師曾編書爲止，已相當分歧。有從古代已分而分者，如雜曲歌辭從《樂府詩集》之分類，而古詩十九首次於雜詩類，亦《文選》之已分者。但是《文選》雜詩收張華〈雜詩〉，並不再分主題歸類，《文體明辨》卻歸入詠懷一類，是否即謂張華〈雜詩〉雖曰雜，仍可按其題旨而索源乎？同此例者，又如郭璞〈遊仙詩〉，題已曰遊仙，卻仍歸入雜詩類。

再看卷十三雜言古詩乙類，未收六朝作品，乃因此類所謂雜言，蓋指字數與句數不整齊之「雜」，非謂內容題旨之雜。另外，凡屬〈擬古〉或〈雜體〉之類，亦歸入雜詩類。則這個「雜」字還包括雜擬的雜。

根據上表之考查，可知雜體之後出涵義，至少應有四種，一指題目已明言雜，故曰雜題。二指詩中內容所涉爲雜，故曰雜物。三指形式上字數句數未定之雜，故日雜言。四指詩之體裁與體性有擬仿傾向，或參取衆體多體而揉雜爲一體之雜，故曰雜體。總此四義，大約文學上之雜體概念無論作品本身或批評意識略可涵蓋。然則做爲後出義的這個雜字概念，是否即可持用以範限

《文選》的雜詩之雜呢？

三、雜詩判讀例解

雜詩究爲何物？除了從分類層面探其抽象概念，當再就歷代文論家與選學家施於雜詩之判讀例解，得其實際運作之層面。

今即以于光華集評爲例，文選雜詩類收王粲〈雜詩〉乙首，屬五言，李善注於題下云：雜者，不拘流例，遇物即言，故云雜也。原詩如下：

日暮遊西園，冀寫憂思情。曲池揚素波，列樹敷丹榮。上有特栖鳥，懷春向我鳴。褰衽欲從之，路險不得征，徘徊不能去，佇立望爾形。風飆揚塵起，白日忽已冥。迴身入空房，託夢通精誠。人欲天不違，何懼不合并。

細讀全詩，首二句是賦筆，說明時間、地點，及詩中敘述者之意圖。下四句是典型的「物色」句子，藉外在景物之色，以比心中嚮往之情，所謂「情往似贈，興來如答」是也。接著才有「褰衽從之，路險不得」之阻意，因而興發感慨，引生孤獨之思。風飆二句，極物色之動，所以清儒何義門就很欣賞此二句，批云：風飆二句，謂值衰亂而獻帝播遷也。（《評注昭明文選》，頁五五

七）

其實，何義門的判解，用的是「知人論世」之法，將此詩中做爲主要意象的特栖鳥比成敘述者，而風塵之阻隔比成時代之動亂，甚且明指出是東漢獻帝播遷，天下衰亂之時，即建安年間，這時，獻帝至洛陽，曹操爲司空，行車騎將軍事，百官總己以聽。漢帝之衰，姦雄之亂，徵象已萌。然而，王粲自建安十三年（二〇八）歸曹操後，嘗辟爲丞相椽與軍謀祭酒，其後，尋有南征隨從之舉。可知王粲在魏公幕下，疑不敢作詩暗指人主。則何義門判解衰亂實指獻帝播遷，扣一亂字，當不能說是曹操之亂。（《中古文學繫年》，頁三七一）

惟不論如何所指，至少此詩意旨有一方向可案，必欲用雜詩爲題，實無此必要。然而，李善用「不拘流例」說之，所謂流例，此詩五言，且用物色手法，正是六朝通行詩體及常見文學手法。而「遇物即發」，驗之此詩，亦云如此。但此物，據以上判解，也並不是什麼「雜物」。所以，孫月峰的批語說：畦徑分明，可學而至。然則，王仲宣〈雜詩〉據其意旨判斷，可暫歸之文選二十三詩類之其它分類，如〈詠懷〉，或〈遊覽〉〈哀傷〉等類。（註❷）

四、《文心雕龍》的雜體學

「雜體」一概念，倘自《文選》同時代而求，則《文心雕龍》的說法，最可參酌。〈定勢〉的一段話，首標雜體觀念，劉勰說：

是以括囊雜體，功在銓別，宮商朱紫，隨勢各配。章表奏議，則準的乎典雅，賦頌歌詩，則羽儀乎清麗，符檄書移，則楷式於明斷，史論序注，則師範於覈要，箴銘碑誄，則體制於宏深。連珠七辭，則從事於巧艷。此循體而成勢，隨變而立功者也。雖復契會相參，節文互雜，譬五色之錦，各以本采為地矣。

這一長段引文，提出「體」「勢」相配的文體成形準則。若是違互這個準則，便是不能銓別「雜體」。可見文類之體勢未分前是雜體。但引文的末幾句，又隱約暗示文類要「隨變而立功者也」。承認文體確有「節文互雜」之可能。然而再怎麼雜，都要以「本采」（本色）為最終判準。這個文類「本采」說，可視作分辨銓別雜體的主要特徵。

其中各體的本采，照引文示例，分別條列如下：

章表奏議——典雅
賦頌歌詩——清麗
符檄書移——明斷
史論序注——覈要
箴銘碑誄——宏深

連珠七辭——巧艷

細審如上的體勢搭配，可推知劉勰所謂的體與勢之相隨，蓋謂一體之本采有其一定，縱然歧出，或互雜節文，但本采於文體是一定的。再觀這所謂的本采，實即劉勰「體性」概念中偏在風格之一義。如巧艷、典雅、清麗云云。

今限至賦頌歌詩一體而論，劉勰給定的這一體之本采是清麗。而據〈明詩〉篇劉勰辨正四言五言詩之特異處，明言五言以清麗爲宗，四言以雅潤爲本。合幷此二證而較之，此處劉勰所謂的賦頌歌詩在句式上當以「五言」判準。如或不然，也括舉四言。則除非劉說自反其例，否則，即宜看作劉勰在此句「賦頌歌詩，則羽儀乎清麗」一句中清麗之涵攝，已混言四言五言，於是對應於〈明詩〉篇的講法之不侔，顯然可證劉勰有「節文互雜」之概念，運用於體勢之判分，當有「雜體」可能之立設。所以文心於雜體有說至此可定信矣！

再細論之，所謂賦頌歌詩，要羽儀乎清麗。即謂賦頌歌詩四種文類，要以「清麗」爲本采。把原來只限於五言以清麗爲本的約制，延伸到其它三種文類——賦、頌、歌。這即表示某文類之本采可能化派到其它相近文類，而滲入這些文類之后即將此文類推向「雜體」之形式。使到本采之純忽而變爲本采之雜。就此一現象而言，吾人可據以推求兩項雜體成形之要素：

其一一定要在相近似的文之間，才有可能發生雜參本采的可能，如賦頌歌詩四類至少在「有韻」與形式整齊的共同點上有跡可尋，否則不得發生相互滲透之雜。易言之，清麗之特質只能分派到賦頌歌詩，而絕不可能施於「章表奏議」或「符檄書移」，因爲這八類之「文類形式」頗與賦頌歌詩不同，審目即知。

其二所謂本采之分派，是以風格爲判準，如賦頌歌詩，於文類形式上各有其體，但不論其體與其「勢」如何巧妙配合，皆可滲入其它文類之風格特質而不改其體原有之本采。例如，詩人之賦麗以則，詞人之賦麗以淫的兩體之分，一個是則，一個是淫，但共有一個「麗」之特質，如今復可於麗之上再派領到「清麗」之雜采。

明乎此，文心的雜體學在理論層次上主要可以括舉兩要點，一是雜體發生在相近文類上，二是雜體所雜之物乃指風格共同點之派衍。於是，所餘問題，就在如何把此理論運用於實際作品之證驗上，因此而求得方法上之具體檢證。

同在〈定勢〉篇末段已舉「失體」的錯誤，是在「文反正爲乏」的作法。此段文字，劉勰專指「近代以來」之辭人而批評之，語含貶抑之意。劉勰說：

> 自近代辭人，率好詭巧，原其爲體，訛勢所變，厭黷舊式，故穿鑿取新，察其訛意，似難而實無他術也，反正而已。故文反正爲乏，辭反正爲奇。效奇之法，必顛倒文句，上字而抑下，中辭而出外，回互不常，則新色耳。

這段文字，特別標出文反正爲奇之奇處，乃用顚倒文句的作法。但是上字而抑下，中辭而出外，回互不常，明則明矣，可惜未案實例如〈物色〉篇縷列詩經標準句之示例。因之實際作品之情形爲何，有些抓不準。

如今就此段文意表面尋繹，劉勰講的「奇」「新」之體，指字法句法與修辭雙方面之安排。歷來注釋此段文字多引《無邪堂答問》論六朝駢文「上抗下墜，潛氣內轉」的講法，與范文瀾注引江淹〈恨賦〉的兩句爲例。（如《文心雕龍注》，卷六頁二七，《文心雕龍斠詮》，頁一四二一，《文心雕龍校釋》，頁一一五）所舉的例句如：

孤臣危涕，孽子墜心。（江淹〈恨賦〉）

雖汾陽之舉，輟駕於時艱，明揚之旨，潛感於窮谷矣。（劉柳之〈薦周續之表〉）

諸家解釋說第一句順讀應爲「墜涕危心」，現在江淹改爲「危涕墜心」，並拆成兩詞分置於兩句。於辭不順，好奇之過也。第二句正常句法應在「雖」字下提起兩句之後於第三句之句首當有一「而」字，以連成「雖……而……」之正常轉折語氣。現在劉柳之卻省略了「而」字，造成四語中，下二語好似仍接著上二語而來，遂不知其氣已轉矣。這樣就叫「上抗下墜，潛氣內轉」。

照以上理解，所謂奇句，悉爲句法字法與修辭之能事，以衡校文選〈雜詩〉體例，類似句法當可循例求之。然而，〈雜詩〉之雜於文類學上之判準，是否即可以句法字法之新奇爲單一證據？

乃又不得不辨。然而，這至少是《文心雕龍》對「正體」之訛勢的具體舉例，可據以類推。

五、〈定勢〉之勢與文類空間

文心〈定勢〉首揭古代文類學之「體」與「勢」之依存關係。劉勰說：情致異區，文變殊術。莫不因情立體，即體成勢。這句話說體勢建立在情（志）之基礎上，因情（志）有不同類屬，導致文學的體也有不同，附隨於體之外的勢，也因此而形成各體之不同而「自然成勢」。底下劉勰用比喻性詞彙說勢之形成，猶如「機發矢直，澗曲湍回」，一切看來是如此地「自然之趣」。勢的存在樣態，當然也是「自然之勢」。一旦用「自然」一概念，它跟劉勰一再強調文學之起源，乃是「心生而言立，言立而成文，自然之道也」的自然一般，不必說也同時是不可說。

勢附隨於體之後而成形如此，與自然之道一般。然則勢不可捉摸，不可解了嗎？

這項質疑，必須參考美學上的姿態說，或可試解一二。並且，還必須結合陸機〈文賦〉的一句話「其為物也多姿，其為體也屢遷」所講的「姿」字之理解。

據現存《文心雕龍》全書，並未有用「姿」字，或其連綿詞之語義概念。但卻有「勢」字。例見如：

1. 勢不自反。（〈雜文〉）

2. 勢必深峭。(〈奏啓〉)
3. 勢必輕重。(〈鎔裁〉)
4. 勢有剛柔。(〈定勢〉)
5. 勢自不可異也。(〈序志〉)
6. 勢若轉圜。(〈聲律〉)
7. 勢炎崑崗。(〈諸子〉)
8. 勢流不反。(〈定勢〉)
9. 勢實須澤。(〈定勢〉)

(據《文心雕龍索引》，頁一五六)

大致分析此九句中的勢字，或談技巧(如〈鎔裁〉〈聲律〉)、談文體(如〈雜文〉〈奏啓〉)、或直接談「勢」。可見，勢，確實是有關文類及其技巧的學問。但是，勢的概念到底何指？

從文心有關勢的談論，約略可揣摩勢很有「抽象」意味，不然，也很有形上的一種綜合默會心領的感受判斷。這樣的感受，是由「體」的有形呈現，眼觀心會而獲致「整體」的「自然」的一種抽象領悟。這不得不將之與「姿勢」「姿態」等詞彙聯起來看。

陸機〈文賦〉講文體之多，說「體有萬殊，物無一量」，這個體字，陳世驤解作體裁，英譯作「形式」而物字說成是內容題材。（轉引自《陸機文賦校釋》，頁四頁一，頁四五）大抵不出歷代諸家之解。〈文賦〉在此句話後，隨列「十體」之各別風格，如「詩緣情而綺靡，賦體物而瀏亮」云云。這十體分別要相配於各自的正體「風格」，據楊牧的校釋，他首次引西方文類學之術語，離析十體的「體」與「風格」之含意，把「體」相當於「文類內在形式」，而風格就是文類外在的風格，這兩者要密切配合起來。（《陸機文賦校釋》，頁四八）

可惜，〈文賦〉在總結十體的說明後，次以一句「其爲物也多姿，其爲體也屢遷」，這一句關鍵字「姿」字，楊牧因承上文「體有萬殊」一句之干涉，將姿字解作文章題材，因而此句之多姿，是指文章題材之多姿。（同前，頁五四）其實，此姿字，陳世驤已譯成 gesture，並撰長文做比較，詳辨在〈姿與 Gesture〉乙文。（收入《陳世驤文存》，頁六三－九〇）

吾人當注意此句「其爲物也多姿，其爲體也屢遷」，多姿與屢遷對詞，若作同義詞對，即文心〈麗辭〉篇所謂的正對來看，則多姿與屢遷的主詞，是指同一主詞，那麼，爲物的物與爲體的體實即爲一，可解作「爲物之體」或「爲體之物」。那麼，當然是謂文章之體物即文體之爲物的這層意思。安置在「文體」「文類」來講，才會有以下講文體之技巧如「音聲迭代，五色相宣」，然後再講文體可能有變的情形，說「雖逝止之無常，固崎錡而難便」。但在這個變之中，如果能把握要領，做到「苟達變而識次，猶開流以納泉」。這句中的「識次」，已有類近「勢」的抽象意味。而開流納泉的比喻，自然現象之成勢，與〈定勢〉篇用「湍曲湍回」的比喻相當。其次，說把握要領之不得法，便可能是「失機而後會」。扣一「機」字，也很有抽象之意。

照以上理解，〈文賦〉的文體之姿，迨即《文心雕龍・定勢》講文體之勢的先導，都是一個伴隨文體之后因之產生的一種默會抽象之判斷，因而可連結爲文體的「姿態」「姿勢」之批評概念。

以次，吾人當略識「姿態」之學。

所謂姿態，粗解之，當謂身體之表現，身體之動作，傳達出的一種耳目所觀總領受。在古代文論中，應與漢代流行的才性觀，或品鑑有涉。藉由身體綰聯才性而做出總體品鑑，把這一套延伸到作品與「人」的互指涉關係，加入判斷作品高下的參照因素，即文心〈體性〉篇所講的理論。歷來論說者多，無庸贅述。

但從繪畫美學途徑理解，「姿態繪畫」已成術語，在西洋美學中，此字即從本世紀四十年代抽象表現主義所常用技巧之一，此派認爲藝術品所呈現者，當爲藝術家生理姿態之最顯明者，此即藝術家特有的個別性這一點，而不僅僅是感情而已。（《藝術術語典》，頁八八）簡言之，感情與姿態（身體生理）要一齊表現。此頗類體與性之合觀。體是文體與與身體，性是性子與感情。

如上所言，看繪畫要注意姿態（畫中姿態），看人要觀其體，看文章也可以類推有一種姿態表現其中。若然，這個姿態的存在與否？固然未必勾劃可得，但姿態已構成「觀」「看」之道，因而是做爲理解事物，包括作品的參照因素，也便是所謂意義與詮釋的考慮項目。

根據米樂—波爾瑪闡述西方詮釋學的方法，他是從語言、心靈、與行爲一起看的。在狄爾泰所使用的字彙中，有兩個字，一是〞生活展示〞，一是〞展示〞。即包括心靈、行爲，而不光只是語言展示而已。然而，由這兩個含意的德文，翻譯成英文時，就都只譯成〝展示〞而已。其實，照原來的詮釋與詞彙，語言是一種表達，但這種表達必須關涉其它形式的表現，諸如：姿態、聲音、動作、音律、句型、以及可見的外貌及安排。而總之任何表達應視為個體的獨特創造，當作是生活的全部展示。（《詮釋學導讀》，頁二六）。

這所謂個體生活的全部展示，相當具有〝圓融通解〞的取向。與〝體性〞的概念之企圖，若合符節。所異者，可能是中國古代文論到六朝講的體性是用〝性情〞〝才性〞，而不專意西方如狄爾泰此處所揭〝心靈〞的概念。另外，無論姿態與體性究何所指？不易明說，但至少都同謂詮釋之道，不限語言，不限「體」，更要在語言之外，體之外，找許多「可能」的訊息，以資詮釋的「整體」判斷。這個詮釋理念，暗合「體」與「勢」不能拆解，但又不得不讓「勢」有更多彈性空間的「體勢」存在特質。所以〈定勢〉篇說：循體而成勢，隨變而立功者也。扣一「變」字，可知「勢」的活動性終非「體」的約制性。（註❸）

六、從題目學上看雜詩

雜詩一體入列為《文選》之選目，主要當從詩題上取得。此緣於昭明編《文選》，分類作法體既不一，有逕以詩題而歸為一類者。像〈百一〉〈連珠〉〈江賦〉〈海賦〉等皆其例，而〈雜詩〉即因王仲宣詩題如此，乃立一類。否則，雜詩首編古詩十九首，次李陵與蘇武詩、次蘇武古詩四首、次張衡〈四愁詩〉四首，凡此皆有「題」。至王仲宣始標〈雜詩〉一體而收之，遂立一名目。

觀此，有題與無題皆同編雜詩，可見雜詩一則就詩中內容主旨之「雜」而言，正如李善注云：遇物即發，不拘流例。二則就詩題原用雜，遂逕立雜體。《文鏡祕府論・南卷・論文意》云：雜詩者，古人所作，原有題目，撰入《文選》，《文選》失其題目，古人不詳，名曰雜詩。（《文鏡祕府論校注》，頁三五二）這一解釋與今見文選與它本原集所見不合。

即以王仲宣〈雜詩〉爲例，五臣李周翰注已云：興致不一，故云雜詩。此意思友人也。據此注，知所謂雜，乃出於詩中「興」的手法所引生的興意不一，遂名曰雜。但再怎麼雜，仍可看出是在「思友人」。然則，此詩何不改題曰〈贈答〉或〈詠懷〉或〈思友人〉云云？

復次，《文鏡祕府論》輯者弘法大師所謂原有題而失題之說，即以〈雜詩〉一類所收陶淵明〈雜詩〉二首爲例，在陶集原編中，不但不失題，反而有題。此二首即陶集〈飲酒詩〉二十首中的第五與第七。何以嘗經手編集陶詩且又寫過序文的昭明太子，不仍原編，而改題曰〈雜詩〉？顯然，昭明必另有別意，只不得而知了。

今試論此二首詩之特色，重爲歸類分屬，探其可能爲何？以印證雜詩之「未定性」，實含寬域之空間。

根據本集，陶淵明也有〈雜詩〉十二首，但《文選》所收不在此十二首中。另有〈飲酒〉二十首，其中第五首即「結廬在人境」，第七首即「秋菊有佳色」。（註❹）在〈飲酒〉二十首中，主題爲酒，當然也包括借酒澆愁，借酒寓託的題材，即如《萸江詩話》云：此二十首當是晉宋易代之際，借飲酒以寓言，驟讀之不覺，深求其意，莫不中有寄託。（《靖節先生集》，卷三頁二五）倘據此解讀，收在《文選》的二首原編飲酒詩，則「結廬在人境」一首不直言酒，而有寄寓意，《苕溪漁隱叢話》前集載東坡讀此即作寄意解，何義門亦從「心遠意眞」去想。知此首雖不言酒，而實由酒而寄意。

另首「秋菊有佳色」，主題即爲酒，「忘憂物」指酒，「一觴」亦酒，「嘯傲」當爲酒後之態，而「聊復得此生」已爲酒中心情。凡此，皆可證飲酒詩不假。然則，此首主題甚明，語詞具可考，何以不據之歸類，從本集之題，而硬要編入〈雜詩〉呢？

論者或以爲《文選》無酒詩之設，不能歸類。但至少因酒而興發之感，可收入〈詠懷〉一類，乃竟不收。可知《文選》於詩類細分之餘，有無以盡分者，悉編入〈雜詩〉，然則，〈雜詩〉實在又與內容題材有關。

七、〈雜詩〉類的和詩

〈雜詩〉類除了前述或據題有雜詩名而立，或據內容題材不盡可歸它類而立，別尙有一類，是「和詩」，有如唐宋以后流行的唱和體。收有謝眺的五首，沈約的二首，其中，有五首詩題明標「和」字，在《文選》二十三詩類中，不可謂不特別，當爲「殊例」。論其作法，主題，與詩體爲有唱有和，實可另起一類。惜因《文選》不設和詩，乃悉編入〈雜詩〉。今再重讀此七首和詩，新予分類，皆可分別各就原有的二十三詩類找到歸屬。

然則，何以《文選》竟不分派此七首於各類，而置入雜詩。而和詩又值不值得再分一類？凡此宜先考和詩之體的來源，以觀其體勢地位。

和詩之體，始於何時？有待細考。據逯欽立所輯先秦漢魏六朝詩，先秦殆無和詩之作。漢詩有桓麟〈答客詩〉，類似和詩，但據《文士傳》云：客乃作詩曰云云。知先有客人作詩，然而已不傳。無得見其所和爲何？

再者，據逯輯此詩：邈矣甘羅，超等絕倫。伊彼楊烏，命世稱賢。（《先秦漢魏晉南北朝詩》，上册頁一八四）知爲四言，非五言。若然，五言和詩，仍以謝玄暉收在《文選》之五首爲早期作品。

漢詩別有秦嘉〈答婦詩〉，僅存五言一句。徐淑〈答秦嘉詩〉雖爲五言，但句句有兮字，非如謝朓之純五言。（同前，頁一八八）此後，蔡邕〈答對元式詩〉〈答卜元嗣詩〉（同前，頁一九三）皆爲答詩，但究以答爲詩題，不能叫和詩。答詩實類近贈詩，贈答贈答連言，可知之矣！《文選》已立有贈答，則答詩不可與和詩相混。贈答體多，漢魏諸家作甚多，和詩體少，謝朓此五首，究是少見。

魏詩有嵇康〈與阮德如詩〉，五言，（同前，頁四八七）用一「與」字爲題，而實與贈答同義。晉詩亦有薛瑩〈答華永先詩〉（同前，頁五八八）棗據〈答阮得猷詩〉（同前），可見答詩乃常見之體。

計之晉以前，無有以和字爲詩題者。獨見一例，是〈和項王歌〉，出美人虞姬之手。（同前，頁九八）但這是歌，而非詩。

東晉義熙，始見和詩，即劉程之〈奉和慧遠遊廬山詩〉，王喬之〈奉和慧遠遊廬山詩〉，張野〈奉和慧遠遊廬山詩〉，（同前，頁九三七，九三八）慧遠有作，一人而有三首和詩，可見和詩在彼時的流行。三首均爲五言，見載於《廬山記》。

東晉詩人陶淵明本集則有五首和詩，爲今見一人所作和體最多的詩人。知陶淵明喜作唱和。亦由此可知，東晉以來，和詩可自爲一體，流傳於詩壇。既然如此，《文選》有見於後，不可能不注意，必欲分類，如何竟把和詩次於雜詩一類？

謝玄暉生距劉宋不遠，元嘉詩人顏延之已有〈和謝靈運詩〉，蓋承東晉遺習。同門宗室謝莊〈和元日雪花應詔詩〉，想亦爲當時流氣。不然，鮑照本集僅次於陶淵明，而有和詩四首之多，分別是〈和王丞詩〉、〈和傅大爲與僚故別詩〉〈和王護軍秋夕詩〉〈和王義興七夕詩〉。降至蕭齊，年青才俊詩人如王融亦有和詩二首，即〈奉和秋夜長〉〈和南海王殿下詠秋胡妻詩〉，可注意者，這二首用的是樂府體。不惟詩有和，樂府亦可，知和詩之和，已爲「技巧」，而不限詩體而已。

以上皆足說明，《文選》編定之前，和詩已行，不但題材豐富，和之對象不一，和之技巧不限於五言之體，自詩題考之，亦多有近似《文選》所收謝玄暉和詩之特色。可知和詩實在當別爲一類，較能反映東晉以後，詩體發展史實的眞象。

惟從旁證考之，《文選》不設和詩，與前代之不分有涉？此說實本自江淹〈雜體詩〉三十首。案江淹以善摹古仿作出名，鍾嶸《詩品》說他：詩體總雜，善于模擬。今《文選》雜詩類收詩最多，有八十四首，而江淹一人獨佔三十首，可見《文選》宗當時看法，錄江淹雜體詩最多。而最可注意者，乃三十首雜體詩每首題下各有主題標目，設爲摹擬之題。論者即就此目持以相較《文選》二十三詩類，發現《文選》的類別體制，皆與文通〈雜體詩〉所標舉的體目相一致。諸如：公宴、詠史、遊仙、遊覽、詠懷、贈答、哀傷、行旅、雜詩等。（陳復興，〈江文通雜體詩三十首與蕭統的文學批評〉）

據此，顯見《文選》的詩類實多根據江淹〈雜體詩〉的體目分類。而江淹的三十類體目，並無摹擬和詩之作者，是以《文選》亦不設和詩。不然，江淹已見陶淵明詩之「田居」特色，刻意摹擬一首，即標示田居。可知江淹重視陶詩的田園特色，至於陶詩本集首見五首和體的「新創」成就，不爲江淹看重。此僅可說是各人所見不同，側重遂異。但反過來，卻亦可證明江淹並未忽視陶詩。昭明太子或因此亦重視陶集，不但爲之作集序，亦收錄陶詩，二人於陶作同有評價。然而，二人於陶作之可取者，亦相隨依襲。所以，和詩之體不在《文選》中專爲一類。

茲者，摻入〈雜詩〉類的七首和詩，可依其內容題材爲何？重加解讀，分別再歸入二十三詩類的某一類，如此不即表示此七首可再分類，不必定指稱爲雜詩。而所謂和詩純就「和唱」之作法性質而言，亦可稱之爲技巧。《文選》在考慮編集詩類時，不用技巧作法爲分類標準，是以不立「和詩」一類，正可以補充說明《文選》分類的作法，不包括〝技巧〞一項。但是，像「百一詩」「招隱詩」等，所以立爲一類，乃據題目以分類。準此，此七首和詩之題目均有明顯的「和」字，大有別於其它詩題，何以《文選》竟不考慮此點，而仿照「百一詩」立爲一類。如此作法不一，標準未定，當亦難逃前人所譏分類碎亂之詞，此又不得不辨。

八、重讀雜詩

既然編入雜詩類的詩，有的題曰雜詩，有的題古詩，有的其實本有題目。在題目上，本來就「雜」。可知，雜詩之得名，實在不是因題而立名。然則，研究雜詩不從題目，是否可以改從內容上考查？今試就文選雜詩類題目名爲「雜詩」的三十一首雜詩，重新解讀，看看這些詩的內容主旨在說些什麼？並嘗試重新歸類，一方面看它可歸入文選原分的二十三詩類中那一類？如不能歸入，則重新另立一類，以探其可能。

在重讀過程中，主要參考明清評點家的意見，或根據詩中重要關鍵字詞，而判定重新分類的可能。一共設計以下幾個欄目：原題、作者、詩類（據二十三詩類）、新類、新題、關鍵字詞、理由備註等七項。

詩題	作者	可歸詩類	新類	新題	關鍵字詞	理由	備註
雜詩	王仲宣	遊覽	詠物	春鳥	上有特栖鳥懷春向我鳴	全詩以鳥爲主要意象，虛實兼寫	
雜詩	劉公幹	遊覽	宦遊	宦遊	沈迷簿領書回回自昏亂	全詩述爲宦之苦欲效鳧雁之浮瀾	
雜詩	魏文帝	行旅	懷鄉	枹中作	鬱鬱多悲思綿綿思故鄉	全詩寫異鄉之苦欲歸故鄉之想	
雜詩	魏文帝	行旅	懷鄉	黎陽作	吳會非我鄉安能久留滯	同前首	（註❺）
雜詩(一)	曹子建	詠懷	友情	思友人	翹思慕遠人願欲託遺音	此詩寫朋友道絕	（註❻）
雜詩(二)	曹子建	行旅	諷刺	秋蓬	高高上無極天路安可窮	此詩用轉蓬意象託喻	（註❼）
雜詩(三)	曹子建	軍戎	閨怨	秋思	願爲南流景馳光見我君	此詩寫良人遠征，思婦秋怨	（註❽）
雜詩(四)	曹子建	無	愛情	傷春	時俗薄朱顏誰爲發皓齒	此詩藉佳人春思，求人子之憐惜	
雜詩(五)	曹子建	行旅	言志	遠遊	閒居非吾志甘心赴國憂	此詩有求爲自用，以共赴國憂之志	
雜詩(六)	曹子建	遊覽	言志	遠望	拊劍西南望思欲赴太山	此詩自表烈士，求爲國讎慷慨	
雜詩	嵇叔夜	無	玄言詩	述志	流詠太素俯讚玄虛	此詩用老子列子語典，故有玄言意	

詩題	作者	可歸詩類	新類	新題	關鍵字詞	理由備註
雜詩	傅休奕	遊覽	詠物	詠南雁	仰觀南雁翔元景隨形運	此詩專詠秋景主要是南雁意象
雜詩	張茂先	詠懷	詠懷	冬夜思	重衾無暖氣挾纊如懷冰	全詩寫寒冬景象
雜詩	何敬祖	遊仙	遊仙	遊仙	飄颻若仙步想與神人遇	據孫月峰批點
雜詩	王正長	詠懷	鄉情	思歸吟	人情懷舊鄉胡寧久分析	據孫評云總是思歸意
雜詩	棗道彥	軍戎	從軍	從軍詩	士生則懸弧有事在四方	據何義門評曰擬仲宣從軍
雜詩	左太沖	詠懷	同上	同上	高志局四海塊然守空堂	
雜詩	張季鷹	詠懷	同上	同上	謳吟何嗟及古人可慰心	據何義門評曰胸懷本趣
雜詩①	張景陽	詠懷	同上	秋思	秋夜涼風起感物多所懷	據孫評十首皆是秋意
雜詩②	張景陽	詠懷	同上	感思	人生瀛海內忽如鳥過目	據于光華評嘆時去
雜詩③	張景陽	詠懷	同上	懷友	案無蕭氏牘庭無貢公綦	據于評懷友
雜詩④	張景陽	詠懷	同上	感時促	疇昔嘆時遲晚節悲年促	據于評感時促

詩題	作者	可歸詩類	新類	新題	關鍵字詞	理由備註
雜詩⑤	張景陽	行旅	行旅	感時	行行入幽荒甌駱從祝髮	全詩寫適越所見流俗
雜詩⑥	張景陽	行旅	行旅	過魯陽關	朝登魯陽關狹路峭且深	于光華評云戒險
雜詩⑦	張景陽	軍戎	從軍	從軍詩	出睹軍馬陣入聞鞞鼓聲	據于光華評從軍
雜詩⑧	張景陽	軍戎	從軍	從軍詩	述職投邊城羈束戎旅間	于光華評思歸
雜詩⑨	張景陽	招隱	招隱	閑情	游思竹素園寄辭翰墨林	據于光華評隱居
雜詩⑩	張景陽	招隱	述志	山居	里無曲突煙路無行輪聲	孫月峰評云此乃眞是苦雨
雜詩①	陶淵明	招隱	述志	山居	采菊東籬下悠然見南山	據陶淵明本集此二首曰飲酒詩
雜詩②	陶淵明	招隱	述志	飲酒詩	泛此忘憂物遠我達世情	據本集曰飲酒詩
雜詩	王景元	行旅	閨怨	思夫	良人處雁門詎憶無衣苦	據周平園評曰是怨夫之棄己，與別戍婦思夫不同

九、統計結果及意義

經過以上的列表統計，大致有如下結果：

第一：三十一首雜詩，可歸入原有二十三詩類的幾類分別是：詠懷九首，行旅七首、遊覽、軍戎、招隱，各四首，無法明確入類的二首，以及可入遊仙類的一首。如此看來，眞正有「雜味」，不能在現有的二十三類詩中歸類，只好另立一類曰雜詩的必要性者，只有兩首。其餘二十九首皆可歸入原有分類。顯然，《文選》所謂「雜詩」不是根據詩題而設。亦非出於「內容」之雜，不可類歸，才另立新類。

第二：可以重新歸類的二十九首中，詠懷最多，佔九首。試觀此九首的內容，或抒友情、或述鄉情，或夜思，或感時，或傷秋，或悲時命，凡此題材，無不扣一「情」字，而相對於詩經講的「發乎情，止乎禮」的禮情、公情來比較，此九首詩的這幾種情，可謂之「私情」，然則，這一內容主題又大多與〈古詩十九首〉相類，因爲〈古詩十九首〉不外是：逐臣棄妻，朋友闊絕，死生新故之感。（《古詩源》，頁二八）可是，十九首因此竟編在〈雜詩〉類。此九首是否亦因類似題材而隨之題曰雜詩，原作者自題雜詩名，昭明採編亦從之。若然，則〈雜詩〉概念，在六朝詩人是自覺的一種詩學，而不是單指文類學的判讀。準此，〈雜詩〉應是詩史之一課題，代表漢以后相對於四言，相較於

「國風」的一種新興詩體，特別是主題內容上的開拓創新，或者試驗。

總之，以〈雜詩〉爲名，不能單從字源意義，詞典學，或者如何文匯所分析，引據佛經《成唯識論》卷二有「雜染」乙詞，《顯揚聖敎論》卷一亦同有「雜染」之意，遂引伸之，而謂雜體詩之雜，即體制之雜。（《雜體詩釋例》，頁四—七）於是，以體制不經，非詩之正，或者以雜體詩皆有定式云云之講法。（同前引書，頁一五）倘從本文之分析結果，恐未必然。蓋雜體詩代表四言以後，五言新興詩學的開拓嚐試。

附註

註❶：《文體明辨》原編細目下各有選文若干篇，此即「假文以辨體」之作法，與《文選》之立體而選文作法不同。故而《文體明辨》的選文。是務求兼備，凡有可收者，無不盡收。因此更可以考見其分體之細。本表所舉選例文章，限於六朝以前，以下不收，以便利對照文選或《文心雕龍》的講法。

註❷：如果再參照今人的判解，郁賢浩讀此詩說是：對友人的思念之情。（《漢魏六朝詩鑒賞辭典》，頁二一三）若然，可歸入〈贈答〉詩類。且郁說明指遊西園的西園指鄴城，即今河北臨漳西南。據此可再歸入遊覽類。如葉昌的判解，類近何義門用「知人論世」說，認爲這首雜詩是王粲歸曹操幕下後，周旋在曹丕與曹植兄弟爭寵的夾縫中，矛盾不知屬的心情，故而用「特栖鳥」，以此對曹植的友情，表達「復雜幽微的心志」。（《漢魏六朝詩歌鑒賞辭典》，頁一九四）若然，這裏的「雜」是指詩中比興之「意深」，不能明確何涉之雜。

註❸：有關姿態姿勢，做爲「談話」之一種表達，晚近的說法，幾成共識，如韓伯特認爲面對面的表達之中，手的動作姿勢也是有關。（《詮釋學導讀》，頁一〇一）再如德依森舉例說當一個朋友對另一位說：你必須照這樣做，我才能瞭解你。此句話中的這樣做，即包舉對朋友所習慣熟悉的行爲與姿態。（引見同前書，頁一三〇）至於胡塞爾所謂的心靈，是要從面對面與許多不同的「姿態」中去獲得理解。（同前，頁一七一）凡此，皆與狄爾泰所謂的「高層次理解」不謀而合，狄爾泰所謂的高層次，是包舉如下這些項目：當面表達、姿態，與文字，並説這些就是「心靈」的內容。爲了消除理解上的疑惑，吾人尚須考慮生活的全部相關背景，理出脈絡。（轉引自同前書，頁一五七）其它有關「勢」在書法美學上之詮釋，可參莊申慶〈由勢的認定看漢、晉、南北朝時代書法與文學理論的發展〉，收入《魏晉南北朝文學與思想學術研討會論文集》第二輯，頁一八七—二〇七，又中西有關姿勢之比較，本文多參之陳世驤〈姿與Gesture〉乙文，收入《陳世驤文存》，頁六三—九〇。另外，古代文論把「性情」與「心」（靈）合舉者固未見，但《儒林外史，序》清閑齋老人的一句話説：篇中所載之人不可枚舉，而其人性情心術，一一活現紙上。此句中所言心術性情，也略有「心靈」之概念。本論文將「姿」與「勢」合看，其運用之於文學，書法者，例如李夢陽〈與何氏論文書〉有謂：作文如作字，歐、虞、顏、柳，字不同而同筆。筆不同，非字矣。不同者何也？肥也、廋也、長也、短也、疏也、密也。故六者勢也，字之體也。（轉引自《中國歷代文學論著精選》中册頁二七六）這一句中的勢字，與體合言，有「體勢」之概念。然而姿與勢可分開看，如劉若愚譯勢字爲force，而陳世驤譯姿字爲gesture。（劉譯見《中國文學理論》，頁一九三）但在古代文論中，此二字實互相指涉。

註❹：類此編定次序，清人陶澍本與今人逯欽立校本並無不同。可知雜詩與飲酒詩在陶本集中各有分題。

註❺：魏文帝此二首，何義門云：子桓不從西征，集云枹中作者，亦後人妄加也。（《義門讀書記》

下册，頁九三一）據此可知何氏以爲此二首仍題曰雜詩。明人張溥輯本魏文帝集亦題作雜詩，並加注云：集云枹中作，下篇云于黎陽作，呂延濟以此詩未即位，方爲漢征伐。李善云，當時實至廣陸，則此與馬上詩爲同時矣！今觀棄置詩，與天隔南北意合，或近是耳。（《漢魏六朝百三家集》二，四庫本，頁六二八，又宋效永點校本，頁一九九），據此知二詩當爲雜詩。今改爲新題，欲示人以此二詩可能別作題目，不必定指爲原作即作「雜詩」。

註❻：以下六首曹子建雜詩，五臣與善注各有詩旨說明，善注總括六首詩主題，不外是：此六篇並託喻傷政急，朋友道絕，賢人爲人竊勢，別京以後在郢城思鄉而作。據此，可知此六首主題明顯，不可能是「雜」。而五臣注良曰：此意思友人也。略與善注合。因據二注而新定第一首爲思友人。

註❼：此詩五臣注濟曰：自喻遭邪讒逐出帝都也。這個解釋與善注「賢人爲人竊勢」意近。因之，新題秋蓬，而改入新類諷刺。

註❽：此詩善注與五臣注無個別說明，詳詩意，亦不在善注總括六首題旨之內。惟于光華集評引孫月峰云：從迢迢牽牛星換調者。蓋謂如織女牛郎相慕之詩，因據以驗全詩，確實如此，遂改題秋思，另入閨怨一類。

引用參考書目

成功大學中文系（編），一九九三，《魏晉南北朝文學與思想學術研討會論文集》第二輯。台北：文津出版社有限公司。
陳復興，九九二，〈江文通雜體詩三十首與蕭統的文學批評〉，收入趙福海（編），《文選學論集》，頁一八七—一九九。長春：時代文藝出版社。
吳小如（等），一九九二，《漢魏六朝詩鑒賞辭典》。上海：上海辭書出版社。
宋效永，一九九二，《三曹集》（點校本）。長沙市：岳麓書社。
何文匯，一九九一，《雜體詩釋例》。沙田：中文大學。
王更生，一九九一，《文心雕龍讀本》。台北：文史哲出版社。
王利器，一九九一，《文鏡祕府論校注》。台北：貫雅文化事業有限公司。
呂晴飛（等），一九九〇，《漢魏六朝詩歌鑒賞辭典》。北京：中國和平出版社。
王蒓父，一九九〇，《古詩源箋注》。台北：華正書局。
露西·史密斯，愛德華，一九八八，《藝術術語典》。倫敦：謝姆與韓德森有限公司。
逯欽立，一九八八，《先秦漢魏晉南北朝詩》。台北：木鐸出版社。
何義門，一九八七，《義門讀書記》。北京：中華書局。

逯欽立，一九八七，《陶淵明集》（校注本）。香港：中華書局香港分局。
米樂・波爾瑪，柯爾特，一九八六，《詮釋學導讀》。牛津：貝西爾布萊克威爾有限公司。
楊　牧，一九八五，《陸機文賦校釋》。台北：洪範書店。
陸侃如，一九八五，《中古文學系年》。北京：人民文學出版社。
李曰剛，一九八二，《文心雕龍斠詮》。台北：國立編譯館中華叢書編審委員會。
劉若愚，一九八一，《中國文學理論》。台北：聯經出版事業公司。
劉永濟，一九八一，《文心雕龍校釋》。台北：華正書局有限公司。
郭紹虞（編），一九八〇，《中國歷代文學論著精選》。台北：華正書局。
范文瀾，一九七五，《文心雕龍注》。台北：臺灣開明書店。
陳世驤，一九七二，《陳世驤文存》。台北：志文出版社。
張　溥，不著年份，《漢魏六朝百三名家集》。台北：臺灣商務印書館。

江淹〈雜擬〉三十首反映的文類學

一、〈雜擬詩〉三十首之序

文選三十三詩類有〈雜擬〉乙項，收江淹〈雜體詩〉三十首。爲文選所收單類作品個別作家最多的一種。李善注本文選題下有注僅三十九字，云：

> 關西鄴下，既已罕同。河外江南，頗爲異法。今作三十首詩，效其文體，雖不足品藻淵流，庶亦無乖商榷。

這樣的序文，顯然經過刪節，尤本與胡刻本汲古閣本等李善單注本如此。而明州本贛州本叢刊本奎章閣本等合注本，則增入五臣注補錄序之全文。陳八郎本即有全序，可證此五臣補者。胡克家

《文選考異》云：

袁本、茶陵本有幷序二字在「雜體詩三十首」下，無「雜體詩序曰」五字，其以下全載序作全文。乃五臣從文通集取之添入耳。

胡克家考異說是。此即五臣注增補，今據陳八郎本五臣注有作序全文可證。序文如下：

序曰夫楚謠漢風既非一骨，魏製晉造固亦二體，譬猶藍朱成彩，雜錯之變無窮，宮商爲音，靡曼之態不極。故蛾眉詎同貌而俱動於魄，芳草寧共氣而皆悅於魂。不其然歟，至於世之諸賢，各滯所迷，莫不論甘而忌辛，好丹而非素，豈所謂通方廣恕，好遠兼愛者哉。及公幹仲宣之論，家有曲直，安仁士衡之評，人立矯抗。況復殊於此者乎。又貴遠賤近，人之常情，重耳輕目，俗之恒弊，是以邯鄲托曲於李奇，士季假論於嗣宗，此其效也。然五言之典，諒非夐古，但關西鄴下既已罕同，河外江南頗爲異法。故玄黃經緯之辨，金碧浮沉之殊，以爲亦合其美，並善而已。今作三十首詩，效其文體，雖不足品藻淵流，庶亦無乖商榷云爾。（註❶）

讀此序文，猶如讀一篇江淹詩學理論，更如勾劃五言詩史，其重要觀點，可撮而述者如下：

其一詩體並時觀。江淹以爲楚謠漢風，不可一律看待，各有其特色。魏製晉造，亦各極其態，不必揚此而抑彼。此可謂江淹詩學的並時觀，而非進化觀。因爲楚謠漢風，在時間上，有先後之別，可是江淹不以進化觀點評價之，反而認爲楚有楚風，漢有漢色。此即後文所批評一般人常愛貴古賤今之弊，江淹主張今古並觀。既不厚古薄今，也不貴古賤今。

其二五言詩史觀。江淹同略早的劉勰看法認爲五言詩的起源「諒非夐古」。但劉勰推論五言詩「比采而推，兩漢之作乎」，而江淹的古，古到何時，序文未確指何代？但從第一首擬仿，即仿古詩十九首行行重行行，可揣摩江淹意思亦大體認爲五言古詩起於十九首。此一觀點，大抵皆齊梁時人一般看法。江淹持此見，並無創意。重要者，乃是江淹以爲五言詩有著不同地域不同風格的發展，此即「關西鄴下」不同，「河外江南」異法的見識。但對此不同風格的評價，江淹主張「合其美而並善」，也就是說，不論五言詩經歷過建安、太康、元嘉、永嘉，大明、泰始等不同詩風的演變，如何多面繁貌，江淹認爲都可並存，例無高下之分。易言之，江淹此一貫時性詩風的看法，乃是配合前述並時性之看法一樣。江淹的五言詩史觀是只重其變，而不作高下之分。這與鍾嶸《詩品》標榜的「建安風力」，與劉彥和講的「五言流調，清麗居宗」的評價，有高下優劣之分，顯然不同。

其三詩體擬仿說。江淹認爲詩體可擬仿，所謂「效其文體」是也。這一文體可摹仿說，與曹丕《典論．論文》提出「文以氣爲主，雖在父兄，不能以移弟子」的反摹仿說，或者不可學習說，顯然見解不同。如是引發出詩學的學習論與摹擬論之問題，應是江淹此篇序文在六朝詩學的重要性。

由以上三點的理解，可知江淹這篇序文，在六朝詩學的討論上有很大意義，宜深加究論。而江淹擬仿的三十首，是全面性的擬仿五言詩各體，其目的要存五言詩演變之史觀，以符自己在序文中的自我要求。所謂「合美並善」的包容性史觀是也。

現在的問題，便不止是序文的理解，還包括三十首擬作的分析，三十首擬作是否成功？三十首擬作與原作的優劣異同？三十首擬作對象如何選擇？以及三十首擬作的主題歸類等等一連串之問題。一言以蔽之，當探討江淹的詩學理論與實際作品擬作之間的相關性，由此而討論六朝詩學有關文類學的講法是怎麼樣？

以下即以江淹擬仿的四家作品爲例，分析其與原作之異同，並從其中討論文類學意義，以及歸類定義的相關問題。

一、班婕妤

江淹擬作班婕妤，題下自注詠扇，揣摩之，似以爲詠物詩，與公讌、遊覽、遊仙、言志、贈答等，俱屬詩之次分類。若然，視詠扇爲詩之次分類。而核之文選，並無詠物詩之設。賦之十六類，亦無詠物賦之分。相近者，或許指物色賦。但物色賦之物字意，依李善注所謂物色指四時所觀之物色。則物色賦重點在四時變化引生之物色，因之物色所收諸賦，像：風、雪、月、秋興諸篇，皆與四時有關。非如詠扇之物色，純爲靜物，爲不涉四時變化之物。

準此，文選並無詠物詩與詠物賦，而江淹設有詠物詩。然則，二家於詩之分類，此一不同。又二家對班婕妤詩體之看法亦異。據五臣注良曰此首擬「新裂齊紈素」，今檢文選卷二十七樂府類下，收有班婕妤此首，原詩如下：

新裂齊紈素，皎潔如霜雪，
裁爲合歡扇，團團似明月。
出入君懷袖，動搖微風發，
常恐秋節至，涼風奪炎熱，
棄捐篋笥中，恩情中道絕。

此首據李善注引《歌錄》曰五言，又曰：怨歌行，古辭。李善意以爲怨歌行五言，古辭有之。又曰：言古者有此曲，而班婕妤擬之。可知李善注以此班婕妤擬原有古辭之樂府。今江淹再擬。可謂擬而又擬矣！惟可確定者，古辭既爲樂府，班婕妤有擬、文選據古辭而編入樂府，至爲恰當，合乎體式。爲何江淹不從樂府擬之，而自注曰「詠扇」。顯然江淹以爲所擬者，是五言詩之詠物，非樂府之體式。蓋樂府詩者，不止五言，尚有四言，七言，及至雜言。簡言之，五言詩是從古詩十九首一系而下的「古詩」。樂府詩則是從「古辭」一系而下的樂府詩。

吾人當辨問者，即古詩與樂府詩有相同一面，然亦各自有其一定體式，自然成勢者。由此而牽涉到樂府詩與古詩是否爲一類之看法，當爲六朝詩學之一大關鍵。

今核文選次樂府於詩之下，知文選不以古詩與樂府分。而此實爲誤也。因爲，《文心雕龍》有〈樂府〉與〈明詩〉二篇，知劉彥和視二體爲不同。自漢代以來，此爲一般看法，近人黃節箋注漢魏詩，特標樂府，而不言詩，何則？黃節自序云：「漢世聲詩既判，樂府始與詩別行，雅亡而頌亦僅存，惟風爲可歌耳。」（《漢魏樂府風箋》，自序）一句樂府與詩別行，知二體各自源流，實爲二類，文心分立之，與文選不分，看法不同。然實當分之。何則？

文選收此首班婕妤之辭，已爲擬作，同例者，如魏文帝〈善哉行〉、陸士衡〈樂府十七首〉，前首善注引《歌錄》曰：善哉行，古辭也。後首則自注曰：雜言，古猛虎行曰飢不從猛虎食，暮不從野雀棲，野雀安無巢，遊子爲誰驕。讀此知原有古辭，陸機擬作。不惟陸機有擬，謝惠連亦擬。唐代詩人李白李賀亦再擬之。一辭而代代有詩人擬作，皆不題曰古詩，而仍舊題，知樂府之體固有其一定體式，當與古詩不同。

別有一種題曰樂府者，實爲創作，非舊有樂府。如文選卷二十七收魏文帝〈樂府二首〉，下題曰燕歌行。李善注云：七言，歌錄曰燕地名，猶楚宛之類，此不言古辭，起自此也，它皆類此。

詳此注，知李善以爲此燕歌行，非古辭。然則，當是魏文帝自作乎？

凡燕歌行，句式七言，已非五言，魏明帝所作亦同。且此類之作，文選用〈樂府〉與〈古樂府〉兩題分之。（註❷）其實古樂府當如黃節所言漢人之「聲詩」，而擬作之「樂府」，當爲與五言「古詩」同性質之「詩」。

若然，文選當於三十九體類之外，再加一類曰樂府，總爲四十類。然后，於今編樂府下所收自班婕妤以下諸家之作，悉移入雜詩類。或部份置歸於雜擬類。如此，古辭與古詩可以分開，以還歸漢代已立「聲」「詩」之史實。依此，所謂古辭，即「聲辭」合一，久而行之，聲廢而僅存之辭。與創作之初，只爲「詩」而非「聲辭」之目的不同。（註❸）

至此，吾人可得小結如下：

一、凡無名氏之古樂府，即爲古辭。

二、古詩與古辭劃分。古詩專指五言，古辭爲雜言。

三、古詩之五言，爲整齊定式之「詩」，古辭之雜言爲配合音樂之「聲辭」。

四、后人擬仿之作。宜分擬古詩與擬樂府。（即古辭）

據此小結，可推知江淹視班婕妤之作爲「古詩」性質，所以，題下自注曰：詠扇。意指班作爲古詩之詠物類。由於江淹擬作三十首，是擬「古詩」（即五言詩），而非擬「樂府」。故而江淹視班作爲詠扇之古詩無誤。

但是文選爲一部總選各體之書。實當立樂府一類與五言詩分開。今竟不分，混雜古樂府於

「樂府」之下，以致分體不夠精細，宜其章學誠之譏評。

三、魏文帝丕

江淹擬仿三十首之四魏文帝曹丕，題下自注「遊宴」。李善未注所擬何作，五臣濟曰：此擬芙蓉池。

今查芙蓉池在曹丕本集中，文選卷二十二錄之，編入〈遊覽〉類。但江淹自注遊宴，則到底是遊覽？或公讌？乃關係到文選歸類與江淹定篇之不同。此問題一。

再檢文選之遊覽與公讌實分之。而江淹擬作三十首，共有六首題下自注，有涉遊字宴字意者，分別是：

魏文帝丕，遊宴
郭宏農璞，遊仙
謝僕射混，遊覽
謝臨川靈運，遊山
顏特進延之，侍宴
謝光祿莊，郊遊

此六首中，五首涉「遊」字，一首涉「宴」字。而不論其何涉，其間各類分際為何？異同之處何在？此問題二。

茲據五臣濟曰江淹此首擬芙蓉池，錄原詩如下：

乘輦夜西遊，消遙步西園。
雙渠相灌溉，嘉木繞通川。
卑枝拂羽蓋，修條摩蒼天。
驚風扶輪轂，飛鳥翔我前。
丹霞夾明月，華星出雲間。
上天垂光彩，五色一何鮮。
壽命非松喬，誰能得神仙。
遨遊快心意，保己終百年。

細審此詩，通首在述池苑風月，宴樂之歡。亦即公宴之遊，非登山之覽。首二句扣一夜遊意，方伯海評云：「篇中通體皆發明首五個字。」（轉引自《評注昭明文選》，卷五），即「乘輦夜行遊」，既曰乘輦，可知絕非登臨山水。何況又是在夜遊，如何賞悅山水。不過是一「秉燭夜遊」的寓意。再問行遊何處？次句即曰「消遙步西園」。而所觀之西園，實建安末期，始建銅雀台之西園夜景。曹丕建此台閣園苑，設酒讌客，必文學隨從如王徐應劉等共賞之。所以，方伯海又云：「此篇當與公讌詩王仲宣曹子建參看。」（同前）一語道破此詩在「公讌」與「遊覽」二體的雙重性。

其下凡寫景之句，不出台閣苑囿所見，丹霞明月，華星雲間，頗有快意自得之氣。何義門謂：「直書即目，自有帝王氣象。」（同前）那麼，這明顯地是君子之尊，誇意臣下隨從之象徵。是一種託興手法。何義門又云：「托興與子建公讌詩同。」（同前），方何兩家的解讀，都同時兼及公讌一類與此詩之關係。顯見，江淹擬作，重點在曹丕詩作的公讌性質輕濃，江淹自注遊宴，當即公宴，而非遊覽。

準此，文選錄〈芙蓉池〉於遊覽之下，實與置謝靈運〈登江中孤嶼〉於行旅之下，同為選文定篇之誤。可自江淹仿芙蓉池自注遊宴重加判斷。兩者相較，江淹仿作分體，大有助於文選分類之理解。

次說江淹擬作之具體面貌。擬詩如下：

置酒坐飛閣，消遙臨華池。
神飆自遠至，左右芙蓉披。
綠竹夾清水，秋蘭被幽崖。
月出照園中，冠佩相追隨。

客從南楚來，爲我吹參差。
淵魚猶伏浦，聽者未云疲。
高文一何綺，小儒安足爲。
肅肅廣殿陰，雀聲愁北林。
眾賓還城邑，何以慰吾心。

細審江淹擬作，很明顯地是公讌詩。而非遊覽詩。詩中的敘述者是帝王之尊的文帝，但加入的角色是「公衆」，才叫公讌，玩「客從南楚來」之客，「衆賓還城邑」之衆賓。知所述在場者，皆文學隨從之士。正與原作〈芙蓉池〉之敘述角色同。據鍾京鐸考證：「此首（芙蓉池）寫銅雀園之夜景，丕爲五官中郎將時，與乃弟及王徐應劉阮等聚宴之詩。鄴下諸子出則連輿，止則接席，彼此均有唱和之作也。」（《曹氏父子詩研究》，頁二三七）此說縱然未必信其一定在丕爲五官中郎將作，但至少訂出了此詩之所以爲公讌之遊，乃在「唱和」，在「與諸子聚宴」之聚字。凡聚即不可能悠遊閒適之獨自登臨，如遊覽詩之作。公讌必爲歡宴衆聚之所，即令有所遊，也只是提供公讌之場地作用而已。

據此，〈芙蓉池〉當爲公讌，而江淹擬作即擬公讌之體。題下自注遊宴，甚確。

在技巧上，江淹擬作，多用「活字」法，是以何義門評云：勝本詩。即勝〈芙蓉池〉原作。

所謂活字法，類如以下諸句：

綠竹夾清水，秋蘭被幽崖。

肅肅廣殿陰，雀聲愁北林。

細味江淹此類鍊句，近似張景陽〈雜詩〉的活字法。特東晉以降詩風的進展，也是五言詩句法的進一步技巧。江淹承前賢之功，續有創作，難怪勝本詩了。

四、嵇中散康

江淹擬嵇中散詩，題下自注「言志」，意謂擬嵇康言志詩。可知江淹以嵇康詩之言志為其標的。此適與劉勰之見同。《文心雕龍．明詩》云：「正始明道，詩雜仙心，何晏之徒，率多浮淺，唯嵇志清峻，阮旨遙深。」劉勰以嵇康詩言志為著，江淹從之，即擬作言志一體。至於阮籍是以遙深之旨特別，江淹亦隨而擬作，自注曰詠懷。據此可知江淹對嵇阮的詩體鑑賞與劉勰同見。

此首未注明擬仿嵇康何首，今試檢嵇康本集，其作品今存只十居一二，題目直接言志者，僅〈述志詩〉二首，江淹所擬蓋莊老之志，而非仙志，故集中有〈遊仙詩〉一首，當不在江淹擬仿之列。

又江淹此首爲五言，嵇康集中今見有四言、五言、六言不等。文選錄嵇康詩，有〈幽憤詩〉一首，〈雜詩〉一首，〈贈秀才入軍〉五首，皆爲四言之作，故而此數首詩亦不當在江淹擬仿之列。

然則，自今存嵇康本集考之，可能是江淹擬仿的嵇康言志詩，只剩〈述志詩〉二首，與逯欽立所輯題曰〈五言詩〉的三首。（註❹）這五首詩所言之志，不出莊老玄言之志。

吾人當問者，言志之定義爲何？因爲六朝人詩作凡題言志述志之作，大率與「遊仙」分開，也即謂所言之志，若涉仙人之思，仙道之想，則逕以「遊仙」詩歸類，不題言志或述志。而文選二十三詩類立有遊仙一類，然而，竟無「言志」一類。反而在賦類的十六種之中，立有「言志」賦。此何故？到底言志詩與言志賦之「志」是否同義？又言志在六朝詩之地位評價如何？何以江淹特標此類而仿作？凡此皆爲論言志詩必涉之目。

首先，確立江淹所擬者，爲嵇康〈述志詩〉二首之第一首。原詩如下：

潛龍育神驅，躍鱗戲蘭池。延頸慕大庭，寢足俟皇羲。慶雲未垂景，盤桓朝陽陂。悠悠非吾匹，疇肯應俗宜。殊類徧難周，鄙議紛流離。轗軻丁悔吝，雅志不得施。耕耨感沖越，馬席激張儀。逝將離群侶，杖策追洪崖。焦朋振六翮，羅者安所羈。浮游太清中，更求新相知。此翼翔雲漢，飲露餐瓊枝。多念世間人，夙駕咸驅馳。寧靜得自然，榮華安足爲。

從用語看，江淹擬作與原詩都用了「羅」字意象。原詩「焦朋振六翮，羅者安所羈」，意謂消遙致福之人，如振六翮，縱逸天地之際，羅者難以羈置。這是正面用羅之意象。

江淹擬作，則廣伸之，而比擬爲宇宙之設本自曠然，所以說「曠哉宇宙惠」，然而羅網之設，則更復四面，所以說「雲羅更四陳」。意謂消遙之人，當知趨避。乃引出下兩句「哲人貴識義，大雅明庇身」。江淹改一下寫法，反用網羅的前後因果。寫法雖不同，其實意思一樣。

次從主題思想看，原作是說懂得趨避俗宜鄙議之人，當知離群杖策，遊於太清之境。或餐瓊枝而飲露，摒棄榮華之爲，而達於自然。這一自然，即老莊之自然。所謂「人法地，地法天，天法道，道法自然」是也。江淹擬作，亦不出此意。只不過更引老莊語典，加強其意。並表彰自然之作法，在無爲，在守眞，在悟名實之相賓，在抱「一」。而一就是自然。就是老子心目中的理想之人。所謂「聖人抱一以爲天下式」是也。

合此主題與用語看，江淹仿作相當逼眞。所以，方伯海給予甚高評價，認爲是三十首江淹擬作之冠。方伯海說：

> 無一字一句不肖嵇叔夜，性情面目聲口胸次，直忘其爲優孟衣冠，當爲三十首之冠。
>
> （轉引自《評註昭明文選》卷七）

這一評價，點明擬仿之作，要成功，必包括性情面目聲口胸次一齊摹仿。所謂雜擬，也即是擬仿這幾方面。但現在的問題，是精神面目可摹仿而致，若限定一首一首的摹仿，原作主題思想，是否可以求一致呢？

以嵇康原作爲例。〈述志詩〉二首，到底是遊仙？抑玄言？或隱逸？或者三者皆有。根據今人的解讀，莊萬壽以爲〈述志詩〉儼然是一首悠閒的遊仙詩。但莊萬壽也指出詩中多用《莊子》一書典故。如斥鷃、井蛙、神鳳神龜等等。（《嵇康研究及年譜》，頁一七八）若然，寫遊仙主題而竟用莊子典故，則仙道與玄道混爲一物，如何而可以分遊仙詩與玄言詩？

所以，今人何加焉的解讀，不說是遊仙之詩，而說一是「追慕古樸，鄙棄榮華，追求精神自由」的境界，另外一是「避世求隱之志」。（《漢魏晉南北朝隋詩鑑賞詞典》，頁二九〇—二九二）若然，則言志實爲招隱之志，而隱居之志就一定是莊老之玄想嗎？招隱詩與言志詩如此就無須分別。

江淹的擬作，有莊老典故，當然是玄學之思。但也用了《魏氏春秋》載嵇康見隱者孫登的典故，除非界定孫登爲仙人，否則江淹擬作實堅守「言志」的範限，而與「遊仙」有所區隔。從江淹另有擬仿郭璞詩，即題曰「遊仙」，專仿郭璞遊仙詩。可知江淹心目中，言志與遊仙詩確爲二體，否則江淹不必各有擬仿。

然則，何謂言志詩？五臣注濟曰：「本有高尚之志，而橫遭讒言。」，明確清楚，可知言志是言高尚之志，而這一高尚之志，有隱逸思想。這一隱逸與否，判成高下之分，實在是代表儒道二家思想在魏晉的士子心目中地位。不然，儒家分「邦有道」「邦無道」，分「達與不達」，實無高下分別，只明立身處世之異。但到了道家手中，則一例標榜「天下神器不可爲」「神龜不受供」等正式的反做官思想，才劃分人格的高下之等。嵇康在自白「以莊老爲師」的心態下，當然，要「薄周孔，而非堯舜」，表現高尙之志。此所以劉勰「嵇志清峻」的志。但這一高志絕不可等言遊仙。

至此可得一小結，即江淹擬作嵇康的詩，專標言志，證實了六朝詩中言志與遊仙爲可分的二種體類。而《文選》因其所分，遂立遊仙詩一類。

五、郭宏農璞

江淹擬郭璞詩，自注曰遊仙。以與嵇康的言志區別。江淹所擬爲郭璞今存遊仙詩的那一首？諸家未有考評。今據逯輯與本集，考定之，郭璞遊仙詩完整者實有十首，《文選》已錄其中七首，另外有「暘谷吐靈曜」「採藥遊名山」「璇臺冠崑嶺」等起句之三首，其餘九首，各存一二句，無以案證江淹所擬。（註❺）

今據完整的十首，亦不能確指江淹擬自何作，無妨將整個遊仙詩的定義、風格、寫法，做總體看，以考察江淹擬作的面貌。並且，先預設江淹是總體摹仿。

首先，從用語上看，江淹擬作，盡用道教典故，而非道家老莊之語。首二句，崦山多靈草，海濱饒奇石。即用崦嵫山典故，李善注引王逸《楚辭注》：海濱即海中三山也。三山即三神山，爲道教常用之名山。

三四兩句青雲精魄二詞，亦道教常有。所謂青雲爲梯，以登仙境。郭璞原作有句曰「安事登雲梯，漆園有傲吏」之雲梯即青雲之梯。原作中又有「雲蓋、雲軺」之詞，與雲梯詞意相關，江淹仿作，首在修辭之考究。

五六兩句，「道人讀丹經，方士鍊玉液」直揭道人方士之詞，明知此爲道教之詩。道人一詞雖在劉宋以前，偶有兼指佛教之徒，但此句之道人與方士對待，是兩句同意之句型。（註❻）郭璞原作有句「青谿千餘仞，中有一道士」，此道士與道人同，唯江淹略改之。

七八兩句「朱霞入窗牖，曜靈照空隙」，朱霞與曜靈二詞亦道教語，尤其青霞與青雲，幾乎是遊仙詩常語，康宋以后也是如此。

九十兩句「傲睨摘木芝，凌波采水碧」，木芝水碧，即求仙者養生服食之物。十與十一句「眇然萬里遊，矯掌望煙客」，點出「遊」字，以綰合遊仙一詞，正是郭璞原作何以自題遊仙的命意所在。江淹在修辭上之摹擬可謂考究至極。原作中有「採藥遊名山」「京華遊俠窟」「赤松臨上遊」「迅足羨遠遊」「夢想遊列缺」等等。諸句中的「遊」字，不無飄飄欲仙之態，仙字而著一遊字，正是把自屈原「遠遊」以降的創作主題，予以明顯化、具體化，明示遠遊者，遊於太仙之境。再者眇然一詞，也是自原作中有「眇爾」如何如何的句型而來。惟此類修辭技巧的摹擬，究竟收到者是神似亦形肖之功，當即江淹仿作所面臨之難題。且仿作亦不能格於相似性，而殆同抄作。必要自原作成詞稍加變易，如以上各句之例。

但是第十一句的望煙客，改易較大。郭璞原作有「長揖當途人，去來山林客」。所謂當途之人，即山林隱逸之士。因此，山水——隱逸——遊仙，便成互有關聯的主題。作山林客有此含意。江淹仿作，逕改望煙客，在郭璞原作十首中，幾無先例。這是江淹在仿作之餘，保留自創的活潑性。頗値仿作理論之探討。

末二句用仙人安期生收束，回應遊仙主題，甚是合理。

比較起江淹仿作的嵇康言志，這一首仿作多在修辭技巧的貌似，而不在精神性情的把握。故而孫月峰評云：太濃太實卻不似景純，景純故慷慨。這一評，也即謂江淹於遊仙之詞彙仿作或變創之餘，不能抓住郭璞遊仙詩中特有的「慷慨」一氣。即何義門評云：亦失本趣。然則，郭璞遊仙詩之本趣，在慷慨，而非遊仙。

這就導出了有關遊仙詩定義的看法問題：

第一既曰遊仙，何以本趣不在仙，而在慷慨之氣？

第二遊仙詩之眞正內容是什麼？

第三遊仙與莊老之思混同或有別？

第四魏晉人眞相信仙嗎？

試觀郭璞原作第一首云：

京華遊俠窟，山林隱遯棲。朱門何足榮，未若託蓬萊。臨源挹清波，凌岡掇丹荑。靈谿可潛盤，安事登雲梯。漆園有傲吏，萊氏有逸妻。進則保龍見，退則觸藩羝。高蹈風塵外，長揖謝夷齊。

這第一首原作，首標山林客，是遊仙之始。山林客原是遊俠中人，來自京師，蓋厭倦京華朱門之榮，退而隱入山林，以求保龍之身。這就反面地透露出，何以要遊仙，非出於自然地內心想遊仙。文士家的遊仙，與哲學家的遊仙，宜略有「意圖」之別。原來，文人之遊仙，實感於時局之動亂，或自身之遭禍，一種退隱山林，藉此賞遊山林，寄情風煙，更進而懷想仙人之道。

這一首遊仙詩，通篇讀之，「隱」的意思大過「仙」。一則言「未若託蓬萊」，二則言「安事登雲梯」，矛盾之至。詩末則說「高蹈風塵外」，這一外絕於世事風塵之想，實在是「隱」，而非仙。末句「長揖謝夷齊」，謝字作拜謝解，則有慕羨之意，而所慕者何人？亦伯夷叔齊之流而已。伯夷叔齊只能算隱逸之始，不能稱作仙人。

因之，隱士只在山林，而仙人則以山林爲其偶棲，但究竟以入閶闔，居天都，登雲梯爲仙人能事，仙人怎可說是在山林之中？又仙人怎可等於山林客。此遊仙詩有兩意之始源處。易言之，遊仙詩實有二類，姑且言之，一類是眞遊仙詩，一類是擬遊仙詩。郭璞選在文選的七首遊仙詩，首尾都用「山林客」作結，例如第七首末兩句「長揖當塗人，去來山林客」，七首爲一體，總冠以遊仙主題，而用山林客代替遊仙的實値意，呼應妥貼。正如邵子湘評云：「首尾相協，結構最精，山林客更結歸本意。」（引自《評註昭明文選》卷五）如此而言，郭璞遊仙實爲遊仙詩體類之變。而他加入了個人的時世喪亂遭禍之感情，故有慷慨氣。因之，郭璞遊仙詩，仙道只是藉口，郭璞眞正還是在人世。曹道衡有言曰：「因爲郭璞的詩主要寫遊仙，而責其不關心現實，恐非篤論。」（《中古文學史論文集》，頁二〇三）誠然，亦可再補一釋，郭璞之遊仙主題，實爲擬仿遊仙詩的一種因襲模仿與變創的結果。

那麼，遊仙詩的起源在那裏？

一說把遊仙詩推論到《文心雕龍．明詩》所云：秦皇滅典，頗造仙詩。但造的是什麼詩？又據《史記．秦始皇本紀》云：始皇不樂，使博士爲仙眞人詩。於是謂仙眞人詩可以算作最早寫到神仙思想的作品。（《中古文學史論文集》，頁一九九）然而，這也只是就「仙眞人詩」一詞而揣想，仙眞人詩惜已亡佚，無從考核。但根據秦始皇好求長生不死藥、又焚書坑儒，惟醫藥與卜筮之書不燒。可知，仙與卜筮的合流，應是自此已流行。

吾人當問者，即仙與卜筮，實爲易與仙兩類思想，易經不講仙，而有大人丈人，莊老不言仙，而有至人神人眞人。因之，嚴格地講，易老莊自爲玄道，而易經經文說玄，只言「見龍在田，其血玄黃」之玄，至易傳始擴而言之，乃有「天玄地黃」之設。於是，玄之在易，乃與老子「玄之又玄」的玄道混而爲一物。實則細分之，易自有玄，而老自有玄，宜有先後與輕重之分。

茲者，莊子既不用「仙」道，反與易老相近。所以，所謂神仙之道，應與老莊易之玄道爲兩回事。此所以秦始皇之仙眞人詩，開始合言仙與眞，撮合老莊與仙道。是爲遊仙詩之祖貌。

若然，遊仙詩與玄言詩，言志詩，宜加分辨。於是，遊仙詩起源何時？二說根據《文心雕龍．明詩》云：「正始明道，詩雜仙心，何晏之徒，率多浮淺。」之語，認爲雜仙心的，就是遊仙，林文月遂斷定魏代詩人曹植的〈升天行〉〈仙人篇〉〈靈芝篇〉等爲最早遊仙詩（《山水與古典》，頁三）。其實，何晏之詩，今雖不傳，據《古詩紀》收其二首，一爲〈擬古〉一爲〈失題〉，只言「消遙放志」，自勉「託身清池」，悉爲詠懷述志，何來慕仙之遊，更別說山林仙心了。如何而可以據「仙心」而斷定建安正始爲遊仙詩之始呢？何況，此處根本誤以仙心即老莊。實則如前述，仙心自仙心，老莊自老莊。（註❼）

惟反此而論，若謂遊仙詩不雜老莊易之玄思，方始名爲遊仙詩，則又難求其全。易言之，恐無眞正的遊仙詩與玄言詩。此一問題可自二途談之。

其一因爲在分類上，文選並不分玄言詩，與言志詩，只在十六賦類中立有言志賦，然亦無玄言賦。可知遊仙詩作爲一類詩體，必不得已之收類，只好將含有言志與玄言傾向的詩，而又連言仙幻之思，仙人之想的一類著作，總名之曰遊仙詩，悉收納之。才有如今所見文選遊仙詩的九首（何邵一首，郭璞八首），並不是眞的遊於仙人之境仙道之思，而摻雜有易老莊的意思。

其二遊仙詩，其實應正名爲玄言詩。因爲，「玄」字，在魏晉時期，實包含易老莊之道「家」與神仙思想之民間宗教。可是文選不立玄言詩，正如文選沒有山水詩。乃因山水與玄想化入魏晉人的各體著作中，成爲普遍性的書寫，成爲一個思想文本，文化文本。所以遊仙詩即玄言詩。而崇尚玄化之境，即是東漢以後，經歷魏晉而風行起來的讀書人的志趣所歸。此從班固〈幽通賦〉

其中片語隻字，可揣摩而知。如：

甲、道混成而自然兮，術同源而分流。神先心以定命兮，命隨行以消息。（案：此易老通言）

乙、精通靈而感物兮，神動氣而入微。（案：此易老通言）

這就是所謂的幽通之玄，幽通即玄通，謂玄幽可達之境。不止此也，連儒家孔曾，亦一併而玄幽通之。可謂將諸家化爲一貫之道。而總合之，在明理之不常，數之難定。張揚庵的評點，說出了幽通賦易老莊孔合流的現象。張云：「通篇立意正大，俱同曹大家東征賦。莊老狂流，悉力截斷，引繩據墨，儼然儒者典型。」（轉引自《評註昭明文選》，卷三）這一評，意思是幽通賦由莊老轉而歸於儒家。雖爲過激之論，然亦不無點出幽通賦一文的通貫儒道思想之寫法。

其后，張衡的〈思玄賦〉模仿之，而更加張本。所以，何義門有評云：「篇中故實，皆取莊列淮南山海經等書，純以寓言，非可以實據論也。」（同前）思玄賦有創意之處，即在文末增加一段「天外」之遊。這一遊，乃超出了屈原遠遊，與班固幽遊的格限籓籬。建構一套貫通儒玄的遊法。〈思玄賦〉云：

御六藝之珍駕兮，遊道德之平林。結典籍而爲罟兮，毆儒墨以爲禽。玩陰陽之變化兮，

詠雅頌之徽音。（案：此合儒墨易老之言）

又說：

天長地久歲不留，俟河之清祇懷憂。願得遠渡以自娛，上下無常窮六區。超踰騰躍絕世俗，飄遙神舉逞所欲。天不可階仙夫兮，柏舟悄悄吝不飛。松喬高跱孰能離，結精遠遊使心攜。迴志朅來從玄謀，獲我所求夫何思。

這一賦末結筆，結出思玄二字，總括大意，思玄之玄，即遠遊之志，即自娛自適之想。七言質古，也把漢末以降，迷漫的一股「玄風」，其內容，精神，與目的功用，道盡無餘。

準此，所謂思玄，與神有涉，合易老莊之意。而遊仙承此而來，遊仙詩爲言志賦之延伸，遊仙詩爲思玄賦之擴張。此即文選收遊仙詩，江淹仿郭璞之作，用意所在。

附註

註❶：此序文，經逯欽立引錄於《先秦漢魏晉南北朝詩》梁詩卷四江淹〈雜體詩〉三十首題下，逯氏有詳校，惟僅據《初學記》異文對校，未用更早之本，今據陳八郎本五臣注覆校如下：宮角爲音，陳八郎本角作商，乃及公幹仲宣之論，陳八郎本乃及作及致，此兩異文，逯氏失校。又自「關西鄴下」至序末，即李善注引，俱與本集、陳八郎本引同。

註❷：據郭茂倩《樂府詩集》所收以〈樂府〉爲題者，或古辭或仿作不一。有古辭「行胡從何方」，亦有魏明帝「種瓜東井上」，然二首皆爲五言，非七言。知作〈樂府〉題者，不一定是七言如「秋風蕭瑟天氣涼」之句式。

註❸：文選卷二十七選樂府古辭或作三首或作四首，各本不一，當從何是？案文選樂府古辭，叢刊本、尤本、胡刻本均作三首，闕〈君子行〉。而廣都本、明州本、奎章閣本、贛州本、茶陵本、袁本、陳八郎本、則題曰樂府古辭四首，於〈飲馬長城窟〉後次〈君子行〉。諸家合注本未出校善注異同。此篇數問題當可論究。案尤本於二十七卷末，接石季倫王明君詞之后，補刊〈君子行〉，題下曰古詞，有雙行小字曰：李善本古詞止三首，無此一篇，五臣本有，今附于后。（石門版，頁四〇〇）次行即錄此首白文，末行空格有卷終二字，別卷無此例。據此可知尤所見善注本已與五臣注本不同。故附刊此首，以補闕錄。胡刻本删此附錄，汲古閣本則有。然則汲古閣所據善注本，勝於胡刻。近人多鄙明人刻書，此例特出，未可一概而論。

再者，清人于光華纂集評註昭明文選，亦附此首，詩末有何義門、邵子湘批語。（《評注昭明文選》，頁五二四）可知凡清人所據文選皆汲古閣本。胡克家力詆明刻，自飾有宋本爲據，恐亦未必可盡信。四庫所收善注文選即汲古閣本，提要譏非從宋本，蓋自六臣注本剔出者。未必眞見善注單行本。此語亦可移尤刻胡刻。然則善注單行本不惟今代，即宋世亦不可求得。

註❹：據逯欽立所輯的這三首詩，自注出自本集一。然而考之《六朝詩集》所收《嵇中散集》則闕，又張溥《漢魏六朝百三家集》卷三十五收《嵇康集》亦闕。又丁福保《全漢三國晉南北朝詩》卷四收嵇康集亦闕。莊萬壽《嵇康研究及年譜》則收此三首五言詩，繫入正元元年（二五四），康年三十一歲之作，與〈遊仙詩〉〈雜詩〉同時作。〈述志詩〉則繫於後三年，甘露二年，康三十四歲所作。案：據此，凡述志，遊仙，殆爲嵇康此期主要思想觀念。唯述志，或五言詩「人生譬朝露」等三首，爲老莊易三玄之想，與遊仙詩純作仙人之思，究應有別。

註❺：據逯欽立所輯，共十九首，其中文選不見的三首悉見於逯輯，餘九首則爲散句。張溥所輯則只十四首，缺五首殘篇。今人聶恩彥《郭弘農集校注》所收亦此十九首。（頁二九六）並考定當作於晉元帝永昌元年（公元三二二）之后。

註❻：曹道衡首揭此説，引南齊張融《以門律致書周顒等諸游生》云：吾見道人與道士戰儒墨，道人與道士獄是非。句中道人即指佛教徒。又《高僧傳》中屢稱僧侶爲道士，則道士兼佛教徒。（參《中古文學史論文集續編》，頁三八三）。

註❼：仙字不知何起？考十三經和老子全書並無「仙」字。莊子言至人神人眞人，亦不用仙人。但在莊子書中，言仙一次，如「去而上仙」（《天地篇》），言仙仙一次，如「仙仙乎歸矣」（《在宥》）。因之，嚴格而論，莊子之神人，或許有仙人意思，但亦不可直指神人即仙人。然則，神仙合稱爲一詞，嵇康〈養生論〉已言之曰：夫神仙雖不目見。然記籍所載，前史所傳，其必有矣。但到底何時呢？顧頡剛以爲出自漢代，顧炎武以爲自田齊之末，上推至戰國之齊。又案易經不言神仙，易傳所謂神，則「陰陽不測謂神」「神也者，妙萬物而爲言也」兩語。古人所謂的神當與鬼相對稱，而神之上有帝，據顧頡剛引諸古書排比並列，考知古人之神與人間同有善樂悲苦。如《詩經．小雅．楚茨》云：神嗜飲食。據此更可輔證神字原與仙字不同，神仙二字成詞之概念，當爲魏晉後之晚出義。（顧頡剛〈中國一般古人想像中的天和神〉）

引用參考書目

曹道衡，一九九四，《中古文學史論文集續編》。台北：文津出版社。
顧頡剛，一九九三，〈中國一般古人想像中的天和神〉，收入《顧頡剛古史論文集》，册二，頁四四六——四五五。北京：中華書局。
聶恩彥，一九九一，《郭弘農集校注》。太原：山西人民出版社。
莊萬壽，一九九〇，《嵇康研究及年譜》。台北：臺灣學生書局。
黃　節，一九九〇，《漢魏樂府風箋》。台北：學海出版社。
盧　昆，孫安邦，一九八九，《漢魏晉南北朝隋詩鑑賞詞典》。太原：山西人民出版社。
曹道衡，一九八六，《中古文學史論文集》。北京：中華書局。
丁福保，一九八三，《全漢三國晉南北朝詩》。台北：藝文印書館。
鍾京鐸，一九七七，《曹氏父子詩研究》。台北：學海出版社。
薛應旂，一九七二，《六朝詩集》。台北：廣文書局。

文選〈登江中孤嶼〉一詩之歸類問題

文選分體卅九，於詩類之下更細分二十三小類。其中有行旅一類，收謝靈運〈登江中孤嶼〉五言乙首。原詩如下：

江南倦歷覽，江北曠周旋。懷新道轉迴，尋異景不延。亂流趨孤嶼，孤嶼媚中川。雲日相輝映，空水共澄鮮。表靈物莫賞，蘊眞誰爲傳。想像崑山姿，緬邈區中緣。始信安期術，得盡養生年。

先不問此詩歸類行旅是否得當，僅就文本解讀角度細審之，此詩亦模山範水之作。首二句之江南江北，蓋指永嘉江，嶼是江中山，據于光華評注本文選引《寰宇記》謂：孤嶼在溫州南四里，永嘉江中，嶼有二峰，謝靈運所登，後人建亭其上。（于光華一九七七，頁五〇一）可知孤嶼確有。則江中山與「亂流趨孤嶼」句，一寫山，一寫水，正是謝靈運山水詩之結構常例。謝氏山水之作，每於語義結構上，呈現上下兩句中，上山下水，或上水下山之通例。（林文月一九七六，頁四一）此詩合此通例，無疑是山水之詩。

其次，雲日空水乙聯，寫風景物色，表靈蘊眞寫神仙之想，把山水清音與玄言思理結合起來，則是「志惟深遠，體物爲妙，功在密附」（《文心雕龍・物色》）的表現。後四句歸結到始信安期養生之說，目的是藉由信養生而達生長生，總之，是對生命永恆的眷顧，是神仙思想的寄託。

就以上所分析的文意結構看，此詩之寫山水，是表面寫之，實在目的乃在由山水描寫，表達人生理想，嚮往神仙妙境。難怪孫月峰評點說：「意不甚深，得在此，失亦在此。」（于光華一九七七，頁五〇一）孫說意不甚深，可以理解，因爲詩中主旨一讀便可領會，一言以蔽之，曰仙人之思。但孫評說得失皆在此，就不大好懂了。得在何處？失又在何處？恐怕問題的回答，關係到整個六朝文論與文選學的問題，需要詳爲剖析，以期論述一些成果出來。

首先，就文選詩類以分二十三之標準看，這首〈登江中孤嶼〉的主旨旣如前述所謂仙人之想，則當歸之「言志」一類，可是，二十三詩類並無「言志」，文選只在十六賦類中列有「言志」一項。詩類不立言志，可無論矣！若此詩有模山範水之句，又有遊覽與行旅兩義並兼之可能，則此詩可入之山水，遊覽，行旅等三類，何以文選竟而不如此分，而逕歸此詩於行旅？

再者，宋齊以前，凡言山水者，皆泛稱義。《文心雕龍・明詩》所云：「莊老告退，山水方滋。」一句中之山水一詞，究竟所指是山水詩之一類，或以山水對舉莊老，是詞義之稱。從而引伸出有無山水詩名目之爭，乃是六十年代與八十年代兩度山水詩討論熱潮之焦點所在。茲不論山水詩有無爲何，至少，文選二十三詩類並不分立此類，可見文選無山水詩立目之意。因之，〈登江中孤嶼〉無以歸之。雖然如此，〈登江中孤嶼〉除了依文選歸類可目之爲行旅詩之外，是否亦稱山水詩？這正是六朝文論之關鍵處。

茲再就文本解讀方法細審此詩幾個重要字眼，先是懷新乙聯，用「道轉迴」對「景不延」，道景對舉，道指行旅之途，景指途上所見風景，於義甚明。但如此解，乃將道字作實字解，若改作虛詞解，道謂玄言之道，則道字更有富義。遂與下句景字有虛實之對，而所謂風景便不止是單純之風景，而是因風景之尋異，從而引發對「道」之懷有新創之聯想。所以，這裏的「道」，是謝靈運登江中孤嶼之後，所得出的新感悟，此新感悟固然出自登山觀水之途，但山水在此因新感悟而賦予新意，遂不能單純從「莊老告退，山水方滋」之玄言詩格局嚴限之。

易言之，道字作虛字解，謂「新道」，此二句即說懷有新道之思以遊山水，遂因山水之迴轉反複之貌，興起新異之聯想，此聯想在於遊者主體賦興，實不必更求身外之風景延綿而得之。如此，仿似「物物而不物於物」之觀念。將風景與道之關係設爲主客之互爲因循，而終決之於觀者之主體思考。準乎此，則道的理解，道的新不新，以及風景的描寫觀賞之秀異與否，全在於主體者之默會感興。

試想，謝靈運未登此江中孤嶼前，孤嶼及其形成之風景山水已先在矣！人人得見而賦詩。但在賦詩過程中，創作者如何練就山水之妙境，端賴作手之功夫。正如《文心雕龍·物色》所云：「物有恆姿，思無定檢，或率爾造極，或精思愈疏。」功夫之深淺不可強求，聯想之如何，也不必限定，但風景山水之爲物，恆有它一定姿態，任憑觀者之賦義罷了。

就〈物色〉理論看，此詩正是「思無定檢」之具體運作。因爲此詩用「新道」去領會山水。從山水描寫之功夫看，何義門評點云：「舟行兀兀，忽推蓬遠眺，心目俱曠，敘寫生動。」（于光華一九七七，頁五〇一）其意肯定此詩之風景描寫生動。生動是〈物色〉理論標舉的「瞻言而見貌，印字而知時」的功夫技巧。這是「文貴形似」的要求，此詩做到了。形式技巧如此，思想內容又如何呢？〈物色〉理論強調「思無定檢」，可見風景山水之賞，可賦予不同聯想。如果老是依襲前人，一定要在山水中只作莊老玄言之想，那就犯了「後進銳筆，怯於爭鋒」的毛病。

然則，〈登江中孤嶼〉如何在取得形式技巧的成功之后，更在「思無定檢」的聯想可能上，完成〈物色〉理論所提示的「參伍以相變，因革以爲功，物色盡而情有餘」的評價要求呢？很簡單，此詩的「懷新」之道，是很具體的落實。方回《文選顏鮑謝詩評》的評點意見，對此二句的分析，極中肯貼切，可符此論。方云：「懷新道轉迥，此句尤佳。心有不純，去道愈遠。但恐靈運道其所道耳。」（方回一九八六，頁六〇六）好一句道其所道。意思是此「道」悉出靈運之新創，未必即莊老玄言之想。在此評點意見中，方回將「道」字亦作虛字解，不作實字的道路講。

準此，這個道，其實是靈運的「志」，這個志，即是文選賦體十六類中的「志」類之志。但文選詩類並不分「言志」詩。再質言之，這個「志」，即〈物色〉理論所講的「志惟深遠」的志。這樣的「志」完全要從〈物色〉理論所代表的六朝文論之觀點去理解。而六朝文論及其以前之漢賦「體物」理論，均用「物色」乙詞以代山水，易言之，山水在六朝是泛稱，分化入於各種文學體類之撰作，而不是單獨可別爲一類，或者，立一山水詞彙之專稱。至此，可知〈登江中孤嶼〉之文類歸屬，當自〈物色〉理論加以分析，或可得其體要。〈物色〉理論幾乎就是中國六朝山水詩理論的建構，此一看法，縱使非全面可立，至少已關係到山水風景之作的描寫則無可疑。眼前的困難是山水詩一詞並不出現於六朝，而僅用〈物色〉替之。吾人遂不得援用山水之後世詞意以範限〈物色〉理論。今試以〈物色〉篇理論之新奇說一探之。

〈物色〉次於〈時序〉，表示時間空間地理的結合。而這一天時地物的總體觀念，要推源至《周易》的乾坤二儀說。宇宙太極之下，不出天與地。天又有人文天與自然天兩義，但不管如何。天是創生的根源動力。所以，《文言傳》分別用資始說天，資生說地。意思是，天之功用在創造，這個創造用「象」暗示，所以「天垂象」。天象的特質在「創造」與「變化」。天道不可測不可知，只一逕依道而行。所以《文言傳》又說乾道變化。《文心雕龍・時序》開宗明義就襲用這個宇宙觀，說：「時運交移，質文代變。」底下即衍生通變成文的文學進化說。

天之道如此地變，不論其變如何，其於「地」而言，一切只有承受。所以，《文言傳》用地德釋坤。《彖傳》用萬物資生的生釋坤，講地的特質在承受，「坤厚載物」凡一切物一旦創生，落於地，則大地無不受之，然後養之。所以，《彖傳》釋坤德，提到大地之上，無不「品物咸亨」，意思是衆物無不生長亨通。這個坤德的特質發揮在〈物色〉篇。可以推想，物色是因四時之天道所創生之衆品物，生長於大地之物。這個「品物」之生長也自然地依「天道」之變而有其「色」

變。所以，〈物色〉篇開宗明義就順著「天時」之變而講「春秋代序，陰陽慘舒，物色之動，心亦搖焉」，至此乃將物色、時序化入「人文」的觸發感動，由之而引生「緣情」「感物」「言志」等等諸人文活動。

倘依以上的論述前提假設，以《文心雕龍》爲代表的六朝物色理論其實就是講大地品物衆色依〈時序〉而變之理論，講作家如何在大地品物上取材溶思，進而賦義的方法。因之，用〈物色〉一詞不但於義爲洽，且涵蓋面廣，又能銜接《周易》開示的天地結構，自然宇宙觀，從此以導向大地品物之吟詠。正是〈物色〉的本旨所在。李善注《文選》物色賦說：四時所觀景色之物而賦之。注解得相當精切。簡言之，「物」泛括大地衆庶品類，而風景之殊異，山水之佳構，皆包舉而納之。六朝理論不言山水，但標物色，如何不宜呢？

既然天地定位，山澤通氣，佳山好水做爲「物」之呈現，所能變者，亦唯四時代序隨轉而變之「色」「貌」而已。只是這個色貌本自不異，而人則因「窺情風景之上」，及至「鑽貌草木之中」，乃情不自禁地興會感思，賦予山水以「志惟深遠」之志。這個「志」正是〈物色〉理論最特別的觀點。把宇宙觀與人生觀在此做了結合。

〈物色〉理論的重點是這個「志惟深遠」與「體物爲妙」之作法上如何結合，提出「深遠」與「妙境」的標準。〈物色〉認爲窺情風景之上，是不夠的，僅止表面的。還要在風景之上安置「情」「志」，然后，這個「情」「志」的作法要在「物色」既有之原貌上有所「新創」。提出：因方以借巧，即勢以會奇，善於適要，則雖舊彌新矣。用「新奇」的標準要求物色之描寫。

照〈物色〉的新奇說，則謝靈運〈登江中孤嶼〉完全符合。懷新兩句，用懷新與尋異表達強烈的物色觀察心情。所以，五六兩句緊接著寫孤嶼媚中川的「奇」，是具體實踐了〈物色〉理論。謝詩類似此種尋求新異物色的句子屢見。如「州島驟迴合，圻岸屢崩奔」（入彭蠡湖口）「山行窮登頓，水涉盡洄沿」（過始寧墅）「野曠沙岸淨，天高秋月明」（初去郡）等句，皆經營巧構形似的物色之奇，以饜懷新尋異之目想。這功夫正是他人所不到處。蓋山水有其勢，大地乃「直方」，天地定位如此，詩人端賴奇思而賦予新義，必然可令物色「雖舊彌新」。

再對照〈物色〉理論的新奇說，不止是要在「技巧」上，對物色有新奇巧要之描寫，在思想上，更要做到「物有恆姿，思無定檢」。也就是說，謝靈運〈登江中孤嶼〉如果僅是物色描寫之新奇，尚不夠言新奇。還要在「志」或「情」兩方面，有新的思考。思更要新奇。

向來諸家鑑賞分析此詩大都忽略此詩在「思想或觀念」上的新變，那是完全不能用「莊老告退，山水方滋」的邏輯去理解的。也不能僅用「玄言詩」一筆帶過。

然則，「志惟深遠」之新奇處又如何呢？可從此詩「表靈物莫賞，蘊眞誰爲傳」乙聯細味之。上句靈字下句眞字，向來都用一般習見辭義解之。謂表字特明，表明，以與蘊字反對，則蘊做內蘊、蘊藏解。表靈是說特表靈明，蘊眞即謂內藏眞氣。此二詞彙專寫孤嶼，而不是寫孤嶼之「色」，反寫孤嶼之「神」，賦予孤嶼以特殊的形象「意義」，以致「孤嶼」在此形容下乃是作家個人的特殊象徵，猶如屈原作品中的草，杜甫詩中的馬，李賀詩中的鬼等等。孤嶼立於江南江北之中川，處於亂流之正絕，而呈現一個完美的「媚」姿。一般尋常遊客見則見矣，未必能「入興貴閑」

，即使能入興，又未必具有「即勢以會奇」之功夫。當然，即便有此功夫，在玄言詩流行的時代，由於「文變染乎世情」，作家很難逃脫一時代普遍的風尙與品味，極可能謝靈運會將孤嶼之奇勢導向「玄言之思」，而「怯於爭鋒」了。果然如此，則〈登江中孤嶼〉一如一般玄言詩藉山水物色以表現而已，「淡乎寡味」乃成必然之結果。如此一來，又怎能做到〈物色〉理論所標舉的「味飄飄而輕舉，情曄曄而更新」云云之要求呢？今幸而謝詩之所以繼玄言之「理過其辭」而求文變，會巧追奇，儼然元嘉一代之雄者，正是能在相類於玄言之「物色」對象上，做到「思無定檢」的追新求異，大加開創，且善於取擇顯明特殊的形象，典要適切。於是，同樣與玄言詩都帶有「說理」的尾巴，這一回究竟是毛色紛繁，變色不同，有著「雖舊彌新」的效果。這正是謝詩〈物色〉手法的新奇處。

也即是說，〈登江中孤嶼〉藉物色傳達的「理」，不再是玄言之理，才足以言其新奇之變。那麼，其理又是什麼呢？應該就是道教思想中「招靈致眞」的山林之思。藉由山林之外表明貌與內在眞靈之領會，完成潛靜修練，降魔趨鬼，以達萬年長生的三清世界。

〈物色〉理論說到詩人感物的方式，要把握主客合流，情貌相隨，心物溶會等諸原則。劉勰云：

> 是以詩人感物，聯類不窮。流連萬象之際，沈吟視聽之區。寫氣圖貌，既隨物以宛轉，屬采附聲，亦與心而徘徊。

這一段文字，具體提示物色的第一要素，是聯想要豐富，物與色，一經感發，個人所會不同，可以同樣的物色客體做出許多不同的聯想比喻。透過描寫，要把握物色的「貌」與「氣」，要把物色各別的典型形象與聲音凸顯出來，遣詞設喻，更要貼切各別物色的特殊處。也就是「功在密附」的意思。最後，要歸結於「心」之感發。也就是「志惟深遠」的境界。但無論多深多遠，這個心要出入自得，與物之間互為觀照，也就是觀點與角度要內外兼具，做到「徘徊」。

依以上的物色方式。表靈蘊眞乙聯乃承自「亂流趨孤嶼，孤嶼媚中川。雲日相輝映，空水共澄鮮」這四句的寫氣圖貌而來（註❶），再對孤嶼之於此四句之物色中所凸顯的典型形象性，進行「感物聯類」的功夫。終而提出觀賞心得，即是表靈與蘊眞兩句的「窮理」之狀。所以，孤嶼在此二句中被賦予特殊象徵意義了。孤嶼甚至擬人化了，正如明代評點家邵子湘評此云：「孤嶼便妙，新異二字為孤嶼寫境，靈眞便寫性情矣！。」（于光華一九七七，頁五〇一）孤嶼在此已超出為物為色的圖貌呈現，昇拔到「與心徘徊」的妙境，詩人進入其內，體物為妙，寄寓著無限的深遠之志。所以說孤嶼至此擬人一般有了靈眞之性情。

但是靈眞之性情又是那一家思想標榜的生命境界呢？《周易》全書僅於〈頤〉卦初九爻辭「舍爾靈龜，觀我朶頤」一句內提到一個「靈」字，其餘未見。今見帛書周易亦然，「靈」字在此並無深意，僅謂龜骨用於占卜故曰靈。《禮記．禮運》：「龜謂靈射之屬。」，因此，龜之靈，是言其斷事吉凶如神之意。（張立文一九九一，頁二二）老子道德經五千言亦不強調「靈」字，《莊子》書說神人眞人也勝於言靈龜。若然，三玄之書並不以「靈」字相標榜，更遑論在佳山好水之模範下，賦予山林「靈」字之意義。因之，山水之際，固有清音，山林皐壤，又文思之奧府。如何而竟與眞靈之氣相結合，使到山水不再是莊老的專利，這一聯類無窮的新奇之想，正是〈登江中孤嶼〉一詩的新奇處。

邵子湘說孤嶼有靈眞性情。于光華評點就進一步指出這是仙人之性情。方回評點也早已看到靈眞乙聯的深奧，認爲從此說向神仙上去，則所謂靈與眞者，仙也。所以，才會在孤嶼身上聯想崑崙山之神，而終信安期生之術了。（方回一九八六，頁六〇六）試問安期生爲何術？亦長壽養生之術而已。然而，三玄之道談乾坤太極，消遙虛空，有無齊物之辨，縱使引伸孳乳或可有與長生仙人相通之處，但終究不能等同於道家養生與神仙之境。易言之，玄學非必盡言神仙，神仙之思當爲漢末後出之民間道教理論。〈登江中孤嶼〉最明顯的「志惟深遠」之志，應是變革〈物色〉之內容，在「山林文思」之理道境界，把玄言帶向道教對「五岳眞形」的山林賦意。這正是「招靈致眞」與「山林皐壤」結合起來的新〈物色〉內容。也由於新物色，才使謝詩山水之作充滿了「興象殆欲參靈」的新奇妙境。

而「寶靈守眞」，是道教發展到東晉時期的重要觀念，強調表靈與眞全，要入山林修煉而得，藉此靈眞修練功夫，可以見神仙之指引，到達天境，然后終得長生永壽。所以，表靈物莫賞，是說山水有此靈之可寶，可致長生之途，可惜世人多不能賞。莫賞是莫人能賞，非謂莫可爲賞。而蘊眞即守眞，藏眞，是繼寶靈而來，進一步功夫的修練，要藉山水之眞氣爲修，可惜，山水之可以致之之道，世人亦多不能傳送之。是以空負山林妙境。

底下想像崑山之句，即是前述對山林妙景引發寶靈守眞之幻想，然後達到出神狀態，進入想像神思之境，乃可以把眼前的孤嶼，想成是崑崙山，並且，相信其上有安期生之仙人，可傳養生永壽之術。如此上下文意結構甚合「詮釋情境」，有形象思維與體物爲妙的雙重感受，大有「物色盡而情有餘」之功。

照以上的理解，則〈登江中孤嶼〉的幾個關鍵字詞便有必要重新討論，與舊說加以比較，才能說明此詩道教傾向而不是玄言思想的意義結構。

第一個是「景」字。今存《文選》各本，如陳八郎本，尤本，汲古閣本，胡刻本，明州本，贛州本，叢刊本，俱同，且六臣注本亦不出異同校語。逯欽立《先秦漢魏晉南北朝詩》於此字亦無別出。可知「景」字並無做「影」字之本。但是，許多學者解這個字，都用通假意解之，說「景」是日光時光，景不延是說日光時光如此短暫，不可延長。（註❷）如此說「景」字，不免死解。其實景字即有山林物色意，即「窺情風景之上」的景意，這個風景意當然也有光影倏忽之變的意思，而這個景字如何與「懷新尋異」的思想配合起來，又須參考道教在東晉時期上清派與靈寶派對山林風景帶給求道者修練啓示的重視，才能領會「景」字在此詩之作用。如《王清隱書》云：

結朗始生神，九眞合成雙。妙景啓冥數，順感標神蹤。泥丸洞玄光，運珠正絳宮。

又如《玉清隱書》另一首云：

玄景散天湄，清漢薄雲迴。妙炁煥三晨，丹霞耀紫微。諸天舒靈彩，流霄何霏霏。神燈朗長庚，離羅吐明輝。

三如《玉清隱書》又一首云：

紛紛三洞府，眞人互參差。上有千景情，冥德高巍巍。太一務猷收，執命握神麾。（註❸）

以上這三首道教詩，都有「先鋪陳，後即境」的特點。景字在各詩中，是安置在「洞天福地」的妙境中，而各詩起筆對山林與神感的妙契冥想，都不約而同地，來自山林風景交會掩映及其因此掩映所生之妙境。謝詩對孤嶼之物色觀賞，也正是要沉入這種類似之妙境，這功夫，基本上與〈物色〉理論的「入興貴閑」無異。

其次是表靈乙聯中的「眞」字。許多今人的鑑賞如前舉諸家，（參本文註❶）或把眞字當眞假解，蘊眞誰爲傳，是說孤嶼之媚，眞有誰能傳述。或者如善注與五臣注，用仙人變形說眞義。五臣注銑曰：言嶼上特表神靈，藏蘊仙眞，而世物莫能賞接，誰復得傳述也。如此說解差可類近道教文義，但若深一層看，蘊眞與表靈對舉，也是東晉道教靈寶派一路的修行至境。

首先，眞字不見於五經，古書以實代今之眞義，眞人神人至人的觀念並舉，出自老莊，而老子云：其中有精，其精甚眞。是眞與精義合的開始。顧炎武對眞字詳考，甚合眞字歷時意義之史實。（參顧炎武一九九〇，頁八二三）若進一層看，眞氣之聚即爲仙人，而眞氣何求？道教修煉功夫，多將眞靈藉山林自然之境而求之。於是，靈寶派自東晉興盛後，佳山好水與自然風景遂更得文人與道士的捧讀，〈物色〉理論講「江山之助」，至此發揮了更大的作用，《五岳眞形圖．序》云：

> 昔上皇清虛元年，三天太上道君下觀六合，瞻河海短長，察丘山高卑，乃因山源之規矩，河岳之盤曲，陵回阜轉，山高隴長，周旋委蛇，形似書字。是故因象制名，定名實之號，畫形於玄台而出爲靈眞之信。（註❹）

這一段文字把五岳神靈化，將自然風景之境與修道靈眞結合起來，道教史家任繼愈解釋說道士佩這個五岳眞形圖，即可游行山澤，千山百川之神皆出迎之。（任繼愈一九九〇，頁三七八）據此，眞字與山靈不可分，謝詩描寫孤嶼之眞靈妙境，正是承繼東晉以下靈寶派道教做出「文變染乎世情」的新奇之詩，突破了莊老告退，山水方滋的玄言思潮，重新對山水之「恆姿」，興發連類無窮的聯想，這正是〈物色〉理論「思無定檢」的具體落實。

附註

註❶：這四句之一「亂流趨正絶」，正絶字，各本同，惟陳八郎本作孤嶼，與下句「孤嶼媚中川」疊詞，意甚暢，當從之改。且必作孤嶼二字，始突出孤嶼之哲學意象。

註❷：景字作風景解，則懷新與尋異皆風景之故，而非日光，光影，時間匆促之意。諸家評解，唯林文月〈談一談謝靈運山水詩〉作風景解，謂「尋幽者因貪尋新境而忘了道路之遠，和因急於更往前探奇而不能爲當前美景所遷延」（林文月一九八三，頁一一七）其餘如楊明一九九一，頁二一，朱靖華，涂道坤一九九○，頁五六三，李時人一九九一，頁五三三，林冠夫（收入張秉戍一九九一，頁四一）沈玉成（收入余冠英一九八九，頁一九）喬櫻（收入盧昆，孫安邦一九八九，頁六七七），熊篤（收入王運熙一九九二，頁六四四）今案：景字作風景解與上句道作理道對，則兩句上下意洽理順，當做風景解爲是。

註❸：以上三引詩，轉引自詹石窗一九九二，頁七一—七三。

註❹：轉引自任繼愈一九九○，頁三七七。

引用參考書目

詹石窗，一九九二，《道教文學史》。上海：上海文藝出版社。
張立文，一九九一，《周易帛書今註今譯》。台北：臺灣學生書局。
顧炎武，黃汝成（集釋），一九九〇，《日知錄集釋》。石家莊：花山文藝出版社。
任繼愈，一九九〇，《中國道教史》。上海：人民出版社。
方回，一九八六，《文選顏鮑謝詩評》。台北：臺灣商務印書館。
于光華，一九七七，《評注昭明文選》。台北：學海書局。
林文月，一九七六，《山水與古典》。台北：純文學出版社。

文選及其評點所見漢詩學

一、序論：漢詩問題之所在

文選爲中國古代文學作品第一部總集。所收三十九類文體，（註❶）首列賦，其次即爲詩，再次爲騷。而樂府不與詩別，只廁列於二十三詩類之一。可見文選分體與《文心雕龍》不同。《文心雕龍》有〈辨騷〉，其爲文體論，與詩、賦分別。或爲文原論，與經書緯書，聖道鴻教同爲文學根源，向來固有二說之異。故而討論文選所收詩類，當爲中國古代文論重要課題之一。

倘再對觀文選與文心所謂的詩，則文選之詩，不包括今之詩經，此蓋受限於編輯標準已明說於序言中，謂經書與史書子書皆不收。三百篇既登爲詩經，自不在選列。只選漢代束晳的〈補亡詩〉六首。然則，文選所收詩，當始於漢，故而，漢詩是選學關涉重要課題之一。

當然，文選所收漢詩，僅爲白文，無得由見所謂漢詩之學。漢詩之風格、體制、特色、以及品評等第，皆不能自文選所載漢詩白文得之。然而，文選成書后，歷代注釋點評之作，無慮百數，其中，流行於明清兩代之評點，於選詩多有評說，凡此意見，皆可爲漢詩學一解之助。與它書所見，或專著所發漢詩學，異同並見，所以，整理選詩評點，詳析其意見，甄別其高下，及至比較它說之可否，即是選詩所見漢詩學。

茲錄出文選所收先秦兩漢作品如下，存疑者亦暫列：

㈠雜詩：荊軻一首、漢高帝大風歌一首。

㈡辭：漢武帝秋風辭一首。（註❷）

㈢勸勵：韋孟諷諫詩。

㈣雜詩：李陵與蘇武詩三首、蘇武古詩四首、古詩十九首、張衡四愁詩。

㈤樂府：班婕妤怨歌行、無名氏古辭樂府三首。

在右列五項中，只有雜歌一類，載《漢書・藝文志》。漢志將三百篇入之六藝略，另立詩賦類，專收屈原宋玉及漢人所作賦，可見漢志對騷、辭、賦皆不分。但在詩賦類中的詩，只以歌詩爲主。首舉高祖歌詩二篇，清人王先謙引王應麟說謂即大風歌鴻鵠歌，（《漢書補注》，頁九〇一）今大風歌收入文選。據此，漢志所見漢詩，皆指可披管絃之歌詩或樂府，（註❸）而不及五言詩。文選則相反，在五類漢人作品中，雜詩以五言詩最多，超過歌詩或樂府，顯然文選於詩類分體選錄作法上已反映漢代詩學的新看法。其相較於文心與詩品之見又如何呢？

《文心雕龍》有〈明詩〉與〈樂府〉兩篇。〈明詩〉講詩的起源，詩的定義，隨講詩史之流變，自詩經講起，下起四言五言之分，有雅潤與清麗兩體，而終止於三言四言六言之雜體。其中五言詩，即舉古詩十九首爲例，疑枚乘之說，但言「比采而推，兩漢之作乎」。可見，文心所謂的詩，是包舉詩經三百篇而言之，而五言詩固在其中。所以，文心所見漢代詩學在此點與文選相類。

可是，文心所謂的詩，究竟與漢志的「歌詩」性質不同。文心之詩，除三百篇非民間歌詩本來面目，而實即改造過的「歌詩」之外，加上漢五言詩如古詩十九首，以及玄言詩山水詩之在六朝。凡此詩類，皆不可當作歌詩。因之，文心之詩非漢志詩賦略之詩。文心因而另立〈樂府〉一體，在定義詩與樂府，分舉《尚書・虞夏書・堯典》帝曰：「夔，命汝典樂，……詩言志，歌永言，聲依永，律和聲。」（《尚書集釋》，頁二八）（註❹）割裂前後兩段，分置於〈明詩〉與〈樂府〉之篇首，這就不免令人聯想文心立詩與樂府為兩體，是從尚書舜云之說。

然而，實際於〈樂府〉篇末文心已明言立樂府一體之由，是出於：昔子政品文，詩與歌別。故略具樂篇，以標區界。於是，引起范注、黃注之一段辯論，詩歌別不別，各自立說。（詳下文）至少，文心明謂從漢志之分略。今見漢志詩賦略所指為歌詩，六藝略則涉三百篇，可知文心不誤。唯當再細究者，漢志並不在六藝略談樂府，而改於〈禮樂志〉說之。歌詩為可歌之詩，樂府當然更可歌了。然而，樂府與歌詩又有不同。漢志分立旨趣，非盡如文心之說。此又不可不再辨。

據此點以驗文選，則文選所見漢代詩及歌詩，近似漢志之意。何則？雜歌與辭兩類即漢志之所謂的「詩賦略」之歌詩一體。韋孟〈諷諫詩〉是「漢初四言」，匡諫之義，繼軌周人。是漢志六藝略所謂的「周詩」一系。《漢志・六藝略》云：「誦其言謂之詩，詠其聲謂之歌。」明知漢志有詩歌之分說。韋孟四言詩，是可誦之一類。

再看樂府一體，文選所收漢人之作兩種，可歌與否，不見於著錄。文選既題爲樂府而收入此兩種，又總括於「詩」類大分之下，可見文選與文心看法稍異，而與漢志之「歌詩」說略近。何以見得？今審漢書論及詩學，主要見於〈藝文志．六藝略〉與〈禮樂志〉兩篇。所舉漢詩互見於兩篇者即〈泰一雜甘泉壽宮歌詩十四篇〉與〈宗廟歌詩五篇〉，此二種在〈禮樂志〉因爲「不序郊廟，故弗論」，但據王先謙補注云：藝文志所載即此十九章也。（《漢書補注》，頁四九六），而〈禮樂志〉所收漢樂府大別爲安世房中歌十七章與郊祀歌十九章，倘加上郊廟十九章，則這一類作品，殆即漢詩中宮廷樂府的大部份了。今觀兩志所收作品，漢書均用「歌詩」或「詩歌」之詞範之。更於兩志中，皆舉漢武帝立樂府以采歌謠乙事，明知漢書所謂之「詩」，實即樂府。尤其〈禮樂志〉說樂之定義、功能、性質，幾同於詩之爲用，其關鍵字句分見如下：

先王恥其亂也，故制雅頌之聲，本之情性，稽之度數，制之禮儀。（《漢書補注》，頁四八三）

自卿大夫師瞽以下，皆選有道德之人，朝夕習業，以教國子。國子者，卿大夫之子弟也，皆學歌九德，誦六詩。（同前，頁四八四）

故聞其音而德和，省其詩而志正。（同前）

夫樂本情性，浹肌膚而臧骨髓，雖經乎千載，其遺風餘烈，尚猶不絕。（同前，頁四八

五）

高祖既定天下，過沛，與故人父老相樂，醉酒歡哀，作風起之詩，令沛中僮兒百二十人習而歌之。（同前，頁四八六）

乃立樂府，采詩夜誦，有趙代秦楚之謳，以李延年爲協律都尉，多舉司馬相如等數十人造爲詩賦，略論律呂，以合八音之調，作十九章之歌。（同前，頁四八七）

細審此諸句，上下文意多詩與歌並舉，其中，說樂本性情，與詩之持人情性，詩樂之陶冶性情具同功之妙。而情性或性情之論，爲漢詩學之流行概念。（說詳下）

由前述，可知劉勰認爲子政品文，詩與歌別，諒非漢志之意，因爲漢志之詩，置於六藝略而言三百篇，漢志之歌實即混雜眞樂府與假樂府兩類，而包舉朝廷之制與民間歌詩。是以，漢志例用「歌詩」或「詩歌」乙詞以名樂府，頗與先秦用「詩三百」乙詞之概念有別。因之，劉彥和的子政詩與歌別論，要不別有立說，否則，必涉〈樂府〉篇兼論漢以下，曹魏與兩晉之作，因而有詩樂分論。然而文心以後世觀點說作詩樂分論，並不能即此而逕謂劉彥和踵子政之意，如王更生認爲這是文心宗經論說，所表現的「正末歸本」的一貫濟世精神。（《文心雕龍讀本》上篇，頁一〇四）反而，應該說是文心不從漢志之漢詩學歌詩論，而逕以曹魏兩晉之後世擬仿不入歌之文人作爲見解，遂混言漢志云云。依此黃季剛先生札記，認爲文心此說雖據〈藝文志〉爲言，但〈藝文志〉之所以如此分詩與詩歌，那是因爲在〈六藝略〉已言「詩」，當然不可能把歌詩附於詩之下。若然，黃先生以爲：非子政果欲別歌於詩也。（轉引自《文心雕龍注》，卷二頁三七）其實，黃先生的見解，倘再參考上舉〈禮樂志〉說樂的幾句關鍵字詞，就不難理解，漢志的歌詩不分，確然示人矣！吾人更可再加一說，即漢志所見漢詩學皆樂府詩，而不及五言。然則，文選次樂府於「詩」一大類之下，暗含詩與歌不分之意，文選於分類中，實宗子政品文，而文類所反映之漢代詩學之一面，實與漢志所見並無出入。此自文選詩類以驗漢代詩學之一例。所餘者，就是置於雜詩類下的古詩十九首了。

二、古詩十九首之影響論

古詩十九首既首次編錄於文選，則凡注選詩與評點選詩之各家說，皆可參考之而歸納其有關漢詩意見。首先就十九首之創作年代，李善作注已考定十九首辭兼東都，不可能盡是西漢枚乘作，持論略同《文心雕龍》明詩篇說法，皆推知「兩漢之作」，而不必定指枚乘。其餘諸家說不一。或疑西漢史傳莫見五言紀載，或指枚乘詩不避諱而斷爲晚出，或指修辭例用緯書，所以作于漢末。劉持生臚列諸家說後，終亦從文心與文選，認爲五言不一定興于西漢景武之世，但不能說西

漢無五言詩。（《先秦兩漢文學史》，頁二八五）

時代既定，今改用「漢詩」乙詞以替西漢東漢之別，則古詩十九首做爲漢詩有別於樂府與四言之新體，淵源所出，影響承受等，見之於選詩評點者有如下諸條可述：

1. 比興意多文情便深厚，此風人嫡派。（行行重行行）
2. 形容洛中富盛處語不多而蒼勁濃至，絕可玩味，鮑明遠詠史自此來。（青青陵上柏）
3. 此全是賦。（今日良宴會）
4. 全是演毛詩語，得末四句，直截痛快，振起全首精神，然亦是河廣脫胎來。（迢迢牽牛星）
5. 獨宿以下只是夢見覺失，意自長門賦變來，而寫得濃至，質饒古色，自是高妙。（凜凜歲云暮）
6. 愁多句精絕，四五字變得巧，三歲字不滅尤奇峭。總是險勁調，蓋公幹太沖所自出。（孟冬寒氣至）
7. 清切獨勝，是魏文所祖。（明月何皎皎）

觀此七條批語，大別可分三類內容，其一是前影響，如145三條，其二是後影響，如267三條，其三是文類互爲交溶的平行影響，如35兩條，乃就古詩十九首的立意與技法說明與漢賦的「類同」之處。

就前影響而論，二則批語均指出十九首與「詩經」國風的「類同現象」。這是貫時性的類同，由相隔的前後兩代時間而產生。另一則是並時的「類同現象」，由同時代中（同在漢代）不同文類的相互滲透而產生。這二則批語說明了漢詩影響，尙未有外來接觸做媒介（如異國文化），而純由本土文化文學的接觸產生影響。

再就後影響而論，漢詩影響後世的詩人及作品，分別有鮑照、劉楨、左思、曹丕等。這一現象，說明了，「類同原則」，經過分化與再影響，遂有不同註釋之可能，因而產生同祖一源，卻各如其面的分歧「類同」。如後影響的這三條批語，同出於「類同」的古詩十九首，卻因再讀與再註釋而分別影響了鮑劉左曹等四家之詩。然而，吾人不能即此類同就認爲此四家詩即類同。四家詩亦可能復因解讀者之主體解悟不同而出現不同的「類同原則」辨認。譬如《詩品》就認爲鮑照源出於張景陽張茂先，而不是古詩。魏文帝則源出於李陵，而又兼有王粲的「體則」。這樣，證實了影響理論中可能有的「誤解」與「誤讀」，因爲，一個詩人的前影響可能是兩種，而且，隨著歷史的推移，後影響也可能多種。布魯姆有名的「影響焦慮」理論，強調了詩歌既是收縮又是擴張。所有的修正前人作品如果叫收縮運動，則創作本身是一種擴張運動。這樣，布魯姆對影響做了正確解釋，即影響是收縮運動和向外擴張耳目一新的「辨證關係」。（《影響的焦慮》，

頁九五）

注意布魯姆講的前影響之收縮與後影響之擴張不是一定的，而是辨證關係。只是這個辨證之後的判定，當歸屬於何者？在此，吾人即以十九首的批語爲例，補說了布魯姆影響理論的這一項質疑，提出「評點」做爲解悟判定之價值，對影響理論提供了一個本土文化文學實際現象之一例。

再者，吾人當注意這七條批語所使用的批評詞彙，如〈行行重行行〉乙首用「比興意多」，是講技法與國風比興之類同，而「文情深厚」，應是詩者持人情性」概念之相關意涵。這一「類同」的批評詞彙，又見於《文心雕龍・明詩》篇說古詩「怊悵切情」，扣一情字，與《詩品》說古詩「文溫以麗，意悲而遠」的意悲，即情感之悲，今人王叔岷認爲此兩個批評概念，「亦相關」。（《鍾嶸詩品箋證稿》，頁一三五）所謂的亦相關，即可視之爲「類同現象」。

假使再找後代其它賞讀者所使用之批評概念，則有陸時雍說：一句一情、一情一轉。又劉光蕡說：情致纏綿。（轉引自《古詩十九首彙說賞析與研究》，頁四頁五）而方廷珪則謂：頓挫綿邈，眞得風人之旨。（轉引自《詩品注》，頁五二）以上這三家所用的批評辭彙，縱使不盡然相同，但都有「情」字概念，不失爲「類同原則」，因此做出影響論之檢證判斷。建立在這一實際批評手法所得出的「證據」，無寧是漢詩學影響論方法之具體示例。這樣又可補說布魯姆影響理論移用到本土文化文學之研究上的「類同原則」，而不僅止於對異國接觸或相異原則有效用。簡言之，同一文化文學系統也可適用「類同原則」之影響，而其作法如何？透過選詩評點對古詩十九首的批評詞彙之「類同現象」，發生效用，因而獲得檢證。

十九首之外，尚見於其它文選所收漢詩之批語，關係到漢詩學問題者，詳述之如下：

三、樂府詩之體格論

文選於二十三詩類下，分有〈樂府〉乙類，次於〈郊廟〉之后。選有古辭樂府三首，即〈飲馬長城窟行〉〈傷歌行〉與〈長歌行〉等。（註❺）對此三首之批語，分別用了「雅味」與「風骨」「骨力」等術語，持與它處所見賞讀不同，可視作選家對漢樂府體格論之一見。原批如下：

孫曰通篇不屬對且句句有味有力，不淡不弱，然是高妙，但細玩卻是兩句一意耳。（〈傷歌行〉眉批）

孫曰雅味中有骨力。（〈長歌行〉眉批）

孫曰質而含濃色，風骨甚勁。（〈怨歌行〉眉批）

先說骨力乙詞之概念，自《文心雕龍．風骨》揭示骨力與文骨之說，有關文章之「骨」，遂廣爲引說。但文心用骨采、骨勁、骨鯁、骨髓諸詞，各施於〈碑誄〉〈章表〉〈奏啓〉〈風骨〉等四篇，而不及〈樂府〉與〈明詩〉。章表奏啓於文體屬「筆」之一類，即所謂「無韻」之筆。有韻的「文」如樂府與五言詩是否適用「骨力」等批評概念，文心既未明擧，則骨力用之於樂府，當屬文心之後晚出說法。

與風骨各指文章的「情」與「辭」兩方面，析辭必精，是鍊骨的成功，述情必顯，是深乎風力。劉勰於此二詞向不含混，用於實際批評者，凡屬於筆而以文辭爲講究者，例用「骨」及此字的連綴詞說解（如骨髓）。反之，若屬「文」之一類而以情韻見長者，例用「風力」如何如何以評判。例如說：潘勗錫魏，思摹經典，群才韜筆，乃其骨髓峻也。相如賦仙，氣號凌雲，蔚爲辭宗乃其風力遒也。（《文心雕龍．風骨》）這裡擧潘勗的〈賜魏公九錫文〉，是「筆」。司馬相如的〈大人賦〉是「文」之同性質。文心之風對情說，骨對辭言，分判明白有如此者。

然而降至明清，文論延展「骨力」說，多用於詩歌評賞之詞。宋人許顗《彥周詩話》載韓秀實判讀元稹艷詩與韓偓《香奩集》的艷詩，高下之分，正在一個是「麗而有骨」，另外一個是「麗而無骨」。（《彥周詩話》，頁一七）此處已用「骨」字說詩。於是，明人謝榛《四溟詩話》用「精技有骨」摘句批評，清人周濟《介存齋論詞雜著》用「究苦無骨」評騭李清照詞，而沈德潛《說詩晬語》說劉夢得「骨干氣魄」高于隨州。至此，論詩詞之「有韻爲文」的一類，已兼用原先文心專屬於「筆」之「骨力」說。顯見，「骨」字批評概論已分化，或與其它批評術語合流了。它如清人劉熙載《藝概》用骨力乙詞評論書法，則又更廣爲傳說了。（註❻）

茲者，孫評用骨力風骨說樂府，可謂與明清說詩風氣同流，倘又與其它評樂府此類古辭之說相較，則孫評不重在意旨思想，而重在風格品評，對樂府詩此一詩類之解讀，方法已變，那麼，骨力做爲一批評概念，實際運用已普遍化了。

今以長歌行爲例，吳兢說此首言當努力爲樂，無至老大傷悲。（轉引自《樂府詩集》，頁四四二），朱止谿則謂此首思立業，李子德把它聯想成是描寫西京吏治文章。（轉引自《漢魏樂府風箋》，卷二頁一五）照以上說，此詩一在自勉，一在勉人。劉履就如此讀。（《選詩補注》卷一）這個綜合意見，又爲今人畢桂發採用。（《樂府詩鑒賞辭典》，頁三三）然而，諸家說亦僅止於此，若問樂府之風格，則孫評曰骨力，可助一解。

再如〈怨歌行〉乙首，歷來說解，無不集中於此詩主旨之「怨」，而此怨並無明說，乃藉團扇出入懷袖以比喻女子之命，歲時之變，命亦如之，這個形象顯明的比喻，一直是說詩家津津樂道者。推此而外，王夫之將此詩類比國風，是文類辨異，（轉引自《漢魏樂府風箋》，頁五四）沈德潛則再提一句曰「音韻和平」。更有將怨字引伸，說成「怨而不怨」者。如吳伯其之說，以及今人之說解。（《樂府詩精品》，頁一三六）唯終究不越出「怨」字說，所以，《樂府詩集》從《文選》做同樣的篇題，而《玉台新詠》乃逕改題曰怨詩。並附錄短序，云作者班婕妤「作賦自傷」。（《玉台新詠箋注》，上冊頁二六）如此，篇題與主旨扣緊，此首之妙盡於斯。

而孫曰云云，說此首的「質」，意指此首含怨而委婉道之，說此首的「濃色」，是善用四時物色，以爲「情往似贈，興來如答」的興起作法。這二說，大抵不離諸家已揭者。唯獨著一「風骨甚勁」之語，乃合併此首之「情」與「辭」配合而言。樂府詩本以接續國風，爲民間歌詩之流，詩經多用比興，樂府不惟比興，又加風骨，然不然，姑無定論，至少，孫評的解讀對漢樂府而言又進一說，頗資再讀者的辨證反思。

其餘用「味」說，先秦兩漢固有其例，特別是鍾嶸《待品・序》標五言詩爲眾作之有滋味。則「味」字說詞，孳乳而有文心的「情味」，司空圖的「味外之味」，以至明清詩家常言的神味、風味。凡此，可知「味」字施於講音韻講言深旨遠的詩詞，已成批評之定式，此處孫曰用味字評樂府，不若用骨力之有變創，但合「味」與「骨」兩字批評概念說樂府，則可視爲新解讀之一法。

四、歌詩不同論

文選二十三詩類分有樂府，挽歌，雜歌，明知樂府與詩有類屬關係。文選所謂樂府又與郭茂倩《樂府詩集》之樂府所包含體類有寬窄之別。

再者，劉勰《文心雕龍》立〈辨騷〉〈明詩〉〈樂府〉〈詮賦〉諸篇，顯見劉勰亦分詩與樂府。今觀其〈明詩〉篇講詩的起源論，採用詩言志，持人情性之說，是宗法先秦兩漢詩學者。（註❼）次論詩史發展，分四言與五言，又各以清麗雅潤為風格之異。說到四言，首自詩三百之言志說而起，所謂「春秋觀志」即是。惟此言志之詩三百篇，既已列入〈宗經〉所規限之六經，然則，有別於「詩經」以經為定位之詩，又自何始呢？文心舉「秦皇滅典，亦造仙詩，漢初四言，韋孟首唱」為例，揆其意，即謂四言之詩，不同於詩經地位者，斷自秦始皇的〈仙眞人詩〉與韋孟〈諷諫詩〉。因為從此以下之詩，不再具有如三百篇之「經」的地位。這是「經詩」（自撰之詞）與一般通義的詩之區別所在。

〈明詩〉順此發展，特標建安之初，是五言騰踊的時代，於是，後世所謂的「詩」從此大加發展。至於三六雜言，離合體，回文詩，與七言的柏樑連韻，並四言五言都是「情理同致」，因而也可總歸「詩囿」云云。

由此可推知《文心雕龍》所講的詩主要是五言詩。而於〈明詩〉篇之外，另立〈樂府〉，明見詩與可歌之樂府實判分兩途。乃於〈樂府〉篇末引劉向別錄劉歆七略之說，贊同「詩與歌別」，故「略具樂篇，以標區界」。

劉氏父子之說見存於《漢書・藝文誌》，今細審〈六藝略〉〈詩賦略〉幾條重要關鍵句，可驗漢人詩歌分合之學如何，其句有如下：

其一：詩言志，故哀樂之心感而歌詠之聲發，誦其言謂之詩，詠其聲謂之歌。故古有采詩之官。（《漢書・藝文志・六藝略》）

案：此處詩歌分立，區別在兩者之依隨關係。但先決條件是必先有詩，而后詠其聲始謂之歌。據此三百篇皆得謂之有聲之詩。問題是，無聲之詩又如何？以及本爲歌之目的而塡辭之詩又如何呢？此二問題引生詩三百，特別是國風，是否民間歌詩本來面目之討論。於是，牽涉下謂古有采詩之官的采詩所採是否原貌之辨。當注意者，六藝略此處所言「古有」之古，定非漢武帝所立樂府官，而是指《禮記・王制》所載古者天子五年一巡守，命大師陳詩以觀民風的太師采詩之官。孫希旦注禮記引鄭玄注謂：陳詩是采其詩而視之。孫注又謂陳詩之目的是因詩可以貞淫美刺。（《禮記集解》，新編頁二九七）這一說法，不出儒家詩教之旨，可由此反證，六藝略所講的采詩是古大師所采，而所采之詩即今見詩經之詩，簡言之，國風與小雅佔大多數。六藝略涉六經之「經」的概念，凡詩六家之詩蓋指詩經，而不指《文心雕龍・明詩》所講的漢四言詩與建安之初的五言詩。

其二：傳曰不歌而誦謂之賦，登高能賦可以爲大夫，言感物造端，材知深美，可與圖事，故可以爲大夫也。（《漢書・藝文志・詩賦略》）

其三：古者諸侯卿大夫交接鄰國，以微言相感，當揖讓之時，必稱詩以諭其志。（同前）

其四：春秋之後，周道寖壞，聘問歌詠不行於列國，學詩之士，逸在布衣，而賢人失志之賦作矣。（同前）

其五：自孝武立樂府而采歌謠，於是有代趙之謳，秦楚之風，皆感於哀樂，緣事而發，亦可以觀風俗，知薄厚云。序詩賦為五種。（同前）

案：細讀詩賦略這五條資料，可知漢人所立詩歌二途，其發展趨向是：先詩經、次漢賦，次漢樂府，而屈原，孫卿的賦，雜廁詩經之后，謂其「咸有惻隱古詩之義」。然則，五言詩，以及非詩經地位之四言詩，不與其列。因之，詩賦略所謂之詩，蓋指「歌詩」收錄詩歌二十八家，三百一十四篇，據王先謙補注，所舉二十八家之詩，皆在《樂府詩集》可見，則《漢書》之歌詩，即樂府詩，且歌詩與詩判然兩別。其二句謂不歌而誦謂之賦，明知賦確為新興文體，與詩經之詩有別，亦不類歌詩（樂府）。其三句所指「必稱詩以諭其志」，所稱者即詩經，其四句明示詩言志，賦亦言志。其五句揭樂府官立始於武帝，樂府詩之名自此出。樂府之功能亦同詩經，都在觀風俗之厚薄。如是云云，可知《漢書》所反映的先秦兩漢詩史，其次序是詩經→楚辭→漢賦→樂府。五七言詩與非詩經之四言詩，並不在其討論之列。

據以上所論，則《文心雕龍．明詩》篇所謂的詩與歌別一語中的詩，在〈明詩〉專講五言詩之立意看，以及文心另立〈樂府〉之用意，可推想文心此語所講的詩與歌別，是指五言詩與樂府詩之別。但若謂詩與歌，是出於「昔子政品文」之見，則甚謬矣！因為《漢書》詩賦略所及詩學內容只言歌詩與賦兩體，而不及五言詩如〈明詩〉篇所指涉者。這就是引來有關先秦兩漢詩學中「詩」「歌」分判與否？乃並此分判與否關係詩本質與評價詮釋諸問題。

首先，范文瀾於注解〈樂府〉篇「昔子政品文，詩與歌別」句下，引黃季剛先生批語謂藝文志所以分歌詩與詩異類，乃因部居所拘，蓋因有六藝略詩賦略之分，不得不將歌詩別出來。其實非子政果欲別歌與詩也云云。（《文心雕龍注》，卷二頁三七）范文瀾據黃說復加發揮，斷曰詩與歌本不可分，故三百篇皆歌詩也。而後世無聲樂之詩，徒供目賞，不具聲樂的「詩」，遂「陳熟可厭」。顯然寓有褒貶評價之意。於是，表彰漢志獨錄歌詩，認為「具有精義」，乃修正黃季剛僅為「部居所拘」之說。（同前）

范、黃二家之論，病在混言詩賦略所講的歌詩與後世所謂的詩為一系。其實如前文引句所示，詩賦略並不及五言詩，只專意在歌詩（即樂府詩）與漢賦。因之，若問《漢書》對五言詩與樂府詩，或五言詩與詩經有別否？不啻是緣木求魚，終不可得，蓋空文闕如也。

於是，再回到《文選》於賦詩騷三體分之，不特立樂府，因此與《文心雕龍》分法不同。《文選》復於詩類下次分二十三類，才有樂府之設，但樂府之外，又分挽歌與雜歌，軍戎與郊廟，反與郭茂倩《樂府詩集》以樂府詩爲總稱之名不同。然則，《文選》是否反映了「詩」與「歌」不分別的詩學觀呢？今試論之如下：

《文選》二十三詩類，首標補亡詩，蓋補詩經今存六篇有目無詩之作。作者束晳，《晉書》有傳，《文選》題補亡詩六首，下有束晳序曰：晳與同業疇人，肄修鄉飲之禮，然所詠之詩，或有義無辭，音樂取節，闕而不備，於是遙想既往，存思在昔，補著其文，以綴舊制。（《評注昭明文選》，頁三七三）據此序可知束晳所謂的詩即詩經，而詩經之詩，義辭之外，兼以音節，束晳遂有存思慕想，因而補作亡詩，模仿詩經做到「詩」與「聲」之結合。自序用心如此。

結果，經評點家解讀，並不理想，先是何義門眉批云：「首之以補亡詩，編集欲以繼三百篇之首，非苟然而已也。」（同前）這話在解釋《文選》詩類首編補亡詩理由，認爲《文選》選錄標準不含經史子，詩經當然不選，就此而言何義門之意見，說出了《文選》編者不選詩經但又不得不選非「經」地位之「詩」。一則表示尊經，二則提升漢魏新興「詩」體的雙重意義。然而，雖言如此，六首補亡詩的成就實不及詩經。何義門又批云：「試以此置之三百篇中，當自有辨，三百言外之意，令人深思，不如是之一覽無餘，恐笙詩未可補也。」（同前）這段比較評價之見，明言詩經是「笙」「辭」兼美，不可補也。詩經之技巧可做到言外之意，六首補亡詩則不如。類似評價，孫月峰也說「意似太露」，「情旨欠屬」。（同前）甚至直接指出這六首補亡詩「全是晉人語，豈可補三百篇」（同前，頁三七四）

據何、孫二家評點，詩經與「詩」在比較解讀中，雅有異同高下之分。其別關乎技巧優劣，但另有于光華摘錄沈曰：六詩不類周雅，然清和潤澤，自是有德之言。（同前，頁三七五）這意見就有可論矣！沈曰云云，用風格比較法，分出詩經的「雅」與六首補亡詩的「清」，持以驗對《文心雕龍．明詩》云：若夫四言正體，則雅潤爲本，五言流調，則清麗居宗。可知，沈曰見解不出文心之說，這樣，就應和了一個理解先秦兩漢詩學體系的共識，選詩評點即在此實際作品解讀中進行此一體系之見證。然則，《文選》所謂的詩與可歌之「歌詩」（樂府）究竟分出來了嗎？

《文選》二十三詩類於樂府下，次以挽歌與雜歌，其中雜歌收漢人作兩首，即〈荆軻歌〉與〈漢高祖歌〉，何義門批語云：二歌不可以詩格論。（同前，頁五四四）此意見，明謂歌與詩不同法，其風格特色，亦各有品評，如孫月峰評〈荆軻歌〉云：此只兩語，卻爲不盡慷慨激烈，寫得壯士心出，氣蓋一世。（同前）這是說此歌在「氣勢」上之表現。

至於漢高祖歌之點評，諸家亦每多在「氣」上發揮。如鍾曰雄大不浮，又曰氣大，而孫月峰合此兩歌下評云：此與荆卿同調，雄豪自肆。（同前）方伯海亦云：數句中有千萬言氣勢。（同前）總之，作爲「歌」的性質，此二首之特色，無非是：氣勢雄豪，氣勢雄大。這樣的批語，頗類《文心雕龍．樂府》評魏之三祖所用「氣爽才麗」之辭，都同時注意了「歌詩」的「氣」之把握。然則，由選詩評點可知兩漢樂府之品評，重在「氣」，其風格重在「雄豪」，兩者構成樂府詩學的兩大辨識特徵。

五、雜詩類所反映的兩漢詩學

文選二十三詩類中雜詩乙類，最能反映兩漢詩學「新體」創生的事實。前述已知漢志之詩即詩歌，文心之詩則三百篇與漢魏五言混而談之。甚至於四言五言，寓有高下之見，〈明詩〉篇即謂「四言正體，五言流調」，流調即使做「流行之調」解，與「正體」一詞使用份量之輕重，自不能比。因之，五言詩做為漢代新興詩體，相較於劉勰宗經思想的三百篇之地位，不及遠甚，只因劉勰雖尊經，但亦重視「通變」，所謂「詩有恆裁，思無定位」是也，故於五言流調兼述而並備。而文選特設雜詩，標以「雜」字。不宜視作「流調」之見解，當以文選認為此類詩既五言七言均收，（如張衡四愁詩）且題旨情類非可劃一，自劉楨、曹植、嵇康、張華、陸機等皆用「雜詩」做詩題，再者，古詩十九首，不名作者為何人，以上諸種因素，乃有「雜詩」之設。其所謂雜，斷非樂府詩性質的雜歌之雜。這一類的雜，五言為大宗，只有近似七言的一首張衡四愁詩例外。此一現象，不即暗示文選視漢代新體即為「詩」之一類，反映五言詩在兩漢之地位。使到向以三百篇為詩之「經典」地位的正宗詩學，回歸到「非經」色彩的「原詩」本來面貌。因之，文選首次登錄五言新體的古詩十九首，為總集之創例，亦為漢詩學之反映。

文選這一作法，倘據撰成成書年代看，頗與鍾嶸《詩品》所見略同。（註❽）鍾嶸《詩品・序》明言：五言居文詞之要，是衆作之有滋味者也。王叔岷先生解釋衆作，是包括七言而言。（《鍾嶸詩品箋證稿》，頁一五）這是出於鍾嶸獨標五言之故，而彼時鍾嶸必及見七言，只是七言尚未成爲「流調」，故有此說。文選既成書於《詩品》之后，且鍾嶸身歷齊梁二代，卒年在梁武帝天監十二年之前（西元五一八）。雖不致必有與昭明太子或十學士集團之關涉，但鍾嶸嘗爲衡陽王晉安王記室，又有建議梁武帝興革官制品第之舉，因之，《詩品》成書，或流傳於公卿，而編文選之蕭統，與幕下文士討論，或未必不參考之，（註❾）

唯鍾嶸專五言，文選則置五言七言與樂府或它體（如補亡詩之四言）之間而並列，總冠於「詩」一大類之下，此又不同於鍾嶸。文選如此體類作法，雅有對兩漢詩學「普遍關照」的宏觀視野，這個意義，應予注意。

六、四愁詩評語之價值

雜詩類另收有張衡四愁詩，字句七言，除首句第四字兮字不計外，其餘六句，爲完整七言，形式整齊，倘再加一句，即爲七言古詩之句數，是漢詩中少數特例之一。

孫月峰施於眉批有謂：立格奇，構詞麗，祖離騷而稍易其貌，委爲高作，第體方境狹，所謂不可無一不可有二。（《評注昭明文選》，頁五五六）這一批語，用類似《詩品》講的溯源法，認爲四愁詩自離騷來，但稍易其貌，又不全是襲仿離騷。這一祖一易，即詩學影響之舉證。可自影響論觀點看，知所謂影響，其實包含變創與修正改易。但此一影響有無之舉證，悉憑之閱讀感受之主體領會，因而主體辨認不同，其影響之說亦異。

例如同首末批有浦起龍云：

英瓊瑤告以精誠堅結，雙玉盤昜以虛受兼容，明月珠期以照察無隱，青玉案喻以倚任可憑，溫柔敦厚，三復之餘，忠愛之心，油然而生。是亦國風二雅之遺。（《評注昭明文選》，頁五五七）

這條批語，前半講詩中意象所比喻之含意，而就比喻手法之委婉，得出「溫柔敦厚」之感受，與孫月峰的總感受「體方境狹」不同。因之而推演此詩影響所自，認爲「是亦國風二雅之遺」。這樣，一說離騷影響，一說風雅之遺。各自成說，而別具一理，既不妨此詩之解悟，實增此詩之多義，及至清代沈德潛的評語，遂綜合二說，而總曰：風騷之變格。沈德潛云：心煩紆鬱，低徊情深，風騷之變格也，少陵之七歌原於此。（《古詩源箋注》，頁七九）這一批語扣緊「情」字，强調讀後「心煩紆鬱」的感受，究與孫浦二家之感受不同，因而得出不同的影響論。初看之，沈評似有綜合之功，然而孫批選詩早施於前，已示源流論與風格品評手法，對漢詩學與先秦詩學之淵源影響做了實際解讀之例示。

這一解讀示例，不妨可視做漢詩學的一個影響個案加以討論。關於影響，它主要在比較文學的範疇內之一支學科，而有所謂的影響研究。「接觸」與「影響」是檢證的開始，接觸又可分外來接觸，如異國文化與文學影響，至於本土接觸，即本國文化與文學之制約。就後者而言，中國古代文論中的「溯源論」與家法門派，應是作品前後時代不同之間最有可能產生接觸影響之例子。當然，貫時性的影響之外，並時性的影響，即同時代之間作家與作家，作家與時代風潮或思想潮流等諸因素之互動，亦爲影響接觸之大可能。以漢詩學爲例，《詩品》已明言古詩十九首，其源出國風，這是說古詩十九首在貫時性之一面受前代作品如國風之影響，但這一影響之檢證，則很難是客觀的，而必須加上「解讀者」之主體辨認，譬如《詩品》就用「文溫以麗」「意悲而遠」「清音獨遠」等這些閱讀感受之描述，權充檢證之證據而加以辨認漢詩學新體五言影響之所自。

倘換一讀者，其主體性之移位，則影響之共識或承認仍然不變，但檢證之例子與檢證過程，便由不同的主體感受而隨之改變。如選詩評點諸家對古詩十九首之影響檢證即不同於《詩品》。

現在，文選對漢詩影響之意見，一則見於選錄作品之有無，如張衡〈四愁詩〉，文選收錄，但《詩品》或以其七言新體而隻字未提。可見，二書對漢詩學之現象看法既異，自然不可能有同樣的影響檢證。而文選既選之，後代選詩評點對〈四愁詩〉亦因評點家各自主體之不同而作不同的溯源，如浦二田孫月峰二家之見。

誠如古添洪在做胡適八不主義與外國意象派詩之影響研究乙文中指出，接觸與影響之指陳與檢證，有點像我國「考據」之學。又說影響檢證不免只是一種「建構」，未必與事實相符，在此困難之下，古添洪提出「類同原則」做爲標準。（《從影響研究到中國文學》，頁二一，頁三五）確實「類同」之兩作品，究難脫影響干係，但若質問類同之各點，則主體解悟還是左右一切，否則，何以有不同影響所自之說法？又何以判定孰是孰非？就此點而言，選詩評點之最大價值，無寧是對漢詩影響論做一「類同」之實際檢證。而且，選詩評點不僅做出「前影響」，即前代之影響，更且指出「後影響」，即漢詩新體中古詩十九首對後代之影響。

七、小結

本文至此大致已將文選所收漢詩做一論述。所餘者，次於古詩十九首之後的〈李陵與蘇武詩〉三首與〈蘇武古詩四首〉合共七首未論述。其原因是此七首在創作年代上爭議較大，又有眞僞之辨。以至有關這七首的文選評點主要集中在此兩問題上，因著不同的詮釋理路而找到不同的時代定位，並以合理性將詮釋理由予以合法化。這一問題之層面，宜援引詮釋學與版本考據學證論之。本文暫闕，將另文討論。

本文主要將文選所見漢代詩學，分從文選白文與評點兩路看。就文選白文而言，文選是一部文學總集，其選錄標準及文學觀點僅憑一篇文選序的說明誠然不夠。但又沒有選文之序錄或如今人寫書的「題解」之作，因之，文選反映的漢詩學，唯有細審其分體之法，類別之歸，並揆測「選文以定篇」之各篇爲何？綜合而判斷，以得出文選所謂的漢詩是什麼？本文經過文選的詩類之分，看出置樂府於詩之大類下，與《文心雕龍》不同，而實暗合《漢書・藝文志》之歌詩觀念。

復由文選首錄古詩十九首，並收唯一的一首近似七言體的張衡〈四愁詩〉，指出文選重視漢詩學「新體」的價值與地位。這點反而又與漢志不合，而間接與同時代的《詩品》特標五言的地位有關，以質疑漢代由官方制作樂府一體的地位，這一點可視作文選對漢詩學的新詮釋，將「詩言志，歌詠言。聲依永，律和聲」的先秦兩漢歌詩一體的典律詩學，扭轉到詩與歌逐漸分途的五言七言新體，以便爲魏晉南北朝大量流行的「俗調」之五言舖路，而把漢詩的影響擴大加遠。以上這些研究成果，是從文選白文所收漢詩之分類作法上得出，當屬「選詩」本身反映的材料意義。

其次，再就選詩之「評點」探討選學家在漢詩作品上的批點意見，持與原選意圖相互參證比較，結果發現評點與原選對漢詩學之看法不謀而合。然而選詩評點之最大價值，不在於遵奉原選用意而重複陳述，乃在於選詩評點做爲漢詩學之「實際批評」示例，具體地補足了原選企圖的檢證效果，以及批評辭彙與觀念之運用。這一部份，本文特拈出漢詩學中「前影響」「後影響」與「平行影響」的諸般進路，試借用當代文論中的影響論加以說明，由漢詩學的這三條影響進路，吾人可視為漢詩學的「影響圖式」（註⑩）

因為影響論是比較文學課題，本文借用之，若可說而適切，則宜視作影響論與中國古代文論的相干性，為影響學說做為「理論旅行」（註⑪）的一次案例，找到漢詩學領域的一個落腳之處，因而提供了對漢詩學的實際批評運作，當可視為本文第二部份的論述成果。

附註

註❶：目前各家對文選分體，多認爲三十八類，筆者另提出三十九類說，詳辨在〈論文選之難體〉乙文中，收入《魏晉南北朝文學與思想學術研討會論文集》第二輯，頁二五九—二八九。又收在本書第陸章，頁一四七—一四八。

註❷：文選於辭之一類，僅置漢帝秋風辭，與陶淵明歸去來辭兩篇，辭之一體，以楚辭爲主，當與詩有別，本論文既談漢詩，不宜入列。今視辭爲古歌詩性質，如徐師曾《文體明辨》卷一置辭於「古歌謠辭」一類。（冊一，頁一六八）又簡宗梧亦云：〈秋風辭〉是楚辭式的歌。（《文學的御花園—文選》，頁四六）本文採用此說，所以，把秋風辭列入漢詩。在六朝時，辭賦並舉，如《文心雕龍》比興與指瑕兩篇的「辭賦在先」「辭賦近事」云云。文選既立賦之一類，又別設辭之一體，明見文選與文心於辭之性質看法不同。

註❸：《漢書．藝文志》立詩賦略，此詩字取「歌詩」之意，蓋目三百篇爲六藝，故詩廁之「六藝略」，而另立歌詩乙類。此賦字含「騷」與楚辭，不僅指漢賦，可知漢志將騷賦作一體看。而所謂的樂府詩，漢書別於禮樂志說之，明知漢書視樂府詩爲音樂。所以，披之管絃的詩，才叫樂府詩。禮樂志云：郊祀歌，即司馬諸人詩也。這樣一比較，樂府詩與「歌詩」應該再分，至少漢書的本意是要分的。

註❹：尚書這一段話，范文瀾注引《尚書・舜典》，今查《尚書》此話載在《虞夏書・堯典》，唯《堯典》合堯舜之事而記之，屈萬里以為「雖以後代觀念記事」，但究非僞書。（《尚書集釋》，頁六）但各家注，如楊明照、王利器、周振甫、王更生等，皆從文心「大舜云」之說，注曰出舜典。這是因為〈堯典〉此話列在舜云之後，自舜云以下皆記舜事。所以，文心逕曰大舜云，實則此段話在〈堯典〉，今按屈萬里新校本改題。

註❺：文選收此古辭三首，或作四首。四首者即於〈飲馬長城窟行〉後次以〈君子行〉。今見叢刊本，尤本，胡刻本，俱闕。廣都本、明州本、陳八郎本、袁本，茶陵本、奎章閣本俱有。而凡六家合注本並無出校善注與五臣注異同。知此首當三十卷本昭明原編有者。又查贛州本亦有，贛州本善注在前，五臣在後，且詳前略后，叢刊本、茶陵本晚出，皆從贛州本源出者，竟刪此首，殊不合刊刻體例。今據諸宋本文選，可證此首當有。〈君子行〉郭茂倩《樂府詩集》置卷三十二，屬相和歌辭平調曲。

註❻：案骨力說用於書法品評，最早應自衛夫人《筆陣圖》提出多骨豐筋說開始，而唐代李世民首言學書不在形勢，惟在求骨力。（《唐人書學論著》，頁七三）。骨力於書藝之說，本文暫略。

註❼：詩言志之說出於《虞書・舜典》，代表先秦之通見。持人情性說則漢人多有此說，《白虎通》立情性乙條，《漢書・藝文誌》有方技略立房中八家云：房中者，性情之極。王先謙補注：官本作情性。（《漢書補注》册二，新編頁九一四）可知情性即性情。

註❽：據《南史》與《梁書》本傳，皆言鍾嶸卒年在沈約之后，《詩品》亦始於約卒后，王叔岷先生據之訂爲天監十二年（五一九）。可知詩品成書必不晚於是年。（《鍾嶸詩品箋證稿》，頁十二）又王運熙亦同此說，唯訂其生卒年爲（四六八—五一八）。（《魏晉南北朝文學批評史》，頁四九三）案：當是算法加減之誤，並無別。

註❾：其實像古詩十九首同類之作，實在至少有二十四首，明知已經蕭統擇選過。而且，自晉至梁，擬作十九首者已多，可見十九首一類之「古詩」流行已廣。反證漢詩此類早獲士人重視。此問題可參何沛雄〈古詩十九首的名稱和篇數〉乙文。

註❿：這個「影響圖式」術語，也是由布魯姆於一九七三年出版《影響焦慮》，又於一九七五年出版《誤讀圖式》乙書的主要觀點，布魯姆提出「影響即誤讀」說，認爲詩人之間的影響，不是時間先後的遞續，而是一位詩人對另一位詩人所作的批評與誤讀誤解。本文借用其理論時，稍加轉義，指出漢詩學的誤讀不是由詩人去做，而由評點家指出來，當然評點家其實也多少具有寫詩人身份，在「創作」上之經驗與批評上之誤讀，應一同看待。另外，本文所用「前影響」「後影響」與「平行影響」諸語，乃是方便說明而杜撰者，非來自布魯姆。

註⑪：「理論旅行」這一術語首由薩依德在《世界‧文本‧批評》乙書中提出。（一九八三，劍橋：哈佛大學出版社）而由米樂到中研院歐美所的一次講座中加以引述並引伸後結集成書叫《文學批評運作的形式》，由歐美所出版，意指理論之用於作品，由一個國家轉到另一個國家，猶如旅行一般，旅行過程中，不免出現誤解理論，或加以修正的情形，因之理論遂不能眞的明確定義。（《文學批評運作的形式》，頁五）而且理論之被扭曲乃必然之勢，（同前，頁二五）只是這個扭曲源於閱讀活動中的機制性。（同前）本文借參理論旅行的概念，認爲選詩評點對漢詩的影響之論述，即有「影響論」之現象，可視作該理論本土化之例。

引用參考書目與期刊

成大中文系（編），一九九三，《魏晉南北朝文學與思想學術研討會論文集》二輯。台北：文津出版社。
米樂，希里斯，一九九三，《文學批評運作的形勢》。台北，中央研究院歐美所。
葉桂剛，王貴元（編），一九九三，《中國古代樂府詩精品賞析》。北京：北京廣播學院出版社。
布魯姆，哈羅德（原著），朱立元、陳克明（中譯），一九九二年，《比較文學影響論》。台北：駱駝出版社。
布魯姆，哈羅德（原著），徐文博（譯），一九九〇，《影響的焦慮》。台北：久大文化股份有限公司。
王叔岷，一九九二，《鍾嶸詩品箋證稿》。台北：中央研究院中國文哲研究所。
穆克宏，一九九二，《玉台新詠箋注》。北京：中華書局。
古添洪，一九九二，〈胡適白話詩運動〉，收入陳鵬翔、張靜二（合編）《從影響研究到中國文學》，頁二一一—三八。台北：書林書店。

劉持生，一九九一年，《先秦兩漢文學史稿》。西安市：西安大學出版社。
王更生，一九九一，《文心雕龍讀本》。台北：文史哲出版社。
黃節，一九九〇，《漢魏樂府風箋》。台北：學海出版社。
汪中，一九七六，《詩品注》。台北：正中書局。
王純父，一九九〇，《古詩源箋注》。台北：華正書局有限公司。
李春祥（主編），一九九〇，《樂府詩鑒賞辭典》。鄭州市：中州古籍出版社。
王運熙，顧易生，一九八九，《魏晉南北朝文學批評史》。上海：上海古籍出版社。
徐師曾，一九八八，《和刻本文體明辨》。京都：中文出版社。
何沛雄，一九八八，〈古詩十九首的名稱和篇數〉，收入趙福海（等）編《昭明文選研究論文集》，頁二一二—二一六。長春：吉林文史出版社。
張清鍾，一九八八，《古詩十九首彙說賞析與研究》。台北：臺灣商務印書館股份有限公司。
簡宗梧，一九八七，《文選》。台北：時報文化企業有限公司。
屈萬里，一九八三，《尙書集釋》。台北：聯經出版事業公司。
楊家駱《編》，一九八一，《唐人書學論著》，收入藝術叢編第一集。台北：世界書局。
郭茂倩，一九八〇，《樂府詩集》。台北：里仁書局。
龔慕蘭，一九七八，《樂府詩選注》。台北：廣文書局有限公司。

于光華，一九七七，《評注昭明文選》。台北：學海出版社。
孫希旦，一九七六，《禮記集解》。台北：文史哲出版社。
范文瀾，一九七五，《文心雕龍注》。台北：台灣開明書店。
許顗，一九七四，《彥周詩話》，收入何文煥編《歷代詩話》頁二二五－二三八。台北：藝文印書館。
王先謙，不著年份，《漢書補注》。台北：藝文印書館。

文選多義性集評方法

一、由朱自清的詩多義說談起

朱自清的創作文名似乎掩蓋過他的理論學術識見。雖然一個人的創作與理論未必有直接必然關係，但朱自清的文學研究意見、之健康、之通徹、之新創，（就前人已經提示過，但也是經他刻意提倡強調），則不得不讓情隨事遷的後代人，讚嘆係之了。縱觀整部《朱自清古典文學論文集》全書，可知朱先生心力多半集中古典文學中的詩詞兩方面，及其相關的詩文評。其中我以為是堪做為朱自清詩學看法的基礎論點，就是他的詩多義說。在一篇題為〈詩多義舉例〉的文章中，（朱自清一九八二，頁六〇至七七）他指出詩的瞭解要先從分析入手，他強調分析，原是有意反抗中國傳統古典文評家含糊其詞以為評論的弊病。所以他力主分析的重要。但分析之後，卻不可拘泥於每首詩的字句篇旨，只能容許有一個正解。所以，他主張詩有多義，分析的不妨廣博盡搜，再據上下文或通篇旨意，求得「切合」的標準。接著他以實例示範，分舉古詩十九首，淵明杜詩，山谷詩，彙集各家說法，末附以個人對每一說法的理由解釋，最後，正反辨證，取得正解，有時竟因諸義並可通，竟認為皆可並存，並不專主一說。這是典型的中國古典詩詞集箋集評式的手法，與個人閱讀反應綜合的運用，允為一合理的解詩途徑。的確，自《清四家詩鈔》《宋五家詩鈔》《詩名著箋》及《古詩十九首釋》，朱自清幾乎都不忘這個集評手法。顯然，這就是因他早已先建立詩有多義的理論基礎，才會順此基點而演生出肯定並襲用這種集評式的傳統評賞門徑。所以，他在一篇談詩的講詞中，就說過詩雖不如一般人所說那樣難懂，但詩的發達，因借助比喻或用典，往往傳達是不完全的。這也就類似近人所爭辯的詩的語言與一般語言不同的癥結所在。因為詩不是直說，詩要借助意象，而意象沒有所謂客觀投射，總是詩人一己主觀的感情所鍾，才選擇這意象，然而，意象終究是替代物，僅有的功能只在於跟要表達的意思有〝類似〞因素罷了。（福洛，一九八七，頁一六五）再從讀者的欣賞閱讀而言，因為讀者讀詩時的心情或情景不同，朱自清以為了解也不同（朱自清，一九八二，頁八八）。這種作品與瞭解都具有多義傾向的看法，就是朱自清古典文學理論的主要見解之一。

然而，吾人當注意的，就是朱自清在批評或解釋的過程中，臚列各家說法加以討論，表面上看來似乎在遵守多義的原則，但是隱約之中，也有一則鐵律在支撐，那就是當討論辨證結束後，或者其過程進行中，判定各家正誤時，朱自清的援據判準，仍然回歸到作品本身，而全以切合作品上下文或全篇的才算數（朱自清，一九八二，頁六一）。因為最後決定作品時，也仍以作品為客體的依據，而忽略了藝術作品做為主體性意義宰制的形成之經過與結果。以及意義形成牽涉一時代風尚，乃至一文學傳統、一批評公司、一詮釋團體等因素在內，意義很難只是客體物般的中性存在，自成一封閉系統而已。其實，朱自清之所以會有專以作品為導向的意義決定論，乃是因爲他所據以參考的安普森「曖昧七型式」的說法，正是西方現代批評上所謂的新批評流行時期，專以客觀分析，建立共同術語原則爲主的作品分析，認爲作品的客體本質，勝於一切，作品自成一圓滿自足的系統，不必考慮作品對於主體性效用如何。藍森的《批評公司》正是這種尖銳的作品客觀論主張。他以爲批評的首要法則就是訴諸客觀，只有客觀，才是可信的權威。（藍森《批評公司》，引自佛萊恩德，一九八七，頁四十）當然，這種以作品爲主的批評立場，無可厚非，名正言順，尤其講到分析的精密，除了作品本身，其餘還有可談的嗎？問題是一旦分析完成，進一步介入意義的瞭解，就不可能完全客觀了，而文學除了技巧本身的分析，其最終目的，還是要問作品意義在那裡？一字一句一描述一比喻的影射是什麼？想要對這些問題求得較完善的回答，便不能不多考慮些其它的因素了。譬如語言敘述的自身特性便有曖昧不明的現象，讀者閱讀過程的反應狀況，時間，情境，與意識型態等都關係著意義的形成。朱自清既已揭示吾人多義性的方法，度人以金針，於文學批評與文學教育的雙重示範，有目共睹，但是進一步的意義形成過程及其它相關問題，可惜並沒有深論，本文希望站在朱先生已有的基礎上，再細探多義性的其它層面，盼能稍補其闕。

二、意義的形成結構

關於意義的形成，不外是客觀與主觀的辨證。就認識感知而言，是觀念論與經驗論的分殊，就表達型態而言，則是語言觀的不同。但因爲吾人之認知已很難不借助語言，因此，語言幾乎被當成是一種認知，一種感知的學習。這就引發語言的有限與無限之爭，語言的穩定與非穩定之辨。就中國古代的語言理論來看，至少是莊子的否定論與荀子的正名論兩大分殊，以後到了魏晉玄學的言意之辨與唐末以下妙悟神韻派的詩學綰合，即成爲中國文學鑑賞的主流之一，是中國藝術主體精神的泉源❶。所以，要問中國文學理論中的意象觀如何？實在是主體性優於客觀論，且中國道家哲學中的「道樞」「環中」觀念的發展；接合天人合一的生命體觀，使得國人智識心靈，有反支離破碎分析的傾向，而達致智的直覺，所以現象與物自身的分隔因著「良心」與「順心」的瞭解而沖淡，甚至消失，這是早期西方哲學形上邏輯爲主黑格爾思想難以企及的，直到二十世紀海德格的回歸大地，企求人之存在與世界存在處於中性和諧的境域，才比較有中西同情對話的可能機緣了（陳榮灼，一九八六，二至五，又一六六至一六七）。可知，如果在本體論的瞭解上，堅守主客二元的相對主義，那麼以此爲認識感知的基礎，人對意義的把握必然有其偏失，掛一漏萬，透不出活絡的生機。在文學的意義探討上，也會因此而顯露不同的方法途徑。延伸那種主客交溶的本體觀，在文學的解讀上，就不會孤立作品，或專宗讀者，而是要作品與讀者的對話，作者與讀者的交流。晚近讀者反應理論的興趣，正是西方二十世紀開始哲學典範的更替，現象學的到來，才使得文學家得以大量借助像胡塞爾、海德格，或者伊佳頓的說法以建立其通觀的美感接受理論，貫時與並時的兼涉，宏觀與微觀並參，於是而逐漸走向所謂的〃主體性批評〃路數。至此，意義便不止如朱自清所借用的多義七式了，或者更早的瑞查茲所揭的意義四層次。把意義限定在1感覺、2作家的態度、3作品的語調、4作家的企圖等。（佛萊，一九八五，頁二七六）而忽略了讀者主體性詮釋的地位，以及作品傳釋交流模式的相關因子。吾人只要比較伊佳頓的作品四層面，已考慮文學描述對象的圖式非即眞實具體的客體界，而處處有其匱缺，須要讀者的介入，以補足那未定點，就可知意義的領受非作品或作者的專利權了（伊佳頓，一九七三，參韋勒克，一九七六，頁二四二至二四三及劉昌元，一九八六，頁六七至七六的討論）。順此突破主客對立的現象學思考之運用，而有伍福崗・以色的接受美學終於把意義的境界拉大加深，讀者的地位終被肯定。以至此後相關的意識批評，或文學詮釋學，都離不開讀者做爲意義形成過程中主體性地位的重視。我以爲，西方的文學批評走到此路，才眞正有可能與中國文學的賞鑑方式對觀❷，使到魏晉以降，在繪畫上宗炳的暢神美學，玄學上的言意之辨，文學上的才性鑑識，批評手法上的形象比喩描述，以及風格流派，妙悟，神韻一路的文學理論得以應驗其實際功能。並且也多少提供吾人重新思考自明代八股文評點而延伸的文學評點派價値，賦予評點手法的新看法，使評點中濃厚的閱讀經驗痕跡（如眉批夾批），以及讀者主體性詮釋的評價，得以從整體綜合的眼光肯定它，知道不可把金聖嘆的小說評點僅僅類比於新批評的強調技巧認識，何況其它還有的史記評點，文選評點，詩詞曲評點呢❸？比較可靠的途徑，乃是意義形成的結構至少須就三方面考慮，其一作者，其二作品的語言及技巧，其三讀者的瞭解等。作者牽涉的包括歷史背景，社會因素，文化傳統與文學成規（如典故），換言之，即作品的外在現實（以色，一九七八，頁六九）。這些都是決定在先的。作者下筆之初，已有所選擇，或不自覺地受制其中，及至下筆，又須考慮文類的約制，以便藉著一種普遍公共可循的網路，而作品的意義與訊息得深藏其中，最後被組織成形（同前，頁八一）。接下來就是讀者的參與解讀，解讀之際，最大關鍵，就是時間的律動，閱讀其實就是時間進行中的事件。其次是讀者的想像，因爲想像足以添滿作品中隨處可見的不足，並且補充那未定性的意義空缺。文學作品須要讀者的想像，因爲想像，使到句子的連續所預置的集中印象結構，因著讀者的交互激盪，而慢慢成形（以色，一九七二，頁二二七）。讀者與作品之間最活潑的原動力，就是作品中的未定性，一種時刻存在的未定性，所以，意義的組成並無定點，而是充滿游移不定的可能，有關作品，時間與流動性視點，關係到意義的層面，是這樣的：

意義自身，有種時序的特質，這種奇異的特質藉由作品的溶合過去、現在與未來的記憶和期望而呈現出來，作品的這種特質事實說明了意義是游移不定的，但那並未因此而減低記憶和期望，反而因此把片斷的時序不必打斷地綜合起來。時序的總和形成許多不同敘述的綜合意義，那意義企求完美的呈現，是作品的自身產生的。（以色，一九七八，頁一四八至一四九）

可知作品與讀者之間的關係是游移不定的視域，有許多可能，二者互相離合引生，所以，以色用「互爲主體性」來說明它。直到最後，讀者會組構一種普遍的綜合的意義。當然，以色的重點在閱讀的過程，而不在最後的結果。過程中，讀者的任務是尋找作品的空隙，以及不斷自發的否定。

空隙是導引讀者進入作品實際掌握閱讀的基本行爲。而否定，是激發讀者另尋恰當的視點，以與作品重新建立關係（同前，頁一六九）。空隙是入，否定是出，出入之間，乃形成繁複的意義網路。以色特別標示讀者閱讀的否定功能，不因否定而背離作品意義，反而因否定而引生新義，這是明顯地提昇讀者的地位，強調閱讀想像的作用。他在一篇訪問稿中說明否定有助文學作品意義，他說：

> 空隙，否定，相反的看法，都是用來讓未定性有種種不同的差異，組構成一種特殊的形式以便描述讀者與作品互動的過程，空隙使讀者進入閱讀過程的處境與結構中，否定逼使讀者選擇一種對待作品的特殊不同態度，而相反的駁斥，使到意義的瞭解，可能自當下作品事件中有所轉變。（轉引自單德興，一九八七，頁五二）

綜上可知以色的接受美學理論，承自現象學的觀物方式，以對待藝術作品，乃特重其中的時序，與意識流動過程，讀者藉著與作品的互動而生發意義。作品中提供意義的可能，則是閱讀中的空隙，否定與駁斥，所以，讀者的游移不定視點乃得以在時序與理想期望中，不斷交織成意義的網絡。我們認爲以色確實透徹地把握到閱讀美學的眞實現象，也爲文學意義拓展了無限空間。然而以色用心指明閱讀現象，卻沒有告訴我們讀者到底憑什麼而具有對作品的否定、駁斥能力？讀者又爲什麼去添補作品中的空隙呢？以色在作者這一項中，已指出社會、歷史、文化的影響，但讀者這一項，難道就沒有同樣的包袱嗎？也許以色也默認讀者背後跟作者一樣的受制很多，但因他側重在閱讀經驗的過程本身，以致顧此失彼，亦未可料。無論如何，讀者重新獲取的作品意義實在跟閱讀所處時空的個人知識能力、信念、時代風潮、權力結構、意識型態等息息相關。類似晚近新歷史主義所關心的課題，在意義上的決定作用，委實不可漠視。知人論世，除了論作者作品之「世」更要注意讀者的所處之「世」❹。再者，因著語言的種種不足（如前註❶所析），作品文字敘述的未定性，作品中的空隙，意義不能只有一種，加上讀者的地位、介入，如新歷史觀的詮釋基準，建立在現世當下的情境聯想，可知意義已不再只限定在本文以內了。這樣看來，從前歷朝發生的文字獄，如著名的蘇東坡的烏台詩案，解釋者的曲解就不能只當作曲解，應當看成也是意義的一種，之所以不被多數人認可，乃是這多數人已無形中比附於某一注釋家的最先箋注意見，盲目地以意逆志，遂形成一種詮釋傳統上的正典，再不容異說旁解的攻訐、巔覆，謹守著一己的意識型態，不願跟別種的意識型態對話。何況，反對的人，還可搬出另一種附加的目的論說曲解者在望文生義，陷害忠良，小人之行，隱而晦，無所不用其極，然後判定那是小人之道長的時代。先不論曲解者的對錯（其實對錯如今已是相對性，而非絕對性），首先得承認，曲解者的致之之由，還是因爲已讀了作品本身，是曲解者與作品對話，互爲主體性的瞭解之後，所引生的另一種意義，那還是意義之一，怎能一概視爲異端邪說呢？其實苦心孤詣求那作品的唯一的解釋者自認爲眞實的意義，已經如墮五里（意義網絡之）霧中，必欲勉力爲之，已然迷途而不返。所以，就在蘇東坡應台獄偵訊時，即令他一再自我寬解、否認，也已是作品成形以後的事了，其成形前的原始意念，自覺的，或不自覺的潛意識一面投射的，都已然在臨文之際，嗟悼悽愴之餘，溜入筆端，寄寓在文字脈絡中，成爲作品潛藏的形上結構模式，充滿無限開示的可能，萬般輻射，只等讀者介入，歷經時空交織，而組構成意義的意義。就算東坡自己重新再讀那一組一組的文字，也很難一本初衷，毫釐無差的道出所以然來，何況，此刻的東坡正在面對眼前一座鞏固的，強有力的結構中心，他自己變爲弱勢的詮釋者，難免不多少折於狐假虎威的暴力之下，閃爍其詞，甚或爲了大全之計，虛與委蛇一番嗎？所以，東坡的自供也照樣不可視作烏臺詩案的唯一意義正典。如今試從新歷史觀的詮釋路數，或可明其所以然。吾人由是知道意義始於作品的未定性，經過讀者（詮釋者）的中介，而置於文化的環境中，不斷有對話、辨證，正反歧出的交遞嬗變。

三、意義的單向與多元

在中國文學批評手法上，理論的有宗經崇古，實際批評則有遵典與宗始。這與文學作品上的保守與創新兩大傳統同時進行，互爲消長的情形極類似。不過，作品的閱讀會產生保守與創新的判斷，當然也還是在理論上已有質文代變的時序觀（如劉勰《文心雕龍》的時序與通變的觀念）❺，才能據以析別所以。反之，創新與保守也是從作品的比較歸納，演繹而出的總概念，漸漸立爲一法則。結果是，創新與保守仍然須由閱讀過程的欣賞、瞭解、詮釋，進而湧生意義的判斷。關鍵還是在讀者的主體性領悟上。下面請看文選學上的幾個例子：

《文選》卷二十九雜詩類有曹子建〈情詩〉一首，其中兩句「遊子歎黍離、處者歌式微」，意思粗看很明顯，細究之下，則有許多空隙，有待閱讀的添補。首先，就作者的策略選擇而言，他先已有崇典溯始的預設，用了黍離、式微兩個語典，做爲溝通傳達的共同語碼，因爲要表達遊子流落異地，長久以後，頗思歸鄉的詞彙或敘述，太多了，作者如今因著個人的選擇，主觀地用黍離、式微，這是源生《詩經．邶風》與〈王風〉的兩首詩題，就意義來說，兩首詩的字句與全首本身的意義，就已不止一種，到底作者最初原始的意圖是截取其中那一種，恐怕當初自己也記憶模糊，況且能以意傳的，只是可見的精粗之一面，作者潛意識的底層另一面，即令當局者也是迷啊？然而幸好，這兩辭彙已被納人整個文學傳統中正典或非正典的詮釋資料，讀者閱讀的第一義來自這些資料，於是而有李善的探源式注解，把整首詩的可能辭彙探源，一一尋其出典何處，這就是李善《文選》有名的「釋事而忘義」，也是典型的中國詮釋手法代表之一。這樣的手法已隱然成爲中國文學實際批評的詮釋系統，各時代都有符合這系統的詮釋團體，在賦予意義的客觀解釋。卻完全失去了情境，與現世主體性存有的考慮。我以爲這種重詞與意的超時空穩定體，頗與西方的「作品互爲指涉性」相類。由哈德曼提示的所謂正文觀念，乃是打破視作品所指爲客觀存在，與人保有距離的身外之物。讀者惟藉語言以通彼岸，語言乃爲中介具，吾人靠它而斡旋調停於作品之間。現在，語言被看成非僅中介之物，語言成爲現在的樣子，有許多實在非作家個人內在自我意識的眞相，作家內在的視點經驗可能要用非調停性的媒介表達（克萊傑，一九六九，頁一二三）。所以，正文，唯一的就是作家的身體姿態全部，自然，與人類的意識界。這樣子簡直太廣太抽象了。而每一位讀者又都是一種正文，小正文與大正文之間有形的交集是詞彙資料，無形的交集是想像力本身。也因此凡是走主體性詮釋理路的批評家，無不強調〝想像〞的功能。因爲正文如此複雜，深層意義更難捉摸❻。而西方所謂的正文互指涉實在不止在有形的詞句典故之相承接上，還包括正文特殊處境擺置而由讀者不同時空的視點所領會的文外之意。這一層面，像李善注是少看到的。五臣注如翰曰：「黍離詩閔宗周之衰也，式微詩刺不歸也」（二九／二五）仍然根據詩序的意思，直到民國黃季剛的評點照樣遵之，並且批評「妄傳禪代之際發服悲哭之事」，說這種猜想作者曹子建是悲傷改朝換代，時不我予的意思不對（黃季剛一九七七，頁一三八）。其實這意見在于光華輯錄明人方廷珪的《文選評點》就已表達過，說這兩句可斷定當是，孟德在時作，若子桓篡位後，斷不取爾（于光華一九七七，頁五六〇）。如果眞在兄長篡位後，也敢寫這樣的憂時憫亂之情的詩，就「言之者無心，聞之者有罪」的刺意系統而言，曹子建必犯大謬，這裏，我們看到評注家的詮釋進路，要不宗於語典，做歷史探源，要不宗於作者，想逆回最初的意圖。顯然都有崇古左宗經一元化的傾向。所以互爲指涉的作品現象，在中國文學詮釋手法而言，便特別專指典故的詞彙承接與其系統旨意的遵守，不容做太多與前人箋注不合的臆想。譬如說此首的頭兩句「微陰翳陽景，清風飄我衣」，李善只是注出陽景一詞的出處在《春秋說題辭》這本緯書內，五臣注就全部擺落歷史的探源，直接說出兩句的比喻，以爲微陰翳日，比喻「佞臣蔽君明而教令偪促於下以多征役也」，因爲風比作教令，而衣服近體，所以有教令逼人之意（二九／二四）。如果順此意而下，縱觀全詩：

微陰翳陽景，清風飄我衣，游魚潛綠水，翔鳥薄天飛，眇眇客行士，遙役不得歸，始出嚴霜結，今來白露晞，游子歎黍離，處者歌式微，慷慨對嘉賓，悽愴內傷悲。（二九／二四）

可知全詩用的形象比喻語，近乎比興的傳統手法。詩中設爲敘述者，彷彿內在獨白之語，又必須曖昧其詞，援用自然時序物色，以資反襯，詩人的意識非直說方式，而是跟自然有著內在的綰聯，全詩因此見不到敘述者的影子，只有靠「直尋」去介入領會。若問意義，像五臣注的諷刺比興，也不能說沒有，因此，妄傳禪代之際發服悲哭之事，也不是不可能。不必定如黃季剛標榜的要遵守「斷章賦詩」的傳統詮釋手法，斷取黍離，只取行邁之義，斷取式微只取望歸之意。換言之，兩句只在寫旅人走了很久，很想回家罷了，毫無諷刺改朝換代，乃至憂時憫亂的意義。同樣，五臣注首二句，隱約帶有諫君諷主的意識型態色彩，也不是不可能了，誰知五臣注常常存心反李善的歷史探源，要把李善忘的義找回來，便有許多新的閱讀臆想，卻被李匡乂評爲「大誤」，丘光庭譏爲乖疏，認爲有太多主張，洪邁也說五臣注強解事。蘇東坡甚至說是「眞俚儒之荒陋者也」❼。像首二句這裏五臣注的衣服聯想、清風聯想，就是一例。假如五臣注要冒「感動謬誤」的危險，那麼，李善注或其它評點家要直追作者的原始本意，也可能落入「意圖謬誤」的危機。做爲一首文學的藝術作品，只要它的藝術本質夠了，作品本身會直接散播各種可能，因著上下文，緣乎正文的互相指涉，作品隨時有匱缺，須添補，讀者閱讀判斷領悟的複雜意義網絡，委實非作者始料可及，像這首全詩讀完的綜合印象，評點家孫月峰竟然會有這樣的感覺說：「調清逸且近今，不類子建，大似安仁」，純從風格流派的領受，藉正文互爲指涉的功能，而有如此懷疑原作者身分的閱讀經驗，擺在歷史考證派，與詮釋團體面前，豈不更荒陋大謬呢？孫月峰的批點未必是，但果眞要如探源法一直問到作者到底什麼意思，可能嗎？即對而言，也可能情隨時遷，感慨係之，而人心有不能已於言者了。

再看《文選》卷四十錄的一篇阮藉寫的〈爲鄭沖勸晉王牋〉，據李善注引史傳說是阮嗣宗奉鄭沖之命而寫的，評點家也引用世說言本書，說鄭沖「遣信就阮籍求文」，當時阮藉在朋友家正喝個大醉，於是「扶起書札爲之」，竟然無所點定，寫成這篇神來之筆的妙文（于光華一九七七，頁七六三）。現在問題來了，從兩項史書資料，先知道這篇文章的第一義，是寫鄭沖等一批公卿大夫看到魏帝既已封司馬昭爲晉公，賜太原等十郡爲邑，表面上裝著謙虛，不好接受，鄭沖等人才上書勸進，表明忠誠擁護的決心。這是文章的始義，已成爲一切解釋的正典，然而這層始義要轉達給阮籍，已經有阮藉做爲讀者身份的介入了，現在再由阮籍複述，正文本身早已歷經交流互動的過程，而阮籍的書寫，因著語言文字本身的特性，有著歧義衍義的可能。所以，阮藉寫出來的，是否合乎始義，已非阮藉可左右了，雖然阮籍未嘗不亦步亦趨，依樣葫蘆，但就算未改初衷，叫其它的讀者再介入閱讀，也很難「蕭規曹隨」，譬如評點家就擇取文中一段說：「雖爲勸進，末卻諷以小讓，頌而不失其正，是阮公本懷。」（同前，頁七六四）這層新意義是直接從正文得出的，在勸進的始義之外，又看出諷義，顯然，評點家是認爲阮籍寫此文不完全是勸進，還埋了伏筆，隱約帶有諷刺的意思。這算是這二義了。評點家至此不但跟阮藉鄭沖交流，更與作品對話，而溶入整個正文閱讀意之中，正文有「隱秀」的技巧，使到「情在詞外」與「狀溢目前」一一浮現。讀者與句子相互叩問，所以，評點家讀到「明公盛勳，超於桓文」這句時，頓感話有玄機，意在言外，乃下批語說：「句有斟酌」（同前），此時，正文是一種活動體讀者的流動視點不斷在游走，與作品商量，經過：懷疑、否定、再認、新出，而引生意義。到了何義門的評點，已經幾乎破解了自史傳立下的正典意義了，他說：

> 阮公亦爲此耶？抑避禍耶？許以桓文，諷以支許，是其巧于立言處！（同前，頁七六五）

這段評語又拈出避禍的意思，對照史傳勸進說法，簡直南轅北轍，照何先生的解讀，阮公不十分樂意寫，勉強寫，也不主張司馬昭功高震主的明目張膽，要司馬昭謹守封建制度的君臣之規，說穿了，直是司馬昭之心不可法也。這是何義門就文句語義，溶合他對魏晉歷史政治的瞭解，參考注釋的正典意見，所作的辨證質疑解讀。也就是作者之義、正文之義、語境、上下文絡，綜集研判所得。至此才達到所謂的詮釋情境，而出現主體性批評的地位，一種無可避免的「詮釋循環」之必要。也就是在方法論上，從整體與部份的通體考慮，在本論上，從傳統訊息到特殊領悟的一種瞭解情境，以便接合最後本義使成爲普遍認識，達致理論的終極（布萊秀一九八〇，頁二六七）

。這種經過如以色所說的閱讀現象而獲取的意義，就類似當代詮釋學大師里柯爾的詮釋之道，是由第一義第二義溶合而入的悟解（里柯爾，一九七六，頁一四）。剛剛說到何義門的個別領悟來自他的歷史知識，主要是他能從歷史資料中有所選擇，作通觀的辨證，不像李善，定要謹守合乎作者意圖的歷史資料，而忘了自己與正文的交流。顧彼（作者）而失此（作品正文），終究是停留在第一義罷了。所以，歷史主義要講究，往往意義先從這裡來，但歷史主義不要成爲正典的護身符，應當吸納以資閱讀策略的運用。像方伯海的評點，順著何義門的提示，做了歷史事件的比較，說取意義的源由，他說：

> 操以相國加九錫，受十郡。封魏公於漢，司馬氏亦尤而效之於魏。所謂君以此始。亦以此終也。嗣宗非逐羶附臭者，此殆定有所迫而成。然一路只據晉之現在功績，而以陣馬風檣之勢行之，到末直自吐露心胸。而以直讓與假讓當面一照。莊中寓諷，仍是加以美名。故言者無罪也。公殊不似醉人。（于光華一九七七，頁七六五）

這是一方面從歷史事件印證阮籍文章所舉的勸進史實，結果都不免篡位之嫌，來給前人所提的「諷」義做進一步解釋。把伊尹呂尙周公的封爵放一邊，專門在意阮籍所引魏公受漢封九錫的事，類比今天晉祖的進位。眞是阮籍之用心也良苦。方伯海再從這一點，引出直讓假讓的意義。至此，方氏可謂合歷史主義與正文詮釋於一爐，而完成了類似當代詮釋學所謂的貫時並時的雙重悟解

（葉嘉瑩，一九八九，頁六十四至六十六）。也正是常州派詞論家譚獻說的：「甚且作者之用心未必然，而讀者之用心何必不然。」而這種經過讀者用心過的衍義，葉嘉瑩說是「似而非是」，巴爾特說是「第三義」，陳世驤說是「其爲物也多姿」的「姿態」。要之，評點家本著中國文學理論，與中國哲學本體觀的基礎，落實爲實際批評時，在在顯露主體性詮釋的進路，而主多義詮解的策略，現在歸納評點家意義詮解途徑如下：

其一：正文的意義不一，首先途徑，當從作者開始，但正文本身已有表面意義，進而求之，更有隱而未顯的歧義，猶如投影一般，照之得其形，棄之一片空白。

其二：那個屬於正文的投影，是一端而多狀，好像月印萬川，待讀者介入，興起閱讀意識，於是與作品交通，句斟字酌，乃下批評。所以說，任何批點，都是閱讀意識的行爲。

其三：繼閱讀意識而起的，是辨證正、反、合都有可能。這時評點是做添補空隙的功夫。

其四：一旦評點完成，就可算一趟詮釋情境的完成，這時作者、作品、讀者已溶爲一體，而由主體性的瞭解去把握。

其五：評點家辨證過程中，特別重視歷史觀，包括知人論世，作品的互爲指涉（如事典語典），但也並不十分持歷史定論，更多的時候，也表示懷疑。所以，評點總是朝多義說的傾向發展。

這裡所謂評點家的五種途徑，包括對技巧、文類的體認，對身世時序的瞭解，還有傳統詮釋系統的參考。最後的目的就是完成作品意義的領受。其中有關作品客觀的分析與歷史資料的分辨，歷來前輩批評已說過，用過幾乎變成中國正統的詮釋手法。要看出評點家有什麼特別處，恐怕就是做爲讀者身分的直接介入，大膽指出正文隱而未顯的「默義」，有時設身處地，有時也不忌諱越俎代庖，反而通常評點家的獨到處就在這裡。而這正是中國文學實際批評主體性意義詮釋的可貴處。晚近西人頗強調的主體批評主義，注意客體物有其想像面紗的成分，不盡能寂然靜定立在人身之外，所謂的眞實也就是想像的眞實。像十八世紀布雷克的創作觀，還有渥滋華斯與科律烈姿談到人的心靈與自然的企合，可算是英國文學中觀物方式的一種新風潮。所引起的文學相關詩論便有客觀與主觀的對立，相應於文學批評，也就有像新批評接近極端客觀主義的分析立場。才要勞駕布萊秀先生憤慨而起，竭力抵抗，寫了一本大書叫《主體批評》，從各種文學批評手法比較後，提出意義須要讀者主體介入的主張。他以爲只要一種語言涉及比喻象徵的形式，那麼，便有被「再象徵」的可能。所以，凡是企圖對那被象徵物的解釋時，必然決定在那解釋者對彼物的整個經驗認識與瞭解，然後再重新組構。想要去組構文學意象，就是讀者一種內在自發的觀念，而其所資藉以憑瞭解的方法，也同樣是自發的行爲（布萊秀七十頁二三七）。布萊秀最後的結論，是說所謂眞實的客體乃指字句與作品，另外還有象徵的客體是屬於語言系統與文學傳統，而這一切的主宰是在讀者、在人，因爲每一位讀者（或人）都隨時在說話、閱讀寫作（同前，頁二九八）。這看法是自新批評以後的一大反動了。從極端的客觀再轉向幾乎也是極端的主觀。的確，哲學上價值的肯定也早已有主客的對立辨證，而佛朗蒂茲用人在喝酒，滋味自在心中比喻主觀領受的最後決定論，而提出一種價值判斷的完形性質，認爲價值乃是一種特定存在的情境（佛朗蒂茲，一九八六，頁一二五至一三一）。可見得主體性對意義與價值的決定，影響很大，乃是人文學科內在律則的一項。所謂主體性，簡單說，凡是一種理論把個人經驗當作實際認知的唯一基點者，甚至認爲一切客觀知識都來自人的主體，這就叫主體性（布勒克，一九八一，頁六〇九至六一〇）。這麼說簡直就無所謂的客觀了。把客觀當成幫助瞭解溝通的方法，從這樣看來，評點家在評點時，也儘量擷取時人與前人的意見，並就作品論作品，其實也不過是暫時的權宜，最後關頭，評點家會一語道破，直探本心。以當下的存在情境所感受到的爲意義的主旨。像《文選》卷六十收的任昉一篇〈齊竟陵文宣王行狀〉說文宣王這人頗能諮諏善道，察納雅言，很有慕賢高義，因此請畫工把前賢的像畫出來掛看，天天朝夕相對，可收提醒之功。另外旁邊也畫上匹婦淑女，於是有客人來諫，指出這樣不算好德之舉，反而有好色之譏。任昉的文章寫到「未見好德，愚竊惑焉，即命刑削，投杖不暇」（六〇至一六六），是說竟陵王聽了，趕忙取下匹婦淑女畫，投杖謝過，如子夏之舉。李善的注，看到文中有投杖謝過二詞，就引《論語》、《禮記》說取二詞出典。至於何義就沒注。五臣注不引原書，只用自己的話復述一遍，其中說到：「言竟陵王知過，投杖不暇，言急而忘投也。」（六〇至一六六）就已涉入讀者想像的詮釋了。好一個急字，道出投杖不暇這一詞的生機，至於當時竟陵王到底急不急，實在很難追究。但是，五臣注之所以敢如此想，一定也先參考「投杖謝過」的傳統詞義，且集中在正文字句，並未溢出。到了于光華的評點則說：「二句言其從善之勇，曾子怒，子夏投其杖而拜之，謂謝過也。」（于光華一九七七，頁一一二九）這裡再就投杖一事，想像當時竟陵王的「從善之勇」，一個急字，一個勇字。都立刻把語詞透過主體想像而作形象化的詮釋，這正是評點的趣味所在。可知意義固然有其客觀的先前存在，但眞正的實踐尤在讀者自身。而一切傳統的訊息（出典，注疏），都要當做一種意義的正文。其中蘊植默義，無比潛藏，因爲傳統做爲一種詮解途徑，不過是爲了在每一種言說達中適切主體關係的引導罷了（杜安豪爾，一九八〇，頁五〇）。

四、結語

經過以上的討論，得知多義說在中國文學理論與批評兩方的例子，早已有之。理論上從儒家的詩學方法主連類比喩，博引安詩到孟子的以意逆志，不拘辭面。再再提示意義的多重可能。以至道家從語言與觀物方式的徹底反思，衝破相對性的辨證，而達致道樞環中的本體觀，更是容受著多傾向的最大原動力。所以，從六朝開始的文學自然主義傾向與繪畫暢神美學勃興，多少已開展了內在領悟美感的一面，意義因此更活絡了。簡單說，六朝的形象比喩批評語彙已屬於主體性詮釋的層次。陸機〈文賦〉與劉勰《文心雕龍》都在理論本質之討論過，以後司空圖《二十四詩品》一路以下到妙悟、神韻、性靈的詩學，論者以爲與禪學方法有關，固無疑義，但先前中國儒道的思想也是它可能開展的泉源。中國文學理論與批評的主體性傾向本來如此，實際的手法，最可以從評點看出來，本文只取《文選》評點學爲例可見一斑。評點的夾批眉批，是一種集評式詮釋手法。所以我認爲多義說的功能要充分發揮，務必要承繼集評式的注釋態度，整個文學的賞鑑，最基本的功夫，也就是集評（可惜，台灣學術界很懶得做集評）。第二步就是在集評後的案語，不過案語要注意的，在討論辨證集評所引起各家意見時儘量少作不必要的正誤判斷，尤其不要再落入一元化中心的詮釋體系，少一點歷史探溯的盲目崇尚，多一點像五臣注評點家的望文生義，或臆測文外之義，即力守多義說原則，最後，不能僅止於爲集評，忽略了當下詮釋者的存在感，給自己留一片天地，大膽地提昇做爲閱讀者的想像權，堅持意義主體性的位置，不要讓集評到了吾人手中就結束了。後之視今，亦猶今之視昔，今天的讀者不留下意義的紀錄，後世的再集評者那裏找得到這一代詮釋行爲的痕跡呢？

附註

註❶：關於中古時代的語言理論，有二種意見值得注意，一是王力《中國語言學史》提出荀子認爲語言具有民族特點、穩固性及社會性（參王力，一九八七年，七月，頁九至十二）。的確荀子的語言觀，承襲自儒家的正名主義而稍加變化引伸，提示大共名、大別名的觀念，已漸漸導向語言邏輯的思考。這種語言求眞的看法，與道家的語言觀旨趣大異。張亨〈先秦思想中兩種對語言的省察〉一文有詳細的討論（張亨一九八三，頁二八四）。張先生以爲先秦所謂的兩種語言即是莊子與荀子的不同。莊子勸人不必貴書，蓋意之所隨，不可以言傳也，怎麼能寫書呢？張先生指出莊子批評語言的不可信，因爲莊子最終承認者乃一絕對的實在。此實在內存於生命中，是自我的主體，這一主體不屬於科學，無關乎宗教道德，而是藝術的。此後魏晉玄學興趣，有言意之辨，張先生以爲王弼郭象忘言忘象的方法，始於莊子對語言的意見。於是這種把握主體性的藝術精神，乃成爲中國藝術文學的淵泉。這是主體性詮釋莊子的新看法。其它有關言意之辨與古代文藝的關係，可參袁行霈〈魏晉玄學中的言意之辨與中國古代文藝理論〉一文。袁先生在討論言意之辨在文學上的應用時，也上溯到莊子的語言觀，最後提出：「言外之意，絃外之音，象外之趣，都是以有盡寓無盡。但是這有盡的言匠包含的意味，它們所給予讀者的啓發卻應當是無盡的。當然，任何一首詩都有它基本的主題與內容，可是不同時的讀者，或同一時代的不同讀者，聯繫各自的生活經驗，對它的內容可以有不同的體會。即使是同一個人，不同的時候讀同一首詩，也會有不同的感受。中國古代的詩論特別重視詩歌語言的這種啓發性。」（袁行霈一九八四，頁十九）此段話已注重閱讀過程與讀者反應，實在與伍福崗，以色的接受美學理論有幾分相似。另外關於道家美學討論，引出離合引生，空納空成的辯證方式，也可以對觀以色的讀者與作品的交流過程。參葉維廉〈無言獨化：道家美學論要〉一文，收在葉維廉，一九八七頁二三五至二六一。

註❷：有關援用讀者反應理論與接受美學討論中國文學的論文，當以單德興，一九八七，爲最周延。又張漢良的〈匿名的自傳作者羅朗巴特／沈復〉也是，見張漢良一九八五頁四至十七，又葉嘉瑩〈説秦觀踏莎行〉一文亦援用讀者反應理論以解古典詩詞，晚近葉氏許多詮釋宋詞與王國維的苕華詞之論文，皆多少援用此法。見葉嘉瑩一九八九年頁六十四至七十三。其它單篇介紹論述讀者反應理論的可參周國良，一九八九年頁四十七至五十一，又一九八九年十月頁二八至三十一，新近讀到葉氏出版《中國詞學的現代觀》，乃收集在大陸講學與專欄的文章，可算是運用現象學、接受美學、讀者反應理論於中國文學較有系統之賞評策略。

註❸：有關小説評點的重新詮釋，可參康來新一九八六，頁三十五至五十九，在第一章裡，討論金聖嘆、毛宗崗、張竹坡的評點方法。又鄭明娳一九八七頁一七七至二九六，也類比金聖嘆的小説評點與西方小説家係羅勃史密斯與佛斯特，認爲與金氏不謀而合。其它有關小説評點者，有朱鳳玉一九七九、單德興一九八六，頁一三五至一五六、盧慶濱一九八八頁三九五、韓南一九七九。

註❹：吾國先秦時代語言觀分爲儒道兩途，儒講正名，語言求其穩定，道講未定，語言有其不足。道的一路，有這樣彈性的語言觀，理當在文學的讀解有大用，可惜並不曾多用心於此。譬如《莊子》

一書於郢書燕說後的一段評論，認爲近世儒者多類此之臆說，言下之意，似有鄙薄。可見莊子並不贊成文章之外的連想。儒家於此則不然，在實際解讀詩，孔子之提示與觀群怨，舉一反三的推想，所謂興，就是引譬連類（孔安國註），照郭紹虞的解釋，就是本文外的體會。孟子更有實際的解詩方法，即習稱的以意逆志，知人論世，問題在孟子所逆的志，所論的世，仍以作者的志，作者的世爲主，可能嗎？假使作者與讀者同處一世，乃至毗鄰而居，甚至作者夫子自道，都不可能對作品只有一種解釋，何況意的生成，還有其它因素呢？照郭紹虞的看法，認爲孟子這種以意逆志，全憑主觀的體會，終究不是客觀研究的方法，所謂以意的意，本是漫無標準。對，正是這一個漫無標準，才提醒吾人對於意義的多元，要考慮其餘的因素。這就是吾人不得不參酌晚近與起的新歷史觀的看法，按廖炳惠在一篇〈新歷史觀與莎士比亞研究〉一文中引介馬肯力的說明，認爲新歷史觀不擬追尋歷史原意，挖掘事情之本來面貌，將現在的歷史性，歷史處境抹殺，彷彿我們仍是古人的同仁。那只是沒查覺到：詮釋活動本身已意味著古今在時空上的差距，且研究成果勢必爲臆測、重整的產物。詮釋者只求解釋及瞭解語言底下的論述意義，遂讓現在隸屬過去，把我歸給他人，盡力壓抑非作者，作品之外的因素，臣服於作者意圖的權威底下，無法發揮批判意識型態的作用（廖炳惠一九八七頁二十五）。對，這就是貫時並時，宏觀微觀兼具的詮釋活動，吾國自知人論世以下，很多文學的研究只在作者身世背景，作品繫年的方法，正是新歷史觀所要批判的，至於講技巧的批評，又僅止於作品本身，也沒有觸及作品以外的因素（參劉若愚一九八一，頁一八五至二〇六）。有關晚近文學研究的西文著作，眞可說是汗牛充棟，在傅柯，里柯爾，詹明信，伊果利頓，哈山，德希達等的研究專書中，以及希爾頓《當代文學批評導論》一書附錄中，均可見到，中文單篇論文除前揭廖文之外，探討意義與權力架構關係的論文，請參葉維廉一九八七，頁四至三十六。另外，由蘇則蘭，約翰編輯《歷史研究與文學批評》一書，收集十二篇論文，分別從歷史學、意識型態、傳記與女性思潮等幾方面探討文學意義，可視為近年的研究成績，書末並附有詳細的有關作品之外的引用其它學科的研究座談題綱，可參考（蘇則蘭一九八五）。

註❺：有關中國文學保守與創新的說明，可參傅庚生〈中國文學批評通論〉（傅庚生一九七六，頁一八七至一九七）其中討論變革與作家才性及時代、地理的關係。又葉慶炳〈中國文學家的保守觀念與創新作風〉，則特別就文學史上的事例討論。（葉慶炳一九七五頁二十六至三十三）。

註❻：晚近所謂「正文」的觀念已近乎歧義乃至模糊，甚或相反相成的怪現象，此處依哈德曼首次提示此術語的界說為主（見哈德曼一九五四頁一五五）。而其相關解釋則仍以克萊傑的演繹為宗（見克萊傑，一九六九）。由此正文引生的正文互為指涉性，則更是眾說紛紜了。惟類似中國文學典故的這種互相指涉也是其中一題（參賴伊，一九八六，頁一一七，一三二至一三三）。中文詳述目前以于治中〈正文，性別，意識型態〉一文為最詳（于就是直接從歐洲思想，尤其法國的正文理論探討其始末）

註❼：有關李善注與五臣注《文選》的優劣，眞乃文選學的一宗懸案，至今未有詳細全面的評估，筆者撰博士論文《文選學新探索》，已立專節略述，可惜不全，當另文專論。據個人觀察，初步意見是五臣注頗符合晚近接受美學強調讀者個人經驗與想像功能的手法，因此常有文外之意。但因抵不過李善注書所用的歷史探源法，遂不被宗李注所形成的詮釋系統所接納。以上所舉評五臣注者，不過其中之一，諸家意見，已見引於駱鴻凱文選學（駱鴻凱一九八九，頁六十六至七十）。

引用參考書目與期刊

周國良，一九八九年，〈從效用到意義—讀者反應批評試論〉，刊於《鵝湖月刊》一五卷四期，頁二十八至三十一。台北：鵝湖月刊雜誌社。
駱鴻凱，一九八九年，《文選學》。台北：漢京文化事業有限公司。
葉嘉瑩，一九八九年，《中國詞學的現代觀》。台北：大安出版社。
周國良，一九八九年，〈讀者心目中的文〉本，刊於《鵝湖月刊》一五卷二期，頁四十七至五十一。台北：鵝湖月刊雜誌社。
于治中，一九八九年，〈正文、性別、意識型態〉，刊於《中外文學》十八卷一期。台北：中外文學月刊社。
葉嘉瑩，一九八九年，〈說秦觀踏莎行一首〉，刊於《女性人雜誌》創刊號，頁六十四至七十三。
盧慶濱，一九八八年，八股文與金聖嘆之小說戲曲批評，刊於《漢學研究》六卷一期。台北：國立中央圖書館。
福洛，羅傑，一九八七年，《現代批評語彙詞典》倫敦：路特萊茲有限公司。
佛萊恩德，伊利莎白，一九八七年，《讀者的循環》。倫敦：曼遜有限公司。
王　力，一九八七年，《中國語言學史》。台北：駱駝出版社。
鄭明娳，一九八七年，《古典小說藝術新探》。台北：時報文化企業有限公司。

單德興，一九八七年，〈小說評點的新詮釋：小說評點與接受美學〉，刊於《國立政治大學學報》第五十五期。台北：國立政治大學。

廖炳惠，一九八七年，〈新歷史觀與莎士比亞研究〉，刊於《中外文學》雜誌十五卷十一期頁二十二至四十八。台北：中外文學月刊社。

葉維廉，一九八七年，〈意義組構與權力架構〉，刊於《中外文學》十六卷第五期頁四至三十六。台北：中外文學月刊社。

陳榮灼，一九八六年，《海德格與中國哲學》。台北：雙葉書廊。

劉昌元，一九八二年，〈殷佳頓的文學理論〉，刊於《中外文學》，十四卷八期。台北：中外文學月刊。

單德興，一九八六年，〈脂硯齋評點紅樓夢研究〉，刊於《文學與語言研究》，二期。台北：台灣大學外文系出版。

康來新，一九八六年，《晚清小說理論研究》台北：大安出版社。

賴伊，威廉，一九八六年，《文學意義》。牛津：巴斯利．布萊克威爾出版社。

佛朗蒂茲，瑞色萊，黃霍（譯），一九八六年，《價值是什麼》。台北：聯經出版事業公司。

佛萊，諾斯洛普，一九八五年，《文學手冊》。紐約：哈普出版有限公司。

張漢良，一九八五年，〈匿名的自傳作者羅朗巴特／沈復〉，刊於《中外文學》，十四卷，四期，頁四至十七。台北：中外文學月刊社。

蘇則蘭，約翰，一九八五年，《歷史研究與文學批評》。麥迪遜：威斯康斯大學出版社。
袁行霈，一九八四年，〈魏晉玄學中的言意之辨與中國古代文藝理論〉。收在《魏晉思想》一書中。台北：里仁書局。
張亨，一九八三年，〈先秦思想中兩種對語言的省察〉，刊於《思與言》雜誌，第八卷第六期。
朱自清，一九八二年，《朱自清古典文學論文集》。台北：源流文化事業有限公司。
布勒克，艾蘭（編），一九八一年，《現代思潮大辭典》。倫敦：喬叟出版社。
劉若愚，一九八一年，杜國清（譯），《中國文學理論》。台北：平平出版社。
杜安豪爾，伯納，一九八〇年，《沈默：現象學及其本訊息》。伯明頓：印第安納大學出版社。
布萊秀，喬治，一九八〇年，《當代詮釋學》。倫敦：路德利茲出版社。
葉維廉，一九八〇年一月，《飲之太和》。台北：時報文化出版事業有限公司。
朱鳳玉，一九七九年，《紅樓夢脂硯齋評語新探》。台北：文化大學出版社。
韓南（編），一九七九年，《中國小說批評與理論專集》。紐約：普林斯頓大學出版社。
以色，伍福崗，一九七九年，《閱讀行動：美學反應理論》。巴爾的摩：約翰霍普金斯大學出版社。
黃季剛，一九七七年，《文選黃氏學》。台北：文史哲出版社。
于光華，一九七七年，《評注昭明文選》。台北：學海出版社。
里柯爾，保爾，一九七六年，《詮釋理論》。德克薩斯：德克薩斯基督教大學出版社。

傅庚生，一九七六年，《中國文學批評通論》。台北：經氏出版社。
葉慶炳，一九七五年，〈中國文學家的保守觀念與創新作風〉，刊於《中外文學》四卷四期。台北：中外文學月刊社。
以色，伍福崗，一九七三年，《內含讀者》。巴爾的摩：約翰霍普金斯大學出版社。
以色，伍福崗，一九七二年，〈閱讀過程：現象學的考察〉。刊於《新文學史》一九七二年三期頁二七九至二九九。
以色，伍福崗，一九七一年，〈未定性與小說閱讀反應〉，收在《敘述學面面觀》一書，頁一至四十五。米勒．希利斯（編），六十年。紐約：哥倫比亞大學出版社。
克萊傑，謬利，一九六九年，〈文學閱讀中的語言，視點及其相互配〉合，收入辛格利頓，查爾斯（編）《詮釋：理論與實際》一書。巴爾的摩：霍普金斯大學出版社。
哈德曼，傑佛利，一九五四年，《不能調和的視點》。紐海芬：耶魯大學出版社。

試用物色理論分析文選行旅詩

一、問題概述

劉勰《文心雕龍》卷十有〈物色〉篇，提出文學與外在環境關係的物色理論，是六朝文學觀念很重要的一項理論建構。歷來討論的文章很多，分別就全篇，或單句，或其中主要關鍵字詞進行解釋。

譬如王元化用心物交融與主客體的概念，解釋「隨物宛轉」、「與心徘徊」兩句，批判了范文瀾把「物」當作事理的說法。然後，進一步引述王國維把物看作雜色牛，引《詩經．小雅》的一句「三十維物，爾牲則具」爲證。（王元化一九九二，頁八九—九七）這個解釋頗合原典意思，如果把「物」與「色」合複音詞，形成六朝人常用物色乙詞，因而引伸爲《文選》李善注所講的：「四詩所觀景物之色。」，那麼，王元化的疏解對物色之探源甚有幫助。

然而，做爲一個批評理論的觀念，它與前承的關係又如何呢？這就是〈物色篇〉中「四時紛迴，入興貴閑」這一句的「興」字與比興說的關涉，以及「閑」字何解的討論了。涂光社把閑字當閑靜講，(涂光社一九八八，頁八二八)蔣祖怡則用「悠閑」「興會」與「興奇」，把物色之對象帶入山水文學的實踐去，(蔣祖怡一九九〇，頁六八九)這樣，物色說便與山水文學掛結起來。可說是對物色理論的充分運用。

可是，爲何六朝有物色賦，而沒有山水詩，至少到《文選》爲止的文體分類是如此？又爲何在文心的〈明詩〉篇提「莊老告退，山水方滋」把山水詩當文類的新起，卻在〈物色〉篇不專用山水範限，而把「物」字做寬解？於是，物色是與〈明詩〉〈頌讚〉〈樂府〉一般編在卷二當作文類看，還是與〈才略〉〈知音〉等編在卷十當批評理論？或者，如王元化之疏解，物色與〈比興〉〈夸飾〉〈事類〉等篇所分析的技巧，是文心創作論的一項？

可見，光作字句疏解，縱使詳之再詳，如邱世友把閑字做五解，但不主何一，(邱世友一九九二，頁二八六—二九二)結果，對物色總體並未深論，及單字詞觀念與總體的關係無索解之路，此作法顯然不足。至於，用西洋詞意直譯物色爲「物理世界」，如施友忠的英譯，(施友忠一九七五，頁三四八)做爲中西比較的意義實在大於原典的疏解。

本文在參考了諸家物色解之后，深覺物色理論中的心思情慮志的五大因素，綜合而成的物色之「志」，這個「志」是什麼？這一問題對六朝詩從玄言—山水—道教等的階段性演變，很有申論之餘地，向來罕有述及。因此，提出來討論。

並且，對物色理論的實際批評應用，亦為諸家所闕，感到可惜。而何以《文選》有物色賦之分，而不設山水詩一類，與物色詩一體，亦覺可疑，因擇比較接近有物色可能之行旅詩一類為批評對象，進行全面性之文本分析，看一看物色理論之實際批評的效用如何。並由此而兼論有關山水詩的起源問題。特別是山水與遊仙，山水與玄言，以及玄言與遊仙之分際的細微之處。因為這三類跟物色理論提到的「志」有關。

二、文選何以無玄言詩與山水詩

試看文選詩體二十三類有遊仙詩，而無玄言詩。這是不符合六朝詩體遭替之史實。在「莊老告退，山水方滋」的理解下，至少模山範水的詩作興起之前，應該先已流行玄言之作。甚至到了南朝，易老莊三玄之道也經常出現於山水之「理」中，並非謝靈運專作山水之后，玄言詩即不再作矣！總的說，玄言自魏晉成為清談課題以後，從東晉到南朝四代都還繼續發展。玄言是一普遍課題，應視作一個具有貫時系統的時代思潮，這個思潮普遍流行，成為魏晉南北朝時代知識份子的共同意識，其性質，就與〈物色〉理論一般是一個普遍共識。因之，玄言思潮分流化入〈遊覽〉〈詠懷〉〈行旅〉等諸體詩中去。而〈物色〉之理論也一再滲入〈遊覽〉〈詠懷〉〈行旅〉與〈遊仙〉等各類詩體去。

其結果是，文選雖然沒有〈物色〉詩，但〈物色〉手法分見於各類詩中。又雖然沒有〈玄言〉詩，或〈志〉詩，但同樣地，在許多相類近的詩體中卻到處可見玄道之想，與獨化消遙之意。從這個角度看，文選雖無〈物色〉與〈玄言〉詩之名卻有其實。順此以推，從文本分析與讀者感受雙重途徑去解讀詩體諸類，至少在〈公讌〉〈祖餞〉〈遊仙〉〈招隱〉〈反招隱〉〈遊覽〉〈行旅〉等諸類中，透過評點之意義分析，往往多有別解，且多另出新意，而不符原先歸類，反而多的是〈物色〉與〈玄言〉或山水詩等三類型的詩意結構。

三、物色與情志之關係

物色如果當作一技巧，那麼，由此技巧運用，必須兼及抒情與敘志的效果。也即是說，物色不能單只是描述風景，而且，更要藉由風景之描寫，把情與志寄寓山水風景中而暗示出來。就〈物色〉篇本文看，前述的說法，是有句有文可證的。例如：

窺情風情之上，鑽貌草木之中。

吟詠所發，志惟深遠。

物色唯繁，而析辭尚簡，使味飄飄而輕擧，情曄曄而更新。

物色盡而情有餘者。（案：餘者，《說文》：饒也。）

情往似贈，興來如答。

並以少總多，情貌無遺矣。

獻歲發春，悅豫之情暢。

天高氣清，陰沈之志遠。

情以物遷，詞以情發。

以上這幾條詞句，明顯可証物色技巧的最終目的，便是把情與志一起寫出。如此一來，所謂物色詩便有兩種作法，其一是物色與情志並寫，或安排先寫風景，再寫情志，或二者相反，或交叉進行。其二是把情志的意思暗示在風景山水之句中，而全首詩沒有一句直接表達情志。

這第一種寫法，是大部份行旅詩採用的方法。第二種較少見於六朝，要到唐代王孟山水詩，才比較多。由此而引發對山水詩「純」與「不純」的定義問題。更旁及現代詩學中「純粹經驗」

與山水美感意識的討論。可見物色這一種理論之瞭解，非常具有當代相干性。（註❶）

四、〈物色〉篇引述的六朝物色詩

《文心雕龍．物色》篇在揭示物色理論后，即分《詩經》，《楚辭》與近代以來之三種物色進行評價。

認為「詩騷所標，並據要害」，玩索這個「並」字，知道劉勰對詩騷所建立的物色技巧，「並」據物色之主要手法，其意並無優劣高下之分。然則詩騷之物色手法，一個是「觸類而長」。簡言之，詩騷只是在物色之比類上一繁一簡而已。但無論如何，都同屬於詩人之賦的物色。

要到司馬相如的賦出來后，新創模山模水，字必魚貫的物色手法，才正式將辭人之賦的物色一路開來。

那麼，詩騷—漢賦是兩種物色手法。若是近代以來呢？包括近代以來的賦及其它文類所用物色手法，其特點是：

文貴形似，窺情風景之上，鑽貌草木之中，吟詠所發，志惟深遠，體物爲妙，功在密附。故巧言切狀，如印之印泥，不加雕削，而曲寫毫芥。故能瞻言而見貌，即字而知時也。

這一段描述「近代以來」的物色特徵，關鍵在用了「志惟深遠」的志，與體物的「物」之關係。因爲，詩騷的物色手法是以情爲主，由情再到心，心情志慮四個環節相扣，而分別與物發生反應。此時的物色是用「情貌無遺」做標準，是看作家的心情如何與物色之貌配合，達到情景交融，也就是物色理論「隨物婉轉」「與心徘徊」的作法。

可是，到了近代以來，那個隨物，變成體物，那個心之情，變成心之志。重點在物色所引起的作家之「志」之描寫，而不再是情與貌之配合了。這個轉變很重要。顯然劉勰的意思，必要點示這個差異，才能完成何以由詩騷到辭人再到近代以來的三階段物色發展。

於是，現在的問題在以物色爲中心，是重點在情呢？還是在志？當然，無論情志，都是要用物色手法的。

其次的問題是情志與物的關係，是由物色主動感發人，還是由人之情志出發感動物色？

周振甫解釋後一問題時，引用了劉永濟的講法，認爲可用一種區分之，由人主動是造境，是有我之境。由物色爲主，人變成被動，則是寫境，也是無我之境。因爲人在春天必悅豫情暢，見

雨雪霏霏必心情淒苦。人是隨「物色」而婉轉的。（周振甫一九九三，頁一四九）

隨后，周振甫也批判了這個二分法，認爲劉勰並不分情往感物與「與心徘徊」。他是兩種合起來看，物色與心情互相交流影響而達到情景交融。不過，先決條件還是「物色之動，心亦搖焉」，物色要先動，一旦動了，「物色相召，人誰獲安」，沒有人能不受物色之感動。

然而，周振甫也進一步指出劉勰這樣定位物色與人的先后關係，所產生的情景交融，其實是單向的。也就是說，劉勰並沒有注意到情往感物的一面。物色可能因爲作家的情之〝往〞而變。本來春天的悅豫在離別的心情下是不可能的。本來雨雪霏霏的冬之悲涼，在回家的心情下卻是相反的感受。因之，周振甫歸結到「情往似贈」的情是在先看了山水雲樹以後才用情來贈答山水雲樹。（同前，頁一五〇）

吾人對周先生的說法，似可再引伸，何以劉先生有以物色爲先，心情贈後的看法，其實要跟近代以來這一期物色一起看的。

簡言之，物色也分緣情與言志兩途。而處在體物爲妙的六朝文風之下，劉勰也不得不稍受「巧構形式」之影響，並且，將東晉以來玄言詩之以志爲主的文風考慮進去。到了近代以來，物色的重點是在志而不在情了。

既然以志爲主，物色之功用，即在由物色之變換形似中找到其理託其志。所以，像謝靈運〈登江中孤嶼〉寫「亂流趨孤嶼，孤嶼媚中川」便是用一媚字，把物色之理組織起來，由物色之本貌以見其理。詩人自然不可隨便用情介入干涉，因爲，理是客觀存在於物色中，但看作家如何發現它而寫出來。並不是理由作家心中說而寫到物色去。跟情由心生而賦物色之手法大大有別。

準是，運用物色理論檢證行旅詩，其所關涉之諸問題便有如下諸端：

其一行旅詩兼寫物色如何？著筆份量多不多？
其二行旅詩之物色重點在情呢？抑在志？
其三文選行旅詩合不合物色理論分析？

五、「物有恆姿，思無定檢」的實例分析

〈物色〉理論提出觀物的要點，主要是以物—色—情—思—辭五層次的遞接關係。然而這五層次在實際應用時，卻是雙向互為環扣，而形成環中形的實存關係。所以，穩定性，未定性，潛藏性與創造性，乃構成物色文本的重心。以下三段文字，分別說出了〈物色〉觀物方式的理論，分別是：

1.「歲有其物，物有其容，情以物遷，辭以情發」

2.「是以詩人感物，聯類不窮，流連萬象之際，沈吟視聽之區，寫氣圖貌，既隨物以婉轉，屬采附聲，亦與心而徘徊」

3.「物有恆姿，思無定檢」。

這三段文字說明了物色理論的基本要素，是從時序變化產生物色之貌。詩人的情感又隨此變化而變化，於是辭彙亦由此而緊扣住物色之變而安置最貼切的修辭，例如〈物色〉篇舉的桃花之灼灼，楊柳之依依，黃鳥之喈喈，莫蟲之喓喓等。這四個例子，前兩者是視覺之物色，後兩者是聽覺之物色。由此推想，可知物色之起，由人的感官知覺加以直接反應。最後，統歸之於「心」，而心又統性與情。〈物色〉提到的讀者作者要素，便是：心、思、情。這心思情與物色的互相感應交流方式是這樣的圖例關係：

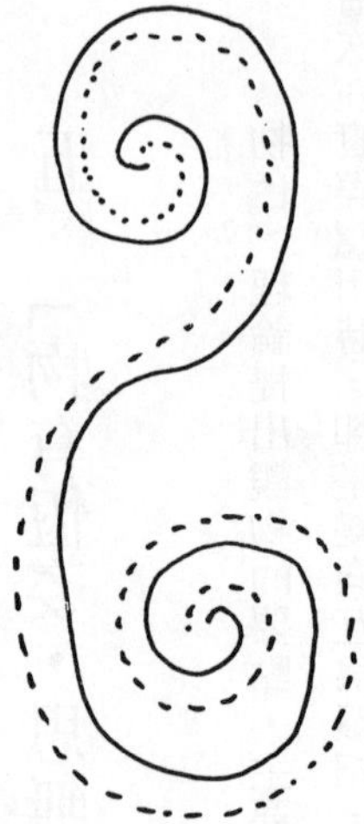

實線：代表物色
虛線：代表心思情

這就不難看出，物色從天地定位的自然世界角度看，它悉爲客觀存在之實物，不具有情思。但從「詩人感物」進而賦予創作意義的角度看，則物色之變與物色之眞，又全掌握在「聯類不窮」的決定中。易言之，詩人或作家是用怎樣的詞彙去「寫氣圖貌」，圖出來的結果，就是創作者的主觀〈物色〉了。這樣的物色之存在樣式，牽涉到的問題很多。大陸興起於六十年代的山水討論對這方面有許多意見。或謂作者的階級性品味與決定山水風貌有關，或謂社會經濟與時代思潮皆有涉。（盧興基一九八七，頁七五－八九）現在，吾人試將問題的涵蓋性加大，不要僅限在山水詩，而改用〈物色〉一詞做爲更大含意來包舉山水詩。那麼，所謂的「物有恆姿，思無定檢」便是決定山水面貌與物色方式的決定性因素了。也即是說，心思情在主體的運作會反向地影響物色呈現，所以，作者的心思情決定物色最後的安置。回應前示圖例的關係，心思情與物色的互爲交涉，是「隨物婉轉，與心徘徊」的意思。這一層次的關係，不即等於詩人主客交溶，選擇角度與社會時尚，乃至經濟問題的化約。因爲，當作者以全然的「道教」之心思情去「流連萬象之際」，作者是全心全意，以及縱情澎湃地介入物色，作者此時此刻何來主客的考慮，更不暇選擇角度的斟酌，階級性在此模糊化。於是，在此層次的物色妙境，完全是「境」的問題，而非社會經濟或風潮時尚的問題。因之，用〈物色〉理論的觀點，說明山水詩確有其適用性。

既然「思無定檢」，不即表示物色可以有不同的心思情之感受嗎？茲試用這個理論分析《文選》行旅詩。像謝靈運〈登江中孤嶼〉所作的道教之心思情即是一例，除了謝靈運較多，以及沈約的一首〈早發定山〉之外，其餘所收作品並不時興道教之思。可是，其它作家的作品，也因此而相對地較少山水之專意描寫，而多的是〈物色〉理論所講的物色內容。復次，從〈行旅〉設類的用意看，所謂行旅，當是薄宦遊宦，改服易地，勞累路途，或作相關之思，或興人世之悲，情在於離苦實多於模山範水之賞心。可是，這樣的〈行旅〉標準，謝靈運諸作大多不符合。反而非謝詩的其它作者，幾近符合。這又旁證了一項事實，即《文選》分類作法確是先立體，再選作品。當一體已類分，而非要選一位大家以歸其類時，便可能因不甚符合標準而勉強湊合，如當下這個謝靈運詩的例子。也即是說，謝詩的「模山範水」之作確實比其它作家多，但〈行旅〉立類非要選入謝詩不可，於是，便以謝靈運「山水詩」勉強歸類入行旅，而其他作家則用〈物色〉理論的觀點，自其作品中由物色之寫氣圖貌的結果，有表達「行旅」之心思情的詩作，選出來入於該類。以致，吾人看到現存的〈行旅〉類詩作，謝詩之山水傾向與道教心思，跟其它作家的「物色」方式與「物色」之思大為不同。以下試就《文選》行旅詩三十五首物色面貌試作圖表略觀其概：

作者	詩題	模山範水	物色	玄學之思	道教之想	行旅主題	關鍵字詞
1. 潘安仁	河陽縣作二首(一)	○	○	○	×	由自恨而自慰	福謙害盈
2. 潘安仁	河陽縣作二首(二)	○	○	○	×	政成民和	單父邑子賤歌
3. 潘安仁	在懷縣作(一)	×	○	×	×	思京南歸	越鳥志想南枝
4. 潘安仁	在懷縣作(二)	×	○	○	×	思京南歸	懷歸志顧鞏洛
5. 潘正叔	迎大駕	○	○	×	×	軍旅暫止	且少停君駕徐待干戈戢
6. 陸士衡	赴洛詩二首(一)	×	○	×	×	感物懷歸	感物戀堂室離思一何深
7. 陸士衡	赴洛詩二首(二)	×	○	×	×	感物懷歸	感物情悽惻日歸歸未克

8. 陸士衡	赴洛道中作二首(一)	○	○	×	×	感物懷歸	佇立望故鄉 顧影悽自憐
9. 陸士衡	赴洛道中作二首(二)	○	○	×	×	故鄉之思	撫枕不寐 振衣長想
10. 陸士衡	吳王郎中時從梁陳作	×	○	×	×	故鄉之思	慷慨懷古人
11. 陶淵明	始作鎮軍參軍經曲阿作	×	○	○	×	歸回田園	望雲慚高鳥 臨水愧遊魚
12. 陶淵明	辛丑歲七月赴假還江陵夜行塗口	×	○	○	○	歸田之思	養眞衡茅下 庶以善自名
13. 謝靈運	永初三年七月十六日之郡初發都一首	×	○	×	×	返鄉歸田	將窮山海跡 永絕賞心悟
14. 謝靈運	過始寧墅一首	○	○	×	×	返鄉歸田	三載期歸 且樹枌檟
15. 謝靈運	富春渚一首	○	○	○	×	適性歸隱	懷抱既昭曠 外物徒龍蠖

16. 謝靈運	七里瀨	○	○	○	×	歸隱	嚴子瀨 任公釣
17. 謝靈運	登江中孤嶼	○	○	○	○	遊仙 慕想	始信安期 得盡養生
18. 謝靈運	初去郡	○	○	○	×	幽棲 歸隱	廬園當棲巖 卑位代躬耕
19. 謝靈運	初發石首城	×	○	×	○	忠盡 之意	欽聖若旦暮 懷賢亦悽其（註❷）
20. 謝靈運	道路憶山中	×	○	○	×	適性 歸鄉	得性非外求 楚人，越客
21. 謝靈運	入彭蠡湖口	○	○	×	○	妙思 遠想	靈物，異人 金膏，水碧
22. 謝靈運	入華子崗是麻源第三谷	○	○	○	○	水遊 妙境	且申獨往意 乘月弄潺湲（註❸）
23. 顏延年	北使洛	×	○	○	×	故都 悲涼	宮陛多巢穴 城闕生雲煙

24.	顏延年	還至梁城	×	○	×	×	故都悲涼	故國多喬木 空城疑寒雲
25.	顏延年	始安郡還都與張湘洲登巴陵城樓作	○	○	○	×	人世幻化無常	萬古陳往還 百代勞起伏
26.	鮑明遠	還都道中	×	○	×	×	戒出旅悔歸	誰令乏古節 貽此越鄉憂
27.	謝玄暉	之宣城出新林浦向版橋	○	○	×	×	入仕與遊江樂	懷祿情 滄州趣
28.	謝玄暉	敬亭山詩	○	○	×	○	靈仙奇趣	隱淪，靈異 奇趣，丹梯
29.	謝玄暉	休沐重還道中	○	○	×	×	遊宦思歸	歲華春酒 初服效扉
30.	謝玄暉	晚登三山還望邑	○	○	×	×	遊宦思歸	有情知望鄉 誰能鬒不變
31.	謝玄暉	京路夜發	×	○	×	×	遊宦思歸	行矣倦路長 無由稅歸鞅

32. 江文通	望荆山	○	○	×	×	歲晏 悲思	苦寒奏 艷歌傷
33. 邱希範	旦發漁浦潭	○	○	○	×	幽棲 臥治	坐嘯臥治 幽棲清曠
34. 沈休文	早發定山	○	○	×	○	幽棲	三秀九仙 蘭杜芳荃
35. 沈休文	新安江水至清淺深見底貽京邑遊好	○	○	×	×	水清 寄意	濯衣巾 纓上塵

行旅詩要素統計結果表：

項目類別	所佔總數	百分比
模山範水	二一	六十%
玄學之思	一四	四十%
道教之想	七	二五%
物色	三五	一〇〇%

表列說明：

一、模山範水乙欄專指描述山水及其相似物，是所謂純山水詩之定義範圍。凡〇者示有，×者示無，下同。

二、物色乙欄，把物字做廣義解，指在山水題材之外，尚兼及風景與大自然之描寫。另外，物字如擴大解，包括社會百態與人間事物。則物色此欄與純粹的山水描寫，實在不同，故而分立兩欄目。

三、玄學思想，專指運用易老莊三本書之典故，包括語典事典，及由此三書所揭思想之引伸。

四、道教之想，特指東晉興起的天師道及其流派，並且與玄學之想乙欄互爲辯證，凡在詩主題上不能盡歸於易老莊三玄，而又略有關涉者，只好劃入此類。

五、行旅主題，是就當首詩主要意旨而說，至於意旨之輕重，繁簡或顯晦，可能有多種講法時，主要參考評點家之批語，散見於于光華《評註昭明文選》乙書所收者。其有疑處，則逕自讀之而下判語。

六、關鍵字詞即就第五項之歸類而引詞句字句爲證。

六、結語

由以上統計表結果，可看出幾點現象，及此現象之意義。第一是物色與模山範水有界域大小之分。凡有物色之詩，例有模山範水。反之，則未必然。可見物色範圍大，而模山範水若當作山水詩文類之特徵，顯然，山水詩就不一定是物色詩了。由此，可證明《文心雕龍》的物色理論不僅僅是山水詩之規範，而用唐宋純山水詩之標準即不能稱作是六朝這一時代文風之物色。

第二點，物色在每首行旅詩中都有，但不是每首行旅詩都有玄學之思，或道教之想。可是，一定有其主題，此主題中，出現最多的是「情」的成份，抒情佔行旅主題之大半。當然，又以行旅勞累，仕途巓困，而興歸隱幽棲之情爲最常事。可見，凡有物色之行旅詩，必然與〈物色〉篇理論强調的物色要與情志結合，所謂窺情風景之上云云，配合起來。又可見，物色之山水詩，也不純止於山水，多半是賦山水之物以情，而不見得是「以物觀物」的自見之情。

除了情之外，第二點是志，在統計表中每首物色詩，所表現的「志」，主要以玄學與道教爲最習見，或單出或雙有。可見，行旅詩在情志的抒發上，其實是情志並重的。由此，也證明了，行旅詩的物色手法合乎物色理論講的，物色要與情志結合才是物色。

第四點是所謂的志，在行旅詩中，未必是指作者的意圖，而是玄學與道教之慕想。在此，吾人將「志」做一擴大解，即志或者指作者別有之意思，或指作者就現成思想成說而引伸之，假藉物色表現。如果是前者，「志」有其獨創性。例如謝靈運〈入華子岡是麻源第三首〉的「俄頃」用這個觀念，不盡然是無用之用或無爲之用。如果是后者，行旅詩的「志」，並無新意。而是「莊老告退，山水方滋」關涉的山水與莊老的互寄表裏。易言之，行旅詩的志，不過是藉行旅詩主題，用山水物色之描寫，表達莊老或道教之「志」。就此一層次而言，行旅詩的「志」，也幾乎等同「平典似道德論」的鄙直之風，只是文采稍富罷了。惟不論此二者爲何，皆可印證物色理論的物色要與情志配合起來。

第五點，若再仔細推敲行旅詩的「志」，又以玄學之思佔多數。然而，道教之想也有七例，分別見之於陶淵明一首，謝靈運四首，謝玄暉一首，以及沈休文一首，總共七首。時間上，自東晉開始，漸及劉宋與蕭梁。可知莊老告退，山水詩起來以后，除了在山水物色中裝載莊老之「志」外，更有一種民間宗教，如天師道講的「清」「靈」「眞」等觀念的流行，而加入物色之「志」中。這個現象，可補充「莊老告退，山水方滋」這句話的含意，並將物色理論之情志說透過作品的實踐而落實出來。這無寧是本論文對行旅詩文類分析所得出的最大成果。（註❹）

第六點是輔助說明第五點的現象。即所謂物色之志，是玄學之后繼之以道教。但東晉道教自民間上流到知識階層以後，物色之志增加一途，而原來的莊老玄學也並沒有消失，遂與道教之想有合流的現象。在統計表三十五首行旅詩中，便出現了三首同時兼有玄思與道想的例子，分別是陶淵明〈辛丑歲七月赴假還江陵夜行塗口〉、謝靈運〈登江中孤嶼〉與〈入華子岡是麻源第三谷〉等三首。

附註

註

❶：有關中國山水詩與當代詩的相干性問題，主要見諸於陳鵬翔〈中英山水詩理論與當代中文山水詩的模式〉乙文之討論。（陳鵬翔，一九九一）此文引述了目前爲止可見的中國山水詩討論之大半資料。最後歸結於葉維廉用「以物觀物界定純粹山水詩的觀點」可知陳文並不採用《文心雕龍・明詩》與《文心雕龍・物色》兩篇的看法。另外，陳文在引述曹道衡的山水詩意見，所據者，乃是一九六一年曹先生刊在《文學評論》的一篇叫〈也談山水詩的形成與發展〉這篇文章，其實曹先生后來在新出的一本新著中，再次論及山水詩，有比較新的看法。認爲庾闡、殷仲文、謝混諸人何以能證山水詩之祖，主要因爲今存諸人作品太少，無法印證檀道鸞、劉勰、鍾嶸等人的說法。（見曹道衡一九九一，頁四二註❸）又說謝靈運詩筆下的山水，還沒跳出「有我之境」，眞正的物我合一之山水詩，要到盛唐才普遍出現。（同前，頁六一）案：陳、曹二家說法都以爲山水詩有純與不純之分，各從寫法上要「以物觀物」「物我合一」做標準，當代山水詩即遵此標準。問題是，以物觀物之最終結果，仍然是悟理、悟境，在物中透出來。所以，與物色理論

講的「情」「志」之關涉，其實同物。所以，物色理論也適合當代山水詩定義。有關山水詩定義之討論，另參葉維廉一九七一，頁九四—一一〇五與一九八三，頁一三三—一九四。林文月一九七六，頁二三—六一。洪順隆一九八〇五，頁五五—八八。王瑤一九八六，頁四七—八三。

註❷：這首詩題旨，據方伯海評點說是謝靈運被誣而得宋太祖不罪，所表達之忠盡之言。（于光華一九七七，頁五〇二）而于光華的補註也認爲詩中的「欽聖若旦暮，懷賢亦悽其」兩句之欽聖指宋太祖，懷賢指屈原，一叩聖君，一叩忠臣。（同前，頁五〇三）又今人顧紹柏《謝靈運集校注》釋此句意同前說，而且，認爲此詩是靈運要學習古人（案：指屈原）。不爲謗毀所傷，不向惡勢力低頭云云。（顧紹柏一九八七，頁一八七）案：據此諸家說，而判定此詩題旨爲忠盡之言。惟此詩別有「越海陵三山，遊湘歷九嶷」兩句，三山指三神山、九嶷指蒼梧山，即舜葬處。若然，三山九嶷並舉，則靈運不惟忠盡之思，實兼山水遊仙之想，故而在道教乙欄判其有。倘據《藝文類聚》卷廿七引，無此二句，又當別論。

註❸：此詩題旨最可拿來討論物色理論的「吟詠所發，志惟深遠」的志，當爲何志？志可解作詩人藉物色而寄託其志，亦可解作是透過物色之理，主要是山水哲理，所暗示傳達的志。此詩，按何義門評點說是寫山水妙境。（于光華一九七七，頁五〇四）但在那裏？則闕言。方伯海則說此詩不屑屑於神仙，才由此表現謝靈運的達觀。方說並駁斥善注與五臣注引用莊子書解釋詩中「獨往古今」等詞語出典。（同前，頁五〇五）照方說，此詩不當有玄學之想。考詩中末句「恒充俄頃用，豈爲古今然」云云，所謂俄頃用，不可與老莊道學的無用之用與無爲之用相混爲一。所以，于光華的評點才注意這點，說此詩「我之入是崗，不過因其勝地可樂，聊以申獨往之意，因月下聆水聲，自樂其樂而已」（同前）就是這個自樂，便可充俄頃之用。並不是相信眞有仙人之事。顧紹柏之說略同，亦謂此詩在懷疑仙人之事。（顧紹柏一九八七，頁一九七）其它解讀者，尚有馬劍東（收入盧昆等一九八九，頁六九八）趙昌平（收入吳小如等一九九二，頁六九四），及趙福海等一九九二，頁七〇二。此三家說都注意到俄頃用在此詩的重要觀念，但都不離莊子獨往之出典。案莊子云：江海之士，山谷之人，輕天下細萬物而獨往者也。這個獨往是終極的逍遙，無待的自然。未必即山水一樂之俄頃用。以故用莊意說此二句未洽。趙福海之說解，甚至說俄頃用是對人性的肯定，是積極的生活理想，不知何據？我以爲這句俄頃用，就是在山水物色間，發現的妙理，寄託的志。它不一定要是某家思想，而是一個新觀念的創說，類似觀念史研究對象的那種「思想」。這正是「體物爲妙，功在密附」所得出的結果。也是物色理論「一言窮理」與「志惟深遠」的理與志之書寫。這首詩編年於謝靈運晚年之作，也可看作謝詩在山水詩文類所開創的山水之理。

註❹：道家與道教二者之區別不易分，這是目前可見論述道教的專著一致的看法，本論文也不例外。然而道教到六朝所分出的新創之觀念，像上清派，靈寶派與樓觀派諸派講的「清」「眞」「靈」這些觀念，透別凸顯出來，應該是道教內在理路的專題，與傳統道家講的側重點不同。（參詹石窗一九九二，頁一〇與頁七一—七四，又孫述圻一九九二，頁二二七—二三四，李養正一九九〇，頁三四四—三五〇，以及任繼愈一九九〇，第四、第五兩章）本人以爲第一在時間上，道家典籍或有講此三字，但未將之仙化，如五經無眞字，到老莊雖有眞字，但老子以爲道之描述，莊子以爲反其眞亦爲哲學形上之終極境界，不雜成仙。而以神人代替仙人。到了《說文》才直接說：眞，僊人變形登天也。眞在仙人之更一層，但眞人即仙人。有關眞字之觀念史釐清，顧炎武早辨之矣。（參顧炎武一九七九，頁五三二）至於「靈」字，《詩經・靈臺》傳云神之精明者，疏說神之別名。又《周易・頤》也有舍爾靈龜，觀我朵頤句，鄭玄云俯者靈，是說靈龜即天龜。（《莊子・天地》）也說大愚者終身不靈，司馬昭注靈，昭也。大略先秦典籍雖有靈字，但不若靈寶派供奉靈寶天尊，強調靈字那般重要，且爲仙化之靈。「清」字素爲老子講究，五十七章云：我好靜而民自正。又云：清靜爲天下正。其在政治無爲與個人修養之關係上說得多。至於將之發展成《黃庭經》與《上清大洞眞經》的清靜爲主，進而做爲煉養金丹的原則，如《太上老君說常清靜妙經》的以清靜爲法，則絕非傳統老莊的思想。所以，道家與道教之區別的第二點是對如「清」「眞」「靈」等關鍵字之孳乳發揮與側重有所不同。本文主要從以上兩點之差別爲出發點，以判定道仙。另外，做爲宗教層次之道教，講的靈字眞字也有特殊涵意，據《雲笈七籤》收錄東晉道士楊羲是「幼而通靈」，劉宋時廬山道士陸修靜是「通交於仙眞之間」，這話中的靈與眞是宗教意涵的。而《雲笈七籤》道教所起乙節也分辨了道祖元始天尊在老莊之上。(參張君房，頁一〇)

引用參考書目與期刊

周振甫，一九九三，《文論散記》。北京：學苑出版社。
邱世友，一九九二，〈入興貴閑辨〉，收入饒芃子編《文心雕龍研究薈萃》頁二八一——二九六。上海：上海書店。
吳小如（等），一九九二，《漢魏六朝詩鑑賞辭典》。上海：上海辭書出版社。
詹石窗，一九九二，《道教文學史》。上海：上海文藝出版社。
孫述圻，一九九二，《六朝思想史》。南京：南京出版社。
王元化，一九九二，《文心雕龍講疏》。上海：上海古籍出版社。
趙福海（等），一九九二，《昭明文選譯注》第四冊。長春：吉林文史出版社。
曹道衡，沈玉成，一九九一，《南北朝文學史》。北京：人民文學出版社。
陳鵬翔，一九九一，〈中英山水詩與當代中文山水詩的模式〉，刊於《中外文學》二十卷六期，頁九六——一三五。台北：中外文學月刊社。
李養正，一九九〇，《道教概說》。北京：中華書局。

任繼愈，一九九〇，《中國道教史》。上海：上海人民出版社。
蔣祖怡，一九九〇，〈文心雕龍物色試釋〉，收入中國文心雕龍學會編《文心雕龍研究論文集》。北京：人民文學出版社。
盧昆等，一九八九，《漢魏南北朝隋詩鑒賞辭典》。太原：山西人民出版社。
涂光社，一九八八，〈文心雕龍物色發微〉，收入甫之，涂光社編《文心雕龍研究論文選》下冊。濟南：齊魯書社。
張君房（輯），一九八八，《雲笈七籤》。北京：齊魯書社。
顧紹柏，一九八七，《謝靈運集校注》。鄭州：中州古籍出版社。
王瑤，一九八六，《中古文學史論》。台北：長安出版社
洪順隆，一九八五，《六朝詩論》。台北：文津出版社。
葉維廉，一九八三，《比較詩學》。台北：東大圖書公司。
葉維廉，一九七一，《秩序的生長》。台北：志文出版社。
顧炎武，一九七九，《日知錄》，台北：文史哲出版社。
林文月，一九七六，《山水與古典》。台北：純文學出版社。
施友忠（英譯），一九七五，《文心雕龍》。台北：台灣中華書局

再用物色理論分析《文選》遊覽詩

一、序論

《文心雕龍》有〈物色〉篇，置於卷十之首，范文瀾注以爲不當列於此，謂〈物色〉即〈聲律〉以下諸篇之總名，與〈附會〉相對而統於〈總術〉篇。認爲此篇當移於〈附會〉之下。（《文心雕龍注》卷十，頁二）案即置於卷九。

惟此說並無版本爲證，今可見敦煌本《文心雕龍》殘卷惜闕此篇。（《敦煌遺書文心雕龍殘卷集校》，頁一一七）今之問題，是對〈物色〉篇在文心全書性質之認定爲何？若置於〈時序〉之后，如通行本所見。顯然兩篇性質略近，一在探討時代風潮與文學互動現象，屬人文社會的層次，一在推究自然山水環境與文學關涉影響。

今若移置〈附會〉之下，其性質與〈指瑕〉〈養氣〉〈總術〉〈附會〉同類，恐意圖在作品組構本身，是創作論之一路，探討文學技巧如何如何。即此性質而觀，〈物色〉與文心卷七卷八的幾篇，都是講文章創作技巧，如〈比興〉〈夸飾〉等。

自今人有興趣討論中國古代山水詩起源以來，〈物色〉篇的幾段話被提出來，重新解釋。林文月引其中「近代以來……」一段話說是山水詩寫作技巧所以成功的最佳說明。（《山水與古典》，頁三五）可知〈物色〉被看做是山水詩寫作技巧論。而洪順隆又引其中「春秋代序，陰陽慘舒，物色之動，心亦搖焉」一段話，舉前人認爲的山水之作，即漢武帝〈秋風辭〉、昭帝〈淋池歌〉，這兩首合乎〈物色〉此段話講的內容條件，然後進一步質疑，若是如此，《文選》收〈物色〉賦一類，有〈風賦〉〈秋興賦〉，此二首耽於山水的作品，當作山水詩的先驅，洪氏謂「大概是不會錯吧」。（《六朝詩論》，頁六二）

細審前述林、洪二家的山水詩論述，均直接述及〈物色〉篇內容，則〈物色〉與山水詩之問題頗可深入再論。加上大陸學者寫出的兩部中國山水詩史，在討論山水詩問題時，亦與〈物色〉內容有涉，並牽引出《文選》二十三詩類中有招隱，遊仙，公讌，行旅之分，卻無山水詩之設，因雙扣《文選》與《文心雕龍》而論述。

其中李文初以爲漢魏以來出現的招隱，遊仙，遊讌之體類，因其都與山水直接關係，寫景之筆常見，似與山水詩無異。（《中國山水詩史》，頁九）李說所謂遊讌，在《文選》的詩類，實際指的是〈遊覽〉〈公讌〉兩類。丁成泉則推溯山水詩起源當自東晉初的庾闡，而不是晚半世紀如鍾嶸《詩品》所提的謝混。惟山水詩之眞正奠基者仍是劉宋時期的謝靈運。（《中國山水詩史》，頁六）

丁說又引〈物色〉講的：物色雖繁，析辭尙簡。不足以範限山水詩，認爲：那是落后於山水詩實踐的。（同前，頁一四）其意蓋以爲〈物色〉亦談及山水詩技巧。照以上諸家所論，〈物色〉篇可視作創作技巧論。

今持以稍后於《文心雕龍》成書的蕭統編《文選》相較之。《文選》於十六賦類分有〈物色〉賦，收〈風賦〉〈雪賦〉〈秋興賦〉等，殆即俗稱風花雪月之賦。與〈物色〉篇所述無異，然而何以賦分物色，而二十三詩類卻不分物色詩，且物色若即山水詩技巧，如前述諸家說者，又何以二十三詩類不設山水詩一項？凡此，皆關係六朝文學山水詩論述之種種課題。

本文撰作動機即出於前述問題之認識，竊以爲《文心雕龍》既講〈物色〉，則物色理論必爲彼時代之文學問題，而又不置〈物色〉於卷二卷三自〈明詩〉〈樂府〉〈詮賦〉諸篇之后，視作一種流行文類，顯然，依《文心雕龍》時代看，物色是一普遍問題，非僅文類，技巧等可以規限。然而、文心於〈明詩〉篇偶著一句曰「莊老告退，山水方滋」，遂又引發山水詩與莊老玄言詩興廢次第之論，惟玄言之志與山水情貌，兩問題內容亦同見於〈物色〉篇之論述。則有無山水詩一類乃相引並生物色理論，而牽涉到〈文選〉之體類問題。

本文對此問題之處理，以爲《文心雕龍》與《文選》不明確山水詩爲何，而屢言物色，不如回歸彼時代當下現實之理解，對物色理論深入詮釋，則物色與山水之意涵爲何，不待辯而自明。惟任何理論之理解，不能不作實際批評之檢證，因此，援用物色理論去實際分析有物色傾向的《文選》某些詩類，當不失爲解決物色問題之一途。爰先撰成〈試用物色理論分析文選行旅詩〉乙文，析探物色理論中兩大重點中的「言志」一項，今再就第二重點「情味」乙項，以及言志情味之調和，試作二論。

二、文心言「志」與物色言「志」

《文心雕龍．情采》篇提到情性與文采的關係，在說明情性是文章之「實」，詞采是文章之「文」之後，强調文實並重的標準。然后，再把「情」與「志」提出來並說，認爲情志爲文章之本。劉勰云：「夫以草木之微，依情待實，況乎文章，述志爲本，言與志反，文豈足徵。」這一句話中，述志爲本的志，很可討論。意指文章不論如何詞采華茂，當以有思想爲根本。

把這個「志」，拿來與《物色》篇講的志並看。略可判定劉勰很注重文章的思想。所以，不能光是物色，要在物色中藉物之寄託以述「志」。物色詩與「言志」傳統有關，於此再得一證。因之用物色理論看《文選》遊覽詩，便要注意遊覽詩中有多少的「志」在裡頭。

《物色》篇述及物色相召，沒有人能安然而不受影響，影響所及層面，則是：

獻歲發春，悅豫之情暢。滔滔孟夏，鬱陶之心凝。天高氣清，陰沈之志遠，霰雪無垠，矜肅之慮深。

這段話中，說四時之物色感召，引生作家之反應，分別在心、情、志、慮四方面有不同的結果。可見，「志」，是物色理論所及的內容。物色詩，當然也就牽涉到如何把志寄託在其中，而不是純粹只是物色，寫寫風景山水而已。

《物色》篇在評述「近代」以來的文學風貌時，又一次提到「志」的問題，他說：

自近代以來，文貴形似，窺情風景之上，鑽貌草木之中。吟詠所發，志惟深遠，體物為妙，功在密附。

這一段話中，講物色如何在「近代」的文學中表現過猶不及的一面。指出「情」在風景之上，「貌」在草木之中，只講情貌，並只限於風景草木之中。而又在風景草木之中，寄託深遠玄妙的「志」。

揆其意，劉勰所指的「近代」物色之弊，至少包括兩類型的作品，一是玄言，一是山水。認為近代的作品，只在草木風景之中表現玄言之志而已。劉勰認為這樣仍是不夠。因為，在他看來，物色不僅止於山水、草木風景，就算草木風景作爲物色，也不能僅只表達深遠玄妙的「志」。這點很重要。可見「志」，不止一種，近代以來文學之弊即在於只表現一種。以次，劉勰才接著說「物有恆姿，思無定檢」。總此〈情采〉與〈物色〉講的志，吾人可得知，劉勰向來主張：一是文學作品無論情采如何，物色如何限定，都不能沒有「志」。二是這個文學作品中的志，不必一定只限於其中一種，像近代以來之玄志，而是要在「思無定檢」的原則下，表現不同的「志」。

三、〈明詩〉言志與〈物色〉言志

〈物色〉篇與〈情采〉篇所講的「志」，既如上述。若將範圍縮限到詩這一文類，則劉勰於詩之言志主張又如何？此即〈明詩〉篇所當注意之論點。

劉勰在《明詩》篇講的詩之本質論，即「言志」說。贊同《尙書．舜典》的說法：詩言志，歌永言。只有在說明何以人會感物吟志的理由中，提出「自然」感物吟志。他說：人稟七情，應物斯感，感物吟志，莫非自然。這個自然，即是感物吟志出於人情之自然。

至於說到「志」的內容爲何？〈明詩〉篇歷敘詩體之發展后，說到正始時期，認爲：正始明道，詩雜仙心，何晏之徒，率多浮淺。唯嵇志清峻，阮旨遙深。這裡講嵇康的詩之特點，是在於其詩中言「志」之清峻，而阮藉的詩則是「遙深」。試觀嵇康詩有〈幽憤〉之作，是言志。阮藉詩有〈詠懷〉，也是逃志。《詩品・上》云：顏延之注，怯言其志，可以印證。

《明詩》篇後贊語，又一次提出：民生而志，詠歌所含。以上三例，可證劉勰的詩觀，仍是沿續言志傳統，那麼，《文選》遊覽詩做爲詩之本質，當也必有其志可說。因之，分析遊覽詩中的「志」有那些？是運用物色理論研究遊覽詩的途徑之一。

四、物色理論強調言志或者情味

物色理論強調以言志爲中心，一方面固是劉勰一貫的文學主張，同時也是〈物色〉篇的重要內容，既如上述。但另一問題，緊伴言志而來，是到底劉勰的物色理論的情味說，怎麼講？

此一問題出在〈物色〉篇的一段話，談到物色方法爲何時，劉勰直接指出光是言志還是不夠的，他說：

是以四序紛迴，而入興貴閑。物色雖繁，而析辭尚簡。使味飄飄而輕舉，情曄曄而更新。古來辭人，異代接武，莫不參伍以相變，因革以爲功。物色盡情有餘者，曉會通也。

這一段話是緊接劉勰對近代以來物色之弊的批評，而提出來的建設意見。很值得注意的是，他重新提出要在物色中做到「情」「味」兼顧的意見。最後要做到物色盡而情有餘。於是，顯見劉勰不以言志爲物色唯一方法，而是要在言志之外，更做到有情味。於是，眼前之問題，便是劉勰以言志爲重？或以情味爲偏？又或者兩者兼之，方謂物色之備？

細審此段話，劉勰之意，當謂物色理論要言志與情味並重。若山林皋壤之地，每爲文思泉源所發，而山水風景之物色，又以「情」爲歸結。所以，他才說：屈平所以能洞監風騷之情者，抑亦江山之助乎？不說風騷之志，而說風騷之情，著一「情」字，可見劉勰對物色理論中「情」字如何傳達相當注意。

準此，運用物色理論分析遊覽詩，除了分析「志」之外，也要分析遊覽詩中有沒有「情味」？尤其是情味有沒有新意？言志與情味於焉構成物色理論的兩大要素。

現在，就根據物色理論中「言志」與「情味」的兩大要點，拿《文選》二十三詩類中的遊覽一類，總計二十三首遊覽詩，做爲分析對象。探討中國古代文論中的物色理論，應用到實際作品之解讀，其效用如何？有何應用上之實際問題？並檢討有關物色理論的適切性？

其中「言志」乙項，本文試圖把它理解爲觀念史或思想史中講的思想內容，而不是純粹的中國子學，或今人所謂的哲學。所謂「言志」是在詩中所透露的訊息，或意義。因此，設計玄學之思想與道家之想兩欄目，便於統計考察。

編號	作者	詩題	模範山水	物色	玄學之思	道教之想	情	味	遊覽主題	關鍵字詞
①	魏文帝	芙蓉池作	×	○	×	×	?	?	遨遊快意及時行樂	壽命非松喬 誰能得神仙
②	殷仲文	南州桓公九井作	○	○	×	×	?	?	松柏自比好仁自勉	薄言寄松菌 伊余樂好仁
③	謝叔源	遊西湖	×	○	○	×	?	?	南榮之戒全形抱生	無爲牽所思 南榮戒其多
④	謝惠連	泛湖歸出樓中翫月	○	○	×	×	?	?	友朋晤言從夕至朝	並坐相招 晤言不罷
⑤	謝靈運	從遊京口北固應詔	○	○	○	×	?	?	工拙各宜隱居之想	名教，神理，舊想，長謠。

⑥	謝靈運	晚出西射堂	○	○	○	×	○	○	念舊懷情	羈雌戀舊侶迷鳥懷故林
⑦	〃	登池上樓	○	○	○	×	○	○	因時感景離群索居	豳歌，楚吟，無悶，持操。（註❶）
⑧	〃	遊南亭	○	○	○	×	○	?	感物傷懷	秋水，白髮垂，藥餌，衰疾。
⑨	〃	遊赤石進帆海	○	○	○	×	?	?	感物傷懷	任公言，矜名，適己。
⑩	〃	石壁精舍還湖中作	○	○	○	×	?	?	感山水清暉悟養生慮淡	山水，清暉，理無違，攝生客。
⑪	〃	登石門最高頂	○	○	○	○	?	?	山水感悟養生處順	居常，處順，青雲梯。（註❷）
⑫	〃	於南山往北山經湖中瞻眺	○	○	○	×	○	?	感物撫化賞心誰同	解作，升長，撫化，情嘆。（註❸）
⑬	〃	從斤竹澗越嶺溪行	○	○	○	×	○	?	賞山水之美悟人事之遺慮	握蘭，折麻，遺物慮，得所遺。（註❹）

⑭顏延年	應詔北湖田收	○	○	○	○	?	?	觀田收風景 陳詩寄慨	聖仙，神行，化先，觀風。（註❺）
⑮〃	車駕幸京口侍游蒜山	×	○	○	×	?	?	觀風景 嘆不得用	化造，神營，卜征，周南悲。
⑯〃	車駕幸京口三月三日侍遊曲阿後湖作	○	○	×	○	?	?	述山水之美 皆蒙帝恩	神御，天儀，人靈，鱗翰。（註❻）
⑰鮑明遠	行藥至城東橋	×	○	×	×	○	?	服藥行遊 嘆生年苦	容華消歇 爲誰苦辛（註❼）
⑱謝玄暉	遊東田	○	○	×	×	?	?	傷春望鄉	不對芳春酒 還望青山郭
⑲江文通	從冠軍建平王登廬山香鑪峰	○	○	○	○	○	?	山水仙靈 隱名之想	廣成神鼎，淮南丹經，松柏隱。（註❽）
⑳沈休文	鍾山詩應西陽王教	○	○	○	○	?	?	體物言志	地德，九嶷，三山八解，四禪，五藥（註❾）
㉑〃	宿東園	×	○	×	○	?	?	物色之變 慕仙之想	若蒙西山藥 頹齡倘能度

㉒	〃	遊沈道士館	○	○	○	○	○	?	遊山覽物 慕仙之想	三山，九霄，心好道，元空，石髓（註❿）
㉓	徐敬業	古意酬到長史溉登（琅琊城詩）	○	○	×	×	?	?	登山頌美 立志功名	耿介立衡冠 懷紀燕山石

表列說明：

其一、凡表列欄目中，有者示○，無者示×。不可明確有無，在疑似之間者，示？。

其二、所謂遊覽主題，是指每首詩較明顯可見之意涵，其中可能與道教之想或玄學之思相似，或與二者皆不似。

其三、凡判讀前項之依據，即爲關鍵字詞乙欄所示者。尤其主題與道教或玄思不一致者，於關鍵字詞乙欄中，特別標示之。

其四、玄學之思，專指易、老、莊三書的語典或事典，凡詩中援用者，即判爲有玄學之思。

其五、「情」項乙欄，凡判讀爲有者，其根據理由，請分別參考該欄目下所附注解之說明。

五、表列提示之統計結果及意義

其一：由統計表可知，物色範圍還是大於模山範水，凡有物色者，必有模山範水。反之，則未必然。此與行旅詩的統計結果一般。可見，物色可視作一種普遍手法，一種六朝共同的文學理論，化入〈文選〉各體類的詩，或各體類的賦。

其二：在〈遊覽〉一類的詩，所言之「志」，仍以玄學與道教為常見。所可注意者，已出現道玄與釋氏同出之詩言「志」。如沈休文〈鍾山詩應西陽王教〉此首即是。這是在行旅詩中所未見者。這說明了，以物色為對象材料，可以做不同的思考，或寄託。此即物色理論中「物有恆姿，思無定檢」之印證。

其三：在「情」「味」兩欄之判讀中，最難定奪有無。表中所示，味字欄皆打問號，情字佔八項，比例甚低。可見物色理論中情味為何？最難落實為實際作品解讀。物色講到，要使「味飄飄而輕舉，情曄曄而更新」，可惜，情味是什麼？以及情味要如何輕舉更新？物色理論未有具體陳述。因此，從劉勰《文心雕龍》全書找出情味之定義，與從六朝文學理論考察情味說法，進而整理出一套實際批評的手法，當是物色理論重要研究課題。也由此反證物色做為單篇理論應用，有其不足與缺陷，急待補充說明。

其四：順著其三之問題，表中所判讀爲有「情」乙欄者，蓋根據原詩句中有「情」或「情性」之類詞者。然而此類詞中之「情」字，不盡作性情或情感解。這又是物色理論中情字判讀的更細問題。另外，有幾首的判讀有「情」，是根據于光華評注《文選》的夾批眉批。分別見諸於註❼、註❹、註❸、註❶等四例。幾佔有「情」欄判讀之半數。由此可見，原來詩句非有情字，經過物色解讀，在實際鑑賞過程中，居然也可以讀出物色之「情」（味？）。則以閱讀主體爲考慮，特別是詮釋與讀者反應的因素，宜加入物色理論中，擴大而成爲物色理論實際應用的參數。若然，物色理論之適用與否？有些是取決於閱讀主體者。此點，可供中國古代文論應用的一項反思。

六、情味術語之考察

物色理論兩大重點，一是言志，一是情味。言志之考察。容易落實於批評，既如上述。則物色理論之困難，當在情味。

何謂情味？至少到六朝以前，極少見情味做爲連詞而成爲術語者。即就〈物色〉篇原典看，此情味二字，也是分舉而說：味飄飄而輕舉，情曄曄而更新。可知，情是一概念，味又是一概念。吾人能否合而言之曰情味，亦待斟酌。

考今見《文心雕龍》有〈情采〉篇，情采合言，不言情味。其它篇章，亦多見兩字分立成詞。以味為詞頭者，若「味之必厭」「味之則甘腴」，意指品味之味。又以情字為詞頭者，有：情性、情信、情理、情貌、情數、情韻、情變等。（《文心雕龍索引》，頁九七，頁一三九—一四〇）可見情字連綿詞不少，每一連綿詞皆各有新意。然均不見情味合言者。因之，理解情味做為理論之一術語，當從情與味分立之兩途逕追溯之。而合情與味為一體之物色理論，當可視作劉勰《文心雕龍》總結前代文學理論與觀念之成果，代表《文心雕龍》理論建構創見之一。

何則？先從情的理論看。緣情說，自屈原已發其端，《楚辭·九章·惜誦》謂：惜誦以致愍兮，發憤以抒情。情字照王逸解作情思，洪興祖則引文選云作情愫解。（註⓫）情愫情思，皆類近人性所本之「情」字意涵。

此也即是漢代詩經學觀念中的「情」字，如《毛詩序》云：吟咏情性，以風其上。即謂發端乎情思，諷諫在上位者。又云：故變風發乎情，止乎禮義。發乎情，民之性也。止乎禮義，先王之澤也。這裡的情字，一樣有情思情愫之義。只是後來毛詩一路的詩經學用禮義去節制情性，沒能再進一步走向緣情之道。

要到六朝時代，才確立情字為詩學的主要觀念，此即陸機《文賦》云詩緣情而綺靡的說法，

再到摯虞《文章流別論》之以情義爲主，更加發揮之。（註⑫）

再看味字，做爲一批評理論概念，當亦自陸機《文賦》開始，《文賦》說：或清虛以婉約，每除煩而去濫，缺大羹之遺味，同朱弦之清氾。這句話中的大羹即太羹，典出《左傳》，這就要追溯到《左傳》昭公九年與二十年分別提到的五味與五聲五色相配，以收晏子所謂的音樂之感受。（註⑬）次由味之於飲食之道，推演至言語要有「味」之比擬，於是，講話之有滋味亦同飲食之味一般。是一技巧面與審美心理感受之雙重問題。

然而，由飲食之味影響言語之味，再到文學批評概念之有滋味，有餘味，有情味，也是從六朝開始孳乳盛行的。其中，遺味（餘味）是由陸機發端，而在《文心雕龍‧宗經》篇也說：至根柢盤深，枝葉峻茂，辭約而旨豐，事近而喻遠，是以往者雖舊，餘味日新。這是指像《周易》《尚書》《禮記》《春秋》等經書在言語辭章之深遠豐富，可令讀之者，歷久而有餘味，用餘味說解經書，文心所持「味」字意含，大抵近同陸機，此餘味因而可說是無窮意味。（註⑭）

至於滋味，由鍾嶸《詩品》特標之，先此，《文心雕龍‧聲律》云：吟咏滋味，流於字句。以及《顏氏家訓‧文章》云：至於陶冶性靈，入其滋味，亦樂事也。可視作六朝文論普遍常見的批評概念。（註⑮）

現在，滋味，餘味，既爲前人有說而劉勰《文心雕龍》襲引成說發揮之。那麼，情味說又如何呢？

吾人的問題是，情味在〈物色〉篇的出現句型，如前文所引，是分立的兩句，兩個概念，還是連詞，成爲「情味」？惟其不論爲何，情味並舉，至少是情義情禮情性與滋味合流而成的綜合義。然則，情味合舉此一概念之提出，縱使不算是劉勰獨有之原創性創見，至少也是整合性創見。而何以這一整合要在物色理論中提出呢？

就《文心雕龍》所本之思想溯源與理論支持點來看。雖然，劉勰在定林寺依僧佑撰集研修佛書之事實，主導了文心思想與佛教關係之主要證據。以致諸家論說，往往就此多所發揮。例如饒宗頤〈劉勰文藝思想與佛教〉乙文即是，認爲文心的神思說本之於佛教之「神」論，引慧遠〈形神不滅論〉說之，謂劉氏論文之神理說，與佛氏之論，不無息息相關。（收入《文心雕龍研究專號》，頁一七～一九）然而，吾國易傳已發展「妙萬物而爲神」之神字概念，何以，姚氏既知而引爲輔證，卻不從易理影響論而硬牽扯佛家？

其實，整部《文心雕龍》，眞正用佛家語典事典者，像〈論說〉篇偶用「般若」一詞之例，實在不多。反而多的是先秦古籍，特別是〈原道〉篇，開頭即以天玄地黃，天圓地方，以及三才之理，奠立文心之基本思想。實即易理易道之張本。

因之，新出的學者研究意見，認爲文心全書的思想實質，是儒家，不可能用佛家思想來指導。僅在個別場合偶用佛家術語。若硬要推其關係，則文心全書體系完整，論證精密，當是受到佛典之「啓發」。（《魏晉南北朝文學批評史》，頁三二五）

現在，吾人順這個易理易道影響論的講法，放到文心物色理論中看，找到物色理論把情味結合起來的作法，應該也是劉勰裁取其前代思想潮流與理論成說的慣常作法之又一例。只是這個取法的對象，是那一代？又是那一代的那一本書的思想？

對此一問題之解決，吾人先得讀懂〈物色〉篇有一段批評「近代以來，文貴形似，窺情風景之上，鑽貌草木之中。吟詠所發，志惟深遠，體物為妙，功在密附」的近代是指劉宋以後。而對近代的這種文風之不滿，向來是劉勰與昭明太子編集《文選》極為對立的兩個觀點。日人清水凱夫早有說之。（《六朝文學論文集》，頁一二五）所以，近代無「情味」的作品，是在風景寫物之作品中只表現形似與深志的一面，並沒有「思想」上之餘味可尋。因之，好作品要不只有「言志」，還要有「情味」。

若照劉勰的批評，則近代所缺的情味，自然是在經過前代與近代的比較，辨證思考后，所提出的修正意見，而此意見當要在「近代」以前找到理論或成說的依據。這樣，就算不是創見，至少也是整合。

本文基於前述的推理，提出魏初成書的劉邵《人物志》，對於才性體味的說法，以資物色理論中情味並舉的探源依據。

《人物志》乙書在哲學上的理解，被看作是從魏初才性名理與魏末玄學名理的歷變階段。此一時期，正是鍾嶸所謂「建安」風力的時代。也為劉勰《文心雕龍》所看重的文學高成就的一代。

因爲到了魏末，正始明道，摻雜仙心的詩風，已爲劉勰與鍾嶸所不取。鍾嶸對此期以后的詩風之評語是「建安風力盡矣」。而《文心雕龍》分別在〈時序〉〈明詩〉〈才略〉等篇於建風文學各有專評。所用的批評辭彙，諸如「劉楨情高以會采」「慷慨任氣」「驅辭逐貌」「體貌英逸」「志深筆長」「雅好慷慨」等，與《人物論》首篇〈九徵〉所提九種描述個人主體的品性情味之不同，概念極類似。

因爲既然文心於正始以后，及至「近代」以來的文學貶多於褒，五人可推溯其於理論支持點必不落於此，而極可能上達魏以前，至漢，至先秦。此所以文心於風騷特別推崇備至之理由。

今則推溯文心常用之品評文學用語有極多用例是來自漢魏之諸子論述。漢代班固《白虎通》之言情性，與魏初劉邵《人物志》之言才性情味，當爲明顯可據之影響論。

試觀《人物志》有〈體別〉之說，分論情性不同風格之得失，頗與《體性》篇較論文品八類之作法相似。而體別說結論中强調「學所以成材，恕所以推情，偏材之性不可移轉矣」，固然是魏代才性論的普遍共識。（如曹丕《典論》說氣之清濁在父兄與子弟之間不能相移）而體別將材與情結合之論，特別與〈體性〉篇把情性陶染不同，所形成之八體分別說法有類同之思考取向。

又如《人物論》有〈八觀〉，以爲觀人才性之法，頗與文心〈知音〉所標閱文情之六觀法相侔。觀才性與觀文章之道，當爲古代文論由人物品鑑轉化文學品評的一時代思潮共相，不必一定如饒宗頤氏之說，必援引印度邏輯因明學爲之影響因由。（《文心雕龍研究專號》，頁一八）

《人物志》首篇〈九徵〉開宗明義先言人物之本出於情性。劉昺的注又說性質稟之自然，而情變由於染習。這個情性先后論，很有二元分法之意，也類似文心處處把體性，體勢做二分說之例。所以，情變與文變都出於外來干涉。《文心雕龍．時序》說：文變染乎世情，興廢繫乎時序。這個文變說與情變說真有點「理同」。

接著，〈九徵〉篇講情性於人之變，可塑而有九類，其中先標「中和」之情性為準的，描述中和之質則是「平淡無味」。說中和情性而以平淡無味形容之，顯見「情味」合詞之可能。當然，此句所講之味，是五味中的甘味，可以容受諸味調和之功。劉昺的注，清楚說明：惟淡也，故五味得和焉。

講完九情性之分后，次講五體五物五質等五行相配如何發展情性之因，〈九徵〉提出小結論，認為：雖體變無窮，猶依乎五質。（《人物志》，卷上頁二）再一次用本體變體之二分法，情變文變體變皆類似詞構型式。如何觀察五質所表現的具體特徵呢？〈九徵〉云：

> 故其剛柔明暢，貞固之徵，著乎形容，見乎聲色，發乎情味，各如其象。（同前）

這段話揭示觀察情性材質之方法，把聲色、情味並舉，是首次出現情味乙詞之文獻。而情味又與聲色同觀，可推知《文心雕龍》要在物色理論中提出物色與情味並重的用心了。惟可爭議者，是做爲子學性質的《人物志》所提情味之詞，相較於文學專業化性質的《文心雕龍》言情味，如不可一概而論，至少當視爲承襲影響，因而轉化，引伸，借用的理論作法之一種，是子學沾溉文學之又一例。（註⑯）

〈九徵〉篇此下盡述情、貌、色、形、神、味等諸性情要素在於人之主客體循環，觀其結果與特徵，而最終歸之「澹味」，所以說：五常既備，包以澹味。而五常與五質五精五暉相承，是漢代思想界五行論的繼續延伸發揮。由此而陶鑠出的性情九徵，分別是：

性之所盡，九質之徵也，然則平陂之質在於神，明暗之實在於精，勇怯之勢在於筋，彊弱之植在於骨，躁靜之決在於氣，慘懌之情在於色，衰正之形在於儀，態度之動在於容，緩急之狀在於言。其爲人也，質素平澹，中叡外朗，筋勁植固，聲清色懌，儀正容直，則九徵皆至，則純粹之德也。（同前，卷上，頁三—四）

這裡，列舉筋、骨、氣、色、精、神、儀、容、言等九種徵象，做爲觀人性情之方。是情性具體化后可資品鑑的依據。假使說，思想家如牟宗三把它定位在從美學的觀點對於人之才性或情性的種種姿態做品鑑的論述，且是美學的途徑。（《才性與玄理》，頁四六）那麼，對近代以來的文風不滿而能上溯前代的《文心雕龍》，在全書思路架構上，從前代的流行思潮取資汲泉，乃是極可能之事。

即就今見文心全書在詞例、用語與概念淵源諸方面之檢證，如前文所揭例，當有可說處。只因文心要以論文之心爲側重，所以，在《人物志》言體格，在《文心雕龍》乃不得不改曰體性，而義理上的人格之具體才質才性即決定人之「體性」不同。牟宗三疏解體格，援用體性乙詞比之，已有意將子學之義理延引至文學之言體性，因之牟先生以爲體性之具體的說，不是通常所謂本體的體性，實在即指體裁，體段，性格，格調之意，乃在明每人之特殊性。簡言之，牟先生以爲《人物志》講的體別即每人之體性各別之意。（同前，頁五六～五七）茲者，吾人雖不可能斷言文心之體性意出於劉勰撰作之始仿自體別，但就後代讀者的「詮釋理解」之立場言，撮合二者之始末關係，當是「理路」上可檢證之作法。

以上說情味乙詞之始源畢。可知情味確爲文心之創見。（註⑰）

七、物色理論應用例證

吾人所餘之問題，主要在於物色理論之情味，如何落實於具體評解，倘因此而可能，亦可就此可能，反過來對情味幫助理解，其於情味概念，將可得一理論與實踐之通解。然而，文心之成書，意在通論，並不專作具體摘句詮評之事。因之，物色理論的情味說，僅得二例為證，此即〈物色〉篇所舉《詩經》與《離騷》的標準句，劉勰云：詩騷所標，並據要害，故後進銳筆，怯於爭鋒。其意以為詩騷之筆法，已佔據物色手法之主要重點，後代文人，縱思銳進，恐亦自怯於不敢與詩騷爭較短長。

然則詩騷所用物色手法之具體又如何呢？文心〈物色〉篇並無細論，唯在〈物色〉篇先略舉詩經之標準句子分別是：

1. 桃之夭夭，灼灼其華。（《毛詩・周南・桃夭》）
2. 昔我往矣，楊柳依依。（《毛詩・小雅・采薇》）
3. 其雨其雨，杲杲日出。（《毛詩・衛風・伯兮》）
4. 雨雪瀌瀌。（《毛詩・小雅・角弓》）
5. 黃鳥于飛，集於灌木，其鳴喈喈。（《毛詩・周南・葛覃》）
6. 喓喓草蟲，趯趯阜螽。（《毛詩・召南・草蟲》）
7. 謂予不信，有如皦日。（《毛詩・王風・大車》）
8. 嘒彼小星，惟參與昴。（《毛詩・召南・小星》）
9. 參差荇菜，左右流之。（《毛詩・周南・關雎》）

10.桑之未落，其葉沃若。（《毛詩・衛風・氓》）

以上是劉勰自詩經摘出的十個物色理論之標準句，其評價相當高，說凡此諸句並以少總多，情貌無遺。成功地把形，聲，色與情感融通起來，雖歷經千載，也無人能易奪。茲細審此十句標準句，其可見之特色，可分三組：

其一：有連綿疊字之詞例，如夭夭、依依、杲杲。句一至句六屬此類。

其二：用一個字即能說明形容，屬「一言窮理」的修辭，句七、句八是此類。

其三：用雙聲或疊韻的連綿字如沃若、參差。句九、句十是此類。即文心所謂的「兩字窮形」。

現在，吾人根據此三組特徵持以檢證二十三首遊覽詩之統計表中，標示有情或味的八首詩。再對參選詩評點中清人解讀點評結果有情味之句者，互較異同，多有可論。

八首有情味中的第一首，即謝靈運〈晚出西射堂〉，寫步出城西掖門，遙望遠觀所見之景象，其詩如下：

步出西城門。遙望城西岑。連鄣疊巘崿。青翠杳深沈。曉霜楓葉丹。夕曛嵐氣陰。節往戚不淺。感來念已深。羈雌戀舊侶。迷鳥懷故林。含情尚勞愛。如何離賞心。撫鏡華緇鬢。攬帶緩促衿。安排徒空言。幽獨賴鳴琴。

就言志而言，此詩用了「安排」一句，出典《莊子・大宗師》云：安排而去化，乃入于寥天一。據此而判讀爲有玄學之想。然而，全詩本旨並不在宗法安排之理。「安排徒空言」，是反對否定大化安排，所以，今人顧紹柏的解讀是說謝靈運於此對莊子的說法信而又疑的矛盾心理。謝詩以下乃謂借撫琴來排遣孤獨苦悶之情。（《謝靈運集校注》，頁五四）若然，則所謂此詩之言志，不在安排任化之志，那又在那裡呢？于光華摘錄評語云：謝詩工於寫物，兼多理致。（《評注昭明文選》，頁四一七）是說謝詩在風景寫物之中，很能表現物中之「理」。這與物色理論之標準句第二與第三組，「一言窮理」、「兩字窮形」的特徵相符。所以，就算此首不在志上有玄學之想，但在窮理與窮形兩方面卻有可讀處。這正是孤悶之情出而取代言志的標準物色詩。可見，劉勰物色理論特標情味，持以與言志玄理並重，頗能用來描述選詩遊覽一類的物色手法。

再看此詩的用詞造句，有巘崿，深沈，「曉霜楓葉丹，夕曛嵐氣陰」，頗類第一組特徵，用顏色字貼切地寫出景物之理。又第十句「含情尙勞愛，如何離賞心」扣一「情」字。直述此詩在感物情，乃非藉物吟志。至此，乃可說此詩「體物爲妙」，而妙處正在窺情風景之上。

至於情字之外，有何餘味意味？於判讀有困難。必欲强說之，則此詩之味，即此「含情」一句之情味有餘不盡。正如方回的評點，說：靈運多有此句法，感物而必及于情，人理之常也。（《文選顏鮑謝詩評》，頁五八四）照此解，此詩中之理是人情之理，此理之味，是情意之味。方回說得好：意深而心惻愴，豈眞恬于道者哉。（同前）據此，判讀此詩無有言志之玄想，當無不可。由此不即反證凡有情味之物色詩，在「窺情風景」之餘，「鑽貌草木」之外，不必一定要「言志」，亦可以成就物色佳篇。

八首中的第二首〈登池上樓〉，原詩如下：

潛虯媚幽姿。飛鴻響遠音。薄霄愧雲浮。棲川怍淵沈。進德智所拙。退耕力不任。徇祿反窮海。臥痾對空林。傾耳聆波瀾。舉目眺嶇嶔。初景革緒風。新陽改故陰。池塘生春草。園柳變鳴禽。祁祁傷豳歌。萋萋感楚吟。索居易永久。離群難處心。持操豈獨古。無悶徵在今。

這一首用了《老子》《周易》的語典，如進德、無悶。乃判讀爲有「言志」之玄學之想。但又有情味。於是，言志之中，可兼情味，誠然符合物色理論之作。于光華摘評有云：因時興感，詩人之遺則也。此詩前境後情，正得此意。（《評注昭明文選》，頁四一七）所謂前境，是詩中幾句寫景之境，所謂後情，是進退兩難之矛盾，再加上病發後登樓，觸景生情，據顧紹柏注云即思鄉思親。（《謝靈運集校注》，頁六四）

又此詩於句法，有祁祁句，萋萋句，是物色標準句第一組之特徵。總此檢證，此詩合於物色手法。而情味兼有言志，稍與前詩不同。只是味字仍作情字意涵之餘味解。此餘味當即紀事寫景寓矛盾之情。今人孫明的鑑賞謂：這裡有孤芳自賞的情調，政治失意的牢騷，進退不得的苦悶，歸隱的志趣……。說得正是，可助一解。（《漢魏六朝詩鑑賞辭典》，頁六三九）

八首中的第三首〈遊南亭〉，原詩如下：

時竟夕澄霽。雲歸日西馳。密林含餘清。遠峰隱半規。久痗昏墊苦，旅館眺郊歧。澤蘭漸被逕。芙蓉始發池。未厭青春好。已睹朱明移。戚戚感物歎。星星白髮垂。藥餌情所止。衰疾忽在斯。逝將候秋水。息景偃舊崖。我志誰與亮。賞心惟良知。

此詩首二句，由時竟知澄霽，雲歸知日西，類「一言窮理」，其餘寫景句多，「戚戚」、「星星」亦屬標準句。

八首中的第四首〈於南山往北山經湖中瞻眺〉原詩：

朝旦發陽崖。景落憩陰峰。舍舟眺迴渚。停策倚茂松。側逕既窈窕。環洲亦玲瓏。俛視喬木杪。仰聆大壑灇。石橫水分流，林密蹊絕蹤。解作何感。升長皆丰容。初篁苞綠籜。新蒲含紫茸。海鷗戲春岸。天雞弄和風。撫化心無厭。覽物眷彌重。不借去人遠。但恨莫與同。孤遊非情歎。賞廢理誰通。

此詩直引《周易》〈解〉〈升〉兩卦語典，又有「撫化」之說，乃判讀為有玄學之想。寫景句有窈窕、玲瓏，又海鷗天雞乙聯，也有窮形窮理之妙，皆合於物色之標準句特徵。何義門於俛仰四句，下批語云：可悟畫理。（《義門讀書記》，頁八九八）可見此詩於「形貌」之鑽研。

若問情味，緣於此詩主旨寫南山石門新居，石橫水分，林密絕蹤，山水之美，盡在眼前，此「色」之所見。而天雞和風，海鷗春岸，與草木百果因雷雨春動而繁生，則是「物」之一片生機。靈運於此感物，所生之情，是一種孤遊賞廢之嘆息。（《謝靈運集校注》，頁一一九）這一層次之「情」，扣住「撫化心無厭，覽物眷彌重」句中之眷字，可知是感動萬物化生之情。而此理於物色中得之，可惜，亦僅孤遊得賞，不免獨樂之嘆，然而是理又有誰能通解之。此又一層次之「情」意。（註⑱）兼此兩情，可判此詩不在言志。乃在感物之情，因藉風景物色抒發之。然則所謂情味，當指此兩層次多情之味。

八首中的第五首〈從斤竹澗越嶺溪行〉原詩如下：

猿鳴誠如曙。幽谷光未顯。巖下雲方合。花上露猶泫。逶迤傍隈隩。迢遞陟陘峴。過澗既厲急。登棧亦陵緬。川渚屢逕復。乘流翫迴轉。蘋萍泛沈深。菰蒲冒清淺。企石挹飛泉。攀林摘葉卷。想見山阿人。薜蘿若在眼。握蘭勤徒結。折麻心莫展。情用賞為美。事昧竟誰辨。觀此遺物慮。一悟得所遣。

此詩逶迤、隈隩、迢遞，皆標準物色句。此下細述溪行所見，帶轉出山中周匝景致。於是感物言情，所言之情即賞心悅目之情景，因此而爲用賞，自己獨悟是理，誰人能分辨。最後，由情之感發，乃得觀物之悟解，詩末遂用《莊子・齊物論》郭象注一遣是非，遣之又遣的典故。言下之意，是胸中別有鬱情難申，而一時不得解，乃藉山林物色之賞用而遣去世俗物慮。就此一層次看，此詩於賞情之外，別有傷悲之情。所以，劉履補注選詩此首附會是指廬陵王劉義眞冤亡，引起靈運之傷好友。清人梁章鉅駁之，認爲無此事。（《文選旁證》，卷二十一頁六）總之，在「事昧竟誰辨」一句中必有可疑處。事昧是好友之冤不得雪白之昧，還是賞心山林物色，感悟一遣是非，於此事理，誰人通解，竟隨之暗昧不得宣傳，此事昧之又一別解。若然，則靈運此詩所感悟之情，實具雙重渲洩。難怪于光華摘錄孫月峰的評語說是：句句響俊。（《評注昭明文選》，頁四二一）

八首中的第六首是鮑明遠〈行藥至城東橋〉，原詩如下：

雞鳴關吏起。伐鼓早通晨。嚴車臨迥陌。延瞰歷城闉。蔓草緣高隅。脩楊夾廣津。迅風首日發。平路塞飛塵。擾擾遊宦子。營營市井人。懷金近從利。撫劍遠辭親。爭先萬里塗。各事百年身。開芳及稚節。含采吝驚春。尊賢永昭灼。孤賤長隱淪。容華坐消歇。端爲誰苦辛。

此詩寫服藥后，慢行至城東橋，觀賞城外風景，所見蔓草修楊，所感迅風，所踏飛塵，因感自己遊宦之人，與市井人之逐功名利祿，各爭萬里之塗，皆爲百年之計。然而己猶悲者，是開春見萬物稚嫩方生，而竟孤賤如此，長時隱淪，以下結出本意，引生一番感物傷春之情。孫月峰批云：寫景未爲工，以下狀情處好。（同前，頁四二三）一語指出此詩在言情之好。可知此詩不在言志，乃在言情。

再者，此詩判讀爲有物色而無模山範水，是因行藥僅及城東，而寫景之句只有蔓草以下四句，雅不見山水描寫。在遊覽詩二十三首中，類此之例僅得五首。（詳統計表）（註⑲）

八首中的第七首是江文通〈從冠軍建平王登廬山香鑪峰〉，原詩如下：

廣成愛神鼎。淮南好丹經。此山具鸞鶴。往來盡仙靈。瑤草正翕赩。玉樹信蔥青。絳氣下縈薄。白雲上杳冥。中坐瞰蜿虹。俛伏視流星。不尋遐怪極。則知耳目驚。日落長沙渚。曾陰萬里生。藉蘭素多意。臨風默含情。方學松柏隱。羞逐市井名。幸承光誦末。伏思託後旍。

此詩徧引道教仙人典故，最後歸結出松柏隱士之意，所以兼有道教與玄學之想。而據何義門批語云：極體物之奇。（《義門讀書記》，頁八九九）知此詩亦寫物色，其中青氣白雲，翕赩蔥青，寫顏色。日落層陰乙聯則窮形窮理，凡物色標準句有者兼有。再加上雙重言志，言志之餘，又有默含情，素多意之句。言志言情兼備。眞是一首標準的物色詩。

八首中的最后一首是沈休文〈遊沈道士館〉，原詩云：

秦皇御宇宙。漢帝恢武功。懽娛人事盡。情性猶未充。銳意三山上。託慕九霄中。既表祈年觀。復立望仙宮。寧爲心好道，直由意無窮。曰余知止足。是願不須豐。遇可淹留處。便欲息微躬。山嶂遠重疊。竹樹近蒙籠。開衿濯寒水。解帶臨清風。所累非外物。爲念在玄空。朋來握石髓。賓至駕輕鴻。都令人逕絕。唯使雲路通。一擧陵倒景。無事適華嵩。寄言賞心客。歲暮爾來同。

與前首一般，此詩兼用《莊子》語典與道教仙想事典。於遊覽沈道士館所見物色景致相當貼切。何義門認爲此篇是沈約五言壓卷之作。（同前）而「懽娛人事盡，情性猶未充」兩句，直揭情性乙詞，即才性品鑑所指的體、性、情、味之意涵。情味一概念，亦有部分自性情情性之說而來，已見前文所論，因之判讀此詩爲有「情」。

八、結論

經以上之精密閱讀，探討八首有情味的遊覽詩，吾人得知凡有情味者，例可與「言志」並行。因之所謂物色理論，應是言志與情味並重。劉勰於〈物色〉篇「近代以來」云云的一段批評，非謂物色不可言志，乃謂物色不能僅止於言志，尤須兼顧情味。

而劉勰所謂的情味，自明清評點家之批語中，可知凡讀成有「情」之詩，確實符合〈物色〉篇所舉之標準句特徵。可證物色理論與實際批評結合，理論能見諸於實踐。

唯情味在〈物色〉篇分置於兩句，不免有單字或連詞之疑。今自八首批語之討論，得知評點家能判讀情，卻罕及「味」。然而所謂「情」，大都表現矛盾、複雜，近於多元意義的情，而多非單指一種情。由此現象，可證所謂情味之味字，不能析離情字而單言。味字須扣緊情字，作多情餘味之味解。若然，品味，滋味等味字意，當非情味之味。然則劉勰提舉情味，自不能逃脫漢魏品鑑才性之思潮。遂統攝諸多概念而成為情味乙詞之提出。就此點而言，劉勰之物色理論，表識情味，當為古代文論之一創見。

附註

註❶：謝靈運這首〈登池上樓〉，根據清人批點意見，云：因時興感，詩人之遺則。此詩前境後情，正得此意。可知，在物色中有「情」，又據詩中名句「池塘生春草，園柳變鳴禽」，知物色中有「情味」兼具之佳句。所以，何義門批語云：驚心節物，乃爾清綺，故千載常新。（以上批語分見《評註昭明文選》，頁四一七）。案：此詩應是最符物色理論標準的遊覽詩。除了佳句如前揭，尚有情味，又有言志，據「無悶徵在今」無悶出典在《易．遯》，斷爲玄學之想。

註❷：此詩末二句云「惜無同懷客，共登青雲梯」，此雲梯一詞，五臣注良曰謂仙者因雲而升。善注亦引郭璞遊仙詩爲出典，知雲梯爲道教之詞。惟此詩別有安時處順之詞，典出莊子，當爲玄學之思，據此，詩中之「志」，兼有道教與玄想。

註❸：據此詩末二句「孤遊非情嘆，賞廢理誰通」，于光華評註云：言己孤遊，非情所嘆，而賞心若廢，茲理誰爲通乎。（《評註昭明文選》，頁四二〇）可知此詩於物色中，頗抒情嘆，非僅止於慕山效水之想，於是判讀爲有「情」。

註❹：據于光華評注於「握蘭心徒結，折麻心莫展」句旁夾批云：言情。（《評注昭明文選》，頁四二一）又據詩句有「情用賞爲美，事昧竟誰辨」，明揭「情」字。於是判讀此詩有「情」。

註❺：據詩句有「蓄軫豈明懋，善遊皆聖仙」，判讀有道教之想，又據「開冬眷徂物，殘悴盈化先」，判讀有玄學之想。

註❻：據詩句語典有「神御」「天儀」「彤雲」「祥飆」「人靈」「鱗翰」等，近似道教觀念，判讀爲有道教之想。

註❼：據于光華評注引述孫曰：寫景未爲工，以下狀情處好。（《評注昭明文選》，頁四二三）案：指擾擾遊宦子以下六句，慨述世人擾擾，皆爲利名之爭，乃嘆隱淪消歇，爲誰苦辛。據此判讀爲有「情」。

註❽：此詩多有道教出典，若廣成子、丹經、鸞鶴、仙靈、瑤草、玉樹、松柏隱等。惟並無明顯之玄學出典，是遊覽詩類中少數僅有通篇道教之單一「言志」，甚可注意。又據詩句「藉蘭素多意，臨風默含情」，判讀爲有「情」。

註❾：據此詩首句「靈山紀地德」，地德爲坤卦之衍義，判爲有玄學之想。又據詩中有三山，九疑，五藥，三芝，皆道教語，判爲有道教之想。而詩中別有「八解鳴澗流，四禪隱巖曲」兩句釋典，知此詩爲遊覽類唯一言志有釋家之想者。

註⑩：此詩出典大都道家之言，如：三山、九霄、祈年觀、望仙宮、石髓、輕鴻等。惟其中兩句云：所累非外物，爲念在元空。元字，據奎章閣本作玄，五臣注翰曰：玄空，道也。善注引《廣雅》曰：玄，道也，道體無形故曰空。（《奎章閣本文選》上册，新編頁五三九上欄）知所謂玄空即道，本詩當判讀爲道家之想，而不將空字作釋家解。又據「懽娛人事盡，情性猶未充」句之情性，判爲有「情」。

註⑪：洪興祖所引文選云，不見於今本《文選》，當別有其書。案今見宋版各本《文選》於九章僅選涉江乙篇，未選惜誦。（參《楚辭補注》，頁二〇二—二〇三）。

註⑫：摯虞《文章流別論》這一段是這麼說的：古詩之賦，以情義爲主，以事類爲佐。情義爲主，則言省而文有例矣，……麗靡過美，則與情相悖。據此情字，宜作情實解，今人屈興國等人的選注，即注謂：與實情違背，（《古典詩論集要》，頁二〇）可知，情字於情愫情思之含意外，亦兼情實意。今案：《文心雕龍》〈徵聖〉篇云：情欲信，辭欲巧：情信而辭巧，乃含章之玉牒，秉文之金科矣。又〈章表〉篇云：表體多包，情僞屢遷。凡此兩處之情字皆有情實解，可知劉勰《文心雕龍》之情字，兼含緣情與情義情性之「情」。本論文亦兼取兩義。

註⑬：《左傳・昭公九年》云：味以行氣，氣以實志，志以定言，言以出令。孔穎達注云：調合飲食之味以養人，所以行人氣也，氣得和順，所以充人志也。志意充滿，慮之於心，所以定言語也。詳審言語，宣之於口，所以出號令也。案：此論由飲食之味而影響及於言語號令，頗與《易・頤》自求口實的觀念相通。孔注直謂飲食之味決定人氣更決定言語，是採直接關係論。〈頤〉卦則謂觀其自養，即自求口實。是說用什麼滋味爲飲食，類比用什麼言語表達即可測知彼人平常如何修養。所以〈頤〉卦象傳說：君子以愼言語，節飲食。《左傳》用關係論，《周易》用比擬論，是二者之稍別。

註⑭：餘味一句作餘字，黃叔琳本如此，（《文心雕龍注》卷一，頁一四），敦煌寫本亦無異字。（《敦煌遺書文心雕龍殘卷集校》，頁一〇）因之，周振甫的白譯即謂「無窮意味」（《文心雕龍今譯》，頁二九）至於陸機《文賦》原典作「大羹之遺味」，遺字，據徐復觀引《樂記》疏作「有遺餘之味」案：遺餘連詞複義，可知遺味亦同餘味。李善注云：闕其餘味，可證。楊牧校釋亦主之，謂大羹須有餘味。（《陸機文賦校釋》，頁八八）又《文心雕龍・隱秀》云：深文隱蔚，餘味曲包。黃叔琳本亦作餘味，惟餘味若作遺味解，則又有「言外之意味」，當並取。宋以後詩話言味多有此解。

註⑮：另參王叔岷的校釋，別引管子有「聖人齊滋味」之語。當即《左傳》與《周易》等先秦古籍中慣有的飲食五味之本義，非文學批評概念之「味」，故不引論。（《鍾嶸詩品箋證稿》，頁七一）

註⑯：情味二子分立的兩概念，頗見之於先秦兩漢古籍，但由子學所講的情味，與文學專精化後講的情味，自當判其異同，與延伸其意涵。情味與情志情文皆是此例。情志，由情與志之兩概念合而爲一。情文，由《荀子·禮論》講的「故至備，情文俱盡」的禮情之文義轉而爲《文心雕龍》與《世說新語·文學》篇講的「情文」（文學篇謂文生于情，情生于文）。而情味一詞，也是由情與味兩字合稱而來，首見於《文心雕龍·物色》篇。至少，今見《辭海》不列情味乙詞，《文選》全書不見情味詞句。（參《文選索引》）《世說新語》全書也闕情味詞例。（據《世說新語辭典》，張永言一九九二，張萬起一九九三），而「情貌」「情志」「情性」「情實」等頗常見，分列於六朝之書。此一文獻資料事實略可輔證文心將「情」「味」並舉爲六朝文論之特例，至少，吾人僅在《人物志》乙書找到情味體性四字兼提之證。《中文大辭典》首列有情味乙詞，注出典《人物志》，引文爲釋，然亦未及《文心雕龍》。根據影響論研究來看，文心承襲魏晉人物品鑑之法，應用到詩文賞評，應可確立。再查先秦古籍，情僞，情信，分見於《禮記·表記》與《周易·繫辭傳》，然亦無情味之詞。（據《十三經注疏經文索引》），先秦子書所言情字，多做情實情志解，不及情味。（據《經籍纂詁》）

註⑰：情味二字可作連詞，尚可從〈情采〉篇得到旁證，〈情采〉云：繁采寡情，味之必厭。此情字即作情味解。此后文論家提情味者，皆在文心之後。如施補華《峴傭說詩》論琵琶記說有情味，王國維《人間詞話》論朱疆村詞較吳夢窗有情味，張戒《歲寒堂詩話》論荊軻詞風蕭蕭兮易水寒之好特在一時情味。情味乙詞遂廣爲引用。別有說味字者，如：韻味、氣味、滋味、眞味、意味、興味、趣味、風味、神味、至味、味外味等。然究竟與情味不同。因之提情味做爲物色理論之重心，確爲《文心雕龍》之特殊處。

註⓲：孤遊情嘆，賞廢理通二句，善注云：言己孤遊，非情所嘆，而賞心若廢，茲理誰爲通乎。不甚得解。（據《文選》奎章閣本，新編頁五三一）而五臣注濟曰云：言非我情獨爲嘆息，且賞此廢此，是理誰能通矣。（據《文選》五臣注陳八郎本，卷十一頁十七）亦不能明。今人有白譯云：獨遊違我眞情而慨嘆，賞樂廢止玄理誰能通。（《昭明文選譯注》三冊，頁二六六）情字解作眞情雖可，終嫌少一意。又一白譯云：孤單地出遊並非內心眞正歡暢，在愉快中若廢除天地之理，又誰能通解萬物之理。（《昭明文選新解》冊三，頁五三）兩言其理，而闕萬化之說。

註⓳：此詩題目行藥乙詞，清人許巽行逕改作行樂，並批五臣注云：因疾服藥，行而宣道之，感遊宦之子而作。謂五臣此注庸陋可笑如此。（《文選筆記》卷四，頁二五）今案：許說非，據明州本文選，陳八郎本五臣注，均作行藥，知五臣與善注本不同。而行藥有詞，黃季剛云：行藥者，服散後行遊以宣之也。（《文選黃氏學》，頁一一四）知行藥之功在宣行藥氣，此於岐黃之學多曉其理。

引用參考書目與期刊

張萬起，一九九三，《世說新語辭典》。北京：商務印書館。
張永言，一九九二，《世說新語辭典》。成都：四川人民出版社。
王叔岷，一九九二，《鍾嶸詩品箋證稿》。台北：中央研究院中國文哲研究所。
趙福海、陳復興，一九九二，《昭明文選譯注》冊三。長春：吉林文史出版社。
吳小如（等），一九九二，《漢魏六朝詩鑑賞辭典》。上海：上海辭書出版社。
林其錟、陳鳳金，一九九一，《敦煌遺書文心雕龍殘卷集校》。上海：上海書店。
李文初（等），一九九一，《中國山水詩史》。廣州：廣東高等教育出版社。
李景濚，一九九一，《昭明文選新解》。台南：暨南出版社。
屈興國（等），一九九一，《古典詩論集要》。濟南：齊魯書社。
丁成泉，一九九〇，《中國山水詩史》。武昌：華中師範大學出版社。
周振甫，一九九〇，《文心雕龍今譯》。北京：中華書局。
王運熙、陽明，一九八九，《魏晉南北朝文學批評史》。上海：上海古籍出版社。

清水凱夫（著），韓基國（譯），一九八九，《六朝文學論文集》。重慶：重慶出版社。
饒宗頤，《文心雕龍研究專號》，未詳出版年月地。
朱迎平，一九八八，《文心雕龍研究索引》。台北：學海出版社。
何義門，一九八七，《義門讀書記》。北京：中華書局。
顧紹柏，一九八七，《謝靈運集校注》。鄭州：中州古籍出版社。
方回，一九八六，《文選顏鮑謝詩評》。台北：台灣商務印書館股份有限公司。
洪順隆，一九八五，《六朝詩論》。台北：文津出版社。
楊牧，一九八五，《陸機文賦校釋》。台北：洪範書局。
劉劭，一九八三，《人物志》。台北：臺灣中華書局。
牟宗三，一九八三，《才性與玄理》。台北：臺灣學生書局。
昭明太子，一九八三，《文選》（奎章閣本）。漢城：正文社。
蕭統，一九八一，《文選》五臣注（陳八郎本）。台北：國立中央圖書館。
黃季剛，一九七七，《文選黃氏學》。台北：文史哲出版社。
于光華，一九七七，《評注昭明文選》。台北：學海出版社。
林文月，一九七六，《山水與古典》。台北：純文學出版社。
范文瀾，一九七五，《文心雕龍注》。台北：臺灣開明書店。

洪興祖，一九七四，《楚辭補注》。台北：藝文印書局。
許巽行，一九六六，《文選筆記》。台北：廣文書局。
梁章鉅，一九六六，《文選旁證》冊四。台北：廣文書局。

文選〈鵩鳥賦〉〈幽通賦〉〈思玄賦〉三篇之評價方法與標準

一、前言：七種評價方法

文學評價，當爲文學批評最後要完成的工作。評價、詮釋、理解、分析、實爲環環相扣，不可分立。評價又是奠基理論，而理論又必落實於實際賞讀，方有可能支持評價。故曰評價是文學批評極致之表現。

然而評價談何容易？靈蛇之珠，如何等同瑕石？荆山之玉，如何高於野礦？評者難爲，看評者更不容易看出評者之爲。此問題，包括作品、理論、評者、讀者、作者五個層面，當然還有「文類」及「體勢」之考量，以今人學術流行，亦尚有「文化系統」的運作。本文謹以《昭明文選》十六賦類之「志」類，所收的〈幽通〉〈思玄〉兩賦之評點批語爲例，試探一二如下。

甲：孫月峰曰刻雕酷鍊，字字欲新，大約是規模子雲，然間有過苦澀處，此是近代刻畫一派所祖。

乙：何義門曰賦家俱以體物爲鋪張，此獨以議論引古爲結構，取法離騷，亦有鵩鳥賦遺音，皆以虛運，不取實發也。

丙：邵子湘曰意祖離騷，而詞多詰屈，亦揚子雲嗜奇之遺意，遂成賦家一格矣。然摹古於形似之間，不無貌似神非之弊。

丁：孫執升曰歷言理之不常，數之難定，而終之以致命遂志，抒情寫鬱，總歸正道，可以醒貪夫，可以勵修士，其行文氣骨，亦擬騷之神似者。

戊：張揚奄曰通篇立義正大，俱同曹大家東征賦，莊老狂流，悉力截斷，引繩據墨，儼然儒者典型。

（《評注昭明文選》，頁二九八）

以上五則批語，分別予班固〈幽通賦〉有所評價，試略加今語詮釋，至少包含三種內容：其一在評價之中，兼含詮譯，此即「評釋」之法。用今語說之，凡評價之前必先有理解與詮釋，而理解之目的亦即在做出最后評價。

其二評價之中，憑準的依據，是「像什麼」「像誰」，或者「像誰的什麼」。可見，評價一篇文學作品，參考前賢的成就，斟酌前人的特色，試從「比較性」角度出發，進行「類比」的比較，從而做出評價，定出優劣高下。此可謂比較性評價。

其三，評價時具體的評判項目，有技巧的考量，如孫月峰說〈幽通賦〉是「刻雕酷鍊」「字字欲新」，乃專就用字遣詞的成功與否而論。略如《文心雕龍》〈情采〉〈章句〉〈麗辭〉〈熔裁〉講的項目。除了技巧，尙有思想立意的辨別，如孫執升說的「正道」，又如張揚奄說此賦的「通篇立義正大」云云皆是。此可謂整體性評價。

綜合第一種可暫名之曰「詮釋性評價」，此「整體性評價」「比較性評價」，三者合而爲之，大略即〈幽通賦〉所見諸家批語的內容。

〈幽通賦〉編在《文選》善注本的十四卷，緊接其後者即第十五卷張衡的〈思玄賦〉，這兩篇賦在《文選》十六賦類中，歸屬「志」之一類。是言志的一種文學。抒情與言志，乃古代文論兩大宗。詩緣情而綺靡，賦體物而瀏亮。賦是體物的，而賦之體物，目的在「體物寫志」，故賦之一體，偏於言志，可以成說。當然，照《文心雕龍，詮賦》的講法，賦不只是體物而已。（詳下論）然則，幽通思玄既以通乎玄道之志爲賦，〈思玄賦〉之評如下：

甲、孫月峰曰此蓋本幽通賦來，法屈騷而加之精刻，儘有獨至語，但稍覺漫衍，精神不緊湊。

乙、何義門曰仿古太似則不新，立局太寬則不緊，是以不如前人也。但其一往浩翰之勢，亦迴不可及也。

丙、何念修曰張平子與班孟堅生年相去不遠，但班視張爲前輩耳，而才氣俱橫絕一代。班作兩都，張作二京，班作幽通，張便作思元，而張不及班者，班自在，張喫苦耳。張之於班，猶仲達之於孔明。瑜之視亮不及遠矣，胡可相擬。讀書之樂莫如取古人相類題目，爲辨其甲乙。此如老吏斷獄，務在得情，直是一字出入不得。唯末段天外一遊，不特班所無，亦騷所無。視之二京角牴大灘，尤爲奇妙，遠想出宏域，眞令一讀一擊節也。

（同前引書，頁三〇八）

右列批語，仍仿前說，用今語略釋之，則孫月峰所評者，注意〈思玄賦〉與〈幽通賦〉的「影響關係」，並將兩賦同祖「屈騷」點出來。但在「保守」屈騷風格之餘，〈思玄賦〉固有其「創新」之一面。此一「保守」與「創新」之檢證，一則透過兩賦異同之比較，二則藉由今古之參詳，由此而做出評價判斷，評價之餘，又作具體分析，如孫月峰說〈思玄賦〉相比於屈騷，稍覺漫衍，這漫衍兩字之批評詞彙，即專指兩賦之「精神」而言者。

簡約之，孫評也用了比較性評價，另外，又加上〈思玄賦〉〈幽通賦〉〈屈騷〉三篇前後今古的淵源考量，就保守與創所，變格與正體兩方面予以分析，這一方法，可稱之曰「影響評價」，它是從前後作品的變創與守舊，在體勢上的微細差異看其優劣，做出品評。所以是一種「影響研究」的評價法。

其次何義門的批評也是從前後作品的比較上立論。但另外提出了一個「擬仿」的概念，即「倣古」不可太過，但是「立局」又不可太新，二者之間，如何恰其適當處，殆爲評價之依準。（註❶）此一評價法，相近於「影響評價」，但又有所側重，特別是在「倣」，才有可能考察「倣」得如何，檢證「倣」與「創」之高下，所以，這一法又可名之曰「擬仿評價」，意思是說，要評價一篇賦的好壞，看它如何「倣」前人作品而有所立新，即爲該作品優劣之判準。

最後看何念修的批語，已結合比較評價、影響評價、擬仿評價、詮釋評價等四種方法。但他在批語之末，尤其強調張衡〈思玄賦〉創新的價值。雖然前說無不認爲〈離騷〉〈幽通賦〉〈思玄賦〉三篇多少有層層相因，可是，〈思玄賦〉在末段安排一節「天外」之遊，何念修認爲不特班固〈幽通賦〉所無，也是屈原〈離騷〉所無。眞可說是「奇妙」。這一點創意，正是〈思玄賦〉最終得到肯定好評的主要因素。這個強調創意之重要的批評，可加一方法，曰「創新評價法」，作品必有創意，始有價值。

何念修的批評，尙有一點可說，即何念修用來做「比較評價」的詞彙，採類比形象說詞。把張衡與班固的作品，形象化地比喻成周瑜與孔明。這有些像「孔氏之門如用詩，則公幹升堂，思王入室」（《詩品》評陳思王語）的說法。所以，在以上所歸納的六種評價法之餘，倘須勉強再添上一補充方法，此即「形象評價法」。

二、《文心雕龍》的賦學理論

以上歸納《文選》〈思玄賦〉〈幽通賦〉兩賦的評價法，若推考之，凡評價必先有理論爲基礎。此理論雖未必立一極有系統極有法則之規模，但至少「前賢有說」，或者，因此說之或反或同的引伸之論，皆可謂之成說，凡此必關係評價的結果。

首先，《文選》此二賦置於十六賦類「志」之一類，此類收〈幽通〉〈思玄〉〈歸田〉〈閒居〉四篇。在昭明原編的分類上，均屬「志」之一類。而有「志」賦之說者，《文心雕龍・詮賦》已有論之矣！就此二賦之「內容思想」而言，《文選》與《文心雕龍》所見並同。當然，昭明編《文選》，並未施予具體的文詞評價，僅可說既選此二賦同置於一類，即反映昭明太子由「選」而即予肯定評價。此亦藉「選」以評之一法。

今所論者，當在以上各家批語之評價爲何？各家之批實有所承襲。因之先探《文心雕龍》〈詮賦〉篇所及之賦學理論與評價方法。

〈詮賦〉篇乙文大體結構，龍學專家皆已作過詳細分析。大抵所見略同。咸知〈詮賦〉之開頭，先界定賦之定義，厥有三變。（註❷）首先，賦是六義之一，與詩同源。次言賦是「登高能賦」的賦，這是指頌賦獻詩的賦。但劉勰眞正用心則在「賦」之第三義，即是以兩漢魏晉的賦爲觀察心得，定出的「賦」之獨立文體。這定義即〈詮賦〉篇開宗明義所云：「賦者，鋪也，鋪采摛文，體物寫志也。」

此定義，有創見，相較於劉勰之前的賦學理論，諸如揚雄《法言》〈吾子〉與〈自序〉，班固〈兩都賦序〉，王充《論衡》，摯虞《文章流別志》，葛洪《西京雜記》等諸家論。（註❸）劉勰的這一說法，可謂明快準確。直叩賦之言「志」的獨立面，實際地與緣情的「詩」或言志的「詩」區別出來。故而今人祖保泉評之爲：「對賦全面考察，撰成專論的，劉勰算是第一人。」（《文心雕龍解說》，頁一五一）

接著，劉勰歷敘秦漢賦家源流，等於是賦學史。然後說明「賦」之體製，首有引序，末有「亂曰」，同時就體製而言，必有變創。因之劉勰述漢賦之內容題材，如「京殿苑獵，述行敘志，並體國經野，義尚光大」，是所謂的秦漢「大賦」。

相較於秦漢大賦，劉勰又分有「小賦」，即〈詮賦〉云：「至於草區禽旅，庶品雜類，則觸興致情，因變取會，擬諸形容，則務纖密。象其物宜，則理貴側附，斯又小制之區畛，奇巧之機要也。」這一段話即講的「小制」之賦。

此大小賦之分，並此分體而帶來的「評價」意思，正反兩面，究竟劉勰之意如何？遂成各家對劉勰〈詮賦〉篇理解之爭辨。

在未考劉勰眞意如何之前，至少〈詮賦〉篇提出「述行序志」的漢大賦，以爲漢賦衆多品類之一種。此看法，當與《文選》立分「志賦」一類有涉。二家於漢大賦所見略同。

但是相對於言「志」的漢大賦，「小制」之賦的特點，細審劉勰那一段話之意，說「觸興致情」，說「言務纖密」，說「象其物宜」，說「理貴側附」，顯見「小賦」所善究不同於大賦。故而倘再反省「奇巧之機要也」此句話中的「奇巧」一語之安設，則劉勰已隱含高下品評之意。故紀評云：「篇末側注小賦一邊言之，救俗之意也。」今人王更生亦謂賦體一直發展下去，大有「自魏晉而後，每下愈況，最後走向沒落軌跡。」（《文心雕龍讀本》，上篇，頁一三〇）蓋即謂自「小賦」以下講「新奇小巧」，已趨末流矣。若然，自評價而言，「小賦」不及「大賦」。

倘再引伸〈詮賦〉的「大」「小」賦品評，就時代先後而言，大賦流行在秦漢，時代接近於詞人之賦的「屈騷」之賦，當然，這兩類的賦之「體式」可爲高評價。

援此以推，〈幽通〉〈思玄〉均屬秦漢大賦，且經前揭諸家批語，知此二賦並有「屈騷」影響。自然此二賦宜有肯定評價。以〈詮賦〉之評價而論，〈詮賦〉之宗「大賦」理論可以應用於〈幽通〉〈思玄〉二賦之品評標準。

然而，大賦小賦之區別，其中一項之「言志」與「貴理」，卻不得不再提出討論。因爲在對〈思玄賦〉下批語的兩家說法，如孫執升說「歷言理之不常，數之難定」，張揚奄也說「莊老狂流，悉力截斷，引繩據墨，儼然儒者典型」云云，推敲這兩則批語，實在說的都是有關「理」的，而不是言志的。

倘謂大賦以「志」為標準，則〈思玄〉〈幽通〉不合之。倘謂大賦以「屈騷影響」「秦漢體式」為標準，則〈思玄〉〈幽通〉又合之。

反過來講，倘謂魏晉小賦以「理」為擅，即所謂「玄風」之理。則〈思玄〉幽通〉合之。再者，若自「新奇小巧」而論，〈思玄賦〉末段加一「天外之遊」可算「新奇」，但終不能說它「小巧」，蓋〈思玄〉一篇篇幅不短也。

簡言之，〈幽通〉〈思玄〉同時兼有「大賦」「小賦」之一項特色。即此「兼合」之佳處，殆即此二賦一面「保守」，又一面「創新」之作法，有此作法之成功，遂得評價之允可。

即此而言。〈詮賦〉篇的「大」「小」賦學理論可用來分析〈幽通〉〈思玄〉二賦之「體式」，即「文類學」的理論。但是〈詮賦〉所隱含的「大」「小」賦之評價標準，卻不太適用於此二賦之品第。至少此二賦見於《文選》諸家之批點意見是如此，蓋小賦或為次為偏，但小賦之「貴理」，此二賦即有之。諸家批語乃據此有「理」之創說給予肯定評價。

再次，〈詮賦〉篇列舉十家賦，對每家之代表作，進行評價，評價之際，兼且詮釋，標出各家風格特色，觀其所用批評詞彙，大多風格批評法。這樣看來，〈詮賦〉的十家賦批評，有「詮釋評價法」，有「風格評價法」。

此十家賦作評價如下：

荀況──隱語。

宋玉—夸談。〔註❹〕
枚乘—會新。
相如—成豔。
賈誼—情理。
子淵—聲貌。
孟堅—雅贍。
張衡—宏富。
子雲—深瑋。
延壽—飛動。

右列十家賦所用批評詞彙，一方面說明各家賦之風格特色，一方面也含有「詮釋評價」之意。譬如「會新」是枚乘賦的風格，也是枚乘賦的評價。「飛動」則是延壽賦的風格，也是對延壽之賦的理解。但像賈誼〈鵩鳥賦〉的特色，用「情理」兩字，是風格嗎？又是詮釋嗎？或者也是評價？

再說，漢大賦的特色即如前文所述，要在「言志」上有功夫，能「體物寫志」。而「小制」之賦則重在「理貴」，是以「理」爲特色。如今，同屬漢大賦時期的〈鵩鳥賦〉，竟然也用「情理」一詞說之。可見，鵩鳥之賦，已從漢大賦之「體勢」中轉變，而帶有說理言情之特質。難怪前揭幽通賦〉的批語，何義門云：「取法離騷，亦有鵩鳥賦遺音。」何氏的意見，可輔證劉勰用「情理」二字說鵩鳥一賦之風格。

大賦十家評價如上，再看小賦八家的批評用語又如何？〈詮賦〉篇舉列十家賦之後，又次以八家賦，而結言「亦魏晉之賦首也」。可見魏晉之賦與秦漢賦在劉勰的敘述中確有分別，而其八家賦評價語如下：

仲宣－靡密。

偉長－壯采。

太沖安仁－鴻規。

士衡子安－流制。

景純－綺巧縟理。

彥伯－情韻。

右列六家賦的品評，有形式規模宏大者，有評文采壯麗者，有評文思靡密者。但最特別之處，便是評景純用「綺巧」「縟理」。標示巧與理。評彥伯用「情韻」，標舉「情」字。這「情」「理」「巧」三個字眼之突出。與大賦的評語，唯一重疊之賦家，就只有賈誼一家而已。說賈誼的〈鵩鳥賦〉是「致辨於情理」。

試究彥和所謂的「縟理」，范文瀾的注，特舉郭璞〈江賦〉有句「忽忘夕而宵歸，詠採菱以叩舷。傲自足於一謳，尋風波以窮年」以爲例句。尋此例句，在表現一種順心自適的觀景心態。而這種心態很接近於生活哲理。直言之，即如李曰剛解此二句所說的：「繡口錦心，辭甚繁縟，頗有玄理餘味。」（《文心雕龍斠詮》，頁三四三）此說直謂劉彥和的評語「縟理」之理爲玄理。王更生更引伸之，仍以〈江賦〉爲例，說〔江賦〕寫江上漁夫以及神靈等，文采富麗，敘事條貫，所以才說「縟理有餘」。（《文心雕龍讀本》，頁一四一）據此，可知所謂的「理」即「玄理」，或者「神理」。

順此理解，回到〈幽通〉〈思玄〉兩賦的批語，諸家所云〈幽通〉之幽，即幽人之通徑，而幽人、神人、大人，亦即玄道所指涉之境界。正合〈思玄〉所闡述的「玄」理。照這樣從思想史角度考查，魏晉的玄理之賦，固然爲魏晉此一時代之思想潮流，然而此潮流之先聲，或許已在漢大賦中寄其宗旨。即如〈鵩鳥賦〉〈幽通賦〉〈思玄賦〉一系列所表現的，共通的「理」之抒發。遂爲評價此類賦之有理無理的準據。就此而言，〈詮賦〉篇於「言志」之外，另標示「理貴」，遂爲評價賦作品之例。

在實際評價十家秦漢大賦與八家魏晉賦首之後，〈詮賦〉篇末節談到賦體作法，優劣原則。略歸納之，先言賦之體物原則，是「睹物興情，情以物興，故義必明雅。物以情觀，故詞必巧麗」，此話說明「物」與「情」之關係，物以興情，情又因物而興。這樣的體物之賦，就不只是把賦看作表現技巧而已，還把物寫成有情的一面。因此，所謂「賦是沒有感情的，形式的作法」，乃不成立了。因爲賦之體物，要出於情，既出於情，才有可能視賦爲一種文類形式，有情的文類表達，而不再與「賦比興」一起談，當作表現技巧而已。

賦一旦到了「文類意義」的「賦體」地位。那麼，賦中有比且有興，蓋因「情」之抒發，必不得不用比法興法。祖保泉解說〈詮賦〉篇劉勰提出的創見，正是這一點。祖保泉參引〈比興〉云：「於是賦頌先鳴，故比體雲構，紛紜雜沓，倍舊章矣。」此句中的賦頌之賦，解作「賦體」。像賈誼〈鵩鳥賦〉，〈比興〉云：「禍之與福，何異糾纆。此以物比理者。」，這樣的比法，便是「賦」體用比之一例。總之，〈詮賦〉篇視賦爲一種文學樣式，而不是單純的表現手法。祖保泉特別括舉這一提法，說：「明白了在寫賦時多用比喻乃是自然的事。」（《文心雕龍解說》，頁一六四）而所謂多用比喻，即爲文學手法，既曰文學，必由情而生文。賦體之體物，如何而可以不以情而發呢？

〈詮賦〉篇又談到修辭與內容要相配合。所謂「麗詞雅義，符采相勝」是也。其次有二條原則，要文質並重，要具本色。所謂「如組織之品朱紫，畫繪之著玄黃。文雖新而有質，色雖糅而有本」是也。（註❺）

最後，〈詮賦〉篇提出評判賦作好壞依據，所謂「繁華損枝，膏腴害骨。無實風軌，莫益勸戒」是也。此句按照李曰剛注釋，技喻情，繁華指縟采，骨喻義，就是要避免「縟采傷情，淫辭害義」之謂也。（《文心雕龍斠詮》，頁三五九）此句再一次重提賦體的「情」字之重要，賦之體物要有情，正是劉勰一貫主張「因情立體，即體成勢」的文類學看法。賦當作獨立文類，亦復如是。簡言之，就評價而言，情之有無，可爲關鍵。

次句的「風軌」，即風教爲軌則，即有益世道人心，可資勸戒效用者，這是評價賦作好壞的第二標準。

以上二項評價標準，與十家賦評有涉的字眼，就是「情」字，如賈誼的「情理」。再與八家賦評對照，重疊的字眼，還是「情」字，如彥伯的「情韻」。總之，「理」字是不在其列的。但是用「情理」一詞說賈誼〈鵩鳥賦〉特色，把「情」與「理」結合，可見劉勰以「情」字爲評價賦作準則（繁華損枝），未嘗不同時考慮「理」字之重要。再以今語釋之，〈詮賦〉之評價法，可名之曰「功用評價」與「義理評價」（或者「思想評價」）。即要看一篇賦作是否有功用發揮？又是否有思想義理的提示？憑此二觀，以論定賦作好壞。無怪乎贊辭有云：「風歸麗則，辭翦美稗。」，修辭其次，情感第一，教化功用爲上。

三、〈鵩鳥賦〉的評價準據

既然〈詮賦〉以賈誼〈鵩鳥賦〉之「情理」特色爲評，而說〈幽通〉〈思玄〉兩賦之文選評點也提到此二賦與〈屈騷〉〈鵩鳥〉有涉。可知凡此數篇必有某一方面之共通點，爲諸家評價所見。此即「影響評價」與「比較評價」二法之運用。茲再探〈鵩鳥賦〉之評點爲何？自其中摘出評價準據，或可資參證。

〈鵩鳥賦〉原編在善注本《文選》之第一三卷，歸屬於十六賦類中「鳥獸」之一類，列此類之首篇。昭明是否有特別深意，不得而知，但如據前述《文選》諸家評與《文心雕龍》之評價，似〈鵩鳥賦〉以「情理」見長，當不在詠物體之成功如何。因之，《文選》評點，首先就有孫月峰云：「此賦雖以鵩名，然卻只談理，宜入志類爲得。」的歸類正誤提出反省。可謂不無先見。〔註❻〕

蓋「志類」與「鳥獸類」相次，或依其「體物言志」之關涉而編次，亦不得而知，但從「文類學」看，〈鵩鳥賦〉確有歸類何屬之辨證。而此辨證實又關係對此賦評價爲如何？以「情理」視此賦，評價或高，改自「鳥獸」之體物賦物成功與否視之，評價或低。然則，《文選》竟以「鳥獸類」劃歸，可知《文選》編者於此賦必有別說，惜未見文字耳，至於形之文字之評如下：

甲、孫明峰曰大約是齊禍之論，借鵩鳥來發端耳。宏闊雄肆，讀之快然，第微乏精奧之致。

乙、何義門曰此賦皆原本道家之言，多用老莊緒論，或以爲出鶡冠子，柳柳州辨之甚詳，大抵因此賦以附會成書也。

丙、方伯海曰前半是見天道深遠難知，世間死生得喪皆有定分。但未值其時，難以逆睹，私憂過計，總屬無益。安見鵩鳥定爲不祥，此一自廣法也。後半見有生必有死，生不知其自來，死何妨聽其自往，而以達人大人至人眞人德人博徵眾說，見皆能自外形骸，不累死生，達觀曠懷，與道消息。即鵩鳥爲不祥，何足驚怖。又一自廣法也。但誼所謂道即是清虛無爲之道，所謂命，即是氣數之命。立言皆本莊老。至若聖人盡性至命之命，君子盡道而死之道，恐非所及也。

丁、陳螺渚曰漢儒者不傍老莊門户，惟一董江都。此賦一死生齊得喪，正是打不破死生得喪關頭，依託老莊爲排遣耳。晉人以清虛達觀，轉相祖述，其源已肇於此。厥後因長沙王墜馬，自傷夭歿，何能亹亹言之於前，不能坦坦由之於後耶。賦則抑揚反覆，自是可傳。

右列四家說，或者直揭〈鵩鳥賦〉的說理，與莊子〈齊物論〉的齊死生福禍相發明，或者說〈鵩鳥賦〉皆原本道家之原，又或者在此莊老道家所言的「道」與「命」，乃自有其道，自有其命，非儒家之道，儒家之命。（如方伯海評）這一說法，與前揭〈幽通賦〉張揚庵的評語說〈幽通賦〉儼然儒者典型。兩者相較，這一儒道之辨證，甚是「理趣」。

然而，若謂〈鵩鳥〉〈幽通〉〈思玄〉三賦皆同在說「理」，同以「情理」爲張本。自「思想史」先後而觀，則賈誼生當漢世之初，已試擬「道家」之理爲賦家之風，可謂得「情理」賦之先聲，做一「新文類」的開創者，宜其當受正面評價。因之，陳螺渚的批語，在相同之見之餘，特別又著眼於思想史的「比較評價法」，認爲：「晉人以清靈達觀，轉相祖述。其源已肇於此。」這一評價法，肯定〈鵩鳥賦〉做爲晉人玄道思潮的先導，啓示玄風的開展。乃是從「思想義理」之處而言。結合「比較評價法」，此處諸家評〈鵩鳥賦〉居然「英雄所見略同」，率皆以「理」字爲說。並將之儒道做二分比較，是比較評價法中的「義理比較」或者說「思想比較」。

倘以此〈鵩鳥賦〉所見評價結果，皆側重「理貴」之特色，則《文選》評點亦相契於文心〈詮賦〉之賦論。《文心雕龍》的賦學理論之評價兩法（即功用與情理）可以適用於〈鵩鳥賦〉之實際解讀。

四、中西評價說舉例

暫置《文心雕龍》的評價不論，再回到《文選》的評點，由三篇賦，即〈鵩鳥〉〈幽通〉〈思玄〉的批語，歸納出的評價法，分別是：⑴詮釋評價⑵整體性評價⑶比較性評價⑷影響評價⑸擬仿評價⑹創新評價⑺形象評價⑻義理（思想）評價等八種。倘再加上孫月峰與何義門都同時談到〈鵩鳥賦〉的歸類問題，是「志」類？抑或「鳥獸」類，則又可益「文類評價」乙項，如是者共有九種評價法，反映在《文選》三篇賦的評點文字之中。

唯吾人不免要問，此九種文選所見評價法，與中西評價說之異同？及其相干性若何？試舉例比較一二。

西人論及評價，諸家有說，中心問題，總是繞著「價值」與「評價」，「外在」與「內在」，「客觀」與「主觀」諸課題，晚近，視作品爲「文本」，則與文本相關性之因素，若閱讀活動，前價值，體制，文化等皆納入評價問題核心討論。茲據蘭崔夏新近的歸納評價問題當談及之內容。大略有五項。

其一來自作者自己之評價。蓋作者予其作品之試驗、修改、編輯、取捨等，即初步地反映一部作品之已先經過判斷。

其二來自讀者「隱蔽的」，未說出來的，一種經常性之評價。讀者之選擇、談論、參考其它作品。讀它，或放下它等等行爲，也是評價。

其三來自多數的人或多數之機構，主導、推銷、展示、翻譯、引述、模擬、演出、乃至將作品拍成電影等。亦皆屬評價活動之一。此可謂之內在評價。

其四來自外在評價。相對於第三項，此評價乃公開的討論、製作。透過一特殊之管道，諸如文化系統。且與社會產生互動。如是一部被評價爲「經典」之作於焉流存下來。

其五來自專家、學者、教師等學院之評價。藉由獎助、選集、導讀、教科書編纂等作法，進行評價（《文學術語研究》，頁一八一——一八二）

以上說法，只有第二項讀者之評價與第五項專家之評價，可例之於《文選》三篇賦的評點。因爲前揭各家之批語，既是讀者身份，也是專家身份。當《文選》自秦漢大賦中選此三篇，已表示評價。而《文心雕龍・詮賦》品評〈鵩鳥賦〉更是直接評價。然此諸家批語，不論其意見爲何，旣談之批之，自然也是評價。

再看其它三項的評價，以「機構」「傳播系統」「讀者」爲主要考慮。與此處所談，直接用心在「批語」及「理論者」者不同。這三項宜屬於社會機構背景，吾人可暫勿論。但是在談到文化系統時，有一項可提出來問，即理論做爲文化系統之內容，前人理論以一種隱藏的或明說的方式，支持賦作「評價」之作用爲何？以及此作用中，大致上依準的憑據爲何？即評價標準是什麼？另外，一旦標準有了，理論也援用了，但是在作品本身之意義緣乎「詮釋」之需要，是否作品即順著標準走？作品有沒有自己內在理路的可能，而與標準有誤差，作品倘在「閱讀」活動進行下，可能與評價有所歧異嗎？

一談到文學評價標準，緣於不同文學觀念，而有不同評價，依其內容，當有：第一種模仿眞實的評價。第二種是以作品能否收到愉快與教訓後果的評價。第三種則是個人表現是否有「原創性」之評價。第四種是基於語言結構的評價。（參〈西洋文學中的評價問題〉乙文）

此四種評價內容，第一種是從西方「模擬論」之文學觀而來。就賦體而言，賦之「刻畫形象」，務求「假象盡辭，鋪陳其志」確有幾分模擬成份。第二種講的愉快與教訓，是作品教化功用論。賦體要有「諷戒」「風敎」要求，可類比之。第三種以個人表現原創性爲準的，這一個人之特殊原創，古添洪在引述涂經詒說法，並加以解釋時，稱作「個體評價法」，例如說蘇東坡詞之「豪放」，即是說東坡個體之原創性在豪放，蓋自東坡始變綺羅香澤之態。（《比較文學的墾拓在台灣》，頁一二六）然而，細究「豪放」這種用詞，即《二十四詩品》的二十四種風格說，《文心雕龍．詮賦》所用的十家賦評八家賦說詞彙，大抵類之。孫月峰批〈鵩鳥賦〉云：「宏闊雄肆，讀之快然。」，審此所謂「宏闊雄肆」語，也幾乎相類。而這樣的詞語運用，《詩品》謂之「品」，《文心雕龍》借用魏晉品評人物之流行術語，謂之「體性」，即所謂「八體」之說，這個「體」字，有文體、風格、人品等多義。故而所謂「個體表現」，不如改稱之體性評價，或者風格評價。然後，第四種的語言型態觀，乃是作品內在要素，涉及意象、象徵、人物刻劃、情節安排。就賦體而言，便是創作賦的「技巧」「作法」「安章完句」等等內在結構問題。還有，賦體做為獨立文體所具備的基本規則，共通組織，類如《文心雕龍》講的「體」與「勢」之把握，所謂「失體成怪」的評判。據此，第四種的評價，古添洪用「文體評價」，不如改稱「文類評價」，用「文類學」寬域的理論，加以範限，比較有可說。

次談中國古代文論的評價說，或以唐人看六朝人為例，有持載道說攻擊六朝詩文的淫放輕險，有持言志說批評六朝詩文風骨莫傳，興寄都絕。然而若引近人評價，用「保守」與「創新」詮衡之。如葉慶炳〈中國文學家的保守觀念與創新作風〉乙文即加以修正，以為六朝人以新技巧，寫新體裁，擺脫儒學羈絆，推向唯美文學新園地，當有其「創新」之功。（收入《中國古典文學論叢》冊二，頁六五）案此意即含有肯定評價，其標準是來自「新」的理解。

再有一種評價，乃以「詩品」與「人品」兼參之法，所謂「每觀其文，想見人德」之說。

（《詩品》卷中評陶潛語）

惟此兼參之道，有的主張詩品人品分立，有的主張結合，所謂「人品如此，詩安得佳」（《古詩源》卷七評潘岳語），第三種則介於二者之間，調和折衷。葉慶炳〈詩品與人品〉乙文論之已詳，略謂：「作家人品與作品之間，有其相應關係，由作品可見其人品，究竟作品是人寫出來的，人的品德多少會或顯或隱的流露在字裏行間。」（此文刊《中外文學》一六八期，頁六一—三）案此以人品詩品爲論，自漢魏人物品鑑與「體性」結合，再由之而復與詩文評價並觀，已有規模示例。

但像《文心雕龍．知音》提出的「六觀」評價法。「通變」與「奇正」兩項，即含有要考察作品「創新」與「保守」之多少。其餘「置辭」「位體」「事義」「客商」，都指作品而言。如是者，所謂文學評價，不離乎「作家」、「作品」與「批評家」（或讀者）。黃啓方〈中國文學批評中的評價問題〉即就此三方面而分析，先看作品內容是否「代聖立言」，或是「自抒懷抱」。次看作品形式之表現方法與技巧。當以有「創體開來」者爲高評價。三看作品功用，主要即看作品之有無教化作用。

作者方面，則於品格之外，看才力的高下，看學力的功夫深淺。案《文心雕龍．體性》已用「才」「力」「學」「習」，品評爲文之成體與否。此評價法與其說是評價「標準」，不如說是作家成就結果之「門徑」，因性鍊才，才以學成，實在指學習方法。

最後批評家方面，當具備足夠標準，才學兼具，客觀獨立，始能有持平之評價。（《中國古典文學論叢》册二，頁一三五—一五。）以上三領域之思考，凡有關「評價」說當涉及者，大類不出此。倘再輔以西人新說，如前揭蘭崔夏說法，兼及社會與文化系統，傳播媒介與途徑。大體「評價」之標準可得梗概。

唯吾人當質疑者，一種非通論性，而僅以某一特殊文類爲對象之評價，如本文所舉三篇賦，純就文類學角度的評價又如何？在解讀過程中時而產生的「多義」「歧義」，影響評價，因之不合現成通論講法之可能，又如何？再者，前述之評價說，若葉、黃兩家所示，作品「思想」上之載道言志，關係評價至深。但此所謂「道」所謂「志」更細的分析，又不免有可議者。因之直接討論「賦學」理論，就此單一文類進行理論與評價分析，並按之實際作品解讀印證，確有必要。

五、賦學理論中的評價說

自文類而觀，賦之評價，常以技巧與風格做標準。〈幽通賦〉末有「亂曰」，惜無前「序」，漢大賦結構上例有序有亂。評家每於此措詞。東坡評宋玉〈高唐賦〉不明此結構上之必要，何義門即再駁難之，云：

> 相如賦首有亡是公三人論難。豈亦賦耶？是未悉古人之體製也。劉彥和云，既履端於唱序，亦歸餘于總亂，序以建言，首引情本，亂以理篇，迭致文契，則是一篇之中引端曰

序，歸餘曰亂。猶人身中之耳目手足各異其名。蘇子則曰莫非身也，是大可笑，得乎。

（《義門讀書記》下册，頁八八二）

這一批法，就賦之結構體製有序有亂而說，蘇、何對此體製解釋不同，必因此而左右評價。日人鈴木虎雄對蘇何之說又有不同解，彼分賦之結構爲首中尾，而以有押韻處與無押韻處，爲本部與首尾之別，這又是一種對賦體製理解的新說法，調和了「序」與「亂」之有無，造成的結構之異。鈴木虎雄云：

即在賦之本部，而自爲三部者，即其首部尾部用散文體，中間部用韻文體者是。雖然，其中間固有用韻文之部分，而往往見不押韻處。（《賦史大要》，頁四五）

這樣一解，重新看待蘇、何二家之說，遂順理成章地評二家之見爲「混同我輩所謂序亂與賦之首尾」云云。（同前引書，頁四七）可見，文類學上對賦體製之解釋，必由此導致不同評價。此即《文選》評點中，亦常用之文類（文體）批評法（註❼）。

與體製理解類似的另一種評價，又有所謂漢大賦「特質」理解之不同。到底，這一種受命於詩人，拓宇於宇宙的賦，應該持續詩言志與楚騷諷諫之「正統」特質呢？抑或當以漢大賦夸飾、彫繪、言情之變創爲主導呢？田耕宇在〈主刺言理亦是賦家之事〉乙文中，專門提到這點，認爲主刺言理是漢賦特質，揚雄賦〈大人〉，欲以諷漢武帝好神仙，結果武帝讀後反而「縹縹有凌雲之志」（此文收入《賦學研究論文集》，頁一八一）只是類似大人賦的主刺言理，漢大賦不是主潮，田耕宇遂有如下評價，認爲：「賦體文學主刺言理特質既然是與身俱有的，隨著各種條件的轉變，這一特質遲早會顯現出來的，漢大賦沒有表現出這種特質，并不等於賦體文學不具備這一特質。」（同前書，頁一八二）有了這一認識，自然就會憑據之，以衡量唐代小賦因具有同樣特質，遂多肯定評價，並提昇之成爲賦史應有之地位。

然則主刺言理的「理」字，若爲道，爲命，爲玄，其當受評價，也是可能的。〈鵩鳥〉〈幽通〉〈思玄〉三篇賦的批語都注意到其中的「道」與「理」，可資參證。

吾人當問者，漢大賦的特質，是否即等於漢代賦論的講法？何新文在勾劃賦論的史變之專書裏，提出反省，他以爲漢賦評論的焦點是「唯美」與「尙用」，這看法不出《文心雕龍・詮賦》的論點，但是從〈大人賦〉的言理特質，與枚乘〈七發〉由騷賦變創爲漢大賦的夸飾手法，顯見原初古賦的諷諫要求，已有實質改變，何新文因之說到：「這實際上反映了漢代賦論落後于漢賦創作的現象，說明了漢賦批評家尙用輕文與漢賦作者尙文求美的矛盾。」（《中國賦論史稿》頁二一）這樣的講法，提示了「理論評價」與「解讀評價」兩種層次的契合與扞格特性，可供賦作評價法的參考因素。

即以前揭〈七發〉爲例，此文設七問，陳所以治病之道，都非正說，要到文末吳客請出有才智有理論之人，解〞要言妙道〞，論天下精微，理方物之是非，才引出一段「主刺言理」之說。

而這一說，眞讀之，正如龔克昌論述漢賦特質所指出者，在作品中諷諫味道是很有限的。而另一位賦家揚雄也因爲這一諷諫特性喪失有後悔之言，但不見得即謂漢賦放棄諷諫。只是，理論上的要求，要在作品中能讀出來。（《漢賦研究》，頁三六）否則，理論上強調漢賦特質在諷諫，但作品表現的卻是綺麗浮華夸飾的一面，又如何調和理解之矛盾？

現在，再把「主刺言理」與「諷諫」分辨之？試問此二者漢賦之特質？或技巧？或內容？如果以諷諫爲技巧，曲德來的分析評價則持之與「頌美」同等對待，認爲漢賦之諷諫已與詩經不同，像司馬相如、揚雄皆透過描述理想藍圖來感悟天子，張衡、班固則用兩京兩都之對比，以暗示東京（東都）的合于法度，間接諷諫奢靡無度的朝廷作風。但欲完成此目的，頌美是必要的，必欲以山川之壯麗，草木之繁茂，田獵之盛大，宮室之高偉，加以形容誇稱，否則不能言賦。如此自然地淹沒諷諫意味。（《漢賦綜論》，頁一五八）。

因此，頌美與諷諫并不相對立，曲德來以爲我們的任務不是用諷好頌壞的框子評價漢賦，而是要在現實的基礎上對漢賦以及它引起的現象作科學的、合理的解釋。（同前引書，頁一五九）此處所言漢代現象指漢代的政治環境之客觀現實。話雖如此，諷好頌壞，一直是討論不斷的評價標準。而〈鵩鳥〉〈幽通〉〈思玄〉三賦中的主刺言理，眞正份量重者，偏在「理」的一面，有頌只是頌鵩鳥之玄，頌通天之奇，頌玄道之祕。諷諫的含意更淡了。然則，照此頌壞諷好之漢賦標準，皆不足以說此三賦。

將此頌壞諷好二分法往上推，即「詩人之賦」「詞人之賦」的分別，「麗則」與「麗淫」的評價。別有所謂「抒情小賦」，在分類上的新體出現，代表另種評價，姜書閣即持此三大賦類分法之說，並認爲漢賦在文學史上眞正有較大貢獻和較好作用的，其實幷不在漢代中期的大賦，而在後期的東漢將近二百年的述志、抒情等短章小賦。（《漢賦通義》，頁二九一）如此評說，就形式篇幅言，〈鵩鳥賦〉不長，勉可算小賦，其中述鵩鳥之吉凶，實表賈誼自傷之情，情志兼有。很合乎這個評。其它〈幽通〉〈思玄〉形式稍長，不能說小賦，但情志同樣有，尤其是「理」的闡發。可視作情志之延伸。因之，姜書閣也將兩賦並提，給予評價，認爲都有「情志」特質。而張衡的〈思玄賦〉其中亦自傷「恐閹豎患之」，述志之中實有宣情，其後張衡別作〈歸田賦〉，即爲短小清麗的抒情小賦之首創。（同前，頁二二五）。

至此討論，有關漢賦的評價焦點，有如下：諷諫、頌美、情志、體物等等。各個焦點之側重則因時代不同，賦學分期之階段性發展不同，而各有所消長。簡宗梧〈從專業賦家的興衰看漢賦特性與演化〉乙文有詳細分析，認爲專業賦家的工作任務在「言語侍從」，向皇帝進諫，自然要講方法，所謂「先出之以勸，以中帝欲，侍其樂聽，後徐加諷諫」（程大昌《雍錄》論〈上林賦語〉）這一解，就可知漢大賦爲什麼要頌美與諷諫並重的理由了。這是西漢情形。

到了東漢，言語侍從的身份沒落，讀者改變，自然也就特色不同了。簡宗梧歸納東漢的幾個特色分別是：⑴漸呈用典傾向⑵辭賦影響普及⑶題材大篇幅縮小⑷情感化個性化⑸浮現道家出世思想等五項。（《漢賦史論》，頁二二九—二三〇）這個解釋中的⑶⑷⑸充分說明了「情志」「述志言理」等特質在東漢賦的重要。倘以此爲據，〈幽通〉〈思玄〉兩賦的內容，正好都有。

見諸於評點家的批語，也都談到，可見以「史變」之角度，從「特質」立論，固亦能左右賦作評價。

但是照東漢賦的「個性」「情感化」之特質標準，反觀賈誼〈鵩鳥〉賦，也具備著，它並不像漢大賦在西漢的特色，如何評價呢？高光復的說法即改用一種標準，用「騷賦」的特質看，在體式上，此篇繼承楚辭風格，在興情述志的技巧上又加以發揮，所以很能代表漢初辭賦風格。（《漢魏六朝四十家賦述論》，頁六）此較文選諸家批語，如何義門說〈幽通賦〉有鵩鳥遺音，孫月峰說〈思玄賦〉法屈騷。那麼，用溯源法追尋屈騷，此三篇賦同有先後承襲關係，「保守」之意濃，「創新」之味又如何評呢？譬如以大賦的標準，夸飾長篇，不能施用於〈鵩鳥賦〉，是否就因此低評價？反之，〈鵩鳥〉表現情志，兼寓玄理的內容，放在東漢時，卻得到高評價。就此層次而言，〈鵩鳥賦〉的創新價值（開啓道家先聲）大大超過其承繼騷賦的保守作風。

六、結語：三篇賦之重新解讀評價

在分析各種不同標準評價之後，吾人再回到此三篇賦的討論，順著評點家的批語，集中在「情志」與「情理」兩個問題。再做細部分析，首先要注意到「理」與「志」在三篇賦的微細差異。也即是說此三篇同中有其異。

何則？〈鵩鳥賦〉的大人至人達人德人之理想境界，做為賈誼被貶長沙後失志的寄託偶像，這一偶像僅僅是黃老思想而已，不滲雜入「易道」的玄理。也即是說老莊自老莊，並非易老莊之三玄。方伯海對此篇的評價云：「立言皆本老莊。」，甚合理解。可是陳螺渚云：「晉人以清虛達觀，轉相祖述，其源已肇於此。」這個源只有老莊言，不若源下之流，已加入「易道」。以〈鵩鳥賦〉有句「禍之與福兮，何異糾纆」，蓋謂禍福齊一，生死相等之〈秋水〉觀念，也是《老子》五十八章的辨證法，云：「禍兮福之所倚，福兮禍之所伏。」

但是這一禍福齊等之思，新出土的馬王堆漢墓帛書《黃帝四經》第一篇也有同樣的句子，云：「絕而復屬，亡而復存，孰知其神。死而復生，以禍爲福，孰知其極。」（《黃帝四經與黃老思想》，頁二四三），此句中的「極」字，雖與《老子》六十八章〈配天〉講的「古之極」云云可相通。（用河上公本《道德經》）但不如引《黃帝四經》〈經法〉篇的這一句之「極」字爲〈鵩鳥賦〉之中「孰知其極」句之出典更貼切。因之，〈鵩鳥賦〉的道家之言，其實是黃老思想。

但是，〈幽通賦〉則不然，首段敘先世偉業，編纂漢書之功，班固自謂「靖憯處以永思兮」，暗指要以父業爲繼志。可是話鋒一轉，說到夢神去，以爲通幽人之境。破題伊始，便混言儒、老、莊與易理，這正是魏晉玄學中「儒學玄學化」與「三玄合流」的清虛之風。首段語詞，「鴻漸」用《周易．漸卦》之辭，「必濟」仿《周易．旣濟》之意，「孤蒙」法《周易．蒙卦》之說。易道易理的意味可謂讀之欲出。這那裏是〈鵩鳥賦〉有的特色呢？

賦之末端，有句「登孔昊而上下兮」，又「緯群龍之所經」，又「若胤彭而偕老」，簡直是儒、易、老的混言。不能說盡是莊老狂流，亦非如前揭文選評點張揚庵的批語，說此賦：「儼然儒者典型。」而應該說〈幽通賦〉已結合儒道易，進行玄學化之思考。故可評價爲晉人先聲。

至於〈思玄賦〉直接用「玄」字爲題，玄學化之傾向就更顯明了。可勿論矣。

如是透過更細的解讀，同樣在「志」與「理」的評價，而實在有不同。〈鵩鳥賦〉是黃老，〈幽通〉與〈思玄〉則是道道地地的「玄道玄理」，於是所謂的「情志」，當化約爲「情理」，而「情理」又可再化約爲「理」字。更在理字中，可分出此三篇賦的理實又有所不同。然則，各種評價漢大賦或抒情小賦的標準，都將在「重新閱讀作品」的細部分析下，對標準有所疑，因此而可能改變評價，乃至重新評價。

最後，得出小結，即賦學評價，最準確的方法是閱讀，再閱讀。只有深入的閱讀，得出的感受與分析，可以跟理論辨證，進而質疑理論。閱讀才是文學評價的唯一途徑，漢賦作品如此，其它文學體類，又何獨不然呢？

附註

註❶：本文所據何焯《義門讀書記》蓋據三種版本，其一《四庫全書》所收本，（用商務印書館影本）其二廣陵古籍刻印本，其三崔高維點校本。諸本互有詳略。尤其與于光華《評注昭明文選》所收集評，錄何云者，差異尤多。有關此現象之探討，可參徐華中《何焯詩評之研究》乙書第二章〈詩評版本之考異〉。（頁四八—五六）惟徐此書所用版本，亦未及廣陵古籍本《義門讀書記》。

註❷：諸家解釋「賦」之三義，大抵略同。本文直接閱讀〈詮賦〉原文之外，並參照李曰剛《文心雕龍斠詮》，王更生《文心雕龍讀本》，祖保泉《文心雕龍解說》等三家說解。

註❸：徐志嘯輯有《歷代賦論輯要》乙書，凡劉勰《文心雕龍》成書之前的賦學理論，大抵均收之，可參。

註❹：夸字，元刊至正本作「巧」。（見上海古籍出版社印，頁三七）唐寫本作「夸」，黃叔琳從「巧」。范文瀾從「夸」。楊明照校：「按夸字是，巧其形誤也。」復引〈夸飾篇〉有「宋玉景差，夸飾始盛」句為證。（《文心雕龍校注拾遺》頁六五），林其錟引詹鍈《義證》據《玉海》此句仍作巧談，因謂此作兩本流傳。（《敦煌遺書文心雕龍殘卷集校》，頁三七）。案：雖然寫本刻本兩異，但若作巧字，恐涉魏晉之小賦。

註❺：「色雖糅而有本」句，本字唐寫本作義。元刊至正本作「儀」，黃叔琳本作本。明清諸本作

「儀」，李曰剛據諸家校引作「儀」。案：諸家校本字，咸謂涉下文「蔑棄其本」句而誤。實未必也。「色雖糅而有本」，蓋本色一詞或自此出。自文學角度看，讀作本，於義為長。

註❻：孫月峰為明代第一位集中《文選》的評點家，其後清儒說此賦者，大略不出「理」字。何義門即其例，有云：「因鵩鳥以為賦，非賦鵩鳥也。與鸚鵡鷦鷯賦，作法自是不同。」，（見孫月峰同引），又魯迅，尹賽夫（等）均從前人之說，自「說理」而論。（《中國歷代賦選》，頁三三）。

註❼：有關賦體結構之有序有亂與否，其正誤，歷來多有說者，蘇東坡譏昭明去取失當，王觀國《學林》卷七有駁語，謂昭明誤認唯唯之文為首序，又謂賈誼〈鵩鳥〉之有序，蓋史辭也，非序。（《學林》田瑞娟點校本，頁二二〇—二二一）今人何沛雄嘗引二家說並考，但亦不審作序或作史辭。（《漢魏六朝賦論集》，頁一五七）今案：倘依鈴木虎雄之解，諸家之質疑可釋矣！

引用參考書目與期刊

何新文，一九九三，《中國賦論史稿》。北京：開明出版社。

祖保泉，一九九三，《文心雕龍解說》。合肥：安徽教育出版社。

劉　勰，一九九三《文心雕龍》（元刊至正本）。上海：上海古籍出版社。

曲德來，一九九三，《漢賦綜論》。瀋陽：遼寧人民出版社。

簡宗梧，一九九三，《漢賦史論》。台北：東大圖書股份有限公司。

鈴木虎雄（原著），殷石臞（中譯），一九九二，《賦史大要》。台北：正中書局。

何　焯，一九九二，《義門讀書記》。上海：上海古籍出版社。

徐華中，一九九二，《何焯詩評之研究》。台北：駱駝出版社。

王更生，一九九一，《文心雕龍讀本》。台北：文史哲出版社

馬積高，方光治　一九九一，《賦學研究論文集》。成都：巴蜀書社。

林其錟，陳鳳金（集校），一九九一，《敦煌遺書文心雕龍殘卷集校》。上海：上海書店。

蘭崔夏，佛蘭克（編），一九九〇，《文學術語研究》。芝加哥：芝加哥大學出版社。

龔克昌，一九九〇，《漢賦研究》。濟南：山東文藝出版社。

何沛雄，一九九〇，《漢魏六朝賦論集》。台北：聯經出版事業有限公司。

尹賽夫（等），一九九〇，《中國歷代賦選》。太原：山西人民出版社。

余明光，一九八九，《黃帝四經與黃老思想》。哈爾濱：黑龍江人民出版社。
姜書閣，一九八九，《漢賦通義》。濟南：齊魯書社。
王觀國，一九八八，《學林》（田瑞娟點校本）。北京：中華書局。
高光復，一九八八，《漢魏六朝四十家賦述論》。哈爾濱：黑龍江教育出版社。
何焯，一九八七，《義門讀書記》（崔高維點校本）。北京：中華書局。
何焯，一九八七，《義門讀書記》。揚州：江蘇古籍刻印社。
葉慶炳，一九八六，〈詩品與人品〉，刊於《中外文學》一六八期，頁六－一三。台北：中外文學月刊社。
楊明照，一九八五，《文心雕龍校注拾遺》。台北：崧高書社股份有限公司。
李曰剛，一九八二，《文心雕龍斠詮》（中華叢書本）。台北：國立編譯館中華叢書編審委員會。
黃啓方，一九七六，〈中國文學批評中的評價問題〉，收入臺靜農（等）編，《中國古典文學論叢》册二，頁一三五－一五〇。台北：中外文學月刊社。
古添洪，一九七六，〈中國文學批評中的評價標準〉，收入古添洪、陳慧樺（編），《比較文學的墾拓在台灣》，頁二九－一三一。台北：東大圖書有限公司。
涂經詒，一九七五，〈西洋文學批評中的評價問題〉，刊於《中外文學》四卷二期（總三十八），頁二六－四〇。台北：中外文學月刊社。

《文選》作品閱讀法

一、序論

文選學雖起自隋代曹憲之注，唐宋繼作，歷元明，至清儒各家集小學訓詁，考證校勘之大成。不可謂不淵源流長。然而，歷代選學著作，以今人之學術分類看，略可稱之「舊文選學」，其建立之成就，大都在典章制度，語詞出典，與乎字句考辨上。誠如黃念容整理其先翁黃季剛先生之文選評點，編成《文選黃氏學》一書之自序所言，謂此類前代諸家書，不免：「摭拾瑣屑，支蔓牽綴之辭，以於文之工拙無與，只可謂之選注，不可謂之選學。」（《文選黃氏學》序）此話用「選注」與「選學」分判舊文選學，眞是切中弊端，深具反省檢討之意。

今觀《文選黃氏學》乙書，在文字訓詁，名物考證方面，詳於前賢，多有補清儒未洽言者。惟一部份實在只可謂「舊文選學」之向前推進，發揮所長，究竟與清儒用小學之功，研治衆學無異。茲者，文選學不當局限於此，當基於前賢之礎石，立高樓大棟，裝點美飾外衣，期使文選學不只是注來注去，校東校西之學。

就這一點而言，《文選黃氏學》的另一部份批語，即充分反映出來，開示一種「新文選學」的途徑之一。何則？可暫名之曰文學法研究文選。即是用實際閱讀感受，以「熟諳文例，洞然有得於作者之旨趣」的讀法，將《文選》當作文學作品讀。以回歸當初選文以「沉思翰藻」爲標準的美意。

不要只把《文選》拿來印證小學校勘，當作亡書輯佚，看作語詞出典的書而已。要把文選當「文學」讀，當「文學」做研究。只有這種角度看待《文選》，才能研究出心得與趣味，才能眞正將研究成果用之於當代人生，將閱讀心得應用於閱讀者的學識人格之陶冶。所以，新文選學要研究出一套「文學法」的文選學，最重要者，即「閱讀」文選的嚐試。

黃季剛《文選黃氏學》的批語，即不只是小學功夫，更有情性，有「古爲今鑑」，有一己身世的讀后心得，也有將文選作品的事義，拿來與時代背景相發明印證者。如讀〈永明十一年策秀才文〉有句「冕笏不澄，則坐談彌積」，舊解只訓字義，引出典，黃季剛則批云：「官人之方既廢，則士之進者無過坐談，退者又當橫議，自古所悉，今庸不然。」（《文選黃氏學》，頁一七七），這批語簡短的一句「今庸不然」，顯已做過「古爲今用」「今古參證」的比較，把士人何以不得志的現象，跟黃先生所處的民國時代之同樣情形一齊地看，想一些問題。

再如讀李密〈陳情表〉，想到個人出處之際宜愼，（同前，頁一七九）讀〈蕭太傅固辭奪禮啓〉有句「饑寒無甘旨之資，限役廢晨昏之半，膝下之歡，已同過隙，几筵之慕，幾何可憑」，乃批云：「孤兒讀此，不禁擗標長號矣。」魏文帝〈與吳質書〉有句「惜其體弱，不足起其文」，遂講了一大段文章「繁簡隱顯」的分辨，就算熟諳文律者，也難免犯一個「弱」字之病，從而想到爲文要「強氣」，但氣之如何強，究與「學之精粗」無必然關係。（同前，頁一九八）這個意見提到「文律」，其實就是文章法律，也就是文學讀法。總上可知，到了黃季剛所治的文選學，其面貌已不同於「舊」方法。而自有其新奇大膽之處，此一特點，一言以蔽之，也就是結合文字訓詁與文章解讀的研究，加重文學性，用富於情性的文學方法讀《文選》，所以，不只是「選注」，更是「選學」，一種突破前人瑣碎考據的「新」文選閱讀法，及其研究。

其後，駱鴻凱有《文選學》之作，亦示人以讀文選方法。略本黃季剛先生之意，益以舊說，提出讀《文選》之十法，分別是：一曰訓詁、二曰聲韻、三日名物、四曰句讀、五曰文律、六曰史實、七曰地理、八曰文體、九曰文字、十曰玄學與內典。（《文選學》，頁二九二—二九八）這十法中的「文律」，即黃季剛講的前揭「文律」之意，謂修辭之律令。又十法中的「文體」，是辭尙體要之體，亦「位體」之體，今語可稱之文類學，黃季剛批文選之法亦經常施用之。它如「文史」，是指七代文學史變，最後一項「玄學與內典」，是義理的闡釋，思想觀念的詮解。這樣讀文選，小學、文學、思想三者兼顧，可謂善矣！理想的閱讀法大率不出乎此。倘再更細的講，納入文體中的「技巧分析」，特別是六朝駢體美文的聲律辭章之特色分析，運用普遍通則與對觀比較方法，閱讀《文選》篇章，就更具有「文學性」之讀法了。

《文選學》乙書之末，附有「分體研究法」與「專家研究法」兩種之舉例，前者已及比較作法分析，後者更有校釋字句與命意講解。大抵符合前揭十法的要求。只是沒有像黃季剛批語中有的主體閱讀感受之言。徵實較多，課虛較少。

今人另有林聰明據前人之業，撰作《文選》研究之書，亦列有導讀方法，揭示「語文訓詁」「名物故實」「風格流變」「選文得失」「體製專家」「模擬之方」。（《昭明文選研究》，頁一八七—二二二）其中的「風格流變」乙項，近似「文類學」之一，「體製」也是。因此，可說兼顧文學讀法。倘推其意，廣及現當代學術資源，則可再增加「明版本之源」「考注疏之異」「立文章讀法」等三項。

其實，所謂文章讀法文學性閱讀，明清的評點已經使用了。可惜，被譏爲俗儒八股之作，遂不重視，甚至持否定者。大陸學者屈守元即作如是觀，屈氏有《文選導讀》之作，亦開示讀《文選》之法。謂「對文選評價要正確」「讀文選要口到」，即默誦之功夫，然後竟主張「不宜用庸俗批點法讀文選」（《文選導讀》，頁一四六—一五一）其實，口誦的功夫黃季剛的《文選》批語首次提到這主張，而整個黃先生的「文選學」，並無專書述作，也只是用評點表現出來，用批語流傳下來。不惟如此，明清兩代的文選評點之作，若孫月峰、張鳳翼、何義門、于光華等諸家所批，時見創說，屢出勝義，對詮釋《文選》篇章「文學性」意義，多有發揮，宜加參考。如何而可以說此類著作是庸俗，甚至作如下判斷云：「只要把《文選李善注》弄透徹了，六朝人的詩賦散文的奧祕，自然會知道。」（同前引書，頁一四九）果其然乎？李善注則注矣！但「釋事忘義」之評，注書出後不久，同時代唐人已有評。而讀《文選》不能只在訓詁注解打轉，更要把《文選》的文學性讀出來，用有趣味、有感受、有反思，以及有引伸聯想的文學閱讀法讀之，才能得出作品的多義性，領會作品的美感。

以下即本著「文學閱讀」的方法解讀六篇《文選》選文，用廣申前人雅意，並兼取諸說之長，試爲閱讀文選方法之例如下。

一、〈宣德皇后令〉之閱讀法

本篇文體屬於「令」體，即《文心雕龍》詔策篇所云天子命書之一種。《古文辭類纂》分有詔令類，本篇即此類文字。但《古文辭類纂》只收古文，不收駢文。徐師曾《文體明辨》卷二十一立有「令」體，云：

按劉良云令即命也。七國之時並稱曰令。秦法皇后太子稱令，至漢王有赦天下令，淮南王有謝群公令，則諸侯王皆得稱令矣！意其文與制詔無大異。特避天子而別其名耳。然考文選有梁任昉宣德皇后令一首，而其詞華靡不可法式，其餘諸集亦不多見。（《文體明辨》，頁六九七）

此段據五臣注劉良曰皇后太子稱令，令命也。可見文體曰令，是爲了與天子詔命有別。而其實皆源出詔策一體。次而說到本篇華靡不可法式。清人何義門、方伯海、亦同有此論。都用人品法統的觀點看此文，而非從文學角度評價。

其實，本篇是極工巧的四六文體式。任昉素善文筆之作，有「沈詩任筆」之稱。代宣德皇后下令進封梁武帝蕭衍，一則要考慮齊的統治地位，二則要不違蕭衍權傾之心。於措辭上，不可不考究，於用典上，不可不斟酌。於比擬上，更要注意不露骨。

先說比擬，一句「爰在弱冠，首應弓旌。客遊梁朝，則聲華籍甚」，把梁武帝蕭衍的出身，到進身王府，比做漢廷之司馬相如與枚叔，遊於梁孝王之門下，終至顯名公卿。可謂比擬貼切。其中又扣一「梁」字，即蕭衍之國號，且嘗居梁王。一字雙意，可見任昉文章用字之考究。

措辭上，一句「隆昌季年，勤王始著，建武惟新，締構斯在」，把蕭衍在齊世兩王，即鬱林王與齊明帝治下的功績，一併說到。隆昌是鬱林王年號，建武是齊明帝年號。當公元四九四年，其時齊西昌侯蕭鸞殺齊帝，貶鬱林王。十月，自爲齊帝，改元建武。其后齊世王朝子孫相互攻殺傾逕，未嘗休止，至東昏侯永元三年，蕭衍遂爲大司馬，中書監，實際握有大權。

自此以後，如何描0寫蕭衍，一句「及擁司部，代馬不敢南牧。推轂樊鄧，胡塵罕嘗夕起」，說得極委婉。用代馬胡塵兩詞，文飾蕭衍起兵意圖，不從起兵自擁而論，改用代天伐民，嚴分胡漢不共立之說。可謂善於揣摩文章口氣詞意。

雖然梁王蕭衍自司洲襄陽起兵不久，即已自立，但任昉代宣德后下令禪讓之時，治權仍在齊和帝蕭寶融天下，故而文章口氣，又不能太過，必須符於權位事實。於是，再審蕭衍功績，無論多高，總以「帝有恧焉，輶軒萃止」一句作結。出一「帝」字，上下之分猶別，爲文口氣，乃不失身分。似此文章，伊違於兩邊，如何措辭得當，本即難下。觀任昉寫法，可多欣賞之。

再說用典，「博通群籍，而讓齒乎一卷之師」，出自揚雄《法言》云：「一巷之市，不勝異價。一卷之書，不勝異意。一巷之市，必立之平。一卷之書，必立之師。」截取其半，用「一卷之師」變改原句，以代「小儒之見」。可以學用典截句之法。

又如「一馬之田，介山之志愈厲。六百之秩，大樹之號斯存」，用典也成對比，前者曰受祿之小，後者曰受祿之大，但無論大小，梁王屢辭不受。用四句極力形容梁王的辭讓之謙，德比先賢。可曰誇筆用典。

總之，純就技巧欣賞，本篇實可上選。若從易代君臣之忠不忠角度看，如清人的見解，據此文批評梁王蕭衍的篡位之逆。則又另當別論。然由本篇之入選，亦可輔證昭明選文標準，「欲誇乃考功烈」之說，似可並參。

案：以上的閱讀法，先從文體分辨開始，可說是「文體閱讀法」的一種。但是這裡的文體，特指古代文體。因爲「令」，在民主時代的今天，已不流行，不實用矣。所以，「令」的閱讀要回歸古人的定義再引伸今人的想法。問題在「令」是不是文章？是不是文學？此兩者宜選何者當做「令」的性質判斷？

按照今人所謂的「文體閱讀法」，文體是指文章體裁樣式，它是文章構成的一種規格和模式，反映文章從形式到內容的整體特點。而文體的閱讀就是探尋讀者和讀物的對應關係。（《文體閱讀法》，頁一）若問此種關係宜注意何種層面？那就是讀者要掌握一般文體與特定文體的不同讀法。還有，文章和文學的不同讀法。（同前引書，頁一一）

〈宣德皇后令〉乙文之「令」是特定文體，以上的閱讀則是「文學」的讀法，因為其中分析了對偶與用典的文學技巧。

三、〈為宋公修張良廟教〉之閱讀法

本篇屬「教」之文體。作者傅亮，字季友。沈約《宋書》卷四十三有傳。說到：亮從征關洛、還至彭城。是篇即從高祖征至彭城（今徐州），過張良廟而修之，紀其事之作。其修廟之意圖，用在表彰留侯張良的武功謀略。是時正好也是高祖劉裕急欲禪位之時，藉修張良廟，顯有為高祖張本之嫌。果然，不久，傅亮即輔高祖登基。高祖登基之後，凡受命表詔文誥，皆出亮辭。

教之文體，《文心雕龍》列入〈詔策〉篇，云：「教者，效也。契敷五教，故王侯稱教。昔鄭弘之宋南陽，教條為後所述。乃事緒明也。孔融之守北海，文教麗而罕於理，乃治體乖也。若諸葛孔明之詳約，庾稚恭之明斷，並理得而辭中，教之善也。」，這一段話，定義教之文體，是王侯專用。依此而論，宋公劉裕，當時未稱帝，修張良廟用教體為名，王侯之身，可謂切合。五臣注翰曰：「秦法諸公主稱教，教者，教示於人也。」，宋公殆欲藉留侯張良之事蹟以教示於人。

徐師曾《文體明辨》卷二十一收有「教」體，徐云：「秦法王侯稱教，而漢時大臣亦得用之。若京兆尹王尊出教告屬縣是也。故陳繹曾以爲大臣告衆之辭。」，這個定義解釋更寬。

本篇在作法上，何義門有一條重要評語，說是傅季友乃四六之祖。意謂傅亮文章，首構四六句式。考之本篇即「過大梁者，或佇想於夷門，遊九原者，亦流連於隨會」四句，爲標準的四六四六句型。四句之中，也包含虛字，如者字，或字，亦字，以造成六字句。在元嘉之前，有此句法，已相當難構，到唐世四六駢文，虛字少實字多，又更嚴格了。

再者，句型雖爲四六，過大梁與遊九原，同義，佇想夷門，與流連隨會，也是同義。假使就對偶看，此四句只能算同義詞的寬對。或者是同義的事對。尙未達「反對爲優，正對爲劣」的對偶審美標準。

案：以上的閱讀法，大致與〈宣德皇后令〉的閱讀近似。不過，加上了宋公何以修張良廟的動機用意。這是所謂的「作者意圖」之揣測。一方面揣測作者的意思，一方面探索作品的含意，最后，綜合兩者與讀者自己的判斷，這樣讀法，可稱之「創造性閱讀」。所謂創造性閱讀，要讀者有高度的閱讀主動性，並進行創造性思維。能分析讀物內容，鑒別觀點的複雜思維，這是閱讀學的一種嘗試。（《閱讀學》，頁一三二—一三四）

四、〈求賢良詔〉之閱讀法

此篇詔策，實分兩篇，宜作兩文看。昭明文選原題前篇作〈漢武帝詔〉一首，後篇原題〈賢良詔〉一首。所以，照明原意是此二篇爲同一體類，都屬詔問類。後代選本，有的改前篇爲〈求茂才異等詔〉，例如《古文觀止》《古文釋義》二書，或者題爲《下州郡求賢良詔》。如《古文析義》一書。

合二篇而看，結構上，一詔一問，本自不可分。所以，五臣注向曰：詔，照也。天子出言如日之照於天下也。此詔下州郡求賢良焉，是說前篇先由天子下詔至州郡，求茂才異等者，獻至朝廷。及朝，天子親爲策問，再出問言，即後篇的〈求賢良詔〉。所以，五臣注銑曰：前詔郡國求賢良，而賢良畢至，此詔問之策也。據此，可知後篇是天子詔問賢良的考題，與前篇雖不同，但一前一後，關係至深，宜作一結構體看，故合此二篇爲一篇。

詔策之問，是上對下，即天子策問。另有策文，是下對上陳述治理國家之策，這一類叫對策，又有試秀才之文，叫策文，文選三十六卷收的三篇即是此類。

《文心雕龍》設有〈詔策〉篇。認爲詔策之體，由來已久。說：「昔軒轅唐虞，同稱爲命。命之爲義，制性之本也。其在三代，事兼誥誓，誓以訓戎，誥以敷政，命喻自天。」，可知古代文體，詔與命同。又說：「降及七國，並稱曰令。」那麼，詔即天子之令，詔策是天子之令書。到了漢初，天子命書，又分爲四體，《文心雕龍・詔策》云：一曰策書，二曰制書，三曰詔書，四曰戒敕。以上可謂詔策一體之細分。《文選》立有「册」、「令」、「文」，三類，大抵近於詔策性質。

明代徐師曾《文體明辨》也分有「詔」體與「策問」體。於「詔」體有說明，徐師曾云：

古之詔詞，皆用散文，故能深厚爾雅，感動乎人，六朝而下，文尚偶儷，而詔亦用之。然非獨用於詔也。後代漸復古文，而專以四六施諸詔誥、制敕、表箋、簡啓等類。則失之矣。然亦有用散文者。不可謂古法盡廢也。（《文體明辨》，頁五七二）

此就文體說明詔策有古今之別，謂漢代詔策用散文，六朝用四六駢文。今讀此二篇詔策，仍以四六句式爲多，亦屬駢文之體，但間雜散文，特別是長句。如「其命州縣察吏民有茂才異等可爲將相及使絕國者」，即是長句。黃季剛批點時，就說「其」字至「者」字一句。又「海外肅愼北發渠搜氐羌來服」也是長句。這樣的句型，間雜入四六文中，使到整齊之文有長緩舒透之氣，正是文章「氣勢」的表現，很可以代表漢代散文的特色。

關於第二篇策文，徐師曾解釋這一文體說：

按古者選士詢事，考言而已。未有問之以策者也。漢文中年始策賢良，其後有司亦以策試士。然對策存乎士子，而策問發於上人。尤必通達古今，善爲疑難者而後能之。不然，其不反爲士子所笑者幾希矣！故今取古人策問之工者數首，分爲二類而列之，一曰制策，二曰試策。（《文體明辨》，頁一〇〇一）

這段說明帶有考問性質的策文，始於漢文帝，即今見之〈問賢良文學策〉，又將策文，分爲制策與試策。制策出於天子，或天子代筆，如任昉〈天監三年策秀才〉一文是。至於試策，則近於考試題目。依此而論，武帝這一篇策求賢良，當屬制策。

漢代流行詔策，從《古文觀止》一書連選了四篇詔策文，可證明古人重視這一文體之實用性。今天，雖已不合時，天子的詔，改用總統令，而制策，對策等試題，則改用申論代之。文體不同，但意思相近，雖變而實有不變之處。此二文猶具摹古參今之價值。

詔策一體，至《文苑英華》分出「中書制誥」「翰林制誥」「策問」「策」等四類。而姚鼐《古文辭類纂》，列入「詔令」類。附記於此。

案：以上的閱讀，重視文體的分合，與文章作品經過不同編輯之後的面貌，反映了歷代「讀者」閱讀同樣作品產生的不同評價。「讀者地位」在此被凸顯，而讀者「接受」的重要性也被提出來。

在文學讀解的過程中，本來「讀者」就是作品的上帝。龍協濤在這個論點上，呼應西方文論中的接受美學，把作品的訴說對象分成「接受模型」與「隱含讀者」（註❶）就是說任何作品之創作，作者照例會在心目中有個對象，考慮各種能讓它接受的作法。（《文學讀解與美的再創造》，頁四六—五〇）這樣的讀者倘再細分，又有所謂的實際讀者，就是當下在讀作品的那一位讀者。這樣二種類型的讀者加起來，當然對某個時代，某個文學流派，會產生評價之潮漲潮落。（同前引書，頁五四）

照這個講法，以上的閱讀，分析「詔」乙文之在各代的應用，與編輯上的分合，以及評點家的批語，都是「實際讀者」的作爲。有關《文選》乙書各篇作品之閱讀今後宜多加重「讀者」地位的分析。（註❷）

五、〈豪士賦序〉之閱讀法

本篇於文體屬序跋類。古文駢文都各有序跋一體，而本篇用駢行，又是對偶文字的先聲。因爲，眞正的六朝駢偶。講四六句式，當是劉宋以后才大大流行。而本文作者陸機身處三國吳氏及西晉司馬氏，早於劉宋百年，已創爲清新之調，用反對正對之意，用駢偶之句。可謂開對偶文字先導。

本文題曰豪士，君子與士，固可欽仰，又加一豪字，則又士中之上駟。就儒家觀點，士之定義，或曰「士不可不弘毅，任重而道遠」，或曰「士志於道」，或曰「行己有恥，使於四方，不辱君命，可謂士矣」，或曰「士，見危致命，見得思義」、凡此云云，士皆爲積極意義之士。因之，顧炎武《日知錄・士何事》云：士農工商，謂之四，其說始於管子。三代之時，民之秀者，乃收鄉序，升之司徒，而謂之士。……春秋以後，遊士日多，齊語言桓公爲游士八十人，奉以車馬衣裘，多其資幣，使周遊四方，以號召天下之賢士。而戰國之君，遂以士爲輕重，文者爲儒，武者爲俠。嗚呼！遊士興而先王之法壞矣。」這個定義，不論是遊士、遊俠，都帶有濃厚儒家本義。

然而，到了本文，士之定義一大轉，陸機對士已不從儒解，乃另賦以「玄義」，於是，本文所謂豪士非彼遊士。這又是本文在開創新義，以爲兩晉「玄風」大盛之前的先導。試析其玄士之義如下：

首先，豪士不一定功成業立，而要看「時勢」，本文提出「時啓於天，理盡於民」的成功條件，用時勢做基礎。不可強求功位，而要善守「功在身外」。

次言爲人臣者，必行君令，倘以豪士自命，所謂「代大匠斲者必傷其手」，凡功高震主，不審退居之理者，必有後患。至此遂將文意一轉，轉入道家之說。提出「饕大名以冒道家之忌」之說。則所謂豪士，至此已爲道家豪士，或曰「道士」矣！

底下即用老莊意，說豪士守老莊道。例如「禍積起於寵盛而不知辭寵以招福」，與《老子》言「寵辱若驚，寵爲下。得之者驚，失之者亦驚」可相發明。又云「使伊人頗覽天道，知盡不可益，盈難久持」，可與「謙」「損益」之理相通。至於豪士保功位之長久，唯在「節彌效而德彌廣，身逾逸而名逾劭」，也有「功遂身退，其名不去」的意思。當然，也有「將欲取之，必故與之」的道理。

總之，本文在義理上，所闡述之豪士，絕非執干戈，運帷幄，建功立業，赴湯蹈火，身殞而沒之儒家豪士，而是善盈虛之道，知退守之功，謹遵「時」「運」「命」，與大勢消長關係的道家豪士。就這一點看，本文可謂不止開對偶先聲，也啓議論玄化思想之先河。

最后，補說文體。本文雖屬「序」，但非序書序集，而是「議論」。所以，在文體上，也是一變格。按《文心雕龍》不單獨列「序」爲一體，而各次於〈詮賦〉篇與〈論說〉篇。云「詮文，則與敘引共紀。……評者平理，序者次事」（〈論說〉）又云「序以建言，首引情本，亂以理篇，迭致文契」（〈詮賦〉）前言把序當做議論之一種看。後者專指漢大賦前的一篇序，如〈三都賦序〉。

及至明代，徐師曾已專列序體。徐氏云：按爾雅云序緒也，字亦作敘，言善敘事理，次第有序，若絲之緒也。又謂之大序，則對小序而言也。其爲體有二，一曰議論，二曰敘事。（《文體明辨》，頁一三四五）本文當屬前者。

案：以上的閱讀法，注重在義理思想的分析。把原先做爲儒家積極意義的「士」字概念，如何轉變爲玄學意義上的「士」，而又與「命」「運」等民間思想混合的現象，就文章中的關鍵字詞，加以說明。

這是一種「思想層次」的閱讀欣賞。在文學欣賞的理論中，有把作品分作幾種層次，進行欣賞。屬於內容的層次，可分表層與內層，表層就是各種文體的形式技巧，內層則又可從「心理體驗層」「思想觀念層」「人生哲理層」三方面看。（《文藝欣賞學》，頁二三八－二四二）照這個講法，對〈豪士賦序〉的玄學分析，可算作思想與哲理的欣賞。

六、〈養生論〉之閱讀法

本篇於文體屬論說文。論述養生之道，在於可學而致，可養而能。世人所以不得者，非不能，蓋不得其法。

文末提示養生之法，大要如下，其一要清虛靜泰，少私寡欲，其二要去名位之欲，其三要不貪厚味不爲物累，其四守神氣，其五養一、和、順之理。

以上五法皆道家之道，老子《道德經》五千言隨處可見類似之意。不必定指養生。而可視爲一種人生思想之學。

然而以下二法，確非純粹道家之言，而實雜有道教的養生之術，是宗教意味的養生，非思想哲學的養生。此二法，即：一、蒸以靈芝，潤以醴泉。晞以朝陽，綏以五絃。二、體妙心元，忘歡遺生。

此二法即所謂靠服食以養生，靜坐以得法，皆屬形而下之器，是練功的一種手段，「術」的層面居多，「思想」的蘊味大減。尤其，文末，將養生之目的，歸於長壽，欲與羨門王喬比壽爭年。扣一「壽」字，以爲養生論主旨，實已涉宗教之境，不盡是素樸的道家思想了。

可知，本文之思想意義，乃是揉合道家與道教，即宗教學哲學思想合而爲一爐。足以見魏晉思想史的一面。何謂思想史？乃指一些片段的思想觀念，在歷史的各個時期之流行，不必盡然地劃歸入某家某思想。而應視爲個人對許多家思想的接受。或者個人於接受后加以轉化，融合。因之，思想史之重點在個人，而非在某家有系統的流派思想。

準此，若道家是一哲學思想流派，則嵇康將之吸收接受，並引伸神仙長壽之說，與養生之術的一套個人觀念，雖非道家本意，然可視爲嵇康對道家思想的一個轉化、融合，以成就自己個人的生命觀念。此觀念不必定有系統，但卻有個人化傾向，特別是一種融合的想法。

關於養生，老子僅言：天長地久，天地之所以能長且久者，以其不自生，故能長生。老子意在天地自然而無主動之求的長生之道。如此而已。但是到了道教河上公的解釋，即轉義而爲：說天地長生久壽以喻教人。把「壽」字提出來與人之養生結合。所以是思想的轉化。

說到「命」，老子僅言：至虛極，守靜篤，萬物並作，吾以觀復，夫物芸芸，各復歸其根。歸根曰靜，是謂復命。可知，這裏老子所言的命，是《周易・復卦》七日來復，萬物莫不有復的道理之延伸。因之，凡歸於靜篤，即曰歸於根，根即萬物必歸復之命。如此而已。但是到了道教，河上公的解釋，乃非要說到不死，永久之命不可。河上公云：言安靜者是爲復還性命，使不死也。又云：復命使不死，乃道之所常行也。如此一解，遂將本是自然現象的觀察之理轉化至長生永壽的通俗意想。是爲宗教層面矣！

既然長生永壽爲所求，則養生之法遂並出。於是，本無養生術的道，遂加入「服食」「靜坐」等等技巧。老子之說已漸離析矣！

關於服食，《備急千金要方》卷八十二〈養性・服食法〉云：「服餌大體皆有次第，不知其術者，非止交有所損瘁，亦不得其力。故服餌大法，必先去三蟲，三蟲既去，次服草葯，好得葯力。次服本葯，好得力訖。次服石葯，依此次第，乃得遂其葯性。庶事安穩，可以延齡矣！」

讀此精細之服食法，目的在延年益壽，服法豈可一種，於是，服食之外，別有「服炁」「服霧」「服月」「服氣」「服日」「服元氣」云云，不一而足。悉在達到養生目的。凡此養生皆出於自外求，與老子「不自生故長生」的不外求意思，恐亦南轅北轍！

由此可知，嵇康養生論可視作道家與道教合流後，在魏晉思想界流行的一個「思想史」例子。

案：以上的閱讀，與前篇〈豪士賦序〉一樣，也是「層次」閱讀法。即把作品內容加以層次劃分，作法是采用作品中的核心句子和詞語，用自己概括簡明的話寫出段落大意。（《國外閱讀研究》，頁一四二）如本文把〈養生論〉某些句子與關鍵詞彙，用道家與道教的不同進行層次分析。即是細部的層次閱讀法。

因爲在整個閱讀過程中，讀者的活動，包括有⑴吸收詞義，⑵理解及把握含義聯系，⑶理解及解釋文章的內容含義和聯系，⑷批判性地分析文章，瞭解作者的寫作意圖，⑸進行創造性綜合歸納，⑹創造性地模仿作者的作品。（同前引書，頁一三一）照這樣的閱讀活動進行，可知細部的思想內容之差異，必要透過理解而綜合。《文選》作品，大都六朝之作，六朝之思想潮流，反映在作品中的情形如何，在閱讀《文選》時，有必要進行分析比較。才是完美的《文選》閱讀法。

七、〈辨命論〉之閱讀法

本文屬論說體。《昭明文選》立有「史論」「史述贊」「論」等三類，都有論說性質。前二者又是史論，可見，《昭明文選》，並非「經史子」不選。至少收了史論，已與自己所立標準矛盾。

論者或謂昭明收史論文章，乃注重此類文章之駢文體類，與文學手法，故而收編之。若然，本文雖非史論，其中四六對偶句特多，宜在昭明選編之列。

辨命，談命，論命，爲六朝文士關心主題。本文總述前人之論，可謂集大成之作。但推考本文特色，宜從二方面談之。

首先，劉孝標的生平，負材矜能，卻榮慙一命。他與管輅，同爲平原人。(今山東鄒平東南)管輅年止四十八，不見女嫁男娶，遭遇與孝標同憐。故而劉孝標以同鄉先賢之厄，聯想自己巔困一生，遂有死生窮通之嘆。這一點，可謂本文動機。也可看作是管輅給孝標的影響，或者，孝標對管輅的接受。

次考孝標推論觀點是什麼?序中自云「余謂士之窮通，無非命也」。扣一士字，與陸機〈豪士賦〉一樣從「士」的角度出發。豪士賦談士之爲豪，要看時、運、命、勢。可見，「命」是六朝的士人談論課題。本文對「命」之論辨，主要從「自然」立論。這也是本文創見所在。因爲，命自命，自然歸自然。此二論點，實不相涉。本文竟合之而言。說穿了，是用易經的時命變化，結合老子的自然觀，再應用莊子的部份思想，於是而形成易老莊混合的三玄之論。也就是談「命」的玄學化。與前此只談命的吉凶不同。

此一立論，是魏晉玄學思想的遺流。本文因此而設六蔽，反對純講「命」的說法。六蔽之中，一攻面相之命，二駁符錄之命，三攻天文曆算之命。即把易經象數派爲主的相命理論，統統攻破，而歸結於「自然」之命。避開了迷信的算命色彩，卻也染上了「玄思」的人文運命之風。就此點而論，本文所用的易學不是《易林》爲首的命運學，而是王弼掃象以後的易老玄學。在思想史上，本文充分反映了這一思想轉變的現象。

所以，論說六蔽之後，本文才在「命」之外，提出「才氣學習」的「習」字觀點。勉士人宜用乾卦文言「天行健，君子以自強不息」之理。相信善有善報，積善必有餘慶。遂由玄學化之命觀，轉到儒家之聽天由命說。最后，提出「居正體道，樂天知命」的立論本旨。顯然，已離易經的卜筮占命講法很遠很遠，而回到人文世界矣！

就文末之收束而言，本文實已融合玄學與儒學於一爐，進行「一貫」命理的論述，這應是另一種創見。

案：以上的閱讀法，也是就作品的內層分析，更細的講，把玄學中的儒道合流傾向區別出來。又結合「作者意圖」，說明爲什麼作者劉孝標的坎坷身世，引發同鄉人管輅的巔困之聯想，因而轉到「命運」的主題，以及破解「命運」的正當途徑。這樣的欣賞閱讀，注重思想性，照顧背景身世，參考一時代思潮的共相與殊相，注意比較。其目的，是把《文選》作品當文學性質讀，而不只是看作文章文獻而已。

在各種閱讀法中，校勘法校對法只是其中之一種，不能當作全部。《文選》是一部文學作品選集，其讀法自然不限一種。過去太集中於一二種的讀法，顧此失彼，不免有些偏重。照閱讀的全面性而言，不夠完美。像「賞讀法」「解讀術」，屬於程序閱讀之一，可試用之。所謂賞讀，是對作品內容和形式進行一種整體觀照，一種情感體驗，一種審美活動。（《閱讀技法系統》，頁四五）這樣的要求，只做校勘或注釋訓詁，委實不足以奏效。因爲賞讀還要領悟哲理美、意境美、構思美、語言美。所以，賞讀者不但要具備學術能力，有豐富知識。就賞讀技法而言，更要能驅遣想象，訓練語感，並有思想修養和生活經驗。（同前引書，頁四六）準此，《文選》的研究，放在當代學術環境，特別要能適應當代賞讀者的趣味。才不至於令《文選》只是一堆文獻材料。

八、小結

以上本文根據閱讀學、接受美學、閱讀活動理論等的新講法，以《文選》六篇作品爲例，進行「文學性」的賞讀，目的是要把《文選》當作文學作品去研究，以便從明清以前專以注釋考據訓詁校勘爲主潮的研究法跳出來，結果證明這六篇的新閱讀是可以跟當代文論結合起來，讀出趣味，讀出方法。也證實了自黃季剛《文選黃氏學》開示的文學欣賞，與主體性意義領會，這樣結合「徵實」與「課虛」的文選學研究方法，值得繼續發展延伸，以建立完整性賞析的《文選》閱讀法。

附註

註❶：隱含讀者的概念亦由康士坦學派的以色提出，意指一種讀者對象，聯係著作品潛藏的意義與實際解讀的過程，它務必在過程中，不同於歷代現成的講法，當然也不是靠術語知識。（《隱含讀者》，導言）這個定義強調過程之重要。由於龍協濤引述這個詞彙是根據以色另一本書《閱讀活動》的中譯。（參註❷說明），此書原德文本晚出，（一九七八出版）《隱含讀者》早出，（一九七四出版），故而以色首次提出隱含讀者，應以早出之書爲據。其定義與龍協濤引述略異，今據英譯本暫譯如上。

註❷：接受美學，是由德國康士坦大學的以色與姚斯發展出來的文學解讀學派，而「讀者反應論」則是經由美國學者引用並充分發揮的文學批評。二者都以「讀者」之主體地位爲訴求。但略有差異。以色主要以「閱讀」之過程爲研究重點。他的英譯專書書名作《閱讀活動》，其下附標題「美的接受理論」，是以「接受」爲探討。用接受美學稱之，中譯始見於朱立元的《接受美學》乙書。另有張廷琛用「接受理論」乙詞。以色的書中譯三種，分別是霍桂桓《審美過程研究》、金惠敏《閱讀行爲》、金元浦《閱讀活動》等。至於「接受」之概念，應以姚斯爲主。他的英譯專書名即作《接受美學》，書中大量文字在講「接受」之分析，美學之理論。與以色強調「閱讀」做爲一種活動之過程，稍有不同。有關姚斯的理論之中譯，有朱立元《審美經驗論》可參考。

引用參考書目

屈守元，一九九三，《文選導讀》。成都：巴蜀書社。
龍協濤，一九九三，《文學讀解與美的再創造》。台北：時報文化出版企業有限公司。
胡山林（等），一九九三，《文藝欣賞學》。鄭州市：河南人民出版社。
姚斯，漢斯——羅伯特，朱立元（中譯），一九九二，《審美經驗論》。北京：作家出版社。
姚斯，漢斯——羅伯特，一九八二，《審美的接受》（英譯本）。明尼波里斯：明尼波里斯大學出版社。
曾祥芹（主編），一九九二，《國外閱讀研究》。鄭州：河南教育出版社。
曾祥芹（主編），一九九二，《閱讀技法系統》。鄭州：河南教育出版社。
曾祥芹，張復琮，一九九二，《文體閱讀法》。鄭州：河南教育出版社。
洪材章等（主編），一九九二，《閱讀學》。廣州：廣東教育出版社。
以色，渥夫岡，金惠敏等（中譯），一九九一，《閱讀行爲》。長沙：湖南文藝出版社。
以色，渥夫岡，金元浦等（中譯），一九九一，《閱讀活動》。北京：中國社會科學出版社。
以色，渥夫岡，霍桂桓等（中譯），一九八八，《審美過程研究》。北京：中國人民大學出版社。
以色，渥夫岡，一九七八，《閱讀活動》（英譯本）。巴爾的摩：約翰霍浦金斯大學出版社。
以色，渥夫岡，一九七四，《隱含讀者》（英譯本）。巴爾的摩：約翰霍浦金斯大學出版社。

朱立元，一九八九，《接受美學》。上海：上海人民出版社。
張廷琛（編），一九八九，《接受理論》。成都：四川文藝出版社。
徐師曾，一九八八，《文體明辨》。京都：中文出版社。
林聰明，一九八六，《昭明文選研究》。台北：文史哲出版社。
駱鴻凱，一九八二，《文選學》。台北：漢京文化事業有限公司。
黃季剛，一九七七，《文選黃氏學》。台北：文史哲出版社。

隱秀與詠懷

一、序論

《文心雕龍》乙書第四十篇〈隱秀〉，講文章如何做到「言外之意」，篇章要如何安排「秀句」的問題。向來，在「龍學」領域早有多人討論。但因討論的重心，每因〈隱秀〉篇實爲闕文，自元刊至正本的《文心雕龍》已闕「始正而末奇」以下四百零一字。明人五種刻本雖有鈔補，但爲紀昀在《四庫全書總目提要》卷一百九十五《文心雕龍》提要中反駁之。近人因據此，或贊同或質疑，遂對〈隱秀〉篇眞僞問題，煩引版本校勘考據而力辨。已詳於詹瑛《文心雕龍義證》一書中。註❶

固然，〈隱秀〉篇眞僞有必要考證，但從「材料運用」「原典理論」的雙重角度看，隱秀應當作「文學理論」處理，自今本原文及鈔補兩部份綜合地逆推劉勰的隱秀理論，並將之應用到實際作品的分析，藉由「理論」與「作品」的雙重考查，理解隱秀理論的提出，到底在六朝文論中的地位如何？價值如何？適用性如何？在古代文論中的前後關係如何？與六朝時的文學作品之相干性又如何？凡此種種問題的思考，都要比只停留在〈隱秀〉眞僞的問題上更有討論意義。所以，本論文嚐試從「理論理解」的角度，研究隱秀之說，並連繫到《文選》乙書的作品分析，探討六朝文學理論與文學創作的對應關係。

二、隱秀理論爲何

先看隱秀理論的要義爲何？今存殘文首段明確說出隱秀定義：「隱也者，文外之重旨者也。秀也者，篇中之獨拔者也。隱以複意爲工，秀以卓絕爲巧。」這個定義，簡單扼要，後世學者解釋，亦大抵無差。以爲隱是文章全篇的「言外之意」「餘味無窮」，但絕不是晦澀。范文瀾的注，即引陸士衡「文外曲致」與梅堯臣「含不盡之意，見於言外，狀難寫之情，如在目前」云云，以資比附，共證同理。（《文心雕龍注》，卷八頁二一）

詹瑛的解釋，以爲隱是指隱篇，就是內容含蓄的作品，而秀即秀句，是隱篇的眼睛和窗戶，通過秀句打開隱篇的內容。（《文心雕龍義證》，下冊，頁一四八三）照這個說法，隱的對象物是篇章之「內容」，要含蓄，當然也就是要有「言外之意」了。秀的對象是「句子」修辭，要具有「警句」之功。但劉勰的「秀」，是否可以「秀句」乙詞括言之，並等同於後世文論的「警句」？宜再細辨。

再者，隱與秀是兩回事，還是一體的，或者如詹瑛的說法，秀句只用來服務「隱」的完成，

「秀」是隱的眼睛和窗戶。此三類不同的隱與秀之關係，都會引生對隱秀不同的理解。

在〈隱秀〉殘文的第一段，劉勰舉了「朔風動秋草」「邊馬有歸心」兩句做例子。認爲即「篇章秀句」，二句出王讚〈雜詩〉，《文選》有錄。玩索之，劉勰之意，當指〈雜詩〉有「隱」之功，蓋出於有此二句。且二句之出，乃「思合而自逢」，不是「研慮」求得。

以此例推想，隱與秀是相對待的關係。隱是作品的含蓄美，這點，諸家注解無異。可是，秀用來完成「隱」的境界，秀句如何寫？如何做到「自然」的秀之地步，恐不能僅僅是修辭的技巧而已。周振甫解釋「隱秀」，說隱秀就是修辭學裏的婉曲和精警格，把隱和秀混言起來，實非原意。（《文心雕龍今譯》，頁三五〇）因爲，隱是「文外重旨」，隱是「複意爲工」，則「隱」指的是作品的「內容」「含意」「意義」。「隱」應從「意義學」去理解。〈隱秀〉篇殘文云：「夫隱之爲體，義主文外，祕響旁通，伏采潛發。譬爻象之變互體，川瀆之韞珠玉也。」這一段話不即明言隱是「意義」，有「文內」之義，也有「文外」之義。隱要將內外之義結合起來，此結合不避正反之衝突。所謂隱的意義學，重點在「旁通」，猶如易經學講的「互體」。

不過，解釋上引一段〈隱秀〉篇文的旁通乙詞，向來有三解，一作「旁敲側擊」解，如王更生謂：「文章裏祕而不宣的心聲，可由筆觸旁敲側擊，而曲盡其變化。」（《文心雕龍讀本》下冊，頁二〇六）二作「四通八達」解，如祖保泉以爲：「含意如神祕的音響四通八達。」（《文心雕龍解說》，頁七七六）三作易經學之「旁通」解，如李曰剛引《周易虞氏義》說䷇比卦，旁通之，即爲䷍大有，引伸而謂劉勰之意是說「根據文意相關之義理，可推斷出作者祕而不宣之心聲」（《文心雕龍斠詮》下篇，頁一八五一）詹瑛也有類似的看法，另外引譚獻《復堂詞敘錄》云：「旁通其情，觸類以發，充類以盡。甚且作者之心未必然，而讀者之用心何必不然。」之說法以補證「旁通」。（《文心雕龍義證》下冊，頁一四八八）

案以上三解旁通，不論何解，均指作品的「內容」或「意義」。但所謂的「旁通」，根據虞翻的例子，䷇比卦每一爻變，完全相反，變出䷍大有。以此類推，作品的意義，經過引伸，聯想，或重新解釋，有可能出現「正」「反」極不相同的說解，這才是劉勰要強調的隱之「旁通」現象。所以，作者之意如此，經過解釋，讀者有可能，更有權利，領會之，旁通之，而有不同的引伸意義，甚且與作者之意全然相左。這樣的理解，才是〈隱秀〉篇「祕響旁通」的旁通乙詞眞義。

約言之，隱秀理論主要在強調「文學性」的作品之多義性。凡秀句警句等修辭技巧，即爲完成此「多義」之準備。至於「多義」的可能途徑，有賴讀者的介入，介入之道，即先自「秀句」入手。這樣看來，隱秀理論實包含二方面，其一要求作者在作品的「秀句」技巧要成熟，其二寄望於作品具有「含蓄」之存在。最後，由讀者與作者共同完成「隱秀」之落實，一齊遊走在「意義」多變化的淵海中。

三、隱秀理論與意義學

〈隱秀〉篇的重點既然是在有關文學作品的內容含意問題，〈隱秀〉理論實可自「意義學」

的角度補充瞭解。

於此，當再檢討〈隱秀〉篇的幾個重要字眼，因爲它關係到是否可將隱字放到意義的層次上。若「義主文外」，主字元至正本作「生」，作主或生，兩義皆可。特別是從意義學看，「隱」是文章的深意出生在表面之外，當然，有隱意的產生也是主要從文外去探求。

順此而推，〈隱秀〉篇講的隱意可自兩層求之，一是文章粗糙的表面義，可暫稱之「第一義」。二是文章的引伸義，可簡稱之「第二義」。此義是由「秀句」的專心思索而得。其三到了得之深，會之久，心領意愜，即有一番自得之樂。而此樂已非第一第二兩層次中的文字詞義所可以格限。乃是「意在言外」的第三義。此時的意義，可加一「味」字，稱之爲意味。此即〈隱秀〉篇講的「深文隱蔚，餘味曲包」中的餘味。

試參陸侃如譯「隱也者，文外之重旨者也」句爲「含蓄指言外有另一層的深意」，又譯「深文隱蔚，餘味曲包」句爲「文字深湛含蓄的作品，曲折地包含著無窮的韻味，由語言的寓意產生了言外的深意」（《文心雕龍研究解釋》頁二五七）這兩句的譯文，正是分隱意爲意義學講的作品意義，次將作品意義再分文字之內與文字之外，這相等於第一義與第二義。詹瑛言此則引袁行霈〈魏晉玄學中的言意之辨與中國古代文藝理論〉乙文爲補證，解作「都是指言辭之外不盡的意味」（《文心雕龍義證》，頁一四八九）又於「餘味曲包」之餘味，復引錢鍾書《談藝錄》云其意若曰「短詩未必好，而好詩必短。意境悠然而長，則篇幅相形見短矣」云云爲比況。（同前書，頁一五一三）這又把「隱秀」理論與長篇短篇之類的作品形式問題一齊談，雖然未必盡是，但扣住「紙短情長」，講究不在文字之冗長，而在意念之精要的文學技巧論，可助「隱秀」一解。

其實，〈隱秀〉篇的關鍵字詞，所謂「文外重旨」的旨字，「隱以複意爲工」的「意」字，「夫隱之爲體，義生文外」的義字。在施友忠的英譯，即譯作西人概念中的「意義」與「意念」（meaning與idea）而說「隱作爲一種形式，是在提示一種在「語言表達」之外的意念，雖然它是經由抽象的、不直接的表達，但它乃在表達隱藏的美」（《英譯文心雕龍》，頁三〇四）這裏的譯解，即是說隱指隱藏的意念，惟英譯加上意念之「美」的成份。其次，英譯又說「意義的創造，可以比作爻象經由互體產生的變化」，這裏的譯解，用「意義的創造」一句，即指隱乃是「意義之隱」。而用「創造」乙詞說隱意，也有創意。因爲它跟向來解釋〈隱秀〉只說是「含蓄」的講法大大不同。〈隱秀〉不應只有隱藏的含蓄的美，那樣太被動。〈隱秀〉還有個「秀」句，要結合起來看。是秀句的精心設計，化於無形，而出於自然，才造成隱的功效。

這一點看法，與祖保泉最新的解釋，頗相類似。祖氏反對把〈隱秀〉理論只當含蓄解，認爲〈隱秀〉是就創造藝術形象說的。如果只是含蓄，那只有「意念」「意象」，而不是形象。因爲作品的意念只有熔鑄在「自然會妙」的形象裏，這才可以稱作「隱」。（《文心雕龍解說》，頁七九四）祖氏的新解，用意念意象與形象的二分法，拿兩者的不同作用，說明〈隱秀〉篇的隱在何處？以及「秀」如何做爲「隱」的外在風神，兩者相輔相成，構成文學藝術的特徵。這一說法的重點與「意義的創造」之解，都在將〈隱秀〉由被動的反轉過來，使成爲主動的，且將〈隱秀〉引向意義學可能理解之道。

四、意義學的途徑

有關意義學主要從文學批評與哲學語義辨證兩方面去思考。根據布勒克（Alam Bullock）等人編寫的《現代思潮大辭典》乙書列有「意義」與「意義相關」兩條文，在「意義」條中，即分從文學與哲學兩角度介紹，說明哲學辨證的意義，或謂字詞所指稱的對象物，或由此引伸的不平常的新補充的意義。就後一種字詞而言，意義超出事實本身。譬如用兩個詞，當指兩個對象物，但在特殊的當下使用者（Bearer）可能一樣的意義，這類現象，通常見於「普遍概念」的意義，以及心理的意象。（《現代思潮大辭典》，頁三七八）

據此，所謂抽象的概念，可引愛與恨兩個字詞為例，正常的語義狀況，此暗詞極易分別，清楚明白。但若在有著複雜歷程，刻骨銘心之痛，風風雨雨之變的一對戀人而言，愛與恨可能在彼此之間模糊了，意義也變了。最後有可能愛即恨，恨即愛。此狀況之下的做為字詞之「愛」「恨」即非平常意義所可領知。

另外一種是心理意象，也可能有「意義新出」的情形。此即緣於每一個體對形象與意象的感受有別，思考自然有異，所得之領會當然各隨其心了。這一類的「意義」，特別與〈隱秀〉講的秀句有關。以今本〈隱秀〉殘文僅存的例句兩條「朔風動秋草」與「邊馬有歸心」為例，都是用形象暗示，而不用直說表述。可知所謂的朔風吹動秋草，兩意象藉由一「動」字而顯現透明的形象。其含意要由讀之者，即當下使用此字詞者，憑心領會，當下即目即景，而意義則由自己知之，一切「目擊道存」。

〈隱秀〉講的「秀句」，照以上的理解，即「警策」術語在六朝流行的展現。從陸機《文賦》有言：「立片言以居要，乃一篇之警策。」，所謂以駕馬之策比喻文章重要字詞，關鍵句構，佔據整篇結構所產生的「作用」，可謂古代文論「警句」說之權輿。由此而知，字、詞、句、篇的大小關係，部份與全面關係，皆與「意義」有影響。〈隱秀〉篇發揮《文賦》的說法，更擴大之，特意在「意義」之隱與句構之「秀」兩問題上，進一步建構文學作品的「多義性」本質理論。這一點，正是《文心雕龍》居於六朝文論一脈發展下來，前有所承的「創見」所在。

即以稍晚的《詩品》而言，鍾嶸特別在五言詩批評用「警策」句法，從事實際批評。分別用過「警策」乙詞，批評當時文人喜好批評，個別意見，看之似為警策，看多了，則反為平平庸庸。註❷次用「警遒」乙詞，品評謝朓詩，謂：「一章之中，自有玉石。然奇章秀句，往往警遒。」註❸審其用詞，蓋與「秀句」所指類似，都指句子的精警處，造成全篇文意的特殊作用。

將此警策術語實際運用，便是後世詩家喜稱的詩眼、字眼、警句、佳句、本色語云云的批評法。而具體作法即「摘句為評」。

其實，鍾嶸《詩品》已使用摘句批評。如摘徐幹〈室思詩〉一句「思君如流水」，曹植〈雜詩〉一句「高臺多悲風」，張華詩句「清晨登隴首」，謝靈運〈歲暮詩〉一句「明月照積雪」等四例，皆是摘句之法。觀此四句結構及句例，均與〈隱秀〉所舉的二句例句類似，可知摘句批評法，在六朝已廣為流行。鍾嶸雖施之於詩，劉勰卻廣之於〈隱秀〉理論，時間上，實際應用此法

者，應始於《文心雕龍》，而不是《詩品》。註❹

不過，將此法放到〈隱秀〉篇去談，並且，新創了「隱秀」這一術語，則已不能僅止於摘句批評的作法，而是要在篇章文意上，綜合地思考「文」「意」關係。

當〈隱秀〉篇界定隱是「文外之重旨」，即已表示隱秀的語言，型態與單面的普通字詞表意有別。借用語言哲學家卡納普（Rudolf Carnap）的分析，把語言基本上分為「內延的」與「外延的」兩型，（intension and extension）前者是日常的自然語言，後者是語言系統延伸的，包括語意指涉的「象徵語言」。（《意義與必然》，頁二三三）簡言之，象徵語言是一種意義理論，它在「語用現象」發生時起作用。

像「朔風動秋草」一句發生語用作用，朔風作為北風的象徵意義，以及「秋」的意象在文化系統中的意義，必須合併思考，因而不止是朔風與秋兩個語詞的表意行為，猶須加上解讀者對「外延」含意的把握，在「實際的秋」與「可能指涉的秋」之間閱讀辨證。就這一層次而言，閱讀者及其採用的閱讀策略，也關係到〈隱秀〉理論的實踐。因之，援引《文選》之明清評點意見，可做為〈隱秀〉理論的實際考查。（詳下文）

以上自語言哲學角度看意義學，次從文學批評角度論之。所謂文學作品的意義，它全是潛藏的、開放的一種存在樣態。而悉取決於閱讀與寫作。就此而言，安排「秀句」即在創造意義。意義之「隱藏」，即賴閱讀之逆追。所謂作品之意義，即在秀句與隱藏之「未定性」可能空間。

關於未定性，不能與晦澀性混同。從語言表述的功能看，語言首要任務在說清楚，講明白。

辭達而已矣，這是最起碼要求。但是作爲文學性語言之作品與經書做爲「宗經」地位的語言究竟不同。文學性之語言特色在意義之未定性。但此未定性也並非即落入曖昧不明，幽深難懂。這個未定性之必要性，照語言學家戴維森（Donald Herbert Davidson）的解釋，它要使人們注意到：「對言語的解釋爲什麼必須一般地與對行動的解釋，從而必須與對願望和信念的歸屬相結合。」（《眞理意義行動與事件》，頁九八）由此可知，未定性之語意來自於一群公共性與另一群公共之區別，私人信念與願望可以是特異的，但卻是一樣可公共證實的。在語言與信念之間，戴維森說：「如果我們能夠理解一個人所說出的話，那麼我們也就能夠知道他所具有的信念。」（同前，頁九七）

就此一層次之語意而言，包括語詞、作者、讀者之三種關係。此關係在整體結構之內的未定性，其實仍有標準可言。如戴維森所提示的”公共信念“。

換成〈隱秀〉篇的說法，劉勰提出：「或有晦塞爲深，雖奧非隱。雕削取巧，雖美非秀矣。」，此句分別「隱」與「奧」，「美」與「秀」在層次之不同。隱秀不是完全的晦澀與未定性，隱秀要做到「自然會妙」。這一「思合而自逢」的自然原則，即隱秀產生的語言未定性之原則。此原則可視爲隱秀產生意義多少的公共信念。

五、〈隱秀〉篇僞文考

借用公共信念的說法，以現存〈隱秀〉篇的殘文看，顯有「文獻不足徵」之虞，必要再據〈隱秀〉篇向來被當作僞造的四百零一字補文，以進一步瞭解隱秀理論。

這四百餘字，照「語氣」而言，與全篇一律，實在看不出後人僞造之迹。再以「說理」而論，四百餘字分別講了三個內容，一是比較隱秀之別，二是具體舉例隱秀標準句，三是進一步說明隱秀的作法與如何搭配結合的問題。此三部份內容適當地置於篇中，也極合乎全書體例。

但就本論文討論的重心在「意義」而論，這四百餘字對「隱」字的進一步界定，更可證明「隱」就是意義學中講的作品多義性，這個多義之義又以「玄義」爲主。試觀補文中一段話可知之。劉勰云：

> 夫立意之士，務欲造奇，每馳心於玄默之表。工詞之人，必欲臻美，恆溺思於佳麗之鄉。嘔心吐膽，不足語窮，煅歲煉年，奚能喻苦。

此段話更明確地說「隱篇秀句」的關係，而隱篇之最終要求在隱意。文章之隱意，向來以奇爲尚，奇在何處？最高境界在「玄默」。何謂玄默？祖保泉與詹瑛都解作「沈靜寡言」，固然得解。但是與意義之幽深無涉。不如將「玄」字作《老子》玄之又玄的神秘性解。所謂玄默，乃是篇章所含有的，透過秀句的引伸聯想，造成的多義性，容許開放而又潛藏性地解釋意義，因而玄默即指文學作品要有不可言說的（當然，臨到解釋，一定得說出）一種幽玄的神祕而未定之意義。此即所謂「祕響旁通，伏采潛發」之祕字解。

另外，這個「玄默」之玄字，也有玄意玄言，即魏晉玄學的玄意。而且，「夫立意之士」云云的一段話，也含有對魏晉玄學主導文學作品在「意義」表現上太過，變成「淡乎寡味」的歪風，起到批評指摘的作用。劉勰看出了魏晉文學作品「立意」的缺失。這個缺失即在沒有「秀句」的創造。他要求立意玄默與工詞佳麗結合起來。註❺

照此理解，劉勰不但不反對「玄學」，甚至以「玄默」之道家神祕境界做為立意之標準。只是，太過粗糙的立意，乃是「以立意爲宗」罷了，他要求立意跟能文一併做到。所以「平典似道德論」的作品不足爲訓。必定要「立意」與「能文」同時兼顧。

把握這一點，對照《文選》的選錄標準，就是「立意」與「能文」一齊看的。《文選》所收詩，泰半在立意上有「多義性」，其中表現「玄默」境界者，亦不少。這一特點，可自明清大量的《文選》評點意見中讀到。此即運用《文心雕龍》理論分析《文選》作品最有效用的材料。

簡言之，隱秀理論主要用意在調和玄學與文學，使「立意」與「能文」同時兼顧。劉勰先確定作品以「複意」爲文學性之基本要素，相當於當代文論中意義學的多義性。同時，劉勰注意到了魏晉作品中的「複意」，大部份作家都在表現「玄默」之境，此即所謂「江左明道，詩雜仙心」的道玄之合流現象。

然而，劉勰以爲若只講玄默之意境，而沒有麗詞秀句做引導，將玄默藉由秀句以表現出來，則玄默之意過於晦塞，變成只有「雖奧非隱」，就失去了文學作品當有的特質。爲此之故，乃揭示秀句之作法，以補足隱意之爲美，做到「美秀」兼具之境，如此，所謂立意的作品，雖然玄默之理佔主要，但也能具有文學性，而不只是說理的玄學作品而已。至於「隱」與「秀」的接合條件，劉勰提出唯一的標準：就是要「自然」。以「自然會妙」爲最高原則。要表現玄默之妙理，必須出於自然表現，遵循「思合而自逢」之道，即使「研慮所求」，但不合自然，也就不算「隱秀」。

六、隱秀理論運用

以下，即據〈隱秀〉篇理論的瞭解，分析《文選》詠懷詩，所收阮籍十七首，探討這些作品與隱秀理論的「相干性」如何？

因爲〈隱秀〉篇今本殘文所舉例的作品，僅限於詩。明人補作的僞文，也只有引詩爲例。如此不禁令人懷疑隱秀理論是否僅限於詩？是否只有詩這一文體才講隱秀？此一問題之答案，尚且關係〈隱秀〉篇補文的眞僞考證。

先是紀昀評《文心雕龍》，肯定補文僞作，舉《永樂大典》所收舊本皆補文無，與補文用語不合六朝體例，以駁難補文之僞。其第三證，則直指〈隱秀〉三段，皆論詩而不論文，亦非《文心雕龍》全書之體。

今案〈隱秀〉無論殘文補文確實只言詩，不及文。近人詹瑛，反對補文僞作說，認爲紀評武斷。謂：「實際上具備〈隱秀〉這兩種風格特點的作品，主要是詩歌。」（《文心雕龍義證》，頁一五一五）果眞如此嗎？

現在的問題，不在〈隱秀〉補文只言詩即可證明爲僞作的談論，而在問〈隱秀〉理論眞的主要適用於詩，而不是其它文類。爲此之故，本論文乃從屬於詩類的《文選》作品，選出詠懷詩加以分析，以便論證〈隱秀〉理論的「有効性」與「實際性」爲何？

首先須說明，選取詠懷詩類，很能切合隱秀理論的「祕響旁通」與「文外重旨」兩大原則。因爲隱秀理論是針對作品的「言意」而發，言能盡意，或言不能盡意，這命題的兩重性，不論劉勰主張爲何？至少就隱秀理論而觀，劉勰強調「深文隱蔚，餘味曲包」，是有傾向「言不盡意」說的。倘再參照〈隱秀〉篇補文的那一句「立意之士，務欲造奇，奇每馳心於玄默之表」的「玄默」乙詞之正確解釋。（參本論文註❺）則道家自魏晉流行的「言意之辨」應與劉勰的隱秀說之「文外重旨」有關係。註❻然而，不論是否有涉，隱秀篇講的「意」是作品中的幽深之意，不易索解。這一點，正是《文選》所重編的阮籍「詠懷」詩十七首的共同特點。所以，適合做隱秀理論分析。

其實前人注釋詠懷詩，已指出其中幽深難解的困難。今保留於《文選》李善注本的顏延年注云：「說者阮籍在晉文代常慮禍患，故發此詠耳。」，果其然乎？清人陳祚明《采菽堂古詩選》

卷八《阮籍詠懷五十二首》注云：「阮公詠懷，千秋嘉嘆，然未知所詠是何懷也。」陳氏對顏注已表示懷疑。李善注亦云：「觀其體趣，實謂幽深，非夫作者不能探測之。」指出詠懷詩含意的幽深，正與隱秀理論強調的「深文隱蔚」「立意玄默」的特質相似。既然詠懷詩幽深如此，不叫作者親自現身說法，解其眞意，他人的任何注釋，皆可能是一種猜測而已。

今即據隱秀理論講的「警句」「玄意」「多義性」與「猜測意」等四項基本要素，分條列述《文選》所收十七首阮籍詠懷詩類，觀其具備此四項要素的有無情形：

第一首。有兩句「薄帷鑑明月，清風吹我衿」，于光華評點標曰「興」。既爲興句，當然有所引伸影射，引伸者何？至少有二解。李善注云：「嗣宗身仕亂朝，常恐罹謗遇禍，因茲發詠，故每有憂生之嗟，雖志在譏刺，而文多隱避，百代下難以猜測，故粗明大意，略其幽旨也。」李善之意以爲第一首詩旨在憂生，憂嘆生存之不易。但這層意思也不易明講，故而「幽旨」很深。何義門不以爲然，何氏云：「籍之憂思有甚於生者，註家未盡窺之。」顯然不同意善注，不認爲詩旨在憂生。然則到底詩意何在？沈德潛云：「阮公興懷，反覆零亂，興寄無端，和愉哀怨，雜集於中，令讀者莫求歸趣。」（《古詩源箋註》，卷二頁二十七）既然讀者莫求歸趣，這第一首的詩旨，也就沒有一定，而有著「玄意」「多義性」「猜測意」等三種可能了。註❼因而也就具有隱秀特點，可用隱秀理論分析之。

第二首。以二妃遊江濱起句，寫其始作金石之交，一旦見捐，則又生離別之傷。據此二女遊之實事而觀，此詩可作「愛情詩」解。但沈約的注云：「婉孌則千載不忘之交，一旦輕絕，未見好德如好色。」此注竟然引伸單純的愛情詩意，而入之於「好德如好色」的類比。沈約所據即詩中有句「婉孌有芬芳，猗靡情歡愛」而下注。因之，此二句當爲警句。

別有一解，以爲二妃是「朋友」比喻，如何義門云：「託朋友以喻君臣，非徒好德不如好色之謂也。」這一解，也是看重「二妃婉孌」的比喻，但認爲所喻之意是在君臣之際。此詩因此至少有三解，具備隱秀特色。

第三首。寫嘉樹始茂終瘁，聯想到人生處境，也是如此一般，自身已不保，何況還有妻兒？此詩感嘆生命無常。詞旨甚明。何義門評云：「此詩旨趣灼然，略無隱蔽。」評解得當。五臣注呂向也說：「乃籍憂生之詞。」，與何評無異。而這種始茂終瘁的循環生命觀，有易經十二消息卦的涵意，也有〈復卦〉九三爻辭：無平不陂，無往不復。此爻辭所說的往復之理。倘再結合此詩有句「驅馬舍之去，去上西山趾」中的「西山」乙詞之喻意，則「往復無常」加上「西山隱避」的思想，也近乎玄意了。此詩也具有隱秀特色。註❽

第四首。引用安陽君得寵於楚王，龍陽君得幸於魏王的典故，引伸「結交」之道。所謂結交當以正道，否則不懷好意，謀行纂奪之志，究竟不是眞的永久之道。然則引用此典故之深意所指何人？何義門以爲：「蓋指賈充鍾會輩，爲賊臣用事者言之。」，認爲此詩在譏刺賈鍾二人。但若從「纂奪」之意去解，如五臣注呂延濟云：「不能竭其股肱而將行纂奪。」，那麼所指刺的人，應是司馬懿廢誅曹爽這件事。如此詩旨有二解。再讀「願爲雙飛鳥，比翼共翱翔」兩句，可謂「意在言外」之警句，未嘗不可作情詩解。然則這一首的幽深之旨，更加不可測了。當然也算隱秀之作。

第五首。從天馬流動不定而寫起，想到富貴無常，人生無常，生命也無常。詩旨初看如此。但正如孫月峯的評語：「天馬不知何所指？」對天馬這一意象的不同解釋，便產生不同的詩旨說法。此詩的玄意，此詩的多意，由此可見一斑。沈約注云天馬是流星，李善注云天馬是出於西北的天馬，而照「史事」的對比，天馬可比喻成司馬氏。但不論如何，此詩竟在末二句說：「自非王子晉，誰能常美好。」因而聯想到仙人長生之思，顯有「遊仙」之志。那麼，這一首並不是什麼譏刺之詩，而可歸到「言志」一類。正如洪順隆把《文選》詠懷十九首的內蘊重新分析後，將這一首的題材歸到「以心志爲主，詩的主題是心志的自我剖白，自我反現」之一類。註❾若問此志爲何志？其實就是「玄言」之志，正是《文心雕龍・明詩》云：「正始明道，詩雜仙心。」的仙人之志。阮旨遙深，自此首又可見其眞是多麼複雜。

第六首。寫登高而懷想蘇秦李斯，二人皆歷史名臣，此詩可當「詠史」或「登高」讀。但因由史事之啓發，想及二人求富貴而皆不免於死，遂有「求仁而得仁之嘆」，這一層涵意，才是如孫月峯所評云：「最含蓄有味。」既曰含蓄，自然有「文外重旨」了。

第七首。由秋天的涼氣寫起，想到一生出處之悲苦。可當感物吟志讀，是「物色」之詩類。但此詩首句「開秋兆涼氣，蟋蟀鳴牀帷」是比興句，有很深遠影射。何義門云：「此言典午以臣逼君，陰盛而陽微。」用的是「知人論世」之評解法。那麼此詩旨在譏刺司馬氏之踐位，也算作「祕響旁通」的解讀結果。

第八首。寫少年時代輕狂縱樂，及至財用易盡，途窮路險，後悔莫及之意。此詩可當行旅看，也可作「公讌」讀。當然也有「勸勵」深旨，而想念青春年少，一去不返，哀傷之中，詠懷之意不難推測。此詩眞可說是「辭生互體，有似變爻」。

第九首。專寫秦代邵平東陵爪典故。引伸出邵平「布衣可終身，寵祿豈足賴」，這是本意，此首可當「詠史」，但引伸「寵辱」的含意，參照老子「寵辱若驚，寵爲下」的說法，此詩隱然有宗法老子「玄道」之想，具備隱秀四要件之「玄意」特點。

第十首。由伯夷叔齊義不食周粟，餓死首陽山之史事起詠。一連用了「凝霜」「寒風」「玄雲」「重陰」等詞彙，象徵時代昏亂，小人當道。而這四個意象所佔有的四句，也就是「秀句」。由此秀句而暗示隱意，所隱者何？一則表明阮籍自己守忠之志，二則隱含譏刺小人之意。若案之史事，何義門明確指出是指司馬懿弒曹爽，夷七族，而司馬師復殺夏侯泰初等諸君子之事。至此天下無有可居處，悲憤之懷，宜乎此詠。

第十一首。可與第八首參看，寫由少年到中晚年心志境界的轉變。此首特重在「神仙」的慕想。由「志在詩書」的少年時期，中經亂世，見不可爲，到自廢初志，而悟羨門子安期生之能託神仙以自解。如此而結歸浮名不足慕，大節不可踰，才是此詩中不盡之意。而此意正如隱秀理論所揭示的「立意之士，務欲造奇，每馳心於玄默之表」的「玄默」之想了。

第十二首。是詠懷十七首中第一次比較集中地指刺司馬師廢少帝齊王芳之事。但即使所言在此，全詩無一句明指，仍用「深文隱蔚，餘味曲包」的手法。詩中有句「是時鶉火中，日月正相望」，又有句「朔風厲嚴寒，陰氣下微霜」，凡此皆是秀句，隱含詠懷之意。

第十三首。與前一首同旨趣。但也不明說，詩中有句「忉怛莫我知，願覩卒歡好」，意思幽深，何義門於句旁加批語云：「三字甚微隱。」

第十四首。寫嚮往「黃鵠遊四海」的自然之態，不慕夸名譽之求，「玄意」之詩旨至明。

第十五首。第十六首，引伸「王子喬」「翔鄧林」等避世逃世之思，已愈寫愈濃，是標準的「玄默」之詩了。

第十七首。此首置於詠懷詩殿末，顯然經《文選》編者刻意編輯，以作爲十七首之總結。因爲，此首已發揮隱秀特點之極致，凡隱秀理論所必具之四要素，此首通備之。又凡前面十六首的多義性，所可能表現的含意，也都可以自此首探求之。然而，十七首至此總結，當有一中心詩旨，那就是懷悲。難怪評點家邵子湘云：「此詩爲諸章之結，點出哀字。見時運之可哀，與憂思相應。」（《評注昭明文選》，頁四三三）可知哀字是十七首之詩旨焦點，而由哀字之引伸，有悲春、傷秋、懷人、詠史、行旅、傷逝、慕仙、玄想等多義性之詠懷。註⑩

最後這一首，表面詞意，寫《戰國策》高辛諫楚王事，卻用楚襄王比喻魏明帝，蔡靈侯比喻曹爽。所謂「朱華振芬芳，高蔡相追尋」之句即其言。

但是，以上以實事求之的讀解，不免犯鑿。全詩首句「湛湛長江水」是寫景，而「春氣感我心」則是悲春。如此全詩乃「物色」之作，以四時所觀景物之色，興寄感懷，眞可謂「詞怨而旨深」了。這是一首隱秀之至的詠懷詩，作爲總結，不得不同意「昭明之善於裁剪」的說法。

七、小結

以上把「厥旨淵放，歸趣難求」的阮籍詠懷詩收在《文選》的十七首加以分析，引用《文心雕龍》的隱秀理論之四要素，即「警句」「玄意」「多義性」「猜測意」等實際運用，證明十七首詠懷詩具有隱秀特點。其證論結果，說明了《文心雕龍》隱秀篇不論殘文或補文，所舉的例子皆只限於詩，自有其一定的理路要求。

然而，《文選》的二十三詩類沒有立一類隱秀詩類，則隱秀理論能否適用於非詩的「選文」或「選賦」？從而證明隱秀理論在六朝是普遍性的提法，而不只限於詩。這一問題之解決，有待於運用隱秀理論再對「選賦」「選文」做進一步分析。

附註

註❶：關於〈隱秀〉篇四百零一字爲明人鈔補的討論，台灣學者大抵從黃季剛說，定爲僞造。如王更生《文心雕龍讀本》下篇，頁二〇一，王夢鷗《文心雕龍》（中國歷代經典寶庫第五二冊），頁一九七，兩家說法均認爲「原文殘缺」。大陸學界，則分兩派，贊成紀昀黃季剛說者，以楊明照爲代表，見《文心雕龍校注拾遺》，頁三〇七，楊氏云：「按此篇所補四百餘字，出明人僞撰。」其它如王達津〈論文心雕龍·隱秀篇補文眞僞〉乙文從篇章結構與引證例句，判爲僞作。（此文收入《古代文學理論研究論文集》，頁一〇一—一〇八。而最近比較全面有系統的「僞作派」說法，當屬祖保泉《文心雕龍解說》，頁七八二的考證爲最詳。祖氏加上版式字數的考訂，認爲「脫一葉」的宋版不可能容納得下四百餘字，因此補文是明末人假造的。但同樣是從「版式」的考訂，詹鍈卻有不同看法，認爲阮華山所見「宋本」，至少是根據宋本翻刻。因爲此本藏家朱謀瑋貴爲王孫，朱氏跋語提到從宋本過錄之事，他人豈敢僞造朱氏跋語。再說，補文中尚留有避宋諱缺筆字。於是，詹瑛反對補文僞作說，引周汝昌考訂，詳爲補釋，見於《文心雕龍義證》，頁一五一四—一五二五。

註❷：見鍾嶸《詩品·序》云：「至使膏腴子弟，恥文不逮。終朝點綴，分夜呻吟。獨觀謂爲警策，眾睹終淪平鈍。」，此處參考了今人呂德申的校釋，謂警策指詩文中精采處。（《鍾嶸詩品校釋》，頁五七）案此解包舉「詩」與「文」。但在王叔岷的注解中，謂「兼詩之片言及整首而言」（《鍾嶸詩品箋證稿》，頁八三）意稍有別。警策專指詩，及指詩之片言或整首，詳下文之辨。

註❸：同前註引書呂德申解，謂警道即警策有力。案謝脁〈晚登三山還望京邑〉全首詩有兩句「餘霞散成綺，澄江靜如練」，千古傳誦，所以爲秀句。若問此句與整首詩之作用，迨即〈隱秀〉所論之問題。

註❹：以時間上講，據王運熙《魏晉南北朝文學批評史》第三章劉勰《文心雕龍》之成書在南齊末年，（頁三二四）而鍾嶸《詩品》成於沈約卒後，當在天監十二年以後。（頁四九四）若然，張伯偉認爲「尋章摘句」之批評法始於六朝，其原因乃與創作實踐有關。（見《鍾嶸詩品研究》，頁九一）此說可信。尤有進者，劉勰提出〈隱秀〉理論，乃針對六朝有「佳句」寫詩法，而歸納出來的批評理論。〈隱秀〉應該說是早於《詩品》提出的摘句批評。黃維樑〈詩話詞話中摘句爲評的手法〉乙文，謂摘句爲評至少可以上推到鍾嶸《詩品》之說法，宜再上推至〈隱秀〉理論。（該文收入《中國文學縱橫論》，頁二四一—二五九）

註❺：這個「玄默」如何解？關係隱秀理論至鉅。在詹瑛與李曰剛的注解，同作「沈靜寡言」解，同引《淮南子・主術訓》云：「天道玄默。」與《漢書・古今人表》云：「老子玄默。」兩處以爲玄默語詞出典。若然，玄默爲道家之理，此玄字爲道家總綱，僅作「沈靜寡言」解，於義未安。案：《老子》首章始標「道」與「名」之玄旨，又有「玄德」「玄覽」「玄牝」

「玄通」「玄同」諸語詞，皆帶有「玄」字總綱意，即由玄字引生的連綿詞。《莊子》亦屢言玄，有「玄德」（〈天地〉篇）「玄冥」（〈秋水〉篇「玄水」（〈消遙遊〉篇）、「玄天」（〈在宥〉篇「玄珠」（〈天地〉篇）凡此玄字，也有引伸道家玄理之意。又案：玄默一詞，首見於《文選・卷四十五》揚雄〈解嘲〉有句云：「是故知玄知默，守道之極。爰清爰靜，遊神之庭。惟寂惟漠，守德之宅。」此句中知玄知默，簡括為玄默，則謂玄默之理，是抽象的道家思想總綱，五臣注張翰云：「庭宅謂精神道德所居處。」以此推知，玄默即是到達此居處的境界。「玄默」乙詞最得解，當據李善注，《文選・卷十九》張茂先〈勵志詩〉有句「大猷玄漠」，善注引《廣雅》漠泊也，又引《說文》漠無為也。可知玄漠與玄默之默字，都有「無為」意，此意即道家玄理之無為。善注譯解云：「大道玄遠幽漠。」，此玄默最得解之注，不當作「沈靜寡言」。

註❻：有關劉勰《文心雕龍》在言意觀的意見，在石家宜的《文心雕龍整體研究》乙書有詳細討論，此書有文〈神思與劉勰的言意觀〉，以〈神思〉篇為例，認為「籠統地把劉勰的言意觀納入玄學言意之辨的軌道，則評價再高，也會與事實相左」（該書頁一六九）案：此論反對玄學影響，未妥。倘參讀〈隱秀〉篇可知言不盡意為《文心雕龍》立論主張。石氏將〈隱秀〉當作「只是劉勰龐大的修辭理論的一個組成部份」（頁一六五），視隱秀為修辭技巧，與李曰剛解釋同。（見《文心雕龍斠詮》，頁一八二二）遂有此誤。案隱秀理論不只是修辭，應擴充至「意義學」「多義性」說解。

註❼：此詩據郭光的校注，繫於魏少帝曹芳嘉平四年，並直云此詩在譏司馬懿是年廢少帝事，然不敢明言。（見《阮籍集校注》，頁一二六）案：如此解，即是按史事而實解，可備一說。更加證明〈詠懷詩〉的多義性。

註❽：此詩郭光繫於景元三年，嵇康因「非湯武，薄周孔」而被殺之時，阮籍因此想到自己命不保，遂有感嘆。（《阮籍集校注》，頁一三〇）據此說，「往復無常」與「西山隱避」之外，又多一解。

註❾：見洪順隆〈文選詠懷詩論：與我的六朝題材詩中的詠懷詩觀比較〉乙文，發表於一九九五年八月二日鄭州大學「第三屆文選學國際學術研討會」。

註❿：若從八十二首詠懷詩之主旨而言，據陸侃如的說法云：「知道他所憂思的是宇宙間一切事物的無常。」（《中國詩史》，頁三二二）這個八十二首的「無常」也包括在十七首的「哀」字中，哀其無常。若從八十二首的多義而言，賈禮的分析，認爲有(1)懼禍避世(2)言志(3)自傷(4)憂國(5)刺時(6)思賢(7)遊仙(8)憂思無常(9)輕蔑禮法等九類。（《阮籍詠懷詩及其學術思想之探討》，頁九五）這九類，也大都可以在十七首中求之。可見八十二首的多義也即是十七首的多義。

引用參考書目

洪順隆，一九九五，〈文選詠懷詩論：與我的六朝題材詩中的詠懷詩觀比較〉，在鄭州大學主辦第三屆文選學國際學術研討會宣讀論文，一九九五年八月三日—八月六日。
詹　瑛，一九九四，《文心雕龍義證》。上海：上海古籍出版社。
石家宜，一九九三，《文心雕龍整體研究》。南京：南京出版社。
張伯偉，一九九三，《鍾嶸詩品研究》。南京：南京大學出版社。
戴維森，唐納德（原著），牟博（編譯），一九九三，《眞理、意義、行動與事件》。北京：商務印書館。
祖保泉，一九九三，《文心雕龍解說》。合肥市：安徽教育出版社。
王叔岷，一九九二，《鍾嶸詩品箋證稿》。台北：中央研究院中國文哲研究所。
郭光，一九九一，《阮籍集校注》。鄭州：中州古籍出版社。
王更生，一九九一，《文心雕龍讀本》。台北：文史哲出版社。
王萿父，一九九〇，《古詩源箋註》。台北：華正書局。
周振甫，一九九〇，《文心雕龍今譯》。北京：中華書局。
黃維樑，一九八八，《中國文學縱橫論》。台北：三民書局股份有限公司。

王夢鷗，一九八七，《文心雕龍》（中國歷代經典寶庫本）。台北：時報文化出版企業有限公司。
呂德申，一九八六，《鍾嶸詩品校釋》。北京：北京大學出版社。
周振甫，一九八六，《文心雕龍今譯》。北京：中華書局。
王達津，一九八五，《古代文學理論研究論文集》。天津：南開大學出版社。
楊明照，一九八五，《文心雕龍校注拾遺》。台北：崧高書社股份有限公司。
陸侃如（等），一九八三，《文心雕龍研究解譯》。台北：木鐸出版社。
李曰剛，一九八二，《文心雕龍斠詮》。台北：國立編譯館中華叢書編審委員會。
布勒克，艾蘭（編），一九八一，《現代思潮大辭典》。倫敦：喬叟出版社。
于光華，一九七七，《評注昭明文選》。台北：學海出版社。
施友忠（英譯），一九七五，《文心雕龍》。台北：台灣中華書局。
卡納普，路德夫，一九七一，《意義與必然》。芝加哥：芝加哥大學出版社。
陸侃如，馮沅君，一九五六，《中國詩史》。台北：古文書局。
賈禮，不著年份，《阮籍詠懷詩及其學術思想之探討》，自印。

《文選》七體考

一、文選立「七」體之意義

《文選》乙書分體三十九，是根據《文選》目錄而說的。早先，清人所據版本，所得只有三十七類，其後，胡克家在《文選考異》據陳景雲之校，認爲第四十三卷《文選》〈移書讓太常博士書〉題前脫「移」字一行。又云「卷首子目亦然」。此說爲黃季剛採信。（《文選黃氏學》，頁二〇六），駱鴻凱《文選學》亦從之。如此，《文選》分體三十八類。

案分類準據，來自目錄所見，目錄的排法，便值得研究，從今見各本的目錄，特別是宋本《文選》目錄，凡是《文選》立爲一類者，如「賦」「詩」「騷」「七」「詔」……等三十八類，皆置於目錄之同高位置。而凡是一類之下再分的子類，如「賦」之下又分十五子類，「詩」之下又分二十三子類，則此子類之類目一定低格排列，此版本目錄極平常之通理，無庸質辨。

據此而推，《文選》三十八類，無論分之有理與否，自《文選》原意推之，想必有其擬設根據。於是，自此分類之設，至少要認清一事實，即此類與彼類不同。否則，就不必再分了。

如此，從今見《文選》各本目錄，賦是一類，詩是一類，騷又是一類。但「樂府」置於詩之下，僅爲「子類」，自不能與大類等同。然後，再看「七」這一體，也是一大類，與騷賦同樣位置。按《文選》分類意義看，如此立「七」爲一類，表示「七」不是賦，「七」也不是「騷」，當然，更不可能是「詩」了。

然而「七」之一體，究爲文類何屬？此不得不從「比較」觀點，試探其意。

二、評注家之意見

先看《文心雕龍》有〈詮賦〉篇，而不說七體，可見劉勰不視七體爲賦類。遂在〈雜文〉篇說之。以「對問」「七發」「連珠」三體爲雜文之祖。所謂雜文，劉勰以爲即介乎「文」與「筆」之間的中間文類。

由此可知，《文選》與《文心雕龍》皆不把「七」體歸入賦。那麼，與「楚辭」對照又如何呢？

今本李善注枚叔〈七發〉題，云：「七發者，說七事以啓發太子也。猶楚辭七諫之流。」，玩索此句「猶」字語氣，李善即使不把「七」與楚辭七諫劃等號，至少，枚叔〈七發〉與《楚辭》〈七諫〉之體，在文類而言，有其文類相似性。然則，〈七發〉作爲「七」體之始，是否即《楚辭》一類呢？若然，《文選》大可將〈七發〉歸入「騷」類，而不必另設「七」類。以避疊床架屋之嫌，甚且違反自己訂的「凡次文之體，各以彙聚」的分類原則。

清人葉樹藩評點的《文選》，嘗引洪邁《容齋隨筆》云：

枚乘作七發，創意造端，麗詞腴旨，上薄騷些，故爲可喜，其後繼之者，如傅毅〈七激〉，張衡〈七辯〉，崔駰〈七依〉，馬融〈七廣〉，曹植〈七啓〉，王粲〈七釋〉，張協〈七命〉之類，規仿太切，了無新意。傅玄又集之以爲〈七林〉，使人讀未終篇，往往棄諸几格。註❶

據此知「七」體一再有人仿作，枚叔固爲創始者，而又能上薄離騷之體。所謂上薄，即有「類似」「靠近」之意。但葉洪二氏之說，仍不當解釋成「七」即騷類。至此對「七」體的文類意見可暫分兩派：一派認爲「七」即騷體，如〈七諫〉（東方朔作）之類。一派則謂「七」爲新創之體，其始者枚叔。

比葉樹藩稍早的另一位《文選》評者何義門的意見，有謂：

數千言之賦，讀者厭倦，裁而爲七，移步換形，處處足以回易耳目，此枚叔所以爲文章宗。

發〉之前，與賦體流變不侔。乃後來之事。枚叔如何爲了大賦太長之弊，才修整之，裁減爲「七」段？顯然，置漢大賦於〈七發〉之前，與賦體流變不侔。何氏此評，語多矛盾。在賦史發展上看，數千言之賦，當指漢大賦，可是漢大賦相對於〈七發〉，

其次，既言〈七發〉在創體上有「移步換形」之功，可推知〈七發〉爲獨立文體，枚乘的文學地位由此確立。可是，稱呼此地位爲「文章宗」，不曰「辭賦宗」，或「詩宗」，則枚叔的〈七發〉究竟當歸屬何種文類？何義門的評點，對〈七發〉文類判定的眞正意見又如何？

緣於何義門所評點之書，以精審出名，在康熙朝，士子爭相傳抄閱讀，流本遂多，再加上賈人冒其名而刻義門評點於書眉，不經考定，即出售圖利。以致其中僞漏增刪，與節略冒替之語，往往可見。今以于光華評注《文選》所轉錄的何評之語，除前揭一段外，尚有二節，其一云：「彥和以宋玉對問枚乘七發揚雄連珠爲雜文之祖。」（《評注昭明文選》，頁六四五）其二云：「要言妙道在末一段中，先之以此者，見極天下之樂，不如親正士爲能起疾。蓋叔方客遊諸侯，故爲文以開喻之也。」（同前書）據此二段觀之，前段引《文心雕龍・雜文》篇之意見，後段是對〈七發〉序之後的眉批，講〈七發〉的結構安排。

綜合上引三段的何評，猶難斷言何評眞意如何？其實，何評尚有一段引文，不見於于光華評本。而見引於葉樹藩所過錄的《文選》何義門評點。此段語即謂：「劉彥和云七竅所發，發乎嗜欲，始邪末正，所以戒膏粱之子。」註❷這段批語也出自〈雜文〉篇，界定「七」爲何義？

有了此一段文字，可知眞正的何義門評點〈七發〉應當有四段，而不是三段。此四段中，有

二段悉據《文心雕龍・雜文》之見。即對「七」字的定義，以爲是「七竅所發」。其次，對「七體」的歸類，認爲不是「賦」，也不是「騷」，而是「雜文」。何義門既引文心之說，不作駁議，可知何氏的《文選》之「七發」評點意見與劉勰無異。

三、文章緣起之「七」體

任昉所輯《文章緣起》乙書，分類八十四種。其中即有「七發」一類。與「賦」「離騷」皆不同。可見任昉所處的六朝時代，也把「七」當作新創的獨立文體。但彼不若劉勰之說，納「七」體入「雜文」三體之一。這是二家小異之處。註❸

比劉勰更早的文章總論之作，尚有摯虞《文章流別論》乙書，書雖不全，但從嚴可均的輯本《全晉文》而觀，所論及的文體即有：頌、賦、詩、七、箴、銘、誄、哀辭、哀策、對問、碑、圖讖等。「七」爲獨立的文體之一，與「賦」不同類，也不等於「對問」。

摯虞獨立「七」爲一類，所代表的意義，厥有二點可談：其一表示摯虞不贊同劉向編集《楚辭》收東方朔〈七諫〉，是爲後世「七」體之始源。因爲七諫到底還是歸入「辭賦」一類。劉向不以爲它是獨立一體。

其二表示劉勰、蕭統立「七」爲一類，當是根據前人之論，乃是有所承襲的作法。就此點而言，摯虞應是六朝時期第一位肯定「七」體，並確立「七」之文類地位，標識枚叔創作之功的第一人。摯虞云：

七發者，造于枚乘，借吴楚以爲客主，先言出輿入輦，蹷痿之損，深宮洞房寒暑之疾，靡曼美色晏安之毒，厚味煖服淫曜之害，宜聽世之君子要言妙道，以疏神導引，蠲淹滯之累。既設此辭，以顯明去就之路。而後說以色聲逸遊之樂。其說不入，乃陳聖人辯士講論之娛，而霍然疾瘳。此因膏梁之常疾以爲匡勸。雖有甚泰之辭，而不沒其諷諭之義也。其流遂廣，其義遂變，率有辭人淫麗之尤矣。註❹

這一段話，先確定枚叔創立七體，等於直接否定「七」是從〈七諫〉而來。不然，就算〈七諫〉有七字，也不是〈七發〉同類之作。

其時劉向編《楚辭》，收入〈七諫〉，成書於摯虞作《文章流別論》之前甚早，摯虞大可依循現成之書，前人意見，附和其論。無須另作新解。今者不然，摯虞竟捨〈七諫〉做爲「七」體的開創地位，寧擇枚叔的〈七發〉之創造價值。顯然，摯虞深刻認識文體的歷變，也能注意到「創作」上的新傾向。註❺

四、近代評點意見

以摯虞、劉勰、蕭統、任昉等四家的見解而觀，共同的論點，是肯定枚叔做爲「七體」的先創地位，小異之處，是「七」體與〈七諫〉的關係，有或無的論辨。吳曾祺主張〈七發〉即〈七諫〉所從出。吳氏云：「楚辭中有七諫一篇，而其體未備。漢人枚乘始作七發，首序，餘則設問難之辭凡七，因以爲名，從人仿而爲之甚衆。」（《涵芬樓文談》，頁四十五）這個說法，把〈七發〉與〈七諫〉看成前後影響的關係，兩文同「體」，只是備與未備之別而已。

細檢今本《楚辭》，這個說法，頗與事實不符。其實〈七發〉與〈七諫〉相同之處，只是結構上都分「七」段，並有一篇序，所以《文選》收〈七發〉，題目做〈七發〉八首。如果加上序，〈七發〉實可叫〈八發〉。

除了〈七諫〉〈七發〉都有「七」字外，兩文就其撰作旨趣、讀者對象、語言修辭等三個基本面比較，都不相同。當然不能混言一體。

關於〈七諫〉的撰作旨趣，據王逸的注云：「東方朔追憫屈原，故作此辭，以述其志，所以昭忠信，矯曲朝也。」（《楚辭補注》，頁三八八）可知東方朔寫此文是在表述屈原之「志」，與〈七發〉之作，在說太子以七事，用意在說明人生自處之理，歸於「要言妙道」之玄學意，旨趣大別。〈七諫〉表一個「忠」字，別無選擇，以見屈原一生因「忠」之執，遭憂離患的悲劇一生。情感在於東方朔之「憫」，對象是屈原。〈七發〉則不然，論者或謂枚叔此文在正諫梁孝王，如此而言，讀者對象只有梁王一人，於義太窄。其實，〈七發〉可視爲對「普遍讀者」對象而發，即對漢初流行的道學人生處境的嚮往，是魏晉玄學人生的啓端。可視爲道家玄義的文章之作。與

〈七諫〉之說「忠」志，明君臣之道的儒家者流可謂胡馬越鳥，相去甚遠。

再觀兩文之修辭，〈七諫〉既以屈原爲憫之，所謂「悠悠蒼天兮莫我振理，竊怨君之不寤兮吾獨死而後已」云云，加一「兮」字，長句之中，足以表現迴腸盪氣的哀憫之情，宜其要用楚辭文體的標準句式帶一「兮」字。〈七諫〉全文七段句句有「兮」字，當然非「楚辭」之體莫屬了。

反觀〈七發〉之文，「兮」字，見於「恍兮惚兮」「聊兮慄兮」「混汩汩兮」「忽兮恍兮」「俶兮儻兮」等諸句，是古文「兮」字的句構，非楚辭體的兮。且〈七發〉句式以「散句」爲主，句數不一，句中之數亦不一，是一種「有韻」與「無韻」之間的中間文體。當然是新創的一類，至少不可未加細辨，即誤入楚辭體。可證吳曾祺的解釋，不符文體之實。

再有一說，雖不認爲〈七發〉從〈七諫〉來，但是也不把〈七發〉當作新體，而視爲古賦之流。近人劉文典即持此論，劉氏云：

> 七者，古賦之流也。崔駰既作〈七依〉，而假非有先生之言曰：嗚呼，揚雄有言，童子雕蟲篆刻。俄而曰：壯夫不爲也。孔子疾小言破道斯文之族，豈不謂義不足而辨有餘者乎？賦者，將以諷，吾恐其不免於勸也。可知當時作者亦以七爲賦也。昭明太子於賦外別選枚叔、曹子建、張景陽文三首，區爲一類，命之曰七，已爲巨謬。傅玄集《七林》尤爲不識文體。洪氏《容齋隨筆》譏之謂使人讀未終篇，往往棄諸几格，未爲苛論也。
>
> （《三餘札記》，頁一四六）

劉氏這一段解說，直謂〈七發〉是古賦一體，其主要證據乃據崔駰〈七依〉假非有先生引揚雄之語，即「壯夫不爲」云云這一段，因而推論〈七依〉之作即仿古賦「諷諫」本色，自屬古賦之體，何來新創之說？

試破解劉氏之論，實在誤以引語爲作者之見，因爲揚雄「辭賦小道，壯夫不爲」此句，向來爲論者經常引述，以指明古賦之本旨在「諷諫」。可是揚雄此語僅爲崔駰引述而已，崔駰作〈七依〉，與東方朔〈七諫〉同性質，其始發之撰作旨趣，已是「諷諫」，當然是古賦之體了。但這並不即表示〈七發〉一定與之相同。

再者，劉氏受到傅玄《七林》編定之誤解，遂將七體本有二種類型之實，混而爲一。其實，枚叔〈七發〉之後，仿作者已分兩類，一從古賦之體，一從枚叔之體。但不論從何體，已將「七」體視爲新創。例如曹子建〈七啓〉八首，序云：「昔枚乘作七發，傅毅作七激，張衡作七辯，崔駰作七依，辭各美麗，余有慕之焉，作七啓，並命王粲作焉。」云云，此序已不提古賦與「七」體之淵源，而「辭各美麗」一句中的「辭」字，亦不言「辭賦」，顯然「七」體是自別於古賦的新創文體了。

然則，〈七發〉不屬古賦，不歸楚辭，《文選》特立爲一類，到底何故？今人錢鍾書另有別解，錢氏云：

〈七發〉。按參觀《楚辭》卷論《大招》。章學誠《文史通義》內篇一《詩教》下痛詆昭明《文選》體例之謬，有曰：「〈七林〉之文皆設問也；今以枚生發問有七，而遂標爲《七》，則《九歌》、《九章》、《九辯》亦可標爲《九》乎？」其言是也，然歸咎昭明則過矣。昭明承前人舊稱耳，名之不正，非自彼始。《隋書．經籍志》四有謝靈運所集《〈七〉集》一〇卷、又卞景所集《〈七〉林》一三卷，書亡今不可稽，然顧名思義，足見昭明乃從眾而非杜撰；《隋書．許善心傳》記其「仿阮孝緒《七錄》，更製《七林》」，則明言是「秘藏圖籍」之「部錄」，非《七》體文之總集也。《全晉文》卷四六傅玄《七謨．序》始歷數諸作，不足二十家；平步青《霞外攟屑》卷七謂自枚乘創體，唐前作《七》者可考見四十家，唐後不勝舉。竊謂尚有名不標《七》，如華鎮《雲溪居士集》卷一《感春賦》、夏完淳《夏考功集》卷二《燕問》、汪士鐸《梅村先生集》卷一《瀛洲賦》等，而實屬《七》林者，更難燭照數計。洪邁《容齋隨筆》卷四謂繼枚乘而作此體諸篇「規放太切，了無新意，柳子厚《晉問》用其體，而超然獨立機杼」；《晉問》於《七》，洵所謂「文成破體」，洪氏倘及見其家亮吉《卷施閣文》乙集卷二之《七招》，當許其擬議變化，一篇跳出耳。

（《管錐篇》冊三，頁九〇四）

錢氏這一段辯解，頗有助於七體因何而確立的說明。先是章學誠批評昭明分類不當，其意僅只是說七體不該別爲一類，七體用設問，因問七事，故名七發。若問九又如何呢？章氏以爲七發可同於設問，但章氏非謂〈七發〉乙篇即賦，即騷。

錢氏進一步輔證章學誠的說法，但修正之，認爲昭明之立七體爲一類，乃「承前人舊稱」，錯不在昭明之分，既曰前人舊稱，表示此體自有所承，於是，錢氏更就七體之淵源始末而廣說之。細分之，有名七體，而實八問者，有不名七體，而實說七事者，凡諸種種，皆所以明明白白表示七體絕非古賦，也不是楚辭，而當爲新創的一種文類。註❻否則不必如此多費唇舌了。

五、《文心雕龍》雜文理論

在《文選》成書之前，首揭「七」體者，既然是劉勰，諸家談論七體，例必稱引文心之說。那麼，不妨先談一談《文心雕龍》的雜文理論。〈雜文〉首段云：

> 智術之士，博雅之人，藻溢於辭，辭盈乎氣。苑囿文情，故曰新殊致。宋玉含才，頗亦負俗，始造對問，以申其志，放懷寥廓，氣實使之。

這一段話，用「關鍵詞」的理解，那麼，「氣」「新」「志」三個字是主要字眼。意思是說才智之士，博雅之人，爲了創出一種不合流俗的文體，特別要講究文辭的「氣」，並要使這種文體合乎「新」的標準。當然，這種有「氣」而且有「新」的文體，是用來「言志」的。

這種講究「氣」的觀點，曹丕《典論．論文》已先言之矣，所謂「文以氣爲主」就是其說。

但講「新」字，則是劉勰一貫主張，如在〈體性〉篇講八體，第七體即「新奇」。又在〈物色〉篇有兩句「味飄飄而輕舉，情曄曄而更新」，也講一「新」字。可見，要求「創新」之文學觀，爲《文心雕龍》理論重心。爲此之故，劉勰注意到漢初新興的三種新體文學：對問、七發、連珠。此三體介乎詩經雜騷之後，漢大賦尚未大量流行之間的新興文類，代表了文學體勢不得不演變的必然性。所以，討論〈七發〉此文之體格特徵，可持「新」「氣」爲主要標準。

再讀〈雜文〉篇第二段，即說到枚乘創〈七發〉之特色與定義云：「及枚乘摛豔，首製〈七發〉，腴辭雲構，夸麗風駭。」這一段話標明〈七發〉的修辭特色在「腴」，在「豔」。倘與第一段「新」「氣」合看，做爲〈七發〉一體之所以爲「新創」的評價標準已可勾劃之。

這樣的標準—豔新氣，對照〈七發〉的評點意見，也有多處相合。諸如孫月峯云：「造語濃腴嚴密，絕有節奏。」（《評注昭明文選》，頁六四六）用「濃腴」乙詞描述〈七發〉第一段。又說〈七發〉寫觀濤一段是：「甚跌宕有勢。」（同前，頁六五〇）有勢即有氣勢。至於〈七發〉寫法技巧的奇特，文體結構的變創新巧，邵子湘說是「變創一格」（同前，頁六五二），方伯海說是「神技也絕技也」（同前，頁六五三）凡此評語，都是著眼於〈七發〉的「新」而給予評價。完全符合《文心雕龍》所訂的豔新氣三項七體準則。邵子湘總結〈七發〉的成就，說：「妙在奇麗中有跌宕之氣。」（同前，頁六五二）正是豔新奇的意思。

〈雜文〉篇自第三段以後，陸續解釋對問連珠這兩種新創文體。而分別以宋玉對問，枚叔七發，揚雄連珠，做爲此三體的首創者。觀「枚叔首唱，信獨拔而偉麗矣」這一句，可知劉勰確實以七體為枚叔首創，既然如此，〈七發〉不宜說成是〈七諫〉之流，七體也不能看作只是賦體的分支。後世解七體者宜辨乎此意。

〈雜文〉篇尚有二段文字專說七體，一段提到七體的內容，不外乎寫「高談宮館，壯語畋獵。窮瓌奇之服饌，極蠱媚之聲色」說穿了，七體大都寫宮殿之盛，畋獵之奇，飲食之豐，衣飾之美，所謂極聲色之樂是也。這一點很重要，可用來考辨七體的正格與變格。

以〈七發〉為例，七段之中，總共寫了音樂（一段）、滋味（二段）、車馬（三段）、遊宴（四段）、校獵（五段）、觀濤（六段）、言論（七段）等諸內容。此七項內容完全包含〈雜文〉篇七體的內容。所以說〈七發〉是七體的正格。

〈雜文〉篇規定七體的總綱是「甘意搖骨髓，豔辭動魂識。雖始之以淫侈，而終之以居正」這個原則與漢賦要求「諷一勸百」近似。這個「始邪末正」的總綱，也是七體的正格。這一正格的把握，即標明七體也是「言志」為歸宗。這樣看來，豔新氣是七體的形式要求，而「言志」即七體的內容準據。

然而當下之問題，不在言不言志，而在必欲言志，請問此志為何志？以〈七發〉而論，此志寫在最後一段。云：

客曰將為太子奏方術之士，有資略者。若莊周魏牟楊朱墨翟便蜎詹何之倫，使之論天下之精微，理萬物之是非。孔老覽觀，孟子持籌而算之，萬不失一。此亦天下要言妙道也。太子豈欲聞之乎？於是太子據几而起曰渙乎若一聽聖人辯士之言，涊然汗出，霍然病已。

細讀這一段言志之文，先是說要爲太子奏「方術之士」，竟然以「方術」代替周孔，則非儒者之志可知。

到底〈七發〉最後要表述的要言妙道是儒？抑或是道？或者兩皆不是，而是新出來的思想觀念？

且看〈七發〉末段講要言妙道的幾個關鍵字眼，討論之，即可決定〈七發〉的思想歸趣。即「若」字以下的一段話，與「孔老覽觀，孟子持籌而算之」這一句中的校勘問題。

先說「若」字，若字領銜的這一段話，舉莊周魏牟楊朱墨翟便蜎詹何之倫。其中莊周墨翟一道一墨，可曰「妙道」之流，其餘四人即是「要言」之輩。但總的說，此六人雖同屬「要言妙道」，而絕無一儒家之徒。這麼說，六人實即一人。所以李善注云：「然三文雖殊，其一人也。」這一人，即要言妙道之人，但此人絕非儒者。五臣注呂向云：「六者比辯士也。」說得正是。

若字以下這一段其意如此。緊接著兩句「使之論天下之精微，理萬物之是非」便是總謂六人之功，在於能深論天下萬物之精微妙理，所以爲「要言妙道」之辯士。

其次即引「孔老覽觀，孟子籌之」兩句。再舉二人，以加強「要言妙道」之陣容。但這兩句有校勘問題，而關係著語意瞭解。首先，此二句有二種，善注本如上，五臣本作「孔老覽觀，孟子持籌而算之」，比較此二句，善注本是對句型，四字型句對。五臣本是散句，上四下七。二注基本句型不同。此異同，在今見合注本之宋刊《文選》，如廣都本、贛州本、明州本、奎章閣本等均已出著校語，可見宋人所見《文選》已如此。

可是，尤本與各宋刊本此句下善注之末有校語云：「老或爲左也。」這條善注校語極重要。表示〈七發〉此句有作「孔左覽觀」之本。其實，若據「對句型」的句構而論，在語意上，作「左」爲勝。因爲，孔與孟對文，覽觀又與籌之對文。文意至美。李善出校不無道理。

因五臣注的慣例，立意要與善注相反，所以有見於善注作「左」，五臣乾脆就改作「老」。遂訛成「孔老覽觀」句，然後再臆改下句「孟子算之」使成爲「孟子持籌而算之」。並有繫注李周翰云：「孔老，孔子老子。」以符改文之證。今觀善注本於「孔老」無注，可知二家不同用心。可惜善注別本老作左，只是孤證，今本《漢書》枚叔本傳與藝文誌均未錄〈七發〉原文，無從據以對校。費振剛等人編校的《全漢賦》收〈七發〉，但於此兩句僅出校「籌而算之」句，未校孔老二字，（《全漢賦》，頁二八）亦無可參校。

今從理校的角度，審讀上下文意，再配合「思想史」斷代流行的理解，作「左」字更佳。意謂孔子之書置於左而覽觀，再以孟子之說加以衡算，所謂「儒家」之言也。更進此二人之學說，以爲「要言妙道」之極。此即所謂妙而更妙，道出有道。

倘作「老」，而云孔子老子。則因爲前面已有句「莊周魏牟楊朱墨翟便蜎詹何之倫」，此句已言及「莊」，舉「莊」而略老，實即莊老合言。若然，作孔老，於義犯重。頗不妥。

次從思想史概念以觀，漢初思想界，黃老盛行，援老莊以入儒，蓋爲一時傾向。〈七發〉末段將道與儒並置，一致給予「要言妙道」的評價，並據之以遊說王公，以爲治病之針石。正充分反映文學作品表現思想潮流的作法。自此角度而言，〈七發〉之精彩處在此。〈七發〉不惟在形式上，是一種創體。更在思想史上，首先反映了漢初道儒二家合流的現象，內容上也極具創意。當然要在《文選》爲之獨立設一類。

以此校勘結果，〈七發〉此段的語譯，以今見《文選》三種白文全譯本而比較優劣如下。趙福海譯云：

吳客說：「那麼我將給太子進荐博學的有理論的人，其中有才智的像莊周、魏牟、楊朱、墨翟、便蜎、詹何一類人，讓他們議論天下精辟微妙的道理，清理明辯所有事物的是非。再讓孔子、老子來評斷以上諸人的理論，讓孟子拿著籌來核算，這樣，所有的問題就一點不會錯了。」

（《昭明文選譯注》第五冊，頁三二〇）

照此譯法，意思是要讓孔子老子與孟子等三人評論莊子等六人的要言妙道。如此一解，後出的三人有優先地位，也相對地提高「儒」勝於「道」的評價。據此，〈七發〉一文的思想創意就沒有了。再看李景濚的譯文云：

門客又說：「我要替太子推薦學道術的士人，選那有材用智謀的，像莊周、魏牟、楊朱、墨翟、便蜎、詹何的一些人。教他們談論世上精深難明的道理，整理萬事萬物的是非標準。孔子、老子的觀察和見解，又有孟子的審度和籌算。

（《昭明文選新解》第四冊，頁一三九）

照這樣的譯文，即把〈七發〉末段所舉莊周等六人與孔孟二人的要言妙道並置起來，立於同等地位。比較能合乎〈七發〉原意。但是，孔老之老字未校勘，以致「孔子老子的觀察和見解」云云，混同孔老於一處，下及孟子，則語意嫌扞格。再看熊竹沅的譯文云：

吳客說：「我要爲太子推薦極富才智的道術之士，如像莊周、魏牟、楊朱、墨翟、便蜎、詹何之類。讓他們論述天下精深微妙的道理，明辯萬物的是非。讓孔子、老子陳述其學說，以供太子覽觀，讓孟子籌劃一切，這就萬無一失。這是天底下最中肯而精妙的道理了，太子難道不想聽聽嗎？」此時太子撐著几案而起身說：「我現在已恍然明白醒悟，好像聽到了聖人辯士的言論。」這時太子出了一身透汗，忽然之間，病就全愈了。

（《文選全譯》冊三，頁二五一五）

這個譯解，與李氏所譯無差。據「讓孔子老子陳述其學說，以供太子觀覽」云云，意指孔子老子自述其要言妙道，但不至於要去評論前述六人，可見孔孟與六人並無高下之別，亦無優劣之分，即謂「儒」「道」可同觀。如此譯法，即能譯出〈七發〉末段在思想史上的創意。

六、小結

以上分析〈七發〉乙文的主旨思想，知道其創意在「道儒」合流的傾向，這與漢大賦的用心在始邪未正，諷一勸百不同。所以，〈七發〉有賦體的特點，但究竟不等於賦。〈七發〉與〈鵩鳥賦〉都是漢初作品，在體製上，兩賦一長一短，在結構上，兩賦都假設二人之對話，一問一答。這樣的類似點，遂有學者提出一種說法，認爲漢大賦成形以後的作家如司馬相如，到底是學自賈誼，還是學自枚叔。

今人何沛雄主張司馬相如賦與枚叔的淵源關係，特就〈七發〉與〈子虛〉〈上林〉加以比較。在主題、結構、修辭等三方面，證明〈七發〉和〈子虛〉〈上林〉的相似性。後兩項固然可以說，但是就主題思想而言，〈七發〉的要言妙道，實在不是〈上林〉〈子虛〉的歸趨儒家德政。誠如何氏所示〈七發〉末段要表明只有聖人辯士的要言妙道才是去病良方。（《賦學研究論文集》，頁七五）但若不先問這個道是什麼道，即據以比類〈上林〉〈子虛〉的思想主題，恐於實際未安。註❼

因爲〈七發〉就算有「勸百諷一」的諷諫楚太子之功，但是勸楚太子道儒合一，與勸漢武帝施行德政，莫再馳騁田獵的〈子虛〉〈上林〉究竟主旨不同。前者〈七發〉是思想學說的問題，後者〈子虛〉〈上林〉〈子虛〉是文學作品政教功能的問題，兩者各自師心，當然也就其用不同了。因之，〈七發〉自然不宜用賦家見識論。

本文扣住〈七發〉末段要言妙道的關鍵字詞，考究「孔老」與「孔左」之異文，確證〈七發〉在思想主旨上的創新。

再回溯評點家在〈七發〉其它方面的創製，如形式、修辭、文體等的創新。重新比較《文心雕龍》與《文選》的文體分類觀，都同樣不以「賦」體歸類〈七發〉，可見這是六朝文論家的共識。至此可以領會《文選》立「七」爲一體，在三十九類之中，足見《文選》在古代文論中對文類學的貢獻與成就。

附註

註❶：此句引文出《容齋隨筆》卷七「七發」條，於上薄騷些句下脱「蓋文章領袖」五字。在于光華的《評注昭明文選》乙書則俱缺此段引文。于氏此書卷末悉摘錄葉評，然而竟漏此段，可知于評本非盡過錄葉樹藩注語。此處所用葉樹藩本用羊城翰墨園重刊乾隆三十七年海錄軒刻本。

註❷：此段何評，不僅于光華評本《文選》未過錄，《義門讀書記》四庫本，廣陵刻書社本，與崔高維點校本均未收。唯葉樹藩《文選》評本有收。案：海錄軒《文選何義門評點》刻於乾隆三十七年，以時間較近於何義門，故而所過錄之何評當可信。

註❸：任昉此書今已散佚，明人陳懋仁有輯本，並加註，又補作《續文章緣起》乙書。

註❹：摯虞《文章流別論》全書已佚，嚴可均據諸類書稱引而輯於《全晉文》卷七十七，此處即據之而引文。

註❺：王運熙的著作，是比較詳細地分析摯虞在《文章流別論》乙書的體系與意見。但是對摯虞的總評價有謂：「他很少論及文學本身的特徵，對於創作上的新傾向是認識不足的。」（《魏晉南北朝文學批評史》，頁一三一）以他對「七」體的認識，如此評語可再商榷。

註❻：錢鍾書的論點，應該是把「七」當作獨立一體，只是不贊同《文選》爲此另立一類而已。所以，章學誠的批評，錢氏附之。但是錢氏指出「七」體有名不爲七，而實同七者，在《管錐篇》第五冊，舉唐順之《荊川文集》卷一七〈雁訓〉爲例。（《管錐篇》，頁七三）另有一類，雖名爲七，但內容所賦實在超過七事者，如張九鉞《陶園文集》卷一〈燕山八景賦〉（同前，頁二〇三）。據此而論，七體經枚生始創，後世仿作之多，皆不以〈七諫〉之賦體爲標竿，則七爲獨立一類文體，無庸質疑，章學誠之批評適得其反，錢氏之補證反而更加證明《文選》立七體一類之必要性。

註❼：類似的看法，又見於何沛雄與畢萬忱、羅忼烈等人合力分析〈七發〉乙文的主旨與批評，云：「最後歸結到要言妙道即各種學術思想，以追求眞理爲目的，這才是一篇的主旨。」（《中國歷代賦選》，頁二二一）案：這一說法仍未點出〈七發〉末段儒道並置的創意，此與〈鵬鳥賦〉最後歸結於玄道之思又稍有差別。

引用參考書目

趙福海等（主編），一九九四，《昭明文選譯注》。長春：吉林文史出版社。

張啓成等（譯注），一九九四，《文選全譯》。貴陽：貴州人民出版社。

費振剛等（編），一九九三，《全漢賦》。北京：北京大學出版社。

馬積高等（主編），一九九一，《賦學研究論文集》。成都：巴蜀書社。

李景濚，一九九一，《昭明文選新解》。台南：暨南出版社。

嚴可均，一九九一，《全上古三代秦漢三國六朝文》。北京：中華書局。

畢萬忱等（編著），一九九〇，《中國歷代賦選—先秦兩漢卷》。南京：江蘇教育出版社。

劉文典，一九九〇，《三餘札記》。合肥：黃山書社。

王運熙，楊明，一九八九，《魏晉南北朝文學批評史》。上海：上海古籍出版社。

錢鍾書，一九八六，《管錐篇》。北京：中華書局。

洪邁，一九八一，《容齋隨筆》。台北：大立出版社。

吳曾祺，一九八〇，《涵芬樓文談》。台北：台灣商務印書館股份有限公司。

洪興祖，一九七四，《楚辭補注》。台北：藝文印書館。

陳懋仁，一九七〇，《文章緣起注》。台北：廣文書局有限公司。

文選學的回顧與展望

台灣文選學之始創，當在一九四九國府遷台以後。一批自大陸隨政府來台學者，本其舊學基礎，在台灣各大學中文系講授昭明文選，列爲必修科目，訂爲研究主題，藉體制之便，與學統之威，將文選及其相關學術設爲典律，以爲古典文學研究之必讀經典。於是，台灣文選學自茲而成形。

其中主要以章黃學派延續而來，特別是台灣國學前輩林尹先生高明先生以及潘重規先生三位的提倡，自三位先生門下的學生及其再傳，又加以發揚光大。台灣文選學乃有了長足的進步。

一九四九以前，台灣主權有五十年時間歸於日本。日據台灣雖也有古典文學研究，唯泰半皆私行於民間。日本以皇民化治台，漢文蓋在禁止之列。台灣學者僅能勉強從事，而所從事者，又多半集中在擊鉢詩之吟唱。今自汪毅夫《台灣近代文學叢稿》書末所列主要書刊，率無文選之作。（汪毅夫，一九九〇，頁一七七—一八〇）又自台灣文壇先輩連雅堂《雅堂文集》觀其篇目，有論八卦，說墨子，並無文選之著。（連橫，一九六〇，頁一）可見，日據台灣時期，並無所謂文選學。

台灣自一九一九至一九四五尚在日據。一九四五至一九四九方當戰後重建，百廢待興，古典學術自然不得發展。由是可知，台灣之有文選學，確自一九四九國府遷台始。

自一九四九年至一九九二年四十餘年間，台灣文選學依其先後發展，大略有如下之研究取向：

一、徵之訓詁，附麗於小學

初期台灣文選學，僅止於文章之講求，與歷代文選無異。或有於講求之不明，進而從事訓詁，兼及引書考，糾謬，補正，與釋音者。皆後來之事。

其中以文字訓詁，就文選注之音切，引而為小學考證者。殆為早期台灣文選學之主流。此蓋由於章黃學派小學功夫之餘緒，經門人師生之推波助瀾，徵實之學，乃與文選匯為主流。盡事文選考訂訓詁之作，而文選本書內部之問題皆待而未發。若《昭明文選通假文字》《昭明文選李善注引尚書考》等皆此類之作。要之，文選小學之作，乃引文選所收音切為材料，以考中古音之眞僞。其目的固以小學為主，非以文選為究，可謂旁涉之學。惟亦有助於選學之句讀音釋，頗可存錄之。（李鍌一九六三，葉程義一九七七）

二、發明善注，始奠文選學

其後，台灣文選學別出，專研善注之條例，糾補善注之失，推引善注之未詳者，篇文繼作，始切人文選本題。初奠文選學之規模。

上類條例之作，雖清儒汪師韓早發之，然而，李維棻〈文選李注纂例〉尤有多條新說。錢穆〈讀文選〉乙文，參合唐代史學之識，亦別有說。馮承基〈論文選李善注「五嶽一」〉益以今人研究，較舊注爲詳。王禮卿〈選注釋例〉則悉出前人已立者，另建善注之新條例。而黃永武〈昭明文選李善注摘例〉條舉新目，重加分釐，且輔以小學之豐識，較前人創發更夥也。

凡此類之作，可謂直涉文選學之本題。雖然，依襲清人之方法，更加孳乳，惟前修不密，後世轉精，上類成果亦有可觀者。然困於版本之不善，只據胡刻與汲古閣刻之文選善注本，原書已自竄亂，多非善注眞貌，如何而可以得其條例，且信爲善作者？清儒已患之，不可不辨。

三、版本繼作，文選學大備

以上兩期之變，約在六十年代七十年代，約二十年之概觀。此后台灣文選學已粗具名目，且有其實。緣乎此，一則書賈見學風已成，乃大量翻印文選各本，刊行選學叢書。而章黃學派之嫡傳潘重規教授引介《文選黃氏學》，大有助於選學之研究，復刊印原書評點，以供專家玩索。且覓得今世僅見之尤刻善本，複印行世。此本即胡克家考異屢稱之尤本。然持兩者較之，又有出於胡所未見者。顯然更早於胡據尤本。其它更早之文選宋刊本，乃一一自台灣各公藏圖書編目而出。好事者，更勉力借出複印，自是六臣注本，善注本，五臣注本，皆可購求，於選學之進展，大有功也。

自是乃有文選學之工具性與資料性之編撰。斯波六郎《文選索引》之中譯出書。黃錦鋐並譯出序文曰《文選諸本之研究》。先此，邱燮友已偏查公藏文選書目，撰成《選學考》，於是，兩文並參，凡今世所及見之文選善本，悉備矣。

上類文選版本之作，延至八十年代，可謂大有創獲。尤以張月雲〈宋刊文選李善單注本考〉乙文爲著。張氏以今存台北故宮博物院之文選善注北宋天聖明道間之國子監本爲底本，校以尤本，胡刻，敦煌本，日本古鈔集注等，多方考訂，仔細辨識，遂定論此本之眞宋刊也。行文間，凡所用版本學，及文選學之雙重知識，其出入自如，殆此類撰作之佼佼者。

自餘，有年青學者黃志祥以《北宋本文選殘卷校證》爲碩士論文，亦考訂前述明道本，是校勘之作。

顧四十年來，有關文選版本之研究，大別可分刻本與寫本二系。刻本又多專注於宋刻，蓋版本必以愈早愈善刻本爲標的，宋刻之精美，盡人皆知，文選版本自不例外。首先，能彙整諸本並列以互勘，於諸本之蒐羅最廣者，始自日人斯波六郎《文選諸本之研究》一文，由黃錦鋐教授翻譯，是文紹介文選版本之多，計達三十二種，略分三類，其一李善單注本，其二六臣注本（五臣註前，李善注後），其三李善注前，五臣註後。所收諸本皆為刻本，然而其中屬宋刻或仿宋刻本者僅下列七種：胡克家重雕宋淳熙刊本、明州刊本、袁褧仿宋刊本、慶長活字本、寬永本、四部叢刊宋本。斯波六郎氏以為李善單注本一系之最早祖本為宋淳熙間尤袤於貴池之刊本，即所謂尤本。惟尤本今已得見，今所見者俱清人胡克家仿尤本而刻。

試觀斯波六郎氏以仿尤本之胡刻為據所設結論厥有三事：

其一以為尤本有數種，胡刻所據何本今審之不得。

其二胡氏所據非尤氏之原刻完本。

其三據胡刻推知所謂尤本者非必存李善單注本之舊。

由是可知，所謂版本之推求，其最終鵠的在復善注之眞貌。此自宋以降因善注五臣注合併後，流行於世，而善注單行遂湮滅，選家多有好古者必欲立志求善注原始，蔚然而有此文選版本之推求。問題在，此推求是否可能？又，即以能推求其眞貌，其有補於文選學之為學又何在？此不得不再就斯波六郎氏據胡刻而論文選版本之要義以檢討之。

㈠所據輔本為敦煌唐鈔本及日本古鈔集注本，此為今存寫本之最早者，至於刻本，則所持最早本僅袁本，四部叢刊本。

㈡其論版本之法，蓋取諸本某篇或某段並見正文與注文，列其異同，標其混淆處而已。

於是，由以上二例而得出胡刻仿尤本之可議者有四：甲胡刻所本之尤本者，非傳承自唐代李善單注本，實據六臣注本中抽出李善注者。乙尤本之善注，不惟自六臣注抽出，其抽出時，亦嘗自加校讎。

今試檢討之，斯波六郎氏泥混寫本與刻本之俗例不同，而牽強並持比勘二本之異，以資推論尤本非善注之舊，殆亦未妥。蓋寫卷多做省筆多從俗例，是以寫卷多俗字，而不若刻本以官定書字爲宗，工於字體，寫本求其便捷，難免誤書，刻本以傳流之廣，必使誤字達至低限。總之，寫卷本有其例，固與刻本有別，今即以斯波六郎所舉西京賦正文例，寫卷與刻本之異字多如此類。

其次，所據刻本，仍爲較晚出之本，未及更早之明州本，贛州本，廣都本，北宋國子監本。尤其未持更早或爲胡克家未用之尤本，以爲互參，遂於因疑致疑處不能有所斷。斯波六郎氏云：「疑尤本據六臣注本抽出李善注者，其所據之六臣注本，爲現存之板本較優者耶？否則，可謂尤氏時尚存有他善本，其據以參訂後付梓耶。」斯波六郎氏不能解此問，然而能作此推想，可謂愼思明辨。要之，自斯波六郎氏努力推考善注，緣其所見它本較前人更多，所得成果自邁越前人，然而，仍格於版本學內在之一大弊，即版本之原始終不可得，前人之慨，今人亦嘆之耳。旣然版本之原典究爲月暉之不可眞明，則版本之學誠不能孤立以爲之，不得爲版本而版本，版本宜發爲綜合之文選學，何爲綜合之文選學，即使版本引入文選一書之做爲文學以考量之，如此則版本爲次，而文選之文學研究爲首。於是凡版本之學宜反省二事：其一勿使版本僅止於復善注與五臣注原貌之考訂，更宜就兩注何以同異以求關涉文意之安章適意否，因之守「知之爲知不知爲不知」之例，闕疑無論，悉以文意爲歸，定於注義之妥洽。其二本見識宜擴及宋元以降之新鐫本出，特注意後出本於正文之作字，考其去取之由，而總攝於文學之準的。要言之，版本之學宜匯爲文選學之綜合研究部份。準此，則斯波六郎氏於善注單行本除宋本之考研外，雖及於元明清以降之諸本，其版本考訂之法皆一如其舊，略無新創。

總之，斯波六郎氏所見文選版本廣則廣矣，然而苦無較早較精善之本。再者，以注本而言，尚闕五臣注單行本之考論，今已可見台北中央圖書館藏陳八郎本之刊行，又可見蘇俄藏五臣注之寫本，僅五臣注文無正文，持以較斯波六郎氏所論諸本，多有可駁議之處。

凡此版本之講求，可謂文選學之基礎，而台灣學者從事之者，頗有其人。可見台灣文選藏本多爲罕傳者，其中不乏引述宋本之善。當可予文選學之啓發。若蔣復璁《文選版本的講述》，邱棨鐊《文選集註所引文選鈔研究》，游志誠《文選版本學》等，皆有新見。

四、專書專論，文選家輩出

本之版本，小學，書目，與乎體例之研究成果，台灣文選學八十年代以後，十年間，研究者繼起，皆得以吸納前賢之碩果，參以新說親見，粹精述作，於是專書專論遂紛紛刊行。首先，一九八〇年，于大成，陳新雄編成《昭明文選論文集》，彙整選學諸論。李淑華撰作《昭明文選體式研究》，而林聰明有《昭明文選研究初稿》，簡宗梧則首次以現代文學解讀法，分析《文選》篇章，寫成導讀，出版《文學的御花園》，游志誠以《文選學新探索》爲博士論文，在潘重規先生指導下完成。

至一九九〇起，李景濚復就昭明文選全書施以今注今譯，並注今音，至一九九五年已出至第六冊，以個人之力，譯出文選全書。又黃章明撰成《昭明文選與文心雕龍之比較》。

別有新進青年學子之俊者，如顏智英《昭明文選與玉臺新詠之比較》乙書，就兩書之體例、選篇、選人等可資論述者，詳細比勘，頗多新見，足以觀六朝詩學之演變。又楊淑華《文選選詩研究》，乃以統計學，並同時代別集、專集、與後世選集，列其異同，算其篇目，所謂以「數字見意義者」之作，頗見新方法之功，而孫淑芳則首用文類學方法析論選詩。以上台灣文選學綿延繼述之史變，可如上述之四期，各期雖有主意側重，然皆須總體合觀，圖覽鑑照，斯得無半林之譏。謹略述其中犖犖可觀者如上。

次論香港文選學研究，以其地小，且早為英人所殖，學界多行英文教學體制，並以西人文學與文化為研究之主。早年，由錢穆等諸大儒草創新亞書院，則號曰新儒家，罕及文選學。

其後，有關文選之述作，偶有零篇，要不出音注，條例，與版本之類。其中大家，則非饒宗頤莫屬。五十年代，饒氏有《日本古鈔文選五臣注殘卷》，專研日本今藏文選五臣注與今本之異，所用輔本更及叢刊本、明州本、是探溯五臣注源流始末，及其條例，所獲最精者。惜乎未就殘卷對勘五臣單注本，即陳八郎本，是以案語猶有未安者。

其次，饒氏〈敦煌本文選斠證〉，則專研李善注，兼以日本集注本與叢刊本為參，持以校敦煌古鈔，頗復善注原貌，今世用唐鈔本以研文選者，此文可曰最善。

香港之文選學多非專門一家，乃旁廁兼及者。前引饒氏學術多方，文選只其餘手耳。另有何沛雄，以漢賦名家，又擴及選賦，偶有關涉文選之說者。若〈文選選賦義例論略〉〈漢魏六朝賦家論略〉等皆是。其後出之作，別有江淹〈別賦〉〈恨賦〉論析，與〈六朝駢賦對句形式初探〉等。亦可謂選學一環。

他如鄧仕樑系列之作，皆六朝文論之廣涉，非專指文選之一學。如《陶淵明與六朝詩》《兩晉詩論》《蕭子顯的文論》等。求其文選本論之爲如何？似不能有得。六十年代李達良《李善文選注引說文考》雖屬小學之作，較之鄧書，已能直探文選學課題。

要之，香港文選學現況有二，其一多集於少數一二名家之手，尚未蔚然成流爲普遍探求。其二文選學多附寄於六朝學術，就其交集處，偶或兼涉，尚未獨立別出爲專門領域，以成爲一門之學。

至於大陸文選學，自八〇年代，十一屆三中全會以來，改革開放，學術復興，文選學亦多有專家從事。並結合大陸地區文選學者，組成「中國文選學會」，自一九八八年並舉辦首屆文選學國際學術會議，出版論文集，一九九二年再辦第二屆，亦有專書行世，兩屆皆由長春師範學院主事。策劃者趙福海先生陳復興先生，並集合十數位學者，以今注今譯《文選》全帙，出版《昭明文選譯注》。其後，鄭州大學設古籍整理研究所，亦選定《文選》爲研究專業，計劃編纂《文選》匯校匯注，《文選書錄》，《文選》集成，並《文選論文集》等。且將於一九九五年八月籌開第三屆國際會議。若此種種，皆可見證大陸文選學必將臻至一大進境。

惟大陸目前可見文選善本，無論刻本、寫本，均不若臺灣與日本所藏之富，又以十年文革之自學術斷層，中壯一代學者舊學新知尙須研深，其於文選學之方法與乎材料之施運，猶待時日。自茲而後，實有賴國際觀摩，兩岸交流，互通訊息，彼此切磋，或可共期文選學之爲國際化之學術，庶望文選學成爲華語文化之顯學。

正如本書敍論，當代文選學宜講究「新論」。即站在前人已建之基礎成果上，運用新出資料，新立方法，求切合當代人學術要求，與當代人文化需要之文選學研究。故而新出版本，宜考究。並應用之，以全面校勘文選。俟校勘已定，再鑽研文選白文與注文之整理，再次則彙編明清諸家有關文選著作，總爲集刊。後乃勾稽散見各書各處之文選論述，編集史料彙編，撰寫文選學史。最後，始結合各類之學，就文選其書及文選其學，做宏觀探討，始成文選綜合學。如是方可謂文選爲眞正獨立專門之學。

顧居今之世，當務之急，首在完成文選版本之彙集。蓋清儒之校勘，所用版本之佳者，無出胡克家《考異》，然其所據者，竟無一眞宋本。所據尤本者，實非自單注本出，乃從六臣注合併剔出者。

所謂文選版本學，指文選成書版本及其相關研討之學。古人讀書，向來重版本，因版本之講求，而兼及校勘考證與小學音義之推演，故講版本與由版本而連生之學問，皆可歸之版本學。李善注文選時，於〈魏都賦〉「讎校篆籀」句下已引風俗通曰：「劉向別錄：『一人讀書，校其上下，得謬誤，爲校。一人持本，一人讀書，若怨家相對，爲讎。』」善注文選，廣推上意法，於文選正文並存諸本之異見，或詳考以斷是非，或僅錄異文並參，已開啓文選版本學之門徑。惟專家每謂版本一詞初指雕版書而言，後世孳乳，並寫卷抄本刻本而混言之，於是版本大廣其義。文選版本學亦如此，就其併書形式而言，有注本與白文本。注本下又有善注單行本，五臣注單行本，與善注五臣注合併之所謂六臣注合併本。其更分之精細者，則更有僅錄注文，無文選正文之「選注本」（純粹注本之簡稱）。自曹憲之學以下，悉以注選爲專業，崇賢之外，又有所謂五臣注，或它注（惜不多傳）。此時可謂第一階段之文選版本學。

趙宋以後，雕刻印刷之術興，製書悉講版本，就傳書手法而言，文選始有刻本寫本之別。刻本中亦有單注合注之分，至於白文刻本，從未之見。嚴格說之，文選版本學之大別亦只有刻本寫本之兩畦，其餘諸本別稱，或就刻書地點而言，有明州本、贛州本、廣都本、茶陵本，或就刻書者之名而言有，袁褧本，裴宅本，陳八郎本，尤刻本，胡克家本，或就存書時間年代先後而言有：明道本、北宋本、唐鈔本。而日本流傳有：神田喜一郎藏本，狩野直喜藏本。另有敦煌本，俄羅斯藏本等等。

雖名稱不一，版別各有說，要之，文選版本學宜從廣義之說，舉凡與文選相關之各本子，予以研究討論之學者，皆謂之文選版本學。四十年來，於此一領域之新探，不可謂不多。所見新出之本，實在超越前此之學者。然而新出之本多，精研細探此諸本者，仍不成比例，有明知此本具在何地亦不難取得，仍苦乏人鑽研以證舊聞，遂致疑者猶疑，不解者仍懸而不解。

故而今出文選版本之多，遠超出前賢所見，自宜廣加搜羅，匯爲一處，連絡衆家，合力共勘之，以還原文選之眞本面目。始可續談文選之研究。

其次當修正明清通儒有反對八股文評點者，遂一併而因此反對文選評點，其實，八股評點目的在「時文」之科舉考試，爲了進仕登科，自無可議。唯其評點之法，與文選評點實大不同，已詳本書前文數篇所論。當知文選評點乃以「文學」爲目的。蓋以文學角度讀文選，非僅以「文章」之學讀文選。

《文選》至明清以后，順乎當時時文評點風氣一出，並八股文科舉試士體制之確立。文選亦有評點派一流，如孫鑛、張鳳翼、凌蒙初等。是以近世文選學於注釋之外，屢言評論派。此之謂詞章家文選學，或可用今語稱之曰文學家之文選學。用駱鴻凱的分類，即是徵實課虛之兩途。

老子有言：正言若反。易繫詞亦曰：因貳以濟民行。所謂兩行之道，爲天地事物實存之理。文選做爲一門專精學問，亦不宜輕言厚此而薄彼，是甲而非乙。何況「持兩用中」，使臻於極，才是爲學之道。故而文選學之評點派不可輕廢。

五、評點派文選學要重視

一提到評點，凡經史子集各部自明清兩代以來，無不有人施之。論者或指摘攻訐爲時文之巧技，或訾議其爲桐城派文法之末流。顧炎武《日知錄・卷十八・鍾惺》條下自注曰：

評騭之多，自近代始，而莫甚于越之孫氏、楚之鍾氏。（案：即孫鑛、鍾惺）孫之評《書》也，于《大禹謨》則譏其文之排偶，其評《詩》也，于《車攻》則譏其選徒囂囂，非有聞無聲之義。尼父之删述，彼將操金椎以控之，又何怪乎孟堅之史、昭明之選，詆訶如蒙童，而深斥如徒隸乎。

這段話，極盡貶損評點之能事。末句所舉昭明之選，即今存孫評文選。多轉錄於于光華《評注昭明文選》一書中。惟古越書屋尚見仿舊式之孫評單本，從而可知評點派文選向來自不廢，有其一定流傳價值。

學者多不細察，誤中清代諸家攻詆評點之非，如王船山、顧亭林、章學誠、曾滌生等之說，而依襲成見，不加深究，遂有如現代學者屈守元《文選導讀》一書謂「不宜用庸俗的批點法讀文選」云云。（頁一四九）實大謬不然。

一則，詳此論之發，如前述乃依襲舊論之謬，二則太過守成，宗李善太甚，猶如于無佛頭處稱尊般，自擬自設。三則對李注「釋事忘義」的弊端不敢面對，徒飾補充修正，以寬大文選注疏學的封域。四則對所謂的《文選》評點之作，曾未細讀詳考。或者於近代諸家如高閬仙、黃季剛之注文選之法不詳究，遂誤以為近代大家仍格於文選訓詁字句，並爾雅義疏而已。五則把文選是「沈思瀚藻」之文學性質的評點，與《史記評點》《莊子評點》《左傳評點》等經史子性質的評點法泥混而不分，次把八股文評點之目的，與文選評點等同而概論，因此主張不宜用庸俗評點法讀文選。

其實，自孫月峰而下之文選評點之作，於鍊字琢句，文章章法，結構分析，乃至《文心雕龍》與《詩品》的理論術語運用，或者作品意義的感受分析，文選評點之作，實在多有眞言高議，豐富可採者。甚至對文學史，詩學史，賦學史，等皆有細緻精微之論，可補通論之不足。

而尤其當注意之者，文選之難讀，實源於苦其文章之難析，文章之難析又苦於李注訓詁引書之繁瑣。一言以蔽之，過去把文選當一部訓詁材料讀，當一部詞句材料讀，當一部供翻查之書讀，或者，當一本版本學古本來讀，其終離「性靈感受」與「閱讀樂趣」遠矣！今后宜增加文選學的範圍，把文選當一部眞眞正正的文學作品讀，以文本爲歸，以作品爲主，而不是以李注之考而再考，以字句之查而再查，本末巓倒的讀法爲主。

何謂評點？即選文而評之，章學誠謂之評選。章學誠〈和州志藝文書序例〉云：

> 會心不足，求之文貌，指摘句調工拙，品節宮商抑揚，俗師小儒，奉爲楷模，裁節經傳，摘比詞章，一例丹鉛，謂之評選。

這是講評點的作法。在指摘，品節，更要施之丹鉛。可注意者，章氏之論特指非文學性質的史書經書之評選。對這一類以立意爲宗，不以能文爲本的經子史之書，文選既不選，則評點之法施之，是否即等同一概，會心不足呢？

章氏分一州之學，宜有四家之派別，即文集、類書、書抄、與評選。可見評選一家實文士之爲。而評點之作用，姚鼐〈答徐季雅書〉云：

> 夫文章之事，有可言喻者，有不可言喻者。不可言喻者，要必自可言喻者而入之。……：（中略）若夫其不可言喻者，則在乎久爲之自得而已。震川閱本史記，於學文最爲有益。圈點啓發人意，有愈於解說者矣。

此段話，太過看重圈點，或可不議，但指出學文之道竟可自史評得之，不正啓示評點有助文學解讀嗎？

今以選詩爲例，評點之學，明清之前，元代方回早已有評，《文選顏鮑謝詩評》即專搜顏、鮑、謝三家詩而評之。《四庫提要》云：此集蓋回手書之册，後人得其墨跡，錄之成帙也。此書評點文選三家詩，不盡作補李注，訂李注，增李注。尙考詩體源流歸類，如應詔詩之作。辨典故歧義，詳句法字法，如謝靈運〈登江中孤嶼〉有句「孤嶼媚中川」，謂媚字句中眼。案：此類句法即唐人常用。又「表靈物莫賞，蘊眞誰爲傳」一句，評云：一聯深奧，然從此說向神仙上去，則所謂靈與眞者，仙也。這就與「莊老告退，山水方滋」的玄學山水詩之一變有關，可以緊緊扣合，用作品證詩史。《四庫提要》評價很高，說：統觀全集，較《瀛奎律髓》爲勝。

評點之學，類方回之作，多在文評賞析上見功夫。每見詩品或《文心雕龍》建構之理論，無得作品為證，一旦施之於評點，則何謂風骨？何謂綺靡？其典型句式如何？皆可一一驗證，故而文選評點，類如今人所謂「實際批評」性質。

孫月峰評江淹《雜體詩》三十首之一〈休上人〉云：上人存詩甚多，七言皆過於綺靡，惟怨歌行五言，稍清俊，有骨力。拈出骨力一詞，殆即《文心雕龍・風骨》之張本。風骨者，風情辭骨之謂，劉彥和屢設「風清骨峻」之語。由此而衍生骨氣、骨力、骨辭、骨采、骨勁等。讀六朝書，品六朝文，如何而不解六朝之文學批評概念？茲見孫評屢用骨力一詞評點選詩，縱不論安妥與否？至少結合六朝人之理論與六朝作品而驗證之，正是「披文以入情」之道。又如謝惠連〈七月七日夜詠牛女一首〉有句「昔離秋已兩，今聚夕無雙」，孫評云：「兩語雖傷巧，然有骨力，不雅不俗」。也是用骨力一詞。

孫氏而後，評點亦多。清季何義門善校勘，所評書一出，悉為商賈急求印售。文選評點亦其中一種，盡收於《義門讀書記》。何氏評語之精，嘗為黃季剛所重。而何氏評點，實未局限於校注，更且抒發文意，旁證詩史，而分析作法，深得「文學評賞」之趣。

如評張景陽〈雜詩〉十首之第二首，於「青苔依空牆，蜘蛛網四屋」句，云：詩家鍊字琢句，始於景陽，而極於明遠。一語道破鍊字琢句之功，論定則定，很難駁反。考之古詩十九首，幾無類似句法，而張景陽始創之說，不得不信然。唐人多襲此類句法。諸如：

雲霞出海曙，梅柳渡江春。
山光悅鳥性，潭影空人心。
渡頭餘落日，墟里上孤煙。
明月松間照，清泉石上流。

以上皆類似句法，置兩物於一句中，用其相互關係，而施一虛詞，如「依」「網」「出」「渡」「悅」「空」等等。此即活字活句法。殆爲唐句所祖。

至於品評江淹《雜體詩》三十首，何義門云：

所擬既眾，才力高下，時有不齊，意製體源，罔軼尺寸。爰有椎輪漢京，訖於大明太始。五言之變，旁備無遺矣！雖孫許似道德論，淵明爲隱逸宗，亦並別構，成是總雜。惟永明聲病不在舊例也。

一段精要的品評，直把江淹仿作用意點出，而五言詩史在六朝之歷變，簡言可明。倘再輔以江淹自序雜體之言，（案：此序李善注只摘取數句，五臣盡補錄全文於題下注）所謂「關西鄴下，既已罕同，河外江南，頗爲異法」的五言詩史觀，便略窺其要。

此近代以前，評點家文選學之面貌，於文選之學，不惟無傷，實可助益文選之賞讀。

近人治文選大家莫如高閬仙，黃季剛二氏。兩家著作，也是「全方位」地讀文選。不偏廢評點作法。高閬仙《文選李注義疏》，都百萬言，號爲近代文選學之冠，惜只完成選賦注疏。今考高注雖言補疏李善注，特於名物訓詁，出典考據，不憚旁徵繁引，似不脫文選注疏學一途。

其實不然，高著每於文義疏釋，多參以主體性解讀，於文義用評點之法從之。

如解潘岳〈藉田賦〉有句「神祇攸歆，逸豫無期」句，疏李注引《毛詩・白駒》句「爾公爾侯，逸豫無期」，高氏云：案此詩因賢人既去，猶望其來，言爾公耶侯耶？何爲亦逸樂，無期以反也。此賦斷章取義，猶言安樂無極耳。

這一評直摘李注但引出典，不但不足以疏解文義，適與文義相反。必有如此以「作品意義」，或文本意義爲讀文選重心之意識自覺，方能於文選注疏學之后更進一層。否則，像司馬相如〈子虛賦〉，文選所收，與〈上林賦〉析別爲二，宋人王觀國《學林》卷七已考辨，認爲皆〈子虛賦〉，未嘗有〈上林賦〉。此後王若虛、顧炎武、何焯、孫志祖等，續有考辨，載在高氏義疏。但高氏繁引諸家考辨之后，悉定奪於桐城派吳摯甫用章法考文義之說，高氏引吳摯甫說云：

> 子虛上林一篇耳。下言故空藉此三人爲詞，則亦以爲一篇矣。而前文《子虛賦》乃游梁時作，及見天子，乃爲《天子遊獵賦》。疑皆相如自爲賦序，設此寓言，非實事也。楊得意爲狗監，及天子讀賦，恨不同時，皆假設之詞也。案：先生此說，可以解諸家之惑。

這一評語，斷自文章義法並修辭技巧以考定分篇眞僞，方法與「徵實」之學，訓詁出典，考之史籍者，見解旣異，讀法亦別趣。倘高疏泥於李注或黑守文選注疏學之舊，必不能識讀文選之趣。其實，高注於文選義疏之外，別於《魏晉文舉要》中收有文選之文，其講解之法，更融進文義疏解，大膽地從事「主體性」之讀者解讀，絕非如論者所識高注僅以訓詁名物，考徵典故爲擅。試引二例如下。

《文選》收曹元首（曹冏）〈六代論〉乙首，略論封建之制宜否，文末高氏總評云：

此文是否陳思所爲，殊難斷定，故仍從元首之名。此當與陸士衡五等論，柳子厚封建論參看。封建之辨，古今紛然，柳子厚論後出者勝矣。然在今日亦不足道也。學文者當以文字爲主，事情變化，古今不同，若求與今日形勢相合，則古文無一文可讀矣。學者打破此關，然後可以學文。

這一段文字，有考證論斷，但不從版本，亦不遵何義門謂陳思王曹植作之說。有比較，謂當與五等論參看，有古今之辯，針對「古爲今用」提出看法。高氏注書在民國二十年代，彼時學界有古代社會型態爲封建或奴隸之談論，高氏注書，順勢而帶上話題，明示讀古書不可泥古之法，謂當以文字爲歸。此文字之意，不宜作文字訓詁，而當作文思字義解。如此注書，則古書方爲讀之有生命。

再次，《文選》收阮籍〈爲鄭沖勸晉王牋〉乙首，於末段疏解文義謂：以上以勸其勿拘小節，正望其克終臣節，是一篇歸宿。次於「沖死罪死罪」句下摘批云：勉以桓文，期以支許，勸之實以諷之也。辭意詼詭，司馬孚長之遺。這前后兩評，一勸一諷，不正透露阮籍「瓦全」的個性，周旋在強權之幕下，苟生於亂世之危中，不得不虛以委蛇，勉強應命代作的諷諫之寓意。這一讀法，讀出生命，也讀出個性。絕非拘拘於字義訓詁，語詞出典的李注所能辦到。

因此而知，凡文選學不論有多少支流派別，總歸要把文選當文章讀，當「沈思瀚藻」的作品唸，讀出言外之意，唸出字義訓詁外之文趣。方爲文選學全方位綜合途徑之讀法。而以名物訓詁，典故考據，體製析辨作基礎的文選學，其最終目的還要歸宗於文學作品之賞鑑，與風格體性之領悟。

引用參考書目

孫淑芳，一九九四，《選詩之山水體類研究》（中央大學中文所碩士論文），作者自印本。

楊淑華，一九九三，《文選選詩研究》（師大國研所碩士論文），作者自印本。

趙福海（主編），一九九二，《文選學論集》。長春：時代文藝出版社。

顏智英，一九九一，《昭明文選與玉台新詠之比較》（師大國研所碩士論文），作者自印本。

汪毅夫，一九九〇，《台灣近代文學叢稿》。福州：海峽文藝出版社。

李景濚，一九九〇，《昭明文選新解》。台南：暨南出版社。

游志誠，一九九〇，《文選學新探索》。台北：駱駝出版社。

趙福海（等），一九八八，《昭明文選研究論文集》。長春：吉林文史出版社。

黃章明，一九八八，〈文心雕龍與昭明文選之比較〉，刊於《黃埔學報》。鳳山：黃埔軍官學校。

簡宗梧，一九八七，《文選—文學的御花園》。台北：時報文化出版企業有限公司。

趙福海，陳復興（等），一九八七，《昭明文選譯注》。長春：吉林文史出版社。

林聰明，一九八六，《昭明文選研究初稿》。台北：文史哲出版社。

蔣復璁，一九八五，〈文選版本的講述〉，收入古籍鑑定與維護研習會（編），《古籍鑑定與維護研習會專集》，頁五—七。台北：中國圖書館學會。

張月雲，一九八五，〈宋刊文選李善單注本考〉，刊於《故宮學術季刊》二卷四期。台北：故宮博物院。
李淑華，一九八〇，〈昭明文選體式研究〉，刊於《臺南師專學報》十三期。台南：台南師範學院。
連橫，一九七九，《雅堂文集》。台北：衆文圖書股份有限公司。
葉程義，一九七七，《文選李善注引尙書考》。台北：正中書局。
黃錦鋐（譯）斯波六郎（著），一九七六，〈文選諸本之硏究〉，刊於《文史季刊》一卷一斯。台北：文史季刊社。
邱棨鐊，一九七六，〈文選集注所引文選鈔硏究〉，收入《銘傳學報》十三期。台北：銘傳女子工商專科學校。
黃永武，一九七六，〈昭明文選李善注摘例〉，收入于大成、陳新雄（編），《昭明文選論文集》。台北：本鐸出版社。
斯波六郎，一九七一，《文選索引》。台北：正中書局。
王禮卿，一九六八，〈選注釋例〉，刊於《幼獅學誌》七卷二期。台北：幼獅學誌月刊社。
馮承基，一九六四，〈論文選李善注五獄〉，刊於《大陸雜誌》二十九卷二期。台北：大陸雜誌社。

李　鍌，一九六三，〈昭明文選通假文字考〉，刊於《臺灣省立師範大學國文研究所集刊》七集。台北：師範大學國文研究所。
邱燮友，一九五九，〈選學考〉，刊於《臺灣省立師範大學國文研究所集刊》三期。台北：臺灣師範大學。
錢　穆，一九五八，〈讀文選〉，刊於《新亞學報》三卷二期。香港：香港中文大學。

附錄㈠：文選書錄舉例

一、《六家注文選六十卷》廣都本敘錄

此即南宋開慶咸淳年間廣都裴宅刊本，定爲蜀本無疑。裴氏刻書，宋本者凡裴道、斐中、裴榮，未詳是本確出何手。惟據朱彝尊《曝書亭集》卷五二云：

六家注文選六十卷，宋崇寧五年鏤版，至政和元年畢工，墨光如漆，紙質堅緻，全書完好，序尾識云，見在廣都縣北門裴宅印賣，蓋宋時蜀槧若是也。……是書袁氏褧曾仿宋本雕刻以行，故傳世特多。

可知裴氏刻文選，自北宋已有之。則是本由此出，固可信之。但《四庫全書》所收袁本，蓋仿刻裴本，當與此本不同。要之，凡明代流行之袁本悉自此本出。

是本每半葉十一行，行二十字，小字雙行，亦行二十字。先爲昭明文選序，次爲李善上國子監文選注表，表後有准勑文，未節字，與今本袁本不同。次揭呂延祚上五臣集注文選表，惟表題脫五臣二字，亦不同袁本。進表後揭高力士勑文，字大而厚，書風即顏魯公筆法。次列目錄。左右雙欄，白口，雙魚尾，板心下偶有刻工名，然皆漫漶不可辨。

是本於目錄與諸本稍異者，若賦大題下不分甲乙丙丁戊如明州本之例，頗與韓國奎章閣本同。又序目缺移、難兩類，京都亦分上中下。其尤別異者，詠史下不次百一遊仙，而置詠懷，順序與各本異，由此可推考北宋刊六臣注本之序目前後或與今見各本不同。今查袁本卷六十末有跋語，謂「皇明嘉靖己酉春正月十六日，吳郡汝南袁生褧，題于嘉趣堂」云云，而此本無，然別有識語云：河東裴氏考訂諸大家善本命工鍥於宋開慶辛酉季夏至咸淳甲戌仲春工畢。知此本亦非崇寧本，遂定爲南宋末刊本，而别稱「廣都本」。

是本爲今存六臣合注本之最詳者，可持以考五臣注之原貌，並驗證尤袤刻善注單行本必自六臣合注本剔出者。是本五臣注在前，善注在后，與明州本同。今存六臣合注而以五臣爲詳之宋刊者，惟此本與明州本。二本又皆五臣注盡錄，而善注刪略，適與贛州本叢刊本不同，是以至可寶也。倘再持與五臣單注之陳八郎本合校，則五臣注原貌不難復現，今藏台北故宮博物院圖書館。

二、《文選》六十卷贛州本敘錄

是本即張之綱覆校本，張氏里籍無考。今存二十六册，共五十三卷，藏台北國立中央圖書館。缺卷計卷一至卷三，卷二十九、卷三十、卷五十九、卷六十凡七卷。又北平圖書館藏三種，其一二十九卷三十册，其二二十五卷二十一册，其三十卷十册。適中圖所缺卷，各分見於此三種，知同爲一書。

據卷四首有莫棠跋文，云：六臣注文選趙松雪王弇州所藏宋刊本，烜赫古今，見天祿琳琅書目。據常熟瞿氏紀錄即此贛州學官本也。此本出自湖南某氏，凡三十册。其初完全無闕，某氏寄首尾中間四册至滬，輪船沉沒入於江，遂成斷壁。乃分析求沽。繆筱珊太史得其六，柳君蓉邨得二十册，持以相視，雖模印稍後，而所謂平原筆法，楮墨古香者，固照眼猶明也。據莫棠此跋文，繆柳二氏所得合計二十六册，恐即此本。

案尤袤刻善注文選跋文嘗云四明贛上之本，所謂贛上即贛州本六臣注文選，此本即是。每半葉九行，行大字十五，小字雙行，行二十字。白口，雙魚尾，上記卷數，中記該卷頁碼，下有刻工姓名，若：鄧信、熊海、龔友、陳景昌、蕭中，劉中、翁俊、葉松、阮明、蔡昌、王政、陳補、陳達、應世昌、余圭、蔡榮等。缺筆至慎字，篇題次作者名，京都分上中下，善注在前爲詳，五臣注在后。藏書印記有：蘿園、匃生、劉泰幹字貞一號翰怡、吳興劉氏嘉業堂藏書印、仞生、廣霞、世經堂印、傳古齋所藏善本書籍、林茗晽經眼印等。書體仿顏魯公，字大，結體道美，宗舜年有識語謂所見宋刻大字本以曹子建集爲最鉅，而此本則與蜀刻諸史相伯仲。直齋書錄解題、鐵琴銅劍樓書目、宋元本行格表、天祿琳琅書目、藏園古書經眼錄、臺灣公藏宋元本聯合書目，均有著錄。

是本爲今存最早六臣注以善注爲詳之本，與叢刊本同系，即叢刊本之祖本、若劉孝標〈辨命論〉「陽文之與敦洽」句下善注引《呂氏春秋》爲注四十字，贛州本股字作投，叢刊本作股，尤本無投股二字，又尤本垂髮誤垂眼。今據贛州本作垂髮爲是。又〈辨命論〉題下善注四十五字，今叢刊本、茶陵本、尤本俱同。惟贛州本地誤就，豈誤壹，雖誤誰。可知贛州本之誤字，各本晚出，皆校改之。又是本所見五臣注有者，持以校陳八郎本俱合。若任彥升奏彈劉整「臣聞馬援奉嫂，不冠不入，氾毓字孤，家無常子」句下贛州本出校云良注同，今校陳八郎本即有此條注。又是本既以善注在前爲詳，則善注原無者，是本已增補，若任彥升〈奉答七夕詩啓〉題下向曰三十二字，明州本，奎章閣本，陳八郎本俱有，明州本不出校云善五臣異同。至此本則盡錄此三十二字，並出校云向同善注。尤本同此本，復改「梁武詔昉曰」爲「任昉集詔曰」。可知凡六臣合注本者，已亂善注五臣注異同。此本既早於叢刊本，更可推知此論之不謬。

三、《文選黃氏學》敘錄

黃侃著（1886-1935），湖北蘄春人。是書由黃先生之女黃念容自先生手批輯成乙冊，由台北文史哲出版社於一九七七年出版。黃先生手批《文選》有多本，其一以胡克家刻爲底本者。眉批夾批行批，朱墨爛然，今歸台北潘重規之手，並嘗按原批大小影本出版。與此本批語爲過錄者不同。又一本由黃先生之姪黃焯自手批本過錄，書名《文選平點》，（詳下篇）與此本亦稍異。

是書前列黃念容序，時在丁酉歲於新加坡南洋大學寓齋，其後書名大題，次篇名卷名，次出校詞句上排，下即校語過錄。凡六十卷各篇或校或不校，詳略不一。

黃先生公認爲清末小學殿軍，所校經子集各書，均見其小學功力，是書尤然。其餘若就文選之專門學術者，如駁善注之非，〈招隱詩〉不當雜置激楚曲名於上（頁一一二），於五臣注之佳者，則不避取。〈遊南亭〉詩謂「賞心惟良知」當如向解良知作美友（頁一一三），又考辨遊仙體類，詠景純斯篇，本類詠懷，仙道特寄言耳。（頁一一〇）復於解讀文意，出以己意，敢下性情之言，謂〈永明九年策秀才〉文第二首「冕笏不澄，則坐談彌積」句，自古所悉，今庸不然，蓋譏民初士子空議，不切國事。（頁一七七）又於〈陳情表〉篇題下縱論君子出處宜愼，引揚雄李密與李陵衛律爲判。大抵黃氏於當時文選學可見資料及書籍可案者，無不盡詳而考辨，引於批語中。然細審之，其得力於何義門之文選批點者特多，且往往引述而不及注出何批，遂令批語有多處同類何批者。如〈爲鄭沖勸晉王牋〉批語（頁一九二）〈答東阿王書〉「朝夕侍坐至明哲之所保也」句（頁二〇一）辨〈檄吳將校部曲〉年月朔日之誤（頁二〇一），又〈六代論〉疑作者當屬曹子建（頁二四七）等俱是。皆何義門已批，而黃先生從之批者。

復於版本所見較少，凡宋本者僅及叢刊本，又無得參校五臣單注本，以故判讀選文字句因誤而存疑者，稍嫌粗意。如〈爲曹公作書與孫權〉「羞以牛后」，黃批謂當從善注作牛從（頁一九七），今案《史記》《戰國策》均作后，陳八郎本同。又「想暢本心不願於此也」黃批暢字不當有（頁一九七）。今案陳八郎本即有，其下並有銑曰暢通也，奎章閣本、贛州本同有。又〈西京賦〉「繚垣綿聯」黃批出校云垣疑作亘，（頁一一）惜無它本輔證，今據敦煌寫卷伯二五二七永隆本即作亘，又〈閒居賦〉序「而良史書之題以巧宦之目」黃批出校云「題」字當羨，（頁八六）今據明州本，奎章閣本、贛州本、陳八郎本，知善作書字，五臣作題字，然則書題二字之異，不當曰羨。又魏文帝〈雜詩〉第二首「南行至吳會」，黃批出校云別本南作行，（頁一三八）今案陳八郎本，明州本即作行。所謂別本，倘能實舉以證則更佳。再如〈永明九年策秀才文〉第四首「命卬斜之谷開而出銅」黃批出校云別本無命字，（頁一七六）今考陳八郎本、尤本、茶陵本即無命字。凡此，皆黃先生批語精到惜無更早出之本爲證之例。要之黃先生校批文選，可謂已達鉅細不漏之境地，凡傳統小學，並學問綜合分判之功力，集粹於一身，所開示之方法，堪爲選學典範，至於所見本之不足，固一時代客觀條件之約限，不足以訾議先生於一二。

四、《文選平點》敘錄

黃侃著（1886-1935），湖北蘄春人，近代著名學者。早年留學日本，師事章太炎先生，師徒二人堪爲清代小學殿軍。

是書由先生之姪黃焯過錄謄寫，一九八五年由上海古籍出版社出版，乙册，約十餘萬字。案黃先生平點文選之本，別有黃念容摘錄本。（詳前篇）今此本據書末黃焯識語云：壬戌之夏，先從父寓居武昌，閒取文選平點一過，每卷後皆記溫尋時日，以六月二十四日啓卷至七月六日閱畢，方盛夏苦熱，乃於是書全文及注徧施丹黃，且復籀其條例，而爲時則未及半月，蓋其精勤蹇疾也如此。近世治選學者，餘杭章君於先從父特加推重，顧其著紙墨者僅存區區之評語，是烏可不急爲寫定耶！回思四十年前，先從父嘗取選文，抗聲朗誦，焯竊聆其音節抗隊抑揚之勢，以爲可由此得古人文之聲響，而其妙有愈於講說者。蓋今所錄圈點之文，率先從父昔之所喜而諷誦者，雖朗誦之音節不可得傳，而其得古人文之用心處，則可於此覘之矣！錄而存之，亦學文者之津逮也。據此可知黃焯所據批本不同於黃念容。今持二本對校，然皆大抵相類，惟少數之例，兩本判讀各異，蓋批語有作行草急書，遂以致此。若〈遊赤石進帆海〉「陰霞屢興沒」句黃批「言陰殑屢變」（頁一一三），黃焯本殑作晴，（頁九五）蓋緣晴字之草寫，又〈雜詩〉之古詩十九首，黃念容過錄批語僅乙條，各施於第一首第二首第三首下，黃焯抄本不惟句點圈批皆詳錄，且批語多引何焯說於「青青河畔草」句下。其餘如此之例，不待煩舉。可知，黃焯本實詳於黃念容本。

是書由黃焯手抄過錄影印，非排印。首列文選平點凡例，次目錄，於篇目卷數悉依李善注本，復據嚴可均《全上古三代秦漢三國六朝文》編目及徐行可迻錄楊守敬《古詩存》目錄先后排列於篇題卷次下，次列校文應用書目表，次校記文，書末附黃焯於一九六一年十二月識語。

附錄㈡：文選學重要參考書目

一、版本類

1. 廣都本文選，現藏台北故宮博物院。

案：廣都本與裴本文選極有關係。此本爲廣都本之遞修本，刻於南宋末年開慶咸淳年間。五臣注在前爲詳，善注在後略刪。此本爲今存最早以五臣注爲主之宋刻本。

2. 贛州本文選，現藏台北中央圖書館。

案：此本爲今見最早以善注爲詳之宋刻本，即叢刊本之祖本。善注在前，五臣注在後。與廣都本相反。其中善注與尤袤刻互有詳略及異文，可校正尤本所添加的善注。

3. 明州本文選，昭和五十年、一九七五年。東京：汲古書院。

案：此本爲日本足利學校所藏。即尤袤刻本跋文所提到的「四明贛上之本」的明州本。五臣注在前爲詳，善注在後刪略。是本最大價值在於可據之以對校陳八郎本五臣單注，考訂五臣注未經合併六臣注前的原貌。

4. 叢刊本文選，一九六四年。台北：廣文書局。

案：此書即張元濟主編四部叢刊所收上海涵芬樓藏宋刊本。但其實非全宋本，多卷以明清本補配。此本自贛州本而出。爲今見最通行的六臣注本。哈佛燕京學社編的《文選注引書引得》，即據此本而編，今大陸北京中華書局也有印行。

5.尤刻本文選，一九七六年。台北：石門圖書有限公司。

案：此即尤袤所刻宋本文選，只有李善注，爲今存最早的善注單行本。但是否眞爲善注原貌，須與北宋刊國子監本，敦煌本善注抄卷等對校。因爲尤袤刊刻時，已有增補。此本大陸北京中華書局另印有線裝本。

6.監本文選，未出版。台北故宮博物院藏。

案：此即北宋仁宗天聖明道年間國子監刻本。爲今存最早之善注單刻本，惜爲殘卷。一存十一卷，即台北故宮所藏。一存二十一卷，今北京圖書館藏。此本另有劉文興存十四半紙，又王文進《文祿堂訪書記》卷五所云：「文選六十卷，梁蕭統編，唐李善注。北宋天聖明道刻本，半葉十行，行十七字至十九字，注雙行，行廿四、五字。三線口，宋諱避至恆字。遇通字缺筆是避宋眞宗劉后父名。存全卷五冊，殘不足卷者六冊。」可知王氏藏與劉文興所收，均爲北宋監本。凡欲考證文選善注刻本之原貌爲何，當以此本爲最可信。

7.陳八郎本文選，一九八一年。台北：國立中央圖書館。

案：此本只有五臣注，刊於南宋紹興二十八年，建陽崇化書坊，是私家刻本，俗字多。但爲今存最早之五臣注且唯一單注本。凡六臣注本中五臣注經刪略者，皆當據此本校補。

8.茶陵本文選，一九八〇年。台北：漢京文化事業有限公司。

案：此本即元代茶陵陳仁子所刊古迂書院本，繼贛州本、叢刊本宋刻之後，此爲同一系統的元刊本。台北有漢京與華正書局兩家印，漢京較全。原本今藏中央研究院傅斯年圖書館。

9.《奎章閣本文選》，藏韓國漢城大學。

案：此本據北宋末秀州州學刊本而刻，與廣都本、明州本同系，五臣注在前，李善注在後，兩注均不删，所謂「二家注無詳略文意稍不同者，皆備錄無遺」，因此可據以考訂今存各本之注。書末並有一篇「五臣本後序」，爲它書所無。今有漢城正文社影印上下兩冊。

10.《文選集注研究》，一九七八年，邱棨鐊。台北：文選學研究會。

案：研究日本一百二十卷本文選集注的著作，以此書最詳。原羅振玉影刊之卷及日本京都大學所印，均闕卷九十八。此卷今藏中央圖書館，此書特影刊而校正。可參考。

11.文選諸本之研究，一九七四年，斯波六郎著，黃錦鋐譯。《文史季刊》一卷一、二、三期。

案：此篇首冠於斯波六郎編《文選索引》書前。文長數萬字，將文選版本分爲三大系統，即李善注本、五臣李善注本、李善五臣注本。共收錄三十三種。此文特色是明清版本較詳，宋本則僅收明州本與贛州本。至於五臣單注本，隻字未提。

12.《敦煌古籍敘錄新編》第十六冊，一九八六年，黃永武。台北：新文豐出版股份有限公司。

案：本書收有敦煌寫卷伯字號十八種，斯字號一種。皆《文選》有關者。其中伯二五二八號善注卷子抄於永隆年間，距李善注上表於高宗顯慶年間不遠，彌足珍貴。

二、專著類

1.《文選學》，一九八二年，駱鴻凱。台北：漢京文化事業有限公司。

案：第一本專業研究文選的著作，內容豐富，體例完善。以後凡文選學論著大都斟酌自此書。書末附有「選學書著錄」，但於版本只收尤刻本與贛州本，相較於今日所見，已大大不足。

2.《文選李注義疏》，一九六六年，高步瀛。台北：廣文書局。

案：注解考訂《文選》最精詳之作，可惜只八卷。首次廣泛引校日本古抄無注三十卷本文選。

3.《文選黃氏學》，一九七七年，黃季剛。台北：文史哲出版社。

案：此書過錄黃季剛批點《文選》全書之校語。精彩睿語，集校刊、解讀、與文學批評於一爐。凡章黃學派之選學門法，大都在此批語中。

4.《文選平點》，一九八五年，黃侃平點，黃焯編次。上海：上海古籍出版社。

案：此書與前書《文選黃氏學》大同小異，但因黃氏批點《文選》之語，門生過錄傳抄，不免手誤。因之，此本由黃焯過錄之批語可對照前書。

5.《文選—文學的御花園》，一九八三年，簡宗梧、夏麗月。台北：時報文化出版企業有限公司。

案：此書分上篇，介紹昭明文選的纂集、體例、篇章、分類。下篇按賦、詩、文各選出幾篇加以解讀賞析，共有二〇篇。每篇先列白文、次注釋、次賞析。深入淺出，尤其賞析文字，創見甚多，是台灣出版最早直接賞析文選，給予學術普及化的著作。

6.《昭明文選研究》，一九八六年，林聰明。台北：文史哲出版社。

案：此書爲作者在大學講授昭明文選課程之講義，材料多取自駱鴻凱《文選學》，但更有條理。

7.《昭明文選雜述及選講》，一九九〇年，屈守元。台北：貫雅文化事業有限公司。

案：此爲大陸選學專家屈守元先生第一本選學著作。書前有台灣版序，全書分上篇下篇，上篇介紹文選一般知識，在《文選》傳本舉要乙節，首次提到北京圖書館藏二十一卷北宋國子監刊本善注《文選》殘卷。（案：與今台北故宮藏北宋刊明道本殘卷同書）

8.《文選導讀》，一九九三年，屈守元。成都：巴蜀書社。

案：屈先生第二部文選學專著，體例略同前書。上半部「導言」，下半部「選讀」。導言之「文選流傳諸本述略」乙節，首次調日本古抄無注三十卷本的文選寫卷，當爲善注之前的白文原貌。屈先生手上有其師向宗魯過錄楊守敬抄本的批校，自謂極具參考價值。

9.《文選全譯》（中國歷代名著全譯叢書），一九九四年，張啓成、徐達等譯注。貴陽市：貴州人民出版社。

案：此書共五冊，爲目前第三種《文選》全譯本，十四人集體譯注。每篇有作者、題解、原文、注釋、譯文等五項。注釋中偶有校字，但未說明文選版本。

10.《昭明文選新解》，一九九〇年，李景濚編著。台南：暨南出版社。

案：此書共六冊，有原文、原文注音、注釋、語譯等四項。其中注釋完全抄錄李善注，未有新注，語譯則爲全譯。是今見以一人獨力完成《文選》白譯者。

11.《昭明文選譯注》，一九九四年，趙福海、陳復興等主編。長春：吉林文史出版社。

案：此書共六冊，爲大陸第一本《文選》全譯本。由二十一位集體寫成。每篇有題解、原文、注釋、今譯等四項。根據李善注胡克家刻本與六臣注叢刊本，未先作原文校勘。

12.《昭明文選斠讀》，一九九五年，游志誠、徐正英。台北：駱駝出版社。

案：此書分上下兩冊，上冊有「文選學概論」，由游志誠執筆，介紹文選學的範疇、版本、研究方法。上下冊所選皆《昭明文選》選文，共選三十五篇。每篇有原文、白文校證、注文校證、今注、集評、總案等六項。是書雖無語譯，但爲目前可見首次引據宋本《文選》先做白文注文校勘，再進行注評之《文選》研究著作。

13.《昭明太子集》，一九七一年，蕭統。台北：台灣中華書局。

案：今存可見昭明文章大都收於此，有張溥輯本，有四部備要本。今江蘇鎭江南郊虞山有〈招眞寺碑〉，又〈華陽隱居墓銘碑〉等二文，傳爲昭明手筆，惜此集未收。

14.《梁昭明太子蕭統年譜》，一九八一年，周貞亮。台北：台灣商務印書館。

案：昭明太子最新年譜，但有小誤，今人俞紹初有新考訂，已發表於第三屆文選學國際會議宣讀論文。

三、筆記類

1.《義門讀書記》，一九八七年，何義門。北京：中華書局。

案：此書自四十五卷到四十九卷皆爲評點文選之作。極具參考價值，句句均須玩索詳讀。有四庫本、于光華過錄本、葉樹藩過錄本、揚州廣陵刻書社本、崔高維點校本。各本互有詳略，宜小心參讀。

2.《李審言文集》，一九八九年，李審言，南京：江蘇古籍出版社。

案：此書收有《文選學著述五種》，分別是：《選學拾瀋》、《韓詩證選》、《杜詩證選》、《文選萃精説義》、《李善文選注例》等。其中以杜詩韓詩兩家詩句，出自《文選》何篇的研究，最有可觀，可驗證《文選》乙書對唐詩的影響。

3.《三餘札記》，一九九〇年，劉文典，合肥：黃山書社。

案：此書卷三〈讀文選札記〉，共三十八則談及《文選》，在聲訓與名物考古二方面，糾正不少李善注與五臣注，代表近代學者研究文選的新看法。

4.《敬齋古今黈》，一九九五年，李治。北京：中華書局。

案：李治，有作李冶。此書有劉德權最新點校本。書分十二卷，自卷八以下至卷十有數則考訂《文選》之語，金元時代談及《文選》者此書最精。

5.《論文雜記》，一九七〇年，劉師培。台北：廣文書局有限公司。

案：此書爲儀徵劉師培先生講述歷來文體演變之說。所謂文體六朝以前，大都在《文選》選列，能力駁舊說，極有創見。

6.《漢魏六朝專家文研究》，一九八二年，劉師培。台北：台灣中華書局。

案：此書爲劉師培在北大講授之內容，經羅常培整理後印行者。論六朝各家各體各文之優劣，皆《文選》篇目作家，能超越前人看法，頗見一家之學。可與作者另一本書《中古文學史》參讀。（世界書局一九七九年有鉛印本）

7.《選學叢書》，一九六六年。台北：廣文書局。

案：此叢書收錄清人文選著作，諸如：《文選集釋》（朱珔）、《選學膠言》（張雲璈）、《文選理學權輿及補》（孫志祖）、《文選箋證》（胡紹瑛）、《文選筆記》（許巽行）、《文選旁證》（梁章鉅）、《文選李注補正》（孫志祖）、《文選考異》（孫志祖）等。

8.《選學糾何》，一九六六年，徐攀鳳。台北：藝文印書館。

案：此爲藝海珠塵本，專對何義門評點文選有誤及未當者，加以駁正。

四、論文集類

1.《昭明文選論文集》，一九七六年，陳新雄、于大成（主編），台北：木鐸出版社。

案：在台灣出版的第一本《昭明文選》論文集，所收單篇論文大部份發表於民國三四十年代。重要文章有劉文興〈北宋本李善注文選校記〉，饒宗頤〈敦煌本文選斠證〉等。台灣學者只有一篇黃永武〈昭明文選李善注摘例〉。

2.《昭明文選研究論文集》，一九八八年，趙福海、陳復興等（編輯）。長春：吉林文史出版社。

案：這是首屆昭明文選國際學術討論會的會議論文集，共收入三十二篇論文。有美國學者康達維的〈文選賦評議〉，日本學者清水凱夫的〈關於文選中梁代作品的撰錄問題〉等。另外白化文〈敦煌遺書中文選殘卷綜述〉乙文，首次登錄了俄藏敦煌文獻中有關《文選》的三個卷號。

3.《文選學論集》，一九九二年，趙福海（主編）。長春：時代文藝出版社。

案：這是第二屆選學國際學術研討會論文集，由大陸吉林省長春師範學院的文選學研究所連續主辦兩屆昭明文選學術會議，集結海內外學者共聚一堂討論選學，成果可觀。此集共收入三十三篇論文。本屆會議首次有台灣學者參加，王更生〈賈誼賦考〉，游志誠〈文選學之文類評點方法〉。大陸學者呂桂珍公佈了〈大陸館藏選學善本書錄〉，日本學者清水凱夫提出文選編者非蕭統，而是劉孝綽之說。

4.《六朝文學論文集》，一九八九年，清水凱夫（原著），韓基國（中譯）。重慶：重慶出版社。

案：此書雖非專門文選之作，但全書十七篇論文，即有八篇談文選，其餘九篇所談作家作品亦都在文選。特別是本書有兩篇結合《文心雕龍》與《文選》的研究，具有開創價值。

5.《滴石軒文存》，一九九四年，穆克宏。福州：海峽文藝出版社。

案：此書爲論文集，共有十八篇，大都論述魏晉南北朝文學，其中〈劉勰與蕭統〉〈選詩賞析十首〉〈蕭統文選研究述略〉〈研習選學之津梁〉等，皆有可觀。作者並提倡結合《文心雕龍》《文選》的研究。

6.《昭明太子和他的文選》，一九七一年，謝康等。台北：學生書局。

案：此書有評有傳，也有文選版本考訂，六臣註訂譌，是小冊子論文集。

7.《中外學者文選學論集》，一九九四年，鄭州大學古籍研究所。北京：中華書局。

案：第一部國際文選學論文結集，收有中國大陸學者三十六篇，台灣學者十篇，並有游志誠撰寫介紹〈港臺地區文選學研究概述〉乙文。日本學者八篇，以及韓國歐美學者論文各一篇。

五、工具類

1.《文選索引》上下冊，一九八一年，斯波六郎（編）。京都：中文出版社。

案：此書爲第一部《文選》全書字詞索引，據胡克家原刻本而編，書前有斯波六郎簡介《文選》版本小文。有筆劃索引與四角號碼。

2.《文選注引書引得》，一九六六，洪業（等）。台北：成文出版社。

案：此書專作《文選》李善注引書引得，凡善注所引過的書目，皆可於本書查考。所根據的版本是四部叢刊本《文選》。此本自贛州本而出，轉刻之際，多有錯漏，並非好的善注底本。

3.《中外六朝文學研究文獻目錄》，一九九二年，洪順隆（主編）。台北：漢書研究中心。

案：本書收集自一九〇〇至一九八三年，近八十餘年有關六朝文學的論文。屬於《文選》研究者亦不少，可分別剔選出來，足以見一般《文選》研究趨向，頗便翻查。

4.《選學考》，一九五九年，邱燮友。台北：台灣省立師範大學。

案：此文敘錄有關《文選》研究的各類參考書目，分成文選本書、註釋、音義、評校、選理、摘粹、選賦選詩、芟廣、目錄引得等八類。每種書目各述簡要內容，並標示存佚。可據此以查考台灣現存《文選》研究藏書概況。

六、其它類

1.《全漢賦》，一九九三年，費振剛等（輯校）。北京：北京大學出版社。

案：《文選》首編賦類，漢大賦有名篇目悉收入。此書則爲全編，並作了輯校，其可貴處是，參校本首次引用陳八郎本五臣注與朝鮮刻本五臣注，爲其它書所闕，可據以參校今存各本文選的漢賦部份。

2.《先秦漢魏晉南北朝詩》，一九八八年，逯欽立。台北：木鐸出版社。

案：凡六朝作家詩集及個別作品，大都收在本書，且經過校刊，雖未引用宋本《文選》參校，但《文選》沒收的六朝作家作品，可據此書參考。

3.《全上古三代秦漢三國六朝文》，一九九一年，嚴可均（輯校）。北京：中華書局。

案：此書簡稱嚴輯全文，凡六朝及以前之「文」的篇章，悉備於此。《文選》所未收之「文」，可在此書找到。惜此書校刊不精，出處每有誤，須小心參讀。中華書局許逸民編有索引，頗方便使用。

4.《漢魏六朝百三家集題辭注》，一九七九年，張溥。台北：世界書局。

案：明人張溥編有《漢魏六朝百三家集》，凡六朝及以前作家別集均收入。每家之前張氏各寫一篇題辭，兼敘錄、品評之功。對六朝作家的評價極具創見。凡《文選》選錄作家，大都同列此書，頗可參評。此書即據「題辭」加以今注。另外，卜國光出版《漢魏六朝百家雜語》，據題辭今譯，並增補它書資料，更爲精詳。

國立中央圖書館出版品預行編目資料

昭明文選學術論考/游志誠著--初版--臺北市
：台灣學生，民85
面；公分
參考書目：面
ISBN 957-15-0735-0(精裝)
ISBN 957-15-0736-9(平裝)
1.文選 － 評論

830.18　　　85001889

昭明文選學術論考（全一冊）

著作者：游志誠
出版者：臺灣學生書局
發行人：丁文治
發行所：臺灣學生書局
臺北市和平東路一段一九八號
郵政劃撥帳號〇〇〇二四六六八號
電話：三六三四一五六
傳真：三六三六三三四
本書局登記證字號：行政院新聞局局版臺業字第一一〇〇號
印刷所：常新印刷有限公司
地址：板橋市翠華街八巷一三號
電話：九五二四二一九

定價 精裝新臺幣五八〇元
平裝新臺幣五〇〇元

中華民國八十五年三月初版

83018

ISBN 957-15-0735-0（精裝）
ISBN 957-15-0736-9（平裝）

臺灣學生書局出版

中國文學研究叢刊

①詩經比較研究與欣賞	裴普賢著
②中國古典文學論叢	薛順雄著
③詩經名著評介	趙制陽著
④詩經評釋（二册）	朱守亮著
⑤中國文學論著譯叢（二册）	王秋桂編
⑥宋南渡詞人	黃文吉著
⑦范成大研究	張劍霞著
⑧文學批評論集	張健著
⑨詞曲選注	王熙元等編著
⑩敦煌兒童文學	雷僑雲著
⑪清代詩學初探	吳宏一著
⑫陶謝詩之比較	沈振奇著
⑬文氣論研究	朱榮智著
⑭詩史本色與妙悟	龔鵬程著
⑮明代傳奇之劇場及其藝術	王安祈著
⑯漢魏六朝賦家論略	何沛雄著
⑰古典文學散論	王熙元著
⑱晚清古典戲劇的歷史意義	陳芳著
⑲趙甌北研究（二册）	王建生著
⑳中國兒童文學研究	雷僑雲著
㉑中國文學的本源	王更生著
㉒中國文學的世界	前野直彬著 龔霓馨譯
㉓唐末五代散文研究	呂武志著
㉔元白新樂府研究	廖美雲著
㉕五四文學與文化變遷	中國古典文學研究會主編

㉖南宋詩人論	胡　明　著
㉗唐詩的傳承——明代復古詩論研究	陳國球　著
㉘中外比較文學研究　第一冊（上、下）	李達三 劉介民　主編
㉙文學與社會	中國古典文學研究會　主編
㉚中國現代文學新貌	陳炳良　編
㉛中國古典文學研究在蘇聯	俄·李福清　著 田大長　譯
㉜李商隱詩箋釋方法論	顏崑陽　著
㉝中國古代文體學	褚斌杰　著
㉞韓柳文新探	胡楚生　著
㉟唐代社會與元白文學集團關係之研究	馬銘浩　著
㊱文轍（二冊）	饒宗頤　著
㊲二十世紀中國文學	中國古典文學研究會　主編
㊳牡丹亭研究	楊振良　著
㊴中國戲劇史	魏子雲　著
㊵中外比較文學研究　第二冊	李達三 劉介民　主編
㊶中國近代詩歌史	馬亞中　著
㊷近代曲學二家研究——吳梅·王季烈	蔡孟珍　著
㊸金元詞史	黃兆漢　著
㊹中國歷代詩經學	林葉連　著
㊺徐霞客及其遊記研究	方麗娜　著
㊻杜牧散文研究	呂武志　著
㊼民間文學與元雜劇	譚達先　著
㊽文學與佛學關係	中國古典文學研究會　主編
㊾兩宋題畫詩論	李　栖　著
㊿王十朋及其詩	鄭定國　著
51文學與傳播的關係	中國古典文學研究會　主編